KB107744

철학사와 문학사 둘인가 하나인가

지식산업사

철학사와 문학사 둘인가 하나인가

초판 1 쇄 발행 2000. 2. 29
초판 2 쇄 발행 2001. 3. 23

지은이   조동일
펴낸이   김경희
펴낸곳   (주)지식산업사
        서울시 종로구 통의동 35-18
        전화 (02)734-1978(대) 팩스 (02)720-7900
        홈페이지 www.jisik.co.kr
        e-mail   jsp@jisik.co.kr
                jisikco@chollian.net
        등록번호 1-363
        등록날짜 1969. 5. 8
인 쇄   청림문화사
제 책   (주)세신

책 값   25,000원

ⓒ 조동일(CHO, Dong-il), 2000
ISBN 89-423-4020-2 93800

이 책을 읽고 지은이에게 문의하고자 하는 이는
지식산업사 편집부나 e-mail로 연락 바랍니다.

머리말

철학사와 문학사는 둘인가 하나인가? 이 물음을 제기하는 이유는 오늘날의 학문을 살리는 방안을 과거와의 대화에서 찾자는 데 있다. 철학과 문학은 둘이면서 하나이고, 하나이면서 둘이다. 철학과 문학이 그런 관계를 가진 역사적인 과정을 재검토하고 새로운 협력의 시대를 열고자 한다. 철학과 문학이 서로 갈라서서 각기 그 나름대로의 존재의의를 입증하려고 하는 잘못을 청산하고, 세상을 구하는 커다란 학문을 하는 통찰을 함께 노력해서 얻어야 한다고 밝혀 논하고자 한다.

철학사와 문학사의 상관관계를 세계적인 범위에서 고찰한다는 점에서 이 책은 세계문학사 이해의 이론을 새롭게 정립하기 위한 작업에 포함된다. 문학사를 다른 역사와 관련시켜 다루는 일련의 작업의 하나로 이번에는 철학사와 문학사의 관련을 문제삼는다. 《한국의 문학사와 철학사》(지식산업사, 1996)에서 문학과 철학의 관계를 한국의 범위 안에서 고찰한 성과를 재검토하고 확대하기 위해서, 세계의 철학사와 세계의 문학사가 어떤 관계를 가지고 전개되어 왔는가 고찰한다.

세계문학사 이해의 이론을 재정립하는 작업은 다음과 같이 진행된다.

《세계문학사의 허실》(지식산업사, 1996)

《카타르시스·라사·신명풀이》(지식산업사, 1997)

《동아시아 구비서사시의 양상과 변천》(문학과지성사, 1997)

《하나이면서 여럿인 동아시아문학》(지식산업사, 1999)

《공동문어문학과 민족어문학》(지식산업사, 1999)

《문명권의 동질성과 이질성》(지식산업사, 1999)

《철학사와 문학사 둘인가 하나인가》(지식산업사, 2000)

《소설의 사회사 비교론》(2001년 간행 예정)

《세계문학사의 전개》(2002년 간행 예정)

《세계문학사 연구총서 총색인》(2003년 간행 예정)

이 책 이름을 《철학사와 문학사 둘인가 하나인가》라고 해서 '철학사'를 '문학사'보다 앞세운 것은 철학 쪽에 더 많은 비중을 두고 고찰하려고 하기 때문이다. 둘을 대등하게 다루지 않는 것이 잘못이라고 할 수 있으나, 선후의 저술에서 문학에 치우친 논의와 연결시키면 균형을 잡을 수 있다. 지금까지 세계문학사를 새롭게 이해하는 이론을 마련한 성과를 적용해 세계철학사의 전개를 밝혀 논하는 길을 열고서, 철학사와 문학사의 관련양상을 몇몇 구체적인 사례를 통해 검증하는 것이 여기서 할 일이다.

철학과 문학이 둘이면서 하나이고 하나이면서 둘인 관계를 밝혀 학문을 바로잡고자 하는 점에서 이 책은 학문론에 관한 일련의 저작에 속한다. 과거에 근거를 두고 현재를 비판하면서 미래를 위한 설계를 제시하기 위해서 필요한 논의를 멀리서부터 시작해, 근대학문의 근본적인 결함을 시정하고 근대를 극복하는 다음 시대의 학문을 하는 지혜를 마련하는 데 이르고자 한다. 그렇게 해서 지금까지 여러 차례 펴온 새로운 학문을 위한 주장을 심화하고 발전시키는 획기적인 성과가 있기를 기대한다.

학문론에 관한 작업은 다음과 같이 진행되어 이 책에 이르렀다.

《우리 학문의 길》(지식산업사, 1993)

《독서·학문·문화》(서울대학교출판부, 1994)

《인문학문의 사명》(서울대학교출판부, 1997)

《이 땅에서 학문하기》(지식산업사, 2000)

이 책에서 동서고금의 많은 저작을 널리 다루어야 하는 것은 큰 부담이다. 필요한 자료를 모두 원문으로 읽어야 충실하게 이해하고 깊이 있는 논의를 전개할 수 있는데, 번역에 의존하는 경우가 많은 것이 커다란 결함임을 인정한다. 또한 수많은 기존 연구에서 심각하게 시비해온 문제를 대강 처리하는 잘못도 있다. 그러나 멀리까지 조망하는 것이 부분적인 고찰을 충실하게 해야 하는 것보다 더욱 긴요한 과제이다. 전체를 파악해야 이치의 근본에 대한 통찰을 얻을 수 있다.

그렇게 하기 위해서 소중한 사례를 한평생의 공부로도 가능한 범위 안에서 되도록 광범위하게 찾아내 멀리 있는 것들이 가깝게 보이게 서로 연결시키는 것밖에 다른 방법은 없다. 계속 다루어야 할 문제와 자료가 허다하지만, 일할 수 있는 시간과 능력에 한계가 있다는 사실을 겸허하게 받아들인다. 나로서는 최선을 다한 결과를 내놓아 토론자료로 삼으면서, 다른 분들은 불만이 많아 더욱 훌륭한 작업을 다시 하도록 촉구한다면, 그 이상 바랄 것이 없다.

이루어진 결과를 보니, 생소한 자료를 마구 내놓고, 체계적인 논의를 가지런하게 전개하지 못한 두 가지 결함이 두드러진다. 그러나 그것은 비난받아야 할 일이 아니다. 유럽문명권 중심주의의 허상을 깨기 위해 필요한 참신한 자료를 다른 여러 문명권에서 찾아내야 하므로 생소하다는 비난을 무릅쓰지 않을 수 없다. 학문은 이성의 소산이어야 한다는 통념을 넘어서서 이성과 감성을 합치는 방식으로 통찰의 학문에 근접하기 위해서 자유로운 발상을 창의적으로 나타내는 글쓰기를 시도해야 한다.

이 책 또한 수강하는 학생들을 토론자로 해서 강의를 하면서 쓴다. 1998년 2학기 박사과정 강의에서 초고를 발표했다. 국문학과의 류준경, 이경하, 김은정, 이정자, 한길연, 장유정, 임재욱, 이지영, 종교학과의 임부연, 그리고 러시아에서 온 최인나, 이 여러 사람이 강의를 수강하면서,

토론하고 비판하는 발표를 하고 과제를·제출해, 개고를 위한 지침으로 삼을 수 있었다.

1999년 1학기 석사과정 강의에서 일차 정리본을 강의했다. 박이정, 노경희, 엄윤주, 정소연, 조성진, 천혜영, 그리고 미국학생 나수호, 중국학생 초립평, 일본학생 스즈키 준이 강의에 동참해, 진지한 논의를 진행했다. 1999년 2학기 학사과정 강의에서 이차 정리본을 교재로 사용하면서 고치고 다듬었다.

선행 저서 몇 가지와 마찬가지로 이 책 또한 그처럼 여러 단계의 강의를 거쳐 완성한 것이 커다란 행운이다. 그 때문에 주어진 과목과 실제로 강의한 내용이 일치하지 않은 것은 규칙에 어긋나는 일이지만, 잘못했다고 생각하지는 않고, 오히려 제도 개혁을 다시 촉구한다. 이런 저술을 하면서 교수가 스스로 개설하는 강의를 진행하는 것이 대학교육의 통상적인 방법이 되는 날이 하루 빨리 오기를 고대한다.

김헌선 교수가 강의에 동참하고, 원고를 평가를 하는 글을 써서 보충해야 할 사항에 대해 자세한 지침을 마련해주었다. 본문에다 그대로 옮겨 적으면 내용이 한층 충실해지겠으나 그렇게 하지는 않고, 해당 대목에서 주를 달아 간략하게 언급하는 데 그친다. 다음 일꾼이 더 크게 해야 할 일을 내가 어설프게 가로맡을 수 없기 때문이다.

차 례

철학과 문학의 기본관계에 관한 서론

영역끼리의 관계

철학과 문학이 어떤 관계에 있는가 밝히려면 많은 논의가 있어야 한다. 문제가 워낙 복잡해 방대한 저술을 해도 만족스러운 결과를 얻지 못할 것 같다. 그러나 지나치게 생각하면 오히려 길이 막히니, 쉽게 접근하기로 하자. 철학과 문학의 관계를 간명하게 정리해서 서론으로 삼아야 필요한 논의를 시작할 수 있다.

철학은 쉬운 말을 어렵게 하지만, 문학은 어려운 말을 쉽게 한다. 둘의 관계를 문학 특유의 방식을 사용하면서, 문학에 유리하게 규정하면 이렇다고 할 수 있다. 문학이 형상화된 체험이라면, 철학은 개념화된 논리이다. 이렇게 말하면 둘의 관계를 공평하게 규정했다 하겠으나, 철학 특유의 어법을 사용한 탓에 한쪽으로 치우쳤다.

문학과 철학은 서로 달라서, 상대방을 이해하지 못하고, 배격하고, 적대시하기도 한다.[1] "철학과 시는 오랫동안 사이가 나빴다"고 일찍이 플라톤이 공언하지 않았던가.[2] 그러나 孔子는 "不學詩 无以言"(시를 배우

---

1) 철학과 문학의 다툼이 유럽에서 생긴 내력을 Stanley Rosen, *The Quarrel between Philosophy and Poetry*(New York : Routledge, 1988)에서 고찰했다.
2) Plato, *Republic, The Collections of Dialogues*(Princeton : Princeton Univer-

지 않으면, 말할 것이 없다)이라고 했다.[3] "철학자는 최상의 경우에 시인이고, 시인은 최악의 경우에 철학자가 되려고 한다"고 한 것은 철학자의 말이다.[4] "시의 신비는 일상적인 언어와 상반된 어법을 사용해 사물을 새롭게 명명하고, 새로운 빛으로 바라보는 데 있다"고 한 것은 시인의 말이다.[5]

문학과 철학의 관계에 대해서 서로 다른 말을 한다고 해서 당황할 것은 아니다. 어느 쪽을 따를 것인가 고민할 필요가 없다. 문학과 철학은 상반되므로 화합하고, 화합하므로 상반되는 관계에 있다. 상반을 드러내서 말하려고 하다가 화합론을 펴고, 화합이 소중하다고 하다가 상반론으로 치닫는 것이 당연하다.

형상화된 체험은 개념화된 논리를 배격해 무력하게 만들려고 하고, 개념화된 논리는 형상화된 체험을 굴복시켜 지배하려고 한다. 그래서 문학과 철학은 적대적인 관계를 가지고 둘로 나누어진다. 그러면서 다른 한편에서는, 형상화된 체험은 개념화된 논리를 지니지 않으면 공허하고, 개념화된 논리는 형상화된 체험을 갖추지 않으면 경색된다. 그래서 문학과 철학은 서로 필요로 하며 하나가 되고자 한다.[6]

---

sity Press, 1973), 832면.

3) 《論語》,〈季氏篇〉.

4) George Santayana, *Three Philosophical Poets, Lucretius, Dante, and Goethe*(Cambridge : Harvard University Press, 1922), 11면.

5) Adonis, Catherine Cobham tr., *Arab Poetics*(Austin : University of Texas Press, 1985), 73면. 아부 누와스(Abu Nuwas), 알-니파리(al-Niffari), 알-마아리(al-Ma'arri)를 아랍시의 세 거장으로 들어 고찰하고 그렇게 결론지었다.

6) 철학과 문학의 관계를 고찰하는 작업은 이미 광범위하게 진행되었다고 할 수 있으나, 이 책에서 하는 작업과는 상당한 거리가 있으므로 구체적으로 검토하지 않고, 간략하게 언급하는 데 그 치기로 한다. Käte Hmburger, *Die Logik der Dichtung*(Stuttgart : Ernst Klett, 1968)에서는 문학에 갖추어져 있는 논리를 찾아 체계적으로 정리하면서 문학을 철학에 근접시켰다. Gottfried Gabriel, *Zwischen Logik und Literatur, Erkenntnisformen von Dichtung, Philosophie und Wissenschaft*(Stuttgart : Metzlerische, 1991)에서는 철학과 문학이 인식의 형식이라는 점에서 어떤 공통점이 있는가 찾으면서, 두 영역의 상호해명을 시도했다.

문학과 철학이 상반되기도 하고 화합하기도 하는 관계는 어느 한쪽을 선택할 것이 아니다. 둘이 공존하는 양상을 분석하고 있는 것도 능사가 아니다. 문학과 철학 사이의 두 가지 관계는 시대에 따라서 변해왔다는 사실을 주목해야 한다. 화합이나 상반이 어느 시기 어떤 조건에서 선택되고 교체되었는가 살피는 역사적인 고찰을 하는 데 힘쓰면서 지금의 상황을 진단하고 미래를 창조하는 것이 마땅하다.

지금은 철학과 문학 사이의 상반이 극도에 이르렀다. 그래서 둘 다 망하게 되어 있으므로, 다시 화합하지 않을 수 없는 전환점에 놓여 있다. 물질이 정신을, 기술이 학문을, 자연학문이 인문·사회학문을, 사회학문이 인문학문을 일방적으로 압도해 세계사의 위기가 조성된 지금의 시기에, 문학과 철학은 근시안적인 경쟁과 소모적인 내분으로 세월을 헛되이 보내지 말아야 한다. 학문의 바른 길을 열어 역사창조의 방향 전환을 선도하는 과업을 철학과 문학이 협력해서 수행해야 한다.

문학을 배제한 엄밀한 철학, 철학과의 얽힘에서 벗어난 순수한 문학을 하겠다고 하는 것은 망상이다. 자기 영역을 다른 것들과 애써 구획해 고유하고 배타적인 특징을 명시하는 데 힘써온 근대인의 작업은 이제 반성과 청산의 대상이 되지 않을 수 없다. 영역을 구획하고 특징을 명시하고자 하는 노력은 분업, 전문성, 분석 등으로 구현된 세분화가 최상의 가치를 가진다고 여기는 근대인의 편향된 사고방식을 따른 일방적인 선

Mark Edmundson, *Literature against Philosophy, Plato to Derrida : a De-fence of Poetry*(Cambridge : Cambridge University Press, 1995)에서는 시에 대한 철학의 비난에 맞서서 시를 옹호하는 논거를 철학의 변모과정을 살피면서 찾으려고 했다. H. P. Rickman, *Philosophy in Literature*(Madison : Fairleigh Dickinson University Press, 1996)에서 문학과 철학의 관계를 다루면서, 많은 차이가 있다는 사실에 대해서 길게 거론하고, 철학은 "the intellectual context of ideas"를, 문학은 "the intimacy of individualized vision"을 제공하므로 그 둘은 서로 필요로 한다고 했다. 그러나 그 어느 경우에도 문학과 철학의 관계가 달라져온 과정에 대한 역사적인 고찰을 하지 못하고, 유럽문명권 밖의 사례는 검토하지 않았다.

택이다. 그렇게 해서 分이 극도에 이르렀으므로 合이 시작되는 것이 불변의 이치이다.

문학과 철학의 관계는 지금 역사상 가장 멀어졌기 때문에, 다시 가까워지지 않을 수 없다. 分에 치우친 근대학문을 넘어서서 合을 다시 이룩하는, 다음 시대의 새로운 학문을 시작하는 것이 이제부터의 과제이다. 미래를 새롭게 창조하기 위해서 과거를 재검토해야 한다. 근대학문이 폄하하고 왜곡한 중세를 재인식하고, 고대까지도 되돌아보아야 한다.

얽힘과 나누어짐

문학과 철학의 관계를 명확하게 따지기 위해서, 문제 제기를 다시 해보자. 문학과 철학은 사람 사이에 견주어 말하면, (가) 동업자인가, (나) 형제인가, (다) 부부인가? 이 가운데 어느 것이 정답인가? 어느 해답을 택하는 것이 유리한가?

연구작업에서는 문학과 철학이 (가)의 동업자의 관계라고 하는 것이 적절한 대답이다. 문학과 철학이 동업자이면, 서로 도움을 주어야 한다. 문학연구는 철학연구에서, 철학연구는 문학연구에서 도움을 얻어야 잘할 수 있다. 이에 대해서 더욱 자세하게 고찰해보자.

문학을 이해하기 위해서 철학은, 철학을 이해하기 위해서 문학은 어떤 도움을 줄 수 있는가? 철학에서는 문학을 위해서 문학이론의 근거가 되는 사상을 제공하는데, 문학은 철학을 위해서 무엇을 할 수 있는가? 일방적인 기여를 하는데도 대등한 관계가 유지될 수 있는가?

문학은 연구·비평·창작을 바로 연결시키면서 대단한 영향력을 행사하고 있어 저변이 넓고, 철학은 이치를 엄정하게 따져 꼭지점을 높이 올릴 수 있다. 그래서 문학과 철학은 서로를 필요로 한다. 문학연구와 철학연구를 두고 말하면, 문학연구란 문학에서 철학을 찾는 작업이고, 철학연구란 철학에서 문학을 찾는 작업이어야 한다.

형상화된 체험인 문학이 주는 구체적인 감동을 그 자체로 그냥 받아들이기만 하면 문학을 연구한다고 할 수는 없다. 그런 일을 하느라고 대학에서 문학을 다루는 학과를 설치하고, 강의를 하고, 학위를 주는 것은 불필요한 사치이고 낭비이다. 문학작품이나 문학행위가 지니는 의미나 의의를 찾아내 논리화된 개념으로 진술해야 문학연구가 이루어진다. 그래야 문학에 관한 비판적인 검토를 총괄해서 비평의 원리를 제공하고 창작의 방향을 제시할 수 있다.

철학저술에 나타나 있는 논리화된 개념을 그냥 읽고 받아들이는 것이 철학연구일 수도 없다. 번역을 하거나 요약을 해서 원문만 못한 저질의 대용품을 만드는 행위를 하는 것이 수고스러우니 철학교수가 먹고살 권리가 있다고 하는 것은 억지이다. 철학교수가 철학연구를 한다는 것은 어떤 작업이며 무슨 의의가 있는가, 문학연구의 경우를 들어 밝히면 납득할 만한 해답을 얻을 수 있다.

철학저술에 내포되어 있는 구체적인 체험을 찾아내는 것이 철학연구에서 우선 할 일이다. 철학저술은 많은 말을 한데 모았기 때문에 부득이 추상화된 문학작품이어서 한 시대 사회 거의 모든 구성원이 자기도 모르는 사이에 동참해서 진행하는 거대한 논란을 최대한 포괄하고, 서로 상반된 주장이 복잡하게 엇갈리는 갈피를 정신을 잘 차려서 잡아낸 결과임을 해명해야 한다. 개별적인 사실에 매여 있는 구체성을 최대한 집약한 보편적인 의미를 난해할 수밖에 없는 논리의 구조물로 구현한 것을 납득할 수 있게 해야 한다. 그런 사실을 명확하게 해야 절실한 내용을 갖춘 철학연구가 이루어지고, 지난 시기의 철학저술에 관한 연구가 오늘날의 철학창작과 바로 이어질 수 있다.

역사적인 유래를 따져보면, 문학과 철학은 (나)의 형제라고 하는 것이 적절한 해답이다. 문학과 철학이 형제라는 것은 같은 부모에서 갈라져 나왔다는 말이다. 부모를 찾아야 어째서 형제이고, 어떤 관계를 가진 형제인가 알 수 있다. 누가 부모인가? 어떻게 갈라지고, 왜 갈라졌는가? 현재는 어떤 사이이고, 장래에는 어떻게 될 것인가? 이런 의문에 대답할 수 있는 연구를 해야 한다.

철학과 문학 두 형제를 낳은 부모는 '말하기'와 '글쓰기'라고 할 수 있다. 말하기가 어머니라면, 글쓰기는 아버지이다. 말이나 글을 뛰어나게 잘해서 이치를 따지기도 하고 감동을 주기도 하는 것이 철학이면서 문학이고 문학이면서 철학이었다. 그러나 철학과 문학에서 말과 글을 사용해온 구체적인 양상은 시대에 따라 변해왔다.

말하고 글쓰는 일을 그 내용이나 성격에 따라 나누지 않고 한꺼번에 해오다가, 고대에 철학쪽과 문학쪽이 상대적으로 나누어지기 시작했다. 중세전기에 둘 사이의 거리가 좀 더 벌어지고, 중세후기에 이르면 철학은 체계를 뚜렷하게 갖추어 문학과 갈라졌다. 그래서 合에서 分으로 나아가는 역사가 전개되었다.

그렇게 하는 동안에 철학은 아버지 쪽에서 글쓰기의 형질을 물려받는 데 치우치고, 글을 말에서 분리시켰다. 중세에 들어서서 공동문어가 생겨나자 철학의 언어는 공동문어라야 하는 관례가 확립되었다. 문학에서는 상층부가 거기 동조해 공동문어문학을 이룩하고, 중간부는 말과 글이 합쳐져 있는 영역인 민족어문학을 개척하고, 하층부의 구비문학은 말하기의 전통을 어머니 쪽에서 이어왔다. 그래서 철학과 문학은 외형에서 아주 달라졌다.

그렇지만 철학에서도 글쓰기가 말하기를 일방적으로 압도한 것은 아니다. 철학자는 수강생을 모아놓고 강학을 일삼으면서 살아왔다. 거기서 학문을 하는 보람을 찾고, 생계의 수단을 마련했다. 강의에서 말로 편 논의를 글로 다듬어 저술을 하는 것이 철학하기의 일반적인 방식이다. 공동문어를 가지고 말을 하는 것은 아주 드문 일이다. 공동문어 저술이라도 말하기 단계에서는 민족구어를 사용하는 것이 상례였다.

그러나 철학에서는 생각을 글로 다듬어내 말의 흔적을 남기지 않는 점이, 말을 전면에 내세우는 문학의 경우와 달랐다. 말하기의 단계를 거친 철학논설은 글쓰기의 모범작이고자 하고, 글쓰기에서 이루어진 문학작품은 말하기의 특성을 구현한 것을 자랑으로 삼는 역행현상이 기이하

지 않고 당연하다. 아래에서는 위로 올라가고자 하고, 위에서는 아래로
내려오고자 하는 심리를 구체화해, 과정과 결과, 이면과 표면을 상이하
게 해야 창조가 이루어진다.

철학과 문학 사이의 상반된 관계가 언제나 같은 양상으로 지속된 것
은 아니다. 중세후기에 이르러서 철학에서는 공동문어를 사용하는 논설
을 확립하고, 문학에서는 민족구어로 창작하는 작품이 늘어나자, 철학과
문학 사이에 존재하는 외형의 이질성이 내질의 동질성을 압도했다. 그
래서 둘 사이의 合의 시대가 가고 分의 시대가 왔다.[7]

공동문어로 정립한 이념이 민족구어로 나타내는 정서보다 우위에 있
어 철학이 문학을 지배하겠다고 하면서 合을 강요해 分이 더욱 심각해
지도록 하는 사태가 벌어졌다. 그 이면에서 문학은 철학에서 펴는 주장
을 받아들여 넘어서는 방법으로 반론을 제기해 分의 저항을 새로운 合
을 창조하는 방법으로 관철시키고자 했다. 그 점에 관해 자세하게 살피
는 것이 이 책에서 감당하고자 하는 긴요한 과제이다.

중세후기에 철학과 문학이 그렇게 나누어지면서 그 둘의 관계가 分으
로 귀결된 것은 아니다. 중세에서 근대로의 이행기에는 기존 철학의 거
대한 체계가 불신되면서 문학을 통해서 새로운 발상을 표출하는 움직임
이 활발하게 나타나서 合의 시대가 재현되었다. 둘의 관계는 다시 변해,
근대로 들어서자 체계적인 구성과 고도로 추상화된 논리를 엄정하게 갖
춘 철학저술이 나타나 문학을 멀리했으며, 문학창작 또한 철학의 간섭
에서 벗어나야 자유로운 창의력을 발휘하겠다고 했다.

7) Henri-Jean Martin, *The History and Power of Writing*(Chicago : The Uni-
versity of Chicago Press, 1994)에서 말과 글의 관련을 역사적으로 고찰하면서
철학의 경우를 예증으로 삼은 것이 이와 관련된다. 플라톤은 '말하기'가 지배적
인 시대에 말로 한 것을 글로 옮기는 방식으로 글을 써서 중언부언하고(92~94
면), 아퀴나스는 이미 마련되어 있는 '글쓰기'의 틀을 사용했으므로 방대한 저술
을 단기간에 하면서도 논리를 정연하게 가다듬었다고 한 것을(151~153면), 서
로 다른 시대에 있었던 일이라고 각기 서술해 놓았는데, 직접 대조해서 살필 만
하다.

그래서 分이 극도에 이른 것이 역사의 종말은 아니다. 체계화된 철학의 추상적인 논리에 대한 반성과 불신이 일어나 그 권위가 추락하고 해체작업이 진행되는 한편, 철학의 문제를 문학창작을 통해서 자유롭게 다루는 풍조가 나타나고 있다. 그래서 어떻게 될 것인가 궁금하게 생각하면서 사태의 추이를 지켜볼 것은 아니다. 어떻게 해야 할 것인가 하는 물음에 대한 대답을 스스로 마련해야 한다. 그렇게 하기 위해서 이 책을 쓴다.

지금까지 편 논의를 구체화하려면 철학에서 사용한 글쓰기 방법을 고찰하는 데 힘써야 한다. 철학이 줄곧 철학 특유의 논설을 사용해서 논리적인 진술을 해온 것은 아니다. 철학이 문학에서 아주 멀어졌을 때 비로소 그 길로 들어섰을 따름이다. 문학과 아주 가까워진 시기에는 철학에서도 詩를 써서 '철학시'를 가장 긴요한 글쓰기 방식으로 삼았다. 그 양극 사이에 여러 중간 형태가 있었다. 대화, 주해, 우의, 서사문, 소설 같은 것들을 필요에 따라 활용하고 또한 창안해서 철학 글쓰기가 참으로 다양하게 전개되었다.

글쓰기의 내력을 살피는 작업은 문학사연구에서 먼저 진척되었으나, 문학사와 철학사를 합쳐 하나로 만들 수 있는 공동의 영역이다. 철학사 또한 글쓰기 역사의 관점에서 고찰해야 변화 양상이 뚜렷하게 나타나고, 문학사와의 관련이 밝혀진다. 그 작업을 세계적인 범위에서 시도하는 것이 여기서 하고자 하는 일이다.[8] 철학과 문학이 나누어지기도 하고

---

8) Berel Lang, *Philosophy and the Art of Writing, Studies in Philosophical and Literary Style*(Lewisburg : Bucknell University Press, 1983)에서는 'dialogue'(대화), 'meditation'(명상), 'essay'(수상), 'commentary'(주해), 'treatise'(논설), 'critique'(비평), 'philosophical poem'(철학시), 'aphorism'(단상) 같은 글쓰기 방식이 철학에서 어떻게 쓰였는가 논의했으나, 글쓰기의 역사를 살피고자 하지는 않았다. 장차 세계철학사 서술의 업적을 검토할 때 [철학사3]이라고 일컬을 André Jacob dir., *L'univers philosophique*(Paris : Presses Universitaires de France, 1989)에는 'Les formes de la philosophie'(철학의 형식)라는 장을 두고, 'le discours fragmentaire'(단상), 'dialogue, entretien'(대화), 'l'exposé scolasti-

합쳐지기도 한 과정을 살펴 형식론을 출발점으로 삼은 다음, 형식과 내용을 아울러 고찰하는 방법을 찾기로 한다. 철학과 문학은 왜 합쳐졌다가 나누어지고 나누어졌다가 합쳐지는가 하는 의문은, 合과 分은 한쪽이 지나치면 다른 쪽으로 넘어가게 마련이라는 이치를 들어 원칙론의 차원에서 해결할 수 있다. 그러나 특정 시점의 合이나 分이 그 시대의 상황과 어떤 관련을 가지는가 하는 의문은 그 하위 각론의 소관이다. 分의 시대는 중세이고, 근대이다. 合의 시대는 중세에서 근대로의 이행기였다.

그렇다면 分에서 合으로 나아가고 있는 지금은 어느 시대인가? 지금은 근대에서 다음 시대로 나아가는 이행기여서 合이 나타난다고 하는 것이 적절한 해답이다. 이념이 확립되어 있는 안정기에는 이념의 구현체인 철학이 문학을 멀리하고, 기존의 이념을 불신하고 새로운 이념을 찾아나서는 이행기에는 철학의 반역을 문학을 통해서 일으켜야 하기 때문에 合이 나타난다고 하면 그 동안의 경과를 총괄해서 설명하는 이론을 마련할 수 있다.

장래는 어떻게 될 것인가? 중세 다음의 또 한번의 안정기에 들어서면 分의 시대가 재현되겠지만, 그때까지 가는 상당한 기간 동안 많은 일이 남아 있어 줄곧 合이 중요시되는 것이 당연하다. 이렇게 말하면 대체로 정답을 얻었다고 할 수 있다.

그러나 分으로 갔다가 合으로 갔다가 순서대로 순환한다고 하는 것은 사태의 일면, 그 표면에 대한 인식이다. 分의 시대에도 合이 있고, 合의 시대에도 分이 있어, 표면과는 다른 이면의 작업을 진행했다는 것이 더욱 심층적인 이해이다. 分의 이면인 合은 分을 해체하면서 다음 시대를

---

que'(논설), 'la méditation philosophique'(명상), 'le discours épistolaire en philosophie'(서간), 'le discours poétique en philosophie'(철학시), 'fiction narrative en philosophie'(허구적 서사문) 등의 항목을 여러 필자가 분담해 각기 별개의 것으로 고찰했다. 양쪽에서 모두 유럽문명권의 두드러진 사례를 예증으로 삼는 데 그치고, 다른 문명권으로 논의를 확대하지 않았다.

준비했다. 合의 이면인 分에 관해서도 같은 말을 할 수 있다.

分의 이면에서 작용하는 合과, 合의 이면에서 작용하는 分은 다음 시대를 준비한다는 점에서 서로 같지만, 준비하는 내용은 서로 다르다. 合은 새로운 것을 창조하고, 分은 이미 창조한 것을 갈라놓는다. 문학과 철학이 하나가 되어 기존의 체계와 관습을 깨고 생동하는 창조를 총체적으로 이룩하면 그것이 다시 갈라진다. 지금은 합쳐서 창조할 때일 뿐만 아니라, 分의 시대가 다시 오더라도 그 이면에서 合의 작업을 하는 반역을 이룩하는 것이 分의 규범을 지키는 데 봉사하는 것보다 더욱 바람직한 일이다.

창조하는 작업을 하고자 하면 철학과 문학이 (다)의 부부라고 해야 한다. 둘이 협력해서 공동의 작업을 해야 창조를 이룩할 수 있다. 과거에도 그랬고, 현재에도, 미래에도 그렇다. 창조활동에서는 문학과 철학이 부부관계이다. 문학은 철학을 자기 것으로 하고, 철학은 문학을 자기 것으로 해야 가치 있는 창조물을 풍성하게 산출할 수 있다.

문학연구가 철학연구이고, 철학사와 문학사를 함께 파악한다고 하면 할 일을 다 하는 것은 아니다. 문학창작과 철학창작, 철학창작과 문학창작을 합쳐서 하나로 하는 것을 목표로 삼아야 한다. 당장 그렇게 하지 못하면 거기까지 이르기 위한 예비적인 작업을 하는 데 힘써야 한다. 이 책이 바로 철학창작이면서 문학창작인 것은 아니지만, 그 목표에 근접하는 길로 내 자신이 들어서서 남들을 안내해야 한다.

철학과 문학의 역사적인 관계를 밝히기 위해서는 合과 分의 원리를 파악하자고 했는데, 둘이 함께 작용해서 창조를 이룩하기 위해서는 合分論에서 生克論으로 나아가야 한다.[9] 合에서는 生이, 分에서는 克이 이루어지므로, 합분론이 바로 생극론일 것 같으나 그렇지 않다. 合分은 겉

---

9) 合分論은 여기서 처음 전개하고, 生克論은 〈生克論의 역사철학 정립을 위한 기본구상〉,《한국의 문학사와 철학사》(서울 : 지식산업사, 1997) 이래로 계속 개발하고 있다.

으로 나타난 현상이고, 生克은 안에서 진행되는 작용이다. 현상은 각기
별개의 것일 수 있어 合은 合이고 分은 分이다. 그러나 작용은 서로 얽
혀 있어, 生이 克이고 克이 生이다.

　철학과 문학은 合의 상태에 있어 生의 조화를 이룩할 때뿐만 아니라,
分의 상태에 있어 克의 대립을 일으킬 때도 창조적인 작업을 한다. 그러
면서 合의 生에서는 둘이 함께 공동의 창조를 하고, 分의 克에서는 둘이
각기 상대방에게 이기려고 하는 경쟁적인 창조를 하는 점이 서로 다르
다. 分의 시대에는 철학이 상위에 있다고 자부하고 문학은 하위에 있다
고 자기를 비하해서, 철학은 문학을 경쟁자로 삼지 않지만, 문학은 철학
을 이기기 위해서 克의 창조를 힘써 한다.

　그렇게 해서 촉발되는 克의 창조는 상대방을 자기 것으로 해야 뜻하
는 바를 이루기 때문에 生의 창조가 되어야 한다. 후진이 선진으로 바뀌
어 선진을 후진으로 만들고, 열세가 우세에게 이기는 과정을 거쳐 양쪽
이 하나가 되어 克의 창조가 生의 창조가 된다. 克의 창조가 아닌 生의
창조가 없고, 生의 창조가 아닌 克의 창조도 없다. 生과 克은 둘이면서
하나이고, 하나이면서 둘이며, 둘이므로 하나이고, 하나이므로 둘이다.
그런 내밀한 작용이 경우에 따라서 어느 한쪽으로 치우친 것처럼 보여
合의 시대가 있고, 分의 시대가 있다고 하게 된다.

　合과 分의 관계는 겉으로 나타나 있으므로 파악하기 쉽다. 자료를 들
어 실증할 수 있다. 生과 克의 관계는 내밀하게 전개되어, 역사적인 연
구의 대상으로 삼기 어렵고, 실증해서 밝힐 수 있는 길이 쉽사리 열리지
않는다. 과거에서 현재까지의 경과를 합분론에 의해서 서술한 성과를
토대로 미래를 창조하기 위한 작업을 해야 생극론으로 나아갈 수 있다.
과거의 유산을 비판적으로 검토하는 克과 되살려 활용하는 生이 둘이면
서 하나임을 구현하는 生克의 작업에서 창조가 이루어진다.

무엇을 해야 하는가

앞 대목에서 논의를 너무 많이 진전시킨 것은 잘못이다. 그래서는 독자의 의혹만 키워, 동조자가 생기지 못하게 할 염려가 있다. 책을 내던지지 않고 부담 없이 읽어 나가도록 하기 위해서 안내하는 말을 다시 친절하게 할 필요가 있다. 도대체 어떤 책을 쓰려고 하는가 하는 의문이 아직 해소되지 않았으므로, 하고자 하는 일을 조목조목 열거할 필요가 있다.

(가) 문학사 서술의 원리와 방법을 철학사에 적용한다. 시대구분, 문명권구획, 언어선택, 사고와 표현 등에 관해 문학사 연구를 통해 얻은 성과를 이용해서 철학사를 새롭게 해명한다.

(나) 철학과 문학이 어떻게 생겨나 분화되고, 가까워지고 멀어진 관계가 시대에 따라서 어떻게 전개되었는가 대표적인 예증을 들어 구체적으로 고찰한다.

(다) 문학의 철학적 측면에 관한 철학적 연구, 철학의 문학적 측면에 관한 문학적 연구를 서로 관련시켜 진행한다.

(라) 철학사와 문학사는 둘이 아니고, 철학사에 문학사가, 문학사에 철학사가 포함된다고 보아, 그 둘을 하나로 합쳐서 고찰한다.

(마) 문학이 무엇이고 철학이 무엇인가 하는 문제를 함께 다루어 창조적 사고의 기본특성과 방법을 해명하고자 한다.

(바) 문학과 철학을 하나로 포괄해서 창조하는 원리를 해명하고, 실제로 구현한 성과를 내놓아, 다음 시대를 여는 데 필요한 지침으로 삼고자 한다.

예증으로 드는 철학과 문학의 자료는 되도록 광범위하게 찾아, 핵심적인 의의가 있는 것을 선택하고, 문면을 자세하게 분석하는 데 힘쓴다. 자료를 광범위하게 찾았다는 것은 한문문명권·산스크리트문명권·아랍어문명권·라틴어문명권의 경우를 모두 다루고 대등하게 취급하려고 했다는 말이다. 그렇게 해서 세계철학사의 전개가 드러날 수 있게 한다. 문면을 자세하게 분석하는 것은 문학연구에서 개발한 방법을 활용해 내용과 표현을 함께 면밀하게 살핀다는 말이다.

　문면을 검토하기 위해서 필요한 대목을 길게 인용하지 않을 수 없다. 글쓰기의 방법을 보이기 위해 내용 이해만 고려하면 필요하지 않으리라고 생각되는 부분까지 내놓는다. 한문으로 쓴 글은 원문을 인용하고 번역을 곁들인다. 그 밖의 다른 언어로 이루어진 글은 번역을 내놓는다. 내가 이해할 수 없는 언어로 된 글은 국역이 없으면 영역 또는 불역을 통해 중역할 수밖에 없다. 번역문을 보고서라도 저자가 말하고자 한 바를 핍진하게 이해해, 내용이 표현과 분리되지 않도록 하려고 애쓴다.

　서두에서 일반론을 편 다음에는 책의 차례를 시대순으로 구성한다. 원시에서 고대까지, 중세전기, 중세후기, 중세에서 근대로의 이행기의 경우를 각기 고찰하면서, 중세후기의 철학에 대한 시인의 대응을 다루는 데 특히 많은 비중을 두었다. 근대에 관해서는 별도로 고찰하지 않고, 근대를 넘어서는 철학과 문학의 새로운 관계를 밝히는 것을 마지막의 과제로 삼았다.

세계철학사 서술의 문제점

논의의 시각과 자료

세계문학사에 대한 새로운 논의를 시작하면서 쓴 첫 저서 《세계문학사의 허실》[10]에서 지금까지 8개의 언어로 출판된 세계문학사 38종을 총괄해서 검토했다. 그런 작업을 세계철학사에 관해서도 추진해서 세계의 철학사와 문학사를 관련지어 함께 다루는 데 필요한 서론을 얻어야 한다. 그러나 철학사에 관해서는 문학사의 경우만큼 방대한 작업을 하지 못한다. 책 한 권을 별도로 쓰지 않고, 세계철학사를 몇 가지만 들고 간략하게 검토한다.

세계철학사의 범위를 넓게 잡아, 다양한 변형까지 포함시켜 다루기로 해도, 다음에 드는 여덟 가지밖에 구하지 못했다. 많이 모자라지만, 러시아·독일·프랑스·중국·인도·영미의 업적이 포함되어 있어 다행이다. 제1세계·제2세계·제3세계의 관점을 모두 검토할 수 있다. 여러 곳에서 나온 다양한 시각의 세계철학사가 지니는 그 나름대로의 특징을 들어 전형적인 문제점을 검토할 수 있다.

세상에 나와 있는 세계철학사를 있는 대로 들어 더욱 자세하게 검토

---

10) 서울 : 지식산업사, 1996.

26

하는 일은 그 방면의 전문가가 나서서 해야 한다고 촉구한다. 나는 기존 업적을 비판하면서 세계철학사 이해를 위한 관점을 마련하기 위해서 반드시 필요한 서론을 전개하는 데 힘쓰기만 한다. 문학사에 관해서 《세계문학사의 허실》 이후 책을 여러 권 써서 한 일을 철학사에 관해서는 이 책 한 권에서 하려고 한다. 그 때문에 생긴 불균형을 이 책에서 철학은 많이, 문학은 적게 다루어 바로잡으려고 한다.

검토의 대상이 되는 세계철학사의 목록을 제시하면 다음과 같다. 책 앞에다 내놓은 약호를 앞으로의 논의에서 계속 사용한다.

[철학사1] 소비에트과학아카데미 철학연구소, 《세계철학사》 ソビエト科學アカデミ 哲學研究所, 笠井 忠 外 共譯, 《世界哲學史》(원본 러시아 모스크바, 1957~1958, 東京 : 商工出版社, 1958) 이 책의 국역본도 있으나 일역본을 대본으로 한 "편역"이어서 자료로 이용하기 부적당하다.

[철학사2] S. J. 슈퇴릭히, 임석진 역, 《세계철학사》(원본은 독일 슈트트가르트, 1970, 서울 : 분도출판사, 1976)

[철학사3] 앙드레 자코브 총편, 《철학의 세계》, André Jacob dir., *L'univers philosophique*(Paris : Presses Universitaires de France, 1989)

[철학사4] 任厚奎 外 主編, 《東方哲學槪論》(成都 : 四川大學出版部, 1991)

[철학사5] 라주, 《비교철학입문》, P. T. Raju, *Introduction to Comparative Philosophy*(Delhi : Motil Banarsidass, 1992)

[철학사6] 로버트 C. 솔로몬과 케드린 M. 히진스 공저, 《철학간사》, Robert C. Solomon and Kathleen M. Higgins, *A Short History of Philosophy*(Oxford : Oxford University Press, 1996)

[철학사7] 데이비드 E. 쿠퍼, 《세계철학사입문》, David E. Cooper, *World Philosophies, an Historical Introduction*(Oxford : Blackwell, 1996)

[철학사8] 엘리어트 도이치 외 공편, 《세계철학편람》, Eliot Deutsch

et al. ed., *A Companion to World Philosophies*(Malden, Mass. : Black-well, 1997)

세계철학사의 기존 업적 검토

[철학사1] 소비에트과학아카데미 철학연구소의 《세계철학사》는 전5권으로 이루어져 있다. 그 제1권에서 16세기 이전의 철학을 다룰 때, 유럽문명권이 아닌 다른 문명권의 철학을 취급했다. 그 때문에 《세계철학사》라는 표제를 내세울 수 있었다. 제1권의 차례를 들어보자.

서론
제1장 고대동방의 노예제사회 철학사상의 발생과 발전
    1. 고대이집트와 바빌로니아 철학의 발생과 발전
    2. 고대인도 철학의 발생과 발전
    3. 고대중국 철학의 발생과 발전
제2장 노예제시대 그리스와 로마 철학의 발생과 발전
    1. 이오니아 사상가들의 유물론과 고대그리스 최초의 관념론적 제사조
    2. 기원전 5세기의 유물론과 관념론의 투쟁(데모크리토스 노선과 플라톤 노선)
    3. 아리스토텔레스의 철학
    4. 헬레니즘시대(기원전 3~1세기) 철학의 발전, 에피쿠루스
    5. 고대로마 철학의 발전, 마크레드우스 가르스의 유물론
제3장 봉건사회 철학사상의 발전(자본주의적 제관계의 형성까지)
    1. 동방제국 철학사상과 사회학사상
        (1) 중국
        (2) 인도

이처럼 유럽문명권의 철학사를 자세하게 취급하는 데다 다른 문명권
을 끼워넣었다. 철학의 발생과 발전을 다루는 최초의 작업에서부터, 인
도나 중국에 비해서 그리스는 아주 크게 다루어 철학사의 전개에서 두
드러진 위치를 차지한다고 했다. 일본철학을 위해서는 별도의 항목을
설정하고, 한국철학은 중국이나 일본철학에다 포함시켜 언급하지도 않
았다.

취급한 내용에 특별한 점이 있다면, "중앙아시아의 제인민"과 "자카
프카제(코카사스)의 제인민"의 철학을 등장시킨 것이다. 그런 곳의 철학
에까지 관심을 두어 유럽문명권중심주의에서 벗어나려고 한 듯하지만,
의도한 바가 다른 데 있다. 그 두 곳의 철학은 러시아철학과 함께 "소련

방 제인민의 철학사상과 사회학사상"을 이룬다고 했다. 소련방이 생겨
나기 훨씬 전에 그곳의 여러 민족이 독자적으로 이룩한 철학을 차지해
소련방의 위세를 높이려고 했다. "중앙아시아의 제인민"은 이슬람교를
믿고 아랍어를 학문의 언어로 사용하면서 철학을 했으므로, 그 유산이
이슬람철학 또는 아랍철학의 일부인데, 본래의 영역에서 분리시켜 소련
철학에다 소속시켰다.

이란철학과 아랍철학을 분리시켜, 이란철학을 아랍철학 앞에다 두었
다. 가잘리는 이란철학자라고 했다. 가잘리는 "반동철학의 거두"라고 하
고, 반 면 정도의 분량으로 다루었다.[11] 아랍어로 저술을 한 페르시아인
이라는 점에서 가잘리와 다를 바 없는 이븐 신나는 중앙아시아 철학자
라고 해서 소련철학자로 만들었다. 적극적인 의의를 가진 광범위한 활
동을 했다고 하면서, 유물론과 관념론을 함께 보여주었다는 사실에 관
해 두 면의 분량으로 서술하는 배려를 했다.[12]

朱熹는 유물론의 성향도 있지만 관념론의 성향이 더욱 두드러지며,
국가 이데올로기를 만들어 통치자를 위해 봉사했다는 말을 반 면 정도
의 분량으로 서술했다.[13] 라마누자에 대해서는 '박티'운동을 소개하면서
한 단락의 분량으로 언급하는 데 그쳤다.[14] 아퀴나스에 관해서는 비난하
는 말을 앞세우지 않고 여러 면에 걸쳐 자세하게 서술했다.[15]

가잘리가 페르시아의 철학자라면, 아퀴나스는 이탈리아의 철학자이
다. 가잘리가 "반동"이면, 아퀴나스 또한 그렇게 규정해야 한다. 그런데
아퀴나스는 유럽의 철학자라 하고, 자세하게 소개했다. 그런 편파적인
서술태도는 마르크스주의에서 내세우는 유물론의 원칙이나 당파성의
원칙과는 무관한 자기중심주의이다. 소련대국주의와 유럽문명권중심주

---

11) 236면.
12) 261~263면.
13) 196면.
14) 211면.
15) 310~313면.

의가 자기중심주의를 이중으로 형성하고 있다.

철학사를 유물론과 관념론이 대립되어 온 역사로 이해하면서 관념론을 비판하고 유물론을 평가하는 것이 마르크스주의 철학사를 서술하는 기본 원칙이다. 소비에트과학아카데미 철학연구소에서 그 작업을 거대한 규모로 이룩한다 하고서, 실제로 한 작업에서는 원칙을 스스로 어겼다. 철학사를 유럽철학과 비유럽철학, 소련방 제인민의 철학과 다른 지역 사람들의 철학이 경쟁해온 역사로 이해하면서 다른 쪽은 낮추어보고 유럽철학이거나 소련방 제인민의 철학인 것만 대단하게 여겼다. 평등의 이상으로 계급모순을 해결하는 진보를 이룩한다고 하고서, 차등의 관점에서 민족모순을 악화시키는 반동을 저질렀다.

제1세계·제2세계·제3세계라는 말을 사용해서 다시 논한다면, 제1세계의 반동적인 관점을 제2세계의 진보적인 관점으로 바꾸어놓는다고 표면상 주장하고서, 제1세계의 유럽문명권중심주의에 가세해서 제3세계를 차별하고 격하했다. 그래서 진보라고 한 것이 또 하나의 반동임을 보여주었다. 제1세계를 나무랄 자격이 없음을 스스로 드러내고, 제3세계의 비판을 면할 수 없게 되었다.

유물론의 원칙을 살려, 사회적 토대의 변화와 상부구조인 철학의 역사를 관련시켜 이해하는 작업은 유럽철학사에서나 의의를 가진다고 했다. 그 이유는 유럽에서는 사회경제사의 발전이 필요한 단계를 일찍부터 거쳐 순조롭게 이루어졌다는 데 있다. 유럽과 비유럽은 사회경제사의 발전이 정상이고 비정상인 차이가 있다고 하는 주장을 내세워 유럽문명권중심주의를 합리화하는 고차원의 논거를 마련했다.

제3장에서 서유럽은 14세기까지, 러시아는 16세기까지, 다른 곳은 18세기까지의 철학을 취급했다. 취급하는 대상을 그렇게 정한 것은 사회경제사의 발전단계가 같은 곳의 철학을 한데 모았기 때문이다. 서유럽에서는 15세기에 나타난 자본주의적 제관계가 다른 문명권에서는 18세기에도 나타나지 않았다고 보아 14세기까지의 유럽과 나란히 배열했다. 그것은 17세기 이후에는 어디서나 중세에서 근대로의 이행기가 시작되

었다는 사실을 무시한 처사이다.

18세기 중국에는 王夫之와 戴震, 인도에는 우라하, 일본에는 安藤昌益이 있어,[16] 유물론자 또는 진보적인 사상가를 유럽에서 독점하지는 않았다고 했다. 인도의 우라하는 인도에서 저술한 인도철학사에는 등장하지 않아 누구인지 모를 인물이다. 그런 인물을 찾아낸 것은 각별한 노력을 한 결과라고 할 수 있다. 그런데 그 몇 사람은 봉건사회에서 활동했다는 이유에서 대단하게 여기지 않았으며, 동시대 유럽의 사상가들과 견주어 살피려고 하지 않았다. 그 이유는 봉건사회의 유물론이란 자본주의사회에 들어선 동시대 유럽 유물론자들의 사상과는 한자리에 놓고 비교할 수 없을 만큼 저급하다고 보았기 때문인데, 그것은 크게 잘못된 생각이다.

18세기는 중국·인도·일본에서도 유럽의 경우와 같이 중세에서 근대로의 이행기였다. 그 시기 탁월한 사상가들은 중세와 근대의 양면을 함께 지녀 이행기 사상가의 면모를 보여주면서, 유물론으로 평가할 수 있는 일면을 넘어서 물질과 정신을 통괄해서 파악하는 통찰력을 보여주는 공통된 과업을 수행했다. 그렇기 때문에 한자리에 놓고 비교·고찰해서 세계철학사를 이루는 공통된 영역을 드러내야 한다. 지금까지 내가 연구해온 성과를 집약해서 이렇게 비판을 하고 대안을 제시할 수 있는 발언을, 지금 쓰고 있는 이 책에서 중세에서 근대로의 이행기 철학과 문학의 관계를 다루면서 더욱 가다듬고 발전시킬 예정이다.

[철학사2] 독일에서 나온 S. J. 슈퇴릭히의 《세계철학사》는 "제1부 : 동방의 지혜"를 "제1장 고대인도철학"과 "제2장 고대중국철학"으로 구성하고, "제2부 : 희랍철학" 이하에서는 유럽문명권의 철학만 다루었다. 인도철학은 표제와 같이 고대철학만 취급해서 산카라나 라마누자에 관해서 논하지도 않았다. 중국철학의 경우에는 표제와는 달리 신유학시대

---

16) 그 네 사람을 197·198·213·223면에서 다루었다.

의 철학까지 간략하게 언급했다. 이슬람철학사는 등장시키지 않았다.

1970년에 나오고, 1979년에 번역한 책이 그 정도인 것은 크게 개탄스러운 일이다. [철학사1]과 견주어보면, 세계철학사 서술에서는 제1세계가 제2세계보다 뒤떨어졌음을 확인할 수 있게 한다. 뒤떨어진 쪽을 길게 나무라면서 말을 낭비할 필요는 없다.

[철학사3] 앙드레 자코브 총편의 《철학의 세계》는 프랑스에서 프랑스혁명 200주년을 기념해서 출판한, 《보편철학백과사전》(*Encyclopédie phiosophique universelle*)의 일부이다. 수많은 필자가 짧은 항목을 하나씩 맡아 쓴 글을 모아서 큰 책을 만들었다. 프랑스혁명에서 내세운 철학의 이상이 오늘날 탐구의 영향력, 탐구 내용의 심도와 다양성, 종사하는 학자의 수에서 대단한 발전을 보였다고 했다. 그 모든 것이 프랑스의 자랑이라고 여기면서, 프랑스의 관점에서 세계의 철학을 논했다.

전5권 가운데 제3권을 이루는 이 책은 《철학의 세계》라는 표제를 내걸고, 철학 및 그 인접의 여러 학문에 대해 다각적인 고찰을 했다. 〈오늘날의 문제〉라고 한 제1부에 이어서, 〈재검토의 자료〉라고 한 제2부에서는 학문의 역사를 12장으로 나누어 광범위하게 고찰한 가운데 〈철학과 그 상황〉, 〈민족-논리〉(ethno-logique), 〈전통과 글쓰기〉의 세 장이 철학사에 해당하는 내용이다.

〈철학과 그 상황〉이라는 장에서는 유럽문명권의 철학사에 대해 고찰했다. 고찰의 순서를 시대순으로 하지 않고, 〈철학과 제도〉, 〈철학과 교육〉, 〈철학의 형식〉, 〈철학에서 인간과학으로〉, 〈철학의 상황에서 철학의 텍스트로〉로 절을 나누었다. 철학사를 철학이 처한 상황, 철학의 글쓰기, 철학과 다른 학문의 관계 등 외부와의 관련양상을 통해서 고찰하는 새로운 시도를 했다. 그 가운데 〈철학의 형식〉에서는 철학에서 사용한 글쓰기의 방법에 단상, 대화, 논술, 명상, 서간, 시, 허구적 서사문 등이 있다 하고 그 내력을 하나씩 고찰했다. 그것은 지금 하고 있는 작업을 위해 좋은 자극과 참고가 된다.

〈민족-논리〉및 〈전통과 글쓰기〉두 장에서는 유럽문명권이 아닌 다른 문명권의 철학사를 유럽문명권의 철학사와 함께 고찰했다. 구전되는 철학은 〈민족-논리〉, 기록된 철학은 〈전통과 글쓰기〉의 소관사로 삼아 장을 나누었다. 그 두 장에서는 지역과 민족에 따라서 하위항목을 설정하고, 서술한 내용을 시대순으로 배열했다.

〈민족-논리〉라는 말을 사용한 것은, 문자생활을 하지 않는 민족의 구전문화에 대한 조사와 연구는 민족학의 소관사라고 여기는 관습을 받아들였기 때문이다. 그 하위의 항목은 지역에 따라서, 아프리카·아메리카·오세아니아·유라시아로 나누고, 그런 지역마다 여러 민족의 전통적인 사고방식에 대해서 고찰했다. 지중해 코르시카섬의 구비전승에 나타난 세계관 같은 희귀한 사례가 다수 포함되어 있다.

〈전통과 글쓰기〉에는 중간제목을 두지 않고 각국의 사례를 열거했는데, 대체로 보아 남아시아·동아시아·동남아시아·서아시아·유럽의 순서를 택하고 있다. 시대의 원근, 비중의 대소, 전통의 친소 같은 것은 고려하지 않았다. 문명권 단위의 철학과 민족문화권 단위의 철학이 어떤 관련을 가지는가 하는 문제는 생각해볼 수 없게 했다. '철학'·'사상'·'전통' 같은 말을 각 항목의 사정에 따라 편리한 대로 썼다. 다른 데서는 찾기 어려운 〈베트남의 사상〉이 있다. 인도네시아 수마트라섬의 한 지역어인 〈부기스-마카사르(bugis-makassar)의 사상〉도 별도로 다루었다.

철학의 범위를 넓히고, 철학으로 다룰 수 있는 자료를 확대한 것이 커다란 공적이다. 고도의 논리를 갖춘 체계적인 저술이라야 철학이라 하며, 그런 업적이 대단한 뛰어난 철학자만 철학사에 등장시켜야 한다는 편견을 시정하고, 유럽문명권중심주의의 시각을 벗어나려고 했으며, 철학 글쓰기에 대해서 관심을 촉구한 것이 평가할 만한 업적이다. 제1세계의 학문은 19세기에 마련한 거창한 체계를 해체하고 새로운 발상을 할 수 있게 되어 제2세계보다 한걸음 더 나아가고 있음을 확인하게 한다.

그렇지만 잡다한 것들이 흩어져 있을 따름이고, 통괄적인 이해는 없다. 공시적인 열거만 있어, 철학사가 실종했다. 철학사를 불신하고, 철학을 해체했다. 인류는 얼마나 다양한 생각을 하는가 알려주는 데 치우쳐 얼마나 같은 생각을 해왔는가를 알 수 없게 한다. 근대에 대해서 불만을 가지기나 하고 다음 시대로 나아가려고 하지는 않는 포스트모더니즘의 증후가 그렇게 나타났다고 할 수 있다.

그런 결함을 시정하는 것이 지금 내가 쓰고 있는 이 책의 사명이다. 유럽문명권중심주의를 넘어서서 여러 문명권의 철학을 널리 받아들여 대등하게 고찰하는 세계철학사를 쓰는 기본구상을 마련해야 한다. 인류는 얼마나 같은 생각을 해왔는가를 밝혀 근대를 넘어선 다음 시대로 나아가는 공동의 지표를 찾는 것이 여기서 내가 할 일이다.

[철학사4] 任厚奎 外 主編의 《東方哲學史》는 유럽문명권 밖의 철학을 총괄해서 다룬 중국의 업적이다. 중국은 비유럽문명권 동방세계의 맹주가 되고자 하는 의욕이 있어, "東方"이라는 말이 앞에 들어간 저술을 거듭해서 했으며, 《東方文學史》도 그 가운데 하나이다. 그런데 이 책이 그 가운데 특출하다고 할 수 있다. 이념의 학문인 철학을 위해 특별히 힘을 써서 동방 이해의 기본지침서를 마련했다고 할 수 있다.

작은 책이지만 체계가 잘 서고, 내용이 어느 정도 균형이 잡혀 있다. 공통된 시대구분을 하고, 그 하위에 여러 지역의 철학을 소속시켰다. 구체적인 연대는 하위항목에서 밝혔다. 그런 일을 중국에서 해낸 것은 주목하고 평가할 만하다. [철학사1]을 위시한 소련의 기존업적에서 많은 것을 받아들였겠지만, 한걸음 더 나아가 취급의 범위를 넓히고, 정리를 잘 해놓았다고 할 수 있다.

차례의 개요를 들면 다음과 같다. 국문으로 표기하면 이해하기 어려운 말만 원래대로 적는다.

제1편 동방철학의 開端
　　　제1장 고대 이집트·바빌로니아철학의 孕育(遠古~기원전 3세기)
　　　제2장 고대 인도철학의 開端(遠古~기원전 3세기)

차례를 살펴면, 납득하기 어려운 점이 드러난다. 우선 중국철학·인도
철학·일본철학·아랍철학을 서술의 단위로 한 것이 문제이다. 서술의 단
위 설정에서 문명권과 국가가 혼용되어 일관성이 없다.

인도철학은 산스크리트로 서술된 남아시아 힌두교·불교문명권의 철
학이다. 힌디철학과 타밀철학을 따로 구분해서 말하지 않은 이유가 거
기 있다. 이 경우에는 '인도'라는 말이 문명권을 뜻한다. 아랍철학은 아
랍어로 서술된 서남아시아·북아프리카 및 일부 유럽의 이슬람교문명권
의 철학이다. 페르시아철학을 별도로 서술하지 않은 것이 그 때문이다.
그 점에서는 [철학사1]의 잘못을 시정했다.

한문으로 서술된 동아시아의 유교·불교문명권의 철학을 인도철학 및
아랍철학과 대등한 단위로 삼아야 일관성이 있다. 그런데 중국과 일본

에서 한문을 사용해서 이룩한 유교·불교철학을 중국철학과 일본철학이라고 해서 독립시키고, 한국이나 월남에서 한문을 사용해 이룩한 유교·불교철학은 다룰 자리가 없게 했다. 유럽인들의 패권주의를 나무라면서 중국의 대국주의와 일본의 국수주의에 대해서는 전혀 반성하지 않고 있다. 그 때문에 세계철학사 서술을 바로잡을 수 있는 대안을 제시하지 못했다.

시대구분이 선명하게 이루어진 것 같지만 혼란과 무리가 보인다. 철학이 "開端"에서 시작해서 "발전"과 "번영"을 거쳐 "演變"에 이르렀다고 한 것은 편의상의 명명에 지나지 않고 실질적인 의미는 없어, 일관성 있는 용어를 사용해야 한다. 그래서 고대·중세·근대라는 말이 필요하다는 데 대해서 저자들도 동의했다. 그러나 고대나 중세라는 말을 경우에 따라 다르게 사용했다.

"開端"의 시대는 '고대'라 하고, "발전"의 시대 또한 '고대'라고 하는 말을 하위항목에서 부분적으로 사용했다. 두 '고대'는 어떻게 다른가? "발전"의 시대 또한 '고대'인 것은 인도만의 일인가? 이런 의문에 대해서 해명하지 않았다. "번영"의 시대는 각기 다르게 명명해서 인도에서는 "중세", 중국에서는 "봉건사회후기", 일본은 "室町·德川시대"라 했다. 통일된 개념을 사용할 수는 없는가? 이에 대해서 아무런 해명도 하지 않았다.

시대의 명칭이나 개념을 공유할 수 없다면, 몇 세기의 철학인가 하는 시간적인 위치가 같기 때문에 한 시대에 소속시켰다고 해야 할 것인데, 상당한 불일치가 있다. "開端"의 시대가 기원전 3세기에 끝난 것은 서로 같다고 했다. "발전"의 시대가 인도에서 6세기까지, 중국에서는 10세기까지, 아랍에서는 12세기까지, 일본에서는 13세기까지라고 한 것 가운데 인도만 특별한데, 그 이유가 무엇인가?

그런 불균형 때문에 인도의 라마누자(1017~1137)는 세 번째 시대인 '번영'기에, 라마누자보다 나중에 살았던 아랍의 가잘리(1058~1111)와 중국의 朱熹(1130~1200)는 두 번째 시대인 '발전'기에 소속시키는 무리가 생겼다. 그 세 사람을 동시대 철학자로 이해할 수 있는 길을 막았다. 그 세 사람에 관해 서술한 내용을 검토하면, 무리와 파탄이 더 많이 드러난다.

가잘리에 관해서는 말을 많이 했다.[17] 그렇지만 "眞主創世說", "신비주의적 인식", "영혼불멸설"을 살피겠다고 표제를 내걸고, 부정적인 시각에서 빗나간 발언을 하는 것으로 일관했다. 그래서 오해를 낳고, 오판을 유도했다. "眞主創世說"과 "영혼불멸설"은 이슬람교의 기본교리이고 가잘리가 특별히 내세운 사상이 아니다. "신비주의적 인식"은 '수피'의 구도자에게 받아들여졌지만, 그대로 따르지 않고 이치의 근본을 따지는 통찰력을 얻는 데 사용했다.

라마누자는 "有限不二論"의 특징을 들어 간략하게 고찰하기만 했다.[18] 가잘리는 길게 다루고서 총괄적인 평가를 하지 않았는데, 라마누자에 관한 서술은 가잘리의 경우보다 짧으면서 총괄적인 평가를 갖추고 있는 점이 서로 다르다. 라마누자의 사상은 "神學色彩"가 농후하지만, 극단적 유심론을 강렬하게 반대하고, 베단타 철학을 "簡化"해서, "일반 군중"에게 용이하게 수용될 수 있었다고 했다.[19] 철학은 신학과 분리되어야 한다는 유럽문명권 근대의 주장을 논의의 전제로 삼았다. "有限不二論"의 특징을 "簡化"라고 한 것은 부당한 해석이다. 대중이 호응한 것은 "簡化" 때문이라고 한 말은 더욱 부당하다.

朱熹는 "理本氣末"과 "理一分殊", "理主動靜"과 "一生兩", "格物致知"와 "格物窮理", "理慾對立的唯心史觀" 등의 항목을 설정해서 길게 다루면서,[20] 원전을 많이 인용하고 풀이하는 방식으로 논의를 진행했다. 주희가 원래 한 말을 독자가 정확하게 이해하고 스스로 판단하도록 도와주는 것이 저자가 할 일이라고 여기고, 해석하고 평가하는 논의는 되도

---

17) 230~243면.
18) 290~293면.
19) 203면.
20) 302~310면.

록 삼갔다. "不得不陷入唯心主義"한 결함이 있고,[21] "封建地主階級"의 사고방식을 나타냈다는[22] 등의 최소한의 평가를 조심스럽게 첨부했다.

다른 두 사람에 관해서는 이해가 정확한가 반성하지 않고 대충 이야기하면서 선입견을 재확인하고, 주희는 원전을 정확하게 읽어 오해하지 않도록 촉구했다. 다른 두 사람은 주저하지 않고 부정적으로 평가하면서, 주희에 관해서는 판단을 보류하려고 했다. 다른 두 사람과 주희를 그렇게 갈라놓은 것은 실제로 커다란 차이가 있기 때문인가? 아니다. 중국철학자는 각별한 애정을 가지고 돌보아야 한다는 자기중심주의 이외에 다른 이유가 있다고 할 수는 없다. 중국이 '東方'의 맹주가 되려면 동방의 다른 곳들보다 뛰어나야 한다고 생각해서 동질성보다 이질성을 강조했다고 할 수 있다. 그것은 패권주의이다.

주희 철학의 특징이 다른 두 사람의 경우와 어떤 공통점을 가졌는가 하는 것이 진정으로 중요한 문제이다. 철학에서 구현한 보편적인 사고는 시대나 사회적 여건이 같으면 공통되게 나타나게 마련이다. 그 점을 확인하는 것이 철학사 서술의 긴요한 과제이다. "理本氣末"과 "眞主創世說"은 하나의 원리가 모든 것의 근본임을 내세우는 데서 서로 같지 않을까, "格物致知"와 "有限不二論"은 경험할 수 있는 세계에 대한 진지한 관심에서 일치하지 않을까 따져보아야 한다. 그 작업은 내가 맡아서 이 책에서 하지 않을 수 없다.

[철학사4]는 제2세계 유물론의 관점에서 철학사를 서술했으니 이념적 지향에서 제2세계학문의 업적이다. 그러나 사회적 토대와 철학 사이의 관계, 유물론과 관념론이 철학 안에서 가지는 관계를 일관성 있게 유기적으로 고찰하지 못해 제2세계학문의 마땅한 기여를 실현하지 못했다. 그 작업을 [철학사1]에서는 유럽문명권에 관해서 어느 정도 수행하고 비유럽문명권에 관해서는 착수하지 못한 결함을 시정하려고 하지 않아

---

21) 308면.
22) 310면.

이룩한 성과가 빈약하다.

비유럽문명권에서 위대한 철학을 산출했음을 밝히는 제3세계학문의 사명을 수행했다고 자부할지 모른다. 그러나 중국이 "東方"의 맹주가 되고자 하는 패권주의의 사고 때문에 자기 쪽은 옹호하고 다른 쪽은 비판해서 제3세계학문의 사명을 저버렸다. 아랍철학이나 인도철학의 관념론적 결함과 반동적 과오를 비판하는 데 제2세계의 척도를 사용한 대목은 그 자체로 특히 빛나는 업적 같지만, 연구 진행의 전체적인 구도에서 볼 때 가장 문제가 많다.

그런 결함을 나무라기만 하는 것이 능사가 아니다. 나무랐으면 대안을 제시해야 할 책임이 있다. 제1세계학문과 제2세계학문을 받아들여 넘어서면서, 그 장점은 살리고 단점은 시정하는 제3세계의 관점을 제시하는 것을 대안으로 삼아야 한다. 그 작업을 生克論 정립을 통해 원론 차원에서 거듭 진행하고, 세계문학사의 전개를 구체적으로 논해서 오랫동안 검증하고 확장한 성과를, 이제 세계철학사에 적용해 더욱 확고하게 하는 것이 여기서 할 일이다.

[철학사5] 라주의 《비교철학입문》은 여러 문명권의 철학을 함께 받아들여 비교한 업적이다. 머리말에서 새로운 학문인 비교철학에 힘써, 각기 독자적인 전통을 가지고 전개되어 온 유럽·중국·인도의 철학을 비교하겠다고 했다. 대체로 타당한 관점을 택해 유럽문명권중심주의를 넘어서는 데 필요한 작업을 했다고 할 수 있으나, 많은 문제점이 있다.

이슬람철학은 유럽철학에서 분파되었으므로 별개로 논의하지 않겠다고 해서, 취급범위를 부당하게 축소했다. 중국철학은 유럽철학이나 인도철학과 대등한 위치에 놓고 논의하고자 했으나, 이해가 부족하다. 철학의 개념과 범위에 관해서는 유럽의 것을 공통된 전제로 받아들이고서, 문명권에 따른 차이는 그 하위영역에서 다루었다. 철학의 개념 자체에 대한 비교부터 하지 않아, 한쪽에 치우쳤다.

여러 문명권의 철학사를 서로 관련시켜 이해한 것은 아니다. 세계철학사 전개의 보편적인 과정이 있다고 생각하지 않았다. 세 가지 철학사를 각기 그것대로 독립시켜 서술한 다음, 끝으로 그 특징을 비교하는 것을 가장 긴요한 과업으로 삼았다. 〈세 전통의 입각점〉이라고 하는 결론에 해당하는 장에서,[23] 인도철학은 내향적 접근, 유럽철학은 외향적 접근, 중국철학은 중간의 접근을 각기 그 특징으로 한다고 했다. 철학의 중심개념이자 중심과제인 "거대한 통일체"(great unity)를 인도인은 마음 안에서, 유럽인은 마음 밖에서 찾고, 중국인은 그 어느 한쪽 방향을 정하지 않고 양쪽에서 찾았다고 했다.

이것이 제3세계의 업적인가? 제3세계 사람이 쓴 책이라는 이유에서는 그렇게 말할 수 있다. 인도철학을 크게 부각시킨 데서 제3세계의 시각을 발견할 수 있다고 할 만하다. 그러나 철학사의 전개를 파악하는 제3세계의 관점을 갖춘 것은 아니다. "거대한 통일체"에 관한 이해를 철학의 중심과제로 삼는 데 그쳐 제1세계의 관념론에 동조하기만 하고, 제2세계의 변증법에는 관심을 가지지 않아 대응논리를 마련하려고 하지 않았다.

"거대한 통일체"는 숫자를 들어 말한다면 1이다. 철학은 1에 관해 해명하는 것을 사명으로 하는가? 아니다. 그것만으로는 부족하다. 철학은 0과 1과 2에 관한 논란이라고 해야 한다. 0에 주목해야 1만 아는 단순한 사고에서 벗어날 수 있다. 1과의 관련에서 2를 문제삼아 변증법이 따로 놀지 않게 해야 한다. 0과 1과 2, 이 셋에 관한 논란을 서로 관련시켜 모두 살펴야 철학사의 전개를 이해할 수 있다. 저자는 인도인이어서 인도철학은 비교대상으로 삼은 다른 두 철학보다 깊이 알아 말을 더 잘할 수 있을 것 같으나 그렇지 않다. 정리해서 고찰하는 시각이 빗나가면, 많이 알아도 소용이 없다.

인도철학은 1에 대해서 내향적 접근을 했다는 것보다 2에 관해서 말하지 않았다고 하는 것이 더욱 중요한 특징이다. 그런데 저자는 2에 대

---

23) 311~324면.

한 인식이 없어 그 점을 알아차리지 못했다. 1에 대해서만 논의하고 0은 돌보지 않아, 인도철학에는 0을 내세운 불교철학과 1을 내세운 힌두교 철학이 대립되었다는 사실을 무시했다. 인도철학이 다른 문명권의 철학과 어떻게 다르고, 내부에 어떤 대립이 있었던가 말할 수 없게 하는 피상적인 관점은 버려야 한다.

0과 1과 2를 서로 관련시켜 함께 문제삼는 것이 生克論의 관점이다. 0과 1과 2에 관한 논란이 어떻게 전개되었는가 살피면 새로운 시야가 열린다. 여러 문명권의 철학을 비교해서 이해하면서, 철학이 시대에 따라서 어떻게 전개되었는가 밝혀낼 수 있는 통찰력을 얻을 수 있다. 여러 문명권의 철학사를 각기 서술하고 나중에 비교하려고 하지 말고, 서로 관련시켜 함께 다루어야 철학사 비교론을 제대로 이룩하고, 거기서 더 나아가 세계철학사를 통괄해서 서술할 수 있다.

[철학사6] 로버트 C. 솔로몬과 케드린 M. 히진스 공저의 《세계철학 간사》는 영미권에서 나온 최근의 업적이다. 세계철학사를 한 권 분량으로 요령 있게 다루어, 누구나 쉽게 읽고 이해할 수 있는 책을 쓰려고 했다. 철학사를 상품화한 것은 주목할 만한 일이다. 영미 상업주의의 성공 사례이다. 그 책이 한국의 서점에도 수입되어 판매되고 그래서 나도 살수 있었던 것이 많이 팔린 증거이다. 그렇다고 해서 서술의 원리와 체계에 관한 엄중한 검토가 면제될 수 있는 것은 아니다.

(가) 고대철학, (나) 중세철학에서는 비유럽문명권의 철학도 등장시키고, (다) 근대철학, (라) 현대철학에서는 유럽문명권의 철학만 취급했다. 그런데 인도철학은 (가)와 (나)에 모두 있고, 중국철학은 (나)에 이르러서 출현했다고 했다. 중국철학은 이슬람 이전의 페르시아철학, 유다야 철학, 이슬람철학과 함께 중세철학으로 시작된 것으로 오해하도록 했다. 새로운 견해를 제시하려고 한 것은 아니며, 시대구분에 관한 인식이 흐려졌기 때문에 그렇게 했다.

(나)에 구전자료에 의해서 파악되는 아프리카철학 및 미주대륙 원주

민의 철학을 등장시킨 것은 특기할 만한 일이다. 일본 인물은 철학자가 아닌 사람까지 대단하게 취급했다. 최근에 인기를 끌고 있는 관심사를 널리 모아들여 열거했다고 할 수 있다. 소비자들의 요구를 민감하게 반영해야 잘 팔리는 상품을 내놓을 수 있는 비결을 철학사의 집필자들도 받아들였다. 출판사에서 수립한 전략을 이해하고 따를 수 있는 필자들을 찾아냈다. 대학출판부라는 데서 그런 짓을 했다.

[철학사1]과 같은 이념서를 맡아서 내는 제2세계의 국가기관은 관료주의와 비능률 때문에 망하고, 철학사마저도 상품화하는 제1세계의 기업체는 날로 번창하면서 상업주의가 최고의 이념임을 과시하는 것이 지금의 사태이다. 이념은 정당성을 입증해야 하지만, 상업주의는 그럴 필요가 없다. 수익이 모든 것을 합리화하므로, 어떤 횡포라도 서슴지 않고 저지를 수 있다.

내용 구성에서 자의적인 선택을 함부로 했다. 그래서 우수한 상품이 된다면 나무랄 이유가 없고 선망해야 마땅하다고 한다. 소련의 공산주의는 주장하는 바를 끝내 실현하지 못한 잘못이 있어 철저하게 비난받아 마땅하지만, 미국의 자본주의는 잘 팔리는 것이 최상의 가치임을 나날이 입증하므로 면책특권이 있다고 하는 태도이다.

이슬람철학을 다루면서 유럽철학을 수용한 쪽인 이븐 신나(Ibn Sina)나 이븐 루시드(Ibn Rushd)를 관심의 대상으로 삼았다. 그 두 사람은 중세 때 이미 유럽에서 받아들였으므로, 새삼스럽게 찾아서 넣을 필요가 없었다. 이슬람문명의 독자적인 철학을 일으킨 가잘리는 그렇지 않아 유럽 밖에 머물렀으므로, 등장시키지 않았다. 라마누자도 제외했다. 아퀴나스는 자세하게 다루면서,[24] 사상의 핵심을 이해할 수 있게 했다. 주희는 간략하게 언급하고서,[25] 무엇을 말했는지 납득하기 어렵게 했다.

유럽문명권의 철학자인 아퀴나스가 세계철학사의 주역이어야 하는

---

24) 145~147면.
25) 152면 절반 정도.

것이 너무나도 당연하다고 믿었다. 주역은 크게 부각시키고 경쟁자는 퇴출시켜 독자들을 불안하게 하지 않아야 했다. 유럽철학의 주도권에 대해 의문을 가질 필요는 없게 해야 잘 팔려서 좋은 책이 된다. 요즈음 일본의 범위를 넘어선 동아시아도 관심의 대상이 되니 주희는 존재를 알리기는 해야 하지만, 아무런 상품가치가 없는 가잘리나 라마누자는 들추어낼 이유가 없다.

그런 책이 행세하는 시대에 어떻게 대처해야 하는가? 시장성이 있는 책이 좋은 책이라는 교훈을 얻어야 하는가? 시장성이 없어 퇴출되는 책을 쓰는 공연한 수고는 하지 말아야 하는가? 아니다. 무엇이 진실인가 밝히는 책을 써야 한다. 시장에서 가장 멀리 있던 철학마저 자본의 지배 아래 둔 놀라운 성공이 어떤 폐해를 가져오는가 밝혀 논하면서 그 대안을 제시하는 책을 써야 한다. 국내에서만 출판되어 세계인이 읽을 수 없다고 한탄하지 말자. 진실은 알려지지 않아도 훼손되지 않는다. 아직은 소수만 읽는 책이라도 장차 세상을 바꾸어놓을 수 있다.

제2세계가 큰 타격을 받고 해체의 위기에 들어서자 제1세계는 더욱 기고만장하며, 상업주의의 단일노선으로 온 인류를 마음껏 우롱하려 하고 있다. 그러므로 이제 제1세계의 편견을 비판하고 시정하겠다고 하는 제2세계의 과업마저 제3세계에서 맡아 나서야 한다. 제2세계학문이 실패한 데서 교훈을 찾아 비판과 대안을 더욱 철저하게 마련하고, 전면적으로 정당하게 창조해야 한다.

[철학사7] 데이비드 E. 쿠퍼의 《세계철학사입문》은 최근에 영미권에서 나온 또 하나의 저작이다. 고대철학, 중세 및 근대철학, 최근의 철학에서 각기 비유럽문명권의 철학을 포함시켜 유럽문명권철학과 함께 다룬 점을 주목할 만하다. 차례의 개요를 들면 다음과 같다.

제1부 고대철학
　　　인도

44

　　　　중국
　　　　그리스
　　제2부 중세 및 근대철학
　　　　중세철학
　　　　아시아철학의 발전
　　　　문예부흥에서 계몽주의까지
　　제3부 최근의 철학
　　　　칸트와 19세기
　　　　최근의 비서양철학
　　　　20세기 서양철학

　　제2부 이하에서 비유럽문명권의 철학을 다룬 부분의 세부 차례를 들
면 다음과 같다.

　　제2부의 중세철학
　　　　　신플라톤주의와 초기 기독교
　　　　　이슬람과 유다야의 철학
　　　　　토미즘과 그 비판자들
　　　　　중세의 신비주의
　　제2부의 아시아철학의 발전
　　　　　유신론적 베단타
　　　　　신유학
　　　　　선불교
　　제3부의 최근의 비서양철학
　　　　　인도
　　　　　중국과 일본
　　　　　이슬람세계
　　　　　아프리카

이런 구성을 갖춘 [철학사7]은 위에서 든 여러 책보다 훨씬 균형 잡힌 시각으로 세계철학사를 서술했다고 할 수 있다. 그렇지만 내용을 자세하게 살피면 적지 않은 문제점이 발견된다. 유럽문명권중심주의를 제대로 청산하지 못했다. 비유럽문명권의 문화유산도 관심을 가지는 사람이 많아 상품이 될 수 있다는 데 착안해서 새로운 시도를 했지만, 종래의 사고방식을 뒤집어 재검토할 의향은 없었다.

위의 차례를 자료로 해서 편차를 살펴보자. 유럽철학과 가까이서 경쟁하는 관계에 있던 이슬람철학을 격하하려고 한 책동을 쉽사리 확인할 수 있다. 이슬람철학을 제2부에서는 유럽 "중세철학"의 하위항목에서, 제3부에서는 "비서양철학"에서 다루었다. 앞에서는 유럽철학의 일환으로, 뒤에서는 유럽철학의 파급으로 보아, 이슬람철학의 독자적인 의의를 감소시켰다.

제2부의 "아시아철학의 발전"에서는 중세후기까지만 다루고, 중세에서 근대로의 이행기는 무시했다. 중국의 王夫之, 일본의 安藤昌益, 인도의 비베카난다는 등장시키지 않았다. 근대철학을 이룩하고자 한 자체의 노력은 무시하고, 제3부의 "비서양철학"에서 유럽문명권이 아닌 다른 문명권에서 유럽문명권의 철학을 받아들인 양상을 고찰했다. 일본의 京都學派도 큰 비중을 두고 다루었다. 그렇게 해서 아시아철학의 독자적인 전개를 무시하고, 유럽철학사만 독자적인 발전을 일관되게 했다는 인식을 재확인하게 했다.

아퀴나스는 독립된 항목을 큰 분량으로 두고, 사상 내용을 여러 조항에 걸쳐 자세하게 고찰했다.[26] 아리스토텔레스·아퀴나스·칸트를 철학사의 세 주역으로 보았기 때문이다. 라마누자·가잘리·朱熹는 주류에서 벗어나 있으므로 변두리에 가까스로 접근하게 했다. 철학사는 단일한 흐름이므로 주역이 여럿 있을 수 없다고 보았다.

주역이 아닌 조연은 별도의 항목을 두지 않고 학설의 교체에 관해서

---

26) 172~185면.

설명하면서 고찰했다. 가잘리는 이븐 신나와의 견해차를 중심으로 고찰했다.[27] 라마누자는 산카라와의 견해차를 중심으로 논의했다.[28] 주희는 신구유학의 차이, 양명학과의 차이를 중심으로 고찰했다.[29] 그 세 사람이 아퀴나스와 대등한 위치에 서서 유사한 사상을 전개했다고 하는 생각은 하지 못하게 원천봉쇄했다.

[철학사7]의 내용이 [철학사6]과 달라진 이유가 세계철학사를 올바르게 서술해야 한다는 새로운 각오가 있었기 때문은 아니라고 생각된다. 더 잘 팔리는 책을 만들고자 하는 한걸음 앞선 계산이 있어서 방침을 바꾸었다고 보는 편이 타당하다. 지금은 세계화를 말하는 시대여서, 비유럽문명권에 대한 관심이 유럽문명권 안에서 일어나고 있고, 비유럽문명권 사람들도 유럽문명권의 책을 많이 사 보게 된 사태에 더욱 적극적으로 대처하는 상품을 내놓았다.

[철학사8] 엘리어트 도이치 외 공편의 《세계철학편람》은 [철학사7]과 같은 출판사에서 나왔다. 영국과 미국 양쪽에서 모두 영업하고 있는 다국적 출판사에서 철학총서를 내면서 세계철학에 관한 책을 두 권 포함시켰다. 두 가지 철학사는 성격이 달라 각기 좋은 상품일 수 있기 때문이다.

[철학사7]은 두 사람의 공저이고, [철학사8]은 여러 사람의 글을 모은 점이 서로 다르다. [철학사7]에서는 여러 문명권의 철학을 모두 취급하고, [철학사8]에서는 유럽문명권 밖의 중국철학·인도철학·폴리네시아철학·아프리카철학·불교철학·이슬람철학을 한데 묶어 별도로 다루었다. 시대변화에 더욱 과감하게 대처하는 새로운 기획을 했다.

그렇다고 해서 [철학사8]에서 유럽문명권중심주의를 벗어난 것은 아니다. 취급대상은 유럽문명권 밖의 세계이지만, 그것을 유럽문명권중심

---

27) 167~168면, 170~172면.
28) 198~199면.
29) 207~210면.

주의 시각으로 바라보았다. 집필자들의 식견이 모자라서 그런 것은 아니다. 이미 요지부동인 사고방식을 출판을 기획할 때 재확인한 것을 개별적인 필자가 재량껏 바꾸어놓을 수 없었다.

미국학계에서 활동하는 비유럽문명권 출신의 학자들이 다수 이 책의 필자로 참가했다. 그런 학자들은 자기네 전문지식을 잘 가공해 조심스럽게 제공해 존재 이유를 확인하면 되고, 감당하지 못할 말썽을 일으킬 필요는 없다. 딴소리하지 말고 주어진 각본대로 대사를 외고 연기를 하는 배우라야 발탁될 수 있다.[30]

[철학사8]은 고가로 팔리는 상업적 출판물의 특징을 잘 갖추고 있다.[31] [철학사7]은 비교적 싸고 [철학사8]은 아주 비싼데, 그 이유는 판매전략이 다르기 때문이다. [철학사7]은 다수에게 싸게 팔고, [철학사8]은 소수에게 비싸게 팔려고 만들었다. 소수의 독자를 상대로 한 비싼 책은 내용이 더 충실해야 할 것 같으나 그렇지 않다. 학계의 새로운 동향을 민감하게 반영하는 것 같은 인상을 주기만 하면 된다.

[철학사8]에 아프리카철학이 들어가 있는 것은 구비철학에 대한 관심이 아프리카철학을 중심으로 고조되고 있는 추세의 반영이다. 폴리네시아철학도 같은 이유에서 들어갔으면서, 그 이상의 이유가 있다. 미국 하와이대학 교수인 편자 두 사람이 활동하고 있는 곳인 하와이의 전통을 중요시해서 하와이를 포함한 폴리네시아의 전통을 세계철학의 하나로 다루었다. 불교철학은 일본을 위주로 서술된 곳이 많다. 현대철학을 다룰 때는 일본철학을 독립시켰다.

전체 차례를 보면 제1부는 〈역사적 배경〉이고, 제2부는 〈철학의 논

---

30) 사이드(Edward Said)는 무슨 말이든지 할 수 있게 언론의 자유가 보장된 영문학교수가 되어 학계의 주류에 끼어들었으므로 《오리엔탈리즘》(*Orientalism*)을 쓸 수 있었다. 그 책에 오리엔탈리즘에 대한 대안이 되는 전문지식은 없다. 사이드가 아랍문학교수라면 비주류의 도리를 지켜야 하므로 그런 책을 쓸 수 없었을 것이다.

31) 한국의 서점에 수입되어 나도 살 수 있었는데, 값이 무려 한화로 16만 원을 넘었다. 환율이 한창 오를 때이기는 했지만, 너무 비싸다.

제〉이고, 제3부는 〈현대의 상황〉이다. 〈역사적 배경〉에서는 중국철학·
인도철학·폴리네시아철학·아프리카철학·불교철학·이슬람철학의 역사
를 개관했다. 〈철학의 논제〉에서는 "good", "self", "causation", "socio-
political ideas", "reality and divinity", "rationality", "truth", "aesthet-
ics" 등에 관한 여러 문명권 철학의 견해를 각기 고찰했다. 그래서 비교
철학에 관한 논의가 상당히 심도 있게 이루어진 것 같지만, 그렇지 않다.
그 이유는 다음과 같다.

그 이유는 영어의 용어를 일방적으로 선택해서 무리하고 피상적인 논
의를 전개했기 때문이다. 다른 곳의 철학에는 그 나름대로의 용어체계
가 있다는 것을 무시했다. 여러 문명권의 철학에서 기본용어가 분화된
체계를 비교해 검토하는 작업은 아무데서도 하지 않았다. 그래서 여러
철학의 독자적인 의의를 무시하고, 보편적인 사고를 나타낸 공통점을
집약할 수 있는 길도 막았다.

영어 용어를 어느 경우에나 일제히 적용하는 것이 무리라고 생각해서
오직 중국의 경우에만 "Reason and principles in Chinese philosophy :
an interpretation of Li"라고 하는 항목을 두었다. 그러나 '理'를 'reason'
이라고 하는 것은 잘못이다. '理'는 '氣'와, 'reason'은 'feeling'과 상대가
되는 개념이다. '理'와 '氣'가 하나인가 둘인가 하는 논란은 '理'를 'rea-
son'으로 옮겨놓으면 이해할 수 없다.

영어 용어의 틀을 가지고 다른 곳의 철학을 살피니, 중요한 것이 많이
빠졌다. 산카라는 인도철학을 다룰 때 여기저기서 언급하고, 산카라와
라마누자의 대립은 문제삼지 않았다. 가잘리는 "good"에 관한 이슬람철
학의 견해를 논할 때 등장할 따름이다. 그런 결함은 철학사 개관에서 보
충해줄 수 있다고 한 것 같으나, 그 부분은 분량이 얼마 되지 않고 내용
이 아주 소략하다. 중국철학사 개관에 王夫之는 이름도 보이지 않는다.

제1부의 〈역사적 배경〉과 제3부의 〈현대의 상황〉은 둘 다 철학사인
셈인데, 서로 연결되지 않는다. 〈역사적 배경〉에서는 철학의 연원과 이
른 시기의 발전을 다루는 데 치중하고, 〈현대의 상황〉에서는 유럽문명

권의 철학을 받아들인 뒤의 변화를 살피는 데 그쳤다. 그 중간의 경과는 제2부에서 다루었다고 하겠지만, 제2부는 철학사적 서술이 아니다.

제3부에서 가장 납득하기 어려운 대목은 〈현대일본철학〉과 〈현대불교철학〉이다. 일본철학의 항목은 제2부까지에는 없다가 제3부에서 출현했다. 일본이 현대에 와서는 독자적인 철학을 제대로 전개했다고 하면 그래도 좋겠는데, 서술된 내용이 그 점을 부인한다. 일본철학자들은 유럽문명권철학을 받아들이기만 하다가, 최근에 이르러서 몇 사람이 주목할 만한 책을 써서 일본철학의 출현을 알렸다고 하면서 책 내용을 소개하는 데 그쳤다. 그런 철학이 출현한 배경이나 과정에 관해서 말이 없고, 이룬 업적이 철학사의 전개에서 어떤 의의를 가지는가에 관한 거시적인 평가도 없다.

〈현대불교철학〉에서는 여러 나라의 불교철학을 널리 살피지 않고, 특별한 해명이 없이 일본의 경우에 한정해 고찰하면서 西田幾多郎을 선두로 한 京都학파가 현대불교철학을 대표한다고 했다. 〈현대일본철학〉에서 유럽문명권의 철학을 일본에서 수용한 양상을 다룰 때 문제삼아야 할 사람들이 소속을 바꾸어 남의 자리를 차지하도록 해서, 전 세계의 불교철학에 누를 끼쳤다.

"일본철학사가 있는가?" 하는 의문을 나는 《우리 학문의 길》에서 제기했다. 《일본철학사》라는 책이 일본에 나와 있지 않은 것이 그런 의문을 가지게 하는 가장 분명한 근거이다. 그 의문을 풀어주는 것은 일본 학자들이 해야 할 일이다. 그렇게 하기 위해서는 《일본철학사》를 우선 일본어로 써내야 한다. 그런 가장 기본적인 임무는 버려두고, 외국에서 세계철학사를 다룰 때 일본철학은 반드시 끼워넣고 대단하게 여기도록 하는 섭외활동에만 진력하는 것은 이해하기 어려운 일이다. 일본을 아는 사람들은 일본철학사가 없는 줄 알아도 어쩔 수 없으니, 일본을 모르는 사람들이나마 일본은 철학의 고장이라고 상상하도록 하려는 작전인가?

지금까지 고찰한 그 어느 세계철학사에도 한국철학은 등장하지 않는다. 다만 이 책에 知訥이 한번 언급되었을 뿐이고,[32] 元曉는 없다. 세계철학사에서 한국철학을 무시하는 것은 잘못되었다고 분개할 일이다. 그렇지만 한국에는 한국어로 써서 출판한 《한국철학사》가 여럿 있다. 한국철학과 세계철학을 연결시켜 논하는 이런 책도 쓰고 있다.

세계문학사와 세계철학사

세계철학사 서술에 나타나 있는 과오를 정리하면서, 세계문학사 서술에서 나타난 과오와 비교해보자. 세계철학사 목록은 위에서 이미 제시했으므로, 지금부터는 번호와 번역명만 들기로 한다. 세계문학사의 내용과 그 평가는 이미 간행한 책에서 정리한 바를 그대로 가져다 쓰기 때문에, 출처나 논거를 새삼스럽게 밝히지 않는다.

《세계문학사의 허실》에서 검토한 세계문학사의 기존 업적을 다시 제시하면 다음과 같다. 여기서 다시 언급하지 않는 것들도 있으나, 빼놓으면 번호를 다시 붙여야 하는 불편이 있으므로 모두 제시한다.

[문학사1] 포르트라게, 《문학사강의》 H. Fortlage, *Vorlesungen über die Geschichte der Poesie*(Stuttgart, 1839)

[문학사2] 요하네스 셰르, 《문학의 일반적 역사》 Johannes Scherr, *Allgemeine Geschichte der Literatur* 1-2(Stuttgart, 1850, 1869), 《삽도 세계문학사》 *Illustrierte Geschichte der Weltliteratur* 1-2(Stuttgart, 1886, 1895, 1926)

[문학사3] 안젤로 데 구베르나티스, 《문학의 일반적 이야기》 Angelo de Gubernatis, *Storia universale della letterature* 1-18(Milano, 1883~1885)

---

32) 94면.

[문학사4] 아돌프 쉬테른,《세계문학사개관》Adolf Stern, *Geschichte der Weltliteratur in übersichtliche Darstellung*(Stuttgart, 1888)

[문학사5] 르투르노,《여러 인종 문학의 진화》Ch. Letourneau, *L'évolution littéraire dans diverses races humaines*(Paris, 1894)

[문학사6] 알렉산더 바움가르트너,《세계문학사》Alexander Baumgartner, *Geschichte der Weltliteratur* 1-7(Freiburg, 1897, 1901)

[문학사7] 오이겐 볼프 외,《슈페만출판사 황금색 총서 세계문학》Eugen Wolff et al., *Spemanns goldenes Buch der Weltliteratur*(Berlin, 1901)

[문학사8] 앤 린치 보타,《일반문학 핸드북》Anne C. Lynch Botta, *Handbook of Universal Literature*(Boston, 1902, 1922)

[문학사9] 프레데릭 롤리에,《시초에서 20세기까지의 비교문학사》Frédéric Loliée, *Histoire des littératures comparées des origines au XXe siècle*(Paris, 1904)

[문학사10] 존 드링크워터,《문학의 개요》John Drinkwater ed., *The Outline of Literature*(London : 초판 연대미상, 1950, 1957)

[문학사11] 오토 하우저,《문학의 세계사》Otto Hauser, *Weltgeschichte der Literatur* 1-2(Leipzig, 1910)

[문학사12] 맥켄지,《문학의 진화》A. S. Mackenzie, *The Evolution of Literature*(London, 1911)

[문학사13] 리처드 물턴,《세계문학사 및 그것이 일반문화에서 차지하는 위치》Richard G. Moulton, *World Literature and its Place in General Culture*(New York, 1921)

[문학사14] 윌리엄 리처드슨과 제스 오언,《세계문학, 입문 연구》William L. Richardson and Jesse M. Owen, *Literature of the World, an Introductory Study*(Boston, 1922)

[문학사15] 존 메이시,《세계문학 이야기》John Macy, *The Story of the World's Literature*(New York, 1925)

[문학사16] 클라분트,《문학사, 시초에서 현대까지의 독일 및 외국의 문학》Klabund, Literaturgeschichte, *die deutsche und fremde Dichtung von den Afängen bis zur Gegenwart*(Wien, 1929)

[문학사17] 먼로 채드윅과 커쇼 채드윅,《문학의 성장》H. Munro Chadwick and N. Kershaw Chadwick, *The Growth of Literature* 1-3(Cambridge, 1932~1940)

[문학사18] 지아코모 프람폴리니,《문학의 일반적 이야기》Giacomo Prampolini, *Storia universale della letteratura* 1-4(Torino, 1933~1936)

[문학사19] 한스 에펠스하이머,《세계문학 핸드북》Hanns W. Eppelsheimer, *Handbuch der Weltliteratur*(Frankfurt, 1937, 1960)

[문학사20] 악셀 에게브레흐트,《세계문학 개관》Axel Eggebrecht, *Weltliteratur, ein Überblick*(Hamburg, 1948)

[문학사21] 吳茂一 外,《世界文學史槪說》(東京, 1950)

[문학사22] 찰튼 레어드 편,《문학을 통해 본 세계》Charlton Laird ed., *The World through Literature*(New York, 1951)

[문학사23] 에르빈 라트스,《세계문학사》Erwin Laaths, *Geschichte der Weltliteratur*(München, 1953)

[문학사24] 레몽 크노 총편,《여러 문학의 역사》Raimond Queneau dir., *Histoire des littératures* 1-3(Paris, 1955, 1977)

[문학사25] 마르셀 브리옹 편,《외국문학사》Marcel Brion ed., *Littératures étrangères*(Paris, 1957)

[문학사26] 피에르 지아옹 총편,《문학의 일반적 역사》Pierre Giaon dir., *Histoire générale des littératures* 1-6(Paris, 1961)

[문학사27] 高橋健一 外 編,《世界文學入門》(東京, 1961)

[문학사28] 阿部知二,《세계문학의 흐름》《世界文學の流れ》(東京, 1963),《세계문학의 역사》《世界文學の歷史》(東京, 1971)

[문학사29] 볼프강 폰 아인지델 편,《구전과 기록의 전승을 통해 본 세계문학》Wolfgang von Einsiedel ed., *Die Literaturen der Welt in ihrer mündlichen und schriftlichen Überlieferung*(Zürich, 1964)

[문학사30] 矢崎源九郎 編,《世界文學入門》(東京, 1964)

[문학사31] 클라우스 폰 제 총편,《문학의 새로운 핸드북》Klaus von See Hersg., *Neues Handbuch der Literaturwissenschaft* 1-25(Wiesbaden, 1978~1984)

[문학사32] 鄭判龍 外,《外國文學史》 1-4(長春, 1980)

[문학사33]《외국문학사》(평양, 1985)

[문학사34] 정판룡 외,《세계문학간사》 1-2(연길, 1985),《세계문학사》 1-2(서울, 1989)

[문학사35] 세계문학연구소,《세계문학사》 *История Всемирной Литературы* 1-8(Москва, 1987~1994)

[문학사36] 김희보,《세계문예사조사》(서울, 1989)

[문학사37] 질스 캥사 총편,《문학의 큰 지도》Gilles Quinsat dir., *Le grand atlas des littératures*(Paris, 1990)

[문학사38] 성기조,《문예사조》(서울, 1995)

제1세계에서 나온 세계문학사에서 일제히 발견되는 유럽문명권중심주의가 철학사에도 그대로 나타나 있다. 아시아의 역사는 고대에 머무르고 그 이상 발전하지 않았다고 하는 낡은 역사관을 양쪽에서 함께 보여주고 있다. 헤겔의 역사철학에서 정리해서 논한 그런 편견이 널리 퍼져 있고, 지속적인 영향력을 행사한다. [문학사4] 아돌프 쉬테른,《세계문학사개관》에서 처음 구체화되고,[33] [문학사15] 존 메이시,《세계문학이야기》에서 더욱 악화된[34] 그런 낡은 시각을 오랜 기간이 지난 뒤에도 시정하지 못하고 [철학사2] S. J. 슈퇴릭히,《세계철학사》에서 계속 보여주고 있다.

---

33) 84~86면에서 거론한 사실이다.
34) 145~148면에서 거론한 사실이다.

[철학사6] 로버트 C. 솔로몬과 케드린 M. 히진스 공저, 《철학간사》에서는 그런 편견을 다소 완화해서, 다른 문명권의 철학은 고대철학에 이어서 중세철학까지에서만 등장하고, 근대철학은 유럽문명권에서만 이룩했다고 했다. 그것은 진일보한 견해 같지만, [문학사9] 프레데릭 롤리에, 《시초에서 20세기까지의 비교문학사》에서 이미 중세에는 다른 여러 문명권의 문학이 유럽문학보다 더욱 활기를 띠고 창조되었다고 했다.[35] [문학사16] 클라분트, 《문학사, 시초에서 현대까지의 독일 및 외국의 문학》에서는 유럽 밖 여러 문명권의 중세문학을 광범위하게 다루고, 여러 곳의 근대문학을 다시 등장시켰다.[36]

[철학사7] 데이비드 E. 쿠퍼, 《세계철학사입문》은 세계 각처의 철학을 널리 받아들여 균형 잡힌 세계철학사를 서술하려고 노력한 것 같으나, 유럽철학사만 일관된 발전을 해서 주류를 이루고, 다른 곳의 철학사는 그렇지 못해 방계가 될 수밖에 없다고 하는 편견을 시정하지 못했다. 세계문학사를 총괄하려고 한 야심적인 저작 [문학사26] 피에르 지아옹 총편, 《문학의 일반적 역사》 또한 그런 관점을 보였다. 유럽문명권의 문학은 시대변천과 함께 일관된 발전을 했으나, 다른 여러 곳의 문학은 어느 시기에는 나타나고 어느 시기에는 사라졌다는 이유를 들어, 유럽문명권의 문학사가 세계문학사의 중심축을 이룬다고 했다.[37] 세계문학사 서술의 더욱 방대한 성과인 [문학사31] 클라우스 폰 제 총편, 《문학의 새로운 핸드북》에서는 그러한 편향성이 더욱 확대되어 있다.[38] 문학사와 철학사 양쪽에서 유럽문명권의 학문은 그런 것을 최종성과로 삼고 있다.

유럽문명권 밖의 여러 곳의 자료를 널리 포괄하려고 [철학사3] 앙드레 자코브 총편, 《철학의 세계》에서 시대순의 서술을 버리고 지역별 서

---

35) 111~112면.
36) 157~158면.
37) 196~204면.
38) 210~217면.

술을 택한 것도 문학사의 서술에 전례가 있는 방법이다. [문학사24] 레
몽 크노 총편,《여러 문학의 역사》와[39] [문학사29] 볼프강 폰 아인지델
편,《구전과 기록의 전승을 통해 본 세계문학》에서[40] 그렇게 했다. [철
학사3]은 그런 방법의 장점을 살려 문학사에서보다 더 많은 사례를 열
거했다. 아프리카인의 구비철학을 세분화해서 든 것이 특히 두드러진
성과이다. 그러나 지역별 열거에서는 개별적인 사례들 사이의 역사적인
관련을 무시하게 되고, 공통된 시대구분을 할 수 없는 결함을 시정할 길
이 없다.

유럽중심주의의 관점에서 파악한 사회경제사적 발전단계론과 소련방
대국주의가 결합되어 있는 [철학사1] 소비에트과학아카데미 철학연구
소,《세계철학사》의 시각은 [문학사35] 세계문학연구소,《세계문학사》
에도 나타나 있다. 소련아카데미 문학연구소에서 세계문학사를 내놓은
것은 30년 뒤의 일이다. 그 사이에 흐루시초프시대에서 고르바초프시대
까지 이행했다. 문학사에서는 마르크스주의의 역사관을 융통성 있게 적
용한다고 강조해서 말했다. 그러나 서술의 시각이나 내용에 근본적인
변화라고 할 것은 없다.

문학사의 전개는 사회경제사와 반드시 일치하는 것은 아니라고 하면
서 어느 정도 독자성을 인정하려고 한 결과가 엉성하다. 유럽문학사를
서술할 때는 사회경제사의 시대구분을 배후에 감추어두고, 아시아의 경
우에는 사회경제사의 시대구분이 마련되어 있지 않아 각 세기의 문학을
같은 세기 유럽문학에다 덧붙여 다루는 데 그쳤다. 러시아민족 중심의
소련방 체제를 중세까지 소급시켜 합리화하고, 사회주의 혁명 이후에는
러시아가 세계사의 선두에 섰다고 자부하는 이중의 러시아중심주의가
문학사에서도 보인다.

철학사와 문학사 양쪽에서 모두 유럽문명권중심주의에다 소련방대국

---

39) 246~253면.
40) 269~276면.

주의를 보탠 것을 유물론과 연결시켜 세계를 바라보는 편향된 시각으로 삼았다. 소련방대국주의와 유럽문명권중심주의가 자기중심주의를 이중으로 형성하고 있는 점이 다르지 않다. 평등을 이상으로 계급모순을 해결하는 진보를 이룩한다고 하고서, 차등의 관점에서 민족모순을 악화시키는 반동을 저지른 것도 서로 같다.

사회경제사의 발전을 제대로 거치지 못한 제3세계의 철학이나 문학은 뒤떨어져 있다는 것을 차별하고 폄하하는 이유로 삼았다. 그뿐만 아니라, 고대나 중세 단계의 발전도 제대로 이루어지지 않아 유물론의 발전을 찾아내 평가하기 어렵기 때문에 유럽의 경우와 대등할 수 없다고 했다. 그런 잘못을 시정하기 위해서는 두 가지 대안이 필요하다. 유럽이든 비유럽이든 함께 다루어 세계사의 전개를 통괄해서 이해하는 관점을 수립해야 한다. 철학사나 문학사는 사회경제사를 앞서기도 하고 뒤따르기도 해 서로 生克의 관계를 가졌음을 밝혀야 한다.

[철학사4] 任厚奎 外 主編,《東方哲學槪論》은 중국에서 [문학사32] 鄭判龍 外,《外國文學史》, [문학사34] 정판룡 외,《세계문학간사》, 그리고 문학사 목록에 올리지 않고 함께 다룬 《東方文學史》 몇 종과 유사한 성향을 지닌다. 철학사에서든 문학사에서든 유럽 밖의 모든 곳을 "東方"이라고 총칭하면서 함께 다루어 유럽문명권중심주의를 극복하려고 했다. 그러나 그 내용이 성글고 관점이 부적절하다. 중국이 "東方"의 지도자가 되고자 하는 정치적인 포부를 앞세우고, 필요한 연구는 제대로 하지 못했기 때문에 그렇게 되었다.

유럽 밖의 문화유산을 적극적으로 평가해야 한다고 강조해서 말했을 따름이고, 그 내부의 유기적인 관계와 공통된 가치를 파악하지 못했다. 마르크스주의의 사회경제사에 입각한 기존의 시대구분 방법을 엉성하게 원용하는 데 그쳐, 다룬 내용을 시대개념과 밀착시키지 못하고, 세계사의 전개를 새롭게 이해하는 대안을 제시하지 못했다. 그런 결함이 문학사보다 철학사에 더욱 확대되어 있다.

여러 문명권의 철학을 비교철학의 관점에서 고찰해본 [철학사5] 라주, 《비교철학입문》과 같은 작업은 문학사에서 이루어지지 않았다. [문학사1] 포르트라게, 《문학사강의》와 [문학사2] 요하네스 셰르, 《문학의 일반적 역사》에서 이미 문학을 문명권 단위로 비교했으나, 그것은 유럽문명권문학이 우월하고 다른 문명권의 문학은 열등하다고 하기 위해서이다.[41] [문학사9]는 《시초에서 20세기까지의 비교문학사》라고 표방했으나, 몇 개의 문학사를 대등한 위치에 두고 비교한 것은 아니다.

독자적으로 이루어진 개별적인 문학이 각기 그 나름대로의 의의를 가져 대등하게 비교될 수 있다고 한 것은 [문학사17] 먼로 채드윅과 커쇼 채드윅, 《문학의 성장》에서 택한 관점이다. 그러나 거기서는 수많은 민족문학이 발생단계에서 공통점을 보인다는 사실을 들어 문학의 성장을 이해하는 일반론을 찾으려고 한다면서 실제로는 유럽문명권의 사례를 일반화하려고 했으며,[42] [철학사5]에서처럼 문명권 단위의 문학사가 각기 지닌 차이점을 비교하려고 한 것은 아니다. [철학사5]는 내용이 미흡하지만 문학사에서 이룩하지 못한 성과를 보여주는 새로운 시도이다. 인도학계의 업적이므로 그럴 수 있다.

[철학사8] 엘리어트 도이치 외 공편, 《세계철학편람》은 유럽문명권의 일부인 영어권에서 사용하는 용어를 유럽 밖 다른 문명권의 철학에 무리하게 적용했다. 세계문학사에서는 개념이 철학의 경우만큼 중요시될 수 없어 그런 작업을 시도하지 않았다. 그러나 개념론에서 영어 용어를 일방적으로 사용하고, 여러 문명권의 상이한 언어에서 사용하는 용어와의 비교는 필요하지 않다고 한 것은 오랜 내력을 가진 편견이어서, 유사한 예를 문학사에서 찾을 수 있다.

독일이나 프랑스의 세계문학사에서는 유럽문명권문학의 우월성을 내세울 때, 영미의 세계문학사는 영문학이 제일이라고 하는 것이 흔히 볼 수 있는 일이었다. [문학사10] 존 드링크워터, 《문학의 개요》에서 영문

---

41) 64~65면, 72~74면.
42) 296~301면.

학을 세계문학의 으뜸으로 삼고, [문학사13] 리처드 몰턴, 《세계문학사 및 그것이 일반문화에서 차지하는 위치》에서 세계문학을 유럽문명권 특히 영미의 독서경험과 얼마나 가깝고 먼가에 따라서 일방적으로 등급을 정하는 것이 정당하다고 했다.[43]

[철학사8]이 그런 견해를 아주 다른 방법으로 다시 제기했다고 할 수 있다. 영문학이 세계문학의 으뜸이라든가 영미인의 관심사가 가치판단의 척도라든가 하는 말은 이제 하지 않지만, 영어가 세계어로서 배타적인 위치를 차지하고 있어서, 영어에서 사용하는 용어를 내세워 동서고금의 철학사상을 정리할 수 있다고 하는 것이 새롭게 부각되고 있는 편견이다. 영어만능주의가 인류문명의 정상적인 발전을 심하게 왜곡하고 있다.

어떻게 바로잡아야 하는가

세계문학사 서술은 중단되고 있는데, 세계철학사는 지금도 거듭 나오고 있는 것은 주목할 일이다. 철학 장사가 더 잘 되기 때문인가? 그렇다. 내용이 잡다해지고 글쓰기가 산만해지면서 철학이 잘 팔린다. 세계철학사를 쓰는 것이 더 간편한 일이기 때문인가? 그렇다. 세계철학사는 문명권 단위로 이루어져 있어 개관하기 쉽다. 전문가 몇 사람이 협력하면 그럴듯한 집을 지을 수 있다.

그러나 기본원리에서는 세계문학사와 세계철학사가 다르지 않다. 세계문학사 서술에서 나타난 과오를 특별한 반성 없이 세계철학사에서 되풀이하고 있다. 유럽문명권중심주의의 편향된 시각이 밖으로 드러나 있고, 세계 전체의 범위에서 공통된 시대구분을 하지 못하는 무능이 안에 숨겨져 있는 것이 문학사에서든지 철학사에서든지 공통되게 확인된다.

---

43) 140~143면.

그러므로 과오를 고치는 방법도 같다. 문학사를 통해서 과오를 고치는
작업을 한 성과를 철학사에 적용하기 위해서 이 책을 쓴다. 양쪽의 잘못
을 함께 시정해야 한다고 다짐하면서 전에 없던 작업을 한다.

지금까지 지적한 결함을 시정하고 취급범위에서나 서술방법에서나
균형이 잡힌 세계철학사를 제대로 쓰려면 세계문학사 서술을 바로잡기
위해서 필요한 것과 같은 예비적인 작업을 회피할 수 없다. 세계문학사
이해의 이론을 정립하기 위한 일련의 작업을 연작저서로 써내는 나의
작업에 상응하는 일을 철학에서도 해야 한다. 그러나 세계문학사에 관
한 작업을 이미 많이 진척했으므로 세계철학사에 관한 작업은 단축될
수 있다. 세계문학사 이해의 시각을 바로잡은 성과를 세계철학사에서
함께 이용할 수 있다.

그러나 세계문학사를 먼저 고쳐 세계철학사를 바로잡는 데 이용할 수
있는 것은 아니다. 그렇게 생각하는 것은 지나친 낙관론이다. 세계문학
사가 잘못된 것은 거기 들어 있는 철학적 원리가 빗나갔기 때문이다. 그
것이 고장을 일으킨 핵심 이유임을 바로 알아 철학부터 바로잡고 세계
철학사를 제대로 이해해야 세계문학사가 살아날 수 있다. 그 일을 계속
미루다가 이제야 시작하기 때문에 세계문학사에 대한 거듭된 탐구가 철
저하게 이루어지지 못했다.

철학을 바로잡아 세계철학사를 제대로 이해하려면 철학이 문학인 줄
알고, 문학을 하는 방식으로 철학을 해야 뜻한 바를 이룰 수 있다. 철학
을 철학이라고만 하면, 이질적인 언어, 난해한 논리에 사로잡혀 헤어나
지 못하고, 우상숭배자가 된다. 문학은 어려서 독서를 시작하는 첫날부
터 누구든지 자기도 작가가 되어야 하겠다고 작심하도록 하는데, 철학
은 석학으로 자처하는 교수라도 창조란 엄두도 내지 못하게 하는 횡포
를 문학하는 정신을 가지지 않고 어떻게 뚫고 나갈 수 있겠는가?

철학의 유럽중심주의와 근대지상주의는 문학의 경우보다 훨씬 완강
하다. 철학과라는 학과를 유럽근대철학 전공자들이 장악하고 있는 것만
들어도 그렇게 판단하는 일차적인 증거는 충분하다. 철학교수란 사람들

은 자기 전공 밖의 철학에 관해서는 기본적인 독서도 하지 않는 것이 관례이므로, 유럽이 아닌 곳에도 철학이 있고, 근대철학이 철학사의 도달점일 수 없다는 것을 스스로 깨닫지 못한다. 우상으로 삼은 철학에서 제공하는 논리적 확신을 철학의 범위 안에서는 흔들어놓기 어렵다.

나는 철학공부를 문학을 하듯이 해서 무엇이든지 함부로 읽고, 머무르는 곳이 없이 돌아다녔다. 문학을 하면서 철학을 하기 때문에, 이질적인 언어를 친근하게 만들고, 난해한 논리를 절실한 경험으로 바꾸어놓고, 온갖 우상을 타파해 다정한 친구가 되게 한다. 철학과에서 밥을 벌어먹지 않으니, 철학사와 문학사는 둘인가 하나인가 물을 수 있는 재량권을 가진다. 시나 소설을 쓰듯이 철학사를 쓰는 자유를 누려도 된다. 세계문학사에 관한 논의를 여러 길로 길게 펴다가 세계철학사는 이제 다루는 것이 마땅한 순서이다.

세계문학사와 세계철학사는 둘이면서 하나이고, 하나이면서 둘이다. 둘이므로 서로 협력해야 하는 동업자이면서, 하나이므로 창조의 작업을 함께 해야 한다. 세계문학사 서술을 바로잡는 일은 세계철학사까지도 대상으로 해야 비로소 타당한 이론을 갖추어 성과 있게 이루어질 수 있다. 세계철학사를 다시 쓰는 작업 또한 철학사와 문학사가 둘이면서 하나이고 하나이면서 둘임을 바로 알고, 세계문학사 인식을 정상화한 경험을 살려야 할 일을 할 수 있다.

원시의 신화에서 고대의 철학으로

구비철학

철학은 어떻게 시작되었는가 고찰하는 것이 여기서 할 일이다. "어떻게"에는 철학이 "무엇으로부터", "어떤 내용"을 갖추어, "어떤 표현형태"를 사용하면서 시작되었는가 하는 세 가지 의문이 포함되어 있다. "무엇으로부터"에 대한 대답은 신화이다. 철학은 신화에서 시작되었음을 밝혀 논하고자 한다. "어떤 내용"에 관해서는 처음 생겨난 철학이 세계 도처에서 공통된 문제를 함께 다룬 양상을 찾는 데 힘쓰고자 한다. "어떤 표현형태"에서는 글쓰기의 방식을 적절하게 마련하기 위해서 노력한 자취를 문제삼기로 한다.

지금은 철학은 글이어야 한다고 한다. 말은 철학이 아니라고 한다. 그런 생각이 재론의 여지가 없을 정도로 굳어지다가 반성이 일어나고 있다. 문학에서 글인 문학과 말인 문학이 있다고 인정하고 기록문학뿐만 아니라 구비문학 또한 본격적인 연구의 대상으로 삼는 것과 같은 변화가 철학에서도 일어나고 있다. 말로 이루어진 '구비철학'(oral philosophy)도 철학이라고 하는 새로운 주장이 대두해 타당하다고 인정되기 시작했다.

문학이 구비문학에서 시작되었듯이 철학 또한 구비철학에서 시작되

었다. 그 둘 가운데 구비철학은 뒤늦게 인식되었지만 기록철학보다 선
행했다는 사실이 문학의 경우보다 더욱 뚜렷하다. 인도의 《베다》나 석
가의 가르침은 구전되다가 기록되었다. 글은 쓰지 않고 말만 한 소크라
테스를 유럽철학의 시조로 받든다. 철학은 기록에서 비롯했다고 주장하
는 사람은 없다.

구비철학도 철학이라고 하자, 철학은 문명이 발달했다고 하는 곳의
전유물이 아니고, 지구상의 어떤 사람들도 간직한 공통의 유산이라고
인정되었다. 식민지가 되기 전 단계에 아프리카인이 이룩한 철학, 미주
대륙 원주민의 철학, 폴리네시아인의 철학 같은 것들이 관심의 대상으
로 등장했다. 아프리카철학에 대한 탐구가 특히 활발해 그 성과가 다른
곳으로 파급되고 있다.

철학은 글이어야 한다고 할 때는 아프리카에는 철학이 없다고 했다.
그것은 자존심이 크게 상하는 일이므로, 구비철학의 의의를 역설해 반
론을 제기해야 했다. 아프리카에서 전승하고 있는 구비철학을 조사하고
연구한 업적이 근래에 거듭 나와, 아프리카철학의 의의를 역설하고 있
다.[44] 아프리카인의 자아각성을 위해 아프리카철학에 대한 재인식이 반
드시 필요하다.

아프리카철학을 부인하는 근거는 말로 된 것은 철학이 아니라는 데만
있지는 않다. 철학은 인식이나 논리에 대한 탐구를 핵심영역으로 삼는

---

44) Albert G. Moseley ed., *African Philosophy, Selected Readings*(Englewood
Cliffs, New Jersey : Prentice Hall, 1995)에서는 "ethnophilosophy"라고 일컬은
아프리카 재래의 구비철학을 적극 재발견하고, 유럽철학과 비교해서 평가하는
업적을 모아 제시했다. Safro Kwame ed., *Readings in African Philosphy, an
Akan Collection*(Lanham, Maryland : University Press of America, 1995)에서
는 아프리카철학의 전반적인 문제를 서부아프리카 아칸민족이 전승하고 있는
구비철학을 통해서 논의하는 논문을 모아 내놓았다. Kwame Gyekye, *An Essay
on African Philosophical Thought, the Akan Conceptual Scheme*(Cambridge :
Cambridge University Press, 1987)은 가나의 가장 큰 민족인 아칸민족의 철학
을 들어, 아프리카철학의 실제상황을 체계적으로 고찰했다.

데 그런 것이 아프리카에는 없었다고 한다. 이에 대해 반론을 제기하기 위해서 철학이 무엇인가 하는 문제를 재검토하고 있다.[45] 형이상학 또는 존재론이 철학에서 소중한 구실을 한다는 것을 알아야 한다고 한다. 유럽철학도 근대 이전에는 그런 특징을 지녔음을 상기시킨다.

그러면 아프리카철학은 실제로 어떤 것이냐 하는 물음에 대해서, 설화, 구비시가, 속담이 모두 그 자료이며, 그 가운데 속담이 특히 중요하다 하고, 속담으로 표현된 아프리카철학을 다른 곳의 철학과 비교한다.[46] 속담으로 철학을 말하는 것은 孔子의 경우와 유사하다고 한다. 인도철학이나 아랍철학에서도 속담이 중요시되었다고 한다. 그리스철학도 속담 형태의 단상에서 시작되었다고 한다.

가나의 아칸(Akan)민족이 전승하는 자료를 들어 아프리카철학의 구체적인 면모를 고찰하면서, 철학을 지칭하는 용어는 '니안사'(nyansa)이고, 그 말은 지혜를 뜻한다고 했다. 모든 존재에 대한 체계적인 설명을 지혜의 내용으로 삼았다.[47] '오니아메'(Onyame)라고 하는 절대적인 존재 또는 신이 있어 천지를 창조하고, 하위의 신들도 만들어냈다고 했다. 사람은 불멸의 '오쿠라'(Okra)라고 하는 영혼이 신과 바로 연결되어 있어 신의 아들이지만, 다른 한편으로는 '순숨'(Sunsum)이라고 하는 정신, '호남'(Honam)이라고 하는 육체도 갖추고 있어 신과는 다른 유한한 존재라고 했다.

그런 생각은 아프리카 한 곳에서만 한 것이 아니다. 절대자인 '오니아메'가 사람의 영혼인 '우쿠라'와 바로 연결되어 있다는 것은 산스크리트 문명권의 철학에서 우주의 궁극적 원리인 '브라흐만'(Brahman)과 사람 마음의 근본인 '아트만'(Atman)이 일치한다는 것과 상통한다. 세계 도처에 있는 天人合一의 철학이 아프리카에서는 그 나름대로의 용어와 표현을 갖추어 구체화되었다.

---

45) Kwame Gyekye, 앞의 책, 4~11면.
46) 같은 책, 13~23면.
47) 같은 책, 62~86면.

말리에 거주하는 도곤(Dogn)민족의 구비철학 조사보고서에서는 좀더 추상화된 생각이 나타나 있다.[48] 유일신인 '암마'(Amma)가 최초의 원리이고, 모든 것이 있게 한 원인이다. '암마'에 의해 만들어진 '놈모'(Nommo)는 말이고, 물이고, 열기이며, 둘로 나누어져 작용하고 운동하면서 만물을 생성한다고 한다. 사람이 생겨나는 데도 쌍을 이루는 '놈모'가 계속 작용했다. 많은 복합적이고 복잡한 현상이 그 작용으로 이해되고 설명된다.

'놈모'는 변증법에서 말하는 正과 反에다 견주어 공통점을 찾을 수도 있다. 한문문명권의 철학에서 말하는 氣와 같다고 하는 것이 정확한 판단이다. '놈모'가 말이고 물이고 열기라고 하는 것은 氣의 몇 가지 양상을 특별히 드러내서 지적한 말이라고 할 수 있다. 둘로 나누어져서 작용하고 운동한다고 한 '놈모'는 바로 陰陽이다.

도곤민족의 구비철학에 대해서 연구한 논자는 "다른 여러 철학적 체계나 전통이 그렇듯이, 아프리카철학 또한 그 자체의 특이한 문화적 환경에서 생겨났다"고 했다. "그것은 생활조건 및 주변의 세계에 대해서 이해하고 설명하려고 하는 아프리카 지식인들 각자의 전향적 열의와 연결되어 있다"고 했다.[49] 그렇기 때문에 함부로 무시하지 말고, 그 나름대로의 의의를 인정해야 한다고 했다.

그것은 전적으로 타당한 말이지만, 상대주의에 머무른 한계가 있다. 철학은 보편적인 사고이므로 상대주의의 관점에서 다루고 말 것이 아니다. 세계 여러 곳에서 각기 산출한 철학의 공통점을 찾아 보편적 원리를 추구하는 인류 공동의 노력이 어떻게 나타났는가 확인하고, 철학의 변천과정에서도 어떤 일치점이 있는가 따지는 것이 더욱 바람직한 일이다. 아프리카의 구비철학도 그런 의의를 가진 유산이어서 소중하다.

아프리카철학은 철학에 대한 최초의 탐색이 세계 도처에서 서로 같았

---

48) D. A. Masolo, *African Philosophy in Search of Identity*(Bloomington : Indiana University Press, 1994), 68~83면.
49) 같은 책, 251면.

던 것을 확인하고, 문학이 철학의 작업을 이어받은 과정을 명시해주는 의의가 있다. 그런데 구비철학이 기록철학으로 바뀌는 변화가 세계 도처에서 광범위하게 일어난 것을 또한 주목해야 한다. 기록철학이 구비철학을 압도해서, 기록철학이라야 철학이라고 하게 된 것도 보편적인 현상이다. 중세기에 일반화된 그런 변화 때문에 철학과 문학이 서로 다른 길을 가게 되었다.

고대에 글이 된 철학 가운데 일부는 중세철학으로 이어지고 다른 것들은 잊혀졌다. 보편종교의 원리인 철학이 문명권 단위로 공동문어를 통해서 전개된 중세시기에 철학사는 문학사와 갈라졌다. 문학에서는 문명권문학과 민족문학, 공동문어문학과 민족어문학이 공존했으나, 철학은 그렇지 않았다. 민족어철학의 개별적인 양상은 일단 사라지고, 문명권 단위로 전개되고 공동문어를 사용하는 철학이라야 철학이라고 하게 되었다. 근대에 들어와서 민족어를 사용하면서 철학을 할 때까지 구비철학의 전통은 문학에 남아 있었다.

처음에는 구비철학이 구비문학이고, 구비문학이 구비철학이었다. 그러나 후대에 와서 구비문학은 문학의 기능을 적극적으로 수행하면서 기록문학과 맞섰지만, 구비철학은 기록철학의 일방적인 우위를 제어하지 못하고 구비문학 속에 들어가 생명을 이었다. 구비문학 속의 구비철학은 애써 분석해내야 모습이 드러난다. 거기서 철학의 기원을 확인할 수 있다.

동아시아철학

구비철학의 원초형태는 신화이다. 신화는 철학·종교·문학·역사가 분화되지 않은 복합물이다. 신화에 다른 여러 문화요소와 함께 포함되어 있던 철학이 분화되어 나오면서 철학이 생겨났다. 철학과 종교는 공통된 내용이 많아, 경쟁적인 관계가 두드러졌다. 종교의 독선을 부정하고 비판하면서 철학이 자라났다. 철학과 문학은 서로 다른 길을 가기만 한 것 같으나, 유사한 표현법을 사용하면서 공통된 발언을 했다.

신화에서 철학의 요소를 찾으면 철학의 기원을 확인할 수 있다. 신화에 포함되어 있던 구비신화가 분리되어 기록신화로 나아간 것이 어디서나 인정될 수 있는 공통적인 현상이다. 그런데 신화에서 철학을 찾는 작업은 동아시아 특히 중국에서 활발하게 이루어지고 있다. 그러므로 중국의 경우를 먼저 살피고, 그 성과를 다른 여러 곳에 적용하는 것이 유리한 방법이다.

중국의 신화에는 漢族의 신화도 있고 다른 여러 민족의 신화도 있다. 그 가운데 한족의 신화에서도 철학의 기원을 찾을 수 있다. 애초에 混沌이 있었다고 하는 것은 氣에 대한 이해이고, 伏羲와 女媧라는 남녀신이 천지를 창조했다고 한 데서 陰陽사상이 시작되었다고 할 수 있다.

그렇지만 중국신화는 제대로 전승되지 않고 단편적인 것들로 흩어졌다.[50] 다른 민족의 전승이 섞여 있다. 盤古에 관한 전승이 바로 그런 예이다. 그러면서 중국에서는 글로 써서 전개하는 철학이 일찍 등장했다. 한족의 경우에는 신화의 내력이 불분명하고 철학의 내력은 분명해서, 신화에서 철학으로 나아간 과정을 밝히기 어렵다.

중국에서 한족 이외의 다른 여러 민족이 전승하고 있는 신화는 풍부하고 분명하게 전승되고 있어서, 신화에 나타난 철학의 구체적인 모습을 보여주며, 신화에서 철학으로 나아간 과정을 추정하는 데 유력한 증거를 제공한다. 그런 자료를 이용해 한족의 신화가 온전하게 전해지던 단계의 사정을 추정하고, 신화와 철학의 관계에 관한 일반론을 구상할 수 있다. 중국에서 철학의 신화적 기원에 관한 논의가 소수민족의 자료를 중심으로 해서 진행되는 이유가 바로 거기 있다.

소수민족신화의 본보기를 들어보자. 布依族은 淸氣와 濁氣가 갈라지

---

50) 袁珂, 《中國神話通論》(成道 : 巴蜀書社, 1993), 37~41면에서는 그 점을 "零散"
   이라고 하고서 중국신화의 특징으로 들었다.

더니 淸氣는 위로 올라가 하늘이 되고, 濁氣는 아래로 내려와 땅이 되었다고 한다. 壯族은 커다란 氣가 셋으로 갈라져서, 하나는 하늘, 하나는 바다, 하나는 땅이 되었다고 한다.[51] 신화가 구비서사시로 전승되는 자료를 들면, 다음과 같이 열거할 수 있는 좀더 자세한 내용을 확인할 수 있다.[52]

(가) 白族의 신화에서는 盤古와 盤生 형제가 생겨나, 盤古는 변해서 하늘이 되고, 盤生은 변해서 땅이 되었다고 한다. 반고의 신체 각 부분이 해·달·별이 되고, 반생의 신체 각 부분이 변해서 나무·강·흙이 되었다고 한다.

(나) 彝族의 신화에서는 혼돈 가운데 바람이 일더니 창조주가 생겨나 천지만물을 창조했다고 한다. 창조주는 金·木·水·火·土를 만들어 창조의 재료로 썼다고 한다.

(다) 侗族의 신화에서는 盤古가 천지만물을 창조했다고 한다.

(가)의 盤古와 盤生은 두 氣의 의인화이다. (나)에서는 최초의 기운이 창조주보다 먼저 있어 변화를 일으켜 창조주를 생성했다고 한다. (다)의 盤古는 창조자이다. (나)는 (가)처럼 시작되고 (다)로 귀결되었다.

그렇게 해서 천지만물이 생성된 유래에 관한 신화가 두 가지로 나누어졌다. 어떤 형태의 기운에서 천지만물이 생성되었다고 하는 것도 있고, 창조자가 있어서 천지만물을 창조했다는 것도 있다. 앞의 신화는 철학으로 이어지면서 창조의 과정에 대해 납득할 수 있는 설명을 갖추었다. 뒤의 신화는 종교에서 이용되면서 창조자에 대한 신앙을 요구했다.

納西族은 東巴문자라는 고유문자를 이용해서 신화를 풍부하게, 자세하게 기록한 점이 특이하다.[53] 《東巴經》이라고 총칭되는 그 기록에 철

---

51) 佟德富, 〈中國少數民族的原始意識及其宇宙觀的萌芽〉, 肖万源 外 主編, 《中國少數民族哲學·宗敎·儒學》(北京 : 當代中國出版社, 1995), 6~7면.
52) 《동아시아 구비서사시의 양상과 변천》(서울 : 문학과지성사, 1997), 201~205면에서 고찰한 성과를 정리해서 말한다.
53) 蕭萬源 外 主編, 《中國少數民族哲學史》(合肥 : 安徽人民出版社, 1992), 〈古代

학이 갖추어져 있다. '一氣', '陰陽', '多數', '五行', '八卦' 등이라고 할 수 있는 것들을 주요개념으로 해서 천지만물의 생성과 변화를 설명한다.

'一氣'에 관해서는 "아주 아주 옛날 세계가 혼돈 상태에 있고 천지가 붙었을 때 陰陽의 신이 和唱했다"고 했다. '陰陽'에 관해서는 "陰神과 陽神이 氣를 낳았다"고 하고, 남녀생식기를 그린 상형문자로 나타냈다. "3이 9를 낳고, 9가 만물을 낳았다"고 하는 말로 '多數'가 형성되는 과정을 말했다. "木·火·土·鐵(金)·水"라고 든 五行이 相生한다고 했다.

'八卦'는 다음과 같이 개구리의 신체 각 부분에 견주어 말하고, 여덟 방위를 나타낸다고 했다.

蛙頭	蛙尾	蛙腹右	蛙腹左	蛙左手	蛙右手	蛙左脚	蛙右脚
南	北	東	西	東南	西南	東北	西北

이와 같은 사고를 정밀하게 다듬어서 정리하면 《易經》이 된다. 《易經》에서는 陰陽을 기호화했다. 남녀생식기를 그린 상형문자를 더욱 단순화했다. 그 기호를 셋씩 짝을 지은 것 둘을 배열해 다수를 나타내고, 음양의 조합으로 八卦를, 다시 64卦를 펼쳐 보였다. 도형에다 해설을 달아서, 시각적인 표현과 문장 표현을 아울러 사용했다. 시각적 표현에서 질서정연하고 규칙적인 것을, 문장 표현에서 규칙에 구애되지 않은 상징적인 것을 갖추었다.

그런 체계를 만드는 데 긴요하지 않은 요소는 버려두었다. '一氣'라는 것이 《역경》에는 없다. 氣가 둘로 나누어진 陰陽을 전면에 내세우느라고 氣가 하나이기도 하다는 사실을 관심의 대상으로 삼지 않은 것이 그 이유라고 할 수 있다. '五行'에 관해서도 말이 없다. 음양과 오행의 관계

納西族原始的宇宙觀〉(236~280면)에서 고찰한 바를 가져온다. 아래 몇 가지 인용구가 모두 거기 있는 것이므로 출처를 다시 밝히지 않는다. 《東巴經》에서 한 말의 중국어 번역을 그대로 가져와 원문과 지나치게 멀어지지 않도록 한다.

가 무엇인가를 밝히는 문제는 해결하기 어려워 보류해두었다고 할 수 있다.

《역경》은 신화로 전승되던 구비철학을 기호와 문자를 이용해 기록하면서 다듬어 정리한 문헌이라는 점에서 《東巴經》과 같으면서, 구체적인 모습에는 차이가 있다. 복잡한 내용을 간략하게 다듬은 솜씨는 《동파경》보다 앞서지만, 《동파경》에 보이는 '一氣'나 '五行'이 빠져 있어 내용이 미비하다고 할 수 있다. '一氣'는 《老子》나 《管子》에, '五行'은 《尙書》의 〈洪範〉에 나타나 관심이 분산되었다.

그런데 《동파경》은 그대로 두고 계속해서 종교의 경전으로 섬기기만 해서 원래의 상태에 머물렀으나, 《역경》에 관해서는 이치 구현이 미비하다고 생각되는 점을 찾아 논의를 보충하고 진전시키는 작업이 거듭되어 철학의 발전이 이루어졌다. '一氣'와 '五行'을 받아들여 음양과 연결시켜 이해하는 작업이 오랜 기간에 걸쳐 다양하게 진행되었다. 그래서 양쪽의 형세가 크게 달라졌다.

《역경》이 성립된 시기는 기원전 12세기 무렵인 殷末·周初로 추정된다. 《역경》을 해설하고 보완한 《易傳》이 기원전 3세기 무렵인 戰國末에 출현했다. 그 뒤에도 많은 해설서가 있다가, 12세기에 朱熹가 《周易集註》를 이룩해, 신유학에 입각한 정통적인 견해를 확립하려고 했다. 그렇지만 거기서 끝나지 않고 다양한 시비가 계속 일어났다.

《역전》은 孔子가 지어, 절대적인 타당성을 지닌다고 하는 것이 오랜 관습이다. 공자가 뜻한 바를 朱熹가 풀어 밝힌 《周易集註》에 이르러서 모든 의문이 풀렸다고 했다. 그러나 《역전》은 공자의 저작이 아니며, 절대적인 타당성을 가지지 않는다. 공자의 뜻을 주희가 받들어 道學을 완성했다고 하는 것도 사실이 아니다. 《주역집주》에서 표명한 견해는 문제의 해결이 아니고 새로운 문제의 발단이다. 그렇기 때문에 《역전》이나 《주역집주》가 철학의 저술이다. 반론을 제기해서 다른 주장을 펼 수 있어야 철학이다.

9세기 간격을 두고 이루어진 《易經》·《易傳》·《周易集註》는 기존의 사고를 보완하고 재해석하는 과정을 통해서 철학사가 전개된 양상을 보여주는 전형적인 사례로 들 만하다. 그런 과정은 다른 여러 곳에서도 있었을 것인데, 이만큼 뚜렷한 증거가 남아 있지 않다. 이 셋의 관계를 먼저 다루어 널리 원용할 수 있는 결과를 얻는 것이 타당한 방법이다.

《역전》의 〈繫辭〉한 대목 上 제5장에서 한 말에 대해 《주역집주》에서 풀이한 註를 나란히 들고 검토해보자.

[傳1] 一陰一陽謂之道.
한번은 陰이고, 한번은 陽인 것을 일컬어 道라고 한다.
[註1] 陰陽迭運者氣也 其理則所謂道.
음양으로 바뀌어 움직이는 것은 氣이고, 그 理는 道라 하는 것이다.

[傳2] 繼之者 善也 成之者 性也.
繼하는 것은 善이고, 成하는 것은 性이다.
[註2] 道具於陰而行乎陽 繼言其發也 善謂化育之功 陽之事也 成言其具也 性謂物之所受言 物生則有性而各具 是道也 陰之事也.
道는 陰에 갖추어져 있다가 陽에서 실현된다. 繼는 나타남을 말한다. 善은 化育의 功을 일컬으니, 陽의 일이다. 成은 갖춤을 말한다. 性은 物이 받은 것을 말한다. 物이 생기면 性이 있어 각기 갖추었다. 그 道는 陰의 일이다.

[傳1]의 발상은 《역경》에 없었다. 《역경》에서는 陰과 陽을 각기 제시했을 따름이고, 그 둘을 함께 포괄하는 개념이 없었다. 2에 대해서 말하기만 하고 1에 대한 말은 없는 것이 미비사항이므로 보완할 필요가 있어, 《역전》에서는 道가 1이라고 하는 [傳1]의 명제를 마련했다. 《주역집주》에서는 거기서 만족하지 않고, 1이 무엇인가 하는 문제에 대한 논의를 더 진행해, 道 외에 氣와 理가 더 등장하는 [註1]을 마련했다. 그 셋이 모두 음양과 어떤 관계를 가지는가 해명해야 하는 복잡한 작업을 했다.

그래서 음양의 움직임은 氣라고 하고, 그런 氣에는 理가 있으며, 그런 理를 다른 말로 일컬어 道라고 한다고 했다.

그렇다면 [傳1]에서 음양과 道를 바로 연결시켜 말한 것은 중간단계를 생략했기 때문이다. 그런 줄 모르는 사람은 오해를 할 염려가 있기 때문에 생략한 부분을 보충해 [註1]을 마련했다. 그렇게 보면 [傳1]과 [註1]은 간략하고 자세한 차이밖에 없다고 생각되지만, [註1]은 [傳1]에 없던 문제를 제기한다.

음양은 2이고, 理나 道가 1임은 쉽게 알아차릴 수 있으나, 氣는 어느 쪽인가? 氣가 1이면, 1이 氣이기도 하고 理이기도 한 것은 무슨 까닭이며, 왜 그 두 말이 필요한가? 氣가 2이면 음양의 다른 이름에 지나지 않는데, 理와 대등한 위치에서 짝을 이룰 수 있는가? 氣는 2이기만 하지 않고, 3이기도 하고, 4이기도 하고, ∞이기도 한 점이 음양과 다르다고 할 수 있겠는데, 그처럼 달라지는 氣가 1일 수 있는가?

그런 의문은 [註1]에서 풀어줄 수 없었다. [註2]에서 관점을 바꾸어 재론했어도 미진했다. 朱熹가 다른 저술을 통해서 거듭 다루어도 명확한 해답을 제시해 의문의 여지가 없게 하기 어려웠다. 주희의 견해가 어느 쪽인가를 두고 논란이 벌어지고, 주희의 견해가 부당하다는 반론이 제기되기도 했다.

[傳2] 또한 《역경》에는 없던 말이지만, 《역경》에 근거를 두었다. 만물이 생성되는 개별적인 양상을 음양이 다양하게 결합된 여러 卦에서 각기 풀이한 바를 총괄해서 말하면, '繼'와 '成'이고, '繼'는 '善'이라면, '成'은 '性'이라고 특징을 규정할 수 있다. 그렇지만 그 네 말이 무슨 뜻이며, 음양과는 어떤 관련을 가지는가 명확하게 이해하려면 해설이 필요해 [註2]에서, 그 일을 맡았다.

[註2]에서는 繼는 '陽', 成은 '陰'의 특성이라고 했다. 繼는 나타남이어서 陽의 특성이고, 成은 갖춤이어서 陰의 특성이라고 했다. '善'은 化育의 功이므로 陽의 일이고, '性'은 物이 받은 것이므로 陰의 일이라고 했다. 그렇게 말하면 여러 卦에서 음양이 다양하게 결합해서 빚어낸 만물

의 생성이 음양의 두 가지 양상으로 양분된다. 음양의 두 卦만 있으면 그만인데, 음양을 나타내는 막대기를 여섯이나 벌여놓은 양상이 64卦에서 각기 달라진 것을 살피는 공연한 짓을 왜 하는가?

《역경》에서 ∞로 펼쳐놓은 양상을 《역전》에서 1로 총괄하려고 한 것을 《주역집주》에서는 2로 나누어 놓았다. 그것이 과연 타당한가 의문이 아닐 수 없다. 음양이 2이면서 또한 1이어서, '繼'이면서 '成'이고, '善'이면서 '性'이라고 하는 것이 타당한 견해가 아닌가? 1·2·∞ 사이에 아무런 간격이 없어야 하나가 둘이고, 둘이 무한대인 이치를 融通自在하게 파악할 수 있지 않을까? 이런 문제를 두고 계속 논란이 벌어져 오늘에 이르렀다.

《易傳》의 〈繫辭〉에서 한 대목 上 제11장에 있는 다음의 [傳3] 또한 문제의 구절이다. 《周易集註》에서 풀이한 말 [註3]과 함께 인용하고, 검토해보자.

[傳3] 易有太極 是生兩儀 兩儀生四象 四象生八卦.
易에 太極이 있으니 이것이 兩儀를 낳고, 兩儀는 四象을 낳고, 四象은 八卦를 낳았다.
[註3] 一每生二 自然之理也 易者陰陽之變 太極其理也.
1은 언제나 2를 낳는 것이 자연의 理이다. 易은 陰陽의 變이고, 太極은 그 理이다.

[傳3]에서는 총체적인 단일성인 1을 '太極'이라고 했다. [傳1]에서는 2인 음양이 있고서 그 둘을 포괄하는 '道'가 있다고 했는데, 여기서는 1인 '太極'이 선행해서 2인 음양을 낳는다고 했다. 2인 음양이 4인 '四象'을 낳고, 4인 '四象'이 8인 '八卦'를 낳는다고 하는 말로 많은 것들이 생겨나는 과정을 설명했다.

그런데 이에 대해서 풀이한 [註3]에서는 두 가지 다른 말을 했다. "一每生二 自然之理也"라고 한 앞대목에서는 1이 언제나 2를 낳는 것은 '自

然之理'라고 했다. 그 경우에는 2인 음양이 氣라면 1 또한 氣이다. 1인
氣가 둘로 갈라지는 것을 낳는다고 했다. 自然之理란 자연스러운 이치
일 따름이다. 그런데 "易者陰陽之變 太極其理也"라고 할 때는 태극이 음
양의 理라고 하고, 태극이 음양을 낳았다는 것은 그럴 수 있는 원리를
제공했다는 뜻으로 이해하게 했다.

理는 氣 자체의 자연스러운 이치인가, 아니면 氣를 움직이게 하는 원
리인가? 그 두 가지 서로 상반된 견해 가운데 朱熹는 뒤의 것에 더 큰
비중을 두었다. 태극은 理이고 음양은 氣라고 하고, 理와 氣를 갈라서
이해하는 理氣이원론을 수립했다. 그것이 중세후기철학의 기본노선이
어서 한 시대를 지배하는 영향력을 가졌다.

그래서 시비가 끝난 것은 아니고, 새로운 논란이 더욱 치열하게 일어
났다. 太極을 氣라고 하고, "太極生兩儀"란 하나인 氣가 둘로 나누어진
다는 것이라는 견해가 나타나, 주희의 견해에 대해서 반론을 폈다. 그런
논거에서 출발점을 마련한, 氣가 1이면서 2라고 하는 氣일원론의 철학
또는 氣철학이 중세에서 근대로의 이행기에는 상당한 설득력을 가지고
큰 구실을 하면서 동아시아사상의 새로운 창조를 활성화했다.

지금까지는 《易經》·《易傳》·《周易集註》를 차례대로 들고, 《주역집
주》에 대한 반론을 곁들여 동아시아철학의 전개를 한 가닥으로 설명했
다. 그러나 실제로는 다른 여러 가닥이 함께 있어 복잡했다. 《역경》에서
시작해 《역전》까지 나아가던 단계에 《論語》, 《老子》, 《管子》, 《莊子》
등의 다른 저술에서도 철학을 처음 만드는 작업을 적극적으로 수행해
서, 서로 논란을 벌여야 할 문제를 풍성하게 제기했다.[54]

철학은 인격적인 신을 부정하고, 궁극적인 원리를 찾아내서 규정하
고, 궁극적인 원리와 마음의 자세를 연결시키는 작업을 통해서 신화에
서 분리되고, 관습화된 종교와 맞서서 비판적인 논의를 전개했다. 그래

---

54) 이제부터는 馮契 主編, 《中國歷代哲學文選》 上(上海 : 上海古籍出版社, 1991)
에 실려 있는 자료를 인용하고, 주석을 이용한다. 주석의 출처는 들지 않는다.

74

서 이하의 자료를 [가] 신에 대한 태도, [나] 궁극적 원리, [다] 마음의 자세로 나누어 정리한다.

《論語》의 몇 대목을 보자.

[가1] 祭如在 祭神如神在 子曰 吾不與祭 如不祭(八佾).[55]
제사를 지내되 있는 듯이 한다. 신을 제사하되 신이 있는 듯이 한다. 선생님이 말했다. "내가 제사에 참여하지 않으면 제사 지내지 않은 것과 같다."
[가2] 務民之義 敬鬼神而遠之 可謂知矣(雍也).[56]
백성의 의로움에 힘쓰고, 귀신을 공경하면서 멀리하면, 안다고 할 수 있다.
[가3] 子不語怪力亂神(述而).[57]
선생님은 怪·力·亂·神에 대해서 말하지 않는다.
[가4] 季路問事鬼神 子曰 未能事人 焉能事鬼 曰 敢問死 曰 未知生 焉知死(先進).[58]
季路가 귀신 섬기는 일에 관해 물으니 선생님이 말했다. "사람도 제대로 섬기지 못하면서 어찌 귀신을 섬기리오." "감히 죽음에 관해 묻습니다." "삶도 알지 못하는데, 어찌 죽음을 알겠는가."

[나1] 天何言哉 四時行焉 百物生焉 天何言哉(陽貨).[59]
하늘이 무슨 말을 하리오. 사시가 운행하며, 백물이 생겨나나니, 하늘이 무슨 말을 하리오.

---

55) 27면.
56) 28면.
57) 29면.
58) 30면.
59) 34면.

[나2] 君子有三畏 畏天命 畏大人 畏聖人之言 小人不知天命不畏也 狎大人 侮聖人之言(季氏).[60]

군자는 셋을 두려워한다. 天命을 두려워하고, 대인을 두려워하고, 성인의 말을 두려워한다. 소인은 天命을 몰라 두려워하지 않고, 대인에게 함부로 굴고, 성인의 말을 모욕한다.

[나3] 不知命 無以爲君子也 不知禮 無以立也 不知言 無以知人也 (堯曰).[61]

命을 모르면 군자가 될 수 없고, 예를 모르면 설 수 없고, 말을 모르면 사람을 알 수 없다.

[다1] 吾道一以貫之 曾子曰 夫子之道 忠恕而已矣(里仁).[62]

"나의 도는 하나로 일관한다." 증자가 말했다. "선생님의 도는 忠恕일 따름이다."

[다2] 克己復禮爲仁 一日克己復禮 天下歸仁焉(顔淵).[63]

克己復禮가 仁이다. 하루라도 克己復禮하면 천하가 仁으로 돌아간다.

[가]에서 귀신을 부정하지는 않지만 존중하지 않았다. [가1]에서는 귀신에게 제사 지내는 것은 자기 마음 때문이라고 한다. [가2]에서는 귀신은 멀리해야 한다고 했다. [가3]에서는 귀신에 관해서 알려고 하지 않는다고 했다. 당시 사람들이 귀신을 섬기고 있는 데 대해 반대하면서 귀신을 부정할 수는 없었다. 다만 관심을 귀신에게서 사람으로 돌려 사람이 할 일을 생각하면서 새로운 사상을 개척했다.

[나]에서는 모든 것의 궁극적인 원리를 '天命'이라고 했다. [나1]에서

---

60) 34면.
61) 34면.
62) 28면.
63) 30면.

는 天命이 계절이 순환하고 만물이 생겨나는 현상 자체라고 했다. '天'이 인격적인 신은 아니다. 귀신이 하는 말을 天命이라고 한 것은 아니다. [나2]에서는 天命을 두려워해야 한다고 했다. [나3]에서는 天命을 알아야 한다고 했다. [나2]와 [나3]에서 天命은 '聖人之言'이나, '禮'처럼 사람이 섬겨야 할 가치와 동질성을 가진다고 했다. 天命을 알아서 사람이 하는 말이 聖人之言이고, 사람이 실행하는 행동규범이 禮라고 이해할 수 있다.

[다]에서는 사람이 갖추어야 할 자세를 '道'라고 하고, 道의 내역을 '忠恕', '仁', '禮' 등으로 말했다. 그 어느 것이든지 상대적이고 가변적인 개념이다. '克己復禮'라고 해도 내용이 분명하지 않다. 사람이 견지해야 할 정신적 원리를 명확하게 하는 것보다 마땅한 행동을 하는 자세를 제시하는 것이 공자에게 더욱 긴요한 관심사였다.

《老子》의 몇 대목을 보자.

[가] 谷神不死 是謂玄牝 玄牝之門 是謂天地根 緜緜若存 用之不動 (제6장).[64]

谷神은 죽지 않으니 이것을 玄牝이라고 한다. 玄牝의 문은 천지의 뿌리라고 한다. 면면하게 있는 듯해서, 써도 움직이지 않는다.

[나1] 道可道 非常道 名可名 非常名 無名天地之始 有名萬物之母 故常無欲 以觀其妙 常有欲 以觀其徼[65] 此兩者同出而異名 同謂之玄 玄之又玄 衆妙之門(제1장).[66]

道를 道라는 것이 常道는 아니고, 名을 名이라고 하는 것이 常名은 아니다. 無名은 천지의 시작이고, 有名은 만물의 어미다. 언제나 無欲

---

64) 66면.
65) "徼"(요)는 "歸宿, 終極"이다.
66) 65면.

으로 그 妙를 보고, 언제나 有欲으로 그 끝을 본다. 이 둘은 같은 데서 나와 이름은 다르다. 같은 것을 일컬어 玄이라고, 玄의 玄이라고, 衆妙의 문이라고도 일컫는다.

[나2] 有物混成 先天地生 寂兮寥兮 獨立不改 周行而不殆[67] 可以謂天下母 吾不知其名 字之曰道 强謂之曰大 大曰逝 逝曰遠 遠曰反 故道大 天大 地大 王亦大 域中有四大 而王居其一焉 人法地 地法天 天法道 道法自然(제25장).[68]

어떤 物이 혼돈 속에서 생겨, 먼저 천지를 생성하면서 고요하고 움직임이 없었다. 스스로 서서 고쳐지지 않고, 돌아다니면서 쉬지 않으니, 천하의 어머니라고 일컬을 수 있다. 우리는 그 이름을 몰라, 그것을 '道'라는 글자로 나타내고, 억지로 '大'라고도 한다. '大'는 '逝'라고도 하고, '逝'는 '遠'이라고도 하고, '遠'은 '反'이라고도 한다. 그러므로 道가 크고, 하늘이 크고, 땅이 크고, 왕 또한 크다. 우주 안에 네 가지 큰 것 가운데서 왕이 그 하나를 차지한다. 사람은 땅을 본받고, 땅은 하늘을 본받고, 하늘은 道를 본받고, 道는 自然을 본받는다.

[나3] 昔之得一者 天得一以淸 地得一以寧 神得一以靈 谷得一以盈 萬物得一以生 侯王得一以爲天下貞(제39장).[69]

옛적에 하나를 얻은 바는 하늘은 하나를 얻어 맑고, 땅은 하나를 얻어 편안하고, 신은 하나를 얻어 영험하고, 골짜기는 하나를 얻어 차고, 만물은 하나를 얻어 살고, 임금은 하나를 얻어 천하를 바르게 한다.

[나4] 道生一 一生二 二生三 三生萬物 萬物負陰而抱陽 沖氣以爲和 (제42장).[70]

道는 1을 낳고, 1은 2를 낳고, 2는 3을 낳고, 3은 만물을 낳는다. 만물은 陰을 품고 陽을 껴안아, 빈 氣로써 和를 이룬다.

---

67) "寂兮寥兮"는 "無聲無息", "獨立"은 "自立", "改"는 "變", "殆"는 "停息"이다.
68) 68면.
69) 69면.
70) 70면.

[다] 天下皆知美之爲美 斯惡已 皆知善之爲善 斯不善已 故有無相生
難易相成 高下相傾 音聲相和 前後相隨 是以聖人處無爲之事 行不言之
敎(제2장).[71]

천하가 모두 아름다움을 아름다움이라고 알고 있는 것은 추악함일
따름이다. 모두 착함을 착함이라 알고 있는 것은 착하지 않음일 따름
이다. 그러므로 있고 없음이 相生하고, 어렵고 쉬움이 相成하고, 높고
낮음이 相傾하고, 음과 소리가 相和하고, 앞뒤가 相隨한다. 그런 까닭
에 성인은 無爲의 일에 처하고, 不言의 가르침을 행한다.

[가]에서는 천지가 움직이는 근본원리 자체를 '神'이라고 했다. 그렇
게 해서 신앙의 대상인 신에 대한 관념을 없앴다. 그 원리는 山이 아닌
谷, 남성이 아닌 여성, 동물 가운데서는 소에다 견줄 수 있는 특성을 지
니므로 "谷神"이라고도 하고 "玄牝"이라고도 했다. 그 두 말은 같은 현
상을 다르게 나타내는 비유이다. "玄牝之門 是謂天地根"이라고 해서 그
원리에 문이 있고 뿌리가 있다고 한 말도 비유이다. 그 원리는 계속 작
용하고 움직임을 겉으로 드러내지 않는다고 하는 뜻으로 "縣縣若存 用
之不動"이라고 했다.

[나]에서는 천지가 움직이는 근본원리에 대해서 다각도로 고찰했다.
그 근본원리는 한 가지 고정된 이름이 없으니 '그것'이라고 일컫는 것이
합당하다. [가1]에서는 '그것'이 "道"："名", "可道"："常道", "可名"："常
名", "無名"："有名", "天地之始"："萬物之母", "無欲"："有欲", "妙"：
"徼"라고 일컬은 양쪽이 서로 맞서고 서로 필요로 하는 관계에서 존재
하므로 어느 한쪽에서 파악할 수 없다고 했다.

[나2]에서는 '그것'이 나타나 펼쳐지는 과정과 그 여러 면모에 대해서
서술했다. '大'는 '逝'라고도 하고, '逝'는 '遠'이라고도 하고, '遠'은 '反'이
라고도 한다고 해서, 크면 가고, 가면 멀고, 멀면 돌아온다고 했다. 그것

---

71) 65면.

의 여러 가지 면모에는 서열이 있어서, 사람은 땅을 본받고, 땅은 하늘을 본받고, 하늘은 道를 본받고, 道는 自然을 본받는다고 했다. '自然'이 맨 위에 있고, 사람은 맨 아래에 있다고 해서, [다]로 나아가는 길을 마련했다.

'그것'이 [나1]에서는 2, [나2]에서는 1인 듯이 이해된다. 그 점에 관해서 [나3]과 [나4]에서 좀더 분명하게 말했다. [나3]은 '그것'이 1인 일관성을 말했다. [나]를 [다]로 연결시키기 위해서 일관성이 긴요하다. [나4]에서는 '그것'이 1에서 2, 2에서 3, 3에서 ∞로 나아가는 분화와 확대의 과정에 관해서 말하고, 그 가운데 2인 陰陽의 의의에 대해서 재론했다. 그러면서 다시 "沖氣以爲和"에서는 0과 1의 관계에 대해서 말했다. '沖氣'는 '虛氣'이다. 0·1·2·∞의 관계가 무엇인가 하는 문제를 제기했다.

[다]에서는 陰陽의 상대적인 관계를 파악하는 것이 사람의 마땅한 도리라고 했다. 이는 [나2]와 [나3]에서 1을 파악하라고 한 것과는 다른 말이다. 1이 2임을 無爲로 처신하고, 不言으로 표현을 삼는 것이 마땅하다고 했다.

《管子》의 몇 대목을 보자.

[가] 思之而不通 鬼神將通之 非鬼神之力也 精氣之極也(內業).[72]
생각해도 통하지 않는 곳과 귀신은 통한다는 것은 귀신의 힘이 아니고, 정기가 극성함이다.

[나] 凡物之精 比則爲生 下生五穀 上爲列星 流於天地之間 謂之鬼神 藏於胸中 謂之聖人 是故名氣 杲乎如登於天 杳乎如入於淵 淖乎如在於海 卒[73]乎如在於己 是故此氣也 不可止以力 而可安以德 不可呼以

---

72) 119면.
73) "杲"(고)는 "明", "淖"(뇨)는 "寬舒", "卒"은 "忽然"이다.

聲 而可迎以意 敬守勿失 是謂成德 成德而智出 萬物畢得(内業).[74]

무릇 物의 精은 모이면 생산을 할 수 있다. 아래로는 오곡을 낳고, 위로는 뭇 별이 된다. 천지 사이에서 움직이면 귀신이라고 하고, 가슴 속에 감추어져 있으면 성인이라고 한다. 그래서 氣라고 이름짓는다. 하늘에 오르는 듯이 밝고, 못에 들어가는 듯이 아득하고, 바다에 있는 듯이 트여 있다가, 갑자기 자기에게 있는 듯하다. 그러므로 이 氣는 힘으로 저지할 수 없고, 德으로 편안하게 할 수 있다. 소리로 부를 수 없고, 意로 맞이할 수 있다. 존경스럽게 지켜 잃지 않는 것을 成德이라고 한다. 성덕에서 지혜가 나오면 만물을 마침내 얻는다.

[다] 一物能化 謂之神 一事能變 謂之智 化不易氣 變不易智 惟執一之君子能爲此乎 執一不失 能君萬物 君子使物 不爲物使 得一之理 治心在於中 治言出於口 治事加於人 然則天下治矣(内業).[75]

一物이 능히 바뀌니 이것을 신이라고 한다. 一事가 능히 변하니 이것을 智라고 한다. 바뀌어도 氣는 달라지지 않고, 변해도 智는 달라지지 않는다. 오직 1을 잡고 있는 군자라야 이것을 할 수 있지 않을까? 1을 잡고 잃지 않으면, 만물을 다스릴 수 있다. 군자는 物을 부려야 하고, 物에게 부림을 당하지 않아야 한다. 1의 理를 얻어 가운데서 마음을 다스리면, 다스린 말이 입에서 나와, 다스리는 일이 사람에게 미치고, 그렇게 되면 천하가 다스려진다.

[가]에서는 귀신이 있어 점을 치면 응한다는 생각을 부정했다. 생각해도 통하지 않다가 뜻하지 않게 통하는 것은 귀신의 힘으로 그렇게 된 것이 아니고 精氣가 극도에 이른 까닭이라고 했다. 사람에게 그런 정기가 있어 귀신이라고 오해된다고 한 말이다.

---

74) 117면.
75) 118면.

[나]에서는 귀신이란 '物之精'이라고 해서 [가]의 논의를 다시 펴고서, 그것을 '氣'라고 일컫고 사람이 행해야 할 도리인 '德'과 연결시켜 [다]로 넘어갈 수 있게 했다. 여러 가지 말을 써서 氣가 운동하는 양상을 설명했다.

[다]에서 능히 바뀌는 '物'을 '神'이라 한다고 했다. 인격적인 신을 부정하는 [가]의 논의를 다시 펴서 실천의 지침으로 삼았다. 氣가 아무리 변해도 1임이 부정되지 않는다고 하는 말로 1과 ∞의 관계를 논하고서, 氣가 1인 원리를 마음에 간직해서 행동하면 만물을 다스리고 사람들도 다스릴 수 있다는 적극적인 의지를 표명했다.

그렇지만 이치가 명확해진 것은 아니다. 氣가 1인 원리는 만물에서 온 것인데, 그것을 간직하면 어떻게 만물을 다스릴 수 있는가? 이 의문을 해결하지 않아, 마음에 간직한 1의 원리가 정신이나 태도의 일관성을 뜻한다고 축소되어 해석되는 것을 막지 못한다.

《莊子》의 몇 대목을 보자.

[가]-[나] 夫道 有情有信 無形無爲 可傳而不可受 可得而不可見 自本自根 未有天地 自古以固存 神鬼神帝 生天生地 在太極而先而不爲高 在六極之下而不爲深(大宗師).[76]

무릇 道는 情이 있고 信이 있으나, 形도 없고 爲도 없다. 전할 수는 있어도, 받을 수는 없다. 얻을 수는 있으나 볼 수는 없다. 스스로 근본을 삼고, 스스로 뿌리가 된다. 천지가 있기 전부터 스스로 있었다. 귀신도 신령스럽게 하고, 上帝도 신령스럽게 하며, 하늘도 만들고 땅도 만들었다. 太極보다 앞에 있어도 높지 않고, 六極보다 아래 있어도 깊지 않다.

---

76) 163~164면.

[나]-[다] 齧缺問王倪曰 子知物之所同是乎 曰吾惡乎知之 子知子之
所不知邪 曰吾惡乎知之 然則物無知邪 曰 吾惡乎知之 雖然 嘗試言之
庸詎知吾所謂知之非不知邪 庸詎知吾所謂不知之非不知邪 且吾嘗試問
乎女 民濕寢則腰疾偏死 鰌然乎哉 木處則惴慄恂懼 猨猴然乎哉 三者孰
知正處(齊物論).[77]

齧缺이 王倪에게 물었다. "선생님은 만물에서 한결같이 그렇다는
것을 아십니까?" 왕예가 말했다. "나는 그것을 모른다." "선생님은 선
생님이 모르신다는 것을 아십니까?" "나는 모른다." "그러면 만물을
알 수 없습니까?" "나는 모른다. 그러나 시험삼아 말해본다. 내가 이
른바 안다는 것이 알지 못하는 것이 아닌 줄 어찌 알겠으며, 내가 이
른바 알지 못한다는 것이 아는 것이 아닌 줄 어찌 알겠는가? 또한 내
가 시험삼아 너에게 묻는다. 사람은 축축한 곳에서 자면 허리 병이 나
서 반신이 마비되는데, 미꾸라지는 어떤가? 나무에 산다면 두려워 떨
리고 겁나는데, 원숭이는 어떤가? 셋 가운데 누가 올바른 거처를 아
는가?

[다] 方生方死 方死方生 方可方不可 方不可方可 因是因非 因非因
是(齊物論).[78]
삶에는 죽음이 있고, 죽음에는 삶이 있다. 가능한 것은 불가능하고,
불가능한 것은 가능하다. 옳다는 데서 나온 것은 그르다는 데서 나오
고, 그르다는 데서 나온 것은 옳다는 데서 나온다.

[가]-[나]에서는 '道'가 귀신도 신령스럽게 하고, '上帝'도 신령스럽게
한다고 했다. 그것은 道는 하늘도 만들고 땅도 만들었으나 형체도 없고
작용도 없는 듯해서 인지하고 이해하기 어려우므로, 사람들이 흔히 귀

---

77) 148면.
78) 145면.

신의 조화라고도 하고 上帝가 창조했다고 한다는 말이다. 귀신이나 上帝는 道를 두고 하는 말이지만, 그 실상을 오해하게 한다. 귀신이라고도 하고 上帝라고도 하는 허상을 걷어내고 근본이치가 스스로 작용하는 것을 알아차려야 한다고 했다.

[가]-[나]가 포함되어 있는 章의 명칭을 〈大宗師〉라고 했다. 그 말은 "큰 스승님"을 뜻한다. 천지만물의 근본이치인 '道'를 '大宗師'라고 했다. 위대한 창조주라고 할 것을 큰 스승님이라고 해서, 신앙의 대상에게 경배할 것이 아니고 근본이치를 배워서 알고자 하는 학구적인 자세를 가져야 한다고 했다.

道는 천지가 형성되기 이전 단계의 元氣인 太極보다 앞에 있어도 높지 않다고 했으니 1 이전의 0이다. 또한 天地四方의 구체적인 사물인 六極보다 아래 있어도 깊지 않다고 했으니 2가 여러 번 거듭 나누어진 ∞이다. 0이든 1이든 2이든 ∞이든 道에는 아무런 차별이 없다고 해서, 추상적인 것이 구체적이고, 무형인 것이 유형인 것이고, 거대한 것이 미세한 것임을 밝혔다.

[나]-[다]에서는 사람과 미꾸라지와 원숭이가 사는 곳을 선택하는 것을 예로 들어서, 천지만물은 각기 달라 상대적인 취향과 가치를 지닐 따름이므로 일률적으로 판단할 수 없다고 했다. 안다는 것은 그 어느 일면에 국한되어 있어 모르는 것과 다를 바 없다 하고, 안다든가 모른다든가 하는 판단 자체에도 문제가 있다고 했다. 그렇다고 아무렇게나 말해도 그만인 것도 아니고, 모른다고 덮어두자는 것도 아니다. 앎과 모름의 문제에 대해서 끊임없이 의문을 던지고 따지고 토론하고 하는 반성의 자세가 소중하다고 했다.

[나]-[다]와 다음의 [다]가 포함되어 있는 장의 명칭은 〈齊物論〉이라고 했다. 그 말은 "만물이 상대적인 차이만 있어 모두 가지런하다"는 뜻이다. 만물의 존재양상을 밝혀 논하면서, 사람들의 무지를 바로잡는다. 그런 논의를 寓言을 사용해서 전개하고, 전설적인 인물 둘을 내세워 제자가 묻고 스승이 답한다고 했다.

齧缺과 王倪는 堯임금 때의 賢人이라고 한다. 왕예가 스승이고 설결
은 제자이다. 설결은 許由의 스승이고, 허유는 堯의 스승이라고 했다. 그
런 위치에 있는 왕예라면 모든 것을 다 잘 알아야 마땅하다. 사물은 모
두 상대적이어서 어느 한쪽을 기준으로 해서 판단할 수 없다고 하는 것
이 가장 잘 아는 사람의 말이다. 안다는 것은 모른다는 말이고, 모른다
는 것은 안다는 말이다.

[다]에서는 사람이 살아가는 마땅한 자세를 말했다. [나]-[다]에서 말
한 인식의 어려움이 있다고 해서 살기를 포기하고 물러나지 말아야 한
다고 했다. 그 자체로 검증하기 어려운 인식의 진위는 실천에서 판명되
므로 적극적으로 행동해야 한다는 대안을 제시했다. 모든 것이 상대적
이라는 원리는 공허하지 않고, 인식의 허위를 실천에서 뒤집을 때 구체
화될 수 있으니 희망을 가지고 분투하라고 했다. 죽게 될 판이고, 불가
능하고, 그릇되다고 하는 절망적인 상황이, 살아날 수 있고, 가능하고,
옳다는 쪽으로 반전되는 것이 얼마든지 가능하다고 했다.

중국철학이 시작될 때 사용한 글쓰기 방식은 語錄과 斷想이다. 《논
어》에서는 스승의 어록을 제자들이 기록했다. 그 기록은 전후의 설명이
부족하고 말이 너무 간략하다. 하나 하나 독립되어 있어 일관된 논의를
전개하지 못한다. 《노자》와 《관자》에서 사용한 단상은 한 사람이 이어
써서 앞뒤가 연결되기는 하지만, 각기 독립되어 있고, 너무 간략해서 무
엇을 말하고자 하는지 소상하게 이해하기 어렵다. 그런 결함을 《논어》
에서 사용한 어록과 함께 지니고 있다.

표의문자인 한자를 연결시켜 한문 문장을 쓸 때 생각을 압축하고 표
현을 간결하게 하는 전통이 있었기 때문에 그런 어록과 단상을 사용했
다고 할 수 있다. 다른 문명권에서는 철학이 형성될 때 시를 표현방식으
로 사용했는데, 중국에서는 그렇지 않은 점이 특이하다. 중국의 시는 말
이 더욱 간결해서 철학사상을 나타내기에 적합하지 않았기 때문일 수
있다. 전래된 노래를 정착시킨 詩가 있었을 따름이고, 새로운 생각을 가
지고 창작한 시는 없었던 것이 더 큰 이유일 수 있다.

그런데《장자》에서는, 위에서 이미 살핀 바와 같이, 단상과 寓言을 함께 사용했다. 우언은 비유로 이루어진 이야기이다. 어떤 인물이 어느 때 어떻게 하면서 누구와 무슨 말을 나누었던가 하는 전후의 사건을 갖춘 이야기 전체를 비유의 매체로 사용해서 생각한 바를 나타냈다. 이야기 자체는 사실 여부가 문제되지 않으니 실화일 필요가 없고, 전개나 구성을 잘해서 평가받아야 하는 것은 아니므로 소설을 쓸 때처럼 힘써 다듬지 않아도 되지만, 핍진한 논의를 예기치 않은 방향으로 펼치는 언어 구사가 탁월해서 높이 평가된다.[79]

그런 우언은 서사적 교술문이다. 철학에서 보면 너무 문학에, 문학에서 보면 너무 철학에 기울어져 있다. 그런 이중성 때문에 혼란이 일어날 수 있다. 무엇을 말하는가 판가름하기 어려운 비유를 서사적 수법과 함께 사용해, 우언을 써서 전달하고자 한 주제가 무엇인지 판가름하기 어려워 논란이 거듭되지 않을 수 없게 한다. 그런 폐단을 줄이기 위해 인물들 사이의 대화에서 논의하는 바를 명확하게 하고, 긴요한 대목을 단상으로 처리했다. 그런 대목은 철학의 단상과 다를 바 없다.

중국철학이 시작될 때 1의 철학과 2의 철학이 공존했다. 그러나 그 둘이 대등한 것은 아니었다. 1은 불분명하고 2는 분명해 차등이 있었다. 1은 道라고도 하고, 物이라고도 하고, 氣라고도 하고, 때로는 비유를 사용해서 경우에 따라서 다르게 일컬어 일정한 이름이 없었다. 그런데 2는 陰陽이라고 분명하게 명명했다. 그 때문에 1에 관한 논의는 막히고, 2에 관한 논의는 크게 열렸다. 또한 2의 음양으로 모든 것을 이해하고 설명하는《역경》이 대단한 영향력을 가져 1의 철학을 위축시켰다.

사람의 마음가짐에서는 2보다 1을 중요시하는 것이 당연하다. 그런데 천지만물의 근원인 1이 불분명해서 마음가짐을 1이라고 하지 않고, 仁

---

79) 孫以昭·常森,《莊子散論》(合肥：安徽大學出版社, 1997)의 〈莊子的語言藝術〉 (96~112면) 대목에서는 "飄逸奇肆", "縱橫跌宕", "氣勢逼人", "正言若反", "辭機迭出", "儀態萬方" 등의 특징을 가진 문장이라고 했다.

이니 禮, 道니 德이니 하는 상대적인 개념으로 일컬었다. 1의 원리를 마음에 간직해야 한다는 주장이 태도의 일관성을 강조하는 쪽으로 기울어지는 것을 막지 못했다. 자기 자신에게는 엄격하고 타인에게는 관대해야 한다고 하는 忠恕는 상대적이고 편의적인 도덕률이다.

인도에서 불교가 들어와서 1의 문제를 0과 함께 논해, 1이 0이라고 하자 커다란 충격을 받았다. 그 충격을 소화하고, 두 문명권의 철학을 합치자, 중국철학의 범위를 넘어선 동아시아철학을 창조할 수 있었다. 음양론으로 2의 철학을 전개해온 전통을 이어, 0·1·2·∞의 관계를 無極·太極·陰陽·萬物 또는 虛·氣·陰陽·萬物로 개념화해서 전면적으로 재론한 신유학이 그 일을 주도하면서 새 시대를 열었다. 그러면서 그 내부의 대립과 밖에서의 비판이 또한 거세게 일어나 철학에 관한 논란이 크게 활성화되었다.

남아시아철학

남아시아의 인도에서는 여러 《베다》(*Veda*)에 실려 있는 신화가 《우파니샤드》(*Upanishad*)에 이르러서는 철학으로 전환되기 시작했다. 양쪽에서 모두 시를 사용하지만, 그 기능이 달랐다. 《베다》는 종교적인 예배를 위한 시이고, 《우파니샤드》는 철학적 명상의 시이다. 《베다》에서는 천지만물에는 각기 신이 있다고 하면서 수많은 신을 섬겼는데, 《우파니샤드》는 "세계 인식의 경험을 합리적인 총체"로 파악하려고 하는 노력을 나타냈다.[80]

《우파니샤드》는 단일한 저술이 아니다. 분량이나 내용의 다양성을 보아 중국이나 그리스에서 여러 철학자들이 각기 내놓은 것과 같은 저술

---

80) Robert Ernst Hume, *The Thirteen Principal Upanishads*(Delhi : Oxford University Press, 1995), 2면.

을 한데 합쳐서 《우파니샤드》라고 총칭했다. 수가 아주 많아 200개가
넘는다. 모두 작자 미상이고, 이루어진 연대도 확실하지 않다. 기원전 8
세기에서 기원전 3세기 사이에 이루어진 것이라야 진본이라고 한다. 그
런 진본은 많이 보면 18개, 적게 보면 11개라고 하는 것이 관례이다.

  일찍 이루어진 것들과 나중에 이루어진 것들 사이에 상당한 차이가
있다. 우선 그 외형을 살피면, 일찍 이루어진 것들은 여럿을 한데 모아
길이가 길며, 산문을 사용하기도 했으나, 나중에 이루어진 것들은 일관
된 구성을 갖춘 단일한 작품이며 전문이 시이다. 내용의 차이는 더 크다.
처음에는 신화에서 철학으로 나아가는 자취를 보여주다가 신화를 부정
하는 철학이 뚜렷하게 부각되기에 이른 변화가 확인된다.

  가장 오래되었다고 추정되는 〈브리하다란야카 우파니샤드〉(Briha-
daranyaka Upanishad)는 최대의 분량인데, 그 이유는 셋 정도 서로 다른
전승이 함께 수록되었기 때문이라고 한다. 내용 또한 다양해서 서로 상
반된 주장을 펴기도 한다. 단일전승에 내포된 말도 여러 가닥이다. 제1
장 제2편부터 제4편까지에서, 태초에 무엇이 있어서 천지창조를 이룩했
는가 하는 의문에 대해서 다음과 같은 서로 다른 말을 했다.

  [가] 처음에는 이 세상에 아무것도 없었다. 모든 것이 죽음으로만
덮여 있었다. 허기로만 덮여 있었다. 허기는 곧 죽음이다. 그는 '내가
내 자신을 가져볼까' 하고 마음속으로 생각했다. 그가 이렇게 원하여
예배를 행하였으니, 그 행함으로 인하여 물이 생겼다.[81]
  [나] 창조주에게서 두 자손—신과 아수라—이 나왔다. 이들 중에 그
수효가 적은 것은 신이고, 많은 것은 악마였다. 이(창조된) 세상에 함
께 살면서 그들은 다투곤 하였다.[82]
  [다] 처음에는 인간의 모습을 한 아트만이 있었다.……그 자신을 둘

---

81) 이재숙 역, 《우파니샤드》(서울 : 한길사, 1996), 543면.
82) 같은 책, 548면.

로 떨어지게 하였다. 거기에서 남편과 아내가 생겨났다.[83]

    천지창조를 단일한 원리에 의해서 파악하려고 하는 서로 다른 신화를 셋 제시했다. 그 가운데 [가]에서는 태초에 '없음'이 물을 생성하고, 다시 물이 불을 생성하는 과정을 거쳐 다른 모든 것들이 이루어졌다고 했다. 이것은 0인 虛氣에서 ∞인 萬物이 생겼다고 하는, 다른 데서도 흔히 볼 수 있는 唯氣論 또는 氣일원론이다. 중국의 五行사상과 흡사하고, 그리스에서 물이나 불이 만물의 근원이라고 한 생각과도 상통한다.

    [나]에서는 창조주가 있다고 전제하고, 창조주가 신과 악마를 만들어내서, 신과 악마의 다툼으로 이 세상이 형성되었다고 했다. 이것 또한 다른 데서도 흔히 볼 수 있는 소박한 형태의 有神論이고, 선신과 악신의 투쟁론이다. 창조주가 신과 악마를 만들어냈다고 한 것은 1에서 2가 분화되었다는 말이지만, 1과 2는 차원이 달라서 "1이 2이고, 2는 1이다"라고 할 수는 없다.

    [다]에서는 창조주를 '아트만'(Atman)이라 하고, 아트만이 스스로 남성과 여성으로 나누어져 다른 모든 것을 생산했다고 했다. 이것은 '아트만'이 氣라고 보면 唯氣論이고, 신이라고 보면 有神論이어서, 양쪽을 아우른 생각이다. 아트만이 스스로 남성과 여성으로 분화되었다고 한 것은 ∞에 선행해서 2가 있었다고 해서, 천지만물의 형성을 [가]보다 자연스럽게 설명한다. 1이 그 자체로 2가 되었다고 했으니, 1과 2는 같으면서 다르고 다르면서 같아서, "1은 2이고, 2는 1이다"라고 할 수 있어, [나]에서 편 지론보다 설득력이 더 크다.

    그 셋 가운데 [나]는 종교에 머무르고 철학으로 나아갈 수 없었다. [가]나 [다]는 철학이 되는 길에 들어섰다. 그 둘 가운데 [다]를 택한 쪽에서 아트만을 천지만물의 기본원리로 삼는 철학을 치밀하게 전개했다. 처음에는 창조주였던 아트만이 기본원리로 전환되는 과정을 〈아이타레

---

83) 같은 책, 559~560면.

야 우파니샤드〉(Aitareya Upanishad)에서 흥미롭게 나타냈다.

처음에는 홀로 있던 아트만이 물, 빛, 죽음, 바다 등을 창조하고, 다시 사람을 지어냈다고 했다. 사람의 신체를 하나씩 만들어 외계의 사물처럼 움직이게 하고서, 아트만이 머리 뚜껑을 열고 그 속으로 들어가 "여기 나말고 누가 있는가"라 하고, "나는 알고 있도다"라고[84] 하는 자아가 되었다고 했다. 그래서 사람은 아트만 덕분에 볼 수 있고, 들을 수 있다고 했다. 아트만은 "심장이며, 마음이며, 의식이며, 인식이며, 무지이며, 지성이며, 지혜며, 이해력이며"라고 하는 등의 것이며, 또한 '브라흐만'(Brahman)이며, 창조주이며, 모든 신이며, "흙, 공기, 대공, 물, 불의 다섯 가지 근원요소"라고 했다.[85]

이렇게 말하는 뜻을 쉽게 이해할 수 있다. 아트만은 별개의 이름을 가진 창조주 브라흐만과 동일시되면서, 창조되어 있는 만물 자체이고, 또한 사람의 마음과 신체를 이룬다고 했다. 그래서 그 모든 것들이 하나를 이루고 서로 구별되지 않는다고 했다. 그러나 그런 생각을 어떻게 받아들여야 하는가를 두고 심각한 견해차가 생겼다.

그런 말을 해서 천지창조 과정에서 일어난 일을 알려주었다고 이해하면, 그것은 신화이다. 만물과 인간, 물질과 정신의 일치를 비유해서 나타내기 위해서 그렇게 말했다고 하면, 그것은 철학이다. 그러므로 그 어느 쪽으로 이해하든 차이가 없다고 할 것은 아니다. 사고의 차원에서는 작은 차이점이 사람은 어떻게 살아나가야 하는가 하는 실제 행동의 과제에서는 커다란 쟁점으로 등장했다.

신화를 존중하는 쪽에서는 모든 것을 하나로 포괄하는 원리를 찾는데 관심을 가지지 않고, 외계의 사물과 인간의 신체활동을 각기 관장하고 있는 여러 신을 섬기는 재래의 신앙을 복잡한 종교의례를 통해서 이어나가고자 했다. 그래야만 신들의 가호를 입어 사람이 행복을 누릴 수

---

84) 같은 책, 504면.
85) 같은 책, 507면.

있다고 했다. 철학을 원하는 쪽에서는 잡다한 것들은 허상의 이면에 있는 하나의 궁극적인 원리를 스스로 깨닫는 것이 구원의 길이라고 했다.

그 두 가지 삶의 길을 두고 벌어진 논란을 〈카타 우파니샤드〉(Katha Upanishad)에서 아주 흥미로운 寓言을 갖추어 전개했다. 와즈슈라와(Vajasrava)라는 사제자가 신들에게 제사 지내는 것을 보고서 아들인 나치케타(Naciketa)가 제사는 지내 무얼 하며, 늙어빠진 암소를 바쳐서 무슨 소용이 있는가 거듭 물었다. 그 다음에는 부자 사이에 다음과 같은 대화가 오고갔다.

> 아들이 아버지에게 물었다.
> "아버지. 그럼 저는 누구에게 바칠 건가요?"
> 두 번, 세 번 똑같은 질문을 하자
> 아버지는 화가 나서 말했다.
> "죽음에게 주어버리겠다."[86]

"죽음에게 주어버리겠다"고 한 것은 짜증이 나서 공연히 한 말이고, 그렇게 할 뜻이 있었던 것은 아니다. 그런데 아들은 죽음의 신 야마(Yama)를 찾아가서, 만날 때까지 기다리겠다고 작정하고 문앞에서 사흘이나 머물러 있었다. 죽음의 신이 기다리게 해서 미안하다고 하고, 자기에게 올 때가 되지 않았으니 돌아가라고 하면서, 세 가지 소원을 들어주겠다고 했다.

첫째 소원은 돌아가면 아버지가 화를 내지 않고 아들로 받아들이도록 해달라고 하는 것이라고 하니, 들어주었다. 둘째 소원은 제사를 관장하는 불의 신 아그니(Agni)에 대해서 알고 싶다고 하니, 알려주었다. 셋째 소원은 죽음에 대해서 알고 싶은 것이라고 하니, 그것은 곤란하다고 하고, 부귀영화나 다른 무엇을 원한다고 말하라고 했다. 그래도 끈질기게

---

86) 같은 책, 93면.

요구하자, 우주의 본체인 브라흐만의 마음속에 갖추어진 '아트만'을 알면 죽음을 극복하고 윤회에서도 벗어난다고 했다. 그것은 "절대적인 존재"를 아는 "절대적인 의식"이 "절대적인 축복"이라는 말이다.[87]

그렇다면 죽음의 신을 섬겨 죽음에서 벗어나려고 하는 것은 헛된 일이다. 신들에 대한 헛된 신앙에 힘쓰지 말고 진리를 스스로 깨달아야 한다. 여러 《우파니샤드》에 공통되게 나타나 있는 그런 진리를 나치케타가 죽음의 신 야마에게서 듣고 와서 세상에 알렸다고 하는 것은 〈카타 우파니샤드〉에서만 특별하게 한 말이다. 그 점에 관해서 다음과 같이 노래했다.

나치케타가
죽음의 신 야마를 통해 알게 된
이 영원한 진리를 설하거나 들음으로써
지혜로운 자는 브라흐만의 세계에서도 탁월하게 되리라.

누구든
이 최고의 비밀스런 우파니샤드를
사제들의 모임에서
혹은 조상에게 제례를 올릴 때
묵송하면
성결하게 되어
그 모임이나 제례는 무궁한 효력을 지니리라.[88]

아버지인 와즈슈라와는 제사를 위주로 하는 《베다》의 신앙을 잇고 있는 낡은 세대이고, 아들인 니치케타는 《우파니샤드》에서 말하는 진

87) M. P. Pandit, *The Upanishads, Gateway of Knowledge*(Madras : Ganesh, 1960), 27면.
88) 같은 책, 124~125면.

리를 존중하는 새로운 세대이다. 낡은 신앙에 대한 새로운 세대의 의문을 제기해 관심을 모으고, 제사의 대상이 되는 저승의 신이 자기 자신의 존재 의의를 부정하는 《우파니샤드》의 진리를 설파하도록 해서 그 신빙성을 높이고, 《우파니샤드》를 제사에다 쓰면 효과가 크다고 해서 반발을 누그러뜨린 것이 모두 낡은 사상 비판의 효과적인 설정이다.

죽음의 신도 신이다. 〈카타 우파니샤드〉는 신이 전해준 말을 적은 시이다. 그러나 신이 자기 자신에 대한 헛된 신앙을 부정했다. 그런 반어적인 설정을, 재래의 신앙을 비판하고 새로운 사상을 전개하는 데 효과적으로 이용했다. 그런 설정이 李奎報의 〈問造物〉에서 조물주가 조물주의 창조를 부정하고, 金時習의 〈南炎浮洲志〉에서 염라대왕이 저승의 심판을 믿지 말라고 한 데서 다시 등장해 재래의 사고를 뒤집어엎는 구실을 했다.

《우파니샤드》에 이처럼 우언으로 이루어진 노래가 더 있는 것은 아니다. 다른 것들은 믿고 따라야 할 진리의 내용을 서술하기만 한다. 그러면서 스승과 제자의 대화를 통해 논의를 진행하고, 전후의 전개를 유기적으로 하면서 극적인 전환을 하는 등의 방법을 써서, 지루하지 않고 긴장하게 한다. 작품 한 편 전문을 들어야 그 실상을 알 수 있다.

비교적 짧으면서도 짜임새가 훌륭한 것을 골라, 발상과 표현이 어느 정도에 이르렀는가를 확인할 필요가 있다. 그 좋은 예로 들 수 있는 것이 〈케나 우파니샤드〉(Kena Upanishad)이다. "케나"라는 말은 "누구에 의해서"라는 뜻이다. 제자가 스승에게 그렇게 묻는 말이 서두에 나와 있기 때문에 생긴 명칭이다. 전문을 들면 다음과 같다.[89]

---

89) 이재숙의 번역은 원문을 그대로 전달하고자 했으므로 보충설명이 많이 필요하며, 시를 시답게 옮기지 않아 이 대목에서 이용하기에는 적합하지 않다. 이해하기 쉽게 다듬은 번역 Eknath Easwaran tr., *The Upanisads*(London : Penguin Books, 1987), 68~74면을 옮기는 것이 유리하다고 판단한다. 거기서 "Self"라고 의역을 한 말은 원래의 것으로 되돌려 "아트만"이라고 한다.

[1]

학생이 물었다.
"내 마음이 생각하게 하는 것은 누구인가요?
내 몸에 힘을 채우는 것은 누구인가요?
내 혀가 말하게 하는 것은 누구인가요?
내 눈을 통해서 보는,
내 귀를 통해서 듣는 보이지 않는 분은 누구인가요?"

선생이 대답했다.
"'아트만'이 귀의 귀이다.
눈의 눈이고, 마음의 마음이다.
말의 말이고, 마음의 마음이다.
감각과 마음을 넘어서서,
나누어져 있는 것을 버리고,
슬기로운 사람은 죽음이 없는 아트만을 알아차린다.

아트만은 우리 눈으로 볼 수 없고, 말로 나타낼 수 없다.
마음으로도 파악할 수 없다.
우리는 알지 못하고 이해하지 못한다.
알려진 것과는 다르고, 알려지지 않은 것과도 달라서,
깨달은 분들에게서 들어 알 수 있을 따름이다.

혀가 말하게 하지만, 혀로는 말할 수 없는 것이
아트만인 줄 알아야 한다.
그것이 너 자신이 아닌 다른 누구는 아니다.

마음이 생각하게 하지만, 마음으로 생각할 수 없는 것이 아트만인 줄 알아야 한다.
그것이 너 자신이 아닌 다른 누구는 아니다.

눈이 보게 하지만, 눈으로는 볼 수 없는 것이
아트만인 줄 알아야 한다.
그것이 너 자신이 아닌 다른 누구는 아니다.

귀로 듣게 하지만, 귀로는 들을 수 없는 것이
아트만인 줄 알아야 한다.
그것이 너 자신이 아닌 다른 누구는 아니다.

숨을 쉬게 하지만, 숨을 쉬어서는 접촉할 수 없는 것이
아트만인 줄 알아야 한다.
그것이 너 자신이 아닌 다른 누구는 아니다."

[2]

선생
네가 "나는 아트만을 안다"고 생각하면, 알지 못한다.
네가 볼 수 있는 것은 그 외형뿐이다.
그러니 계속해서 명상을 하라.

학생
저는 아트만을 안다고 생각하지 않으며,
모른다고 말할 수도 없습니다.

선생
아트만을 아는 방법은 하나뿐이다.

자기 자신이 스스로 알아야 한다.

아트만을 지식으로 파악할 수 있다는 것은
무식한 사람의 생각이다.
아트만은 아는 사람과 앎의 이원성을 넘어서 있다는 것을
깨달은 사람은 안다.

너는 태어나고 죽고 하는 신체로 이루어졌다고
잘못 생각하는 허상을 깨는
저 높은 경지에서는 아트만에 이를 수 있다.
아트만에 이르면 죽음을 넘어선다.

삶의 빛나는 목표, 아트만에 이르러라.
그렇지 못하면 오직 암담할 따름이다.
모든 것에서 아트만을 보고서, 죽음을 넘어서라.

[3]

옛날 옛적에 신들이
마귀들을 쳐부수었다.
승리의 힘은 브라흐만에서 나왔는데도
신들은 뽐냈다.
"승리는 우리의 것, 힘과 영광은 우리의 것이다."

브라흐만이 그처럼 어리석게 자만하는 무리 앞에 나타나니,
아무도 알아보지 못했다.
신들이 불의 신 '아그니'에게 "이상한 녀석이 누군지 알아보아라"
하고 말하니, "그렇게 하겠다"면서 그쪽으로 갔다.

"그대는 누구인가?" 하고 이상한 녀석이 물었다.

"내가 불의 신 '아그니'인 줄 모두 다 안다."

"힘이 있나?"

"나는 지구상의 모든 것을 태울 수 있다."

"이걸 태워보아라" 하고, 브라흐만은 지푸라기를 내밀었다.

'아그니'는 지푸라기를 태우려고 해도 할 수 없었다.

그래서 신들에게 돌아가 고백했다.

"이상한 녀석이 누군지 알아내지 못했다."

신들이 공기의 신 '와유'에게 "이상한 녀석이 누군지 알아보아라"

하고 말하니, "그렇게 하겠다"면서 그쪽으로 갔다.

"그대는 누구인가?" 하고 이상한 녀석이 물었다.

"내가 공기의 신 와유인 줄 모두 다 안다.

"힘이 있나?"

"나는 무엇이든지 날려보낼 수 있다."

"이걸 날려보내라" 하고, 브라흐만은 지푸라기를 내밀었다.

'와유'는 지푸라기를 날려보내려 해도 할 수 없었다.

그래서 신들에게 돌아가 고백했다.

"이상한 녀석이 누군지 알아내지 못했다."

신들이 신의 우두머리 '인드라'에게 "이상한 녀석이 누군지 알아보

아라"

하고 간청하니, "그렇게 하겠다" 하고

약속을 하고 그쪽으로 가니,

이상한 녀석은 사라지고, 그 자리에

사랑스러운 지혜의 여신,

히말라야의 딸 '우마'가 나타났다.

인드라가 물었다. "그 녀석은 누구인가?"

[4]

우마가 대답했다.
"그분은 당신네 힘과 영광의 출처인 브라흐만이다."
신들은 마침내 자기네 아트만이 브라흐만인 것을 알았다.
아그니, 와유, 인드라 이 셋은
브라흐만을 알아 신들 가운데 출중하다.

브라흐만의 빛이 번개 속에서 빛난다.
브라흐만의 빛이 우리들 눈에서 빛난다.
마음이 생각하고, 바라고, 성취하게 하는 것은
브라흐만의 힘이다.
브라흐만에 대해 명상하는 데 이 힘을 써라.

브라흐만은 모든 이의 가장 내밀한 아트만이다.
우리 모두의 사랑을 받아 독점할 수 있다.
오로지 브라흐만에 대해서 명상하라.
브라흐만에 대해서 명상하면 누구에게나 친절해진다.

학생
그 경지의 정신적 지혜에 대해서 더 가르쳐주십시오.

선생
내가 아는 것은 모두 너에게 나누어주겠다.
명상, 감각 통제, 정열, 그리고 이기적이지 않은 봉사는
이 지혜의 몸뚱이다.
경전은 이 지혜의 팔다리다.
진리는 이 지혜의 심장이다.

브라흐만을 깨달아 아는 사람은
모든 악을 정복하고, 최고의 경지에 이르리라.
진실로 최고의 경지에 이르리라.

옴, 산티, 산티, 산티.

모두 네 부분으로 이루어진 시이다. [1]에서는 누구나 흔히 가질 수 있는 의문을 학생이 제기하는 데 대해서 선생이 대답하면서 아트만의 존재에 대해서 알려주었다. 아트만은 사람이 감각활동을 하고 생각을 하는 근원이 되는, 자아의 내밀하고 본원적인 모습이라고 했다. [2]에서는 아트만에 대해서 아는 것이 깨닫는 길이고, 해탈의 길이라고 선생이 학생에게 일러주었다. [3]에서는 여러 신들을 무력하게 한 브라흐만에 관해 말했다. [4]에서는 브라흐만에 관한 이야기를 아트만과 연결시켜, 브라흐만이 바로 아트만이라고 했다.

이처럼 선생과 학생의 대화로 전개되는 것이 《우파니샤드》의 특징이다. "우파니샤드"란 "가까이 앉는다"라고 하는 말이다. 숲속에서 지혜를 가르치는 선생에게 학생이 가까이 앉아 말을 듣는 만남에서 《우파니샤드》가 이루어졌다. 孔子의 가르침을 제자들이 적어 《논어》를 마련한 것과 흡사하다. 소크라테스가 여러 사람과 주고받은 대화를 플라톤이 기록한 것과도 상통한다. 세 곳에서 모두 철학은 묻고 대답하느라고 말을 주고받는 구비철학에서 시작되었다.

그런데 《우파니샤드》의 경우에는 선생이 누구라는 말이 없고, 언제 누가 문답을 기록했다고 밝히지도 않았다. 어느 시기인지 알 수 없을 때, 누군지 모를 스승이 제자들을 가르치면서 한 말을 적어놓은 사람도 신원미상이다. 기록되어 있는 말을 보면, 《논어》에서와 같은 단상도 아니고, 플라톤의 《대화》에서와 같은 언변도 아닌 시이다.

실제로 주고받은 말 자체가 시였을 수는 없다. 실제로 주고받은 말을 그대로 적지 않고, 가상적인 내용으로 꾸민 것은 플라톤의 경우와 같지만, 시를 지어 압축과 비약을 통해 충격을 주고 설득력 있게 한 점이 특이하다. 《논어》에서 말한 것처럼 평범하지도 않고, 플라톤의 《대화》에서 볼 수 있는 것처럼 자초지종을 설명하면 납득할 수 있는 내용도 아닌, 상식으로는 이해할 수 없는 놀라운 진실을 나타냈으므로 시를 사용해야 했다. 기존의 경전인 《베다》가 시로 이루어져 있어, 《베다》를 넘어선 진실 또한 시로 나타내야 했다.

그러나 표현은 그처럼 달라도 나타낸 내용은 중국이나 그리스의 경우와 뚜렷한 공통점이 있다. 중국에서는 인격적인 신들을 받들 필요가 없다 하고, 천지만물의 움직임 자체가 神이라고 했다. 신이 뚜렷하지 않아 부정하기 쉬웠다. 그러나 인도에서는 불의 신 '아그니', 공기의 신 '와유', 그리고 번개의 신이며 신들의 우두머리인 '인드라'(Indra) 등의 여러 신을 섬기고 있었다. 그런 신들이 마귀의 무리를 쳐 없애고 신령세계의 패권을 잡았다고, 그리스에서 제우스(Zeus)를 우두머리로 한 올림포스산의 신들이 거인들의 지배권을 빼앗은 것과 같이 말하는 것을 모두 믿고 있었다. 그러므로 모든 신들보다 힘이 월등한 '브라흐만'을 설정해서, 신들이 무력하다는 것을 보여주어야 했다.

중국에서는 하나의 공통된 원리 1을 여러 말로 일컬어 짐작해서 알 수 있게 했을 따름이고, 무엇이라고 명명하지 않았다. 그러나 인도에서는 브라흐만이 하나의 공통된 원리 1이다. 브라흐만을 등장시켰다고 해서 신들을 없애지는 못했다. 브라흐만과 신들의 관계는 브라흐만은 신들이 힘을 가질 수 있게 하는 원천이고, 여러 신들의 궁극적인 실체인 아트만이라고 했다.

중국에서는 하나의 공통된 원리 1이 천지만물에도 있고 사람의 마음속에도 있다는 주장을 막연하게 폈다. 천지만물의 근원인 1이 불분명해서 마음가짐을 1이라고 하지 않고, 仁이니 禮니 道니 德이니 하는 상대적인 개념으로 일컬었다. 그러나 인도에서는 브라흐만이 여러 신들의 아트만일 뿐만 아니라, 같은 이치에서 사람들 각자가 마음속 깊은 곳에 지니고 있는 아트만이기도 하다고 했다.

어째서 그런가 하는 물음에 합리적으로 대답할 길은 없다. 이치를 따지는 지식의 범위를 넘어서서 그런 진실이 있다고 했다. 아트만은 생각을 넘어서고, 말로 나타낼 수 없으며, 알려는 사람과 앎이 일치하는 데서 존재하면서, 감각·생각·생명의 근원이라고 했다. 그것은 바로 브라흐만이므로, 브라흐만과 아트만이 일치한다고 했다.

천지만물과 일치하는 마음을 가지는 것이 바람직하다는 생각은 양쪽에 공통된다. 공자는 '克己復禮'의 마땅한 질서를 이루는 것이 바람직하다고 했다. 老子는 '自然'을 본받아야 마음이 편안하다고 했다. 인도에서는 자기의 아트만을 발견하는 것이 브라흐만과 일체를 이루는 길이라고 했다. 스승의 가르침을 통해서 그런 줄 알고, 자기 스스로 명상을 해서 목표에 도달하면, 해탈을 이룰 수 있다고 했다.

인도에서는 브라흐만이라고 하는 1을 크게 내세우고, 0이나 2는 돌보지 않았다. 모든 것이 0에서 시작되었다고 하는 생각이 있었으나 1이 분명해지면서, 1이 0을 흡수하고 말았다. 0은 1의 한 속성이라 했을 따름이고, "0이 1이고, 1이 0이다"라고 하지는 않았다. 2에 관한 발상도 있었으나 키우지 않고, 1만 대단하게 여겨 1에서 ∞로 바로 나갈 수 있다고 했다.

그 뒤에 천지만물의 근원에는 브라흐만의 1이 있고, 사람의 마음에는 아트만이라는 1이 있어, 그 둘은 하나의 1이라고 하는 것이 출발단계에서부터 인도철학의 핵심을 이루었다. 그래서 모든 것이 명백해진 만큼의 문제점도 생겼다. 0이 1이라고 하지 않아 1을 인정하는 것을 모든 논의의 출발점으로 삼아야 하는 부담을 가져야만 했다. 2를 찾으려고 하지 않아, ∞는 언제나 ∞라고 하기만 하고, 변화의 가닥을 찾아내서 발전으로 이해할 길이 없었다.

그런 가운데도 불교가 등장해서 1이 0이라고 하자 근본원리에 대한 성찰이 더욱 심화되었다. 산카라(Sankara)는 거기에 맞서서 0이 1이라고 하면서 《베다》에 근원을 둔 힌두교의 베단타(Vedanta)철학을 재현하고, 라마누자(Ramanuja)는 1이 곧 ∞라고 하는 새로운 사상을 전개했다. 그

러나 1과 ∞ 사이에 2가 없다. 라마누자는 朱熹와 상통하는 사상을 열었
으나, 2를 인식하지 못했다. 2의 문제가 심각해진 시기에 이르면 인도철
학이 쇠퇴하지 않을 수 없었다.

유럽철학

유럽의 그리스인들도 신화를 철학으로 바꾸어놓았다. 세 가지 기본적
인 의문, 자연의 유래, 우주에서 자연이 차지하는 위치, 자연의 행방에
대해서 신화가 말하고 있는 바가 미흡하거나 불합리하다고 생각해서 신
화에 대한 대안으로 철학을 내놓았다.[90] 그 점에서 중국이나 인도와 다
를 바 없었다. 철학의 시작은 그리스인이 이룩한 기적이라고 하는 것은
다른 쪽의 사정은 모르기 때문에 하는 말이다.

유럽철학은 특별한 철학이 아니고 다른 데서도 흔히 있는 철학이다.
그런데 이 평범한 말이 무슨 폭언처럼 들리는 것이 부인할 수 없는 현실
이다. 우리 주변에서 흔히 볼 수 있는 여러 철학개론 따위에서 한결같이
'철학'이라는 말은 그리스어에서 생겼다고 설명하면서, 그런 말을 사용
하는 전통을 이은 유럽철학만 진정한 철학이라고 미화해놓아 그렇게 되
었다. 철학이라는 말과 그 개념에 대해서는 이 책 뒷부분에서 시비할 예
정이다. 여기서는 말에 신경을 쓰지 말고, 실상을 문제삼아 그릇된 선입
견에서 벗어나자.

그리스에서 시작된 철학은 중국이나 인도에서 시작된 철학과 차이점
보다 공통점이 더 많으며, 차이점 또한 유럽의 우월성을 입증할 수 있는
증거는 아니다. 그 점을 밝혀야, 이 책에서 하고자 하는 일이 제대로 시
작될 수 있다. 그렇게 하느라고 유럽철학의 시작에 관해 서술하는 분량

---

90) Jean Brun, *L'Europe philosophe, 25 siècles de pensée occidentale*(Paris :
   Stock, 1988), 8~21면.

이 동아시아나 남아시아의 경우보다 길어진다. 더 소중해서 한층 길게
다루는 것은 아니다. 시정해야 할 편견이 많아 말이 많다. 업장이 두꺼
워 수도를 오래 해야 하는 것과 같다.

그리스에서 철학을 처음 이룩했다는 사람들 가운데 파르메니데스
(Parmenides)와 헤라클리투스(Heraclitus)가 쓴 글이 남아 있다. 파르메
니데스는 시를, 헤라클리투스는 단상을 썼다. 시를 쓴 것은 인도에서도
볼 수 있는 일이고, 단상은 중국의 것과 다르지 않다. 특이한 점이 있다
면, 두 가지 가능한 방법을 다 쓴 것일 따름이다. 시나 단상을 써서 나타
낸 내용은 중국과 인도 양쪽에서 공통되게 말한 바와 일치한다.

파르메니데스의 시는 여신을 만나 들은 말을 적은 것이라고 했다. 자
기는 사람 가운데 특별한 위치에 있어 신탁을 받았다고 하면서, 신을 만
나게 된 경위를 길게 서술했다. 서두를 보면 종교시 같다. 그 대목을 들
어본다.

내 정신이 언제나 동경하던 저 멀고 먼 곳
여신에게 이르는 거룩한 길로 마차에 실려 갔다.
지혜로운 인간을 모든 도시에 보내는 여신에게로,
슬기로운 말들이 이끄는 마차를 타고 갔다.
마차의 끈을 잡아당기면서, 처녀들이 길을 안내했다.
마차 바퀴의 축에서 즐거운 피리 소리가 났다.
양쪽의 둥근 바퀴에서 활활 타오르는,
태양의 딸들이 재빠르게 나를 인도했다.
밤이 머무르는 집에서 떠나가자,
빛은 머리에 쓴 베일을 벗어버렸다.
밤과 낮의 경계가 되는 곳에는 문이 있어,
윗중방과 문지방은 돌로 다듬어 놓고,
하늘 높게 커다란 문짝이 달려 있다.
복수심 많은 정의의 신이 열쇠를 가진 문지기이다.

처녀들이 말을 상냥하게 하면서
능숙하게 설득해서 문을 열게 하고,
그 틈으로 지나가게 한 다음에는
청동 막대기를 구멍에 넣고 돌려
문을 단단하게 걸어 잠그게 했다.
그리고는 처녀들이 곧장 앞으로 나아가서,
마차와 말들을 넓은 길에다 세우니,
여신이 나를 친절하게 맞이하면서
오른손을 잡고서, 이렇게 말했다.
"불멸의 마차꾼들이 이끄는 말을 타고서
내 집에 이른 젊은이여, 어서 오라.
네가 여행길을 떠난 것은 불운이 아니로다.
이 길은(사람들이 다녀서 다져진 길에서 멀어져 있는)
올바르고 정의로운 길이다. 너는 모든 것을 배울 필요가 있다.
흔들리지 않는 진리의 말씀과
진실이 없는 인간의 의견을 둘 다 알아야 한다.
그렇지만 겉으로 드러나는 것들이 진정으로
언제나, 참으로, 모든 사물인 줄도 알게 되리라."[91]

　신의 부름을 받고 신을 만나러 간 것이 자랑스럽고 황홀한 일이라고
하면서 세부적인 사항까지 자세하게 묘사했지만, 신의 이름이 밝혀져
있지 않다. 신이 말한 것은 진실이라고 하는 기존의 관념을 이용해서 총
괄적인 진실은 자기가 새롭게 제시하기 위한 서론을 이렇게 폈을 따름
이다. 신에게 들어서 알았다는 진리에 관해서 말한 대목을 보자. 신의
말일 수 없는 말을 신이 했다고 했다.

---

91) Richard D. McKirahan, Jr., *Philosophy before Socrates, an Introduction with
　　Texts and Commentary*(Indianapolis : Hackett, 1994), 151~152면.

남아 있는 이야기는 하나뿐이다.

길은 하나지만 표시는 여럿이다.

생겨나지도 않고 없어지지도 않는 것들이다.

온전하고, 흔들리지 않고, 완결되어 있다.

과거도 미래도 없고, 현재만 있다.

하나로 이어지는데, 태어나는 것을 찾겠는가?

어떻게, 어디서부터 자라났는가?

자라난다고 하는 것은 잘못이다.

그렇게 말할 수도, 생각할 수도 없다.

무엇 때문에 움직이고 자라서,

처음보다 나중이 크고, 없던 것이 생기겠는가?

온전하게 있거나 아니면 없거나 한다.[92]

　천지만물은 생겨나지도 않고 없어지지도 않는다고 했다. 그렇다면 신이 어디 있으며, 무슨 소용이 있는가? 신을 부정하는 말을 신이 했다고 했다. 시인은 신이 일러주는 말을 받아적어 시를 쓴다고 하는 관습을 이용해 신을 부정하는 시를 썼다.[93] 종교의 관습을 이용해서 종교를 거부해, 기존의 관념을 뒤집어엎는 이중의 효과를 얻었다. 그것은 〈카타 우파니샤드〉에서 죽음의 신이 신을 섬기는 제사 행위가 헛되다고 한 것과 같다. 李奎報가 〈問造物〉에서 조물주가 스스로 조물주의 창조를 부인한 것과도 상통한다.

　그런데 천지만물을 총괄해서 무엇이라고 하지 않았다. 표면상의 ∞가 사실은 1이라고 했을 따름이고, 1을 개념화하지 않았다. 氣에 해당하는 개념도 브라흐만에 해당하는 개념도 없다. 천지만물의 본질이 사람의

---

92) 같은 책, 153면.

93) Nestor-Luis Cordero, "La déesse de Parménide, maitresse de philosophie", Jean-François Mattéi dir., *La naissance de la raison en Grèce*(Paris : Presses Universitaire de France, 1990)에서 이에 관해 고찰했다.

마음과 어떻게 연결되는가 따지려고 하지도 않았다. 그래서 인식론적
회의주의에 빠져, 인간의 인식능력에는 한계가 있어 진실을 알기 어렵
다는 말을 다음과 같이 했다. 그 점에서는 이규보와 아주 다른 생각을
했다.

> 온전하고 불변인 것일 수 없는 운명의 한계가 있는데,
> 모든 사물에 대해서 갖가지 이름을 부여하면서,
> 인간은 그것들이 진실되다고 믿어왔다.[94]

파르메니데스가 말하고자 한 바는 천지만물의 궁극적인 실체는 하나
이고, 불변이며 무한하다는 것이다. 그것을 말하자 철학이 시작되었다.
그런데 궁극적인 하나가 변화하는 것들과 어떤 관계가 있는가, 사람과
는 어떤 관계가 있는가 말하지 않아서 논의가 크게 미흡하다. 논의가 미
흡한 이유의 상당한 부분이 시를 쓴 데 있다고 할 수 있다. 그리스에서
파르메니데스가 쓴 시에는 특별한 문제점이 있었다.

파르메니데스의 시를 《우파니샤드》와 비교해보면, 언어가 모호하고,
생각이 혼란되어 있으며, 논의가 미비한 결함이 두드러진다. 《우파니샤
드》는 《베다》에서 발달한 시를 이용해서 그 내용을 뒤집었지만, 그리
스에서는 《베다》에 해당한 종교시가 발달되어 있지 않아서 그랬다고
할 수 있다. 기존 종교시를 철학시로 전환시키지 못하고 철학시를 쓰려
고 하니 뜻대로 되지 않았다. 《우파니샤드》는 커다란 규모의 공동창작
이었지만, 파르메니데스의 시는 한 사람의 시도였다. 다른 사람은 다른
방법을 썼다.

파르메니데스와 같은 시기에 헤라클리투스는 단상을 사용해서 생각
하고 깨달은 바를 열거했다. 단상이라면 중국에서도 볼 수 있었던 바와
같이 쉽게 써서 많은 내용을 함축할 수 있다. 일부만 전해져도 그것대로

---

94) 같은 책, 154면.

의 의의가 있다. 중국의 논자들은 단상을 모아 저술을 만들었는데, 헤라클리투스의 단상은 단편적으로 남아 있다. 그래도 어떤 생각을 했는가 알아볼 수 있게 한다.

헤라클리투스의 단상 몇 가지를 세 가지 부류로 나누어 소개하면 다음과 같다.

[A] 만물은 전체로서 또는 전체가 아닌 것으로, 한꺼번에 또는 각각, 조화롭게 또는 조화롭지 않게 파악할 수 있어, 여럿에서 하나가 나오기도 하고, 하나에서 여럿이 나오기도 한다.[95]

[B1] 투쟁은 모든 것의 아버지이고 임금이다. 그것은 어떤 이에게는 신들과 같고, 다른 이들에게는 사람과 같으며, 어떤 이들은 노예로, 어떤 이들은 자유민으로 만든다.[96]

[B2] 불은 모든 것을 전진시키고, 판단하고, 단죄한다.[97]

[C1] 바다는 가장 순수하고 가장 더러운 물이다. 물고기에게는 마실 만하고 안전하며, 사람에게는 마실 수 없고 위험하다.[98]

[C2] 돼지는 진흙에서, 새는 먼지나 재에서 목욕을 한다.[99]

[C3] 올라가는 길이나 내려가는 길이나 다 같은 길이다.

[C4] 찬 것은 더워지고, 더운 것은 차가워지며, 젖은 것은 마르고, 마른 것은 젖는다.[100]

---

95) 같은 책, 120면.
96) 124면.
97) 124면.
98) 121면.
99) 121면.
100) 123면.

[A]에서는 사물을 파악할 수 있는 방법을 총괄해서 말했다. 전체와 부분, 조화와 부조화가 사물의 양측면이면서 서로 의존해 있다고 했다. 전체는 조화와, 부분은 부조화와 연결될 것 같은데, 그렇지 않다. [B]에서는 전체의 부조화가 투쟁을 일으켜 변혁을 이룩한다고 했다. [C]에서는 서로 다른 부분들이 조화로운 관계를 가진다고 했다.

[B]의 단상들은 변증법의 단초를 보여준다. 투쟁해서 변혁을 이룩하는 것이 사물의 본질이라고 한다. 五行 가운데 불이 으뜸이라고 한 것은 투쟁의 모습을 잘 나타내기 때문이다. [A]에서 제시한 것이 전체가 아님을 [B]가 말해준다.

[B]에서 합쳐서 말한 것이 전체에 관한 논의인 줄 알았는데 부분으로 국한되고, [C]에서 나누어서 말한 것이 전체를 향해 나아간다. [C]에서 말한 것들은 《莊子》의 〈齊物論〉에서 모든 사물은 상대적이어서 가지런하다고 한 것과 같은 발상이다. [C1]과 [C2]에서 인용한 말은 《장자》의 (나)-(다)와 거의 같다. [C3]과 [C4]도 《장자》에 있을 듯한 말이다.

[B]에서 말한 사물은 절대적인 것을 지향하기 때문에 서로 싸워서 결판을 낸다. [C]에서 말한 사물은 상대적인 관계를 가져 충돌 없이 공존한다. [C]의 단상들도 변증법을 말해준다고 하지만, 투쟁과는 다른 면이니 같은 말을 써서 함께 일컫는 것은 무리이다. 그 양면을 함께 일컬으려면 생극론의 용어를 사용하는 것이 마땅하다. [B]는 克의 측면을, [C]는 生의 측면을 나타낸다. 生克의 양면을 다 말한 주목할 만한 진전이다. 그러나 그 둘이 어떤 차이가 있고, 어떤 관계가 있는가 하는 데 대한 인식이 미약하다. 후대의 논자들이 그런 결함을 보완해야 마땅한데 克의 측면인 변증법적 투쟁만 대단하게 여겨 다른 쪽은 버렸다.

파르메니데스와 헤라클리투스 다음 시대에 소피스트라는 사람들이 등장해서 천지만물에 대해서 한꺼번에 알려고 하지 않고, 사람이 살아가면서 당면한 문제에 대해서 함부로 떠든 것을 좋게 말해 "땅이 하늘에서 분리되었다"고도 하고, "자유롭게 사고하고 말하는 휴머니즘이 시작되었다"고도 한다.[101] 그것은 과장이라고 하지 않을 수 없다. 소피스트들이 진리를 지니고 있다는 데 대해 마땅하지 않게 생각하고 자기는 다만 진리를 사랑하는 사람에 지나지 않는다고 한 소크라테스(Socrates)가 등장해 "진리를 사랑하는 학문"인 '필로소피아'(φιλοσοφία)를 시작했다고 하는 것도 지나치게 평가할 일은 아니다.

소크라테스가 "너 자신을 알라"고 하면서 존재의 본질과 합치되는 내면적 진실을 찾는 길을 스스로 발견해야 한다고 한 것은[102] 중국이나 인도에서 철학을 시작할 때 계속 중심에다 둔 과제이다. 그런 말만 하고 다닌 소크라테스를, 신들에 대한 신앙을 해치고 청년들을 오도한다고 사형에 처한 그리스는 철학하기 어려운 곳이었다.

그러나 어려운 조건이 방해가 된 것만은 아니었다. 소크라테스의 제자 플라톤(Platon)은 종교와 정면에서 충돌하지 않아 박해를 면하면서 자기 사상을 전개하는 작전을 면밀하게 강구했다. 길거리에서 아무나 잡고 논란을 벌이는 방식을 버리고 자기가 세운 학교에서 학생들을 상대로 강의를 하면서, 소크라테스가 한 말을 글을 써서 전개하기 위해서 다각도로 고심한 결과 방대한 저작을 남겼다. 플라톤의 제자인 아리스토텔레스(Aristoteles) 또한 학교에서 가르치면서 많은 글을 써서 직업적인 철학자의 면모를 잘 보여주었다.

그 점은 중국이나 인도와 상당한 차이가 있다. 중국에서 철학을 시작한 사람들은 孔子나 管子처럼 정치에 관여한 경우에만 행적이 어느 정도 남아 있고, 그렇지 못하면 생애를 알기 어렵다. 자기 자신에 대해서 말하지 않았거나 말했다 해도 寓言의 일부이기 때문이었다. 그래서 중국철학은 사람이 아닌 저작을 들어 거론했다. 인도에서 《우파니샤드》를 지은 사람들은 이름이 하나도 남아 있지 않다. 그런데 그리스 철학자들은 글을 많이 쓰고 길게 쓰면서 자기를 선전하고 주변 사람들을 들추

---

101) Jean Brun, 위의 책, 35면.
102) 같은 책, 36~37면.

어냈다. 보편적인 진리를 자기가 처한 특수한 상황에서 추구하는 것은
다른 두 군데서는 볼 수 없는 그리스철학의 특징이다.

플라톤은 소크라테스가 한 말을 글로 정리한다면서, 그 범위를 넘어
서서 파르메니데스와 헤라클리투스가 상반되게 주장한 바를 하나로 합
치려고 했다. 양쪽의 주장이 어떻게 상반되는가 표를 만들어 정리하면
다음과 같다.[103]

파르메니데스	헤라클리투스
아무것도 변하지 않는다.	모든 것이 변한다.
궁극적 진실은 영원불변의 하나다.	하나에서 여럿이 갈라진다.
대립은 없다.	대립과 투쟁이 사물의 본질이다.

파르메니데스쪽의 생각은 존재론의 근거가 되는 '이데아'($i\delta\acute{\epsilon}\alpha$)를 만
드는 데 쓰고, 헤라클리투스쪽의 생각은 생성론을 이룩하는 데 쓰고자
했다. 그러나 그 둘을 합치는 것이 쉬운 일은 아니었다. '이데아'라고 하
는 불변의 전제를 실현하고 추구하는 구체적인 상황에서는 헤라클리투
스의 변증법을 사용해서, 둘을 本末관계에 두지 않을 수 없었다. 그것은
결국 파르메니데스쪽으로 기울어졌다는 말이다.

그런 편향성을 글쓰는 재능으로 메웠다. 구체적인 상황을 자세하게
검토하면서 필요한 논의를 단계적으로 전개해 독자를 설득시키는 데 힘
쓴 플라톤은 파르메니데스의 가르침을 충실하게 따랐다고 할 수 있다.
플라톤은 극작가의 재능을 가진 사람이다. 극작을 하다가 철학자가 되
기로 한 다음에도 극작의 수법과 재능을 사용했다.[104]

---

103) Bertland Russel, *History of Western Philosophy*(London : George Allen and
    Unwin, 1961), 57~70면에 제시한 표를 수정해서 쓴다.
104) Robert C. Solomon and Kathleen M. Higgins, *A Short History of Philosophy*

그리스에서는 연극이 토론의 가장 중요한 방법이었다. 플라톤의 모든 저술이 대화로 이루어져 있다. 대화가 아닌 논설은 없다. 논설 쓰기는 그 다음 대의 아리스토텔레스에서 시작되었다. 대화 속에다 우언을 삽입했다. 대화와 우언을 함께 쓴 것은 《장자》와 같지만, 결합방식은 다르다. 《장자》에서는 우언에다 대화를 넣고, 플라톤은 대화에다 우언을 넣었다.

처음에는 대수롭지 않은 이야기를 하는 것 같은 거동을 보이다가, 차차 심각한 문제로 들어가서, 확고한 원리를 제시하는 방법으로 플라톤은 대화를 전개했다.[105] 그것은 문학과 철학을 결합시킨 훌륭한 본보기로 평가된다. 아름다움을 추구하는 문학의 열정과 진리를 찾아내는 철학의 노력을 동시에 실현한 플라톤의 성과를 유럽사상사에서 다른 누구도 따르지 못한다고 한다.

플라톤의 대화에 고정적으로 등장하는 인물은 소크라테스이다. 소크라테스가 실제로 한 대화를 정리하다가 창작을 보태고 생각을 더욱 진전시켰다. 그 점에서 《논어》에서 볼 수 있는 어록과는 다르다. 소크라테스를 역사적 인물에서 지혜로운 사람의 전형으로 바꾸었다. 아리스토파네스(Aristophanes)가 《구름》이라는 희극에서 소크라테스를 멍청이로 삼은 데 대해 반론을 제기하는 작품을 썼다고 할 수 있다.

소크라테스는 자기는 무지하다면서 다른 사람들에게 말을 시켜 논의를 진행하면서 자기 생각을 조심스럽게 피력했다. 그렇다고 해서 소크라테스의 말이 결론인 것은 아니다. 이따금 논란이 심각하게 벌어져서 어느 쪽을 따라야 할지 갈피를 잡기 어렵다. 그런 경우에라도 서술자 플라톤이 나서서 자기 생각을 말하지 않았다. 결론을 바로 말하는 단상과

(Oxford : Oxford University Press, 1996), 49~56면의 "Plato : Metaphysician or Sublime Humorist"에서 이에 대해 고찰했다.

105) 이 단락에다 Victor Goldschmidt, *Les dialogues de Platon, structure et méthode dialectique*(Paris : Presses Universitaires de France, 1963) 전권에서 전개하고 337~344면의 결론에서 요약한 견해를 옮겨온다.

는 아주 다른 방식으로 글을 썼다. 서두를 보고 말아서는 오판을 하게
되므로, 대화를 끝까지 다 경청해야 한다. 그래도 무엇을 말하는지 명확
하지 않을 수 있다.

　글을 그렇게 쓴 데는 그럴 만한 이유가 있었다. 자기 생각을 명시하면
위험이 따랐으므로 조심해야 했다. 소크라테스의 비극을 다시 겪지 않
으려고 했다. 동의하지 않을 사람에게는 진심을 내보이지 않는 것이 마
땅했다. 그뿐만 아니다. 희곡의 대화와 같은 글을 썼으므로 주제를 발견
하는 것은 독자의 몫이다. 플라톤이 무엇을 말하려고 했는가 찾아내려
면 글을 자세하게 읽으면서 깊이 생각해야 한다.

　플라톤의 대화 가운데 《공화국》은 길이가 가장 길고, 플라톤의 사상
을 풍부하게 나타냈다고 인정되는 대표작이다. 소크라테스가 케팔루스
(Cephalus)라는 사람의 집에서 다른 몇 사람과 함께 정의란 무엇인가 하
는 문제를 두고 논란을 벌인 내용을 누군가 명시하지 않은 제3자에게
전해주는 내용으로 이루어져 있다. 소크라테스가 말을 많이 하고, 또한
전달자 노릇을 한 점이 특이하다. 그것은 대화를 장편으로 쓰는 방식이
라고 할 수 있으며, 《잔치》에서도 사용했다. 제7장 서두에서 동굴의 비
유를 들어 '이데아'에 관해서 설명한 대목은 플라톤 사상의 핵심을 보여
준다. 또한 대화에서 사용된 우언의 좋은 본보기가 된다.

　이야기를 이끌고 있는 소크라테스가 "교육이 있는 경우와 없는 경우
에 우리 인간의 본성이 어떤가 다음과 같은 상태와 견주어보라"고 하면
서 다음과 같은 이야기를 시작했다.

　　땅 밑에 있는 동굴 모양의 거처에서 살고 있는 사람들을 상상하라.
　길게 뻗어 있는 입구가 빛이 있는 쪽을 향해서 동굴 전체의 넓이만큼
　열려 있다. 그리고 그 사람들은 그 거처 속에서, 어려서부터 발과 목
　이 묶여 있기 때문에 같은 자리에만 머물러 있고, 그 사슬로 해서 머
　리를 뒤로 돌릴 수도 없어, 그저 앞만 보고 있게 되네.[106]
　이런 상상의 상황을 설정해놓고, 동굴에 갇혀 있는 사람들이 동굴 밖

의 실물은 보지 못하고 벽에 비친 그림자만 보는 것처럼 사람이 사물을 잘못 인식한다고 했다. 잡혀 있는 사람 가운데 어느 하나를 머리를 뒤로 돌려 빛나는 곳을 보게 하면, 다음과 같은 일이 일어난다고 했다.

그 사람에게 억지로 불빛을 보게 하면, 눈이 아파서 자기가 잘 볼 수 있는 쪽으로 돌아설 것이다. 지적해서 보인 진정한 사물보다 자기 가 더 잘 구분하고, 한층 명료하고 정확하다고 여기는 쪽으로 달아날 것이다.[107]

빛을 받고 있는 동굴 밖의 영역에서 본 실제의 사물이 '이데아'라고 하면서 다음과 같이 말했다.

지식의 세계에서 최종적으로 보아야 하면서 보기 어려운 것이 선 행의 '이데아'이다. 한번 보기만 하면 선행의 '이데아'는 진실로 정당 하고 아름다운 모든 것의 원인이어서, 보이는 세계에서는 빛 또는 빛 이 나오는 원천을 산출하고, 생각해서 알 수 있는 세계에서는 진리와 이치의 진정한 근거가 된다고 결론을 내릴 수 있다. 사적으로든 공적 으로든 현명하게 처신하려고 하는 사람은 이것을 보아야 한다.[108]

모든 정당한 것의 최종적인 원천이 되는 선행의 '이데아'는 보기 어렵 지만 있다고 확신하고, 아무리 어려워도 보지 않고서는 무엇이 정당한 가 판가름할 수 없고, 올바른 행동을 할 수도 없다고 했다. 그런 줄 알고 그 경지에 이르려고 하는 것이 교육받은 사람의 마땅한 태도라고 했다. "신의 경지에 이른 관찰을 하고 되돌아간 사람"[109]이 되는 것을 최상의

---

106) Plato, *The Collected Dialogues* 1(Princeton : Princeton University Press, 1973), 747면 ; 플라톤, 조우현 역, 《국가 외》(서울 : 삼성출판사, 1976), 250면.
107) 같은 책 2, 748면 ; 251면.
108) 같은 책 2, 750면 ; 253면.

목표로 삼고 노력해야 한다고 했다.

그리스에서 철학을 시작하면서 사용한 세 가지 글쓰기 방법인 시·단상·대화 가운데 시와 대화는 문학에서 빌려왔다. 여러 형태의 시가 많이 창작되고, 대화의 문학인 희곡이 크게 발달한 뒤에 철학이 나타나 그 수법을 이용했다. 그 점이 중국이나 인도와 다르다. 중국의 철학은 단상을 주로 사용하고, 인도의 시는 철학시로 시작되어, 그 두 곳에서는 철학이 문학 신세를 지지 않았다.

플라톤이 "철학과 시는 오랫동안 사이가 나빴다"고 하고, 나라가 잘되려면 시인을 쫓아내야 한다고 한 것은 시의 위세가 너무 커서 철학은 인정받지 못한다고 화가 나서 한 말이다. 아리스토텔레스는 시와 희곡에 대해서 고찰한 《시학》을 써서 철학이 문학을 위해서 봉사하는 마땅한 자세를 보여주었다. 중국이나 인도에서는 철학이 시작될 때 문학의 기득권에 대한 부정론이나 긍정론을 그리스에서처럼 펼 필요가 없었다.

그러나 철학이 그리스에서처럼 문학의 표현을 가져다 썼는가, 중국이나 인도에서처럼 문학과 공유할 수 있는 표현을 개척하면서 형성되었는가 하는 것은 그리 큰 차이점이 아니다. 그 어느 쪽이든지 철학은 문학과 밀접한 관련을 가진 글쓰기 방식으로, 문학에서는 하기 어려운 이치의 근본을 포괄적으로 따지는 과업을 수행하면서 출현했다. 글쓰기의 구체적인 양상은 각기 다르고, 따지는 방법 또한 같지 않았지만, 밝혀낸 결과에는 기본적인 공통점이 있다.

각기 다른 것은 문학이고, 모두 같은 것은 철학이라고 한다면, 분리가 지나쳤다고 하지 않을 수 없다. 다른 가운데 같은 것이 있고, 같은 가운데 다른 것이 있어서 문학이 철학이고, 철학이 문학이라고 한다면, 접근이 지나쳤다고 하지 않을 수 없다. 진실은 그 중간에 있다. 중간 어디냐는 경우에 따라 다르다.

문학 속의 철학, 철학 속의 문학 가운데 지금까지의 논의는 앞의 것은

---

109) 같은 책 2, 750면 ; 254면.

버려두고 뒤의 것에 치우쳤다. 앞의 것은 다른 여러 책에서 다루었으므로 새삼스러운 일거리가 아니라고 생각하고, 뒤의 것을 특별히 거론하기 위해서 이 책을 쓰기 때문이다. 그러나 양쪽을 다 살피지 않았어도, 양쪽에 모두 해당되는 결론을 내릴 수 있다.

문학과 철학은 하나이면서 둘이고 둘이면서 하나인 관계를 가지고 출현했다. 표현이 소중한 문학은 같으면서 다르지만, 내용이 소중한 철학은 서로 다르면서 같다. 중국·인도·그리스의 철학이 서로 같은 점을 다음 네 가지로 정리해 말할 수 있다.

(가) 중국이나 인도에서 인격적인 신을 부정하면서 철학이 시작된 것이 그리스의 경우와 같다. 파르메니데스는 신탁을 받아적는다고 하면서 신을 배제한 최고의 원리를 말했다. 신이 플라톤에게서는 최고의 '이데아'이고, 아리스토텔레스에게서는 제1의 원인이다.

(나) 파르메니데스가 말한 최고의 원리는 1이다. 헤라클리투스는 1이 2가 되어 서로 다투기도 하고 공존하기도 한다고 했다. 플라톤은 두 가지 생각을 받아들여 한데 합치고자 했다. 그러나 그리스철학에서는 1을 나타내는 공통의 개념 브라흐만 같은 것이 없어, 1에 관한 논의가 선명하게 전개되지 않았다. 중국 또한 1은 불분명하지만, 그 대신에 陰陽이라고 일컫은 2에 관한 인식이 뚜렷했는데, 그리스에서는 2도 개념화되지 않았다. 그리스에서 말한 이데아는 개별화되어 있는 브라흐만이라고 할 수 있다. ∞의 사물에 각기 그 나름대로의 이데아가 있으며, 개별적인 이데아는 이데아 일반의 속성을 지닌다는 점에서 서로 같다면서 ∞와 1을 연결시키는 것은 그리스 특유의 논법이다.

(다) 플라톤이 말한 선행의 이데아는 사람의 영혼에 자리잡고 있는 신의 경지이다. 그 경지에 이르는 것은 중국에서 말한 '克己復禮'와 상통한다. 인도에서 브라흐만과 일치하는 아트만을 찾아낸다고 한 것과 더욱 근접되어 있다.[110]

---

110) 바실리스 G. 비트삭시스, 김석진 역, 《플라톤과 우파니샤드》(서울 : 문예출판

(라) 깨달음을 얻으면 해탈에 이른다고 하는 대신에 올바르게 처신해 도덕적 만족을 얻는 것이 마땅하다고 한 점에서 그리스철학은 인도철학과 다르고 중국철학과 같다. 그러면서 진리를 인식하는 보람과 즐거움을 그리스 쪽에서 더욱 강조해서 말했다.

위 네 가지 항목의 비교론에서 서로 같은 점을 추출하면 다음과 같다.

(가) 지금까지 섬기던 인격적인 신들을 무력하다고 했다.

(나) 하나의 공통된 원리 1이 모든 것을 포괄한다고 했다.

(다) 하나의 공통된 원리 1이 천지만물과 사람의 마음 양쪽에 일치되게 존재해 양쪽을 연결시켜준다고 했다.

(라) 무지 때문에 불행에 시달리고 있는 사람들이 위에서 말한 사실을 깨달아 알면 바람직한 삶을 이룩할 수 있다고 했다.

중국·인도·그리스의 철학은 이 네 가지 점에서 공통된 내용을 지니고 출발했다. 이 네 가지가 철학을 구성하는 명제여서, 인류의 철학은 모두 하나이게 한다. 그렇다고 해서 철학은 보편적인 명제만 지니지는 않는다. 네 가지 명제에 모두 상당한 쟁점이 포함되어 있다. 쟁점에 대한 논의를 전개하고 해결하는 구체적인 작업이 문명권에 따라, 시대에 따라, 사람에 따라 달라서 대립과 논쟁이 있어 왔다.

그리스인의 뒤를 이은 로마인은 철학을 하는 데 힘쓰지 않았다. 철학의 저술이라고 할 것을 제대로 남기지 않았다. 그러나 철학과 문학의 결합양상을 살피고자 하면 로마를 지나칠 수 없다.

루크레티우스(Lucretius)의 《사물의 본성》(*De rerum natura*)은 철학을 시로 나타낸 철학시의 좋은 본보기이다. 이 작품은 여러 가지 형태의 글쓰기를 두루 활용하던 고대의 철학이 마침내 철학시를 최고의 표현수단으로 삼아 그 전통을 중세전기로 넘겨주었다고 할 수 있을 만큼 당당하다. 그래서 자세하게 다룰 필요가 있다.

《사물의 본성》에 대한 평가는 상반된다. "학문적인 주제를 다룬 교술

사, 1989)에서 그 양쪽의 공통점에 관해 다각적인 고찰을 했다.

시로서 성공적인 작품"이며, "시와 철학이 잘 결합된 드문 예"라고 하는 긍정적 견해도 있다.[111] 거대한 건물처럼 웅대하고, 견고하기가 기계 같은 고대 그리스인의 자연철학을 집약해서 보여준 의의가 대단하다고 평가되기도 한다.[112] 그런가 하면, "시적 요소가 사고의 논리 밖에 머무르고 있는 혼합물"이어서 실패했다고 하고, "사고 그 자체가 시이지 않으면, 진정으로 시적인 철학은 이루어지지 않는다"는 것을 보여주었다고 하는 부정적 견해도 있다.[113] 과연 어느 쪽인가 작품을 고찰하면서 따져보자.

루크레티우스는 기원전 99년에서 95년 사이에 출생하고, 기원전 55년에서 51년 사이에 사망했다고 추정된다.[114] 율리우스 카이사르(Julius Caesar)와 동시대인이다. 로마에서 태어난 것으로 보이고, 귀족이라고 생각된다. 미쳐서 자살했다는 설이 있으나 확실하지 않다. 죽음에 대한 두려움에서 벗어나게 하기 위해서 그 시를 썼다고 알려져 있다.

시의 내용에서는 에피쿠루스(Epicurus)의 사상을 이었다.[115] 에피쿠루스는 기원전 342~341년에 태어나고, 기원전 271~270년에 죽은 아테네의 철학자였으며, 스토아학파(Stoics)의 창설자 제논(Zenon)과 동시대의

---

111) E. J. Kenney ed., *The Cambridge History of Classical Literature II Latin Literature*(Cambridge : Cambridge University Press, 1982), 207면.

112) George Santayana, *Three Philosophical Poets, Lucretius, Dante, and Goethe*(Cambridge : Harvard University Press, 1922), 4면. 그런 이유에서 루크레티우스를, 단테·괴테와 같은 자리에 놓고 유럽역사상 가장 뛰어난 철학시인의 하나로 다루었다.

113) 위에서 [철학사3]이라고 한 앙드레 자코브 총편, 《철학의 세계》 André Jacob dir., *L'univers philosophique*(Paris : Presses Universitaires de France, 1989)에서 "철학의 형식"의 하나로 시를 다룬 글 Patrick Malville, "Le discours poétique en philosophie", 664면.

114) W. H. D. Rouse, *Lucretius De Rerum Natura, with English Translation*(Cambridge, Mass., : Harvard University Press, 1966) 서두의 해설에 의해 생애와 작품의 대체적인 성격을 이해한다.

115) Bertland Russel, *History of Western Philosophy*(London : George Allen and Unwin, 1961), 252~257면의 서술에 의해 에피쿠루스를 이해한다.

경쟁자였다. 저술이 거의 다 없어지고 일부만 남아 있다. 남아 있는 단편에, "즐거움이란 축복된 삶의 시작이고 끝이다"라고 하고, "위장의 즐거움이 모든 훌륭한 일의 시작이자 근거이며, 지혜나 문화도 거기서 유래한다"고 하는 말이 있다. 즐거움을 적극적으로 찾자는 것은 아니고 조용한 상태에서 느끼는 소극적인 즐거움이 더욱 바람직하다고 했다.

고통의 부정이 지혜로운 삶의 목표라고 했다. 행복한 삶을 위해 실제로 도움이 되는 사고체계가 철학이다. 출세를 하면 시기하고 해치려고 하는 적대자가 많아지니, 공적인 생활은 그만두라고 권고했다. 슬기로운 사람은 숨어살아 적이 없다고 했다. 우정은 소중하게 여겼다. 종교는 위안이 아니고 죽음에 대한 두려움을 주는 방해자라고 해서 배격했다.

종교의 교리에 설득당하지 않도록 하기 위해 원자론이라는 반론을 만들었다. 천지만물이나 인간생활은 물질의 작은 입자인 원자의 운동으로 이루어진다고 하는 것이 그 핵심이다. 원자의 운동에 자연법칙이 있으면, 그것을 탐구해 무엇이든 미리 헤아릴 수 있겠는데, 그렇지 못해 고민이라고 했다. 원자가 그 나름대로의 자유의지라고 할 수 있는 것에 따라 움직여 예측할 수 없는 사태가 벌어진다고 했다.

사람의 영혼도 원자로 구성되어 있어서 죽으면 흩어진다고 했다. 죽음이란 아무것도 아니라고 했다. 해체된 것들은 감각이 없다 하고, 감각이 없으니 아무 상관도 없다고 했다. 죽음에서 벗어날 수는 없지만, 죽음을 악이라고 여기는 것은 부당하다고 했다. 신들은 부정할 수 없지만, 사람이 사는 데 개입하지 않는다고 했다. 신을 섬기는 것은 헛된 일이라고 했다.

루크레티우스 시대에 에피쿠루스의 사상이 유행했다. 제국의 번영과 더불어 가치관의 위기가 조성되었기 때문이다. 물질과 권력에 대한 욕구는 아무리 충족시켜도 만족스럽지 않아 허무하다고 느끼고, 죽음의 공포를 내세워 신들에게 복종하도록 하는 종교에 대해 반발심을 가진 로마의 귀족층 지식인들이 적지 않았다. 그런 사람들을 향해 에피쿠루스의 사상이 문제의 해결 책임을 제시하는 시를 루크레티우스가 짓자 크게 환영을 받았다.

에피쿠루스의 사상을 충실하게 이었다고는 하지만 상당한 차이가 있다. 에피쿠루스에게서는 희극이었던 논조가 루크레티우스에게서는 비극으로 바뀌었다. 루크레티우스는 에피쿠루스가 싫어하는 격정적인 자세를 가지고, 인생의 고민을 심각하게 생각했으며, 종교의 허위를 적극 공격했다. 조용하게 물러나야 한다는 주장을 과격한 목소리로 내면서 절규하듯이 나타냈다.

에피쿠루스는 진리를 말하려면 정확한 언어를 사용해야 하는데 시는 그럴 수 없다는 이유에서 배격했다. 에피쿠루스 학파의 콜로테스(Colotes)는 플라톤이 시적인 신화를 사용했다고 비난했다.[116] 그러나 루크레티우스는 시인의 임무에 대해서 대단한 자부심을 가지고, 시가 진리를 탐구하고 표현할 수 있다고 확신했다.

작품은 '비너스' 신에게 기도하는 말로 시작되었다. 신을 향한 기도를 앞세우는 것이 시를 쓰는 관습이었으므로, 시를 시답게 쓰려면 따라야 했다. 비너스는 자연의 창조적인 힘을 상징하는 신이고, 자기 후원자의 가문에서 섬기는 신앙대상이므로 특별히 선택되었다. 길게 이어져 말이 많은 기도에서 두 대목을 따온다.

당신의 선물이 없으면 아무것도 이루어지지 않나이다.
다정스러운 설계사인 당신을 위해
땅은 갖가지 꽃을 바치고,
깊은 바다는 미소를 짓고,
조용한 하늘은 무한히 빛나나이다.[117]

당신 홀로 사물이 사물이게 조종하시므로,

---

116) E. J. Kenney ed., 위의 책, 216면.
117) Rolfe Humphries, *Lucretius, The Way Things Are*(Bloomington : Indiana University Press, 1968), 19면.

당신이 없으면 사물이
빛나는 영역 안으로 들어오지 못하고,
당신 아니면 즐거울 일이 없고,
당신 아니면 사랑스러울 것이 없으므로,
여신이시여,《사물의 본성》을 시로 쓰면서
당신이 저와 함께 하시기를 기원합니다.[118]

이렇게 노래한 데서 신과 사물은 어떤 관계를 가지고 있는가? 이에
대해서 세 가지 대답이 가능하다.

(가) 신은 사물의 생성이 빛나고, 즐겁고, 사랑스럽도록 하는 장식자
이다.

(나) 신은 사물의 생성을 스스로 담당하고 관장하는, 창조자이다.

(다) 신은 사물의 생성 자체여서, 별도로 존재하지는 않는다.

《사물의 본성》을 시로 쓰는 일이, (가)라면 신의 가호를 입어 더 잘
될 수 있고, (나)라면 여신의 공적을 찬양의 대상으로 하고, (다)라면 신
의 행위라고 의인화되어 있는 자연현상에 대해서 논하는 것이다. 이 대
목에서 (가)를 말한 것 가운데 (나)를 말했으며, 작품의 전개와 더불어
(다)가 분명해진다.

(가)인 것처럼 말한 데서는 파르메니데스의 논법을 이었다. 신이 말해
준 내용을 시로 적는다고 하지는 않았지만, 여신 덕분에 시를 잘 쓸 수
있게 되기를 바란다고 하고서 신의 작용이나 존재를 부인하는 방향으로
나아갔다. (나)라고 할 때는 창조자를 찬양하는 시를 시인 자신이 자기
힘으로 썼다. 신이 다른 사물은 창조했어도 시를 창조해서 시인에게 준
것은 아니다. 창조에 관한 시를 자기 스스로 탐구한 바에 따라서 쓴다고
하기 위해서 (나)라고 이해할 수 있는 발언을 했다. (다)에서는 신이 부
정되었다. 시를 잘 쓰게 하는 신도, 창조자인 신도 없다. 사물의 본성이

_____

118) 같은 책, 20면.

란 자연현상 자체일 따름이다. 시에서 말하고자 한 것은 바로 그 점이다. 신을 찾고서는 부정했다.

신과 만나서, 신이 하는 말을 받아들여 시를 짓는다고 하는 것은 파르메니데스에서도 볼 수 있던 그리스-로마문학의 관습이다. 그런데 루크레티우스는 그런 관습을 이으면서 부정하는 철학시를 썼다. 철학시도 시이므로 신이 준 영감으로 쓴다고 했지만, 철학시는 철학이므로 신이 이 세상을 창조하고 다스린다는 생각을 부정했다. 신이 하는 말이라고 하면서 파르메니데스가 적어놓은 시를 부인하는 내용으로 만든 역전을 루크레티우스는 더욱 과감한 자세를 가지고 다시 이룩했다.

시를 써서 철학을 해야 하므로 그 먼 길을 돌아갔다. 그렇다고 해서 시는 불편한 것도 무력한 것도 아니다.

> 아무도 가지 않은 길을 열고,
> '뮤즈'의 영역을 넘어서서,
> 처녀의 샘에 이르러
> 신선한 물을 마시니 복되도다.
> 처음 보는 꽃을 찾아내 만든 이 꽃다발
> 어느 시인이 어떤 뮤즈에게서도
> 얻어내지 못한 것이다.
> 나는 대단한 것을 가르칠 자격이 있어,
> 정신을 자유롭게 하고,
> 종교적인 구속에서 풀려나게 하고,
> 모호한 것들을 명확하게 하는 시를 쓴다.[119]

"뮤즈"(Muse)의 신이 주는 선물로 시를 쓴다고 하는 다른 시인들과는 결별하고, 자기는 종교적인 구속에서 벗어나 아무도 찾아내지 못한 진

---

119) 같은 책, 119면.

리를 스스로 탐구해 그 결과를 세상에 알려 대단한 가르침을 베푼다고 했다. "모호한 것들을 명확하게 하는 시를" 써서 그렇게 한다고 자부했다. 시가 탐구의 길이고, 진리를 표현하는 방법이라고 했다.

여기서 루크레티우스가 한 말은 시인이 物의 비밀을 탐구한다고 한 李奎報의 지론과 상통하면서, 또한 상당한 차이가 있다. 이규보는 物의 비밀이 다면적인 성격을 가지고 있어 시를 통해서 탐구하고 표현했다. 루크레티우스는 명확하게 규정될 수 있는 진리를 시로 써서 밝힌다고 했다. 시가 과연 그렇게 할 수 있는가? 그렇게 하는 것이 시의 장기인가?

명확하게 규정될 수 있는 진리란 사물의 본질은 물질이며, 물질은 원자로 이루어져 있다는 것이다. 그 점에 관한 논의를 다음과 같은 말로 시작했다.

> 자연이 모든 사물을 만들고,
> 자라나게 하고, 늘어나게 하고,
> 그 과정이 끝나면
> 원래의 성분으로 되돌아가게 하는 것은,
> 우리가 이름지어 일컫자면
> 물질, 생명의 알갱이, 사물들의 씨앗이다.[120]

"물질, 생명의 알갱이, 사물들의 씨앗"이라고 하는 물질이 모든 사물이 생겨나 자라고 다시 원래의 구성요소로 되돌아가게 한다고 했다. 그 세 가지 말을 함께 쓴 것은 어느 하나로만 규정짓기 어렵기 때문이다. 시인의 예지로 그것을 알아내서 산문이라면 할 수 없는 표현으로 나타낸 것은 아니다. 앞서 나간 철학자가 이미 한 말을 간추려 전하는 데 시를 사용했다.

---

120) 같은 책, 21면.

물질을 이루는 기본요소 아주 단단한 것들이
영원히 정복할 수 없고 파괴할 수도 없는
시간을 통해서 날아다닌다.
그 총체에 한정이 있는가 분명하게 해두자.
모든 것들이 움직이는 장소인
공백·공간·공허도
또한 정해진 한계가 있는가? 아니면,
경계 없이 열려 있고 헤아릴 수 없이 깊은가?
그 모든 영역에서
우주는 무한하며 속박되지 않았다.[121]

이 대목에서는 물질과 시공의 무한성에 관해서 말했다. 물질의 구성
요소도 무한하고, 그것들이 움직이는 시공 또한 무한하다고 했다. 그렇
다는 사실을 어떻게 알았는가? 그 점에 관해서는 말이 없으니, 자기 소
관사로 여기지 않았다고 할 수 있다. 물질도 시공도 무한하다고 하는 것
을 분명하게 인식시키기 위해서 묻고 답하는 수사법을 쓴 것이 시인이
한 일이다.

물질이 그렇다는 사실이 인생의 고민과 어떤 관계가 있는가? 이 문제
를 해결하는 데는 시인이 특별히 기여할 수 있다. 인생의 가장 큰 고민
인 죽음이란 몸을 구성하는 물질이 흩어지는 거역할 수 없는 변화이고
그 이상 아무것도 아니니, 다른 생각은 하지 말아야 한다. 이런 결론에
도달하기 위해서 긴 논의가 필요했다.

우리 몸은 한번 부서지면
구성원자들이 감각기관에서 빠져나가
이리저리 헤매면서 흩어진다.

---

121) 같은 책, 47면.

운이 좋은 사람은 앞길이 열려 있어,
죽는 것이 부당하다 해도,
죽음이 기회를 앗아간다.
사람이 타고난 상태에 대한
비탄의 항거는 금지되어 있다.
죽는다고 해서 두려워할 이유는 없다.
없어진다고 해서 비참하게 여길 것이 아니다.
오직 죽음 자체만 불멸이어서,
죽을 존재인 우리의 생명을 앗아간다.[122]

이치가 이렇기 때문에 누구든지 죽음을 당연한 것으로 받아들여야 한다고 했다. 내세니 영혼불멸이니 하는 헛된 기대는 버려야 한다고 했다. 불멸인 것은 오직 태어나서 생명을 누리면 반드시 죽어야 한다는 것뿐이라고 했다. 그렇게 해서 죽은 뒤에 무엇이 있으리라고 기대하는 신앙의 근거를 부정했다.

자기는 시인이기 때문에 말을 많이 하지도 않고, 다정하게 하지도 않았다. 시인은 신의 말을 전하니 믿고 따라야 한다는 관습에 근거를 두고 그런 고압적인 자세를 가졌다. 시는 말을 줄일 수 있으므로, 의문의 여지가 없는 결론을 분명하게 내릴 수 있다고 믿었다. "모호한 것들을 명확하게 하는 시를 쓴다"고 한 것이 그 뜻이라고 생각된다. 시인은 그럴 능력이 있어 다른 사람을 가르칠 수 있다고 자부했다.

루크레티우스의 철학은 동아시아의 氣철학과 상통한다. 루크레티우스가 말한 물질이란 氣라고 할 수 있다. 《老子》나 《管子》에서 유래한 동아시아의 氣철학을 이어 발전시킨 후대의 철학자 가운데 대체로 보아 루크레티우스와 어느 정도 비슷한 시기에 활동한 사람을 든다면 王充(약 27~100)이 있다. 그런데 왕충은 "天地合氣 萬物自生"이라고 해서 氣

---

122) 같은 책, 111면.

가 모여서 만물을 형성한다고 했으나, 사람이 살고 죽는 것은 그런 관점에서 이해하지 않고, "有生死壽夭之命"이라고 해서 정해져 있는 운수를 따른다고 했다.[123]

루크레티우스는 그 단계를 넘어서 송대 이후의 氣철학자와 근접해 있었다. 만물의 생성과 변화는 氣의 운동이며, 사람이 살고 죽는 것도 氣가 모였다가 흩어지는 현상이니 죽음을 두려워하거나 슬퍼할 필요가 없다는 것이 양쪽의 공통된 생각이다. 그런 생각을 한국의 徐敬德(1489~1546)이 가장 분명하게 표명했다.

서경덕은 〈鬼神死生論〉을 지어, 사람도 천지만물과 함께 氣로 이루어져 음양의 기가 모이면 삶을 얻고, 흩어지면 죽음에 이르는 이치를 의문의 여지가 없게 밝혀 논하고자 했다. 세상에서 귀신이라고 하는 것이 어디 따로 있지도 않고, 氣가 모이는 것을 神이라 하고, 氣가 흩어지는 것을 鬼라고 한다고 했다. 어떤 사람의 죽음을 두고 지은 시 〈挽人〉에서, 죽음의 이치가 다음과 같다고 했다.

物自何來亦何去　만물은 어디서 왔다가 어디로 가는가?
陰陽合散理機玄　음양이 모이고 흩어지는 이치 오묘하구나.
有無悟了雲生滅　구름이 생겼다 없어졌다 하는 것 깨우쳤는지,
淸息看來月望弦　맑은 소식 오는 것 보니 달이 차고 기욺이로다.

사람이 죽었으면 슬퍼해야 할 것인데, 生死의 이치를 새삼스럽게 깨달아 맑은 소식을 들은 것 같다고 했다. 사람의 생사는 구름이 생겼다가 없어지고, 달이 차고 기우는 것과 마찬가지로 만물이 생성하고 소멸하는 현상임을 알아차리는 데는 시인이 철학자보다 앞섰다. 만물의 생성과 소멸은 氣가 모였다가 흩어지는 陰陽의 운동이며, 음양의 운동은 하

---

123) 裵大洋 主編,《中國哲學史便覽》(西寧 : 靑海人民出版社, 1988), 192~207면에 있는 〈王充〉을 참고한다. 인용구는 195면, 206면에 있다.

나인 氣가 둘로 나누어져 일어나고, 氣가 虛라고 하는 그 근저의 원리는
별도의 논설에서 밝혀 논한 철학자의 소관사였다. 그렇게 해서 ∞를 2
로, 2를 1로, 1을 0으로 이해하는 氣일원론의 사상체계를 완성한 의의가
무엇인가 생생하게 확인한 것이 이 시에서 특별하게 한 일이다.

　루크레티우스는 시인의 과업을 소홀하게 했을 뿐만 아니라, 철학을
하는 데 허점이 있었다는 사실을 서경덕과의 비교를 통해 확인할 수 있
다. ∞의 원자가 0인 공백 속에서 갖가지 운동을 한다고만 하고, ∞가
2로 나누어져 대립적인 운동을 한다고 하지도 않고, ∞의 총체인 1을 인
식하지 않은 것이 문제이다. 그 중간에 2도 1도 없고, ∞와 0의 양극단만
있으니, 그 둘이 따로 놀고 서로 연결되지 않는다. 있음과 없음이 별개
의 것이어서, 있음이 없음이고 없음이 있음일 수 없게 했다.

　0이 1이고 1이 0이며, 1이 또한 ∞라고 하는 氣철학에서는 없음이 있
음이고, 하나가 여럿이므로 창조주를 인정할 필요가 없다. 그런 이론을
갖추지 못한 루크레티우스의 철학은 있음의 기원, ∞의 생성을 그 자체
로 설명할 수 없어 창조주를 내세워 해답을 얻는 기독교의 공격을 막아
낼 수 없었다. 기독교가 새 시대의 이념으로 널리 자리를 잡은 다음에는
루크레티우스의 철학은 설득력을 잃고 발전이 정지되었다.

　중세의 보편종교라는 점에서 기독교와 대등한 위치에 있는 불교에서
는 기독교처럼 창조주를 내세우지 않고 0이 1이고, 1이 0인 원리를 들어
만물의 생성을 해명했다. 그렇기 때문에 루크레티우스와 동시대의 동아
시아 氣철학은 불교와 만나 결정적인 타격을 받지 않고, 오히려 강화될
수 있는 계기를 얻었다. 0이 1임을 불교에서 받아들여 자기 것으로 하고
서, 0과 1과 2와 ∞ 사이의 일관된 관계를 분명하게 밝힌 氣철학의 새로
운 발전이 서경덕에게서 절정에 이르렀다.

　유럽의 氣철학은 루크레티우스의 《사물의 본질》에서 王充 같은 동시
대 동아시아 氣철학자들보다 더욱 진전된 논의를 갖추었는데, 계속 성
장하지 못하고 꺾여 잠재화되어 중세 동안에는 모습을 드러내지 못했
다. 그러다가 중세에서 근대로의 이행기에 이르면 유럽의 氣철학이 다

시 표면화되어 동아시아의 氣철학과 유사한 주장을 하면서 상통하는 구실을 했다. 볼테르·디드로를 安藤昌益·朴趾源과 비교할 때 그 점을 논의한다.

길이 하나인가 여럿인가

원시의 신화를 고대의 철학으로 바꾸어놓는 작업은 세계 도처에서 일제히 진행되었다. 구비철학도 철학이라고 인정하면, 거기 동참하지 않은 예외자는 거의 없다. 신화의 유산을 종교에서와는 다르게 이어, 신의 지배를 대신하는 궁극적인 이치의 보편적 의의를 생각하기 시작한 것이 서로 같았다. 천지만물의 생성과 존재를 하나로 모아 이해하는 개념을 창안해서 사람이 살고 죽는 까닭이나 행해야 할 바를 거기다 근거를 두고 따지는 작업을 어디서나 함께 했다. 그래서 얻은 성과를 격언 또는 속담, 노래나 이야기의 형태로 나타내는 것은 구비철학이나 기록철학의 공통된 표현방법이었다. 양쪽에서 모두 철학이 문학이고 문학이 철학이었다.

철학이 중국·인도·그리스에서만 생겨났다고 하는 주장은 구비철학은 철학이 아니라고 하고 기록철학이라야 철학이라고 하는 편견의 소산이다. 그 세 곳 사람들만 특별히 철학하는 마음을 지녔던 것은 아니다. 진정한 철학은 오직 그리스인의 창조물이라고 하는 것은 더 큰 억지이다. 문자 사용을 일찍 확대해서 구비철학을 기록철학으로 바꾸어놓은 데서 그 세 곳은 특별한 기여를 했을 따름이다. 이른 시기에 이루어진 기록철학의 유산이 소중한 것은 사실이지만, 구비철학이 정착된 모습인 줄 알아야 그 본질을 정확하게 파악할 수 있다.

중국·인도·그리스에서 기록으로 남긴 철학을 동아시아문명권·남아시아문명권·유럽문명권에서 각기 불멸의 고전으로 삼은 것은 후대에 일어난 변화이다. 그 과정에서 실상과 다른 이해가 관습화되었다. 시대

가 달라져서 말뜻을 알기 어렵게 되자, 구두표현을 문어의 모형으로 숭
앙하게 되었다. 범속한 말에 지나친 의미를 부여해, 고매한 진리를 지녔
으므로 난해하다고 했다. 철학이 문학이고 문학이 철학이었던 사실을
무시하고, 철학만 따로 분리시켜 숭상했다.

지금까지 말한 바가 어느 곳에서도 공통되게 나타났던 사실은 차이점
보다 더욱 소중하다. 세계는 하나이고 인류는 서로 같다고 해야 미래의
화합을 이룩할 수 있기 때문이다. 그렇지만 동아시아·남아시아·유럽의
철학은 같은 작업을 다르게 해서, 서로 납득하기 어려운 전통을 오늘날
까지 남겼다. 그것이 이해 부족으로 충돌이 생기게 하는 이유일 수 있다.
분열의 원인을 제거하기 위해서는 차이점을 밝혀내는 데 더욱 힘써야
한다.

동아시아 철학의 오랜 유산은 《論語》, 《老子》, 《管子》 등으로 일컬
어진다. 그런 책이 관심의 대상일 따름이고, 저자는 뒤로 물러나 있어
어떤 사람인지 알려지지 않은 경우도 있다. 단상을 열거하는 산문을 공
통되게 사용하면서, 음양으로 나누어져 있는 2가 하나로 모여 1을 이루
는 바른 길이 어디에 있는가 찾았다. 사람과 사람 사이의 마땅한 도리에
관한 서로 다른 지론을 펴서 후대까지 논쟁이 이어지게 했다.

남아시아철학은 《우파니샤드》라고 총칭되는 시편으로 모습을 드러
냈다. 거기 포함되어 있는 수많은 개별적인 작품은 독자성이 인정되지
않고, 저자 이름은 하나도 남아 있지 않다. 모든 것이 하나로 모아지는
1의 진리를 노래한 시는 아무리 많아도 하나라고 여겼다. 진리가 하나이
니 노래도 하나이다. 1이 2라고 하지 않았으며, 서로 다른 견해가 2로
인식되지 않았다. 새로운 주장을 다시 펴도 이미 있는 1에 포함된다고
했다.

유럽철학은 실명이 분명한 어느 누가 편 주장들끼리의 논란으로 시작
되었다. 파르메니데스, 헤라클리투스, 소크라테스, 플라톤, 아리스토텔
레스 같은 이름난 논객들이 서로 다른 ∞의 주장을 펴면서 각기 자기가
하는 말이 1이라고 했다. 단상, 시, 우언, 대화 등의 표현방법을 각기 사

용하면서 자기가 옳다고 입증하는 작전으로 삼았다. 다른 사람이 쓴 글을 통해서 전해지는 견해라도 누구의 것인가 명시되어, 서로 섞이지 않았다.

그 셋 가운데 남아시아의 전통이 중세학문에서는 가장 빛났다. 하나의 궁극적인 진리에 모든 사람이 동참하는 중세보편주의를 구현하는 데 1을 시로 나타내는 남아시아의 방식이 탁월한 효능을 발휘했다. 동아시아는 남아시아에서 불교를 받아들여 약점을 보충해야 했다. 유럽에서 중세보편주의의 원리로 삼은 원천은 그리스철학이 아니고 그것과는 다른 기독교였다.

그러다가 중세후기가 되면 남아시아의 우위가 흔들리고, 중세에서 근대로의 이행기의 새로운 사고는 동아시아와 유럽에서 적극 개척했다. 서로 다른 주장을 하는 2의 대립에서 토론을 전개해야 혁신을 이룩할 수 있기 때문이었다. 동아시아에서는 理學과 氣學이 나누어졌다. 유럽에서는 합리론과 경험론이 대립되고, 형이상학에 대한 비판이 나타났다. 책을 읽으면서 사람의 도리를 찾는 동아시아의 철학자는 거기서 더 나아가지 않았는데, 남들과 다른 자기의 주장을 관철시키는 것을 능사로 삼는 유럽의 철학자들은 논쟁의 시대인 근대를 만들었다.

근대 유럽에서는 철학을 둘러싼 논쟁이 더욱 격심해지고 다원화되어 분열이 극도에 이르렀다. 남들과 다른 주장을 극력 펴서 만든 독자적인 이론에 대한 지적 소유권을 주장하면서 갖가지 폐단을 자아낸다. 이성의 법칙을 따르는 논리만 대단하다고 여기면서 철학을 문학에서 더 멀리 보내는 경쟁을 하고 있다. 말을 따져 탈 잡기를 일삼는 방법이 극성하고 있다. 진실에 대한 검증을 엄격하게 할수록 진실에서 더욱 멀어진다. 유럽에서 철학하는 전통이 극단화되어 근대철학을 만들어내는 과업을 적극적으로 수행하고, 이제 그 한계를 심각하게 노출하고 있다.

사람은 서로 다르면서 같은 생각을 한다는 이면의 진리를 재발견해야 그런 곤경에서 벗어난다. 그렇게 하기 위해서 자기 말로 남의 말을 논박하고 마는 풍조를 반성하고 생각을 모아야 한다. 남아시아의 전통을 당장 되살려 우리 모두 같은 노래를 부르자는 것이 지나친 희망이라면, 사람은 뒤로 물러나고 책을 앞에다 내놓아, 만나서 언쟁을 하기보다 조용히 생각하는 동아시아의 방식을 먼저 채택할 필요가 있다. 지금 새롭게 펴는 주장의 날카로운 논리보다 옛 사람들이 보여준 고매한 통찰이 더욱 소중하다고 여기면서, 사람의 생각은 서로 같다는 사실을 확인할 필요가 있다.

지난 시기의 가장 훌륭한 생각을 되찾아 나누어 가지자는 것은 아니다. 각자 자기 문명의 유산을 근거로 삼아 인류 대동의 길로 나아가야 한다. 민족 단위, 지역 단위로 전승되어 온 구비철학까지 모두 되살려 누구든지 하나가 되는 주역일 수 있어야 한다. 철학이 문학이고, 문학이 철학임을 알면 서로 만나는 광장이 훨씬 넓어진다. 이 책에서 하고자 하는 작업이 바로 그것이다.

중세전기의 철학시

자료 선택

철학이 처음 생겨날 때 사용하던 단상, 우언, 대화, 시 등의 방법 가운데 차츰 시가 특히 존중되어 가장 큰 구실을 하게 되었다. 시를 철학 글쓰기의 기본방법으로 삼는 시대가 한참동안 계속되었다. 중세전기의 철학은 대체로 보아 그런 특징을 지녔다.

시란 원래 형식을 두고 구분한 개념이어서, 율문과 동의어였다. 논리적인 진술과는 다른 시상을 갖추어야 시가 되는 것은 아니었다. 철학에 관한 논의를 시를 통해서 전개하면, 말을 함부로 하지 않았다고 인정되어 신뢰감을 주고, 일상적인 언어와 거리가 있는 것만큼 권위가 있고, 압축된 표현 속에 많은 내용을 담을 수 있다는 이점이 있었다. 불변의 진리는 마땅히 시를 통해서 나타내야 한다고 했다. 그렇지 못한 산문은 시를 보조하고 해설하는 구실이나 맡도록 했다. 그런 시대가 중세전기였다.

여러 문명권의 상황을 비교해보면, 동아시아의 한문문명권은 시로 나타낸 철학이 발견되지 않는 특수성이 있다. 단상을 사용하는 관습을 이어오면서, 시처럼 말을 압축하면서 많은 내용을 포괄할 수 있어서 그랬다고 할 수 있다. 철학 논술에 쓸 만한 장시형이 마련되어 있지 않은 것도 그 이유였을 수 있다. 楚辭의 뒤를 이은 賦는 많은 내용을 담을 수 있었으나, 장식적인 표현을 즐겨 사용해 이치를 따지고 논리를 전개하는 데는 적합하지 않았다. 한문문명권의 철학은 계속 단상을 사용했다.

라틴어문명권이나 산스크리트문명권에서는 철학을 시로 나타내는 전통이 이어졌다. 철학을 처음 시작할 때부터 시를 사용했으며, 긴 논의를 전개하기에 알맞은 장시형이 있었다. 유럽문명권 로마제국의 라틴어문학에는 장편교술시가 크게 발달해 있어서 철학을 이룩하는 데 유용하게 쓰였다. 산스크리트문명권에서는 시가 아니고서는 논의를 전개할 수 없었다. 실용적인 지식도 시로 나타내 외면서 전승하는 것이 오랜 전통이었다.

라틴어문명권에서 이룩한 중세전기 철학시의 좋은 본보기가 보에티우스(Boethius)의 《철학의 위안》(De consolatione philosophiae)이다. 그 작품은 루크레티우스의 《사물의 본질》과 함께 로마인이 라틴어로 쓴 철학시의 대표적인 예이고, 시간적인 거리도 그리 멀지 않다. 그러면서 인생의 가장 심각한 문제인 죽음에 관한 의문을 루크레티우스는 기독교 이전의 사상을 가지고, 보에티우스는 기독교에 입각해서 해결하려고 한 것이 커다란 차이점이다. 그래서 절망과 희망이 반대로 교체된다. 둘 사이에는 고대시와 중세시의 차이가 있으므로, 하나는 앞에서 이미 다루었고, 다른 하나는 여기 등장시킨다.

산스크리트문명권에서는 나가르주나(Nagarjuna, 龍樹)의 《中論》(Ma-dhyamakakarika)을 먼저 든다. 이른 시기의 불교경전이나 저술 가운데 시를 사용한 것이 흔히 있었는데, 대승불교사상을 확립한 이 작품은 그 가운데서도 특히 우뚝한 위치를 차지한다. 시로 철학사상을 나타내는 일이 없던 동아시아의 한문문명권에서 신라의 승려 義湘이 〈華嚴一乘法界圖〉를 지은 것은 주목할 만한 일이어서 함께 다룬다.

인도에는 불교와 맞서는 힌두교의 철학시도 적지 않다. 힌두교철학자로서 으뜸가는 산카라(Sankara)는 《一千敎說》(Upandesashasri)이라고 하는 시를 지었다. 남인도 타밀민족의 성자라고 하는 사람들이 자기네 언어로 지은 시도 철학사상을 나타내는 데 소중한 위치를 차지하고 있어, 그 가운데 남말바르(Nammalvar)의 작품을 대표적인 사례로 들어 함께 고찰한다.

철학시는 그 자체로 이해하기 어렵고, 보충해서 설명해야 할 사항이 많기 때문에 주해가 필요하다. 〈華嚴一乘法界圖〉와 《一千敎說》에는 작자 자신의 산문 주해가 첨부되어 있다. 또한 《中論》과 남말바르의 시는 후대인의 주해와 함께 유통되고 이해되었다. 주해는 단순한 설명이나 보완의 영역을 넘어서서 독자적인 사상을 전개하는 방식으로도 쓰여, 별도로 주목할 필요가 있는 경우도 있다.

보에티우스

사람이 죽으면 모든 것이 끝난다고 하는 루크레티우스의 시는 기독교가 등장하자 힘을 잃었다. 기독교는 죽음의 두려움을 희망과 구원의 관점에서 제시하겠다는 내세관을 갖추었기 때문이다. 기독교시대가 시작되자 루크레티우스의 시는 돌보는 사람이 없어 사본 하나만 겨우 보존되다가 근대에 이르러서 재발견되고 재평가되었다.

그렇다고 해서 기독교를 받아들이면 모든 문제가 일거에 해결되는 것은 아니었다. 기독교 교리에서는 희망을 말하는데, 자기는 절망에 사로잡힐 수 있었다. 구원받을 자격이 모자라서 그렇다고 하면 신앙에 더욱 힘써야 하겠지만, 세상이 잘못되어 부당한 박해를 받는 경우에는 어떻게 해야 하는가, 종교가 어떤 의미를 가지는가 심각하게 고민하지 않을 수 없었다.

보에티우스의 《철학의 위안》이 바로 그런 고민을 다룬 시이다. 루크레티우스는 죽음의 공포를 막연하게 느꼈는데, 보에티우스는 부당한 죄목으로 사형당하게 되어 원하지 않는 죽음을 기다리면서 그 시를 지었으니, 사태가 더욱 절박했다. 자기의 처지를 되돌아보고, 어떻게 해야 하는

가 깊이 생각하면서 마음의 위안을 얻는 방법을 찾았다.

보에티우스는 480년경에 태어난 로마의 귀족이며, 대대로 기독교 신자였다. 아테네에 가서 그리스철학을 공부했다. 플라톤과 아리스토텔레스 전집을 라틴어로 번역하다가 완결하지 못했다. 510년에는 집정관이, 522년에는 원로원 위원이 되었다. 반대파의 무고로 사형수가 되어 유배되었을 때 《철학의 위안》을 썼다. 524년 또는 525년에 처형되었다.

신을 향해 기도하면서 도와달라고 하는 종교서를 쓴 것은 아니다. 기독교의 교리는 궁극적인 해답이기는 해도, 당면한 사태에 대한 구체적인 해결책은 아니라고 여겼다. 고민을 해결하고 위안을 얻기 위한 논의를 마음속에서 진행하는 것은 철학의 소관이라고 여겨, '철학'이라는 말을 표제에 내놓았다. 그 점에서는 파르메니데스의 뒤를 잇고, 루크레티우스의 전례를 재현했다.

글을 이어나가는 방식에서는 시와 산문을 섞어 썼다. 로마시대의 라틴어문학에 있던 방식이다. 시를 쓰는 수법에서도 이미 있는 규범을 이었다. 기독교중세문학을 이룩하는 데 고대의 전통을 충실하게 활용했다. 기독교신앙, 그리스철학, 로마귀족의 라틴어문학, 이 셋을 결합해 《철학의 위안》을 이룩했다.[124]

작품의 실상을 보자. 시를 써야 철학을 할 수 있다고 생각하면서, 시만 가지고서 이해하기 어려운 내용은 산문을 곁들여 설명했다. 시와 산문은 本末의 관계에 있다. 시를 지으면서 철학과는 거리가 있는 문학 창작을 한다고 생각한 것은 아니다. 오히려 문학은 허황하다고 하면서 배격하고, 철학의 진실을 밝혀 논하겠다고 했다.

〈제1서 시 1〉의 서두가 이렇게 시작된다.

　　지난날 내 학문이 빛나던 시절엔

---

124) Gerard O'Daly, *The Poetry of Boethius*(Chapel Hill : The University of North Carolina Press, 1991)에서 보에티우스의 문학사적 위치를 그렇게 규정했다.

기쁨에 찬 노래를 지었지만,
슬프다! 지금은 비탄에 잠겨
우수의 시를 읊어야 하는구나.[125]

그 뒤를 이은 〈제1서 산문 1〉에서는, 그런 시를 읊으면서 슬픔에 잠겨 있을 때 어떤 여인이 머리맡에 나타났는데, 그 여인은 바로 '철학의 신'이었다고 했다. '철학의 신'은 '시의 신'들을 나무랐다. "이 자들이 하는 짓이란 감정이라는 열매도 없는 가시로서 풍성한 결실을 맺는 이성의 수확을 말살하며 인간의 정신을 병에서 해방시키려는 것이 아니라 병이 만성이 되게 하는 것이다"라고 했다.[126] 오직 하나인 철학의 신은 항상 진리를 말하므로, 여럿이 잡다하게 드나드는 시의 신의 무리가 함부로 늘어놓는 수작을 꾸짖어 물리칠 수 있다는 것을 보여주었다.

사람이 시를 짓거나 철학을 하는 것은 시의 신이나 철학의 신이 시켜서 하는 일이라고 하는 오랜 관습을 이었다. 시의 신이든 철학의 신이든 기독교 이전의 신들이다. 기독교 이전의 종교에서 섬기던 그런 신들을 기독교에서는 인정하지 않았다. 보에티우스는 기독교신앙의 관점에서 모든 것을 논하지만, 시를 쓰기 때문에 신이 주는 영감으로 신이 하는 말을 받든다는 관습을 이어야 했다.

신을 받들어 시를 쓴다면서 신을 부인한 파르메니데스나 루크레티우스의 전례를 따르면서, 여러 잡다한 신은 부정하고 유일신 하느님만 인정하는 종교사상을 전개했다. 유일신 하느님은 시의 신이나 철학의 신처럼 가까이 다가오지도 않고, 시를 전해주지도 않았다. 그러므로 파르메니데스나 루크레티우스처럼 보에티우스 또한 신이 하는 말이라고 하면서 자기의 철학을 전개했다. 시의 신과 철학의 신을 갈라놓고, 시의 신을 물리치고, 철학의 신만 정당하다고 인정했다. 그렇게 해서 문학에

---

125) 보에티우스, 정의채 역, 《철학의 위안》(서울 : 성바오로출판사, 1964), 11면.
126) 같은 책, 14면.

대한 철학의 우위를 분명하게 했다.

〈제1서 시 2〉에서 '철학의 신'이 지었다고 하는 시를 보자. 서두에서 이렇게 말했다.

> 아아, 인간의 정신은
> 험하고도 깊은 절망에 빠져
> 그 얼마나 우둔하여졌길래
> 자기의 빛을 버리고
> 외부의 어둠으로만 가려느냐!
> 지상의 욕망이 더할 때마다
> 괴로운 근심도 한없이 커가는 것이로다.[127]

외부의 어둠 때문에 괴로워하지 말고 자기 내부의 빛을 찾아야 하고, 지상의 욕망에 사로잡혀 괴로운 근심을 만들어내지 말고 천상의 위안을 얻어야 한다고 하는 것이 철학의 목소리이다. 시에서는 버려둔 그런 목표를 철학에서는 달성할 수 있다고 시를 지어 말했다. 철학적 사고를 하지 못해 비탄에 잠겨 있기만 한 시를 버리고, 철학적 사고를 갖추어 비탄에서 벗어날 수 있는 시를 지어야 한다는 말이다. 그 전후의 대목은 시론으로 이해할 수 있다.

시의 신이 지은 시를 몰아낸 다음에 철학의 신이 그 대안이 되는 시를 지었다고 했다. 자기는 그 시를 기록한다고 했다. 시의 신들이 시를 짓는 것이 마땅하지 않다면 철학의 신은 시가 아닌 산문을 써야 하는 것이 당연하다고 생각될 수 있다. 그러나 철학의 신도 시를 지었다. 산문 부분은 철학의 신이 지은 시에 대한 보충이나 설명이다.

시에서 하는 수작은 허황하고, 산문으로 써야 진실한 말을 할 수 있다고 생각하지 않았다. 시는 믿을 수 없으니 물리치고, 철학을 해야 한다

---

127) 같은 책, 15면.

고 한 것도 아니다. 그렇다면 시를 버리고 산문을 써야 할 것인데, 철학의 신이 하는 말도 시이다. 시에는 허황한 시와 진실한 시가 있다고 했다. 시의 신은 허황한 시를 짓고, 철학의 신이 진실한 시를 짓는다고 했다. 철학이 배제된 허황한 시 대신에 철학이 들어 있는 진실한 시를 지어야 한다고 했다.

시에다 철학을 넣으면 진실한 시가 된다고 한 것은 아니다. 허황한 시와 진실한 시는 사용하는 언어의 기본 성격이 다르다고 했다. 허황한 시는 사람이 지상에서 하는 말을 아름답게 꾸미는 것을 자랑으로 삼지만, 진실한 시는 신을 향해 천상으로 올라가도록 하는 상징의 언어를 사용한다고 했다.[128]

그래서 (가) 철학은 시이고, (나) 시는 철학이어야 한다는 주장을 폈다. (가)는 산문으로 철학 논술을 전개하는 방법이 아직 확립되지 않아 철학시를 쓴다는 말이다. (나)는 신과 교통하면서 경험하는 초월적인 진리는 시로 나타내야 한다는 말이다. (가)에서는 고대의 관습을 이었고, (나)에서는 중세의 각성을 분명하게 했다. (가)와 (나)가 공존하는 것이 중세전기가 앞뒤의 시기와 다른 점이다. 고대에는 (나)가 나타나지 않았고, 중세후기에는 (가)가 사라졌다.

〈제1서 시 5〉에 이르면, 철학의 여신이 시를 지었다고 하지 않고, 보에티우스 자신이 시를 지었다고 했다. 철학의 각성을 자기 것으로 만들어, 깨달아 알게 된 바를 나타냈다. 시의 신을 따를 것인가 철학의 신을 따를 것인가 하는 논란이 해결되어, 자기 자신이 진실한 시를 짓는 시인이 될 수 있었다. 그래서 다음과 같은 시를 지었다. 창조자의 섭리가 천지만물을 움직이는데, 사람만 그것을 거역하는 것이 부당하다고 했다.

  오오, 별들이 반짝이는 창공의 창조자시여

---

128) Seth Lerer, *Boethius and Dialogue, Literary Method in the Consolation of Philosophy*(Princeton : Princeton University Press, 1985), 102~104면.

구원의 왕좌에 좌정하시는 이여
당신은 천체를 신속히 선회케 하며
星辰은 일정한 법칙을 따르도록 명하셨도다.[129]

이렇게 시작해서 해와 달, 계절의 변화 등으로 이어지는 천지만물의
운행에 대해서 말하다가, 〈제1서 시 9〉에서 다음과 같이 말을 이었다.

저렇듯 아무것도 태고로부터의
법칙을 어기지 않고
만상이 제가끔의 임무를 다하고 있네.
당신이 정하신 바 목적에 따라
이 우주만물을 지배하시나
오직 인간의 행동에만
합당한 제재를 아니하시네.[130]

자기가 당면한 곤경을 사회문제로 확대하고, 사회문제를 천지만물의
운행과 관련시켜 더 큰 범위의 일반론을 전개하면서, 천지만물의 운행
을 창조자의 섭리로 받아들이는 것을 철학이라고 했다. 시는 자기 문제
를 그 자체로 다루는 데 그치지만, 철학은 생각의 범위를 그렇게까지 확
대한다고 했다. 그래서 시에서는 절망만 하지만, 철학에서는 절망을 넘
어선다고 했다.

창조자의 섭리가 천지만물이 정당하게 운행하도록 한다는 것은 플라
톤의 이데아 설정과 상통하는 발상이다. 철학자는 그런 세계를 알고 있
으므로, 세상의 잘못을 나무랄 수 있고, 세상의 잘못 때문에 자기가 희
생되어도 비탄에 잠기지는 않는다. 소크라테스가 독배를 거부하지 않고

129) 보에티우스, 정의채 역, 《철학의 위안》, 30면. 표기의 일관성을 유지하기 위해,
　　괄호 안에 적은 한자 가운데 꼭 필요한 것은 노출시킨다.
130) 같은 책, 31면.

마신 이유가 바로 거기 있다. 인도철학에서처럼 철학이 해탈의 길이라고는 하지 않았지만, 철학을 하면 정당성에 대한 확신 때문에 마음의 위안을 얻을 수 있다고 한 것은 서로 같다.

그러나 자기가 죽게 된 것이 신의 섭리이므로 당연하다고 인정하고 받아들이지 않았다. 인간이 신의 섭리를 어기는 부당한 처사를 하기 때문에 자기가 죽게 되었다고 하고, 잘못한 자들이 스스로 반성해서 과오를 바로잡으려고 하지 않으므로, 신이 알아서 구해달라고 했다. 자기의 문제를 두고 일방적으로 호소하지 않고, 신이 개입해 이 세상의 악을 모두 다스려달라고 〈제1서 시 5〉에서 다음과 같이 기구하므로, 시인의 시가 아니고 철학자의 시라고 할 수 있다.

> 만유의 운명을 좌우하시는 신이시여!
> 이제 가련한 이 세상을 돌보시옵소서.
> 당신이 만드신 만물 중에
> 가장 고귀한 우리 인간이
> 운명의 모진 풍랑으로 이렇듯 시달리오니
> 이 세찬 파도를 진정시켜 주옵소서.
> 그리하여 당신이 無邊蒼穹을 다스리시는
> 그 법칙으로
> 이 세상도 안정케 하여 주옵소서.[131]

신이 창조한 가장 고귀한 존재인 인간만 신의 섭리대로 움직이지 않는 이유는 무엇인가? 그런 인간을 가장 고귀하다고 할 수 있는가? 이런 문제가 다시 제기된다. 이런 문제에 대한 해답을 이성에서 얻으려고 하는 철학의 노력은 어느 정도의 결과를 얻을 수 있는가?

〈제3서 시 9〉에서는 신에 관해 다음과 같이 말했다.

---

131) 같은 책, 32면.

오오, 영원한 법칙으로
세상을 다스리시는 자여!
천지의 창조자이신 당신은
시간을 영원에서 이끌어내시며
당신 스스로는 不動으로 계시면서
만물을 움직이시고
유동하는 물질세계를 만드실 척에
당신 이외에는 원인이란 없었네.
당신에게는 흠이라곤 전혀 없고.[132]

〈제4서 산문 3〉에서는 철학의 여신이 다음과 같이 말했다. 이 대목에 이르러서는 산문이 본론이 되었다. 철학의 이치를 분명하게 밝혀 논하기 위해서는 시가 아닌 산문을 사용해야 한다는 생각이 나타나 있다. 철학시 대신에 철학논설을 사용하게 되는 변화를 예고하고 있다.

너는 이미 존재하는 모든 것이 하나[一]이며 그 일[一] 자체가 선이라는 것을 알고 있다. 그러므로 이런 결론이 나오게 되니 존재하는 일체의 것은 선으로 인식되어야 한다는 것이다. 그래서 무엇이든지 선에 배치되는 것은 존재를 정지할 것이며 따라서 악인들은 이전에는 갖고 있었던 존재를 포기한 것이 된다. 그래도 그들이 인간이었다는 점만은 그들에게 남아 있는 일체의 외형을 말해주지만 그들이 악으로 전향했을 때 이미 그들은 인간의 본성을 상실한 것이다.[133]

위의 두 인용문에 포함되어 있는 주장은 다음과 같다.
(가) 신은 부동의 원인이고 선하기만 한 유일자이다.

---

132) 같은 책, 111면.
133) 같은 책, 149면.

(나) 신이 창조한 모든 존재는 하나이다.

(다) 신이 창조한 모든 존재는 선하다.

(라) 선하지 않은 것은 존재할 수 없다.

(마) 선하지 않은 인간은 본성을 상실했다.

(가)는 이치가 그렇다고 인정될 수 있는 명제이다. (나)는 "모든 존재는 신이 창조했다는 점에서 서로 같아서 하나이다"라고 이해될 수 있는 사실판단의 명제이다. 그러나 (다) "모든 존재는 신이 창조했으므로 마땅히 선해야 한다"는 당위론의 명제이다. 그렇게 말한다고 해서 악의 존재가 부인될 수 있는 것은 아니다. 악이 생겨난 원인을 설명해줄 수 있는 것도 아니다. (다)를 인간에 적용시켜 (마)라고 말하면 (라)와 (마)가 어긋난다. 선하지 않은 인간이 실제로 존재하고 세력을 떨친다. 그런 인간은 본성을 상실했다는 (마)의 명제는 "악한 인간은 악하다"고 하는 동어반복 이상의 의미를 지니지 않는다.

그런 사고는 理일원론이라고 할 수 있다. 純善한 理만 인정하니 氣의 선악에 관해서는 납득할 수 있는 해명을 하지 못한다. 악한 氣는 존재하지 않는다고 하거나 헛것이라고 한 것은 아니니, 理일원론이 관철되지 않고 좌절을 겪는다. 理일원론을 관철시키려면 그것이 통용되는 영역을 별도로 설정해야 한다. 그런데 사람은 그 영역에서 살지 않으니 문제이다. 보에티우스가 죽음을 앞두고 이룩한 철학은 미완성이고, 당착이 있으며, 무력하다. 그런데도 철학에서 마음의 위안을 얻으려고 한 뜻을 이루었을까?

나가르주나

나가르주나(Nagarjuna, 龍樹, 150년경~250년경)는 대승불교의 철학을 일으키는 탁월한 저작을 남겨 널리 알려지고 크게 숭앙된다. 그러나 남인도 출신의 브라만계급이었다는 것 외에는 생애가 거의 밝혀지지 않았다. 저술이 13종 정도 되었다고 하지만, 모두 확실한 것은 아니다.[134] 단 편적으로 남은 것도, 원문은 사라지고 티베트어 번역본 또는 한역본뿐 인 것도 있다. 다른 사람의 저작으로 생각되는 것도 있다.

그 가운데서 《中道에 관한 근본적인 시》(*Mulamadhyamakakarika*) 또 는 《中道에 관한 시》(*Madhyamakakarika*)라고 하는 것은 자료가 확실하 고, 내용에서 특히 중요해서 주저로 인정된다. 한역본은 《中論》이라고 하고, 대장경을 이루는 三藏인 經·律·論 가운데 하나인 論의 본보기로 높이 받들었다. 《中論》은 제목을 보면 산문처럼 생각되지만 시로 이루 어져 있다. 산스크리트 원문이 시이고, 한역 또한 시이다. 나가르주나의 다른 저술도 대부분 시이다.

나가르주나가 산스크리트로 시를 쓴 것은 불교 고유의 글쓰기 방식과 는 다른 브라만교의 전례를 받아들였기 때문이다. 석가는 구어로 설법 했으며, 상좌불교에서는 구어와 문어의 중간형태인 팔리어를 경전어로 삼았는데, 대승불교는 브라만교와 경쟁하기 위해 산스크리트를 사용했 다. 나가르주나는 산스크리트로 시를 지어 거기서 한걸음 더 나아갔다. 《우파니샤드》에서 시를 통해 제시한 철학을 비판하고 넘어서는 대안 을, 더욱 격조 높은 표현과 한층 심오한 논리를 갖춘 시를 써서 나타냈 다. 신의 말을 전하는 시에 맞서서 신을 부정하는 시를 지었다. 있음의 근원을 말하는 것이 헛되다 하고, 없음을 밝혀 논했다. 신성한 언어는 신성한 언어로, 시는 시로, 철학은 철학으로 맞서야 한다고 판단해서 그 렇게 했다.

나가르주나의 시는 이치 자체를 요약해서 나타냈다. 신화, 비유, 상징 등을 들어 표현을 다채롭게 하지도 않았다. 너무 난해해서 풀이할 필요 가 있고, 지나치게 압축되어 있어 말을 보충해야 했다. 그 때문에 주해 가 있어야 한다. 본문과 주해가 함께 유통되고 번역되었다.

---

134) Chr. Lindtner, *Nagarjuna, Studies in the Writing and Philosophy of Nagar-juna*(Delhi : Montilal Banarsidass, 1990).

나가르주나 자신이 썼다고 하는 주해가 티베트어 번역으로 남아 있으나,[135] 널리 인정되거나 이용되지는 않는다. 鳩摩羅什이 한역한 《중론》에서 "龍樹菩薩造 梵志靑目釋"이라고 하면서 원문과 함께 제시한 주해가 여러 주해 가운데 으뜸 가는 위치를 차지한다고 인정된다. 음을 적으면 "賓伽羅"(Pingara)라고 하는 이름을 번역해 "靑目"이라고 한 주해자는 나가르주나 만년의 제자였다고도 하고[136] 4세기초의 인물이었다고도 한다.[137]

가르침을 직접 받지 않았더라도 주해자는 나가르주나의 제자이다. 스승이 지은 시를 제자가 보충해서 설명해 이해하기 쉽게 했다. 시와 주해를 함께 읽어야 무엇을 말하는가 제대로 알 수 있다. 한문 표현을 사용하면, 經의 뜻을 밝힌 論에 다시 疏가 붙어 더욱 자세한 논의를 펴는 것이 불교의 관습이다.

시 원문과 산문 주해는 여러 모로 대조가 된다. 시는 엄격한 형식을 갖추고 있다. 16음절 시행 둘이 한 수를 이루는 정형시이다. 시 한 수를 한역에서는 偈라고 했다. 산문은 자유로운 방식으로 다양하게 썼다. 시 몇 편마다 어느 정도의 주해를 마련해 어디에다 두는가 하는 것을 정해놓지 않고 경우에 따라서 다르게 했다. 시 한 편마다 주해를 하기도 하고, 여러 편을 모아 한꺼번에 주해하기도 했다. 총괄적인 주해도 있고, 세부적인 주해도 있다. 서술체도 있고, 문답체도 있다. 시 원문이 물음에 대한 대답이 되게 하기도 했다. 많은 변화가 나타나게 했다.

그처럼 시 원문은 엄정하고 산문 주해는 자유로운 형식상의 대조가 내용과 서로 호응된다고 생각하면, 말한 바를 깨달아 이해하는 데 도움이 된다. 단일한 이치가 만물에서 상이하게 나타난다는 것을 알려준다. 근본은 분명하게 하면서 융통자재한 생각을 하도록 한다. 그렇다면 시가 그 자체로서 완결되어 있지 않고 주해와 짝을 이루어 약점을 서로

---

135) 김인덕, 《中論頌 연구》(서울 : 불광출판사, 1995), 55~56면.
136) 김성철 역주, 《中論》(서울 : 경서원, 1996), 22면.
137) 김인덕, 위의 책, 57면.

보완한다고 해야 마땅하다.

전문이 27품으로 이루어져 있다. 제1품은 〈緣의 고찰이라고 이름하는 제1장〉이고 한역에서는 〈因緣品〉이라고 했다. 앞의 말은 원문의 번역이고, 뒤의 말은 한역이다. 지금부터의 논의에서는, 제목뿐만 아니라 시 또한 원문의 번역과 鳩摩羅什의 한역을 들고, 주해는 한역을 인용하기로 한다.[138] 원문 번역은 직역이고, 한역은 의역이어서 자구로 보면 일치하지 않는 경우가 흔히 있다.

제1품의 제1·2게를 들면 다음과 같다.

소멸하지도 않고 생겨나지도 않으며,
항상되지도 않고 단절된 것도 아니며,
동일한 의미도 아니고 다른 의미도 아니며,
오는 것도 아니고 가는 것도 아닌(緣起).
不生亦不滅
不常亦不斷
不一亦不異
不來亦不出.[139]

戱論이 寂滅하며
祥瑞로운 緣起를 가르쳐주신 正覺者.
설법자들 중 제일인
그분께 예배합니다.

---

138) 김성철 역주, 《中論》에 그 모든 자료가 구비되어 있어 긴요하게 사용한다. 다만 주석의 원문은 《大正新修大藏經》 30에서 인용한다. Kenneth K. Inada, *Nagarjuna, a Translation of his Mulamadhyamakakarika with an Introductory Essay*(Tokyo : Hokuseido, 1970) ; David, J. Kalupahana, *Nagarjuna, the Philosophy of the Middle Way, Mulamadhyamakakarika*(Albany : State University of New York Press, 1986)의 영역을 참고한다.
139) 김성철, 위의 책, 25면.

能說是因緣
善滅諸戱論
我稽首禮佛
諸說中第一.[140]

제2게까지를 제시한 다음에 주석자는 "問曰 何故造此論 答曰" 하고
서, 저술을 한 의도를 설명했다. 그 내용은 몇 단락으로 구분해서 정리
할 수 있다. 첫째, 만물이 어떻게 생겼는가 하는 문제에 대해서 갖가지
그릇된 견해가 있었는데, 부처님이 緣起說로 정답을 제시했다고 했다.
둘째, 큰 마음을 가지고 깊은 진리를 받아들일 준비가 되어 있는 사람들
에게는 부처님이 大乘法으로 緣起를 설파했다. 셋째, 부처님이 열반에
든 지 오백 년이 지나 '像法' 시대가 되자 부처님의 가르침을 그릇되게
이해했다. 넷째, 그런 잘못을 시정하기 위해서 龍樹가 《중론》을 지었다
고 했다.

《중론》을 지은 이유는 부처님의 가르침을 그 자체로 전하자는 것이
아니다. 그런 일은 '經'에서 한다. 부처님의 가르침을 해설하기 위해서
지은 것도 아니다. 그런 일은 재래의 '論'에서 한다. 《중론》을 지어야 했
던 이유는 부처님의 가르침이 오해되고 있는 것을 바로잡아야 하기 때
문이었다. 부처님의 가르침이 '正法' 시대에만 바르게 이해되고, '像法'
시대에는 그릇되게 변질되다가, '末法' 시대에는 마침내 소멸의 위기에
이른다고 예언되어 있는데, 이제 '상법' 시대에 이르렀으므로, 기존의
'經'이나 '論'에서와는 다른 새로운 논의를 펴야 했다고 말했다.

'상법' 시대의 폐단을 시정하기 위해서 두 가지 폐단을 지적했다. "不
知佛意 但著文字"(부처님이 의도하신 바를 알지 못하고 다만 그 문자에만
집착한다) 하고, "取是空相而起貪著 於畢竟空中生種種過"(空의 相을 취
하는 데 집착해서 畢竟 空 가운데 갖가지 과오를 범한다) 했다. 앞의 말은

---

140) 같은 책, 26면.

'文字'와 '佛意' 사이에 괴리가 생겼다는 뜻이다. 그것은 표현과 내용의 관계에서 생긴 파탄이다. 뒤의 말에서는 '空'을 '相'으로 오해해 '空'을 설파한 의의가 없어졌다고 했다. 그것은 전달과 수용의 관계에서 생긴 차질이다.

표현과 내용의 관계에서 생긴 파탄은 부처가 한 말을 적은 '문자'를 그대로 받아들여 부처가 말하고자 하는 뜻인 '불의'에서 멀어진 것이므로, '문자'를 고쳐야 해결될 수 있었다. 부처는 대중이 알아들을 수 있는 구어로 설법을 하고, 그 내용을 구어체로 기록하는 데서 경전 편찬이 시작되었으므로 불교가 광범위한 지지를 얻을 수 있었는데, 그 사이에 시대가 바뀌었다.

'상법' 시대라고 한 후대의 사람들은 산스크리트를 존중하는 관습을 버리지 못하고 재확인했다. 산스크리트로 쓴 글이라야 진리를 말한다고 인정했다. 그래서 부처가 했다고 하는 말을 산스크리트로 적어 大乘경전을 편찬해야 했다. 더욱 적극적인 대응책은 산스크리트를 사용해서 시를 지어, 《베다》·《우파니샤드》·《바가바드 기타》와 당당하게 경쟁하는 것이었다. 구어에서 문어로, 산문에서 시로 표현방법을 바꾸어야 불교의 진리가 정당하게 이해되고 평가될 수 있다고 했다. 나가르주나가 그 임무를 온통 감당하기 위해서 《중론》을 지었다.

空을 相으로 오해한 차질을 시정하기 위해서는 이치를 분명하게 밝혀야 했다. 그 작업을 시를 써서 하자, 근본이 명확해지고, 불필요한 설명이 끼여들지 않았다. 그러나 모든 이치를 한꺼번에 말할 수는 없어 필요한 단계를 밟아 나아가면서, 27품 400여 수에 이르는 시를 지어야 했다. 표현과 구성을 완벽하게 가다듬어, 시를 통해서 진리를 인식할 능력을 가진 사람이라면 깊은 감동을 받을 수 있게 했다. 그렇지만 그 경지에 이른 사람은 많지 않으므로, 산문 주해를 보태서 이해를 도와야 했다.

文字를 고쳐야 하는 일과 空에 대한 이해를 바르게 하는 일 가운데, 앞의 것에 관해서는 나가르주나 자신은 전혀 말하지 않고, 靑目의 주해에서 한번 언급했을 따름이다. 그것은 작품의 이면에 해당한다. 작품의

표면은 空에 대한 이해를 바르게 하는 일로 일관되어 있다. 그래서 문학
은 돌보지 않고 철학만 한 것 같지만, 표리를 모두 알아차려야 한다. 空
에 관해 논의하는 것은 가시적인 사물에 대한 설명과 다르다. 0을 0으로
말하지는 못하므로 ∞에 속하는 다른 것들을 방편으로 들다가 버려야
하고, 0이 ∞임을 말해 0에 고착되어 있지 않도록 해야 했다. 시를 그렇
게 써서 언어를 이용하고서 부정하는 방법은 철학과 문학이 하나이게
한다.

위에서 든 제1품의 제1·2게는 두 번 적혀 있다. 처음 적은 다음에 "問
曰 何故造此論 答曰"(무슨 까닭으로 이 論을 지었는가? 답해서 말한다)이
라는 말로 시작되는 주해가 있다. 그 다음에 같은 시를 다시 적고서 "以
此二偈讚佛則 已略說第一義"(이 두 偈로써 부처를 찬미함은 이미 그 첫째
뜻을 간략하게 서술한 바이지만)라는 말로 시작되는 주해가 있다.

앞의 주해는 전체에 관한 총론이어서 제1품의 제1·2게 앞에 내놓아야
마땅한데, 주해가 본문보다 선행할 수 없다고 생각해서 그 뒤에 두었다.
뒤의 주해는 제1품의 제1·2게에 대한 구체적인 풀이이다. 그 대목은 거
듭되는 중층의 문답으로 진행된다. 문에서 문제를 제기하고, 답에서 해
결하면서, 답 또한 문답으로 전개했다. 이치를 밝혀 논하는 데 문답이
특히 효과적인 방법임을 거듭 확인했다.

질문을 들어보면 다음과 같다.[141] 시에서 말한 바를 하나씩 들어 개별
적인 질문을 만들어 차례대로 세밀하게 논의했다. 지칭하기 쉽게 하기
위해서 번호를 붙인다.

[1] 諸法無量 何故但以此八事破.
모든 법은 헤아릴 수 없이 많은데, 어째 다만 이 여덟 가지만 논파
하는가?

[2] 不生不滅已總破一體法 何故復說六事.

---

141) 주석 원문, 1면.

불생불별이라는 말로 이미 일체의 법을 논파했는데, 어째서 다시 여섯 가지 일을 말하는가?

[3] 若不生則應滅.

만약 생겨나지 않으면, 응당 멸하지도 않을 것인가?

[4] 若不滅則應常.

만약 멸하지 않는다면, 응당 항상 있을 것인가?

[5] 若不常則應斷.

만약 항상 있지 않으면, 응당 끊어질 것인가?

[6] 若爾者萬物是一.

만약 그렇다면, 만물이 하나인가?

[7] 若不一則應異.

만약 하나가 아니면, 응당 다른가?

[8] 若不異應有來.

만약 다르지 않으면, 응당 (다른 데서) 오는가?

[9] 若不來應有出.

만약 오지 없으면, 응당 (자체에서) 나타나는가?

[10] 汝雖釋不生不滅義 我欲聞造論者所說.

그대는 불생불멸의 뜻을 풀이했으나, 나는 論을 지은 사람의 말을 듣고자 한다.

[1]에 대한 대답에서는 諸法이 無量하지만, '不生'·'不滅'·'不常'·'不斷'·'不一'·'不異'·'不來'·'不出'의 여덟 조항으로 모두 말할 수 있다고 했다. [2]에 대한 대답에서는 어느 한 가지 말만 하면 다른 것을 두고 의심을 일으키는 사람이 있으므로, 여러 경우를 다 말해야 한다고 했다. 거기서부터 시작해서 [9]에 관한 대답까지 곡식을 비유로 들었다. 그런데 비유가 적절한 것도 있고, 그렇지 못한 것도 있다.

[3]에 대한 대답에서는 "世間眼見劫初穀不滅 若滅今不應有穀 而實有是故不滅"(세간에서 태초의 곡식이 不滅임을 눈으로 보나니, 만약 滅했다

면 지금은 곡식이 없어야 할 것인데 실제로 있으므로 불멸이다)이라고 했다. "世間眼見"이라고 한 일상적이고 경험적인 사실을 들어 말할 필요가 있어서 비유를 사용했다. 곡식의 비유는 그런 조건을 잘 갖추고 있다. 이 경우에는 곡식의 비유가 不滅을 이해하게 하도록 하는 적절한 선택이다.

[6]에 대한 대답에서는 "世間眼見萬物不一 如穀不作芽 芽不作穀"(세간에서 만물이 不一임을 눈으로 보나니, 곡식이 싹이 아니고, 싹이 곡식이 아닌 것과 같다)이라고 했다. 이 경우에는 곡식과 싹의 관계를 不一로 이해하도록 하는 비유로 삼은 것이 어느 정도 타당하다.

[9]에 대한 대답에서는 "世間眼見萬物不出 若有出 應見芽從穀出 如蛇從穴出"(세간에서 만물이 不出임을 눈으로 보나니, 만약 出한다면 싹이 곡식에서 나오는 것을 뱀이 구멍에서 나오는 것처럼 볼 것이다)이라고 했다. 이 경우에는 곡식의 비유가 부적절하다. 곡식에서 싹이 나오는 것도 눈으로 볼 수 있어 구멍에서 뱀이 나오는 것과 다를 바 없다고 할 수 있기 때문이다.[142]

마지막의 질문 [10]은 시 원문으로 돌아가도록 하는 말이다. 이에 대한 대답이 그 다음의 제3게이다. 주해가 본문에 종속되지 않고 본문을 이끌어가는 위치에 올라섰다. 시와 주해를 함께 들어, 그 둘이 어떤 관계인가 살피기로 하자. 주해는 한역만 이용하므로, 한문을 먼저 적고 그 번역문을 나중에 적는다.

> 그 어떤 것이든 어느 곳에 있건 간에,
> 자체로부터건 남[他]에서건

---

142) 김헌선 교수는 이 원고를 평가한 글에서 元曉가 《金剛三昧經論》의 제3〈無生行品〉"菓種不一 其相不同故" 이하의 대목에서 곡식과 열매의 관계에 관한 비유를 재정리한 것이 이치를 명확하게 하고 표현을 적절하게 다듬는 데 큰 진전이 있었으므로, 그 대목에 가져와서 비교론을 전개하라고 했다. 그러나 그 일은 내가 하지 않고 후속연구의 소관으로 남겨둔다.

그 兩者에서건 無因으로건
사물(존재)들의 발생은 결코 존재하지 않는다.
諸法不自生
亦不從他生
不共不無因
是故知無主.[143]

不自生者 萬物無有從自體生 必待衆因 復次若從自體生 則一法有二
體 一謂生 二謂生者 若離餘因從自體生者 則無因無緣 又生更生生則無
窮 自無故他亦無 何以故 有自故有他 若不從自生 亦不從他生 共生則
有二過 自生他生故 若無因而有萬物者 則是爲常 是事不然 無因則無果
若無因果者 布施持戒等應墮地獄 十惡五逆應當生天 以無因故.[144]

스스로 생기지 않는다 함은 만물은 자체에서 생기지 않고, 반드시
여러 인연을 만나야 생긴다는 말이다. 또한 스스로 생기면, 한 가지
존재에 두 가지 실체가 있게 된다. 생기게 하는 것과 생겨난 것이 있
다. 다른 원인이 없이 스스로 생겨난다면 인연이란 것이 없다. 또한
생기고 생겨, 생기는 것이 무한하게 된다. 자체가 없으니 다른 것도
없다. 왜 그런가? 자체가 있어야 다른 것도 있다. 자체에서 생기지 않
는다면 다른 것에서 생기지도 않는다. 양쪽에서 생긴다는 것은 두 가
지 잘못이 있다. 자체에서도 생기고 다른 것에서도 생기기 때문이다.
인연이 없이 만물이 있다는 것은 영원하다는 말이다. 사리가 그렇지
않다. 원인이 없으면 결과도 없다. 원인이 없는 결과가 있다면, 보시를
하고 계율을 지키는 등의 일을 하고서도 지옥에 떨어지고, 열 가지 악
행과 다섯 가지 거역을 행하고서도 천상에 태어나야 한다. 원인이 없
으니까.

---

143) 김성철, 번역서, 34면.
144) 원문, 2면.

이 경우에는 시를 충실하게 해설하는 주해를 썼다. 시에서 한 말을 하나씩 들어 보충해서 설명하고, 타당성을 입증했다. 그러나 논리가 엉성하고, 예증이 부적절해서 불필요한 의혹이 생기게 한다. 원인이 없으면 생겨나는 것이 무한하다고 해야 할 것인가 의문이다. 지옥에 떨어지고 천상에 태어나는 것을 들어 말하면 원인과 결과가 직접적으로 연결되어 재론의 여지가 없어진다. 그런 것은 사소한 문제점이라고 할 수 있지만, 다음 두 가지 사항은 결정적인 결함이라고 하지 않을 수 없다.

시에서 (가) "만물은 자체에서 생기지 않는다", (나) "만물은 다른 것에서 생기지 않는다", (다) "만물은 자체와 다른 것 양쪽에서 생기지 않는다", (라) "만물은 원인 없이 생겨나지 않는다"고 한 네 가지 명제를 주해에서 하나씩 들어 그 타당성을 설명했다. 그런데 이 가운데 (나)에 관한 해명은 아주 미흡하다. (가)에다 (나)를 연결시켜, (가)가 타당하므로 (나)도 타당하다고 했을 따름이고, (나)에 대해서 다시 논하는 일은 제대로 하지 못했다. 만물은 다른 것에서 생겼다고 하는 緣起의 핵심명제를 부정한 (나)가 어떻게 타당한가를 입증하는 것은 참으로 어려운 일이다.

시와 주해의 차이를 살피면, 또 다른 차질이 있다. 시에서는 "(A)는 아니다"와 "(-A)는 아니다"를 한꺼번에 말해서, "(A)는 아니다"이므로 "(-A)이다"이고, "(-A)는 아니다"이므로 "(A)이다"라는 양면을 함축하고 있다. 그런데 주해에서는 "(A)는 아니다"와 "(-A)는 아니다"를 각기 별개의 것으로 말해서, "아니다"에 "이다"가 함축되지 못하게 했다. 부정해야 할 명제를 말하기만 하고, 대안은 제시하지 못했다. 산문을 사용했기 때문에 그렇게 되었다고 할 수 있다. 시에서는 동시에 나타낸 바를 산문에서는 개별적인 사상으로 나누어 하나씩 순서대로 설명한 탓에 각기 다른 말이 되었다.

시 원문으로 되돌아가 다시 생각해 보면, 앞뒤의 말이 불가분의 관계를 가지고 있다. "만물은 자체에서 생겼다"와 "만물은 다른 것에서 생겼다"는 그 어느 쪽도 그 자체로 타당하지 않고, 둘 다 인정하면 되는 것도 아니라고 했다. 두 가지 대답을 합쳐서 하나로 만들면 그 어느 쪽도 타당성을 주장하지 못하니 "만물은 원인 없이 생겨났다"고 하게 되는데, 그것 또한 부당하다고 했다.

그렇게 말한 바를 깊이 이해하려면, (가)에서 (라)까지의 명제는 모두 타당하면서 또한 모두 부당한 줄 알아야 한다. 시에는 "아니다"에 "이다"가 함축되어 있는데 산문 주해는 그렇지 못하다는 것을 알아차려야 한다. 시로 관심을 돌려 "아니다"에 함축되어 있는 "이다"를 찾아내야 그 둘을 다 부정해서 넘어설 수 있다.

나가르주나가 전개한 사상의 핵심을 찾기 위해서 〈아트만(自我)의 고찰이라고 이름하는 제18장〉 곧 〈觀法品〉이라는 대목을 살피기로 하자. 그 가운데 제6·7·8의 게를 든다.[145]

　　모든 부처들에 의해 "自我가 있다"고도 假說되었고,
　　"無我"라고도 敎示되었으며
　　"自我이거나 無我인
　　어떤 것이 아니다"라고도 敎示되었다.
　　諸佛或說我
　　或說於無我
　　諸法實相中
　　無我非無我.

　　마음이 작용하는 영역이 사라지면
　　언어의 대상이 사라진다.
　　실로 발생하지도 않고 사라지지도 않는
　　法性은 열반과 마찬가지이다.
　　諸法實相者

---

145) 김성철, 번역서, 304~305면.

心行言語斷
無生亦無滅
寂滅如涅槃.

"일체는 진실이다." 혹은 "(일체는) 진실이 아니다."
"(일체는) 진실이면서 진실이 아니다."
또 "(일체는) 진실도 아니고 진실이 아닌 것도 아니다."
이것이 부처님의 교설이다.
一切實非實
亦實亦非實
非實非非實
是名諸佛法.

　　제6게에서는 '我'와 '無我', 제7게에서는 '生'과 '滅', 제8게에서는 '實'과
'非實'을 들어 그 어느 쪽도 아니라고 했다. 無我·滅·非實의 0이 我·生·
實의 1인 것이 '一切'의 '諸法'이라고 한 ∞에 모두 해당된다고 했다. 존
재 일반에 관해 生과 滅을 말한 선행작업에다, 주체에 관한 이해인 我와
無我, 사물에 관한 이해인 實과 非實을 보태, 0이 1이고 ∞라고 하는 원
리를 논의하는 영역을 다각화했다.
　　我와 無我, 生과 滅, 實과 非實을 짝을 지워 함께 들었으니 2에 대해서
도 말했다고 해야 할 것 같다. 그러나 그런 짝은 서로 대립되는 실체가
아니고, 1과 0의 관계를 말하기 위해서 선택한 긍정과 부정, ＋와 －이
다. 1과 0을 짝지은 것이 2를 내세운 것처럼 보인다.
　　그 세 영역 사이의 관계에 관해서 논의를 더욱 진전시킬 필요가 있다.
사물이 實도 아니고 非實도 아니어서 0이 1이고 ∞라고 하는 것을 주체
가 받아들여, 주체 또한 我도 아니고 無我도 아니어서 0이 1이고 ∞인
경지에 이르러, 사물과 주체가 生도 아니고 滅도 아니어서 함께 없어지
고 합치되는 경지가 열반이라고 했다.

그 가운데 주체가 我도 아니고 無我도 아니어서 0이 1이고 ∞인 경지에 이르려면 마음의 작용과 언어사용에서 일상성을 넘어서야 한다고 했다. 제7게에서 "마음이 작용하는 영역이 사라지면 언어의 대상이 사라진다"고 하고 "諸法實相者 心行言語斷"이라고 한 것이 그 말이다. 그런데 그것을 언어로 나타내서 마음에다 전달한다. 언어를 사용하면서 언어를 넘어서고, 마음에다 전달하면서 마음을 끊도록 해야 한다.

마음의 문제는 사상에 해당하는 것이고, 언어의 문제는 표현에 해당하는 것이다. 사상의 문제는 철학의 소관사이고, 표현의 문제는 문학의 소관사이다. 그런데 그 양쪽의 문제를 갈라내지 않고 하나로 합쳐서 한꺼번에 해결하려고 했다.

부처가 무엇을 말했는가를 두고 주해에서 다음과 같이 문답했다.

> 問曰 若不說我非我空不空 佛法爲何所說.
> 答曰 佛說諸法實相 實相中無語言道 滅諸心行 心以取相緣 生以先世業果報故有 不能實見諸法 是故說心行滅.[146]
>
> 물음 : 만약 '我'나 '非我', '空'이나 '不空'을 말하지 않았다면, 불법은 무엇을 위해서 말했는가?
>
> 대답 : 부처는 '諸法'의 '實相'을 말했다. '實相'에는 언어의 길이 끊어져 있고, 모든 마음의 작용도 사라진다. 마음은 '相'을 취하는 인연으로 생기고, 앞선 시기 '業'의 결과이기 때문에, '諸法'을 진실하게 보지 못한다. 그래서 마음의 작용이 사라진다고 했다.

> 問曰 若不說我非我空不空 諸心行滅 語言道斷者 云何令人知諸法實相.
> 答曰 諸佛無量方便力 諸法無決定相 爲度衆生 或說一切實 或說一切不實 或說一切非不實 或說一切非實非不實.[147]

---

146) 원문, 24면.

물음 : 만약 '我'나 '非我', '空'이나 '不空'을 말하지 않고, 모든 마음의 작용이 사라지고, 언어의 길이 끊어졌다면, 어떻게 사람으로 하여금 '諸法'의 '實相'을 알게 하겠는가?

대답 : 여러 부처는 方便의 힘이 무한하고, '諸法'에는 결정된 '相'이 없으므로, 중생을 제도하기 위해서 "일체가 진실하다"고도 하고, "일체가 진실하지 않다"고도 하고, "일체가 진실하지 않지도 않다"고도 하고, "일체가 진실하지도 않고 진실하지 않지도 않다"고도 한다.

여기서 "語言道斷" 곧 "언어의 길이 끊어졌다"는 말을 주목할 필요가 있다. 그 말은 "諸心行滅" 곧 "모든 마음의 작용이 사라진다"는 것과 짝을 이룬다. 알아야 할 진실인 '諸法'의 '實相'은 언어의 길로 갈 수 없고, 마음의 작용이 미칠 수 없다고 했다. 그 이유가 무엇인가? 마음에 관해서는 그 이유를 말했다. 마음은 '相'을 취하는 인연으로 생기고, 앞선 시기 '業'의 결과이기 때문에, 諸法을 진실하게 보지 못한다고 했다. 그렇다면 언어는 어떤가? 언어의 경우에는 따로 논의하지 않았으나, 언어 또한 인연이나 업보의 소산이어서 진실에 이르지 못한다.

그렇다면 깨닫지 못한 중생이 진실을 알 수 있게 인도하는 방법은 무엇인가? 진실하지 못한 마음을 진실하지 못한 언어로 움직여 마음도 떨치고 언어에서 벗어나게 하는 것이 부처가 중생을 제도하는 방편이라고 했다. 諸法에는 결정된 相이 없으므로 어떻게 말해도 맞지는 않지만, 그렇다고 해서 틀리지도 않았다는 것이 방편을 사용할 수 있는 더욱 적극적인 이유이다. "일체가 진실하다", "일체가 진실하지 않다", "일체가 진실하지 않지도 않다", "일체가 진실하지도 않고 진실하지 않지도 않다"는 말은 각기 또는 모두 틀렸으면서 맞고, 맞으면서 틀렸다.

시를 쓰고 주해를 하는 모든 언어는 그 자체가 진실이 아니고 진실에 이르도록 하기 위해서 지어낸 말이다. 그런 뜻에서 '假名'이다. 〈如來의

---

147) 원문, 25면.

고찰이라고 이름하는 제22장〉곧 〈觀如來品〉 제11게에서 이에 관해서
다음과 같이 말했다. "교훈을 위해 說해진다"는 말을 '假名'이라고 옮긴
것은 아주 적절한 명명이다.

空이라고 혹은 不空이라고
말의 대상이 되어서는 안 되는 것이리라.
또 양자나 양자가 아닌 것도 (마찬가지다.)
그러나 교훈을 위해 說해진다.
空則不可說
非空不可說
共不共叵說
但以假名說.[148]

이런 대목에서는 원문 직역과 의역인 한역 사이에 상당한 거리가 있
다. 그렇다고 해서 정확성을 가리려고 하지는 말아야 한다. 원문 직역에
서 "교훈을 위해 說해진다"고 한 것을 방편으로 하는 말이라고 이해해
그것을 假名을 일컬은 한역은 그 나름대로 탁월하다. 假名에 관해서 동
아시아 불교철학자들의 수많은 논설을 쓸 수 있게 하는 출발점을 마련
했다.

假名으로 말하는 것이 허위는 아니다. 諸法에는 결정된 '相'이 없으므
로 假名에 의한 언술은 허위이면서 진실이다. 진실 자체는 '眞諦' 또는
第一義라면, 진실이면서 허위인 것은 '俗諦' 또는 第二義이다. 그러나 眞
諦에 바로 들어갈 수는 없다고 했다. 俗諦를 통하지 않고서는 眞諦에 이
를 수 없다고 했다. 〈성스러운 진리[聖諦]의 고찰이라고 이름하는 제24
장〉곧 〈觀四聖諦品〉 제10게에서 그 점에 관해 다음과 같이 말했다.

---

148) 김성철, 번역서, 376면.

(세간의) 언어 관습에 의거하지 않고서는
최고의 意義는 가르쳐지지 않는다.
최고의 의의에 도달하지 않고서는
열반은 證得되지 않는다.
約不依俗諦
不得第一義
不得第一義
則不得涅槃.[149]

　이렇게 말하는 이유는 세간을 벗어나지 못하는 중생은 俗諦의 방편을
얻어야 眞諦를 향해서 나아갈 수 있다고 하는 것만이 아니다. 俗諦를 떠
나서 眞諦가 따로 없고, 俗諦가 바로 眞諦이다. 같은 이치로, 緣起가 바
로 空이나 無이며, 假名이 바로 中道이다. 제18게에서 그 점에 관해 다
음과 같이 말했다.

연기인 것, 그것을
우리들은 空性이라고 말한다.
그것은 의존된 假名이며,
그것은 실로 中道이다.
衆因緣生法
我說卽是無
亦爲是假名
亦是中道意.[150]

　그렇게 해서 모든 대립이 해소된다. 緣起에 따라 생성되고 소멸하는

---

149) 같은 책, 407~408면.
150) 같은 책, 414면.

수많은 사물의 ∞가 그 자체로 中道의 實相이라고 일컬어지는 1이며, 그
것이 바로 空이라고 하는 0이다. 대립을 이루는 짝을 '眞'과 '俗'으로 드
는 데서는 2가 실질적인 의미를 가지는 것 같으나, 그 둘을 갈라 말하는
假名이 바로 中道라고 하자 2는 0이 1이고 1이 0인 관계를 입증하기 위
한 매개체 구실을 할 따름이다. 2인 듯이 보이는 것이 1이라고 하고 1인
듯이 보이는 것이 2라고 하지는 않았다. 2인 듯이 보이는 것이 1이고 1
은 0이며 0은 1이라고 해서 1인 듯이 보이는 것이 2라고 하는 말로 되돌
아갈 수 있는 길을 차단했다. 나가르주나의 기본 관심사는 0과 1의 관계
이고, 1과 2의 관계는 아니다.

　나가르주나는 산스크리트문명권의 철학을 비약적으로 발전시켜 본궤
도에 올려놓았다. 주장하는 바에 대해서 반대하든 찬성하든 문제제기의
심도, 논의의 엄밀성, 假名의 의의를 최대한 발현하는 글쓰기 방법 등에
서 수준을 낮출 수 없었다. 나가르주나 덕분에 중세전기에는 산스크리
트문명권의 철학이 앞서나가다가, 중세후기에는 다른 문명권에서도 일
제히 분발해 서로 대등한 작업을 했다.

　나가르주나의 철학에 대해 불만을 가지고 반론을 제기한 사람 가운데
산카라가 특히 우뚝해 다음 항목에서 별도로 다루고자 한다. 인도에서
는 산카라가 힌두교철학을 일으킬 때 아시아 다른 나라에서는 대승불교
를 중세전기의 보편적인 이념으로 삼고, 그 핵심이 되는 사상을 마련한
나가르주나의 철학을 티베트어로도 번역하고, 한문으로도 번역해 열심
히 받들면서 계승하고자 했다. 계승자 가운데도 창조자가 있어서, 사상
의 핵심을 변혁했다. 한국의 元曉가 그렇게 하는 데 앞섰다.

　7세기의 원효나 8세기의 산카라는 비슷한 시기에 서로 대조가 되는
일을 했다. 산카라는 나가르주나의 저작을 산스크리트 원문으로 읽고
자기도 같은 언어를 사용해 시를 지으면서, 불교철학을 힌두교철학으로
바꾸어놓겠다고 했다. 원효는 龍樹라고 알려진 나가르주나의 저작을 한
문 번역본을 통해서 이해하고 한문 저술을 산문으로 써서 하면서 그 사
상을 이어받았다.

나가르주나와 마찬가지로 산스크리트문명권 남쪽에 자리잡은 드라비다계 민족인 산카라는 나가르주나와 같은 언어와 표현을 사용하면서 다른 사상을 전개한다고 했다. 가까이 있어 멀어지고자 했다. 산스크리트문명권에서 멀리 벗어난 문명권인 한문문명권의 동쪽에서 활동한 원효는 나가르주나와 다른 언어와 표현을 사용하면서 같은 사상을 전개한다고 했다. 멀리 있어 가까워지고자 했다.

사상에서도 표면에 내세운 것과 실제 내용은 다른 면이 있었다. 산카라의 사상에도 나가르주나와 같은 면이 있고, 원효의 사상에도 나가르주나와 다른 면이 있었다. 나가르주나의 사상을 산카라는 부정하기 위해서 긍정하고, 원효는 긍정하기 위해서 부정했다. 산카라의 나가르주나 긍정은 상대방을 공격하기 위해 작전상 필요하고, 원효의 나가르주나 부정은 물려받은 가치를 새롭게 창조한 성과이다.

원효는 나가르주나의 문제의식, 논리, 글쓰기를 충실하게 이으면서, 한걸음 더 나아가 자기 길을 찾았다. 모든 언설은 假名이지만, '離言眞如'를 '依言眞如'로 이룩해야 한다고 한 것은 핵심사항에 관한 주목할 만한 재창조이다. '有無'·'眞俗'·'一二'·'中邊'의 대립을 넘어서야 한다고 한 원효의 지론은 나가르주나와 다른 면이 있다.[151]

열거하는 순서를 반대로 해서 中邊·一二·眞俗·有無라고 해보자. 그 가운데 中邊은 0이 1이고 1이 0인 관계를 입증하기 위한 매개체 구실을 한다고 할 수 없으며, 둘이 서로 대립되는 실체이다. 中과 邊은 둘이 아니고 하나이며 하나가 아니고 둘이라고 하는 원효의 주장은, 대립은 인정되어야 넘어서고 넘어서야 인정된다는 말이다.[152]

---

151) 원효에 관한 소견은 《한국문학사상사시론》(서울 : 지식산업사, 제2판 1998), 54~61면 ; 《한국의 문학사와 철학사》(서울 : 지식산업사, 1996), 17~40면에서 이미 제시했으므로, 자세한 논의는 그쪽으로 미룬다. 그러나 나가르주나와 비교해서 원효사상이 특별한 점을 밝히는 작업은 여기서 처음 시도한다.

152) 김헌선 교수는 이 책의 원고를 평가한 글에서, 元曉가 〈晉譯華嚴經疏序〉에서 "乃非大非小 非促 非奢 不動不靜 不一不多"라고 한 것도 함께 들어 논하라고 했다. 논의의 확장은 다음 연구의 소관사로 남겨둔다.

'一二'에서 말한 一과 二는 이중의 의미를 지닌다. 어떤 실체를 가진 하나인 존재와 둘인 존재가 中과 邊처럼 대립되어 있다고 할 수 있다는 것이 첫째 의미이다. 존재양상을 숫자로 나타내는 1과 2가 나누어져 있으면서 나누어져 있지 않다고도 할 수 있다는 것이 둘째 의미이다. 첫째 의미는 원효가 새롭게 부여했다면, 둘째 의미는 나가르주나에게서 물려받았다.

'眞俗'과 '有無'는 나가르주나가 말한 바이다. 나가르주나가 말한 것과 같은 의미를 지닌다고 할 수 있다. 그러나 그것은 한 가지 의미이고, 원효가 특별히 부여한 다른 한 가지 의미가 있다고 인정할 수 있다. 中邊에서 말한 2의 대립이 一二뿐만 아니라 '眞俗'에도 있어 僧俗 또는 貴賤의 대립을 나타내고, '有無'도 있어 빈부를 뜻했다고 할 수 있다.

有無·眞俗·一二·中邊 순서로 들면 나가르주나에게서 물려받은 것이 커지고, 中邊·一二·眞俗·有無 순서로 들면 원효가 보탠 것이 많아진다. 그 둘 가운데 어느 하나를 선택해야 하는 것은 아니다. 둘은 각기 타당하고, 또한 둘이 하나이다.

나가르주나의 뒤를 이어 원효 또한 0과 1과 ∞가 각기 그것대로 인정되면서 또한 하나라고 하는 철학을 전개하면서, 또한 서로 대립되는 것들에 대해서 진지한 관심을 보인 2의 철학을 개척했다. 그러한 사실은 양면적인 의의를 가진다. 2를 무시한 결함을 보완해 0과 1과 ∞의 철학이 더욱 생동하는 의의를 가지게 했다고도 할 수 있고, 0과 1과 ∞의 철학을 가져와서 2의 철학을 개척하는 데 활용했다고도 할 수 있다.

원효는 어째서 그럴 수 있었던가? 원효는 사상의 전승자에 머무르지 않는 창조자여서 그랬다고 할 수 있다. 원효는 민중과 가까운 관계를 가지고 사회모순을 문제삼고, 현실에 대해서 더욱 깊은 관심을 가졌기 때문에 그랬다고 할 수 있다. 또한 2를 중요시하는 동아시아철학의 전통을 의식하지 않은 가운데 활용하면서 儒·佛철학을 합치는 길을 제시했다고 할 수 있다.

義 湘

여기서 元曉가 아닌 義湘을 다루는 것은 시를 논의의 대상으로 삼기 때문이다. 원효는 산문 저술에다 이따금 시를 삽입하는 데 그쳐, 시를 보고 사상을 알아내기 어렵다. 그러나 의상은 자기 사상의 핵심을 〈華嚴一乘法界圖〉에서 시로 나타내서, 철학시에서 소중한 창조물의 사례를 또 한 가지 이룩했다.

철학시를 창작하는 전통이 원래 한문문명권에서는 없었다. 산스크리트 불교저술을 받아들여 번역할 때 비로소 철학시에 관심을 가졌다. 경전을 번역하면서 시는 시로 옮기고, 산문으로 논설을 쓰면서 시를 삽입한다든가, 포교용 노래를 지어 보급하는 일을 이따금 했다. 선종 승려들의 행적을 모아 송나라 승려 道原이 1004년에 편찬한 《景德傳燈錄》 제29권의 〈讚訟偈詩〉, 제30권의 〈銘記箴歌〉 두 대목에는 그런 노래 40여 편이 수록되어 있다.[153] 그 가운데 常察의 〈十玄談〉, 永嘉의 〈證道歌〉 같은 것들은 후대에까지 줄곧 존중되어 주해가 거듭 이루어졌다.

의상의 〈화엄일승법계도〉는 거기 수록되어 있지 않다. 의상은 중국의 승려가 아니어서 그랬을 수 있으나, 교종에 속하는 華嚴宗의 승려인 것이 더 큰 이유라고 생각된다. 교종은 선종과 달리 논설을 써서 이치를 따지는 데 힘쓰고 시는 소중하게 여기지 않았는데, 의상은 그런 관례를 깨고 시를 지어 심오한 사상을 치밀하게 전개했다. 최상의 언사를 적절하게 배열하는 데 깊이 유의하고, 문자를 열거해 도형을 만드는 전에 없던 방식을 창안했다.[154]

선종 승려들의 시는 수행을 하면서 느낀 바나 포교를 위해 필요한 말

---

153) 《大正新修大藏經》 51(東京 : 大正一切經刊行會, 1928), 449~464면.
154) 明皛의 〈海印三昧論〉이라는 시가 내용이나 글자 배열 방식에서 의상의 〈華嚴一乘法界圖〉와 유사하다. 明皛는 생애를 알 수 없으나, 〈華嚴一乘法界圖〉를 보고 〈海印三昧論〉을 지었으리라고 추정된다.

을 어느 정도 자유롭고 산만하게 나타냈다고 할 수 있으나, 의상은 장문의 논설로도 감당하기 어려운 이치를 압축해 보인 시를 마련했다. 선승들의 시가 대부분 다양한 형태의 종교시라고 할 수 있다면, 의상의 시는 완성도 높게 다듬어진 철학시의 좋은 본보기이다. 나가르주나나 산카라의 철학시와 견줄 수 있는 동아시아의 작품이 있다면 의상의 〈화엄일승법계도〉이다.

의상은 거기서 기존의 사상을 간추려 나타냈으니 그리 대단하지 않다고 할지 모른다. 그러나 거기 나타나 있는 華嚴사상은 대승불교문명권 전체의 공유물이다. 공유물에 관해서는 누구나 소유권이 있으며, 간추리고, 가다듬고, 논하는 사람이 자기 업적을 만드는 자료로 쓸 수 있다. 자료가 공유물이라고 해서 시를 지은 의의가 감소되는 것은 아니다.

華嚴은 한문문명권 대승불교의 핵심사상이다.[155] 그 근거가 되는《華嚴經》은 나가르주나가 용궁에서 가져왔다고 하는 경전이다. 그런데 일부분인 〈十地品〉과 〈入法界品〉에 해당하는 것만 산스크리트본으로 남아 있으며, 나가르주나가 주해를 했다.《화엄경》전편은 나가르주나 사후 250년에서 350년 사이에 于闐을 중심으로 한 중앙아시아에서 편찬되었다고 추정된다. 한문본은 421년에 번역한 60권본, 695~699년에 번역한 80권본, 795~798년에 번역한 40권본이 있다.

《화엄경》에 근거를 두고 華嚴사상을 체계화하고 華嚴宗을 일으킨 사람은 중국의 智儼(602~668)이다. 신라의 승려 義湘(625~702)은 중국에 가서 바로 지엄의 문하에서 수학하면서 스승의 교학에 동참했으며, 지엄의 후계자 法藏(643~712)보다는 선배이다. 지엄·의상·법장이 함께 정립한 화엄철학은 산스크리트문명권에서 받아들인 불교사상을 한문문명권에서 재창조한 성과 가운데 특히 뛰어나, 중국·한국·일본에서 크게 숭상되고 광범위한 영향을 끼쳤다.

철학을 이룩하는 데 산스크리트문명권이 앞서고 한문문명권이 뒤떨

---

155) 이 대목의 서술은 海住,《화엄의 세계》(서울 : 민족사, 1998)에 의거한다.

어진 것이 중세전기의 시대상황이었다. 나가르주나가 산스크리트를 철학의 언어로 가다듬은 데 상응하는 업적이 동시대의 한문문명권에는 없었다. 그런데 산스크리트문명권의 전례를 한문으로 옮기면서 한문 특유의 어법을 활용해서 두 문명권의 장기를 합치는 과업을 화엄학자들이 앞장서서 수행해 열세를 만회할 수 있었다.

지엄·의상·법장의 저술은 내용이나 표현에서 서로 연관되어 있다. 지엄과 법장은 《화엄경》 주석, 철학적 논의를 체계화한 논문, 의문을 풀어주는 문답 등 다양한 방식으로 길게 썼다. 그렇게 하는 동안에 체계가 지나치게 복잡하고 내용이 너무 번다해졌다. 지엄과 법장은 그런 결함을 시정하기 위해서 길게 말한 것을 요긴한 대목은 찾아 간추리려고 거듭 노력했으나, 요약본을 본 다음에는 다시 상세본을 보아야 하니, 번거로움이 더해질 따름이었다.

그런 형편을 타개하기 위해서 필요한 적극적이고 획기적인 대책을 의상이 맡았다. 산문을 버리고 시를 써서, 한마디에 수많은 말을 압축하는 것이 현명한 방법이다. 시는 산문 저술의 요약본이 아니고 독자적인 창조물이므로 시를 읽고 나서 다시 산문을 읽어야 하는 것은 아니었다. 적은 말로 많은 말을 없애기 위해서는 시를 쓰는 것 외에 다른 방법이 없었다.

의상이 처음에는 글을 길게 써서 지엄과 함께 부처 앞에 나아가 불에 태웠더니 시가 되는 말만 남았다는 일화가 있어, 창작의 과정과 목적에 관해서 알려준다. 均如는 〈一乘法界圖圓通記〉에서 그 일화를 전하면서, "崔致遠所述傳中云"(최치원이 지은 傳에서 이르기를)이라고 해서, 최치원이 쓴 의상의 전기에서 가져온 말임을 밝혔다. 그 가운데 요긴한 대목을 들어보자.

儼乃與相詣佛前 結願焚之 且曰言旣有脗合聖旨者 願不熱也 旣而煨燼之餘 獲二百一十字 令相招拾 懇誓更擲猛炎 竟不灰 儼含涕嗟稱 俾綴爲偈 閉室數夕 成三十句 括三觀之奧旨 擧十玄之餘義.[156]

　智儼이 義相과 함께 부처 앞에 나아가 結願하고 글쓴 것을 태웠다.
또한 말하기를 "말이 성스러운 뜻과 합치되면 타지 않게 하소서"라고
했다. 이미 타고 남은 것에서 210자를 얻어, 의상으로 하여금 수습하
라 하고, 간절한 서원을 세우고 사나운 불에 다시 던졌더니, 끝내 타
지 않았다. 지엄이 눈물을 머금고 찬탄하면서 "모으고 연결시켜 偈를
만들어라"라고 했다. 여러 날 저녁 문을 닫고 들어앉아 30구를 만들
어, 三觀의 깊은 뜻을 나타내고, 十玄의 남은 이치를 드러냈다.

　필요하지 않은 말은 모두 제거하고 사상의 핵심만 나타내는 시를 마
련하고자 한 것은, 지엄과 의상의 공통된 소망이었다. 의상이 시를 짓는
과정에 지엄이 깊은 관심을 가지고 관여했다. 시의 작자는 지엄이고 의
상은 주해 부분을 썼다고 하는 문헌이 있어, 오늘날의 연구자들이 혼란
을 일으키게 하는 것이 그 때문이다.[157]
　그러나 지엄은 스승의 입장에서 관여했을 따름이고, 시의 작자는 의
상이다. 의상이 시를 짓고 주해를 붙였다. 지엄과 법장의 방대한 저술과
대등할 수 있는 업적을 의상은 시 한 편으로 이룩했다. 그럴 수 있었던
이유는 의상이 글쓰기 혁신의 특별한 방안을 마련하지 않을 수 없을 투
철한 사고를 하고, 또한 그 두 사람은 산문가이지만 의상은 시인이었기
때문이었다고 할 수 있다.
　지엄·의상·법장은 나가르주나의 철학을 충실하게 잇고자 했다. 그렇
게 하기 위해서는 글쓰기 방법을 바꾸어야 했다. 나가르주나는 시를 써
서 철학을 했는데, 동아시아에서는 그런 전례가 없었다. 나가르주나의
시를 주석과 함께 번역한다고 해서 할 일을 다 한 것은 아니었다. 산스
크리트와는 다른 한문 글쓰기의 방법을 적극 활용해서 깊이 있는 논의
를 펼쳐야 했다. 지엄과 법장이 주석, 논문, 문답 등의 산문을 사용한 것

---

156) 《한국불교전서》 4(서울 : 동국대학교출판부, 1982), 1면.
157) 전해주, 《의상화엄사상사연구》(서울 : 민족사, 1993), 116~119면.

은 동아시아의 전통을 이었기 때문이다. 그런데 의상은 나가르주나처럼 철학시를 썼다.

의상의 시와 산카라의 시는 양쪽 다 나가르주나의 시에 대한 후속작업으로서 소중한 의의가 있어 견주어 살필 만하다. 의상 만년에 산카라가 태어나서 그 두 사람은 동시대인이라고 할 수 있으나 서로 알지 못했음은 물론이지만, 나가르주나에 대해서 함께 관심을 가지고 자기 나름대로의 대응작업을 한 점이 서로 같다. 산카라는 나가르주나의 시를 원문으로 읽고 그것과 같은 언어인 산스크리트로 자기 시를 쓰면서 반론이 되는 사상을 전개했다. 의상은 나가르주나의 시를 번역으로 읽고 산스크리트와는 아주 다른 언어인 한문으로 자기 시를 쓰면서 같은 사상을 다시 나타내려고 했다.

시에 산문 해설이 붙은 것은 나가르주나·의상·산카라의 경우가 모두 같다. 산문 해설에는 시를 지은 사람이 스스로 쓴 것도 있고, 다른 사람이 나중에 쓴 것도 있다. 시를 지은 사람이 스스로 쓴 해설은 나가르주나에게는 없고 의상과 산카라에게만 있으며, 다른 사람이 나중에 쓴 주해는 어느 경우에든지 다 있다.

그러면서 의상과 산카라의 산문 해설은 배열한 위치와 그 성격이 서로 다르다. 산카라는 산문 해설을 시 뒤에다 두고 시에 대해서 가르치는 사람이 이용하라고 했는데, 의상은 산문 해설을 시 앞에다 내놓고 시를 지은 의도와 방법을 설명했다. 의상은 전례가 없는 독특한 시를 지었으므로, 서두에서부터 설명을 내놓아 읽는 사람이 당황하지 않도록 할 필요가 있었다. 산카라는 교육자이고자 했는데, 의상은 시인이었다.

나가르주나나 산카라의 산스크리트시와 의상의 한시는 언어가 달라 상당한 차이가 있다. 나가르주나나 산카라의 산스크리트시는 외형률의 규칙을 잘 갖추어 묘미 있는 시가 되었으며, 발상에서는 산문으로 나타낼 수 있는 내용을 요약해 전한다. 나가르주나의 시를 한시로 번역한 것은 글자 수만 맞추어놓고 그 밖의 다른 기법은 사용하지 않아 시답다고 하기 어렵다. 의상의 한시는 그렇지 않아 요약해서 서술한 것 이상의 함축·암시·상징이 있다.

나가르주나 시의 한시 번역은 5언인데, 의상의 시는 7언이다. 할 말을 더 많이 하면서 복잡한 생각을 나타내고자 해서 글자수를 늘였다. 한시에서 7언시는 5언시보다 정보량이 많고 형식도 복잡하다. 그러나 의상은 7언시가 요구하는 형식 가운데 가장 중요한 성률은 지키지 않았다. 그 이유는 형식상의 요건을 충족시키려면 말을 만드는 수고를 해야 하고, 전달하고자 하는 내용이 뒤틀릴 수 있었기 때문이라고 생각된다. 그 대신에 글자를 특이하게 배열해 시각적 표현의 효과를 최대한 이용하는 전에 없던 방법을 사용했다.

나가르주나나 산카라의 시는 시간의 순서에 따라서 전개되는 순차적 구조물일 따름인데, 의상의 시는 시간의 순서에 따라서 전개되면서 또한 공간적으로도 배열되어 있어 순차적 구조물이면서 병행적 구조물이다. 나가르주나의 시에서는 순차적 구조물 속에 내재되어 있는 병행적 구조를 의상의 시에서는 기하학적 도형을 사용해서 시각화해서 두 가지 구조가 서로 대등한 의의를 가지게 했다.

한문은 언어와 문자가 산스크리트의 경우와 달라 그렇게 할 수 있었다. 산스크리트는 동사의 활용에서 의미의 차이가 세밀하게 구분되어 순차적 구조를 정교하게 구축할 수 있는 장점을, 개념어를 열거하기만 하는 한문에서는 따를 수 없다. 그 대신에 한문은 시각화되어 있는 문자를 사용하므로 문자의 공간적 배열로 병행적 구조를 가시화할 수 있다.

의상은 그 점에 대해서 남다른 착안을 해서 전에 볼 수 없는 형태의 시를 만들어냈다. 나가르주나 시의 논리적 구성을 번역을 통해서나마 깊이 이해하고, 한자가 지닌 장점을 충분히 활용하는 방법으로 거기 대응되는 새로운 구조물을 만들어내는 이중의 작업을 해서 그럴 수 있었다. 의상은 논리를 도형으로, 시를 수학으로 구현하는 놀라운 재능을 가졌다.

의상의 시 〈화엄일승법계도〉 자체에 대해서는 수많은 주해와 연구가 있어, 더 할 말이 없는 것 같다. 그러나 사상을 나타내는 시에 대한 일반

론적 고찰을 하면서, 다른 사례와 비교하는 것은 새로운 시도이다. 역대
의 주해 가운데 金時習이 한 것을 들어 재해석의 의의를 적극적으로 살
피는 일 또한 기존연구를 넘어선다. 김시습이 문학창작에서 이룬 바가
이 시의 주해와 어떻게 연결되는가 고찰하는 것도 긴요한 과제이다.

서두에 〈自序〉가 있어 시를 지은 취지를 밝혔다.[158] 거기서 다음과 같
이 말한 것은 나가르주나나 산카라에게서는 볼 수 없는 일이다. 나가르
주나의 시에 대한 靑目의 주에서 저술의 의도를 설명한 것보다 훨씬 내
용이 알차고 논의가 선명하다.

夫大聖善敎無方 應機隨病非一 迷者字(守)迹 不知失體 懃而歸宗 未
日 故依理據敎 略制槃詩 冀以執名之徒 還歸無名眞源.
무릇 큰 성인이 잘 가르쳤다 함은 일정한 방법이 없는 것이다. (배
우는 사람의) 根機에 응하고, 병에 따라서, (가르침에) 일정함이 없다.
미혹한 자는 (가르침의) 자취를 지키느라고 본체를 잃은 것을 알지 못
하고, 부지런히 힘써서 근본으로 돌아갈 날이 없다. 그러므로 이치에
기대고 가르침을 근거로 삼아, 간략하게 槃詩를 지어, 이름에 집착하
는 무리가 이름이 없는 참다운 근원으로 돌아가기를 바란다.

"큰 성인"이라고 한 부처가 배우는 사람에게 필요한 말을 각기 다르
게 했다는 것은 나가르주나도 지적한 바인데, 여기서는 한층 적극적으
로 활용해 자기가 새로운 말을 만들어내야 하는 이유로 삼았다. "이름에
집착하는 무리가 이름이 없는 참다운 근원으로 돌아가"게 하기 위해서
이미 효력을 상실한 기존의 요법을 대신하는 새로운 처방이 필요하므로
"槃詩"라고 하는 "빙빙 돌아가는 시"를 짓는다고 했다.

시 본문을 제시한 다음, 시에 대해서 해설한 〈釋文〉의 첫 대목 〈總釋

---

158) 〈華嚴一乘法界圖〉, 《한국불교전서》 2(서울 : 동국대학교출판부, 1979)를 자료
로 이용한다. 인용구 하나하나의 출전은 다시 밝히지 않는다.

168

印義〉에서는 시가 "印"이라는 모습의 도형을 만들고 있는 이유에 대해서 묻고 답했다.

　問 何以故依印.
　答 欲表釋迦如來教網所攝三種世間 從海印槃出顯故 所謂三種世間
一器世間 二衆生世間 三智正覺世間 智正覺世間者佛菩薩也 三種世間
攝盡法故 不論餘者.
　질문 : 어째서 印에 의거했는가?
　대답 : 석가여래의 가르침에 포함되어 있는 세 종류의 世間을 나타
내고자 했기 때문이다. 이른바 세 종류 세간이란, 첫째는 器世間이고,
둘째는 衆生世間이고, 셋째는 智正覺世間이다. 智正覺世間은 부처와
보살이다. 이 세 종류의 세간이 法을 모두 포괄하고 있어서, 나머지는
논하지 않는다.

"印"이란 도장처럼 생긴 도형이다. 도형을 사용한 이유가 세 종류의
世間을 나타내고자 한 데 있다고 한 말은 생략과 비약이 있다. 도형이
공간적으로 배치되어 있듯이 세 종류의 世間 또한 동시에 공존한다. 도
형에는 아래와 위가 있듯이 세 종류의 세간은 '器世間'·'衆生世間'·'智正
覺世間'의 순서로 점차 상위로 나아가는 관계에 있다. 이 도형을 보면서
한 단계씩 올라가는 상승의 과정을 생각할 수 있다고 했다. 나가르주나
의 시는 공간에 배치된 도형이 아니어서 이런 의미가 없었다.
　〈釋文〉의 둘째 대목 〈別解印相〉의 첫째 마디 〈說印文相〉에서는 도
형이 무엇을 나타내는가에 관해서 문답했다. 도형은 언어 표현이 아니
라 기하학적 형상물이므로 시에서 말하지 않은 言外의 의미를 지닌다고
했다.

　[가] 一問 何故印文有一道.
　答 表如來一音故 所謂一善巧方便.

첫째 질문 : 어째서 印文에 오직 한 길만 있는가?

대답 : 여래의 一音을 나타낸 것이니, 이른바 한 가지 좋은 기교의 방편이다.

[나] 何故有繁廻屈曲.

以隨衆生機欲不同故 卽是當三乘敎.

어째서 번다하게 돌아가는 굴곡이 있는가?

중생의 근본과 소망이 같지 않은 것을 따르고자 하기 때문이니, 이는 곧 三乘敎에 해당한다.

[다] 何故一道無有始終.

顯示善巧無方 應稱法界 十世相應圓融滿足故 卽是義當圓敎.

어째서 한 길에 시작과 끝이 없는가?

좋은 기교에는 일정한 방법이 없어, 法界에 맞추어 일컫고, 十世에 상응하여 원만하게 아울러 만족하게 하기 때문이니, 이는 곧 圓敎에 해당한다.

[라] 何故有四面四角.

彰四攝四無量故.

어째서 사면에 사각이 있는가?

四攝과 四無量을 나타내기 때문이다.

[마] 此義依三乘 顯一乘 印相如是.

이 뜻은 三乘에 의거해서 一乘을 나타내고자 하는 데 있으므로 印相이 이와 같다.

도형이 [가] 한 가닥으로 나아가면서, [나] 굴곡이 많고, [다] 시작과 끝이 없으며, [라] 四面에 四角이 있는 것은, [마] '三乘'에 의거해서 '一

乘'을 나타내고자 하기 때문이라고 했다. [가]와 [다]는 모든 것이 한 가닥으로 이어져 있는 '一乘'의 모습이고, [나]와 [라]는 차등과 분별이 있어 서로 같지 않은 '三乘'의 모습이다. 깨달음으로 나아가는 길은 하나이면서 여럿이고 여럿이면서 하나인 것을 도형의 모습으로 나타낸다고 했다. 나가르주나의 시는 공간에 배치된 도형이 아니어서 이런 의미는 없었다.

〈別解印相〉의 둘째 마디 〈明字相〉에서는 순차적 구조를 이루는 글자의 배열에 대해서 문답했다. 도형의 모습은 글자를 모르는 사람도 알아볼 수 있다. 그러나 글자의 배열은 글자를 읽어서 이해하는 사람만 알아볼 수 있어, 위에서 논한 것과 다른 의미를 나타낸다. 글자를 읽어서 이해하는 내용은 도형의 모습에 나타나 있는 것보다 훨씬 복잡해서, 문답도 번다하게 진행되었다. 그 가운데 일부만 본보기로 들어본다.

二問 何故字中有始終耶.
答 約脩行方便 顯因果不同故.
둘째 질문 : 어째서 글자 가운데 처음과 끝이 있는가?
대답 : 수행의 방편을 따라서, 원인과 결과가 같지 않음을 나타내기 때문이다.

何故字中有多屈曲.
顯三乘根欲差別不同故.
어째서 글자 사이에 굴곡이 많은가?
三乘의 근본과 소망이 차별이 있어 같지 않음을 나타내기 때문이다.

何故始終兩字 安置當中.
表因果兩位法性家內眞實德用.
어째서 처음과 끝의 두 자를 중간에다 배치했는가?
원인과 결과 둘이 法性의 집안에서 진실한 德으로 쓰이기 때문이다.

도형의 모습에는 처음도 끝도 없는데, 글자의 배열에는 처음이 있고 끝이 있다고 했다. 그 양면성으로 모든 것이 하나이면서 또한 원인이 다르면 결과도 다르다는 것을 보여준다고 했다. 도형의 굴곡이 글자의 굴곡에서 더욱 구체화되어 있다. 그래서 '三乘'의 다양한 길이 인과관계에 따라서 다시 분화되어 있는 양상을 나타낸다고 했다. 그렇지만 '法'자와 '佛'자를 중간에 배열해 모든 차별상을 넘어선 근본원리를 나타낸다고 했다.

글자의 배열은 도형의 모습과 달라서 그 정도로 말하고 말 수 없었다. 도형은 전체를 보면 그만이지만 글자는 하나하나 읽어야 하므로, 말이 많아졌다. 총론에 해당하는 그 정도의 논의를 펴는 데 그치지 않고, 각론으로 들어가 복잡한 내용을 전개했다. 그래서 간추린 보람이 없어지고, 개념 구분과 논의가 지나치게 번다한 화엄학의 결점을 드러냈다.

〈別解印相〉 셋째 마디 "釋文義"에서는 시의 구성에 관해 설명했다. 제1~18행의 "自利行"은 자기 스스로를 깨달아 자기를 이롭게 하는 길이라고 했다. 그 부분을 길게 늘어서 깨닫는다는 것은 각자가 해야 할 일임을 강조해서 말했다. 스스로 깨달으면 그 다음 단계로 제19~22행의 "利他行"에 이르러 다른 사람이 또한 깨닫게 해서 이로움을 확장하는 것이 마땅하다고 했다. 그런 원리를 설파한 다음에 제23~30행에서는 "脩行"의 방편과 이득에 대해서 구체적으로 말해 누구나 지침으로 삼을 수 있게 한다고 했다.

그 세 부분을 다시 구분했다. 제1~18행의 "自利行"은 가장 분량이 많고 중요한 부분이므로, 여러 부분으로 나누어서 전개했다. 그 가운데 제1~4행의 "現示證分"에서는 깨달아야 할 내용을 총괄해서 제시해서 앞으로 하고자 하는 말의 증거로 삼았다. 제5~18행의 "顯緣起分"에서는 '緣起'의 여러 양상을 다섯 조항에 걸쳐 해명하고, 그 전체를 총괄했다. 그것들이 모두 소중하다고 여겨 번다하게 생각될 수 있는 혐의를 무릅쓰고 하나하나 해설했다. 그러나 여기서는 그 대목을 옮겨서 풀이하는 것을 생략하고, 시 본문으로 들어가기로 한다.

시 본문을 제시한 〈合詩〉라는 대목은 모두 두 부분으로 이루어져 있다. 〈印〉이라고 한 데서는 시의 모습을 도형으로 그려서 나타냈다. 〈槃詩〉라고 한 데서는 시를 다음과 같이 순서대로 적었다. 전문 인용하면서, 앞에는 행수의 번호를, 뒤에는 번역을 첨가한다.

[1] 法性圓融無二相　法性은 圓融하여 두 相이 없으니,

[2] 諸法不動本來寂　모든 법은 움직임이 없어 본래 고요하다.

[3] 無名無相絶一切　이름도 없고 형상도 없고 일체가 끊어져,

[4] 證智所知非餘境　證智라야 알 바이고, 다른 경지는 아니다.

[5] 眞性甚深極微妙　眞性은 아주 깊고 지극히 미묘하니

[6] 不守自性隨緣成　自性을 지키지 않고 인연에 따라 이루어진다.

[7] 一中一切多中一　하나 가운데 일체, 많음 가운데 하나요,

[8] 一卽一切多卽一　하나가 곧 일체요, 많음이 곧 하나이다.

[9] 一微塵中含十方　작은 티끌 하나 가운데 十方이 포함되고,

[10] 一切塵中亦如是　일체의 티끌 가운데서도 또한 그렇다.

[11] 無量遠劫卽一念　무량한 먼 劫이 곧 一念이고,

[12] 一念卽是無量劫　一念이 바로 무량한 劫이다.

[13] 九世十世互相卽　九世와 十世가 서로 卽해도

[14] 仍不雜亂隔別成　함부로 뒤섞이지 않고 서로 구별되네.

[15] 初發心時便正覺　처음 發心할 때가 곧 正覺이니,

[16] 生死涅槃常共和　생사와 열반이 늘 함께 어울린다.

[17] 理事冥然無分別　理와 事가 그윽해서 분별이 없으니,

[18] 十佛普賢大人境　十佛 普賢과 같은 대인의 경지이다.

[19] 能仁海印三昧中　能仁의 海印三昧 가운데

[20] 繁出如意不思議　如意의 不思議를 繁出한다.

[21] 雨寶益生滿虛空　중생 돕는 보배로운 비 허공을 채우니,

[22] 衆生隨器得利益　중생은 그릇에 따라 이익을 얻는다.

[23] 是故行者還本際　그러므로 행자는 본래의 경지로 돌아가,

[24] 叵息妄想必不得 망상을 끊지 않고서는 얻을 수 없다.
[25] 無緣善巧捉如意 無緣의 훌륭한 솜씨로 如意를 잡아서,
[26] 歸家隨分得資糧 집으로 돌아와 분수에 따라 資糧을 얻는다.
[27] 以陀羅尼無盡寶 무진장한 보배 다라니로써
[28] 莊嚴法界實寶殿 법계의 진실로 보배로운 전각 莊嚴한다.
[29] 窮座實際中道床 마침내 實際의 中道를 의자 삼고 앉아서,
[30] 舊來不動名爲佛 舊來로 不動함을 이름하여 부처라고 한다.

이 시를 어떻게 이해해야 하는가? 이에 대한 대답이 끝없이 계속된다. 그래서 길고 복잡한 연구가 거듭 이루어졌다.[159] 기존연구를 자세하게 검토하면서 문제점을 다시 논의해 대안을 제시하려면 이 책 한 권으로 모자란다. 그러면 어떻게 해야 하는가? 생각을 바꾸어야 한다. 길고 자세한 논의를 펴면 좋다 할 것이 아니고 사실은 그 반대일 수 있다. 모처럼 간추려 말한 것을 복잡하고 번다하게 만들 염려가 있다. 기존연구에 대해 검토할 겨를을 갖지 못하고, 시 전문에 대한 상세한 논의도 단념하고, 특히 문제가 되는 구절을 쟁점에 관한 논의를 통해서 이해하는 것이 여기서 할 수 있는 최상의 작업이다.

그렇다고 해서 시의 본문만 논의할 수는 없다. 의상 자신이 쓴 〈釋文義〉에서 필요한 대목을 가져와 함께 살핀다. 의상의 시에 대해서 후대인이 내놓은 많은 주해 가운데 金時習의 〈華嚴一乘法界圖註〉가 특히 뛰어나 많은 것을 깨닫게 하므로, 함께 고찰하는 것이 유익하다. 이에 대해서 오늘날의 논자 김지견이 풀이한 업적을[160] 이용하기로 한다.

---

159) 단행본으로 출판된 두드러진 업적만 들어도 김상현, 《신라화엄사상사연구》(서울 : 민족사, 1991) ; 전해주, 《의상 화엄사상사 연구》 ; 김두진, 《의상 : 그의 생애와 화엄사상》(서울 : 민음사, 1995) ; 정병삼, 《의상화엄사상연구》(서울 : 서울대학교출판부, 1998) 같은 것들이 있다.
160) 김지견, 《大華嚴一乘法界圖註幷序 : 金時習의 禪과 華嚴》(서울 : 대한전통불교연구원, 1983).

174

시, 시에 대한 의상의 주해, 시에 대한 김시습의 주해, 김시습의 주해
에 대한 김지견의 주해를 포개놓고 살피면 논의가 복잡하게 되는 폐단
이 생길 것 같으나 그렇지 않다. 끝없이 복잡해질 수 있는 논의를 명쾌
하게 정리하는 길을 찾기 위해서 택하지 않을 수 없는 방편이다. 김시습
이 길을 찾은 지혜를 길잡이 삼아 내 자신이 내 길을 찾는 것이 논의의
도달점이다. 김시습은 의상을 논하면서 자기 시대의 사상을 전개했듯이,
김시습에서 이 시대의 사상을 이룩하는 단서를 얻으려고 한다. 그렇게
하는 것이 기존의 철학을 이용해 내 철학을 하는 최상의 방법이다.

김시습은 均如를 위시한 기존의 주해자가 너무 번다한 논의를 편 것
이 큰 잘못이라 하고, 핵심을 파악해서 생동하는 의미를 되살리겠다고
했다. 의상의 설명은 상대하지 않고 오직 시만 풀이했다. 의상의 설명이
이미 시에서 함축한 뜻을 번다하게 만들었는데, 거기다 다시 주해를 달
면 더 큰 혼란이 생긴다고 판단했다. 그래서 〈大華嚴一乘法界圖序〉에
서 다음과 같이 말했다.

夫大華嚴 華藏法界者 以虛空爲體 以法界爲用 以遍一切處爲佛 以緣
起法體爲重會 說圓滿修多羅 敎所謂 刹說塵說 佛說菩薩說 三世一世說
是也 法界圖者 以海印圖 圓攝無邊之敎海 圖中 一中一切多中一 一卽
一切多卽一 是也 東土 義相法師 始製此圖 表三世間十法界 莊嚴無盡
之義 以牖冥蒙 專門舊學 重演流布 辨記錄鈔 遍滿世間 誕生王子 已爲
庶人矣.[161]

무릇 大華嚴의 華藏法界라는 것은 虛空으로 體를 삼고, 法界로 用
을 삼고, 일체의 장소에 두루 퍼져 있음을 佛로 삼고, 緣起의 法體로
重會를 삼아, 圓滿修多羅를 설함이다. 敎에 이른바 "刹이 설하고, 塵
이 설하고, 佛이 설하고, 菩薩이 설하며, 三世인 一世가 설한다"함이
이것이다. 法界圖라는 것은 海印圖로써 無邊의 敎海를 圓攝한 것이

161) 김지견, 위의 책, 1면.

다. 圖에서 "하나 가운데 일체", "많음 가운데 하나요", "하나가 곧 일체, 많음이 곧 하나다"라고 함이 이것이다. 東土의 義相法師가 이 圖를 처음 만들 때 三世間과 十法界의 莊嚴하고 無盡한 뜻을 나타내서 몽매한 사람을 인도했는데, 專門의 舊學들이 부연을 거듭하면서 유포해, 辨·記·錄·鈔 따위가 세상에 가득 차게 되어, 왕자로 태어나고서 庶人이 되었다.

全家宿德 各以敎網臆解 支離蔓延 遂成卷袟 余一覽 執卷 歎曰 淸淨法界豈有如此多言乎 若固如是 相師 豈向微塵偈品中 撮其樞要 簡出二百一十字 莊嚴一乘法界圖乎.[162]

全家의 宿德들이 각자 敎網으로 臆解해서 지루하게 넝쿨을 뻗은 결과가 책을 이루었다. 나는 책을 쥐고서 탄식해서 말했다. "淸淨한 法界에 어찌 이렇게 말이 많으리오. 만약 원래 이랬으면, 의상 스승님이 微塵의 偈品 가운데 요긴한 말 210자만 간추려 一乘法界圖를 꾸몄겠는가!"

지금까지의 주해자들이 말을 번다하게 하고 생각을 복잡하게 해서 의상의 간결한 표현, 명확한 발상을 흐려놓은 것을 통렬하게 비판했다. 그런 폐단을 시정하고 원래의 뜻을 되살리면서, 새로운 생각을 더욱 신선하게 하기 위해 자기가 나서지 않을 수 없다고 했다.
〈大華嚴一乘法界圖〉라는 표제를 내걸고 그 전체의 모습과 의미를 풀이한 대목을 보자.

向上一路 千聖不傳 旣是不傳底消息 祇這法界一圖 從何而出 只如縱橫屈曲 字點斑文 是圖耶 白紙一幅 說玄說黃 是圖耶 相法師 擬心動念 垂慈利物 是圖耶 只如朕兆未萌 名器未形 早是圖耶 良久云 領取鉤頭

---

162) 같은 책, 4면.

176

意 莫認定盤星.[163]

　向上하는 한 길은 千聖도 전하지 못하는 소식인데, 이 法界一圖란
것은 어디서 나왔는가? 가령 가로 세로 구불구불하고 글자가 얼룩덜
룩한 것이 圖인가? 백지 한 장에 다 玄이니 黃이니 말한 것이 圖인가?
相法師가 마음을 쓰고 생각을 움직여, 자비를 베풀어 物을 이롭게 한
것이 圖인가? 가령 조짐이 아직 나타나지 않고 名器가 미처 형성되지
않았는데 벌써 圖인가? 잠자코 있다가 일렀다. "갈고리의 뜻을 알아
차리고, 눈금의 표식을 인정하지 말아라."[164]

　法界圖 전체에 대해서 총괄적인 해설을 하면서 이렇게 말했다. 성인
이라는 사람이 한 말을 듣고 향상하는 길을 찾으려고 하는 것은 무리이
다. 의상이 보여준 法界圖란 그 자체로 보면 구불구불한 도형을 그리고
글자를 배열한 것에 지나지 않으니, 스스로 깨닫고자 하지 않으면 아무
소용이 없다고 했다.

　"名器未形 早是圖耶"는 그릇이라고 이름 지을 만한 참다운 마음이 아
직 형성되지 않았는데, 의상이 그린 圖가 무슨 소용이 있겠는가 하는 말
로 이해된다. 偈頌句에서 말한 "눈금"은 法界圖 같은 안내서이고, "갈고
리의 뜻"은 자기 스스로 깨닫는 행위이다. 자기 스스로 길을 가지 않으
면서 지도를 보아서 무얼 하겠는가 하고 반문하는 말이다.

　김시습은 법계도를 이해하는 관점을 그렇게 제시하고, 독자가 스스로
할 일을 일러주었다. 모든 길 안내는 스스로 길을 가는 사람에게 필요하
다. 가고 안 가고는 본인에게 달렸지, 길 안내자의 소관사는 아니다. 다

---

163) 같은 책, 39면.
164) 김지견은 이에 대해서, "名器未形"의 "名"은 "無名"에 대응한 말, "器"는 老子
　　가 말한 "無名之樸"이라는 원래의 상태에 대응되는 말이라고 했다. "領取鉤頭意
　　莫認定盤星"은 《碧巖錄》에서 가져온 말이어서, 눈금은 무게를 나타내는 기호에
　　지나지 않으므로 무게와 혼동하지 말고, 무게를 알려거든 무게를 다는 갈고리의
　　입장에 서라는 뜻이라고 했다(같은 책, 42~43면).

른 사람들은 의상이 일찍이 훌륭한 지도를 만들었다고 칭송하면서 그 지도에 더 자세한 눈금을 그려넣는 일을 크게 보람되다고 하는 것이 불만이어서, 김시습은 지도가 자기가 실제로 길을 가는 데 어떻게 도움이 되었는가 말하면서 圖相과 實相을 연결시키고, 독자 또한 그렇게 하도록 촉구했다.

지도가 좋다고 해서 길을 잘 갈 수 있는 것은 아니다. 지도가 너무 자세하면 길이 어디로 나 있는지 모르게 된다. 자기가 있는 곳을 지도에서 확인하지 못하면 지도를 가지고 길을 찾을 수 없다. 자기가 가지 않을 길을 그려놓은 지도가 얼마나 자세한가 살피는 것은 공연한 일이다. 의상의 시와 시에 대한 주해가 절실하게 이해되지 않는 것은 길을 가는 데 실제로 소용되지 않는 지도로 삼으려고 하지 않기 때문이다.

그러면 어떻게 해야 하는가? 길을 가는 범위 안에서 소용되는 지도만 보자. 그렇다고 해서 지도를 보고 바로 길을 찾을 수 있는 것은 아니다. 지도 보는 방법을 터득해야 한다. 지도를 보고 길을 찾아야 하는 긴요한 대목에 관해서 시 원문, 의상 자신의 주해, 김시습의 주해를 들고 비교하면서 논의해보자. 필요한 경우에는 김시습의 주해에 대한 김지견의 주해도 함께 든다. 김지견의 주해는 요약해서 옮긴다.

[1] 法性圓融無二相. 法性은 圓融하여 두 相이 없으니.

의상 : 初言緣起體者 卽是一乘陀羅尼法 一卽一切 一切卽一 無障碍 法界也 今且約一門顯緣起義 所謂緣起者 大聖攝生 欲令契理捨事 凡夫 見事卽迷於理 聖人得理旣無於事 故今擧實理 而會迷情 令諸有情 知事 卽無 事卽會理 故興此教.

처음에 緣起體를 말한 것은 곧 一乘의 陀羅尼法이다. 하나가 곧 일체이고, 일체가 곧 하나인 것은 無障碍法의 法界이다. 지금 또한 一門을 가지고 緣起의 뜻을 나타냈다. 이른바 緣起란 것은 大聖이 중생을 이끌어 理와는 합치되게 하고 事는 버리게 하고자 함이다. 무릇 범부

는 事만 보고 理에는 어두우나, 성인은 理를 얻어서 事가 없다. 그러
므로 이제 實理를 들어 迷情을 融會해서, 모든 有情으로 하여금 事가
곧 無여서, 事는 理와 融會함을 알게 하고자 해서, 이 가르침을 홍하
게 했다.

김시습 : 法者 卽六根門頭 森羅萬象 情與無情也 性者 六根門頭 常
常受用 計較摸索不得底消息也 圓融者 一切法 卽一切性 一切性 卽一
切法 卽今靑山綠水 卽是本來性 本來性 卽是靑山綠水也 無二相者 靑
山綠水本來性 元是一箇王太白 本來無二也 但以世人 忘生分別 遂有我
人 於淸淨無碍中 瞥生異念 捏作十法界 熾然作用 要知不礙底消息麼
微塵利境 自他不隔於毫釐 十世古今 始終不離於當念.[165]

法이란 곧 六根 문 앞의 森羅萬象인 有情과 無情이다. 性이란 六根
문 앞에서 언제나 받아들이지만, 計較하고 摸索할 수 없는 消息이다.
圓融이란 一切法이 곧 一切性이고, 一切性이 곧 一切法이다. 곧 지금
의 靑山綠水가 바로 本來性이며, 本來性이 바로 靑山綠水이다. 二相
이 없다 함은 靑山綠水와 本來性이 원래 한 가지 아주 깨끗한 바탕이
어서 본래 둘이 아님이다. 다만 세상 사람들이 망령되게 분별해내서
드디어 나와 남이 있고, 淸淨하여 無碍한 가운데서 갑자기 異念이 생
겨, 十法界를 조작해 치열한 作用이 있게 된다. 걸림이 없는 곳의 소
식을 알고자 하는가? "微塵利境이 自他間 털끝 만큼의 간격이 없으
며, 十世의 古今이 始終 當念에서 떨어지지 않는다."

김지견 : "六根"은 "眼, 耳, 鼻, 舌, 身, 意", "門頭"는 "…의 앞에"라
는 등으로 말뜻을 다시 설명했다. 인용구의 출전을 밝히는 주를 달았
다. "微塵利境 自他不隔於毫釐 十世古今 始終不離於當念"은 李通玄
(637~730)의 〈新華嚴經論序〉에서 "無邊利境 自他不隔於毫端 十世古

165) 같은 책, 50~51면.

今 始終不離於當念"이라고 한 말을 가져왔다고 했다.[166]

시에서 존재하는 모든 것인 法의 특성인 性이 하나로 아울러져 있다고 했다. 그 상태인 '圓融'에는 두 가지 '相'이 없다고 했다. 1이 1인 모습에 대해서 말하고, 1을 2로 이해하지 말아야 한다고 했다.

의상 자신의 주해에서는 (가) 두 가지 相은 '理'와 '事'라고 해서 시의 미비사항을 보충하고, (나) 그 둘이 하나인 이치를 먼저 알아야 하므로 서두에서 말했다 하고, (다) '無障碍法'이고 '緣起'니 하는 다른 용어를 사용해서 다시 설명하고, (라) 근본이치를 깨달은 성인과 깨닫지 못한 범부의 차이점을 말했다. (다)에서는 1은 그 자체로 ∞이므로 1임을 말하고, (라)에서는 1을 2라고 보는 잘못에서 벗어나야 범부이기를 그만두고 성인이 될 수 있다고 했다. 그래서 자세한 내용을 갖춘 성과가 있다고 인정되지만, 시를 산문으로 옮겨 풀이하면서 모아놓은 것을 흩어 긴장이 완화되고 논의의 수준이 낮아졌다.

김시습은 (가) 원문에서 사용한 말, 法·性·圓融이 무슨 뜻인지 말을 바꾸어 설명하고, (나) 원문에서 말하고자 한 바에 대해서 자기가 생각한 바를 비유를 들어 전달하고, (다) 원문의 전체적인 내용에 상응하는 게송을 하나 들었다. (가) "法이란……有情과 無情이다", (나) "靑山綠水"가 "本來性"이다, (다) "十世의 古今이 始終 當念에서 떨어지지 않는다"고 하는 데로 한 단계씩 넘어왔다. 원문을 다른 말로 옮겨 이해하는 작업을 세 단계에 걸쳐 하면서 점차 원문에서 멀어지고, 그 자체로는 더욱 납득하기 어려운 말을 했다. 1과 ∞의 관계를 다시 논하면서 ∞에 속하는 구체적인 것들이 1임을 역설했다. 의상에게서 김시습으로 관심을 옮겨, 과연 그런가 시비하도록 했다.

김지견은 어려운 말을 모두 출전을 밝히면서 풀이하는 고증작업을 하는 데 힘썼다. 그래서 그 전체를 구성요소로 해체해서 각기 원래의 상태

---

166) 같은 책, 52~55면.

로 되돌렸다. 그렇게 하고 나니 김시습이 특별하게 한 말은 없지 않은가
하는 의문이 생긴다.

　그 가운데 어느 주해가 바람직한 것인가? 낮추기인가? 대치하기인
가? 해체하기인가? 그 어느 것도 그 자체로 바람직하지 않다. 각기 어떤
조건에서 그 나름대로 의의가 있다. 낮추기는 주해가 원문을 대신할 수
없음을 알려 원문으로 되돌아가게 하는 의의가 있다. 대치하기는 주해
자의 창조물이 원문 이상의 의의가 있을 때 가치가 인정된다. 해체하기
는 사전을 뒤적이면서 헤매는 수고를 덜어주는 구실을 한다.

　[6] 不守自性隨緣成. 自性을 지키지 않고 인연에 따라 이루어진다.

　의상 : 一切緣成法 無有一法定相有性 無自性故不自在者 卽生不生
生 不生生者 卽是不住義不住義者 卽是中道 (中)道者 卽通生不生 故龍
樹云 因緣所生法 我說卽是空 亦說爲是假名 亦是中道義 中道義者 是
無分別義 無分別法不守自性故 隨緣無盡 亦是不住 是故當知 一中十
十中一 相容無礙 仍不相是.

　일체의 인연으로 이루어진 법은 하나의 法으로 相을 정한 性이 없
다. 自性이 없기 때문에 自在하지 않는 것이다. 즉 生이란 生을 일으
키지 않는 生이다. 生을 일으키지 않는 生이란 것은 곧 머무르지 않는
다는 뜻이다. 머무르지 않는다는 뜻은 곧 中道이다. 中道라는 것은 곧
生과 不生에 두루 통함이다. 그래서 龍樹가 말하기를, "因緣으로 생긴
法을 나는 空이라고 하고, 또한 假名이라고 하고, 또한 이것은 中道를
뜻한다"고 했다.[167] 中道라는 것은 無分別을 뜻한다. 無分別의 法은 自
性을 지키지 않으므로 인연을 따르는 것이 끝이 없고, 또한 머무르지

---

167) 나가르주나를 다룰 때 인용해 거론한 바 있는 《中論》 제10게에서 "衆因緣生法
　　我說卽是無 亦爲是假名 亦是中道意"라고 한 대목이다. 문구가 조금 다른 것은
　　별개의 번역을 이용했기 때문인지 뜻만 옮겨 인용했는지 검토할 문제이다.

않는다. 그러므로 마땅히 알아야 한다. 하나 가운데 열이, 열 가운데 하나가 서로 용납하고 걸림이 없고, 이에 서로 옳다고 하지 않는다.

김시습 : 一切法 本來無性 一切性 本來無住 無住則無體 無體則隨緣 不碍 故不隨自性 而成十方三世矣 自性者 諸法無相本來清淨之體也 會 麼 去年梅今年柳 顔色聲香摠依舊.[168]
일체의 法은 본래 性이 없다. 일체의 性은 본래 머무름이 없다. 머무름이 없으면 體가 없고, 體가 없으면 인연을 따르면서 걸림이 없으므로, 自性을 지키지 않고 十方과 三世를 이룬다. 自性이란 것은 諸法이 相이 없어 본래 청정한 體이다. 알겠는가? "작년의 매화와 금년의 버들이, 안색이며 소리나 향기가 모두 전과 같다."

김지견 : "十方"은 "四方·四維·上下"의 십 개 방위이다. "去年梅今年柳 顔聲香摠依舊"는 출처 미상이고, "同一性의 自己限定의 모습, 그 관계를 묘사한 것으로 이해된다."[169]

시에서 말한 바, 모든 것은 自性을 지키지 않고 인연에 따라 이루어진다고 한 것은 1이 0이고 ∞라고 하는 원리를 한마디로 나타낸 명제이다. 나가르주나 사상의 핵심이 바로 그렇게 말하는 데 있었다.

의상은 龍樹라고 일컬은 나가르주나에 대해서 직접 언급했다. "因緣所生法"에서 "亦是中道義"까지의 龍樹의 시구에서 '中道'의 이치를 밝힌 전례를 받아들인다고 했다. 나가르주나의 사상을 이을 뿐만 아니라, 시를 써서 사상을 나타내는 방법을 또한 계승한다고 자부해서 그런 말을 했다.

김시습은 의상의 주해에는 관심을 두지 않고 자기 나름대로 논의를

---

168) 같은 책, 81면.
169) 같은 책, 82면.

전개했다. 시는 의상과 김시습의 주해에서 공통된 대상이지만, 시에 대한 주해는 각각이다. 주해에서는 의상이 모범을 보이고, 김시습은 그 뒤를 따랐다고 차등을 두어 이해해야 할 이유가 없다. "去年梅今年柳 顔色聲香摠依舊"는 "諸法無相本來淸淨之體"를 나타낸다고 보아 마땅하다. 출처가 없으니 당연히 김시습이 한 말이다.

　　[13] 九世十世互相卽.　九世와 十世가 서로 卽해도.

　　의상 : 所謂九世者 過去過去 過去現在 過去未來 現在過去 現在現在 現在未來 未來過去 未來現在 未來未來世 三世相卽及與相入 成其一念 總別合名故十世 一念者 約事念說也.
　　이른바 九世란 것은 과거과거, 과거현재, 과거미래, 현재과거, 현재현재, 현재미래, 미래과거, 미래현재, 미래미래의 世이다. 三世의 相卽 및 相入이 一念을 이룬다. 總과 別을 합친 까닭에 十世라고 한다. 一念이란 것은 事念을 말한다.

　　김시습 : 一念多劫 同時無碍故 三世中 各具三世 而融於平等之世 法法常住 交徹無碍.[170]
　　一念과 多劫이 同時에 일어나서 걸림이 없는 까닭에 三世 가운데 각기 三世를 갖추되 平等의 世에 융합하고, 法과 法이 常住하되, 交徹하여 걸리는 일은 없다.[171]

의상의 주해는 원문에 등장한 용어 '九世'·'十世'·'卽'이 무엇을 뜻하는

---

170) 같은 책, 98면.
171) 김지견은 이에 대해서 "法法常住"는 존재와 존재가 따로따로 독자적으로 성립한 모습(隔法異成)으로서 九世라는 역사적 계기적 시간의 지평에서 존재를 파악한 것, "交徹無碍"는 十世라는 一體的 시간의 지평에서 파악한 존재의 一體性이라고 했다(같은 책, 99면).

지 설명하고, 그 설명에 등장한 용어를 다시 설명했다. 설명을 하려면 새로운 용어가 등장해 용어가 자꾸 늘어난다. 그래서 원문에서는 하나인 것이 주해에서는 계속 여럿으로 나누어진다. 말을 더 보태면 더 많이 나누어질 것이다. 그러니 주해가 원문을 대신할 수 없다.

김시습은 '一念', '多念', '平等之世' 등의 용어를 등장시켜 설명을 시작하더니 원문에서 한 말이 결국 "法法常住 交徹無碍"라고 하는 데 이르렀다. 여러 가닥으로 나누어진 논의가 필요한 단계를 거쳐 하나로 모아지도록 했다. 그렇게 해서 원문을 대신할 수 있는 명제를 얻었다.[172]

주해를 손가락으로 삼아 원문이라는 달에 이르면 목적을 달성하는 것도 아니다. 나는 나대로 깨달아 아는 바가 있어야 읽고 따진 보람이 있다. 부분을 나누어 보는 것이 능사가 아니다. 전체를 모아 보는 데 힘써야 한다. 원문보다 더 큰 범위까지 모아 보아야 높이 올라가 아래를 살피는 통찰력을 얻을 수 있다.

"九世十世互相卽"이라고 한 것은 시간의 '계기'가 '총체'이고 '총체'가 '계기'라고 하는 뜻이다. 그 말은 그 자체로 독립되어 있지 않다. 그 다음 [14]에서 "仍不雜亂隔別成"이라고 해서 '계기'는 '계기'이고 '총체'는 '총체'라고 한 것과 짝을 이룬다. 그 양쪽에서, "이면서 아니다"의 논리가 "2인 듯이 보이는 것이 1이고, 1인 듯이 보이는 것이 2이다"로 나타나는 양상을 시간의 영역에서 발견했다.

여기서 나가르주나와 의상이 같고 다른 점을 지적할 수 있다. 2인 듯이 보이는 것이 1이라고 한 말은 나가르주나와 의상이 함께 했다. 그런데 나가르주나는 2인 듯이 보이는 것이 1이고 1은 0이며 0은 1이라고 하고, 1인 듯이 보이는 것이 2라고 하지는 않았다. 나가르주나의 기본관심사는 0과 1의 관계이고, 1과 2의 관계는 아니었기 때문이다.

---

172) 김지견은 원문의 '九世'와 '十世'가 각기 김시습이 말한 '法法常住'와 '交徹無碍'에 해당한다고 하면서 그 둘의 연관관계를 지적했다. '九世'인 '法法常住'는 계기적 시간, '十世'인 '交徹無碍'는 총체적 시간임을 밝혀 원문의 뜻을 명확하게 했다.

　의상은 0과 1의 관계보다 1과 2의 관계를 더욱 중요시해서 2인 듯이 보이는 것이 1이고, 1인 듯이 보이는 것이 2라고 하는 양면을 다 말했다. 의상의 말에서 1과 2 양쪽이 모두 "듯이 보이는"이므로 진상이 아니고 가상이며, 실체가 아니고 空일 수 있어 1이든 2이든 둘 다 0이기도 하다고 암시했다. 그러나 0은 암시하고 1과 2의 관계는 드러내 말했으므로 1과 2의 관계에 더욱 관심을 두었다고 보아 마땅하다.

　나가르주나와 원효가 같고 다른 점은 위에서 이미 살폈지만, 여기서 재론해 논의의 진전을 꾀할 수 있다. 원효는 "인 듯이"에 해당하는 표현을 사용하지 않고, "1이 2이고, 2가 1이다"고 했다. 그렇다고 해서 0을 배제한 것은 아니다. 1이 2이고 2가 1일 수 있는 이유는 그 어느 쪽이나 0이기도 하기 때문이다. 그러나 0이기도 하다는 것이 내리고자 하는 결론은 아니다. 0이기도 하다는 것을 매개로 해서 1이 2이고 2가 1인 관계가 벌어지는 실체의 세계, 현실 속의 문제를 다루는 데 깊은 관심을 가졌다. 그래서 원효는 나가르주나뿐만 아니라 의상과도 상당한 차이가 있다.

　거론한 대상이 서로 다른 점에 관해서도 주의할 필요가 있다. 의상이 '九世'와 '十世'가 2이면서 1이라고 한 것은 시간의 양상에 관한 말이다. 그런데 나가르주나는 '我'와 '無我', '假名'과 '中道' 등의 언어로 표출되어 있는 개념을 시비했으며, 원효는 一과 二, 中과 邊 등을 들어 공간의 존재들 사이의 상관관계를 문제로 삼았다. 개념은 분별이 무의미하므로 0이고, 시간은 잘라 보아도 연속되어 있어 1이고, 공간에는 2의 대립이 있다는 사실을 부인할 수 없다는 것이 당연하다. 기본적으로 동일한 원리로 그런 것들을 포괄해서 다루면서 어느 쪽에 강조점을 두었는가 하는 점은 분명한 차이가 있다.

　의상이 [7]에서 "一中一切多中一"(하나 가운데 일체, 많음 가운데 하나요)이라고 하고, [8]에서 "一卽一切多卽一"(하나가 곧 일체요, 많음이 곧 하나다)이라고 한 것은 공간의 존재들에 관한 발언이다. 그러나 2의 대립상에 대해서는 말하지 않은 점이 원효가 "融二而不一"이고 "離邊而非

中"이라고 한 것과 다르다. 시간의 양상에 관한 논의에서는 "2인 듯한 것이 1이다"라는 것을 쉽사리 납득할 수 있으므로 2를 말했으나, 공간의 존재들에 관한 논의에서는 2 대신 ∞를 내세웠다. "1이 ∞이고, ∞가 1이다"라고 해서 대립이 생길 수 없는 관계를 말했다.

원효와 의상은 동일한 논리의 상이한 측면에다 근거를 두고, 원칙론에서는 서로 같지만 구체적인 함의가 서로 다른 발언을 했다. "離邊而非中"이라고 한 원효는 특권층과 민중 사이의 대립을 넘어서야 한다고 했다. "一卽一切多卽一"이라고 한 의상은 국왕과 백성 사이의 일체감을 조성해야 한다고 했다. 화합을 이루기 위해 그 어느 쪽이 더욱 긴요한가를 두고 당시 신라사회에서 벌어진 논쟁을 상반된 방향으로 이끌어가는 구실을 했다.

나가르주나·의상·원효를 이렇게 비교하면 상호조명이 가능해진다. 나가르주나·의상·원효는 그처럼 같은 말을 다르게 하고, 다른 말을 같게 했다. 의상이 나가르주나와 원효 사이에 자리잡고 있는 줄 알면 정확하게 이해할 수 있다. 아직 남은 문제가 많아, 삼자 비교론이 길게 이어져야 하지만, 번거로움을 피하기 위해서 이만 줄인다.

[19] 能仁海印三昧中. 能仁의 海印三昧 가운데.

의상 : 印者約喩得名 何者 是大海極深 明淨徹底 天帝共阿脩羅鬪爭時 一切兵衆 一切兵 於中離(顯)現了了分明 如印顯文字 故名海印 入三昧亦復如是 窮證法性 無有源底 以究竟淸淨 湛然明白 三種世間於中顯現 名曰海印.

印이란 것은 비유로 이름을 얻었다. 무엇인가? 큰 바다가 아주 깊고 밑바닥까지 밝고 맑아서 天帝가 阿脩羅와 싸울 때 일체의 군사들과 일체의 무기가 그 가운데 분명하게 나타나는 것이 印에서 문자가 나타나는 것과 같아서 海印이라고 일컫는다. 三昧에 드는 것도 또한 이와 같아서, 法性이 바닥이 없는 데까지 끝내 淸淨하고, 고요하고, 밝

고 분명해서, 三種世間이 그 가운데 나타나므로, 이름 지어 海印이라
고 한다.

　김시습 : 於眞性中 顯理顯事 縱有多端 推其自性 了不可得 則佛與衆
生 乃眞性中光影 無佛可成 無生可道 但一眞性而已 如閻浮海中 所有
閻浮山河大地 草木叢林 推其實體 了不可得 則山河色相 乃大海之光影
無性可見 無相可取 惟一大海而已 十佛內證 只如是耳.[173]
　眞性 가운데 理를 드러내고 事를 드러냄이 비록 여러 가지가 있다
하더라도, 그 自性을 추구하면 얻을 수 없다. 부처든 중생이든 眞性
가운데 비친 그림자이다. 부처가 성불한 것도 없고, 중생을 제도한다
는 것도 없으며, 다만 한 가지 眞性이 있을 따름이다. 마치 閻浮의 바
다 가운데 있는 閻浮의 산하와 대지, 초목이나 숲은 그 실체를 추구하
면 얻을 것이 없다. 산하의 색과 모습이 큰 바다에 비친 그림자여서,
볼 수 있는 性도, 취할 수 있는 相도 없으며, 다만 바다일 따름이다.
十佛이 內證함도 다만 이와 같다.

　'海印'에 대한 설명이 크게 다르다. 의상은 法性이 청정한 바가 같아서
모든 것이 비칠 수 있어 '海印'이라고 한다고 했다. 김시습은 眞性이라고
하는 것이 自性이 없어 바다에 비친 그림자와 같아서 '海印'이라고 한다
고 했다. '海印'의 본래 의미는 의상이 말한 바이고,[174] 김시습의 견해와
는 다르다.
　김시습이 그렇게 말한 의도는 무엇인가? 틀린 말을 한 것인가? "無佛
可成 無生可道"라고 한 말에 의문을 풀 수 있는 단서가 있다. 그 말은
부처가 성불했다느니 부처가 중생을 제도한다느니 하는 생각이 헛되다

---

173) 같은 책, 113면.
174) 김지견은 "海印"은 부처가 가진 三昧의 하나로, 마치 大海 속에 일체 사물의
　　모습이 도장을 찍듯이 선명하게 투영되어 있듯이, 맑고 고요한 三昧 속에 일체
　　의 眞相이 드러남을 비유한 말이라고 했다(같은 책, 14면).

는 뜻이다. '海印'의 경지에 도달한 부처를 우러러보면서 중생을 제도해 달라고 기원하는 것보다 모든 것이 '海印'의 가상임을 스스로 깨닫는 것이 더욱 소중하다고 생각해서 말을 바꾸었다고 볼 수 있다. 그래야 자유가 생기고, 창의력이 개방된다.

의상은 정통적인 견해를, 김시습은 새로운 착상을 말했다. 하나는 교종에서, 다른 하나는 선종에서 내세운 것이다. 선종은 부처를 무시하고, 경전에서 벗어날 수 있는 새로운 불교이므로 인정할 만한 근거가 없고, 이치를 보아서 틀린 말이라도 스스로 깨닫는 데 도움이 된다면 주저하지 않고 할 수 있다. 그런 말을 맞다 틀렸다 하고 시비하는 것은 무의미하다. 깨우치는 바가 있는가 없는가 하고 시비해야 한다.

그 자체로는 틀렸으면서 깨우치는 바가 있는 말을 문학에서는 대단하게 여긴다. 그 자체로는 많이 틀려 기존의 관념에 충격을 주는 정도가 클수록 깨우치는 바가 크다는 것이 문학의 논리이고 시를 쓰는 방법이다. 선종이 그런 것을 가져다 써서 종교의 언설이 모두 시이게 했다. 김시습의 주해는 그런 방법으로 썼으므로 진부하지 않고 충격을 준다. 의상의 시는 내용에서만 시이고, 김시습의 산문은 내용에서 시라고 할 수 있는 역전이 벌어졌다. 김시습의 시는 의상의 시를 풀이의 대상이 아닌 경쟁의 대상으로 삼아, 깨닫게 하는 힘을 더 크게 발현하는 것이 소중하다고 했다.

이치를 논할 때는 조심하고 있던 김시습이 시 후반의 '利他行', '脩行'의 '方便'과 '利益'에 관해서 말할 때는 자유로워졌다. 어떤 방편을 써서 어떤 이득을 얻어야 하는가는 후대인이 스스로 묻고 따져야 할 일이기 때문이었다.

[22] 衆生隨器得利益. 중생은 그릇에 따라 이익을 얻는다.

김시습 : 大富家中 器器皆金 海印定中 法法皆眞 但有大小方圓染淨 異耳 其所得益 不是他法 只爲大者言大 小者言小 方者言方 圓者言圓

染者言染 淨者言淨 非博小而令大 刻方而爲圓 革染而說淨也 會麽 山
虛風落石 樓靜月侵門.[175]

　큰 부잣집에는 그릇마다 다 금이고, 海印定 가운데는 法마다 다 진
실되다. 다만 大小·方圓·染淨이 다를 따름이고, 얻은 바 이익이 다른
法이 아니다. 다만 큰 것은 크다 하고, 작은 것은 작다 하고, 모난 것
은 모났다 하고, 둥근 것은 둥글다 하고, 물든 것은 물들었다 하고, 깨
끗한 것은 깨끗하다고 말할 따름이고, 작은 것을 넓혀서 크게 하며,
모난 것을 깎아서 둥글게 하며, 물든 것을 고쳐 깨끗하게 함은 아니
니, 알겠느냐? "산이 비어 있으니 바람이 돌에 떨어지고, 樓가 고요하
니 달이 문을 침범한다."

　이 대목은 인용구가 없고, 전부 김시습이 스스로 한 말이다. 그만큼
뜻하는 바가 분명하다. 그러나 자기가 나서서 설명을 하지 않고, 의문을
던져 독자가 스스로 깨닫게 했다. 말썽은 줄이고 효과는 높였다. 그렇게
하는 것만으로는 부족하다고 여겨 비유로 이루어진 시를 지었다. 철학
글쓰기와는 가장 거리가 먼 문학 글쓰기의 방법으로 철학을 뒤집는 데
사용했다.

　의상은 하나의 커다란 이익을 중생이 각기 자기 나름대로의 근기에
따라서 받아들인다고 했다. 그런데 김시습은 중생이 각기 자기 나름대
로의 근기를 가지고 살아가는 삶 자체에 이익이 있다고 했다. 개별적인
것들의 차별상이 모두 그 나름대로 의의가 있는 줄 알아야 하고, 차등을
이유로 해서 낮추어보지 말며, 차등을 해소하기 위해서 공연히 애쓰지
말아야 한다고 했다. 결함이 있다는 것은 당연한 일이므로 나무랄 필요
가 없다고 하는 말로 못난 사람들이 천한 일을 하면서 살아가는 삶을
모두 긍정했다.

　고요한 것이 아름답다고 하는 것 외에 다른 뜻이 없을 듯한 偈頌에서

---

175) 같은 책, 120면.

더욱 심오한 논의를 폈다. 빈 것은 빈 것대로 소중하니 다른 무엇으로 채워서 그 특징을 없애지 말라고 하고, 다시 비어 있으면 다른 무엇을 받아들일 수 있는 여지가 커서 훌륭하다고 했다. 그 둘을 구별해서 앞의 것에서 뒤의 것으로 나아가는 向上을 이루려고 노력해야 하는가? 그 둘은 하나임을 알아 自在하는 것이 마땅한 자세인가? 이 물음은 내게로 되돌아온다.

[24] 叵息妄想必不得. 망상을 끊지 않고서는 얻을 수 없다.

김시습 : 三世諸佛 是守死鬼 歷代禪師 是博地凡夫 直饒佛說 菩薩說 利說 三世一時說 不異殿佛熱椀鳴聲 於向上一著 了沒交涉 盡大地是業識 茫茫 本無可據 何故 但以假名字 引導於衆生.[176]
三世의 諸佛은 시체를 지키는 귀신이고, 歷代의 禪師는 못난이이다. 설사 부처가 말하고, 보살이 말하고, 국토가 말하고, 三世一時가 말한다 하더라도 끓고 있어 뜨거운 주전자가 우는 소리와 다를 바 없다. 한 수 향상하는 것과는 관련이 없다. 온 대지가 業識이어서 망망하고, 의지할 곳이 없으니 무슨 까닭인가? "다만 假名字로 중생을 인도하노라."[177]

부처가 성불했다느니 부처가 중생을 제도한다느니 하는 생각이 헛되다고 한 말을 강도를 높여 다시 했다. 언어에 대한 불신을 말하다가 부처나 보살이 한 말을 섬기는 태도에 대한 비판으로까지 나아갔다. 의상의 시는 진리를 언어로도 나타낼 수 있다는 것을 전제로 하고 창작되었

---

176) 같은 책, 123면.
177) 같은 책, 125~127면의 김지견의 주해에서는 "殿佛"의 글자가 잘못되었다고 교정했는데, "전각의 부처"라고 하고서 발음이 같은 "煎沸"로 바꾸어서 이해하도록 하는 언어유희라고 보는 편이 적합하다. "但以假名字 引導於衆生"은 김지견이 밝힌 바와 같이 《法華經》 권1 〈方便品〉의 偈頌句이다.

는데, 김시습은 그 시를 풀이하면서 시에 나타난 말에 집착하는 것을 극도로 경계했다. 남들이 훌륭하다고 하는 말이란 소용이 없고, 자기가 절실하게 깨닫는 것만 소중하다고 하는 생각을 분명하게 나타냈다.

경계하는 효과를 극대화하기 위해 모든 부처가 시체를 지키는 귀신에 지나지 않고, 역대의 선사가 다 못난 무리일 따름이라고 했다. 부처가 자기 마음에 있는 줄 알지 못하고 멀리 있는 부처만 찾으면 그런 부처는 지나간 시간이나 관장하고 있으니 시체를 지키는 귀신과 다를 바 없다. 선사가 한 소리를 그 자체로 섬기려는 자에게는 그런 소리야 누군들 하지 못하겠느냐 하고 일깨워주었다. 아무리 훌륭한 말이라도 언어의 음성 그 자체만 들어보면 주전자에서 물 끓는 소리만큼이나 무의미하다고 했다.

진실을 말하고자 하는 모든 언설은 그 자체가 진실이 아니고 방편에 지나지 않으니 眞名이 아니고 假名이다. 假名이 假名인 줄 알면 진실에 이르지만, 假名이 眞名인 줄 알면 名에 빠져 헤어나지 못한다. 假名인 언설은 그 자체로 훌륭한가 가릴 수 없으며, 내가 어떻게 받아들이는가에 따라서 가치가 달라진다. 假名이 中道라고 한 나가르주나의 명제는 내가 어떻게 하는가에 따라서 터무니없는 허위일 수도 있고 놀라운 진실일 수도 있다.

[26] 歸家隨分得資糧. 집으로 돌아와 분수에 따라 資糧을 얻는다.

김시습 : 歸家活計 本無寄特 但以本地風光 得本來閑田地 足伊家活計 其所謂資糧 三十道品 卽是 飢飯渴漿 寒附火 熱乘涼 有什麼消息 雖然 種瓜得瓜 種果得果 一乘淸淨法界 下得種子 豈無玄談分 速道 長因送客處 憶得別家時.[178]

집으로 돌아가 사는 방도를 차리는 데는 특별한 비결이 없다. 다만

---

178) 같은 책, 132면.

本地風光으로 본래의 한가로운 밭을 삼으면 집안의 생활방도가 되는 것이다. 이른바 양식이라고 하는 것은 三十道品이 그것이다. 배 고프면 밥 먹고, 목 마르면 장을 마시고, 추우면 불 피우고, 더우면 바람 쏘이는 데 무슨 소식이 있겠느냐? 비록 그러하나 외를 심으면 외를 얻고, 과일을 심으면 과일을 얻음이니, 一乘의 淸淨法界 종자를 내린 이상 어찌 玄談거리가 없겠는가? 얼른 말하라. "언제라도 손님을 전송할 일이 있으면, 집을 떠나 있던 때를 생각해보라."

밖으로 나다니던 떠돌이 생활을 청산하고 집으로 돌아와 농사 짓고 사는 삶을 깨달음의 本地風光이 어떤 경지인가 알려주는 비유로 삼았다고 이해한다면, 그것은 헛된 관념에 사로잡혀 공연히 방황하는 무리의 좁은 소견이다. 허상을 버리고 실상을 보면 부처와 중생이 둘이 아니듯이 禪俗이 따로 없다. 농사 짓고 사는 삶이 그냥 즐거울 따름이어서 특별히 할 말이 없다고 한 것은 禪의 수작이기도 하고 俗의 수작이기도 하니, 분별해서 논할 바는 아니다. 승려인 김시습이 환속해서 농사를 지으면서 농민이 되어 농민의 삶을 노래하는 시를 지은 것이 뜻밖의 일이라고 할 것은 아니다.

김시습은 주해를 한다면서 어구 풀이나 내용 설명의 경지를 넘어서서 자기의 독자적인 사상을 펴는 데까지 나아갔다. 화엄학에 대한 선종의 해석이 확인될 뿐만 아니라, 선종의 사상을 새롭게 전개한 창조적 활동이 보인다. 그렇게 해서 의상의 시와 구별되는 또 하나의 시를, 정형시와는 다른 산문시를 만들어냈다. 표현을 함축하는 것과는 다르게, 禪과 俗의 이중의미를 지녀, 불교의 논리를 넘어서서 그 의미가 확대될 수 있는 상징적인 언사를 늘어놓았으니 산문시를 썼다고 할 수 있다.

의상의 시를 두고 다른 사람들이 말을 너무 많이 했다고 나무라고서 김시습이 자기는 말을 함부로 했으니 납득할 수 없다고 할 수 있다. 그러나 賊反荷杖인 것 같은 거동이 최상의 대안이다. 다른 사람들은 진리에 대한 확고한 인식을 세분하려고 말을 감금했지만, 김시습은 진리에 대한 인식이 고착되지 않게 하려고 말을 개방했다. 말을 감금해서 가닥이 많아진 것과 말을 개방해서 가닥이 흩어진 것은 서로 다르다.

의상이 "一中一切多中一 一卽一切多卽一"이라고 한 것은 ∞가 1이므로 1이 ∞라는 말이라고 할 수 있다. 그런데 김시습은 1이 ∞이므로 ∞가 1이라고 했다. 의상은 모든 것을 하나로 모으는 1의 의의를 내세우고, 김시습은 ∞에 포함되어 있는 개별적인 것들을 인정하자고 했다. 의상이 세운 엄격한 체계를 가진 불변의 원리를 김시습은 개별화하고 상대화했다. 의상의 시에 대한 주해를 산문시라고 할 수 있는 방식으로 써서 그렇게 했다.

의상은 시 한 편에서 모든 것을 다 말하겠다고 했지만, 김시습은 그것뿐만 아니라 다른 여러 글도 갖가지 방법으로 써서 미진한 논의를 폈다. 불교의 범위 안에서 할 말을 다 할 수 없어, 도가나 유가의 시문도 썼다. 유가철학 氣일원론을 전개할 때는 1과 2의 관계를 힘써 논해, 2를 개별화를 위한 발판으로 삼았으며, 시문에서는 개별적인 존재의 고민과 방황을 힘써 다루었다.

기존연구에서 이미 소상하게 밝힌 바와 같이,[179] 김시습은 유가의 正名, 불가의 假名, 도가의 無名을 모두 활용했다. 그 모든 것이 假名이기 때문에 필요한 대로 가져다 쓰고 서로 합치기도 했다. 實事를 그대로 나타내는 實事名을 바로 제시하지 못하므로 그런 방편을 사용했다. 實事名에 관한 이론 전개를 소망으로 했으나, 동원할 수 있는 언어자료가 제한되어 있어 뜻을 이루지 못했다. 이론적인 논술 대신에 문학창작을 통해서 그 길을 찾을 수밖에 없었다. 한시도 쓰고 소설도 써서 뜻한 바를 이루고자 했다. 그러나 그 결과가 신통했던 것은 아니다.

의상과 김시습은 둘 다 1이 ∞이고, ∞가 1이라고 했다. 그러면서 의상은 ∞에서 1로 나아가 하나로 모아지는 질서를 희구하고, 김시습은 1에서 ∞로 방향을 돌려 잡다하게 흩어져 있는 여럿이 모두 소중하다고

---

179) 최귀묵, 〈김시습 글쓰기 방법의 사상적 근거 연구〉(서울대학교 박사논문, 1997).

했다. 의상은 중세전기의 이상주의를 최고도로 끌어올리고, 김시습은 중세후기에서 시작되어 중세에서 근대로의 이행기로 나아가는 현실주의를 개척했다. 의상처럼 생각하면 일체를 하나로 아우르는 국왕이 가장 존귀하고, 김시습의 견해를 받아들이면 잘난 데라고는 하나도 없는 만백성이 모두 소중하다.

의상은 최고의 완성도를 갖추고 모든 이치를 다 담은 시 한 편만 지었으나, 김시습은 잡다한 논의를 갖가지로 펴는 가운데 진실을 찾기 위해서 생각할 수 있는 방법을 있는 대로 동원해서 별별 이상스러운 글을 잡다하게 썼다. 의상은 오직 숭고한 것만 숭상했는데, 김시습은 숭고만 빼놓고 나머지 세 가지 미적 범주 비장·우아·골계를 두루 찾으면서 이리저리 방황했다. 김시습에게는 완성된 것이 없고, 계속되는 탐색과 시험이 있을 따름이었다.

그런 차이점은 시대구분을 하는 데 유용하게 쓰여 역사적인 연구를 심화할 수 있게 한다. 의상의 시대에서 김시습의 시대로 넘어왔다고 하는 데 철학사·미학사·사상사·문학사의 전폭이 포함된다. 그러한 전환을 의상에 대한 주해를 통해서 김시습이 스스로 문제삼았다는 사실은 대단한 의의를 지닌다. 지난날의 사상을 실증적 연구의 대상으로나 삼는 지식의 학문을 넘어서서, 오늘날의 사상을 창조하는 데 쓰는 통찰의 학문을 하기 위해, 김시습이 한 일에서 교훈을 찾아 마땅하다.

그러나 김시습은 자기 나름대로 커다란 어려움을 겪고 많은 차질을 빚어냈다. 의상에 대해서 주해를 한 것은 수많은 노력 가운데 하나이다. 불가·도가·유가를 모두 찾아다녀도 든든하게 기댈 데가 없으며, 자기가 얻은 새로운 통찰을 시원하게 나타낼 수 있는 어법을 찾지 못해 거듭해서 새로운 실험을 했다. 문학창작에서도 한시는 격식에 매여 있고, 소설은 처음 만든 것이라서 둘 다 미흡했다.

김시습은 그렇다 치고, 오늘날의 우리는 얼마나 자유로운가? 더욱 힘든 시련에 빠져 있다. 기존의 지식에 억눌려 스스로 학문을 할 엄두를 내지 못하고, 새로운 사상을 창조하는 말을 찾지 못해 고민이다. 그러므로 김시습을 깊이 연구해서 우리 자신의 처지를 되돌아보고, 김시습보다 한걸음 더 나아가는 길을 찾아야 한다.

지난 시기의 철학을 돌보는 이유는 미해결의 문제를 새롭게 해결하는 해답을 얻는 단서를 찾자는 데 있다. 그러기 위해서는 敎宗의 학문에 머무르지 말고 禪宗의 학문을 향해 나아가야 한다. 학풍을 아주 바꾸어 스스로 깨닫는 것만 소중하다고 해야 한다. 스스로 깨닫는 데 도움이 되지 않는 지식은 많을수록 더욱 무거운 짐이 되니 내던져야 한다. 동서고금의 학문에 대해서 해박하게 알면서 자기가 무엇을 어떻게 깨달아야 하는지는 모르는 잘못은 지금 당장 시정해야 한다.

그렇다고 해서 禪해서 얻은 바는 不立文字라고 하고 물러서지 말아야 한다. 입만 열면 잘못될 위험이 있는 것을 무릅쓰고, 말을 하고 글을 써야 한다. 말을 바로잡아 깨끗하게 하지 않으면서 마음을 다스리겠다고 하는 것은 망상이다. 마음이 말이고, 말이 마음이다. 말이 망상의 근원이라면 마음 또한 망상의 근원이다. 마음으로 마음을 바로잡아야 하듯이, 말로써 말을 바로잡기 위해서 말을 해야 한다.

산카라

산카라(Sankara, 700~750)는 나가르주나처럼 남인도 사람이다. 드라비다어의 한 갈래인 말라야람(Malayalam)어를 모국어로 사용하는 오늘날의 케랄라(Kerala)주 사람이다. 변방에서 살아갔으므로 불필요한 인습에 매이지 않고 문명권 전체의 사상을 철저하게 재정립할 수 있었던 점이 앞시대의 나가르주나, 뒷시대의 라마누자(Ramanuja)와 같다.

산카라는 불교를 밀어내고 힌두교를 재현하는 임무를 지니고, 그 철학적 근거를 밝혀 논했다. 불교의 도전을 받고 위축되었던 브라만교를 대중의 종교인 힌두교로 재정비해 불교와 맞서 사상의 주도권을 되찾도록 하는 기본노선을 제시했다. 나가르주나를 비판의 표적으로 삼고, 나

가르주나의 철학을 넘어서는 철학을 하고자 했다. "불교의 비밀신도"라
는 비난을 들을 정도로 불교의 논리를 적극 이용해서, 또 하나의 창조적
인 사고의 체계를 이룩했다.

나가르주나가 말한 불교의 '空' 사상을 넘어서는 '베단타'(vedanta)의
원리를 분명하게 하는 것을 기본과업으로 삼았다. 그러기 위해서 《우파
니샤드》를 재해석해서 '베단타'의 원리를 찾아내고, 나가르주나를 비판
하고 대안을 제시해야 했다. 그 작업을 어떻게 했는가 핵심사항만 들어
간추려보면 다음과 같이 말할 수 있다.[180]

나가르주나가 세상의 모든 것은 그 자체로 독립되어 있지 않고, 서로
연관되어 상대적인 관계를 가진 실체를 空이라고 한 데 대해서 반대했
다. 산카라는 이것을 저것으로 잘못 아는 것이 '무지'(avidya)라고 했다.
'무지' 때문에 가상을 진실이라고 잘못 판단하는 '망상'(maya)에 사로잡
힌다고 했다. 세상의 외형은 거짓이고, 《우파니샤드》에서 말한 '브라흐
만'(Brahman)만 궁극적인 진실이며, 브라흐만이 사람 마음속의 진정한
주체인 '아트만'(Atman)과 일치하는 것을 바로 알아야 한다고 했다.

그런 작업을 효과적으로 수행하기 위해서 두 가지 저술을 했다. 한편
으로는 《우파니샤드》를 주해해서 진리의 근거를 분명하게 했다. 다른
한편으로는 이치의 근본을 스스로 논하는 글을 썼다. 그 어느 쪽에서든
지 나가르주나를 능가하는 글쓰기를 해서, 심오한 깨달음을 납득할 수
있게 전달하는 데 획기적인 성과가 있게 하려고 애썼다.

산카라의 《우파니샤드주해》(Upanisadbhasyas)는 16종이나 된다고 하
는데, 그 가운데 9종이, 다시 7종이 신빙성이 있다고 인정된다.[181] 원문을
세밀하게 이해할 수 있게 하자는 것이 주해의 목표는 아니었다. 《우파
니샤드》는 절대적인 진리를 말한다는 사실을 의문의 여지가 없이 입증

---

180) Surendranath Dasgupta, *A History of Indian Philosophy* 2(Cambridge :
    Camidge University Press, 1952), 2~8면.
181) G. R. Pandey, *Sankara's Interpretation of the Upanisads*(Delhi : S. N. Publi-
    cations, 1988), 2~3면.

하기 위해서 다각도의 논의를 폈다.[182] 그렇게 해서 불교에 대한 반론을 전개하는 확고한 근거를 《우파니샤드》에서 찾을 수 있게 했다.

그 성과는 재론의 여지가 없이 타당해 움직일 수 없는 권위를 가진 것으로 인정되었다. 산카라는 그렇게 해서 경전의 주해를 통해 사상의 정통을 재확립한다면서 새로운 시대에 대처해 나간 작업의 본보기를 보여주었다. 불경에 대한 주해나 朱熹의 유가경전 주해와 상통하는 일을 하면서, 경전에 대한 이해에서 기본적인 차이가 있었다.

유교경전은 훌륭한 스승의 가르침이고, 불경은 깨달은 사람의 말이므로 잘 새겨서 받아들여야 한다고 했다. 나가르주나는 불경을 직접 주해하지 않고 불경과는 거리를 둔 논의를 전개하기만 했다. 그런데 산카라는 《우파니샤드》는 사람이 쓰지 않았고 신이 한 말이므로 오류가 있을 수 없다고 했다. 불경의 모든 언설은 '假名'이라고 한 것과 같은 발언은 하지 않고, 《우파니샤드》는 모두 절대적으로 진실된 말이라 했다. 《우파니샤드》와 어긋나는 것은 모두 허위라고 했다.

그렇게 주장하려고 하니 난관이 생겼다. 《베다》와 《우파니샤드》 사이에는 상당한 불일치가 있어 《우파니샤드》의 정통성에 대해서 의문을 가질 수 있었다. 그 점에 관해서는 《베다》에서 말한 종교의식과 《우파니샤드》에서 말한 근본원리는 표면상 차이가 있을 따름이고 본질에서는 달라지지 않았다고 해명했다.

《우파니샤드》 내부에 서로 어긋나는 대목이 적지 않은 것이 또 하나의 난관이었다. 그 점에 관해서는 항구불변의 진리를 사람들이 원하는 바에 따라서 전달하는 방식에서, 차질이라고 오해되는 것들이 나타났다고 했다. 일반인을 위해서 필요한 상식적인 견해에서는 인격신을 믿는 관점이나 이원론적 견해가 나타나 있어도, 진실을 제대로 밝힌 철학적인 견해는 그렇지 않다고 했다.

두 가지 난관을 해결하면서 일관되게 사용한 논리는 현상과 본질을

---

182) 같은 책, 1226면.

구별하면서 현상은 버리고 본질을 택하자는 것이다. 현상으로 나타나 있는 차별상은 가상이고, 그 이면의 본질에 숨어 예사 사람은 알기 어려운 동일체가 진상이라고 했다. 보이는 것은 허망하므로 보이지 않는 것을 믿어야 한다고 했다. 生克의 양면 가운데 克은 버리고 生만 택해야 한다고 했다.

《우파니샤드》에 대한 주해를 방대한 규모로 진행해 그런 주장을 펴는 데 그치지 않고, 자기 스스로가 이치를 따질 필요가 있어서 《一千教說》(Upandesashasri)이라는 것을 지었다. 독자적인 저술은 이것 하나이며, 분량이 많지 않다. 그렇지만 궁극적인 진리에 대한 자기 생각을 깊이 따지고 선명하게 간추려 정리한 성과가 탁월해, 주해서를 능가하는 의의를 가진다.

거기서 산카라도 나가르주나처럼 시를 소중하게 여겨 이치를 논하는 기본 방법으로 삼았다. 시를 통해서 철학을 하는 시대의 과업을 지속시켰다. 그렇지만 산문을 버린 것은 아니고, 시와 산문을 함께 사용했다. 시를 산문으로 설명하거나 주해하지 않고, 시 부분과는 별도의 산문 부분을 써서, 그 둘이 서로 호응되는 관계를 가지게 했다. 산문의 의의를 그 정도 인정한 것은 시를 통해 철학을 하는 시대가 끝나가고 있었던 증거라고 할 수 있다.

시와 산문이 어떻게 사용되는가 구체적으로 살펴보자.[183] 시에서는 몇 가지 율격을 사용해서 변화를 주었으며, 산문은 단순한 문장으로 이루어져 있다. 시는 앞에다 두고, 산문은 뒤에다 첨부했다. 시는 학생들을 위한 교재이고, 산문 부분은 교사를 위한 지침서라고 했다. 시는 다룬 주제에 따라서 구분된 18장으로 이루어져 있다. 산문은 세 장으로 구성했다. 첫째 장에서는 공부해야 할 경전을 소개했다. 둘째 장에서는 '무

---

183) Sengaku Mayeda tr., *A Thousand Teachings, the Upandesashasri of Sankara* (Tokyo : University of Tokyo Press, 1979)를 자료로 이용하고, 서두의 해설을 참조한다.

198

지'나 '미신'에서 벗어나야 한다고 했다. 셋째 장에서는 명상에 관해 가르쳤다.

시 부분 서두에서 불교를 위시한 모든 기존의 사상에 대해서 비판했다. "그것들의 주장은 경전 및 이치와 어긋나서 존중할 수 없으므로, 그 결점을 천 번이고 만 번이고 지적해야 한다"고 했다.[184] 잘못에서 벗어나기 위해서는 진리에 이르는 길을 찾아야 한다면서, 그것을 셋으로 들었다. 첫째는 우주론적 접근이다. 브라흐만에서 출발해서 사람의 마음에까지 이르는 방법이다. 둘째는 심리적이고 인식론적인 접근이다. 사람의 마음에서 출발해서 브라흐만에까지 이르는 방법이다. 셋째는 경전에 의거하는 방법이다. 《一千教說》에서는 이 가운데 둘째 방법을 주로 사용했다.

심리적이고 인식론적인 접근에 의해 진리를 찾는 작업을 계속하다가, 18장에 이르러서 아트만에 대한 생각을 정리한 것을 최종적인 해답으로 삼았다. 거기서 아트만은 사물에 대한 '지식'(buddhi)과 구별되는 궁극적인 것을 향하는 통찰력이므로, "나의 아트만은 최고의 브라흐만, 즉 절대자이다"라고 할 수 있다고 했다. 거기까지 이르면 해탈을 얻어 인생의 목표를 달성할 수 있다고 했다.

시에서는 도달해야 할 목표를 제시하고, 산문에서는 거기까지 가는 길을 가르쳤다. 첫째는 듣는 단계이다. 둘째는 생각하는 단계이다. 셋째는 명상하는 단계이다. 듣고 아는 것, 생각해서 아는 것, 명상해서 아는 것은 서로 달라, 한 단계 넘어갈 때마다 비약적인 발전이 있다. 그렇지만 아래에서 시작해서 올라가야 하고, 높은 데 바로 이를 수는 없다고 했다.

그 점에서 나가르주나와 상당한 차이가 있다. 나가르주나는 眞諦와 俗諦가 다르지 않다고 하면서도 眞諦의 고매한 진리를 설파하는 데 힘썼지만, 산카라는 브라흐만 이외에 모든 것은 허망하다고 하면서도 거

184) 같은 책, 65면.

기서 벗어나는 길을 친절하게 가르치려고 했다. 나가르주나는 한꺼번에 깨달아야 한다고 하고, 산카라는 단계적인 향상을 꾀해야 한다고 했다. 산카라는 그 길을 제시하기 위해서 산문을 썼다.

제17장 〈바른 생각〉에서 몇 대목을 보자. 번호는 원문에 수록되어 있는 순서이다.

[1] 가장 높은 자리에서 모든 것을 알고 보고 있는, 순수한 아트만, 알아야 할 아트만 외에 다른 무엇은 존재하지 않는다.
반드시 알아야 하는 이 아트만에게 경의를 표하라.[185)

[7] 차별상을 보는 무지에서 벗어나야 해탈을 얻는다.
무지를 버리려면 행동하는 것만으로 부족하다.
무지를 용납하지 않는 바른 생각을 해야 한다.[186)

[9] 《베다》는 오직 하나 브라흐만을 알아야 한다고 한다.
브라흐만과 아트만이 하나라고 하는
그 한마디 말을 알아야 한다고 한다.[187)

[20] 모든 것은 무지에서 생겨났다.
무지한 사람이 보고 있는 것이 깊이 잠들기만 해도 없어지니
이 세상은 모두 헛되도다.[188)

제18장 〈당신이 그것입니다〉에서도 몇 대목 보자.
[1] 언제나 깨어 있는 아트만에게 경의를 표하라.

---

185) 같은 책, 160면.
186) 같은 곳.
187) 같은 책, 161면.
188) 같은 곳.

지식의 대상이 되면서, 지식을 수정하는 일이
생겨나고 사라지게 하는 저 아트만에게.[189]

[4] "당신이 그것입니다"라는 가르침의 이치를 알면,
뱀이 끈인 줄 알면 착각이 사라지듯이,
"나"라고 한 아트만의 표상에서 "너"는 없어진다.[190]

제17장의 시에서는 진리를 선포했다. [1]에서는 아트만은 순수하고
존귀하다고 했다. 아트만이 자아이니, 자기 자신을 낮추어 보는 것은 잘
못이다. [7]에서는 모든 것이 하나인 줄 모르고 차별상을 보는 것은 버
려야 할 무지라고 했다. 무엇이든지 구분하고 차별하는 것은 잘못이다.
[9]에서는 《베다》의 가르침은 오직 하나, 브라흐만과 아트만이 일치한
다는 것이라고 했다. 궁극적인 진리는 그처럼 명확하니 여러 말을 하는
것은 잘못이다.

그래서 산카라의 시는 나가르주나의 시와 다르다. 산카라는 ∞를 ∞
로 인식하는 것은 잘못이고 그것은 1이라고 했다. 1이라고 한 산카라의
진리는 1이 0이고 0이 1이라고 한 나가르주나의 진리보다 단순하고 명
료하기 때문에 쉽사리 선포할 수 있었다. 언어의 길이 끊어진 곳으로 나
아가기 위해서 假名을 방편으로 삼아야 한다고 하지도 않고, 그 실체를
일상적인 경험으로 확인할 수 없어도 브라흐만을 브라흐만이라고 하고,
아트만을 아트만이라고 하는 正名의 방법으로 진리가 표명되어 있다고
했다.

제18장의 시에서는 진리에 도달하는 길을 제시했다. 진리 자체는 명
확하지만, 능력이 모자라는 사람이 진리에 도달하는 길에는 굴곡이 많
을 수 있어서, 제17장에서보다는 복잡한 생각을 폈다. 브라흐만은 '높은

---

189) 같은 책, 172면.
190) 같은 곳.

브라흐만'과 '낮은 브라흐만' 두 가지 형태로 나타난다고 해서, 향상의 길이 열려 있으니 희망을 가지라고 했다. '높은 브라흐만'과 '낮은 브라흐만'은 本末의 관계를 가진다고 해서,[191] 末을 거쳐 本에 이를 수 있게 했다.

제18장 [1]에서는 '아트만'에 대해서 세 가지 말을 했다. 아트만은 (가) 언제나 깨어 있는 통찰력 자체이고, (나) 지식을 통해서 추구하는 대상이며, (다) 지식을 수정하는 일이 생겨나고 없어지게 하는 기준이라고 했다. 진리에 이르는 세 단계, 즉 듣는 단계, 생각하는 단계, 명상하는 단계 가운데 두 번째 단계에서 얻는 지식은 세 번째 단계에까지 가서 아트만과 만나지는 못했으나, 아트만을 향해 나아가려고 하면서, 아트만과 어긋난 부분을 아트만을 기준으로 해서 이리저리 수정하려고 한다고 했다.

그렇게 해서 지식의 단계에서 통찰의 단계로 올라가기 위한 노력은 실패와 차질을 겪지만 그 나름대로 소중하므로 부정할 것이 아니라고 했다. 일거에 깨닫겠다고 하는 망상을 버리고 꾸준히 노력해야 한다고 했다. 本의 의의만 강조하고 末은 무시해버리는 잘못을 시정했다.

[4]에서도 아트만에 대해서 세 가지 말을 했다. 아트만은 (가) 당신이라고 하는 신앙의 대상 브라흐만이면서 다른 모든 것이고, (나) 자아의 궁극적인 실체이면서 '나'와 '너'의 구분이 없는 경지이고, (다) 끈을 뱀이라고 하는 것과 같은 착각에서 벗어나야 만날 수 있다고 했다. [1]에서는 진리에 이르는 단계에 관한 상하의 논의를 펴고, 여기서는 안에 있는 것과 밖에 있는 것에 관한 내외의 구분을 문제삼았다. (가)에서처럼 브라흐만과 사물의 구분을 넘어서고, (나)에서처럼 '나'는 '너'가 아니라고 하는 잘못을 시정하고, (다)에서처럼 끈을 보고 뱀이라고 하는 착각에서 깨어나야 진리에 이른다고 한 것은 일상적으로 저지르고 있는 과

---

191) Maganal A. Buch, *The Philosophy of Sankara*(Baroda, India : Good Companions, 1988), 1면에서 그것이 산카라의 기본사상 가운데 하나라고 했다.

오를 구체적으로 지적할 필요가 있었기 때문이다.

시에서는 本末을 순서대로 말했다. 진리가 무엇인가 먼저 밝힌 다음에 거기 이르려면 어떻게 해야 하는가 말했다. 그런데 산문에서는 末에서 시작해서 本으로 나아가는 역순을 택했다. 시와 산문을 함께 사용하면서 서로 대조가 되게 했으므로, 그런 기능분담을 할 수 있었다.

산문은 교사를 지침서로 썼다. 예사 사람들은 배움에 입문하기조차 어렵다는 것을 알고, 가르치는 사람이 처음부터 지나친 주문을 하지 말아야 하므로 本末이 아닌 末本의 순서를 택해야 한다고 했다. 교사 자신은 더 높은 단계로 나아갔다고 하더라도 배우는 학생들을 한 단계씩 차례대로 인도해야 한다고 하고, 그렇게 하는 데 필요한 방법을 제시했다.

학생을 위한 교재인 시는 本末의 순서로, 교사를 위한 지침서는 末本의 순서로 쓴 것은 산카라가 입문자를 위해서 세심한 배려를 하는 친절한 교육자라는 증거이다. 나가르주나도 元曉도 그 점에서는 산카라보다 뒤떨어졌다. 나가르주나의 시는 수준 낮은 사람이 접근할 수 있는 길이 열려 있지 않아 별도의 주석이 필요했다. 원효는 높이 오른 사상을 산문을 통해서 전개하다가 대중교화가 별도로 필요하다고 판단하고 노래부르며 춤추는 광대가 되어 나갔다.

산카라는 대중교육을 기본과업으로 삼았다. 브라만교가 불교에 밀리다가 대중종교인 힌두교로 거듭나는 시대의 새로운 이념 창조 못지 않게 그것의 일반화에 힘썼다. 높은 이상일수록 더욱 낮추어 말해야 한다고 여겨 그렇게 했다. 핵심을 찾아들어가면 무척 난해한 산카라의 철학이 오늘날까지 인도에서 널리 숭앙되고 있는 것은 그 때문이다.

산문 부분의 첫 장은 제목을 〈학생을 어떻게 가르칠 것인가〉라고 하고, 초심자를 인도하는 데 필요한 사항을 친절하게 열거했다. 그 마지막 대목 44번째 단락에서 맺은 결론이 "최고의 진리를 얻고자 하는 사람은 자식, 재산, 세상사, 카스트, 생활방식 등에 관한 다섯 가지 욕망을 버려야 한다"는 것이다.[192] 헛된 욕망을 버려야 바른 길로 나아갈 수 있다는 출발점에 관해서 말했다.

둘째 장은 〈각성〉이라고 하고, 그 마지막 대목, 첫 장부터 통산해서 110번째 단락에서는 "깨어 있거나 꿈을 꾸면서 경험하는 덧없는 존재는 무지 때문에 생겨나므로, 무지를 없애는 것이 지식이다"고 했다.[193] 어떤 적극적인 내용을 갖춘 것이 지식이라고 하지 않고, 무지를 없애는 것이 지식이라고 했다. 지식에 집착하면 그 다음 단계로 나아가지 못하기 때문이다. 지식은 중간단계에 지나지 않는다.

셋째 장 〈명상〉의 마지막 대목, 116번째 단락 말미에서는 "이원적인 것은 존재하지 않으니, 아트만이 둘이 아님을 말하는 《우파니샤드》의 모든 문장에 관해서 충분하게 명상하라"고 했다.[194] 지식보다 높은 곳에 명상이 있다. 명상이 학습방법 가운데는 최상의 것임을 밝힌 것이 산문 부분에서 얻은 결론이다. 오늘날 내가 할 수 있는 말로 고쳐 이르면, 과학 위에 통찰이 있다고 하는 데 이르렀다.

그러나 명상을 한다고 해서 진리에 이른 것은 아닌데, 거기서 말을 그쳤다. 그 이유가 무엇인가? 교사는 명상을 하는 것을 가르칠 수는 있어도, 학생을 대신해서 명상할 수는 없기 때문이라고 할 수 있다. 그것이 교육의 한계이다. 대부분의 교사가 자기는 명상을 하지 않으면서 명상을 하라고 가르치는 것이 교육의 더 큰 한계이다. 산카라는 교사 노릇도 충실하게 하려고 한 철학자였으며, 철학자가 되지 못해 그 차선책으로 교사의 길을 택한 사람은 아니었다.

산카라가 시에서 나타낸 진리는 의심하거나 반대할 사람이 적지 않다. 산카라가 산문에서 말한 교육의 단계는 누구나 타당하다고 인정되어 지속적인 의의를 가진다. 그러나 교육단계론이 그 자체로 의의를 가지는 것은 아니다. 무엇을 깨달아야 하는가 밝히지 않는다면 교육의 최고단계인 '명상'이 공연한 주문에 지나지 않는다. 창조하는 교육을 한다는 교사의 노력이 자기 자신은 창조를 하지 않아 헛된 구호에 그치는

---

192) Sengaku Mayeda tr., 위의 책, 226면.
193) 같은 책, 248면.
194) 같은 책, 253면.

것을 얼마든지 본다. 산카라는 바로 그 문제에 대해 깊이 생각하게 한다.

남말바르

인도아대륙 남부 타밀인의 고장에서 성자들이 지었다고 하는 시는 힌 두교의 성가이면서 철학시이다. 그 가운데 남말바르(Nammalvar)의 작 품을 들어 고찰하자. 남말바르를 위시한 타밀성자들은 힌두교 사상을 산카라와는 다르게 전개해, 대중의 신앙에 고도의 사상이 구현되게 했 으며, 추상적인 사고를 생동하는 경험으로 바꾸어놓았다. 불교에 대해서 반론을 제기하는 데서도 산카라와 다른 방법을 사용했다.

산카라는 산스크리트를 사용했으나, 타밀성자들은 타밀어를 사용했 다. 민족어를 사용해서 철학사상을 구현하는 것은 일반적으로 중세후기 에 시작된 일이나, 타밀에서는 중세전기에 이미 그런 일을 했다. 타밀성 자들의 시를 중세후기의 관점에서 주해했는데, 원문과 주해 사이에 사 상의 연속성이 뚜렷하다.

남말바르는 '알바르'(alvar)라고 일컬어지는 7세기에서 10세기까지 타 밀의 시인-성자 가운데서 으뜸이라고 숭앙되는 사람이다. 남말바르가 비시누신과 일체를 이루는 종교적인 경험을 노래한 《티루바이몰리》 (Tiruvaymoli)는 타밀의 《베다》라 일컬어진다. 산스크리트의 《베다》보 다 나중에 이루어졌지만 독자적인 전통을 가지고 있으며, 힌두교 사상 의 양대원천을 이룬다고 한다. 타밀민족에게는 그 둘이 '이중의 베다사 상'(ubhaya vedanta)을 이룬다. 오늘날 종교행사에서도 두 가지 《베다》 를 함께 노래한다.[195]

---

195) John Carman and Vasudha Narayanan, *The Tamil Veda, Pillan's Interpreta-tion of the Tiruvaymoli*(Chicago : University of Chicago Press, 1989), 6면. 이 책이 이제부터의 논의를 위한 기본자료이다.

13세기에 이루어진 성자전 《스승들의 빛나는 *法統*》(*Guruparampa-raprabhavam*)에서 남말바르의 생애에 관해서 말하고 노래를 지은 경위를 설명했다. 비시누 신이 눈앞에 나타난 것을 보고, 그 즐거움을 노래했다고 했다. 그래서 부른 노래가 넷이어서 네 《베다》를 이루는데, 《티루바이몰리》는 네 번째의 것이고, 가장 중요한 것이라고 했다.[196]

《티루바이몰리》에 대한 주해본에 《아라이라파티》(*Arayirappati*)라는 것이 있는데, 필란(Pillan)이 1100년 무렵에서 1150년 사이에 타밀어로 썼다. 필란은 그 작업을 철학자 라마누자(Ramanuja, 1017년경~1137)와 밀접한 관련을 가지고 했다. 필란은 라마누자의 조카이면서 수제자이다. 라마누자는 스스로 밝히지 않았으나, 남말바르의 《티루바이몰리》를 위시한 타밀 '박티'의 사상을 이어받았다. 필란은 라마누자의 사상에 입각해서 《티루바이몰리》를 이해하고 해설했다. 라마누자의 저작과 그 해설 사이에 나타나는 명확한 유사성이 그 증거이다.

라마누자는 산스크리트로 글을 쓰기만 했지만, 말을 할 때는 타밀어에다 산스크리트 용어를 섞어 썼을 것이다. 필란의 글이 바로 그런 문체로 이루어져 있다. 남말바르의 시는 타밀어의 구어를 사용한 노래이다. 필란의 해설은 라마누자의 산스크리트 문장과 남말바르의 타밀어 구어를 합친 '산스트리트화한 타밀어'를 사용했다.

《티루바이몰리》 시의 몇 대목과 《아라이라파티》에서 한 해설의 일부를 옮긴다.

> [1] 마음 속 깊은 곳조차 넘어서서, 더러움에서 벗어나
> 활짝 피어서 위로 올라가,
> 감각으로 파악할 수 있는 범위를 넘어선 곳의
> 그분은 순수한 축복이고 지식이다!
> 과거, 현재, 미래에

---

196) 같은 책, 5~6면.

그런 분은 다시 없다.
그분은 나의 생명이다.
아무도 그분보다 높지 않다.

이 시에서는 주님의 신성한 속성이 놀라워서, 모든 사물의 속성을
넘어선다고 했다. 또한 이 시에서 더러움과 맞서 있는 것과 전적으로
친근하면서 상서로운 것의 차이점에 관해서도 말했다.[197]

여기서는 주님에 대한 신앙을 나타내면서, 주님을 절대자라고 했다.
사물의 세계에서는 깨끗함과 더러움이 상대적인 관계를 가지지만, 주님
의 깨끗함은 그런 상대적인 관계를 넘어선 절대적인 깨끗함이므로, 주
님은 사물들의 속성을 넘어선다고 했다. 주님은 사물, 세계, 우주 등으로
일컬어지는 상대적인 ∞를 넘어서 있는 절대적인 ∞이므로 1이라 했다.

[2] 모든 것들의 모습으로
넓다란 공간에 펼쳐져 있다.
불, 바람, 물, 그리고 흙.
그분은 그 모든 것들로 퍼져 있다.
숨어 있으면서, 충만해 있다.
신체에 깃든 정신처럼.
빛나는 글월이 말한다.
그 모든 것을 삼키는 분에 관해서.

처음 세 줄에서는 지구의 창조와 운동이 주님에게 달려 있음을 말
했다. 그 다음에는 우주와 주님이 일체를 이루는 것이 신체와 정신의
관계와 같다고 했다.

---

197) 같은 책, 196면.

정신이 신체를 지배하면서 신체에 깃들어 있듯이, 주님 또한 세계, 다섯 가지 원소, 그 밖의 여러 것에 깃들어 있으면서 그것들을 지배한다. 논박의 여지가 없이 분명한 지식이 이러한 사실을 확증한다. 주님은 원인과 결과 양면에서 모든 사물과 구별되고, 우리가 매여 있는 존재에서 벗어나 있어, 영원히 자유롭고 자유롭다. 주님의 본성은 지혜, 축복, 그리고 순수성으로 이루어져 있다. 모든 더러움과 상반되며, 무한하고, 상서롭고, 영광스러운 속성만 지니고 있다. 세계를 형성하고, 유지하고, 파괴하는 일을 장난삼아 한다. 주님은 우주 전체의 정신이고, 주님의 몸은 우주 전체이다.[198]

이 시에서는 1인 주님이 ∞인 우주만물과 정신과 육체의 관계를 가지고 있다고 했다. 그래서 (가) "1이 ∞이고 ∞가 1이다", (나) "1이 바로 ∞는 아니고 ∞가 바로 1이지는 않다"고 하는 두 가지 명제가 동시에 성립된다고 했다. 그 둘은 대등하지 않고, (가)가 먼저 성립하므로 (나)가 인정된다고 하는 생각을 보여주었다.

[3] 그분은 존재한다고 말하면 존재한다.
그분이 이런 여러 가지 모습을 하고 있다.
그분이 존재하지 않는다고 말하면,
그분은 모습이 없다.
이런 여러 가지 모습이 아니다.
그분은 있음과 없음
두 가지 속성을 지니고 있다.
있기도 하고 없기도 하므로
그분은 영원하게 넘친다.

---

198) 같은 책, 198~199면.

이 시구는 《베다》를 그릇되게 해석하는 (불교의) 空觀論者들에 대한 논박이다. 그쪽에서는 "확인할 수 있는 권위는 없으며, 모든 것이 空이므로, 《베다》도 없고, 《베다》에 의해 알려지고, 우주를 자산으로 삼는 신도 없다"고 한다.

우리는 그대 공관론자들에게 말한다 : 그대는 신이 존재하지 않는다고 주장하는데, 어떻게 신이 존재하는지 존재하지 않는지 안다고 하는가?……위에서 이미 인용한 권위 있는 경전에서 있다는 말이나 없다는 말이 모두 주님의 형상이라고 했다. 있음과 없음의 두 가지 속성을 가졌다고 했으므로, 주님은 그대가 존재한다고 말해도 존재하고, 그대가 존재하지 않는다고 말해도 존재한다. 주님은 존재하지 않는 것 같은 경우에도, 모든 것의 영혼이므로 존재하고 있다. 그래서 공관론자들의 주장은 논파되었다.[199]

여기서는 1과 0의 관계를 말하면서, 없음은 있음의 다른 측면이라고 했다. 신은 있음의 속성을 지닌 1이면서 없음의 속성을 아울러 지닌 0이기도 하다고 했다. 1과 0을 함께 인정하는 점에서는 불교의 공관론자들과 같은 말을 하고서, 1이 0이므로 모든 것이 空이라는 데 대해서는 극력 반대했다. 1이 0이라는 것을 부정하고 0이 1이라고 하면서, 1과 0은 대등한 관계가 아니고 1이 1이면서 0이기도 하다고 했다. 유한할 수 있는 1이 0이기도 하므로 무한하다고 했다.

[4] 그분은 차가운 바다의 모든 물방울에,
그리고 땅 위에 넓게 펼쳐져 있다.
어느 한 곳도 빼놓지 않고, 어느 땅 어떤 공간에도 있는,
불변의 존재인 그분은 모든 것을 삼키고서
빛나는 모든 곳에 숨었다.

---

199) 같은 책, 200면.

그분은 모든 것에, 모든 곳에 퍼져 있다.

이렇게 말한다. 오 나의 마음이여! 우리 주님의 빛나는 발, 슬픔을
쫓아버리는 발을 찬양하라. 이분 주님은 바닷물 속에도, 아주 작은 원
자 속에도, 땅속에도, 창공에도, 그리고 여러 세계에도 다 계신다. 그
분은 가장 미묘한 물질에도 퍼져 있고, 물질세계에 퍼져 있을 때처럼
편안하고 자유롭게 생명체에도 퍼져 있다. 주님이 그렇다고 하는 것
이 반박할 수 없는 권위를 갖추고 선언되어 있다.[200]

주님은 만물에 퍼져 있어서, 만물이 주님의 모습이라고 했다. 그러면
서 주님이 만물로 존재하면서 '있음'만 나타내지 않고, 주님이 만물을 삼
켜 '없음'을 보여주기도 한다고 했다. '없음'을 보여주어도 불변의 존재
이고, '없음'의 상태가 또한 빛을 낸다고 했다. 0이 0이 아니고 1이며, 1
이 ∞라고 했다.

남말바르는 나가르주나와 산카라가 양극단으로 나가는 잘못을 중간
에 서서 바로잡으려고 했다고 할 수 있다. 나가르주나는 수많은 사물의
∞가 그 자체로 中道인 1이며, 그것이 바로 空인 0이라고 했다. 산카라
는 ∞를 ∞로 인식하는 것은 잘못이고, 그것은 바로 1인 '브라흐만'이고
또한 '아트만'이라고 했다. 남말바르는, 진리는 0이 아닌 1이라고 해서
나가르주나에게 반대하고 산카라를 지지했지만, 1은 0이면서 1이라고
해서 1을 1로만 이해한 산카라에게 반대하고, 1과 0을 함께 파악한 나가
르주나 쪽에 섰다. 1은 0이면서 1이고, 0이므로 1이라고 해서 1이 무한
하고 절대적이라고 했다.

그러면서 또한 남말바르는 나가르주나와 산카라를 둘 다 배격했다.
나가르주나와 산카라는 진리는 0이냐 1이냐 하는 것을 시비하는 데 관
심을 모으고, 0이나 1이 ∞라고 하는 사실은 ∞이므로 0이라고 하거나

---

200) 같은 책, 200~201면.

∞이므로 1이라고 하는 결론을 도출하기 위해 필요한 논거를 제공해준다는 것 이상으로 진지하게 생각하지 않았다. 그런데 남말바르는 ∞가 진정으로 소중하다고 했다. ∞를 이루는 모든 것이 0이면서 1인 진리의 구현이므로 생명에 넘치고, 신성하고, 감동을 준다고 했다. 자기 자신의 절실한 체험을 근거로 해서 그 점에 관해 알려주는 것이 성자의 임무이고, 시인의 보람이라고 했다.

그런데 1이 ∞이고, ∞가 1이라고 하면서 또한 1은 ∞가 아니고 ∞는 1이 아니라는 반대의 명제도 동시에 인정했다. 주님은 만물이고 만물은 주님이면서 또한 주님은 만물이 아니고 만물은 주님이 아니라고 했다. 나가르주나와 산카라는 ∞로 알고 있는 것이 0이나 1이라고 해서 그쪽으로 관심을 모았으므로 0이나 1이 ∞인가는 심각하게 논의하지 않았다. 그런데 남말바르는 ∞에 대한 이해가 진정으로 중요하다고 보아 ∞의 의의를 1에서 찾기 위해서 1과 ∞, ∞와 1의 관계를 진지하게 재검토해야 했다.

남말바르는 그 점에서 金時習이 한 것과 같은 전환을 이룩했다고 할 수 있다. 산카라와 남말바르의 차이는 義湘과 김시습의 차이와 상통한다. 남말바르의 시에 대한 필란의 주해가 의상의 시에 대한 김시습의 주해와 일치점을 보이기 전에 이미 남말바르가 김시습에게 다가갔다. 김시습이 중세후기에 이룩할 과업을 남말바르는 중세전기에 이미 진행하고 있었다.

그러면서 남말바르가 이룩한 전환은 정교한 논리를 갖추어 한층 놀랍다. 한 명제와 그것을 부정하는 반명제를 동시에 말한 것이 그 핵심이 되는 방법이다. 한 명제와 그것을 부정하는 반명제를 동시에 말하는 것이 여러 영역에 걸쳐 있어서, 하나씩 분별해서 정리할 필요가 있다.

(가1) 하나가 여럿이고, 여럿이 하나이다.

　　(가2) 하나는 여럿이 아니고, 여럿은 하나가 아니다.

(나1) 정신은 신체이고, 신체는 정신이다.

　　(나2) 정신은 신체가 아니고, 신체는 정신이 아니다.

(다1) 주님은 우주이고, 우주는 주님이다.

　(다2) 주님은 우주가 아니고, 우주는 주님이 아니다.

(라1) 생성은 소멸이고, 소멸은 생성이다.

　(라2) 생성은 소멸이 아니고, 소멸은 생성이 아니다.

(마1) 있음은 없음이고, 없음은 있음이다.

　(마2) 있음은 없음이 아니고, 없음은 있음이 아니다.

(가)는 하나와 여럿의 관계를 일반화해서 파악하는 일반명제이고, (나)는 사람에 관한 명제이고, (다)는 주님과 우주의 관계에 관한 명제이다. (가)에서 (다)까지는 존재 자체를 공간적으로 파악하는 명제이고, (라)는 존재의 생성과 소멸을 시간적으로 파악하는 명제이고, (마)는 있음과 없음의 관계를 일반화해서 파악하는 명제이다.

주님과 사물의 관계를 말한 시 (2)와 시 (4)에서는 (가1)·(나1)·(다1)·(라1)을 말하기만 하고, (가2)·(나2)·(다2)·(라2)는 말하지 않은 것 같다. 그러나 주님을 신앙 대상으로 내세운 시 (1)에서는 (가2)·(나2)·(다2)·(라2)를 말했다. 그 둘은 서로 배제하는 관계가 아니고 서로 포용하는 관계이다. 불교의 空觀論을 비판했다고 하는 시 (3)에서는 (마1)과 (마2)를 동시에 제시했다. (가1) 계열과 (가2) 계열이 동시에 타당하다고 하는 주장을 그렇게 요약했다.

(가1)에서 (마1)까지는 理와 氣는 하나라고 한 일원론과 같은 생각이다. (가2)에서 (마2)까지는 理와 氣는 둘이라고 한 이원론과 같은 생각이다. 그 두 가지 생각이 동시에 타당하다는 것을 다채로운 표현을 갖추어 나타내고서, 누구나 외워서 노래할 수 있게 했다.

나가르주나와 산카라는 理氣철학의 용어를 들어 말한다면 理일원론자였다. 理의 실상이 0인가 1인가 하는 점에서는 견해차가 있었으나, 氣는 가상이라고 하는 점에서는 견해가 일치했다. 그러나 남말바르는 氣를 理 못지 않게 소중하게 여기면서 理와 氣는 하나이기도 하고 하나가 아니기도 하다는 理氣이원론을 전개했다.

理일원론에서 理氣이원론으로의 전환은 사상사 전개의 보편적인 추세였다. 대승불교의 理일원론을 부정하고 理氣이원론을 제기하는 과업을 힌두교와 신유학에서 서로 알지 못하면서 유사한 논리를 갖추어 함께 진행한 것이 그 때문이다. 그러면서 전환의 과정이 산스크리트문명권에서는 두 단계에 걸쳐 이루어지고, 한문문명권에서는 한 단계에 걸쳐 이루어진 것은 서로 다르다고 할 수 있을 것 같다.

대승불교에서 理가 0이라는 주장을 비판하고 산카라는 理는 1이라고 하는 힌두교를 그 대안으로 삼으려고 한 것이 중간과정이다. 그러나 理일원론의 문제점은 理의 성격에 있지 않고 氣를 무시하는 데 있으므로, 남말바르를 위시한 타밀성자들과 연관된 라마누자가 理와 氣를 함께 중요시하면서 그 둘의 관계를 문제삼는 힌두교철학을 새로운 대안으로 제시했다. 한문문명권의 신유학에서는 한문문명권 안의 대승불교를 대상으로 해서 그 작업을 중간단계 없이 바로 했다고 할 수 있다.

그러나 겉으로 드러나지 않은 내부의 사정까지 살피면 양쪽의 전환과정이 서로 달랐다는 것은 피상적인 이해일 수 있다. 한문문명권의 대승불교는 의상의 시에서 볼 수 있는 바와 같이 理가 0이라고 하는 것보다 1이라고 하는 쪽으로 기울어져 있었다. 1과 ∞의 관계를 "一即一切多即一"이라고 한 것은 산카라와 상통하는 생각이다. 理를 0보다는 1로 이해해서 理일원론을 지켜나가고자 하는 움직임이 한문문명권 대승불교에서 華嚴철학으로 나타났다고 할 수 있다. 산카라에 대한 남말바르의 반론과 화엄철학에 대한 신유학의 반론은 그 표적이나 논리나 대안이 거의 같았다.

그러나 힌두교든 신유학이든 철학이면서 종교였다. 철학의 측면에서는 서로 가까워도 종교의 측면에서는 서로 멀었다. 힌두교에서는 理가 주님이고 그분이어서, 추상적인 원리에 머무르지 않고 인격적인 존재이다. 산카라가 들어서 추상적인 원리로 고착화한 사고를 생동하게 하는 데 인격적인 신에 대한 신앙이 긴요한 구실을 했다.

신이 우주를 창조하고 다시 삼킨다고 하는 신화를 활용해, 생성과 소멸, 있음과 없음의 관계를 밝혔다. 주님은 "세계를 만들고, 지니고, 부수는 일을 장난삼아 한다"는 것은 신유학에서 가질 수 없는 발상이고, 할 수 없는 표현이다. 그런 우주적인 상상력이 신유학에는 있을 수 없다. 그 때문에 힌두교의 시가 신유학의 시보다 더욱 기발한 상상력과 생동하는 표현을 갖추었다.

높이 올라가면 자랑스러운가

중세전기에는 그 시대의 기본이념인 모든 현상을 하나로 아우르는 궁극적인 이치를 철학시로 나타냈다. 시는 산문보다 상위의 문학이어서, 산문에서 늘어놓는 범속한 언사를 넘어서서 진리를 향해 올라가는 길을 열었다. 보편종교의 경전을 풀이하는 일은 산문으로 감당하고, 산만하게 서술된 경전의 핵심 내용을 간추려 간명하고 정교하게 표현하는 새 시대의 창조작업을 철학시에서 이룩했다.

고대에는 우열을 가리기 어렵게 난립했던 다양한 사상 가운데 어느 하나를 보편적 진리로 받들고, 다른 것들은 이단으로 배격하면서 중세가 시작되었다. 동아시아의 유교, 남아시아와 동아시아의 불교, 남아시아의 힌두교, 유럽의 기독교가 그렇게 해서 등장한 문명권 전체의 보편종교이다. 중세는 보편종교로 질서의 근본을 바로잡아 사상을 통일한 시대였다. 보편종교의 근거가 되는 글이 경전만일 수 없어 철학시가 필요했다.

중세의 보편종교에서 사용한 경전은 고대의 산물이어서 서술이 산만하고 내용이 잡다했다. 고대의 경전을 가지고 중세의 사상을 정립하려고 하니 방법과 목적이 일치하지 않아 차질이 생겼다. 경전이 산만하고 잡다한 듯이 보이는 것은 외형일 따름이고 그 이면에 하나로 모아지는 확고한 진리가 있다고 해서 차질을 해결하려고 했다. 경전을 주해하는 글을 산문으로 써서 그렇게 주장하는 것이 소극적인 대책이었다. 적극적인 대책은 경전의 산문서술을 철학시로 바꾸어 하나로 모아지는 확고

한 이치를 분명하게 하는 것이었다.

경전, 경전에 대한 산문 주해, 경전의 내용을 옮긴 철학시는 모두 동일하다고 했으나, 커다란 차이가 있다. 산문 주해는 경전에 부속되지만, 철학시는 경전과 대등한 위치에 선다. 고대에서 물려받은 인습을 버리고 중세의 사상을 독자적인 방법으로 나타낸 창조물이 철학시이다. 경전을 보면 서로 다르기만 한 여러 종교가 철학시에서는 뚜렷한 공통점이 있다. 여러 종교에서 각기 추구한 궁극적 이치가 기본성격에서 서로 다르지 않음을 철학시가 말해준다.

궁극적인 이치는 1이라고 했다. 1이 0이라고 하면 이해의 차원이 더 높아진다. 1이나 0은 理이지 氣가 아니다. 그 점을 산문으로 나타내면 0이나 1로 나아가야 한다는 말이 ∞에 머무르고, 理라고 하는 것이 氣로 이해된다. 0이나 1을 이치의 근본으로 삼는 理일원론은 잡다한 언어로 나타낼 수 없지만, 시로 나타내 암시와 상징의 방법을 사용하면 무엇을 말하는가 짐작할 수 있게 한다.

그 작업의 정점을 남아시아의 나가르주나가 보여주었다. 나가르주나는 자기가 쓴 시 또한 진리를 그대로 나타내주지 못하는 假名에 지나지 않는다고 해서 언어 표현의 한계를 지적하면서 ∞에서 1로, 1에서 0으로 나아가게 했다. 그러나 0이 0이라고 하면 0일 수 없고, 1이 1이라고 하면 1일 수 없으므로, 假名이 中道이고, 中道가 緣起라고 했다. 0이 1이고, 1이 ∞인 반대의 진리도 함께 말했다.

그처럼 높이 올라갔으니 자랑스러운가? 아니다. 올라갔으면 내려와야 한다. 나가르주나는 모든 것이 1이라고 하는 경지에서 모든 사리를 한꺼번에 다 깨달아 자랑스럽다고 하면서 1이 0임을 밝혀, 1에도 머무르지 않고 0에도 머무르지 않아야 한다고 했다. 0이 1이라고 한 산카라는 높은 이상일수록 더욱 낮추어 말해야 한다고 했다. 남말바르는 가장 높은 주님과 가장 낮은 만물이 둘이면서 하나라고 해서 라마누자가 다음 시대의 사상을 마련할 수 있는 길을 열었다. 그러나 다시 내려오는 과업은 뜻한 대로 성취하지 못했으며, 꼭지점이 높다는 이유에서 대단한 평가를 누린다.

다른 곳에서는 중세전기사상을 남아시아만큼 높이 올리지 못했다. 나가르주나와 견줄 수 있는 다른 문명권 중세전기철학의 대표자를 가려낸다면, 유럽문명권에는 아우구스티누스(Augustinus)가 있었다 하겠으며, 동아시아문명권에는 董仲舒가 있었다고 하면 격이 떨어지고, 智儼이 있었다고 하면 독자성이 부족하다. 아랍어문명권에는 그 정도라도 내세울 철학자가 미처 나타나지 않았다. 그런데 그 어느 쪽도 시를 쓰지 않고 산문을 사용해서 자기 사상을 전개해서 이치의 근본을 철저하게 밝히지 못했다. 유럽에서 철학시를 보에티우스는 기독교 사상의 이룩한 주역이 아니었다. 동아시아의 義湘은 智儼에게서 전수받은 사상을 나가르주나의 전례에 본받아 시로 나타냈다.

중세전기철학을 이룩하는 데서 남아시아가 다른 문명권보다 앞선 이유가 무엇인가 하는 의문은 다각도로 해명해야 한다. 사회의 중세화가 다른 곳보다 일찍 이루어지고 철저하게 진행되어 그런 결과를 가져왔던가 밝힐 필요가 있다. 브라만교와 불교, 불교와 힌두교의 논쟁이 일어나 사상의 발전을 가속화했을 수 있다. 시가 산문보다 월등하게 발달해 문학의 중세화가 촉진되고, 철학시를 통해 철학을 해서 철학의 중세화가 수준 높게 이루어졌다.

중세전기 남아시아철학이 홀로 우뚝했던 것은 철학시를 써서 철학을 하는 데 남다른 성과가 있었기 때문이라고 할 수 있다. 풍부하게 창조할 수 있었기 때문이라고 할 수 있다. 《베다》를 《우파니샤드》로 바꾸어놓은 전례에 따라, 《우파니샤드》를 새롭게 해석한 철학시를 써서 중세전기의 사상을 전개한 것이 철학의 수준을 높이는 데 결정적인 기여를 했다. 이치의 근원이 1이거나 0이라고 하는 중세전기의 사상은 철학시로 표현해야 진면목이 드러날 수 있었는데, 그런 조건을 남아시아에서 가장 잘 갖추었다.

높이 올라간 것이 그 자체로 자랑스럽다고 할 것은 아니다. 남아시아에서 중세화를 일찍 월등하게 이룩한 성과는 다른 문명권의 분발을 촉진하는 구실을 해서 그 가치를 더 크게 발현했다. 동아시아문명권에서는 불교를 받아들이면서 그 성과를 직접 수용했다. 서아시아의 이슬람교도들은 인도를 왕래하고 정복하면서 자기네 종교를 퍼뜨리는 동안에 힌두교문명에서 많은 자극을 받았다. 그래서 다음 시대인 중세후기에는 세 문명권이 서로 대등한 수준을 보였다.

높이 올라간 것은 그 나름대로의 결함이 있다. 중세전기사상의 최고 표현형태인 철학시는 그 나름대로 적지 않은 결함이 있었다. 말을 떠나 있는 진실을 전하는 假名이어서 근본적인 약점이 있고, 함축이 지나쳐 구체적인 경험과 호응되지 않았다. 잡다한 현상인 ∞를 떠나 궁극적인 원리인 0이나 1에 다가가는 데도 모자람이 있고, 0이 1이고 1이 ∞이라고 하는 그 반대의 통로는 닫아버렸다는 오해를 살 수 있었다. 앞의 결함 때문에 이치를 탐구하는 데 장애가 되고, 뒤의 사정 탓에 일반인이 근접하기 어려웠다.

그런 결함을 시정하려면 시에다 산문으로 주해를 달아야 했다. 처음에는 다른 사람이 달던 주해를 나중에 시를 지을 때 함께 썼다. 주해는 시와 같이 경쟁하지 않고 아래의 위치에 시를 도와주었다. 주해를 다니 본문인 철학시가 더욱 돋보였다. 이치를 따지는 작업을 더욱 분명하게 하고, 시에서는 생략한 설명을 보태고, 비유를 들어 이해를 돕고, 본문을 가르치는 방법을 일러주는 등 다각적으로 쓰여 충실한 하인 노릇을 했다. 하인을 거느리니 외롭지 않게 되고, 몸을 굽히지 않고서도 많은 지지자들과 연결될 수 있었다.

그러나 주해가 성행한 것은 철학시가 온전하지 못하기 때문이다. 주해의 기능이 확대되면서 철학시는 실질적인 의의를 잃었다. 시로써 사상을 압축하는 방식으로는 논리적인 전개를 충분하게 하지 못해서 주해가 필요했다. 시는 1에서 ∞로 나아가는 길을 열기 어려워 이치의 근본을 제대로 밝히지 못했다. 경전에 대한 주해는 경전을 밀어낼 수 없었지만, 철학시에 대한 주해는 중세전기의 철학시를 대신하는 중세후기의 논설을 만들어냈다.

주해에서 시작되고 발달한 산문논설의 기능이 확대되다가 시대가 달라졌다. 철학글쓰기에서 시의 시대인 중세전기가 가고 산문의 시대인 중세후기가 도래하게 되었다. 중세후기에는 1이 ∞이고 ∞가 1이라고 하거나 理와 氣를 함께 소중하다고 해야 했으므로 산문을 써야 했다. 그렇다고 해서 시는 사상표현의 기능을 수행하지 못하게 된 것은 아니다. 산문철학에 대한 시의 반론에서 사상사의 새로운 지평이 열렸다. 그 점에 관해 다음 장에서 자세하게 고찰한다.

높이 올라가면 다시 내려와야 한다. 높이 올라간 것이 자랑스럽다고 여기면 내려올 수 없어 차질이 생긴다. 남아시아문명권은 중세전기에 높이 올라간 위치를 낮추기 위해 중세후기에 하던 노력을 중세에서 근대로의 이행기 이후까지 계속해서 하지 못해 뒤떨어졌다. 중세전기에는 후진에 머물렀던 유럽문명권이 근대를 이룩하는 데 앞서서 침략을 감행할 때 남아시아문명권이 가장 무력했던 것이 그 때문이다.

높이 올라가면 자랑스러운가 하는 질문을 지금은 유럽문명권을 두고 던져야 할 시기이다. 유럽문명권은 근대에 홀로 높이 올라가 근대문명을 널리 나누어준 공적에 스스로 도취되어, 올라가면 다시 내려와야 한다는 이치를 부인해 스스로 파멸의 길에 들어선다. 다른 문명권이 유럽문명권과 대등한 수준으로 올라가는 것은 일면적인 해결책이다. 다른 일면의 해결책은 유럽문명권에서 스스로 자기네가 우월하다고 하는 차등론을 세계가 하나일 수 있게 하는 대등론으로 바꾸어야 생겨난다.

중세후기철학에 대한 시인의 대응

논의의 출발점

라마누자(Ramanuja), 가잘리(Ghazali), 朱熹, 토마스 아퀴나스(Thomas Aquinas), 이제 이 네 철학자에 관해 고찰할 때가 되었다. 세계철학사 서술의 기존업적을 고찰할 때부터 줄곧 중요시해온 이 네 사람은 동시대의 철학자이고 기본적으로 일치하는 과업을 수행했다. 그러한 사실을 분명하게 하면, 세계철학사를 제대로 일으켜 세우는 기둥을 마련할 수 있다.

산스크리트-힌두교문명권의 라마누자, 아랍어-이슬람문명권의 가잘리, 한문-유교문명권의 주희, 라틴어-기독교문명권의 아퀴나스가 일제히 이룩한 중세후기철학은 공통된 사고구조를 거의 같은 방식으로 나타냈다. 자기 문명권의 이념을 확립하는 구실을 같은 방식으로 수행하고, 오랫동안 지속적인 영향을 끼친 점이 상통한다. 그 점에서 중세후기는 위대한 시대였다.

중세전기까지의 불균형이나 중세에서 근대로의 이행기 이후에 벌어진 선진과 후진의 격차가 중세후기 동안에는 없었다. 언어와 종교의 차이에도 불구하고, 세계 도처의 인류는 기본적으로 같은 사고방식을 가져 공통된 철학의 단일구조물을 의식하지 않더라도 서로 협력해서 이룩한다고 할 수 있는 가장 확실한 증거가 그렇게 해서 마련되었다. 각 문명권의 공유물이 인류 전체의 자산이라고 할 수 있는 이유가 또한 거기 있다.

앞 시대의 철학은 이 네 사람의 철학에 이르는 길이고, 그 뒤의 철학은 이 네 사람의 철학에 대한 반론으로 이루어졌으므로, 중간을 알면 앞뒤를 알 수 있다. 앞뒤의 철학은 문명권에 따라서 더 많은 차이점을 보여주고, 중간의 네 사람은 공통점을 더 많이 보여준다. 먼저 공통점에 대해 알면 차이점을 이해하는 데 유리하다. 세계철학사 전개의 공통된 중간점을 분명하게 하는 작업을 처음 시도하는 것이 이 책의 가장 큰 의의이다.

네 사람이 만고불변의 진리를 확고하게 했다고 하는 것이 중세인의 견해이다. 그 네 사람은 마땅히 극복해야 할 허위에 가득 찬 권위일 따름이라고 하는 것이 근대인의 주장이다. 그 두 가지 주장은 지나치다. 그런 극단론에서 벗어나서 사실을 사실대로 보아야 중세를 연장시키지 않고, 근대에서 머무르지도 않고, 근대 극복의 다음 시대로 나아가는 지표를 마련할 수 있다.

중세, 근대, 근대를 극복하는 다음 시대의 관계를 분명하게 밝히는 것이 세계철학사 이해의 기본과제이다. 그 세 시대는 앞 시대에 대한 부정을 연속시키고 있다. 중세를 부정하고 근대를 이룩한 것과 같은 전환을 이제 다시 한번 이룩할 때가 되었다. 근대를 극복하는 다음 시대로 나아가기 위해서 근대의 허위를 시정하면서 중세를 재인식해야 하고, 중세를 비판한 근대의 성과를 부정적으로 계승해야 한다. 그 모든 과업이 네 사람 철학의 일치점을 확인하는 데서 비롯한다.

네 사람이 각기 서로 다른 종교의 교리를 정립하고 상이한 신을 내세운 배타적인 면모를 중요시하는 것은 바람직하지 않다. 어떤 종교를 내세우고 신을 무어라고 했든 그것은 타고난 조건과 관련된 외면적인 차이이다. 힌두교도로 태어난 라마누자가 기독교에 관해서 말할 수는 없다. 이슬람교도인 가잘리가 전혀 알 길이 없는 유교에 대해서 논하는 것이 마땅하다고 생각할 수는 없다.

그렇지만 이 네 사람이 각기 자기 종교의 관습 속에서 추구한 궁극적
인 진리는 배타적이지 않고 보편적이어서 기본원리에서 주목할 만한 공
통점이 있었다. 어느 신이든지 신은 모두 마찬가지라고 하는 차원의 이
야기가 아니다. 영원불변한 것을 내세우는 관점에서 모든 차별상을 부
정하자는 말은 더구나 아니다. 네 사람이 각기 보편성을 추구한 공통된
내용에 뚜렷한 역사성이 있는 사실에 주목한다. 네 사람은 모두 중세후
기의 사상가이다. 자기 문명권의 중세후기 사상을 확립하는 사명을 그
문명권 보편종교의 교리를 재정립하면서 수행했다.

네 사람은 몇 가지 공통점이 있다.

(가) 네 사람은 12세기에서 13세기까지 비슷한 시기에 활동했다.

(나) 네 사람은 진실한 탐구자의 모범적인 삶을 보여주었다.

(다) 네 사람은 이치의 근본을 분명하게 따져 논술하는 철학의 저술
을 공동문어로 했다.

(라) 네 사람은 문명권 전체의 보편종교의 교리를 재정립해서 새로운
정통을 이룩했다고 평가되고 숭앙된다.

(마) 네 사람은 경험과 초경험, 개별과 총체, 현실과 이상, 존재와 가
치는 하나이면서 둘이고, 둘이면서 하나라고 하는 주장을 폈다.

이 다섯 조항에 추가설명이 필요하다.

(가) 12세기에서 13세기까지의 시기가 중세후기가 시작된 때이다. 중
세후기의 사상을 마련하는 작업을 네 사람이 자기네 문명권에서 그 시
기에 일제히 했다. 시대순에 다소 차이가 있는 것은 중세후기의 시작이
빠르고 늦은 격차가 있었기 때문이다.

(나) 기존의 권위주의적 종교지도자와는 다르게 진실을 스스로 추구
한 탐구자였다. 타고난 지위가 아닌 자기 노력으로 차츰 인정을 받았다.
라마누자는 '박티'(bhakti), 가잘리는 '수피'(sufi)의 수도자이다. 주희는
도학하는 선비였다. 아퀴나스는 학문을 하는 수도승이었다. 그 어느 쪽
이든지 근본이치를 찾아서 가르치는 데 힘쓴 스승 노릇을 했다.

(다) 그 전에는 시를 짓는 등의 문학적 표현을 사용해서 철학사상을 전개하던 방식에서 벗어나 논리적인 진술로 이루어진 산문을 사용해서 논의를 더욱 분명하게 했다. 그래서 철학 글쓰기의 모형을 확립했다고 평가된다. 네 사람은 모두 자기 모국어와는 다른 공동문어를 사용해서 그런 저술을 했다.

라마누자는 모국어가 타밀어이다. 평소에 강의를 할 때는 타밀어를, 저술을 할 때는 산스크리트를 사용했다. 라마누자의 조카이면서 제자인 필란(Pilan)은 타밀어 종교시를 라마누자의 사상에 입각해서 해설하는 책을 타밀어로 썼다. 또한 라마누자의 제자인 쿠레사(Kuresa)와 그 아들 바타르(Bhattar)는 라마누자의 사상을 타밀어 시로 나타냈다.

가잘리는 모국어가 페르시아어이다. 형인 아흐마드(Ahmad)는 페르시아어로 글을 쓰면서 페르시아의 독자적인 사상을 나타내는 문학을 했다. 가잘리도 일부 저술은 페르시아어로 써서, 아랍어로 쓴 대부분의 저술에서보다 자유로운 발상을 보여주었다. 그러나 아랍어를 강의와 저술의 언어로 사용해서 바그다드에 가서 교수 노릇을 하고, 아랍어문명권 전체에서 널리 숭상하는 방대한 저술을 남겼다.

朱熹가 어떤 언어를 사용했는가는 논의된 바 없으나, 추정은 가능하다. 중국 동남쪽 福建 사람이니 중원지방의 언어와는 거리가 먼 閩語를 사용했을 것이다. 관직에 나아가 잠시 동안 떠나 있었던 기간을 제외하고 평생토록 자기 고장에 살면서 그곳 제자들을 상대로 강학을 했다. 자기 언어로 생활을 하고 강학을 했으면서, 글을 쓸 때는 문어인 한문을 사용하는 것이 당연한 일이었다. 말을 들으면서 직접 가르침을 받은 사람들은 아주 제한되었지만, 한문 저술은 중국뿐만 아니라 동아시아 전역에 전해졌다.

아퀴나스는 모국어가 이탈리아어이다. 자기 형 리날도(Rinaldo)는 이탈리아어로 시를 썼다. 아퀴나스 자신도 만년에 나폴리 사람들의 언어로 강의를 했다.[201] 그러나 파리, 쾰른 등 유럽 각처에 가서 활동할 때는 라틴어를 강의와 저술에 함께 사용했다. 그러면서 라틴어문장을 박진감

있게 써서 남부 이탈리아 사람의 기질이나 어법을 보여주었다고 한다.[202]

중세는 문어와 구어가 구분되어 있는 시대였다. 철학은 그 가운데 문어 글쓰기를 통해 이루어졌다. 문명권 전체의 중세보편주의 사상을 재정립하는 작업은 공동문어를 사용해 글을 쓰고 이치를 따지는 모범을 보여주면서 해야 하므로 모국어를 사용할 수 없었다. 그 네 사람의 저작은 그 내용뿐만 아니라 표현에서도 존중하고 따라야 할 규범으로 평가되었다.

(라) 이치를 따져 논리적으로 쓴 글이 내부적인 논란을 해결하거나 이단을 척결하는 데 긴요하게 사용되다가, 절대적인 권위를 가졌다고 인정되어 새로운 정통의 자리를 굳혀, 한 시대를 지배했다. 그 권위를 무너뜨리기 위해서 중세에서 근대로의 이행기 동안에 있었던 힘든 노력이 근대에 이르러서 성사될 수 있었다.

(마) 경험과 초경험, 개별과 총체, 현실과 이상, 존재와 가치는 하나이면서 둘이고, 둘이면서 하나라고 하는 주장은 초경험·총체·이상·가치를 일방적으로 존중하고 절대시한 중세전기의 사상과는 다르고, 경험과 초경험, 개별과 총체, 현실과 이상, 존재와 가치는 하나라고 하는 중세에서 근대로의 이행기 동안에 제기되고 근대에 이르러서 일반화된 반론과도 다르다. 초경험·총체·이상·가치를 절대시하는 중세의 이념을 재정립하면서, 경험·개별·현실·존재를 소중하게 여기자고 하는 새로운 움직임을 수용하는 공통된 과업을 네 문명권에서 네 사람이 일제히 수행했다.

그렇다고 해서 차이점이 없다는 것은 아니다. 공통점을 매개로 해서 차이점을 인식하고, 차이점을 매개로 해서 공통점을 인식하는 이중의 과업이 필요하다. 공통점은 철학 자체를 위해서 더욱 소중하고, 차이점은 문학과의 관련을 이해하기 위해서 더욱 소중하다.

차이점은 우선 글쓰기 방법에서 나타난다. 네 사람은 자기가 처한 문

---

201) 요셉 피퍼, 신창석 역, 《토마스 아퀴나스, 그는 누구인가》(서울 : 분도출판사, 1995), 25면.
202) 같은 책, 163면.

화적 상황에서 각기 가능한 방법을 하나씩 택했다. 일반적으로 가능한 방법의 특수한 선택과 활용이다. 문학과 철학을 연결시켜 이해하거나 문학과 철학을 그 상위개념에다 넣어 함께 고찰하기 위해서 글쓰기에 주목해야 한다. 글쓰기 방법과 역사를 고찰하기 위해서 이에 대해서 자세하게 검토할 필요가 있다.

라마누자는 경전을 주해하면서 자기 견해를 제시하는 방식을 택해, 자기 견해의 타당성은 경전이 보장해준다고 했다. 경전의 뜻을 밝히면 주장하고자 하는 바가 분명해진다고 했다. 그러나 경전 선택에서부터 자기 취향을 나타냈다. 추상적인 원리를 그 자체로 추구하는 《우파니샤드》(Upanishad) 대신에 구체적인 상황 속에서 진실을 찾는 결단을 문제 삼는 《바가바드 기타》(Bhgavad Gita)를 택해, 이상과 현실의 간격을 좁혔다. 주해를 자세하게 전개해서 논설이 되게 했다.

가잘리는 자서전을 쓰면서 자기 자신을 되돌아보고, 사상을 재정립했다. 기존의 지식이나 신앙으로 해결되지 않은 진리의 문제를 자기 자신의 절실한 체험으로 다루어, 논리적 타당성을 넘어선 체험의 진실성을 갖추었다. 독자 또한 자기 자신으로 되돌아가서 생각하게 했다. 그러면서 다른 한편으로는 이치를 치밀하게 따지는 장문의 논설을 써서 체계적인 사상을 정립했다.

주희의 주해는 라마누자의 경우보다 단순하다. 주해문이 논설로 발전하지는 않았다. 자기 견해를 제시하는 방법은 기본적으로 단상이다. 단상의 전통을 잇고 있어서, 일관된 체계를 갖춘 글을 길게 쓰지 않았다. 의문점을 둘러싸고 여러 사람과 주고받은 서간이 또한 논설 구실을 했다. 여러 형태의 논의가 산만하게 이루어져, 여기저기서 한 말을 모아 서로 연결시켜 보아야 무엇을 어떻게 말했는가 알 수 있다. 그 때문에 주희의 사상을 잇고자 하는 사람들 사이에서는 견해차가 심각하게 벌어졌다.

아퀴나스는 토론문을 쓰는 데 힘썼다. 자기 자신이 묻고 대답하고 따지고 하는 방식으로 글을 써서, 예상되는 의문과 반론을 모두 해결하려고 했다. 문제, 반론, 응답, 반론 해명의 순서로 전개되는 아주 방대한 저술을 했다. 플라톤의 대화와 아리스토텔레스의 논리학을 활용해, 이단의 척결을 위한 교회의 주장을 입증하는 논리를 마련했다. 반대의 주장이 다시 나오지 못하게 막았다. 확고한 권위를 세우고자 했다.

라마누자·가잘리·주희·아퀴나스, 이 네 철학자를 그 자체로 다루는 작업을 새롭게 해서 철학사 이해를 혁신하는 것을 커다란 과제로 삼는다. 그러나 그것만으로는 목표를 달성할 수 없으며, 다른 일면을 함께 고찰해야 한다. 중세후기는 철학자와 시인이 나누어져 있어, 철학자의 시대이면서 또한 시인의 시대였다. 철학과 시, 철학자와 시인이 어떤 관계를 가졌는가 살피는 과제가 제기된다.

12·13세기에서 15·16세기까지의 중세후기는 중세의 이념을 재정립하고 또한 완화하는 이중의 작업이 이루어진 시기이다. 현실을 이상의 차원으로 끌어올리는 이념의 방대한 체계를 구성하는 철학자의 작업이 공동문어논설을 통해 이루어지자, 이상을 현실에다 근접시키려고 하는 시인의 창작활동이 민족어시를 통해 펼쳐졌다. 그 둘은 동시대의 공통된 작업을 상이하게 진행하면서, 하나와 여럿, 확고한 것과 가변적인 것, 위대한 것과 일상적인 것의 대립을 보여주었다.

라마누자·가잘리·주희·아퀴나스가 공동문어 산문 논설을 통해서 보편종교의 기본이념을 정립한 다른 한편에서, 민족어문학을 일으키는 시인들이 그 이념을 다양하게 구체화하려고 한 움직임이 또한 여러 문명권에서 함께 나타났다. 그래서 중세후기가 이중의 성격을 지니게 했다. 네 철학자의 이념 정립은 중세후기로 들어서는 12·13세기에 일단 완결되었으나, 시인은 중세후기에서 지속되는 16세기까지 계속 나타났다. 그 양면을 함께 고찰해야 중세후기에 철학과 문학이 어떤 관계를 가졌던가 알 수 있다. 철학자들의 글쓰기 방법을 고찰하는 문학의 작업과 시인들의 사상을 분석하는 철학의 작업을 한데 아우르면서, 중세후기에는 철학과 문학이 서로 어떻게 얽히고 논란을 벌였던가 살펴야 한다.

문명권 전체의 입법자에 해당하는 철학자는 각기 하나씩이었지만, 민족어의 개별적인 권역에서 활동하는 시인은 아주 많아서 짝을 맞추기 어렵다. 어느 나라에서든지 자기네 시인을 소중하게 여긴다. 시 자체를 평가 기준으로 삼으면 논의가 아주 복잡해진다. 민족어문학의 개별적인 양상은 연구가 부족하고 널리 알려지지 않아 비교해서 평가하는 데 난관이 많다.

그러므로 다른 조건은 고려하지 않고, 철학자가 제기한 문제에 응답해 논란을 벌인 작품을 쓴 성과가 얼마나 뚜렷한가를 가려서 대표선수가 되는 시인을 문명권마다 하나씩 골라 철학자와 짝을 짓기로 한다. 철학 : 문학, 공동문어 : 민족어, 문명권 : 민족문화권, 논설 : 시의 관계를 가지고 정통사상의 재확립 : 정통사상의 구체적인 적용과 현실적인 경험을 통한 해체의 양면을 보여주는 본보기를 제시하기로 한다. 그래서 다음과 같은 네 시인을 선정했다.

연대순으로 들면, 이슬람문명권의 아타르(Attar), 기독교문명권의 단테(Dante), 힌두교문명권의 카비르(Kabir), 유교문명권의 鄭澈이다. 문명권을 공동문어가 아닌 보편종교를 근거로 삼아 구분하는 것은 이 네 사람이 공동문어의 시인은 아니지만 보편종교를 공동의 유산으로 삼아 자기 세계를 이룩하는 바탕으로 이용했기 때문이다. 아타르는 페르시아어, 단테는 이탈리아어, 카비르는 힌디어, 정철은 한국어로 시를 지었다.

이슬람문명권에서는 페르시아문학, 기독교문명권에서는 이탈리아문학, 힌두교문명권에서는 힌디어문학, 유교문명권에서는 한국문학을 민족어문학 성장의 한 표본으로 삼을 수 있어서 이 네 사람이 선택될 수 있었다. 물론 그 네 곳의 민족문학만 대단한 것은 아니었다. 이슬람문명권에서는 터키문학의 성장도 상당했다. 그러나 사상을 나타내는 철학시를 쓰는 데서는 페르시아문학이 단연 앞섰다. 그 가운데 으뜸인 시인이 아타르였다. 이탈리아문학이나 힌디어문학은 그 문명권의 민족어문학 가운데 성장이 늦은 편이었으나, 사상에 대한 관심은 각별했다. 그 가운데 단테와 카비르의 시가 사상적인 의의에서 특히 높이 평가된다.

유교문명권을 대표하는 민족어시인으로 정철을 내세운 데 대해서 구체적인 해명이 필요하다. 민족어문학의 성장을 일차적인 기준으로 삼으면, 유교문명권의 여러 나라 가운데 중국은 빠지고, 일본·한국·월남이 일단 후보가 된다. 그런데 일본에는 사상에 관한 문제를 길게 다룬 시인이 없다. 그것이 일본문학의 특징이다. 한국과 월남은 그 어느 쪽에서든지 대표선수를 낼 수 있다.

월남의 阮廌나 阮秉謙을 민족어문학을 통해서 중세후기의 사상시를 이룩한 시인의 좋은 본보기로 삼을 만하다. 한국에도 그런 조건을 갖춘 시인이 여럿 있어, 宋純, 鄭澈, 朴仁老 등을 들 수 있다. 그 가운데 한국 쪽을 택한 것은 작품의 원문을 바로 이해할 수 있기 때문이고, 다른 이유는 없다. 월남문학의 원전을 이해하는 사람이 그쪽에 관한 연구를 해주기를 기대한다. 한국의 여러 후보 가운데 정철을 택한 것은 작품이 가장 뛰어나다고 평가되면서 정통사상을 해체하는 모습을 잘 보여주어 그쪽에 관한 연구를 구체화하는 데 유리하기 때문이다.

이제 철학자와 시인을 짝 지워보자. 이번에는 철학자와 시인의 생몰연대가 서로 근접한 쪽부터 드는 방법을 택한다. 근접한 경우부터 고찰해서 멀어진 경우까지 나아가는 순서로 논의를 전개하기 위해서이다. 그렇게 한 결과는 다음과 같다.

아퀴나스(1225~1274)와 단테(1265~1321) : 이 둘은 40여 년의 차이가 있다.

가잘리(1058~1111)와 아타르(1120년경~1220년경) : 이 둘은 60여 년의 차이가 있다.

라마누자(1017~1137)와 카비르(15세기) : 이 둘은 400년 가까운 차이가 있다.

朱熹(1130~1200)와 鄭澈(1536~1593) : 이 둘은 400년 이상의 차이가 있다.

철학자와 시인이 둘씩 짝을 짓고 있는 이 네 경우를 하나씩 고찰하기로 한다. 철학자와 시인이 어떤 관계를 가졌던가, 철학과 시는 함께 나아갔던가 서로 다른 길로 나아갔던가 살피는 것이 이제부터 할 일이다.

그렇게 해서 세계의 철학사와 문학사를 함께 다루는 작업의 근간을 마련하고자 한다.

아퀴나스와 단테

아퀴나스는 1225년에 남부 이탈리아 나폴리 근처 하급귀족의 아들로 태어났다.[203] 아버지 쪽은 북부 이탈리아에 이주한 롬바르디아인과, 그리고 어머니 쪽은 시칠리아 섬의 통치자가 된 노르만과 혈통이 연결되어, 순수한 이탈리아인은 아니었다. 당시에 나폴리 일대는 시칠리아왕국에 속했다. 그런 조건 덕분에 아퀴나스는 이탈리아인으로 머무르지 않고 유럽인이 될 수 있었다.

시칠리아는 노르만인이 점령해서 통치하기 전에는 아랍세계의 일부였다. 그 때문에 아랍학자들이 고대그리스의 철학서를 번역하고 연구한 성과를 라틴어로 옮기는 데 시칠리아가 큰 구실을 했다. 시칠리아왕국의 통치자는 자기 나라에 필요한 인재를 기르기 위해서 나폴리대학을 세웠다. 아퀴나스는 나폴리대학에서 아리스토텔레스에 대해서 공부할 수 있었다. 라틴문명권의 중심지로 가서 파리대학의 신학교수 노릇을 하면서 아리스토텔레스의 철학을 기독교 신학과 결합시키고자 했다.

아퀴나스는 도미니쿠스(Dominicus) 교단의 수도승이었다. 그 교단의 수도승들은 청빈하게 사는 것을 이상으로 삼고, 탁발행각을 하면서 유럽 각처를 순력했으며, 어디 가서든지 연구하고 가르치는 자리를 마련

---

203) James A. Weisheiple, *Frair Thomas D'Aqino, His Life, and Works* (Washington, D. C. : The Catholic University of America Press, 1974)에 의거해서 생애를 이해한다. 그 책에서는 출생연대가 1224년인지 1225년인지 확실하지 않다고 했으나(3~4면), 1225년이라고 보는 것이 상례이다. "Aquinas" 또는 "de Aquino"는 출신지역이 아니고, 가문을 지칭하는 姓이라고 했다(5면). 그런 이유가 있어, "토마스 아퀴나스"를 줄여 일컬을 때 "토마스"라고 하는 기독교계의 관례를 따르지 않고 "아퀴나스"라고 하는 쪽을 택하기로 한다.

했다. 아퀴나스는 그렇게 살기로 작정하고 나다니면서, 50세가 되기 전에 끝난 생애 동안에 어느 한 곳에서 편안하게 머물지 않았다. 그러면서 모든 것을 받아들이는 방대한 사고체계를 만들고, 거대한 분량의 저술을 남겼다.

아퀴나스 시대에 유럽의 대학에서는 두 가지 방식으로 강의를 했다. 하나는 '렉티오'(lectio)라고 하는 강독이고, 다른 하나는 '디스푸타티오'(disputatio)라고 하는 토론이었다. 강독에서는 존중할 만한 고전을 읽고 풀이했다. 토론에서는 쟁점을 시비하고 해결을 찾았다. 아퀴나스는 그 두 가지 강의를 하면서 두 가지 저술을 했다.

신학교수의 고유 임무인 성서 강독에서 얻은 성과를 성서 주해로 써서 남겼다. 철학교수 노릇도 해서, 아리스토텔레스의 저술도 주해했다. 그런데 그 둘은 아퀴나스의 사상을 전개하는 데 특별한 의의가 있다고 인정되지 않는다. 아리스토텔레스 저술에 대한 주해는 뜻을 설명하는 수준에 머무르고 자기 나름대로의 재검토와 대안 제시는 포함되어 있지 않다.

아퀴나스는 강독보다 토론을 잘 했다. 토론 방식으로 자기 사상을 전개하는 데 뛰어난 업적을 남겨 높이 평가된다. 〈존재와 본질론〉(De ente et essentia), 〈반이교도대전〉(Summa contra gentiles), 〈우주의 영원론〉(De aeteritae mundi contra murmurantes) 등의 논설이 그런 예다. 그런 논설에서 편 주장을 방대한 규모로 집성하고 체계화해서 《신학대전》(Summa theologiae)을 이룩했다. 그 책은 아퀴나스의 대표작이며, 내용에서뿐만 아니라 글쓰기에서도 중세유럽의 철학이 어디까지 나아갔는가 보여주는 기념비적인 저작이다.

아퀴나스는 그 책에서 플라톤의 대화방식, 아리스토텔레스의 논술방식을 적극 활용해서, 신학이 철학이게 하고, 신앙에 관한 의문을 논증을 통해서 해결했다. 그 방법은 상대방의 견해를 존중하면서, 대화와 토론을 통해서 그 잘못을 논파하는 방식을 정밀하게 구현하는 것을 특징으로 했다.[204] 기독교에 대한 외부의 도전이 강하고, 기독교 안에서도 갖가지 다른 주장이 있어 혼선이 빚어지는 것을 일거에 해결하기 위해서 그런 방법을 썼다.

《신학대전》은 512개 문항에 관한 토론을 2,669개의 조항에 걸쳐 전개했으므로, 전모를 거론하기 어렵다. 그러나 서두의 몇 대목만 들어보아도 어떤 문제를 어떻게 논의했는가 알 수는 있다. 서두에서 제기한 문제는 다음과 같다.[205]

제1문제 거룩한 가르침에 관하여 : 그것이 어떤 성질의 것인지, 그리고 그 범위에 대하여

제 1 절 철학적 학문들 외에 또 다른 가르침이 필요한가
제 2 절 거룩한 가르침은 학문인가
제 3 절 거룩한 가르침은 단일한 학문인가
제 4 절 거룩한 가르침은 실천적 학문인가
제 5 절 거룩한 가르침은 다른 학문들보다 더 우위에 있는가
제 6 절 거룩한 가르침은 지혜인가
제 7 절 하느님이 이 학문의 주제인가
제 8 절 거룩한 가르침은 논증될 수 있는 것인가
제 9 절 성서가 은유적·상징적 화법을 써야 할 것인가
제10절 성서는 한 자구 안에 여러 의미를 갖는가

이들 각 물음에 관한 논의를 어떻게 진행했는가 살펴보자.

"제1절 철학적 학문들 외에 또 다른 가르침이 필요한가?"라고 한 물음에 관한 논의를 이렇게 진행했다. 철학적 학문들 외에 다른 가르침이 필요하지 않다는 이유에 관한 주장 1은 "이성을 넘어서는 것에 대해서는 시도하지 말아야 한다"는 것이고, 주장 2는 "가르침은 '有'(ens)에 관

204) 요셉 피퍼, 신창석 역, 《토마스 아퀴나스, 그는 누구인가》(서울 : 분도출판사, 1995), 113면.
205) 토마스 아퀴나스, 정의채 역, 《신학대전》 1(서울 : 바오로딸, 1996).

한 것"이어야 '眞'(verum)일 수 있는데, 하느님을 포함한 모든 '有'에 대해서 기존의 철학적 학문이 있으므로, 별도의 학문이 필요하지 않다는 것이다.[206] 이런 주장을 들고, 그것들에 대한 반론이 될 수 있는 성서의 구절을 적었다. 그렇게 한 다음에 다시 주장과 반론에 대해서 비교고찰을 했다.

그래서 두 가지 결론을 얻는다고 했다. 결론 1에서는 "인간의 이성 이상의 것을 인간은 이성으로 탐구할 것이 아니라 오히려 신앙으로 하느님께로부터 계시된 것으로 받아들여야 한다"라고 했다. 결론 2에서는 "철학적 여러 학문 분야가 자연적 이성의 빛으로 인식하는 관점에서 다루는 같은 사물을 다른 학문이 신적 계시의 빛으로 인식하는 관점에서 다루어도 아무런 지장이 없는 것이다"라고 했다.[207]

"제5절 거룩한 가르침은 다른 학문들보다 더 우위에 있는가?"라는 의문을 검토하는 데서는 긴 논의 없이 이치를 명백하게 밝혔다. "거룩한 가르침은 자기 원리들을 다른 학문들에서 받는 것이 아니라 직접 하느님으로부터 계시로 받는다"는 점이 다른 학문들보다 우월한 증거라고 했다.[208] 그러나 계시를 택해 학문을 버리고자 한 것은 아니다.

"제8절 거룩한 가르침은 논증될 수 있는 것인가?"라는 의문에 대한 논의를 보자. 가르침은 논증될 수 없다고 하는 주장 1은 기독교 내부의 것이다. 암브로시우스는 "신앙을 묻는 데서는 논증을 제거하라"고 했다. 주장 2는 "이 가르침이 논증될 수 있는 것이라면 권위나 이성에서 논증될 것이다"라고 하고, 권위에 의한 논증은 가장 허약하고, "이성으로 논증되는 것이라면 그것은 가르침의 목적에 적합하지 않다"고 했다.[209]

반론은 가르침을 굳게 지켜야 "남을 가르칠 수도 있고 반대자들을 반박할 수도 있을 것입니다"라고 하는 것을 성서에서 가져왔다.[210] 양자의

---

206) 같은 책, 30면.
207) 같은 책, 32면.
208) 같은 책, 40면.
209) 같은 책, 46면.

비교논의를 거쳐 얻은 결론 2에서 권위에 의한 논증이 정당하다고 하고 "이 가르침의 원리들은 계시로 말미암아 갖게 된 것"이므로 "계시가 주어진 사람들의 권위를 믿어야 한다"고 했다. 거기 덧붙여 다음과 같이 말했다.

> 그렇지만 거룩한 가르침은 인간 이성을 사용한다. 그것은 신앙을 증명하기 위해서가 아니다. 그렇다면 신앙의 공로가 상실될 것이기 때문이다. 이 가르침 안에 전해지고 있는 것들을 명백히 하기 위해 이성이 사용되는 것이다. 은총은 자연을 파기하는 것이 아니고 오히려 완성하기 때문에 자연이성은 신앙에 조력해야 한다.[211]

아퀴나스는 이처럼 철학적 학문 이상의 학문을 해야 한다고 하고, 이성을 넘어선 영역에서도 학문을 해야 한다고 하면서 학문의 의의를 확대해서 평가한 것은 커다란 공적이다. 그러나 이성을 사용하는 철학적 학문 이상의 학문은 계시를 내용으로 한 거룩한 가르침이므로, 계시를 전하는 권위에 의거해서 논증될 수 있다고 했다. 그렇게 해서 학문 이상의 학문이 학문 밖의 학문이게 한 것은 문제라고 하지 않을 수 없다.

거룩한 가르침 자체는 이성으로 논증할 수 없지만, 그 가르침 안에 전해지는 것들을 명백하게 하기 위해서 이성을 사용해서 이성이 신앙에 조력하도록 해야 한다고 한 것도 문제이다. 그렇다면 이성을 하인으로 부리는 주인은 누구이며 이성이 하인 노릇을 제대로 하는지 판별할 능력이 있는가 의심스럽다. 복잡한 논의를 치밀하게 전개해도 계속 의문이 남는다.

이성의 학문 위에 이성 이상의 학문이 있다는 것은 타당한 주장이다. 그러나 이성 이상의 학문은 계시라느니, 신앙이라느니, 거룩한 가르침이

---

210) 같은 책, 47면.
211) 같은 책, 48면.

라고 하면 학문이 아니다. 이성 이상의 학문이 학문이라고 할 근거가 없다. 이성 이상의 학문은 이성 이상의 능력을 가지고 그 자체의 타당성을 논증하고, 이성이 이성 노릇을 제대로 할 수 있는 지침을 제공하고, 그 지침대로 움직이는지 점검하고 평가할 수 있어야 한다. 이성 이상의 것이 그 자체의 타당성을 계시의 권위에 의해 입증하면, 이성을 이끌고 평가할 수 없다.

《신학대전》으로 돌아가서, 다음 대목을 보자.

> 제4문제 하느님의 완전성에 대하여
> 　제1절 하느님은 완전한가
> 　제2절 하느님 안에 모든 사물의 완전성이 있는가
> 　제3절 피조물이 하느님과 비슷하다고 할 수 있는가

"제1절 하느님은 완전한가?"에 대해서는 하느님은 완전하다는 대답을 쉽게 얻을 수 있다. "제2절 하느님 안에 모든 사물의 완전성이 있는가?"는 문제가 단순하지 않고 해답을 얻기 어렵다. "서로 대립되는 것(opposita)은 하느님 안에 있을 수 없다"는 데 대해서 다음과 같은 반론을 제기해서 문제를 해결했다.

> 하느님은 自存하는 존재 자체이기 때문에 존재의 완전성에 어떤 결함도 있을 수 없다. 모든 사물의 완전성들은 존재의 완전성에 속한다. 어느 정도 완전하다는 것은 그것이 어느 정도 존재를 갖고 있기 때문이다. 따라서 어떤 사물의 완전성도 하느님께 결여되어 있지 않다는 귀결이 나온다.[212]

"제3절 피조물이 하느님과 비슷하다고 할 수 있는가?"라고 하는 데

---

212) 같은 책, 103면.

대한 결론은 "피조물이 하느님과 유사하다는 것은 어느 정도 인정할 수 있어도 하느님이 피조물과 유사하다는 것은 결코 용인될 수 없다"고 했다.[213]

"제6문제 하느님의 善性에 대하여"의 "제4절 모든 것은 신적 선성으로 선한 것인가?"라고 하는 대목을 보자. "모든 사물은 그 어느 것이든 善 자체, 즉 하느님으로 말미암아 善한 것이다"라는 주장이 있고, 이에 대한 반론이 "모든 선한 것은 하느님에 의해서가 아니라 자기 고유의 善性에 의해서이다"라고 제기된다고 했다.[214] "그 본질에 의해 제일 첫째 인 어떤 것이 有이며 善이라는 것은 절대적(무조건)으로 眞인 것이다"라고 하고, "우리는 이런 것을 하느님이라고 부른다"고 했다. "각각의 사물은 자기에게 내포되어 있는 神的 善性과의 유사성으로 말미암아 (similitudine) 선한 것이라고 불리며, 이런 유사성은 각 사물을 지칭하는 形相的 自己善性이다"고 했다.[215]

무슨 말을 했는가 명백하게 하기 위해 정리가 필요하다. 理氣철학의 용어를 사용하면, 理는 純善하고 氣에는 善惡이 있으며, 氣의 善은 그 자체의 것이 아니고, 理의 善이 氣에서 구현된 것이라고 말했다고 할 수 있다. 그런 이유에서 '氣'가 허망하다고 할 수 없다고 했다. 그것은 장차 상론할 朱熹의 견해와 일치한다.

제47문제 "사물들 일반의 구분"을 보자.[216] 이 대목은 다음과 같은 항 목으로 구성되어 있다.

제1절 사물들의 다양성과 차별성이 신에게서 유래했는가

---

213) 같은 책, 108면.
214) 같은 책, 137~138면.
215) 같은 책, 139면.
216) 이 대목은 한국어 번역본에 없으므로 Anton C. Pegis, *Introduction to Thomas Aquinas*(New York : Modern Library, 1948), 259~266면에 수록되어 있는 영역 본을 자료로 이용한다.

　제2절 사물들의 불평등성이 신에게서 유래했는가
　제3절 세계는 하나만인가

제1절에 관한 논란에서 다음과 같이 말했다.

　사물들의 구분과 다양성은 최초의 원인인 하느님의 의도에서 유래
했다고 말할 수 있다. 하느님은 하느님의 선함이 피조물들에 의해 전
달되고 표현될 수 있도록 하기 위해서 사물들을 가져왔다. 그리고 하
느님의 선함이 어느 한 가지 피조물에 의해 충분하게 표현될 수 없으
므로, 하느님은 많은 다양한 피조물을 만들어내서, 어느 한 가지 사물
이 나타내지 못하는 하느님의 선함을 다른 사물이 보충해서 나타내도
록 했다. 하느님께서는 단순하고 단일한 선함이 피조물에게는 여러
겹 나누어져 있다.[217]

제2절에 관한 논의에서는 다음과 같이 말했다.

　하느님의 지혜는 우주를 완전하게 하기 위해서 사물들이 차별이
있게 한 것과 마찬가지로, 불평등이 생기게 한 원인이기도 하다. 사물
들에 한 가지 등급의 선함만 있으면 우주는 완전해질 수 없다.[218]

제3절에 관한 논의에서 다음과 같이 말했다.

　하느님에 의해서 창조된 사물들의 질서가 세계의 단일성을 나타낸
다. 단일한 질서에 의거해서 이 세계는 하나라고 하고, 사물들에게는
그 나름대로 질서가 있다. 그러나 하느님에게서 나온 어떤 사물이라

---

217) 같은 책, 261면.
218) 같은 책, 263면.

도 상호간의 관련을 가지고 또한 하느님과 관련을 가지는 질서가 있다.……그래서 모든 사물은 한 세계에 속한다고 말할 필요가 있다.[219]

모든 사물의 존재의의를 신과의 관계에서 인정하는 주장이다. 세계에 있는 모든 사물의 다양성, 차별, 등급이 모두 신의 창조물이며, 신의 선함을 그 어느 한쪽만 나타내고 있다고 했다. 그런데 그 총체는 단일하고, 평등하고, 완전하다고 해서, ∞가 그 자체로 1이라고 했다.[220]

이와 같이 전개된 아퀴나스의 사상을 유럽에서 근대를 이룩할 때는 되도록 평가절하해서 기독교적 전제가 무력해지도록 했다. 신학을 위해 봉사한 철학이니 되돌아볼 필요가 없다고 했다. 그러다가 근래에는 아퀴나스가 신학과 철학을 함께 했기 때문에 철학을 훼손시킨 것은 아니며, 철학에서 이룩한 성과를 정당하게 평가해야 마땅하다는 주장이 광범위하게 제기되고 있다. 그 가운데 대표적인 사례를 몇 가지 들어보자.

아퀴나스의 철학은 두 가지 점에서 놀라운 가치를 지닌다고 한다. 하나는 "특수한 것에서 출발해서 존재의 더욱 보편적인 양상으로 나아가는 철학적 성찰"이고, 다른 하나는 "외부적인 계시에 의거하지 않고, 사고의 내적 발전의 결과로 창조설이 나타나게 한 것"이라고 했다.[221] "은총은 자연을 파괴하지 않고, 완성시킨다"고 하면서 아퀴나스가 신학과 철학을 결합시킨 것이 정당했음을 그런 결과를 들어 입증할 수 있다고 했다.[222]

"신은 진리이다"라고 하고, "자연은 신이 지닌 초자연적인 의지의 구

---

219) 같은 책, 265면.

220) 김헌선 교수는 이 책의 원고를 평가한 글에서, 《신학대전》의 다른 대목을 이용해서 논의를 더 전개하는 보충안을 제시했으나 여기다 옮기지 않고, 후속연구의 과제로 남겨둔다.

221) Jan A. Aertsen, "Aquinas's philosophy in its historical setting", Norman Kretzmann and Eleonore Stump ed., *The Cambridge Companion to Aquinas* (Cambridge : Cambridge University Press, 1993), 30면.

222) 같은 글, 34~35면.

현이다"고 하는 것이 그 반대의 명제를 포괄하는 이중의 의미를 가진다
는 점에 주목하자고 하는 견해도 있다. 그런 일원론이 다른 한편에서는
다원론이어야 한다고 했다. 그래서 "다양한 사물들을 고유한 질에 따라
배열하면서 또한 우주적인 질서 속에서 그것들이 차지하는 위치에다 갖
다 놓는다"고 평가할 수 있는 포용력을 가지도록 했다고 긍정적으로 평
가한다.[223]

보편적인 것은 실재하는가 아니면 이름인가 하는 이른바 보편논쟁에
서, 아퀴나스는 그 둘의 중간에 서서 양쪽을 다 인정하려고 했다. "보편
적인 법칙이 모든 특수한 과정을 인식하도록 하는 한편, 전능한 신은 다
른 무엇보다 먼저 세계 안에서 알려진다"고 한 것이 그런 의미를 가진
다. 그렇게 해서 "보편적인 것의 형이상학적 형상이, 사람이 자연스럽게
발현하는 본성이다"라고 하고, "사람이 누리는 자유는 밖에서 온 것이
아니고 고유한 능력의 발현이다"고 한 것이 획기적인 의의가 있다고 한
다.[224] 그런 평가는 아퀴나스의 철학에 대한 근대인의 편견을 시정하는
데 기여한다.

그러나 보편논쟁의 두 가지 견해를 하나로 합치는 작업을 납득할 수
있게 이룩한 것은 아니다. (가) "∞가 1이고 1이 ∞이다"라고도 하고,
(나) "1인 신이 ∞의 세계를 창조했다"고도 했다. (가)의 1은 ∞의 포괄
적인 양상이어서 ∞가 氣라면 1도 氣이다. 그런데 (나) 의 1은 氣일 수는
없고 理이기만 하다. 氣와 理가 하나이면서 둘이라고 하는 주장도 (나)
에서는 용인되지 않는다. (가)가 정당하므로 (나) 또한 정당하다고 할 수
는 없다. 아퀴나스는 (가)를 개척한 공적을 이룩했으면서, (가)가 바로
(나)라고 하는 무리한 주장을 펴지 않을 수 없었다. 그것이 한계이고 파
탄이다.

223) Etienne Gilson, *Le thomisme, introduction à la philosophie de saint Thomas D'Aquin*(Paris : Librairie Philosopique, J. Vrin, 1989), 44~45면.
224) Günther Mensching, *Das Allgemeine und das Besondere, der Ursprung des modernen Denkens im Mittelalter*(Stuttgart : J. B. Metzlersche, 1992), 246면.

"∞가 1이고 1이 ∞이다"라고 하는 것이 실질적인 의의를 가지도록 하기 위해서는 ∞에 포함되어 있는 것들의 구체적인 양상에 대한 인식을 확대하고, 그 내부의 원리를 밝히는 각론을 마련해야 했다. 위에서 든 세 사람의 논의에서 "특수한 것에서 출발", "다양한 사물들을 고유한 질에 따라 배열", "사람이 누리는 자유"라고 일컬은 것들의 실상을 밝혀 논하는 철학을 갖추어야 했다. ∞에 대해 이해하기 위해서 아리스토텔레스로 되돌아가야 한다고 하고, 자기 시대에 이룩된 역사창조와 세계인식의 경험을 적극적으로 끌어들이지 못한 것이 커다란 결함이다.

《신학대전》은 길고 복잡한 논의를 끝없이 전개하면서, 구체적인 경험을 통해 절실하게 깨달을 수 있는 진실의 높고 포괄적인 의미를 전해주지는 못한다. 절실한 필요가 있어 각고의 노력을 한 성과가 널리 받아들여지지 않는다. 후대의 독자가 보기에는 말은 많아도 말한 것은 적으니, 애써 읽을 필요가 없는 책이라고 밀어두는 것이 무리가 아니다.

그렇다고 해서 아퀴나스 사상의 미비점을 보충하고 시정하는 방안이 나타날 수 있었던 것은 아니다. 교회에서는 아퀴나스가 한 어렵고 복잡한 논증이 기독교 교리의 정당성을 입증해준다고 주장하면서 그 미비점이나 문제점은 인정하지 않았다. 아퀴나스의 권위를 높여 교리에 대한 비판을 막는 데 힘썼다. 한편 보편논쟁에서 보편적인 것은 이름에 불과하다는 주장을 편 철학자들은 ∞에 대해서 일방적인 의의를 부여해 ∞와 1의 관계를 통괄해서 파악하는 안목을 상실했다. 그렇게 하는 동안에 신학이나 철학이 다시 멀어져 아퀴나스의 과업을 이어서 발전시킬 수 있는 길이 막혔다.

아퀴나스의 사상을 다시 생동하게 하면서 그 미비점을 극복하고자 하는 시도는 문학에서만 할 수 있었으며, 시인이 그 일을 맡았다. 아퀴나스의 권위에 과감하게 도전해 헛된 칭송을 걷어내고 진정한 가치에 해당하는 것을 만인이 나누어 가지도록 재창조하는 작업을 맡아 나선 시인이 있었으니, 단테가 바로 그 사람이었다. 단테의 시는 알기 쉬운 언어를 가지고, 짧게 끊어지는 형식을 마련해 복잡하지 않은 사연을 나타냈지만, 절실한 의미를 지니고 깊은 감동을 줄 수 있었다.

아퀴나스와 단테는 둘 다 이탈리아 사람이었다. 아퀴나스는 성직자이고, 단테는 정치인이며 문인이었다. 아퀴나스는 라틴어로 저술하고 강의하면서 라틴어문명권 전체를 활동무대로 삼았으나, 단테는 이탈리아어로 작품을 써서 자기 나라 사람들이 읽도록 했으며 자기 나라에서 추방되는 것을 큰 고통으로 여겼다.

아퀴나스는 1274년에 세상을 떠나고, 단테는 1265년에 태어났으니, 두 사람은 동시대의 선후배이다. 단테는 아퀴나스를 만나 가르침을 받지는 못했으나, 아퀴나스의 사상에 많은 영향을 받고, 아퀴나스를 깊이 의식하면서 작품활동을 했다. 아퀴나스와 기본적으로 같은 세계관을 가지고 있으면서, 그 어느 부분은 수정하거나 혁신해 자기 나름대로의 대안을 내놓으려고 했다.

그 점을 구체적으로 고찰하기 위해서 단테의 대표작《신곡》(*Divina commedia*)을 검토해보자.《신곡》은 다음과 같은 세 가지 점에서 아퀴나스와 관련을 가졌다.

(가) 아퀴나스가 천국편에서 작중인물로 등장해서, 천국에 이르는 길이 무엇인가 직접 설명한다.

(나) 아퀴나스가 설명한 천국에 이르는 길이 작품의 서술자이면서 주인공인 단테가 영원한 연인 베아트리체(Beatrice)에 대한 사랑과 성모 마리아의 열렬한 숭배자 베르나르도(Bernardo)가 가르치는 신앙 덕분에 천국의 가장 높은 곳까지 올라가는 여행을 한 것으로 구체화되어 있다.

(다) 지옥에서 연옥으로, 연옥에서 다시 천국으로 나아가는 작품 전편의 구성이 아퀴나스의 사상을 구현하고 있는 구조이다.

(가) 아퀴나스가 작품에 직접 등장하는 대목을 보자.[225]

---

225) Étienne Gilson, *Dante et la philosophie*(Paris : J. Vrin, 1953), 226~279면을 보면《신곡》이 토마스 아퀴나스의 철학과 어떤 관련을 가지는가 검토하면서 (가)와 (나)만 취급하고, (다)에 관해서는 말하지 않았다. (가)와 (나)에 관한 논의를 무척 복잡하게 전개했는데, 여기서는 전체의 윤곽을 간략하게 다룬다.

천국편 제10곡 : 아퀴나스가 자기를 소개하고, 스승 알베르토를 비롯한 열두 사람에 관해서 말했다. 그 가운데 시지에리 데 브라반트(Sigieri de Brabant)도 있다. "파리의 거리에서 강의를 하면서, 삼단논법으로 진리를 밝히다가 미움을 샀다"[226]고 아퀴나스가 소개해 아퀴나스와의 불화를 나타냈다. 그 인물이 천국에 있다고 한 것은 의외이다. 시지에리는 아퀴나스와 함께 파리대학에서 강의하면서, 아리스토텔레스의 철학을 그대로 이어 철학의 독립성을 주장하다가 아퀴나스의 공격을 받았다.

시지에리가 천국에 가 있다고 하면서 긍정적으로 평가한 것은 신학과 철학을 분리시켜야 한다는 시지에리의 지론이 "일시적인 것과 정신적인 것, 교회와 제국은 분리되는 것이 마땅하다고 하는 단테의 소망과 일치하기 때문이다"고 한다.[227] 교황이 정치에 간섭하고 이탈리아는 황제가 없어 정치적 안정을 얻지 못하는 폐단을 시정하고, 교황은 신앙에 충실해야 한다고 생각해서 그런 지론을 펴면서, 단테는 아퀴나스와는 다른 생각을 했다.

단테는 현실의 문제에 대해서 아퀴나스보다 더욱 절실한 관심을 가지고서, 현실문제 해결에 아퀴나스와 시지에리가 각기 어떤 기여를 할 수 있는가 생각했다. 그 뒤 제11곡에서 제13곡까지에서 아퀴나스가 계속 등장해서 천국의 길을 안내했으나, 아퀴나스에게 전적으로 의지한 것은 아니다. 아퀴나스와는 어느 정도 거리를 두고서, 아퀴나스를 스승으로 맞이했다.

제11곡 : 아퀴나스가 단테의 마음속에서 떠오르는 신앙의 근본에 관한 의문을 알아차리고 풀어주었다. 성 프란치스코(Francisco, Francesco)의 생애를 본보기로 삼아 신앙이 무엇인가 설명하고, 그것과는 크게 다른 도미니크 수도사들의 타락을 개탄했다.

서두에서 단테는 다음과 같이 노래했다.

---

226) 같은 책, 510~511면.
227) 같은 책, 273면.

오, 인간의 무분별한 헛수고여,
그대로 하여금 날개를 퍼득여 떨어지게 하는
저 삼단논법들이 얼마나 결함투성인가!

법률들을 뒤따르는 자, 격언을 좇아가는 자,
또 더러는 사제직을 따라가는 사람,
그리고 더러는 폭력이나 궤변으로 다스리는 자,

도둑질을 하는 사람, 또 더러는 나라 일에
더러는 육체적 쾌락 속에 휩쓸렸던 자가
피로에 지치고 또 누구는 안일에 몰두할 무렵에,

나는 이러한 모든 일에서 풀려나
이토록 영광스러운 영접을 받으며
베아트리체와 함께 하늘 위에 있다.[228]

이 대목에 《신곡》 전편의 주제가 요약되어 있다. 단테는 자기가 하고
자 하는 말을 잘 알았다. 그러나 영광의 빛이 나오는 근거가 어디에 있
는가 하는 근본적인 의문은 풀지 못했다. 그 점을 알아차리고 아퀴나스
가 나서서 설명을 했다. 아퀴나스는 마음속의 의문까지 알아차리고 풀
어주는 사람이다.

그런데 아퀴나스가 의문을 풀어주는 철학을 제시한 것은 아니다. 그
리스도가 세상을 다스리는 섭리는 어떤 시력을 가지고도 그 밑바닥까지
는 미치기 어려운 깊은 뜻이 있다고 하고서, 이론적인 설명 대신에 실례

---

228) 단테, 한형곤 역, 《신곡》(서울 : 신영출판사, 1994), 442면. Dante Allighieri,
    Allen Mandelbaum tr., *The Divine Commedy*(New York : Everyman's Library,
    1995)를 함께 이용한다.

를 들었다. 성자의 일화를 들려주고, 듣는 사람이 스스로 깨달아 알게
했다. 작품 속의 아퀴나스는 철학의 방법이 아닌 문학의 방법을 썼다.
프란치스코와 도미니크 두 성인을 들고, 프란치스코는 사랑이 남다르고,
도미니크는 지혜가 뛰어나서 쌍벽을 이루는 스승이라고 하고서, 도미니
크는 밀어두고서 프란치스코에 대해서 길게 말했다. 지혜보다 사랑을
소중하게 여긴 것이다.

실제인물 아퀴나스는 도미니크가 창설한 교단에 속했다. 지혜로 신앙
의 이치를 밝히는 과업을 계속했다. 그런데 작중인물 아퀴나스는 성자
프란치스코의 생애에서 있었던 일들을 들면서 시인의 창조력을 발휘했
다. 그 대목에서는 아퀴나스가 단테 노릇을 했다. 아퀴나스의 철학보다
단테의 시가 신앙의 의문을 해결하는 더 좋은 방법임을 입증했다.

프란치스코는 중세 기독교 성인 가운데 하층민에 가장 가까이 간 사
람이다. 집을 떠나 걸식을 하면서 자기 몸을 낮추어, 험한 고생을 하는
것을 즐거움으로 여겼다. 聖베드로사원 문에서 다른 거지들과 함께 구
걸을 하는 것을 하느님을 섬기는 마땅한 방법으로 삼았다. 가난하고 천
대받는 생활을 하면서 사람은 물론 짐승들까지도 형제처럼 사랑해서,
새들과 말을 주고받는 이적을 보였다고 한 사람이다. 아퀴나스와 동시
대 사람인 야코부스 데 보라지네(Jacobus de Voragine)가 성자전을 집대
성한 《성자전 황금본》(*Legenda aurea*)에서도 큰 비중을 두고 다루었
다.[229)]

작중인물 아퀴나스는 프란치스코의 생애는 청빈과 겸양을 특징으로
한다고 했다. 부유한 상인의 아들로 태어났으면서도 평생토록 가난과
더불어 살았다는 사실을 특히 강조해서 말했다. 생애를 마칠 때 있었던
일에 관해서 다음과 같이 노래했다.

　　그토록 커다란 은혜를 베푸시는 하느님이

---

229) 《중세문명의 동질성과 이질성》의 〈성자전〉에서 이에 대해 고찰했다.

자신을 스스로 조그맣게 낮추면서 공을 세운 상급으로
그를 기꺼이 위로 끌어올리려 했을 때

그는 자기 형제들에게 자기 자신의 가장 사랑스러운 여인을
마치 의로운 유업인 양 부탁하며
그녀를 정성껏 사랑하라고 명했다오.

그리고 빼어난 영혼이 제 왕국으로 돌아가며
가난의 품을 떠나고자 했을 때
제 몸에 다른 어떤 관을 바라지 않았다오.[230]

"자기 자신의 가장 사랑스러운 여인"은 프란치스코의 아내이다. 죽을 때가 되어 두고 떠나는 아내를 남은 사람들에게 부탁하는 말을 이렇게 했다고 했다. 수도승에게 무슨 아내가 있었던가 하는 의문을 가질 것은 아니다. 가난을 여인으로 의인화해서 아내로 삼았다고 했다. 그런 의인법은 작품 전체에서 이 대목에서만 보여 특별히 주목할 만하다.[231]

단테는 청빈하게 살아야 하는 도리는 속인이라도 따라야 한다고 생각했다. 수도한다는 사람들이 탐욕에 사로잡혀 그 도리를 어기는 것은 용납할 수 없다고 했다. 도미니크 수도승들이 바로 그런 본보기를 보여준다고 규탄하는 말을 작중인물 아퀴나스가 이렇게 했다.

그러나 그의 양떼는
새로운 음식에 욕심을 부리게 되어
갖가지 숲으로 퍼져나가지 않을 수 없을 지경이었다오.

---

230) 한형곤 역, 《신곡》, 444면.
231) Erich Euerbach, "St. Francis of Assisi in Dante's *Commedia*", Herold Bloom ed., *Modern Critical Views, Dante*(New York : Chelsea House, 1986)에서 이에 대해 고찰했다.

244

그리하여 그의 양들이 아득하게 멀리
그로부터 뜨내기 신세가 되어 멀어져 갈수록
더욱 텅 빈 젖통을 지니고 움막으로 돌아온다오.[232]

아퀴나스는 도미니크 수도사였으므로, 자기 집안을 이렇게까지 나무라지 않았을 것이다. 도미니크 교단에 대한 자부심은 전혀 말하지 않고 비난만 한 것은 실제의 아퀴나스와 작중인물 아퀴나스가 상당한 거리가 있었기 때문이다. 그 대목에서도 작중인물 아퀴나스가 단테의 생각을 나타냈다. 단테는 자기 시대 주위의 사람들이 탐욕에 사로잡혀 타락한 생활을 하는 것을 비판하고, 삶의 고결한 자세가 무엇인가 보여주면서, 아퀴나스를 조연으로 등장시켰다. 표면상으로는 아퀴나스에게 배운다고 하고서, 자기가 이미 확신을 가진 판단을 분명하게 해서 독자에 대한 설득을 높이는 데 아퀴나스를 이용했다.

아퀴나스는 제13곡에서 단테의 의문을 풀어주는 구실을 계속해서 했다. 그러나 확고한 이론을 제시하지는 않고, 신중한 자세를 가지라고 하는 것이 최종적인 권고사항이었다.

밭의 이삭이 미처 익기도 전에
나름대로 헤아리는 사람처럼, 사람들이여,
너무 안이하게 판단하지는 말 일이라오.[233]

여기서 아퀴나스의 모습이 실제와 달라졌다. 명확한 이론가는 간 데 없고, 조심스러운 탐구자만 있다. 단테는 아퀴나스가 그런 인물이라고 생각해, 작품에서 큰 구실을 하도록 하지 않았다.

(나) 작품의 서술자인 자기 자신이 로마시대의 시인 비르길리우스

232) 한형곤 역, 《신곡》, 444면.
233) 같은 책, 455면.

(Virgilius)의 안내로 지옥과 연옥을 돌아다니다가, 사랑하는 여인 베아
트리체를 만나 천국에 이르러, 철학자 아퀴나스를 만나 지식과 신앙의
근본이치에 관한 설명을 듣고, 성모마리아를 열렬하게 찬미하는 성인
베르나르도의 인도를 받아 가장 높은 곳으로 올라갔다고 했다.

비르길리우스는 지식을 구체화한 인물이다. 지옥과 연옥은 세속의 지
식으로 이해할 수 있는 영역이므로 비르길리우스의 안내로 돌아볼 수
있었다. 베아트리체는 사랑을 구체화한 인물이다. 천국은 사랑의 영역
이므로 베아트리체의 인도로 들어설 수 있었다.

천국에 들어설 수 있게 하는 데는 사랑이 절대적인 조건이기는 해도,
사랑만으로는 부족하고, 세속의 지식보다 한 차원 위에 있는 천국의 지
식이 있어야 하고, 그리스도와의 만남으로 여행을 끝낼 수 있게 하는 신
앙이 있어야 했다. 그래서 천국의 인도자로 천국의 지식을 제공하는 아
퀴나스와 최고의 신을 가르치는 베르나르도가 있어야 했다.

단테는 작품의 주인공이지만, 가장 수동적인 인물이며, 다른 사람들
에게 인도되어 여행을 계속했다. 비르길리우스는 65곡에만 등장하지만,
단테를 인도하는 스승이다. 베아트리체는 25곡에만 등장하지만, 단테나
비르길리우스보다 더 높은 곳에 자리잡고 있는 초자연적인 존재이다.

아퀴나스가 한 구실은 천국을 이해하는 지식을 제공하는 것이었다.
사랑이나 신앙을 체험하게 하는 일은 베아트리체나 베르나르도가 담당
하지만, 사랑은 무엇이고 신앙은 무엇이며 왜 소중한가 해명하는 것은
아퀴나스의 임무이다. 아퀴나스가 그 임무를 자기 혼자서 충실하게 수
행할 수는 없으므로, 다른 인물들이 필요했다.

시는 논설이 아니다. 아퀴나스의 논설을 있는 대로 다 가져오거나 그
보다 더 많은 말을 해도 시에서는 설득력이 없다. 아퀴나스의 사상을 문
학적 형상을 통해 나타내서 인물설정과 사건전개를 통해서 구체화해야
하므로, 주인공이자 서술자인 단테가 베아트리체에 대한 사랑에 이끌리
고 베르나르도의 인도를 받아 천국의 가장 높은 곳까지 올라갔다고 했
다. 베아트리체나 베르나르도와의 만남에서 벌어지는 사건이 있어 토마

스 아퀴나스의 지론이 어떤 의미를 가지는지 구체적으로 이해할 수 있
게 했다.

　제14곡에서 단테는 베아트리체와 함께 천국의 더 높은 곳으로 올라가
면서 베아트리체와 아퀴나스를 비교했다.

　　둥그런 그릇 안의 물을 밖에서 치느냐
　　안에서 치느냐에 따라 복판에서 가장자리로
　　가장자리에서 복판으로 움직이는 것이어늘,

　　토마스의 영광스러운 영혼이 입을 다물었을 때,
　　이제 방금 말한 바 있는 그러한 일이
　　갑자기 나의 마음속에 파동쳐 일어났다.

　　이렇게 된 것은 그의 말씀과 베아트리체의 말씀이
　　서로 유사한 점으로 인해서인데
　　그녀는 그이의 뒤를 이어 즐겁게 말했다.[234]

　아퀴나스가 말을 마친 뒤에 베아트리체가 말을 시작했다. 이론이 끝
난 곳에서 사랑이 시작되었다. 천국의 더 높은 곳으로 올라가기 위해서
는 이론이 아닌 사랑이 필요했다. 그렇지만 그 둘은 서로 반대가 되는
자리에서 같은 구실을 한다고 했다. 물그릇을 치는 것에다 견주면, 베아
트리체는 안을 쳐서 파동이 밖으로 번져가게 하고, 아퀴나스는 밖을 쳐
서 파동이 안으로 번져가게 하는 것과 같다고 했다. 심성의 중앙에는 사
랑이, 심성의 가장자리에는 이론이 있어 그 위치는 서로 다르지만, 사랑
에서 이론으로 나아갈 수도 있고, 이론에서 사랑으로 나아갈 수도 있다
고 했다.

---

234) 한형곤 역, 《신곡》, 459면.

그러나 그 둘이 동일하다고 하지는 않았다. 아퀴나스는 거기서 자기가 맡은 임무를 마치고 물러나고, 그 다음에는 베아트리체를 따라 단테는 천국의 더 높은 곳으로 올라갔다. 그래서 이론보다는 사랑이, 신학보다는 신앙이 우위에 있다고 했다.[235]

(다) 지옥과 연옥과 천국이 이어져 있다 하고, 그 중간의 연옥에 대해서 진지한 관심을 가진 것이 새로운 사상이다. 실제의 사물에서 영원한 것을 인식할 수 있다고 하는 아퀴나스의 철학을 그러한 방식으로 구현했다.

철학론의 면모를 잘 보여주는 대목을 하나 들면 다음과 같다.

일찍부터 영혼은 사랑하기 위하여 생겨났으니,
기쁨에서 잠을 깨어 행동할 그 순간부터
제가 좋아하는 모든 사물에게로 움직여간다.
너희의 인식은 실제로부터 의도한 바를 끌어내고
이를 너희 안에 펼쳐놓음으로써
정신이 그것을 향하게 만들게 된다.

그리고 그것으로 향한 정신이 쏠리기만 하면,
그 쏠림이 곧 사랑이고 그것이야말로
곧 너희 안에 다시 기쁨으로 이어지는 자연이다.

그 다음에 마치 불이 제 질료 안에서
오래 지탱되는 곳까지 오르기 위해서 생긴
제 형체 때문에 높다랗게 치솟듯이,

---

235) Étienne Gilson, 위의 책에서는 흔히 상상하는 것과는 다르게 단테는 아퀴나스의 사상인 토미즘을 온전히, 배타적으로 따른 것은 아니라고 하는 증거를 거기서 찾았다(241면).

사로잡힌 마음도 그렇게 영혼의 움직임인 원망 속에 들어가
그 사랑했던 것을 만끽할 그때까지는
내내 쉬지는 못할 것이다.

사랑이란 진정코 어떠한 것이든
칭찬할 만한 것이라고 주장하는 사람들 앞에
진리가 얼마나 숨겨져 있는지를 너 이제 깨칠 수 있으리라.[236]

〈연옥편〉 제18곡의 한 대목에서, 비르길리우스가 단테에게 이렇게 말한 데 중대한 발언이 들어 있다.[237] 핵심을 이루는 두 단어는 '사물'과 '사랑'의 관계를 논하면서, 심오한 철학을 전개했다. 사물은 일상적이고 가변적인 물질의 영역이고, 사랑은 순수하고 영원한 정신의 영역이다. 사물은 부정하고 버려야 할 것이 아니고, 사물에 대한 인식에서 사랑으로 나아가는 길이 열린다고 했다.

사물에서 사랑에 이르는 과정을, '영혼'과 '아름다움'이라고 하는 두 가지 기본개념을 더 사용해서, 납득할 수 있게 말하려고 했다. 시로 압축한 표현을 논설로 풀어내면서 생략된 말을 보태야 비로소 이해된다.

(가) 사람은 사물의 세계에서 살아가면서 사랑을 한다. 사람이 사랑을 하고자 하는 본성은 마치 불이 위로 올라가는 것과 같다.

(나) 사람의 영혼은 사물에서 끌어낸 인상에서 아름다움을 발견한다. 사물과 사랑 사이의 매개자가 사람의 내재적인 능력에서는 영혼이고, 사물의 특성에서는 아름다움이어서 양쪽이 이어진다.

---

236) 한형곤 역, 《신곡》, 295면.
237) Stephen G. Nicloas, "The New Medievalism : Tradition and Discontinuity in Medieval Culture", Marina S. Brownlee et al. ed., *New Medievalism*(Baltimore : The Johns Hopkins University Press, 1988), 16~17면에서 위의 인용구의 두 번째와 세 번째의 연을 들고, 사상의 변모를 보여주는 긴요한 의의가 있다고 하는 논의를 전개했다.

(다) 아름다움이 일깨워주는 새로운 충격에 힘입어, 영원한 사랑으로
나아간다.

(라) 영원한 사랑을 얻기 위해서 가변적인 사물을 버려야 하는 것은
아니다.

그런 일이 이루어지는 곳은 '지옥'도 아니고 '천국'도 아닌 '연옥'이다.
사물에 매여서 타락한 지옥의 영역에는 사랑이 없고, 사랑이 충만하기
만 한 천국에서는 사물을 무시해도 그만이지만, 그 중간의 연옥에서는
사물에서 사랑을 얻는다고 했다. 사람은 지옥에서 벗어나야 하고, 천국
에 태어난 존재는 아니므로, 연옥에 머무르면서 진실을 탐구하는 것이
마땅하다고 했다. 연옥은 현세의 삶이 지니는 특징을 고스란히 갖춘 곳
이다. 사람은 현세에서 연옥의 이중성을 지니고 살아가면서 모든 보람
있는 일을 할 수 있다는 생각을 나타내, 저승의 노래가 이승의 노래이게
했다.

그런 사고구조는 단테가 처음 마련한 것은 아니다. 13세기에 이르러
서 연옥을 만들어낼 때 이미 갖춘 생각이다. 13세기는 유럽역사에서 특
별한 시기이다. 12세기 동안의 준비기를 거쳐, 지식인의 활동이 처음으
로 분명하게 나타나고, 이성을 존중하는 기풍이 조성된 것이 13세기의
일이다.[238] 저승에 관한 생각에서도 천국과 지옥의 양극 사이에 연옥이
있다고 해서, 중간영역을 인정하고, 이승의 삶이 저승으로까지 연장된다
고 하게 된 것도 같은 시기에 나타난 동질적인 변화이다.[239]

그런 것들이 중세후기에 들어선 징표이며, 중세후기의 사고방식은 중
세전기와 달라졌음을 입증해준다. 삶의 실상을 존중하고, 이치에 맞게
생각하는 방향으로 나아가는 중세후기의 전환이 유럽에서는 그런 방식
으로 구체화되었다. 중세후기 유럽의 공통된 창조물을 한편에서는 아퀴

---

238) Jacques Le Goff, *Les intellectuels au Moyen Age*(Paris : Seuil, 1957)에서 그
점을 밝혀 논했다.

239) 그 점에 관해서 자세하게 고찰한 책이 자크 르 고프, 최애리 옮김, 《연옥의 탄
생》(서울 : 문학과지성사, 1995)으로 번역되어 있다.

나스가 철학으로 다듬고, 다른 한편에서는 단테가 시로 나타냈다.

단테는 천국에 이르는 것을 도달점으로 삼았지만, 현실을 외면하자는 것이 아니다. 현실에서 당면하고 있는 모순과 고뇌를 고발하고 그 해결책을 찾자는 문제의식에서 가상의 여행을 시작했다. 위에서 천국편 제10곡에 시지에리가 등장하는 이유를 설명하면서 단테는 교황이 정치에 간섭하고 이탈리아는 황제가 없어 정치적 안정을 얻지 못하는 폐단을 절감한다고 했다.

《신곡》이 무엇을 뜻하는 작품인가 알아내기 위해서는 작품 전개의 순서를 역행해서, 천국에서 연옥으로, 연옥에서 다시 지옥으로 가는 순서를 밟아볼 필요가 있다. 지옥에는 갖가지 범죄자가 수용되어 형벌을 받고 있다. 제9옥까지 있는 지옥의 제8옥에 다시 10개의 구렁이 있다 하고, 거기 갇힌 사람들만 보아도 뚜쟁이, 아부꾼, 성직매매자, 마술사, 탐관오리, 위선자, 절도범, 권모술수꾼, 분파선동자, 위조범 등이 있다.

개인적이고 종교적인 범죄보다는 사회적이고 정치적인 범죄를 더욱 중요시했다. 자기 당대 이탈리아에서 자행되고 있는 사회적이고 정치적인 범죄에 대한 강력한 비판을 작품으로 나타냈다. 지옥 같은 현실을 넘어서서 해결 가능한 연옥으로 나아가고, 거기서 다시 천국으로 오르는 길이 어디 있는가 묻는 작품을 썼다. "단테가 바라는 이상적인 세계의 모습을 예술작품에 투영시켜, 모든 훌륭한 일은 그 나름대로의 영광을 차지하고, 모든 배신행위는 응분의 벌을 받아야 한다"고 했다.[240]

그렇지만 현실문제 자체를 다루는 것은 연옥편의 소관사로 삼았다. 지옥편이나 천국편에서는 개인의 타락과 구원에 대해서 논하면서 사회문제를 제기한 것과 달리, 연옥편에서는 사회관계에서 이루어지는 집단의 삶을 전면에 내세웠다. 피렌체에서 추방되어 고통을 겪는 자기 자신의 경험을 적극 투영해, 그릇된 정치가 얼마나 큰 재앙인가 밝히고자 했다.[241] 연옥편 제6곡에서 이렇게 노래한 데 그 점이 잘 나타나 있다.

---

240) Étienne Gilson, 위의 책, 275면.

아아, 노예인 이탈리아, 고통의 여인숙이여,
커다란 폭풍우 속의 사공 없는 배여,
지방과 지방의 여주인이 아닌 사창굴이여!

지금 그대 안에 살고 있는 자들은 전쟁만 일삼고
하나의 성벽과 하나의 해구로 둘러싸인 사람들이 서로 물어뜯는구려.
가엾은 것이여, 그대 안에서 평화를 즐기는 어느 지역이 있는지.[242]

    단테는 교황이 관장하는 교회와 황제가 다스리는 제국이 이상과 현실 두 세계의 보편주의를 각기 구현해야 한다는 지론을 가져,[243] 현실의 불행이 종교의 이상으로 해결될 수 있다고 생각하지 않았다. 그것은 아퀴나스에게서는 볼 수 없던 단테의 새로운 사상이다. 아퀴나스는 어느 한 곳에 특별한 애착을 가지지 않은 유럽인이었지만, 단테는 피렌체인이고, 이탈리아인이었다. 자기 고장 피렌체에서 추방된 것을 커다란 고통으로 알고, 피렌체가 이탈리아에 안정과 평화를 가져오리라는 소망을 배신하고 있다고 개탄했다.

    단테는 아퀴나스가 당면하지 못한 새로운 문제를 자기 나름대로 해결하기 위해 아퀴나스의 철학을 부분적으로 원용했다. 그릇된 현실과 고매한 이상은 중단되지 않고 연결되어 있으며, 이상을 실현하기 위해서는 이치를 명료하게 따지는 철학이 있어야 한다는 것이 아퀴나스에게서 가져온 사상이다. 경험할 수 있는 세계의 타락된 양상에서 구원이 이루어지는 초경험의 세계로 나아가는 통로가 열려 있다고 한 아퀴나스의

---

241) John A. Scott, *Dante's Political Purgatory*(Philadelphia : University of Pennsylvania Press, 1996)에서 그 점에 관한 자세한 논의를 전개했다.
242) 한형곤 역, 《신곡》, 230~231면.
243) 단테는 《신곡》보다 먼저 《제정론》(*De regimine principum*)을 라틴어로 써서 그런 지론을 폈다. 성염 역, 《제정론》(서울 : 철학과현실사, 1997)에서 그 책을 번역하고 해설했다.

지론을 소중하게 활용하면서, 아퀴나스의 논설보다 더욱 구체화되어 있고, 더욱 생동하고, 강력한 느낌을 주는 작품을 살아 있는 언어 이탈리아어로 써냈다.

가잘리와 아타르

가잘리는 페르시아인이지만, 아랍어로 저술을 해서 이슬람세계 최대의 사상가가 되었다.[244] 페르시아 동북지방 투스(Tus)에서 태어나 그 근처 니샤푸르(Nishapur)에서 공부하고, 이슬람제국의 수도 바그다드에서 교수 노릇을 하면서 인기를 모으다가, 모든 문제에 대해 근본적인 의문이 생겨 '수피'(sufi)가 되어 자취를 감추고 진리를 찾아 방랑했다. 그 뒤에 니샤푸르에서 다시 가르치다가 투스에서 세상을 떠났다. 進退의 두 길을 걸으면서 이슬람철학을 수피의 정신으로 혁신하는 과업을 수행하고, 논리와 체험을 결합시켰다. 그렇게 해서 이룬 성과가 크게 평가되어, 이슬람을 혁신한 최대의 신학자를 뜻하는 '무자디드'(mujaddid)라고 칭송되었다.

가잘리가 바그다드에서 가르칠 때 지은 《철학자들의 부조리》(*Tahafut al-falasifa*)가 방대한 분량과 자세한 내용을 갖추고 있다. 거기서 철학이라고 총칭되는 기존의 학문이 모두 진리를 편파적으로 인식한다고 비판하고, 그 이유가 철학에서 추구하는 합리성이 경험의 범위를 넘어선 포괄적인 원리에까지 이를 수는 없기 때문이라고 했다. 《종교학의 부활》에서는 대안을 찾아, 신을 사랑하면서 얻는 종교적인 통찰과 사람에 대한 사랑이 학문을 하고, 사회를 구성하고, 윤리를 설정하는 데 어떤 의

---

244) W. Mongomery Watt, *Muslim Intellectual, a Study of al-Ghazali*(Edinburgh : Edinburgh University Press, 1963)에서 가잘리의 생애를 고찰했다. 김정위, 《이슬람사상사》(서울 : 민음사, 1987), 129~140면에서 가잘리의 사상에 관해서 논했다. 가잘리 저술의 번역명은 이 책을 따른다.

의를 가지는가 다각도로 논의했다.

그런 저술에서 편파적인 이성을 넘어서서 총체적인 통찰을 갖추어야
한다고 한 가잘리의 논의는 여러 단계에 걸친 치밀한 논리를 갖추어 전
개되었다. 철학의 방법을 최대한 활용해서 철학의 한계를 극복해야 하
는 필연성을 논증했다. 《철학자들의 부조리》 제1부 제6장에서 신이 개
별적인 사물의 다양한 속성을 가지고 있다는 사실을 부인하는 철학자들
의 주장에 대한 반론을 전개한 것을 보자.[245] 철학자들의 주장을 들고 그
결함을 지적하고 대안을 제시하는 작업을 여러 단계에 걸쳐 전개했다.

그 실상을 엿보기로 하자. 1에서 54까지 번호를 붙여 나눈 항목에서
전개한 그 대목의 내용을 모두 들 수는 없기에, 처음 몇 대목에서 무슨
말을 했는가 요약해 보이기로 한다. 항목에는 서술한 내용이 있는 항목
과 다음 항목을 유도하는 매개항목이 있다. 매개항목은 한 칸 들여쓴다.

[1] 철학자들이 가진 공통된 견해를 말했다.
  [2] 이에 대해서 누구든지 의문을 가질 수 있다고 했다.
[3] 누구든지 가질 수 있는 의문을 말했다.
  [4] 그 의문에 대해 철학자들은 두 가지 응답을 할 것이라고 했다.
[5] 철학자들의 첫째 응답을 제시했다.
  [6] 그 응답에 대한 자기의 반대는 이렇다고 했다.
[7] 자기의 반론을 전개했다.
[8] 자기의 반론에 대해서 상대방이 가질 수 있는 의문을 말했다.
[9] 상대방이 가질 수 있는 의문을 하나 더 말했다.
[10] 그런 의문에 대해서 자기가 응답했다.
[11] 다시 상대방이 가질 수 있는 의문을 말했다.
[12] 자기가 응답했다.

---

245) Al-Ghazali, Michael E. Marmura, *The Incoherence of the Philosophers*
    (Provo, Utah : Brigham Young University Press, 1977), 97~110면.

[13] 상대방 철학자들의 둘째 응답은 이렇다고 했다.

가잘리가 그런 작업을 한 분량이나 치밀성에서는 아퀴나스의 경우와 흡사하다고 할 수 있으면서, 중요한 차이점이 있다. 반론의 대상이 되는 철학자들의 견해란 것이 막연한 속설이 아니다. 이븐 신나(Ibn Sina, Avicenna)를 위시한 여러 탁월한 이론가들이 아리스토텔레스를 받아들여 고도로 체계화해놓은 철학을 비판해야 하므로, 신앙이나 신념을 논거로 삼을 수 없었다. 아퀴나스는 기독교의 《성서》를 인용해서 반론의 출발점으로 삼았으나, 가잘리는 《쿠란》에서 대답을 찾지 않고 자기 논리로 문제를 풀어나갔다. 모든 가능성을 고려하면서 엄밀한 논리를 갖추어 토론을 전개하는 논설의 완벽한 형태를 보여주었다.

신은 제일의 원인이므로 사물들의 다양한 속성을 지니고 않고, 사물들의 다양한 속성은 신과 무관하게 존재한다고 하는 철학자들의 지론이 문제가 되었다. 문제의 대목을 직접 옮겨보자. 철학자들은 신 또는 "최초의 원인"인 "필요한 존재"가 "복수임을 부정하고, 다양한 속성을 인정하지 않는다"고 했다.[246] 또한 "신의 自存을 우연하고 다양한 실체들로 바꾸어놓아 自存을 부인하는 데 이르렀다"고 했다.[247] 앞의 말은 "1은 1이므로 ∞일 수는 없다"는 것이다. 뒤의 말은 "1이라는 것이 ∞이므로 1은 아니다"는 것이다. 가잘리는 그 둘 다 잘못되었다고 했다.

경험할 수 있는 범위 안에서 일차원적 합리성을 추구하는 철학에서는 1은 1이고, ∞는 ∞라고 하면서, 1은 관념이고 ∞는 실제라고 했다. 거기 맞서서 "1은 1이면서 ∞이고, ∞는 ∞이면서 1이다"라고 밝혀 논해, 경험할 수 있는 영역과 경험을 넘어선 영역을 통괄하고, 관념과 실제를 합치는 통찰을 이룩하고자 했다. 그런 작업을 치밀하고 정확하게 진행해서 반론의 여지가 없게 하느라고 무척 번다하고 힘든 작업을 했다.

---

246) 같은 책, 97면.
247) 같은 책, 110면.

그렇게 한다고 해서 이치를 다 밝혀 진리에 대한 확신을 얻을 수 있는 것은 아니었다. 이치를 따져 설명하는 것 자체가 얼마나 가치 있는 일인 가 하는 의문이 생겼다. 모든 것을 총괄해서 파악하는 통찰을 얻기 위해 서는 논증을 거듭해서 하는 차원을 넘어서서 커다란 비약을 이룩해야 했다. 세상 사람들을 보고 그렇게 하라고 하기 전에 자기 자신이 근본적 인 혁신을 거쳐 새롭게 태어나야 했다. 학자의 일상생활에서 벗어나 득 도한 사람이 되어야 했다.

그 때문에 번민을 겪고, 고행을 하고, 마침내 새로운 길을 찾은 과정 을 바그다드를 떠난 10여 년 뒤에 지은 《착각에서의 구제》(*Munqidh min ad-dalal*)에서 밝혀 논했다. 그 책은 고백록이면서 논설문이고, 문학 작품이면서 철학서인 양면성을 지닌 점이 다른 저술과 다르다. 그렇게 한 것 자체가 커다란 비약이다.

고백록의 측면에서는 진리 탐구에 헌신하는 성실한 자세를 절실하게 나타내서 감동을 준다. 바그다드에 진출해 기존의 사상을 이어받아 가 르치는 교수 노릇을 하면서 인기를 끌다가, 과연 바른 길을 가고 있는가 하는 깊은 회의에 사로잡혀, 모든 것을 버리고 다시 출발했다. 정통신학 의 권위주의, 철학의 합리주의가 둘 다 잘못되었다고 깨닫고, 영원한 삶 을 얻는 데 긴요하지 않은 사소한 지식이나 전수하는 생활을 청산하고, 진리를 스스로 체득하는 구도자 '수피'가 되어 떠나갔다.

그렇다고 해서 신비주의에 빠진 것은 아니다. '수피' 노릇에서 체험의 방법을 얻어, 오랜 논란거리가 되어 온 이슬람사상의 제반 문제를 논하 기로 하고, 가르치는 일을 다시 시작했다고 했다. 그 내역을 밝힌 데서 는 고백록보다는 논설문의 성격이 더욱 두드러진다. 경험적이고 합리적 인 인식을 그 이상의 초월적이고 포괄적인 통찰과 합치는 방법을 찾아 내서, 권위를 내세우면서 형식화된 이슬람사상을 혁신하는 각성을 보여 주었다. 후속 저작을 통해서 자세하게 논할 새로운 사상의 윤곽을 보여 주었다.

《착각에서의 구제》는 얼마 되지 않은 분량이지만 방대한 저술보다 더 큰 설득력을 가진다. 그릇된 생애를 반성하는 절실한 체험에서 사상의 전환이 필연적임을 입증했기 때문이다. 발언의 타당성이 체험의 진실성에 의해 보장된다. 독자는 이 책을 읽으면서 저자와 진지하게 토론할 수 있다. 생각한 바를 간추려서 말하기 때문에 이해하기 쉽다. 누구든지 이 책을 먼저 읽어 사상의 전환이 타당하다고 인정한다면, 더 자세하게 전문적인 내용을 알기 위해서 후속 저작을 그 다음 순서로 읽을 필요가 있다.

《착각에서의 구제》의 차례를 들면 다음과 같다.[248]

1. 서론
2. 예비적 고찰 : 회의주의 및 모든 지식의 부정
3. 탐구자들의 종류
4. 예언의 진정한 실체와 그것을 위한 모든 창조의 필연적 요구
5. 내가 가르치기를 그만둔 다음에 다시 가르친 이유

"1. 서론"은 예언자 무하마드에게 바치는 말로 이루어져 있다. 학문을 하는 임무를 자기에게 맡긴 예언자에게, 기존의 여러 학문에 대해서 회의를 품고 '수피'의 길을 가게 되어, 바그다드에서 가르치기를 포기하고, 오랜 공백이 있은 다음에 다른 데서 가르치기 시작한 경위를 밝히겠다고 했다. 그리고 자기 고백록의 독자를 예언자 무하마드로 설정했다.

예언자의 가르침에 많은 분파가 생겼다 하고, "나의 공동체는 73개의 분파로 갈라지고, 그 가운데 하나만 구원받으리라"고 한 《쿠란》의 말을 인용했다. 자기는 분파를 이루는 견해차이 가운데 무엇이 진실인가 밝히기 위해서 분투해왔다고 다음과 같이 말했다.

---

248) W. Mongomery tr., *The Faith and Practice of Al-Ghazali*(Oxford : Oneworld, 1994)의 번역본을 이용한다.

20세 이전의 청년기에 이르렀을 때부터 시작해서 쉰 살이 넘은 오늘날에 이르기까지, 저는 줄곧 위험을 무릅쓰고 깊은 대양의 한가운데로 나아가고, 열려 있는 바다를 향해 용감하게 항해하고, 겁쟁이들의 신중론을 물리치면서, 구석진 곳마다 찔러보고, 모든 문제를 공략하고, 깊은 곳마다 뛰어들고, 모든 분파의 신념을 검증하고, 모든 공동체의 내밀한 교리를 드러냈습니다. 저는 이 모든 일을 하면서 진실과 허위, 건전한 전통과 이단적인 개조를 구별하려고 했습니다.[249]

예언자에게 한 말이므로 존대말로 번역했다. 그 다음 대목을 보자. 학문의 여러 영역이나 분파에 대해서 관심을 가진 내력을 들고서, 다음과 같이 말했다.

사물을 실상 그대로 이해하고자 하는 욕구는 아주 어릴 때부터 저의 습관이 되었습니다. 그런 욕구가 신이 주신 본성의 일부로 제게 내재되어 있어 기질을 이루었으며, 선택하거나 노력해서 이루어진 것은 아닙니다. 그래서 청년기에 가까워지자, 권위의 속박은 저를 잡아두지 못하고, 전래된 신앙은 저를 얽어매지 못했습니다. 기독교인 청년은 기독교인으로 자라나고, 유대인 청년은 유대인으로 자라나고, 무슬림 청년은 무슬림으로 자라나는 것을 보았기 때문입니다.[250]

주어진 교리를 그대로 따르지 않고, 모든 권위를 부정하고 무엇이 진실인가 스스로 찾아나선 모험의 과정을 그 책에서 고백하겠다고 했다. "2. 예비적 고찰 : 회의주의 및 모든 지식의 부정"에서는 기존의 지식에 대해서 회의를 가지고 부정하게 된 경위를 말했다. "3. 탐구자들의 종류"에서는 기존 학문의 네 가지 분파, 신학자들, 종교적 권위를 자랑

---

249) 같은 책, 18면.
250) 같은 책, 19면.

하는 사람들, 철학자들, '수피'에 대해서 고찰하면서 그 특징과 문제점을
들었다. 세부의 목차를 들면 다음과 같다.

서론
1. 신학 : 그 목표와 성과
2. 철학
   A. 철학의 학파들, 불신의 결함이 그 모두에게 끼치는 작용
   B. 철학의 여러 분야
      1. 수학
      2. 논리학
      3. 자연과학 또는 물리학
      4. 신학 또는 형이상학
      5. 정치학
      6. 윤리학
3. "권위적인 가르침"의 위험
4. 신비주의의 길

"2. B. 6. 윤리학"에서는 기존 윤리학의 결함을 조항을 나누어 고찰했
다. "3. '권위적인 가르침'의 위협"에서는 반론을 제기하는 사람에 대해
서 응답하는 토론을 몇 차례 벌였다. "4. 신비주의의 길"에서 '수피'에 관
해서 말할 때는 개인적인 체험을 들어 논의를 전개했다. '수피'에 관해서
이해하기 위해서 책을 구해 읽다가, 책으로는 알 수 없는 것이 있음을
깨달았다고 했다.

그렇게 해서 (책을 읽어서) '수피'의 기본적인 가르침에 대해서 지적
인 면에서는 파악하고, 연구하거나 말로 들어서 알 수 있는 범위 안에
서는 이해의 진전이 있었다. 그러나 신비주의는 연구해서는 도달하지
못하고, 직접적인 체험을 해야, 커다란 기쁨을 느끼거나, 삶의 태도를

바꾸어야 터득할 수 있는 무엇을 핵심으로 삼는다는 것을 나는 깨달
았다. 건강과 안정의 정의, 그 원인과 전제에 대해서 알고 있는 것과
실제로 건강하며 안정을 얻고 있는 것의 차이이다.[251]

학문을 하면서 진리에 대해서 인식하는 것보다 수피의 체험을 통해서
진리를 실행하는 것이 더욱 바람직하다고 판단했다. 그래서 얼마 동안
번민하면서 시달리다가, 마침내 바그다드에서 인기 있는 교수 생활을
하는 안정된 삶을 포기하고, 가족마저 버리고 방랑자가 되어 떠나가겠
다고 결심했다. 그때의 심정을 이렇게 술회했다.

세속적인 욕망은 나를 있는 그대로의 상태에 묶어두려고 하고, 신
앙의 목소리는 내게 말했다. "길을 떠나라, 길을 떠나라! 남은 생애는
짧고, 가야 할 길은 멀다. 학문에서나 실제생활에서나 너를 바쁘게 하
는 것들은 모두 위선이고 허위다."[252]

"4. 예언의 진정한 실체와 그것을 위한 모든 창조의 필연적 요구"에서
는 새롭게 깨달은 진리에 관해서 서술했다. 가잘리 철학의 핵심이 쉽사
리 이해하고 동의할 수 있는 방식으로 요약되어 있다. 그러므로 지금부
터 필요한 논의를 펴는 데 가장 소중한 자료이다.

사람은 '감각'에 의해 세상을 인식하도록 태어났다 하고서, 촉각, 시
각, 청각, 후각 등의 감각이 있어서 사물을 식별할 수 있다고 했다. 그렇
지만 일곱 살이 되면, 종합적 판단력인 '분별'이 생겨 직접 감각할 수 없
는 것까지 미루어 알 수 있게 된다고 했다. '이성'의 발현인 '지성'은 분
별보다 더욱 상위의 능력이어서, "필요한 것, 가능한 것, 불가능한 것"을
구분하고, 전에는 없던 것에 관해서도 알게 한다고 했다.

---

251) 같은 책, 57면.
252) 같은 책, 59면.

밑으로부터의 접근을 택한 것이 주목할 만하다. 감각에서 시작해서 상위의 인식으로 나아가는 과정을 단계적으로 말했다. 그렇지만 지성을 최고의 단계라고 하지 않고, 그 위에 한 단계가 더 있다고 했다.

　　지성 너머에 한 단계가 더 있다. 이 단계에서는 보이지 않는 것, 장래에 일어날 일, 지성의 시야를 벗어나 있는 대상까지 아는 눈이 열려 있다. 지성은 분별의 능력을 넘어선 대상을 다루고, 분별은 감각의 능력을 넘어선 대상을 다루는 것과 같은 이치이다. 분별 단계에 있는 사람은 지성으로 인식한 대상을 말해주면 거부하고 불신할 수 있듯이, 지성 단계에 있는 사람은 예언자적 계시의 대상을 거부하고 불신할 수 있다. 그것은 오로지 무식이다.[253]

이처럼 사람은 신이 내려주는 "예언자적 계시"를 받아들일 능력이 있어 지성의 한계를 넘어설 수 있다고 한 말은 해답이 아니고 의문의 출발점이다. "예언자적 계시"란 무엇이며, 어떻게 해서 생기는가 하는 의문을 해결해야 논의가 완결될 수 있는데, 그렇게 하는 것은 쉬운 일이 아니었다. 그 해답은 지성의 영역을 넘어선 데서 찾아야 하므로 논리를 갖추어 설명할 수 없으며, 체험을 통해 이해하지 못하고 들어 알고자 하는 사람이라도 납득할 수 있는 형태로 가다듬어 내놓을 수 없기 때문이다.
　　사람에게 계시를 내리는 것은 신의 소관사이므로 사람은 그 본질에 대해서 알 수 없고, 의문이 있으면 해답을 신에게 기구하라고 하면 논자는 책임을 면할 듯한데, 그렇게 하지는 않았다. 지성이 끝난 곳에서는 종교가 시작된다고 하면서 물러나지 않고, 지성 이상의 방법을 사용해서 이치를 따졌다. 지성 이상의 방법을 사용해서 지성보다 높은 단계의 계시에 관해 밝히는 아주 힘든 작업을 수행하기 위해서 가능한 방법을 찾았다. 긍정판단은 부적합해서 부정판단을 하고, 직접진술은 하기 어려

---

253) 같은 책, 68면.

위 간접진술을 하며, 예시와 비유를 들어 논의를 계속했으므로 무슨 말인지 알기 어려우나, 계시의 능력을 발현하는 독자라면 스스로 깨닫는 데 큰 도움을 얻을 수 있다.

감각에서 분별의 단계로, 감각·분별에서 지성의 단계로 나아갔듯이, 감각·분별·지성에서 계시의 단계로 나아갔다. 계시에 관해서 생기는 의문 (가) 일반적으로 가능한가, (나) 실제로 일어나는가, (다) 특별한 사람에게만 일어나는가 하는 세 가지 의문을 풀어, 계시는 일반적으로 가능하며, 실제로 일어나고, 누구에게든지 일어난다는 것을 밝혀 논하려고 했다. 그렇다면 그것은 신이 일방적으로 사람에게 줄 수 있는 선물이 아니고, 신이 사람에게 준 능력을 사람이 스스로 발견하는 자각이며, 정신적 각성의 최고단계이다. 오늘날 내가 사용하는 용어를 들어 말하면, 그것이 바로 '통찰'이다.

가잘리가 계시에 관해서 말하기 위해서 사용한 예시나 비유를 부분적으로 잘라내놓고 문자 그대로 이해하면 허망한 내용이라 많이 그릇되었다. 그러나 지성 이상의 이해 영역을 천문학과 의학의 예로 들어 설명한 견해의 근본취지는 잘못되었다고 할 수 없다. 과학에 머무르지 않고, 과학에서 통찰로 나아가는 관점에서 다시 이해하면, 깊이 되새겨야 할 타당성이 인정된다.

가잘리는, 천 년에 한 번씩 일어나는 천문현상은 직접 관측하고 지성으로 설명할 수 있는 범위를 넘어서 있으므로, 신이 내려주는 영감으로 이해할 수 있을 따름이라고 했다. 그런 현상은 오늘날의 과학에서도 관측해서 판가름할 수 없으며, 이론적인 추론의 대상이다. 타당한 이론을 마련하기 위해서는 신이 내려주는 영감이라고 할 수 있는 능력을 가지고 통찰의 학문을 해야 한다.

가잘리가 의학에도 천문학에서처럼 지성 이상의 계시가 필요하다고 한 것도 계속 유효한 견해이다. 사람의 생명을 실험의 대상으로 삼아 의학을 연구하는 데는 명백한 한계가 있다. 분야마다 고도로 발달된 과학을 널리 동원하면 만족스러운 결과를 얻을 수 있는 것은 아니다. 신체와

정신이 하나를 이루고 있는 생명의 총체적인 현상은 과학을 합치면서
넘어서는 통찰의 소관이기 때문이다.[254]

> 저 높은 곳에 계시는 신께서, 예언의 특별한 능력과 같은 것을 모든
> 사람에게 주셨으니, 그것은 바로 꿈이다. 꿈의 상태에서 사람은 보이
> 지 않는 형태로 된 장차 일어날 일과 만난다. 그것이 명확하게 나타날
> 수도 있고, 해석이 감추어져 있는 상징적인 형태로 나타날 수도 있
> 다.[255]

이것은 시비의 대상이 될 수 있는 발언이다. 상당한 정도로 의역을 해
서 무슨 말인가 알 수 있게 했어도 납득할 수는 없다. 신이 내려주는 계
시, 미래를 알 수 있는 예언, 사람이 꾸는 꿈을 동일시했으니, 원시적인
단계의 유치한 사고방식을 나타냈다고 할 수 있다. 과학의 근거가 되는
지성의 이름으로 배격해야 할 헛소리를 했다고 할 만하다.

그러나 과학을 과신하지 말아야 한다. 오늘날 사람들도 꿈에 대한 과
학의 연구를 시작하면서 발상을 바꾸지 않을 수 없게 되었다. 과학으로
감당할 수 없는 영역을 향해 나아가려면 통찰의 협력을 얻어야 한다. 그
래야만 잠재되어 있으면서 어떤 작용을 하고, 불분명한 가운데 무언가
뜻하는 바가 있고, 우연인지 필연인지 알기 어려운 그 무엇에 관해 조금
이라도 해명할 수 있다. 얻은 성과가 부족하다고 해서 그만두고 돌아서
는 것은 어리석다.

"5. 내가 가르치기를 그만둔 다음에 다시 가르친 이유"라고 한 마지막
대목에서는 이성을 내세우는 철학자들이 최상의 교육을 한다고 하는 잘

---

254)《인문학문의 사명》, 349~360면에서, '과학'을 내세우는 양의학이 '통찰'을 존중
하는 한의학을 몰아내리려고 해도 뜻을 이루지 못하는 이유가 바로 거기 있다고
했다. '과학'과 '통찰'을 합치는 작업은 양의학과 한의학의 통합에서 구체적으로
추진되어야 검증 가능한 실효를 거둘 수 있다고 역설했다.
255) 같은 책, 68면.

못을 실제로 시정하기 위해서 나서지 않을 수 없다고 했다. 마지막에 가
까운 대목에서 다음과 같이 말한 데 결론이 있다.

> 진정한 지식은 죄를 짓는 것이 치명적인 독약임을 알리고, 앞으로
> 의 세상은 지금보다 나아지며, 사람은 저열한 것을 위해서 더 나은 것
> 을 포기하지 않는다고 가르치는 것이다. 대부분의 사람들이 존중해
> 마지않는 갖가지 지식 분야에서 이런 지식을 제공해주지는 못한다.
> 그 때문에 대부분 사람들의 지식은 가장 높은 신에게 더욱 거만한 자
> 세로 복종하지 않게 한다.[256]

계시를 통해서 얻는 '진정한 지식'의 효용을 설명했다. 진정한 지식을
얻으면 신앙의 올바른 자세를 지녀 죄를 짓지 않는다고 했다. 올바른 신
앙을 지니면 진정한 지식을 얻을 수 있다고 하지는 않았다. 진정한 지식
의 의의에 관해서 그렇게 말했을 따름이고, 올바른 신앙이 선결조건이
라고 하지는 않았다. 신앙의 올바른 자세를 지녀 죄를 짓지 않는 것이
가장 바람직한 상태라는 뜻으로 이해하면, 무엇을 말하는가 일반화해서
이해할 수 있다.

앞으로 세상은 지금보다 나아지고, 사람은 저열한 것을 위해서 더 나
은 것을 포기하지 않는다는 믿음을 주는 것이 진정한 지식의 의의라고
했다. 이 세상에서 이루지 못한 소망을 내세에는 이룰 수 있다는 신앙과
는 아주 다른 말이다. 이 세상이 나날이 좋아진다는 낙관론을 진정한 지
식에서 도출할 수 있다고 했다. 진정한 지식을 터득한 사람은 그 의의가
실현될 수 있게 하기 위해서 남들을 가르치는 일을 중단할 수 없다고
했다.

만년의 저작 《종교학의 부활》(*Ihaya ulum ad-din*)에서 자기 사상을
총괄해서 다루면서 그 서두에다 학문의 근본문제를 논하는 〈학문론〉을

---

256) 같은 책, 91면.

264

두었다. 진정한 지식은 어떻게 해서 얻을 수 있는가 하는 문제에 관한 진전된 논의를 거기서 전개했다. '확신'을 뜻하는 '야킨'(yakin)을 갖추어야 진정한 지식을 얻는 학문을 할 수 있다고 한 것이 그 요점이다.[257]

학문에는 경험을 할 수 있는 영역만 다루는 '이쪽 학문'과 그 이상의 영역을 다루는 '저쪽 학문'이 있다고 했다. 이쪽 학문은 '아클'(aql)이라고 한 이성으로 감당할 수 있지만, 저쪽 학문은 야킨의 소관이라고 했다. 야킨이 무엇인가 하는 의문을 다음과 같은 단계론을 들어 해명했다.

첫째 단계에서는, 믿어야 할 것과 믿지 말아야 할 것이 대등하다. 이것은 의혹의 단계이다. 너의 생각으로는 긍정적 판단도 하지 못하고 부정적 판단도 하지 못한다. 그것이 의혹이다.

둘째 단계에서는, 두 가지 견해 가운데 하나를 택하면서 다른 쪽도 가능하다고 생각한다. 그러면서 처음 내린 결론이 더욱 적합할 수 있는 가능성을 배제하지 않는다.……이것은 억측을 하는 단계이다.

셋째 단계에서는, 거역할 수 없는 믿음이 정신을 지배한다는 이유에서 어느 한쪽을 택한다.……그러나 이 믿음은 검증된 인식에 근거를 두지 않았다.……이것은 사람의 행실에 관해서 일반인이 가진 신념이며, 구두로 가르쳐서 전달되었다.

넷째 단계에서는, 의심할 바 없고, 의심을 허용하지도 않는다는 검증을 거쳐 정확한 인식을 얻는다. 의심할 바가 없고, 의심을 허용하지 않아야 '야킨'이다.[258]

의심할 바 없이 믿는다는 것이 신앙을 뜻한다면, 신앙의 단계를 이렇게 갈라서 말했다고 할 수 있다. 그러나 가잘리가 말한 믿음이란 신앙만이 아니고, 신앙이면서 인식이다. '저쪽 학문'에서 요구하는 진정한 지식

257) Farid Jabre, *La notion de certitude selon Ghazali*(Beyroute : L'Université lybanaise, 1986)에서 이에 관해 고찰하고, 원전 자료를 번역해 부록에 수록했다.
258) W. Mongomery tr., *The Faith and Practice of Al-Ghazali*, 518~519면.

을 얻는 방법을 말하므로 그것이 또한 인식만이 아니고, 인식이면서 신
앙이다. 얻어야 할 것이 단순한 신앙이 아닌 인식이므로 검증을 해서 의
심을 없애야 한다. 그러면서 그것이 또한 단순한 인식이 아닌 신앙이므
로 검증작업을 이성의 소관으로 삼지 말아야 한다. 이성이 아닌 '야킨'으
로 의심을 없애는 검증을 해야 한다. 그래서 위의 단계 구분론에서 한걸
음 더 나아가, 도를 닦아 학문을 하는 사람은 "의심을 할 여지가 있는가
하는 것은 문제로 삼지 말고, 야킨이 이성 위에 군림하고, 이성을 지배
할 수 있는가 하는 것이 반드시 알아야 할 사항이다"라고 말했다.[259]

사람은 야킨이라고 하는 확신을 가지고 이성이 말해주는 것 이상의
진리에 이를 수 있다고 했다. 그렇지만 야킨이 누구에게서든지 일정한
것은 아니라고 했다. 경우에 따라서 강하기도 하고 약하기도 하고, 많기
도 하고 적기도 하고, 드러나기도 하고 숨어 있기도 해서 차등이 많다고
했다. 야킨을 강화하기 위해 애쓰는 것이 "저쪽 학문을 하는 박사들"의
임무라고 했다. 신이 사람에게 부여한 능력보다 사람이 스스로 노력해
서 개발해야 할 능력을 더욱 중요시하는 주장을 펴서, 인간의 주체성을
대단하게 여겼다.

야킨이 구원을 받는 데 소용된다고 하지는 않았다. 저쪽 학문을 힘써
해서 현세를 벗어나자고 한 것도 아니다. 야킨을 온전하게 갖춘 사람은
널리 모범이 되는 자세로 살아간다고 하면서 다음과 같이 말했다. 學行
一致의 사상을 마련해서 실천의 지침으로 삼았다.

> 야킨을 얻은 소득은 움직이고, 쉬고, 사고할 때의 성실한 거동, 경
> 건함에 대한 대단한 애착, 그리고 오류를 피하기 위한 대단한 부지런
> 함이다. 야킨이 클수록, 그런 마음가짐이나 실행이 더욱 강렬하다.[260]

---

259) 같은 책, 520~521면.
260) 같은 책, 524면.

야킨이 빚어내는 행동은 신중함, 두려움, 자기 자신을 낮추는 마음, 겸손, 섬김, 그리고 모든 칭찬받을 성격의 복합이다. 이러한 특징을 가진 성격은 높은 가치가 있는 복종하는 행동을 만들어낸다.[261]

가잘리는 이런 마음가짐이 윤리관의 기초가 된다고 하고, 실제 행동의 지침을 제시했다.[262] 자기에게 이익이 되는 것을 취하지 않고 공정하고 관대한 태도를 가지고 다른 사람을 돕는 것이 신에 대한 사랑을 깨닫고 실행하는 길이라고 했다. 실행해야 할 덕목에 권력을 부정하게 행사해 악마의 편에 서지 말고, 무슬림의 형제들을 존중하고, 금전거래를 각박하게 하지 말고, 가난한 이웃을 돌보고, 노예를 주인과 대등하게 먹이고 입히라고 하는 것들이 포함되어 있다.

가잘리는 이슬람세계에서 대단한 존경을 받았다. 방대한 저술에서 고매한 사상을 전개해서 그랬던 것만이 아니다. 진실을 발견하기 위한 탐구의 성실성, 온갖 그릇된 지식의 척결, 사람이 살아가는 마땅한 자세에 대한 끊임없는 반성, 현실의 문제를 적극적으로 받아들여 마땅하게 해결하는 지혜를 마련하고자 하는 열정이 더욱 높이 평가되었다. 대부분의 저술에서 아랍어를 사용해서, 이슬람문명권 전체에서 받아들여지고 광범위한 영향을 끼쳤지만, 그 가운데 자기 고국 페르시아의 호응이 각별했다.

페르시아는 아랍군에게 정복되어 이슬람교를 받아들였다. 그렇게 해서 시작된 중세전기 동안에는 페르시아에서 철학뿐만 아니라 문학에서도 아랍어를 사용하고 페르시아문학은 자취를 감추다시피 했다가, 중세후기에 이르러서 사정이 달라졌다. 중세후기의 페르시아 시인들은 자기 언어를 되찾아 사용하면서 아랍문학에서보다 이슬람사상을 더욱 심오

---

261) 같은 책, 525면.
262) Muhammad Umar-Un-Din, *The Ethical Philosophy of Al-Ghazzali*(Lahore : Sh. Muhammad Asraf, 1991)에서 이에 관해 고찰하고, 다른 사람들을 도와야 하는 의무에 관한 견해는 228~259면의 "Social Virtures"에서 상론했다.

하고 절실하게 나타냈다. 그 가운데 특히 아타르(Farid Ud-Din Attar)와 루미(Jalal al-Din Rumi)가 특히 뛰어났다.

아타르는 1120년경에 태어나고, 1220년 몇 년 전에 사망했다고도 하고, 1119년에 나고 1220년에 죽었다고도 한다. 자기 고장인 동북 페르시아 호라산(Khorasan)에 머무르지 않고, 이슬람세계 전역을 광범위하게 여행하면서 지식을 넓게 찾았다. 이슬람문명이 이룩한 최고의 지혜를 모아들여 시를 통해서 재창조했다.

루미는 1207년에 태어나서 1273년에 죽었다. 오늘날 아프가니스탄인 발크(Balkh)에서 태어났다. 아버지는 철학자 가잘리의 형인 아흐마드 가잘리(Ahmad Ghazali)의 도통을 이은 수피 수도자였다. 몽골군의 침공을 피해서 부자가 고향을 떠났다. 셀주크터키 군주의 궁정학자로 활동하던 아버지가 1231년에 세상을 떠나자 그 뒤를 이었다.

아타르의 대표적인 작품은 새들의 여행기를 통해서 진리 탐구의 과정을 밝힌 《새들의 회합》(*Manteq at-Tair*)이다. 루미는 2행시를 연속시킨 장시 《2行聯句集》(*Mathnawi*)을 지어, 다방면에 걸친 이슬람사상을 집대성했다. 그 둘을 가잘리의 사상과 비교해보면, 루미가 가잘리의 사상과 더욱 가까운 관계에 있다. 루미는 철학사상을 직접 논술하는 방식을 택했으며, 가잘리가 한 것과 거의 같은 말을 여기저기서 했다.

철학자는 지성의 개념에 사로잡혀 있지만, 진정한 성자는 지성의 지성의 경지로 올라갔다.

지성의 지성은 알맹이이고, 너의 지성은 껍데기인데, 짐승의 창자는 언제나 껍데기만 찾는다.

알맹이를 찾는 사람은 껍데기를 백 번이라도 싫어하며, 선량한 성자들의 눈에는 오직 알맹이만 정당하다.

표면적인 지성이라도 백 가지 증거를 대는데, 보편적이고 궁극적인 지성이 어찌 증거 없이 한걸음인들 내딛겠는가?[263]

268

가잘리가 철학자들을 나무라고 진정한 탐구를 해야 한다고 한 것과 거의 같은 주장을 이렇게 나타냈다. 가잘리가 지성 이상의 계시가 있어야 한다고 한 말을 지성 위에 '지성의 지성'이 있다고 해서 논의를 더욱 명확하게 했다. 지성에서 제시하는 것 이상의 증거가 '지성의 지성'에 있다고 한 것은 탁견이다. 통찰이 무엇인가 상당한 정도로 납득할 수 있게 해명했다.

피조물들은 순수하고 맑은 물이어서, 전능한 분의 여러 속성을 비추고 있는 것을 알아라.
사람들의 지식, 정의, 친절이 모두 흐르는 물에 비친 천상의 별들이다.
왕은 신이 지닌 왕다운 속성을 받은 자취이고, 지식이 많은 이 또한 신의 지식을 받았다.
여러 세대가 지나고 새 세대가 나타나면, 물은 달라져도 거기 비치는 달은 그대로 있다.
정의는 같은 정의이고, 학식도 같은 학식이지만, 사람들도 나라도 바뀌었다.
세대가 지나고 또 지나가지만, 오 친구여, 여기서 말하는 의미는 항상 그대로 있으며 영원하다.
흐르는 물은 여러 번 바뀌지만, 거기 비치는 달이나 별은 언제나 같다.[264]

신의 속성을 피조물이 지니고, 신은 불변이지만 피조물은 변한다고 하는 理氣이원론의 사고를 시로 나타내서 이해하기 쉽게 한 솜씨가 뛰어나다. 여러 문명권에서 공통적으로 지녔던 사상을 이슬람문명권 페르시아의 시인이 특히 잘 나타냈다. 불교에서 말하는 '月印千江'과 공통적

263) William C. Chittick tr., *The Sufi Path of Love, The Spiritual Teachings of Rumi*(Albany : State University of New York Press, 1983), 36~37면.
264) 같은 책, 43면.

인 심상을 더 쉬우면서도 설득력이 크게 활용했다.

루미의 시는 교육용이다. 아랍어를 모르는 군주와 궁중의 신하들에게
이슬람의 깊은 이치를 말해주고, 가잘리의 이름은 기억하지 못하더라도
천지만물과 인생경험에 관한 모든 의문을 해결해주는 철학이 마련되어
있음을 알려주기 위해서 페르시아어로 시를 썼다. 그러나 아타르는 특
별한 위치에 있지 않은 예사 사람들이 진리 탐구의 길에 나서도록 하는
자기 각성의 자극제가 되는 시를 썼다. 루미는 교과서가 될 발언을 한
것과 달리, 아타르는 아주 기발한 착상을 해서 자극의 효과를 높였다.
그래서 확인이 아닌 발견을 목표로 했다.

아타르는 《새들의 회합》에서 정신적 이상의 구심점에 이르는 진리
추구의 과정을 여러 종류의 새들이 자기네 왕을 찾아가는 여행을 통해
서 나타낸 것이 그런 의의를 가진다.[265] 별난 사건을 꾸며서 관심을 끌고,
자기 각성을 하는 데 필요한 지식과 자료를 광범위하게 제공했다. 수피
들이 신앙의 바른 길을 택하기 위해서 겪은 시련에 관한 많은 일화를
포함하고 있다.

일화는 산문 저작인 성자전 《성자들의 행록》(Tadhkirat al-Auliya)과
겹치는 부분이 많다.[266] 그 책은 사건을 설정하고 등장인물이 대화를 나
누도록 해서 가잘리의 글쓰기 방식과 멀어졌을 뿐만 아니라, 기본관심
사에서도 상당한 차이가 있다. 누구든지 진리를 탐구하는 길에 나설 수
있다고 한 점에서는 같은 생각을 했지만, 아타르는 가잘리보다 일상적
인 관심사를 한층 중요시해서 다루었으며, 탐구의 내용보다 자세를 두
고서 더 많은 말을 했다.

아타르는 존경하는 수피 알-할라즈(al-Hallaj)에게서 사상의 원천을

---

265) Afkham Darbandi and Dick Davis tr., Farid Ud-Din Attar, *The Conference
 of the Birds*(Hammondworth, England : Penguin Books, 1984), 12면. 《새들의
 회합》은 이 번역본에 의거해서 이해한다.
266) 이 성자전에 관해 《문명권의 동질성과 이질성》(서울 : 지식산업사, 1999), 349~
 352면에서 고찰했다.

마련했다. 할라즈는 아랍어로 저술한 수피이며, "나는 진리이다"라고 주장했다. 자기 자신을 완전히 부정해서 신과 합치되는 경지에 이르렀다고 한 말이다. 수피의 교리를 비밀에 부치는 전통을 깨고 공개해서 발설했다는 이유로 정통파의 미움을 사서 신을 모독한다는 죄명으로 투옥되고, 처형되었다. 숭앙자들 일부가 페르시아의 동북지방 호라산으로 도망쳐서 전수한 할라즈의 사상을 페르시아어 시로 옮기는 일을 케이르(Abou Said Aboul Kheir)가 시작하고, 사나이(Sanai), 아타르, 루미가 그 뒤를 이었다.[267]

그 세 사람 가운데서 사나이는 아타르가 20대인 1150년경에 세상을 떠난 것으로 보여 가장 선배이며, 수피 사상을 집성한 장편교술시 《진리의 정원》(*Hadiqatul Haqiqat*)을 남겼다. 그 일을 아타르가 《새들의 회합》에서 새로운 방식으로 다시 하고, 루미가 《2行聯句集》에서 더욱 확대해서 작품의 분량을 몇 갑절 늘였다. 그런 일련의 작품은 무미건조한 교리서의 내용을 문학적으로 형상화되고 흥미롭게 읽힐 수 있는 작품으로 만들었다.

《새들의 회합》은 새들이 자기네 통치자를 찾아가는 여행담을 통해서 진리를 탐구하는 과정을 나타낸 서사적 교술시이다. 여러 종류의 새들로 진리에 접근하는 자세가 서로 다른 사람들을 나타내는 우의로 삼았다. 새들의 여행담을 말하는 우화를 이용해서 인생행로에서 제기되는 갖가지 문제를 다루었다. 새들이 좌절·차질·모험을 계속 겪는다고 해서 진리 탐구가 순탄하지 않다는 것을 말했다. 새들 가운데 후투티가 진리를 향해서 나아가자고 설득하는 인도자가 되어 여러 새들이 각기 제기하는 의문과 반론에 응답하고, 많은 일화를 전하는 서술자 노릇을 해서 설득력을 높였다.

자기 자신에 대한 집착에서 벗어나 절대적인 진리를 열렬하게 사랑해서 그것과 일체를 이루어야 한다는 것이 말하고자 한 바이다. 그렇게 하

---

267) 같은 책, 13면.

는 것이 어려운 일이기는 하지만, 누구나 할 수 있다. 가능성 여부는 능
력의 문제가 아니고, 자세의 문제이다. 진리는 누구에게든지 열려 있다.
그런 줄 모르고, 자기의 권력, 재산, 학식 등에 대해서 특별한 자부심을
가진 사람들은 진리를 외면한다.

진리는 누구나 추구할 수 있다. 특별한 사람에게만 길이 열려 있는 것
은 아니다. 선각자가 있다 해도, 자기는 이미 진리에 이르렀다고 할 수
없다. 누구나 탐구자가 되어 함께 가는 길을 한발 앞서서 인도하는 것이
선각자의 임무이다. 수많은 새가 여행길에 나서는 것이 그런 뜻이다. 그
러나 각기 다른 생각 때문에 진리의 추구가 제대로 되지 않는다. 다른
길로 들어서 실패하기도 하고, 당연히 겪어야 할 고난을 마다해서 뜻을
이루지 못하기도 한다. 진리 탐구의 길은 모험이 따르고 실패할 가능성
이 있는 여행과 같다.

그렇게 요약할 수 있는 사상이 교술시를 통해서 전달하고자 하는 핵
심이다. 우의와 우화를 사용해서 전개하는 사건에 서술자가 개입하는
것이 서사적 수법의 요체이다. 사상도 그만한 것이 더 없었지만, 표현
기법도 최상의 것을 마련했다. 그 양면에서 중세후기문학의 절정을 보
여주어, 그 위세가 이슬람문명권의 범위를 넘어서까지 널리 떨치게 했
다. 기독교문명권의 시인 단테가 종교적 진실을 그쪽 나름대로 추구하
는 서사적 교술시 《신곡》을 써서 거기 응답한 것이 한 세기 뒤의 일이
었다.

작품의 주제와 구성 때문에 평가되는 것만은 아니다. 말을 잘 다루어
뛰어난 시를 쓴 솜씨가 대단해 독자를 사로잡는다. 맨 서두에서 후투티
를 새들의 인도자로 설정한 이유를 말한 대목을 보자. 후투티는 진리 탐
구의 길을 알고 있어서 새들의 인도자가 되었다. 그 점에서 가잘리와 같
다고 할 수 있다. 가잘리가 사람들을 인도하듯이, 후투티가 새들을 인도
했다. 도달하고자 하는 진리는 서로 같아도, 거기까지 이르도록 하는 방
식에는 상당한 차이가 있다.

후투티가 그런 자격을 가졌다고 하기 위해서 진리에 관해서 알고 있

는 바를 길게 설명해서 지지를 받도록 한 것은 아니다. 그렇게 하는 것
은 시를 쓰는 마땅한 방법이 아니다. 독자가 이미 알고 있는 역사 지식
을 동원해서 후투티를 인도자로 설정한 것이 타당하다고 했다. 필요한
고사를 광범위하게 끌어오는 방법을 중세시학의 전범이 되게 활용했다.

지혜로운 임금 솔로몬(Solomon)의 말을 은밀하게 전한 일이 있어 지
혜를 나누어 가져다줄 수 있다고 하는 후투티가, 이집트 파라오의 박해
를 피해 도망쳐 살 길을 찾는 모세(Moses)에 견줄 수 있는 지도자가 되
어 새들을 이끌어 마땅하다고 했다. 그렇지만 후투티는 특별히 존귀한
위치에 있는 영웅이 아니다. "위대한" 존재가 아니고 "친애하는" 존재이
다. 특별한 권능이 없는 평범한 일꾼이어서 낮은 자리에서 봉사하면서
오직 지혜 하나로 의심을 풀고 용기를 주며 길을 알려주는 구실을 했다.

> 친애하는 후투티여, 어서 와서 우리를 이끌어다오.
> 솔로몬왕이 자기 궁전에 있으면서
> 사랑스러운 왕비가 있는 먼 곳까지
> 비밀스러운 말을 전하는 일을 맡지 않았던가.
> 왕은 그대의 말을, 그대는 왕의 마음을 알았도다.
> 왕이 내심을 고백하는 상대인 그대는
> 악마들을 지하에 잡아두는 방법을 터득한
> 공적이 있어 칭송받았도다.
> 그대 어서 와서, 날아올라라.
> 사람의 마음을 빼앗는 유창한 소리를 내라.
> 모세가 갔던 그곳으로 날아올라,
> 시나이(Sinai)의 산에서 오르는 불길을 보고서,
> 그대 또한 파라오의 독수에서 벗어나서
> 약속되어 있는 고장을 찾아가거라.
> 유한한 존재인 다른 새들은 알지 못하는
> 말이 없는 말을 그대는 알아들으니.[268]

가잘리는 자기가 깨달아서 안 바를 조리를 갖추어 논술했으나, 후투티라고 설정되어 있는 인도자는 갖가지 구실을 내세워 대열에서 이탈하는 자들을 하나씩 설득하는 데 힘썼다. 이탈의 이유가 일정하지 않으므로 하는 말이 각기 다르다. 일상적인 현실 속에 매몰되어 진리 탐구를 도외시하는 사람들의 서로 다른 사정을 낱낱이 찾아내서 논파하는 것을 자기 일로 삼았다. 누구든지 나날이 영위하고 있는 일상적인 삶에서 출발해서 최고의 진리를 탐구하는 것이 올바른 자세이고 과정임을 명확하게 하면서, 그렇게 될 수 없는 장애요인을 찾아 제거하는 데 힘썼다.

그렇게 해서 벌어지는 논란이 많은 분량을 차지한다. 새들이 자기네 통치자를 만나러 가는 여행길에 일제히 나섰다는 상황을 설정하고, 어떤 새가 대열에서 이탈하겠다고 하여 논란을 벌였다고 해서, 추상적인 논의를 구체화하고, 따분하다고 생각될 수 있는 대화를 흥미롭게 만들었다.

그 가운데 나이팅게일을 상대로 벌인 첫 번째 논란을 보자. 사랑 때문에 함께 떠날 수 없다고 하는 말을 길게 한 나이팅게일의 사설은 다음과 같은 말로 끝을 맺었다.

> 내 사랑이 여기 있다. 그대가 제안한 여행은
> 나의 생명인 장미로부터 내가 이탈하게 하지 못한다.
> 장미의 여인은 나를 위해서 꽃을 피웠다.
> 이보다 더 큰 삶의 축복이 어디 마련되어 있는가?
> 꽃봉오리들이 내 것이고, 꽃이 내 눈에 들어온다.
> 그런 여인을 어떻게 하룻밤이라도 떠날 수 있겠나?[269]

이에 대해서 후투티가 응답한 말의 서두를 들면 다음과 같다.

---

268) 같은 책, 29면.
269) 같은 책, 36면.

후투티가 대답했다. "친애하는 나이팅게일이여
그대를 움츠러들게 하는 사랑은 피상적인 것이고,
덧없는 사물의 바깥 모습에 지나지 않는다.
망상일랑 버리고, 위대한 탐색에 동참하라.
장미는 가시가 있고, 잠깐 동안만 꽃을 피운다."[270]

이런 말을 몇 줄 더 늘어놓고는 수도자와 공주에 관한 이야기를 하나
들려주었다.

어느 왕에게 아름다운 공주가 있어
얼굴을 한번 본 사람이면 누구나
사랑에 빠지고 말았다오.[271]

이렇게 서두를 내놓고는, 도를 닦는 성직자인 어느 수도자가 그 공주
를 보고 사랑에 빠져 궁전을 찾아가 공주방의 창 앞에서 일곱 해 동안이
나 울고 있으니, 경비원들이 몰래 찔러 죽이려고 했다. 공주가 그 일을
알고 수도사를 찾아가 한 말과 그 말에 대한 수도자의 대답이 다음과
같다.

공주가 말했다. "수도자와 공주 사이에
사랑이 이루어지리라고 어떻게 기대합니까?
당신은 궁전의 내 창밖에 있어서는 안 됩니다.
떠나가고 이 거리에 다시 나타나지 마세요.
내일도 여기 있으면 죽고 말 것입니다."
수도자가 공주에게 대답했다.

---

270) 같은 곳.
271) 같은 책, 37면.

"그대를 처음 보는 날 내 생명을 단념했다오.
칼에 찔려 죽는 것도 두렵지 않아요."[272]

후투티가 이런 이야기를 하도록 하면서 아타르는 강력한 사랑, 운명적인 사랑이 무엇인지 잘 알고 있다고 했다. 그러나 그것은 진리 탐구를 단념해야 할 이유가 될 수 없다고 했다. 사랑이란 덧없는 환영이니 꿈을 깨라고 했다.

앵무새는 젊어지는 샘을 찾아 영원한 생명을 누리겠다고 하는 소원을 말했다. 영원한 삶을 누린다면 그것이 전부일 수는 없고, 다른 쪽에는 영원한 죽음이 있다고 했다. 영원한 삶은 영원한 죽음과 표리관계를 가지는 것이 당연한데, 그 한쪽만 취하자고 하는 것은 잘못이다. 이슬람 이전의 신앙을 되살리려는 시도를 그런 방식으로 비판했다.

공작은 자기는 낙원에서 추방되었으므로, 낙원으로 되돌아가겠다고 했다. 이에 대해서 그것이 헛된 희망이라고 하고서, 이어서 어느 초학자가 스승에게 아담이 낙원에서 추방된 이유를 묻자, 아담은 진정한 주님을 바라보자 낙원에서 누리던 혜택을 박탈당하지 않을 수 없었기 때문이라고 설명했다는 일화를 들었다. 낙원에서 누리는 혜택은 베푼 쪽에서 쉽사리 거두어갈 수 있다. 기독교에 대한 비판을 그런 방식으로 했다.

가잘리는 철학자들의 학문을 비판하고 더 높은 경지에 있는 진정한 학문의 길을 찾았다. 그런데 아타르는 학문 대신에 신앙을 논했다. 이슬람 이전의 신앙이나 이슬람 이외의 신앙에서 해결책을 찾으려고 하는 사람들의 그릇된 생각을 지적하고 비판해야 했다. 어려운 문제를 쉽게 풀기 위해서 누구나 납득할 만한 설명과 흥미로운 일화를 들어야 했다. 가잘리의 학문론보다 아타르의 신앙론이 더욱 절실한 느낌을 준다. 허영·부·권력 같은 것들이 자아에 대한 집착에서 벗어나지 못하게 해서, 영원한 진리를 탐구하는 길을 막아버린다고 한 아타르의 비판은 누구나

---

272) 같은 책, 37면.

경청할 만하다.

매가 자기는 위대한 제왕의 총애를 받으면서 궁전에서 살고 있다고 자랑하는 말을 듣고서, 제왕이란 사나운 불길 같으니 피하는 것이 상책이라고 했다. 그러면서 제왕과 노예에 관한 다음과 같은 일화를 들려주었다.

> 노예를 아주 사랑한 군주가 있었다.
> 그 젊은이의 창백한 피부가 사랑스러워,
> 자기가 아끼는 희귀한 장신구를 걸어 주고서는,
> 존경스럽다는 듯이 질투를 느끼며 바라보았다.
> 그런데 군주가 활을 쏘겠다는 말을 하자,
> 사랑받던 노예는 머리에서 발끝까지 겁에 질렸다.
> 노예의 머리 위에다 사과를 올려놓고
> 군주가 활을 쏘는 표적으로 삼겠다고 한 것이다.[273]

군주에 대한 비판은 여러 방식으로 전개되었다. 어느 왕이 궁전을 아주 크고 훌륭하게 지어놓고, 사람들을 모아 자랑한 일화를 들었다. 자기 궁전은 완벽하다고 자부하니, 늙은 수도자가 그래도 벌어진 틈이 있다고 했다. 그래서 다음과 같은 대화가 벌어졌다.

> 왕이 대답했다. "틈이 있다고? 어디 있느냐? 어디?
> 공연히 말썽이나 일으키려고 왔다면, 조심해야 하느니라."
> 그 사람이 말했다. "저는 진실을 말할 따름입니다.
> 죽음의 사자가 들어오는 틈은 있습니다.
> 그 틈을 막고 싶으면 막아보세요. 막지 못하면,
> 왕관이고 궁전이고 아무 소용이 없습니다.

---

273) 같은 책, 46면.

폐하의 궁전이 지금은 하늘에서 준 선물같이 보이지만,
죽을 때면 폐하의 눈에도 추하게 됩니다.
영원한 것은 없는 줄 아셔야 합니다.
지금 여기서 살고 있는 것은 그뿐입니다.
오래 가지 못할 것을 두고 자랑하지 마십시오.……"[274]

아타르가 말한 여행은 악을 제거하는 과정이다. 갖가지 형태로 세상 도처에 있는 악을 찾아내서 비판하고, 그런 것들과 결별하기 위해서 진리를 찾아가는 여행을 한다고 했다. 찾아내야 할 진리가 무엇인가에 대한 서술은 분명할 수 없다. 여러 새들이 자기네 통치자를 찾아간다는 설정은 목표지점이 무엇인가 말하기 위해서 필요했지만, 임금과 만나는 의의가 무엇인가는 납득할 수 있게 나타낼 수 없었다.

진리가 무엇인가 하는 문제에 대한 최종적인 대답은 가잘리라도 직접적인 서술은 하지 못해, 진리가 아닌 것을 배제해 나가는 방식을 쓸 수밖에 없었다. 논설이 아닌 시를 쓴 아타르는 가잘리가 말한 정도에도 근접하지 못해, 통치자와 일체를 이루자 새들의 존재가 모두 소멸되었다고 한 것으로 진리와 합치된 경지를 나타내는 상징적 표현을 삼을 수밖에 없었다. 진리 자체가 다음과 같이 말했다고 했다.

이 여행은 내 속에서 이루어지고, 모든 행동이 나의 것이다.
그대들은 존재의 내밀한 궁전 속에서 편안히 잠든다.
그대들이 서른 마리 새들의 모습을 하고 왔으나,
아무런 결함이 없는 진리인 나를 만나자
그 빛 때문에 유한한 외형은 벗어버리고
지금까지의 자아가 '없음' 속으로 흩어졌다.[275]

---

274) 같은 책, 106~107면.
275) 같은 책, 220면.

그렇게 해서 마침내 대상과 주체, 유한과 무한, 있음과 없음 사이의
구분이 사라지고 모든 것이 하나가 된다고 했다. 단테가 《신곡》에서 진
리를 찾는 여행이 천국의 정상부에 이르러서 끝났다고 한 것과 같은 결
말이다. 그러나 아타르의 작품은 절정을 결말로 삼지 않았다. 올라가면
다시 내려와야 한다고 했다. 다시 내려오면서 새로운 각오를 해야 한다
고 했다.

새들이 임금과 일체를 이루었다고 한 다음에, 〈할라즈(Hallaj)의 재〉
라고 하는 대목이 있다. 그 뒤에 다시 논설이 있어 결말을 맺으면서, 전
체 주제를 요약했다. 그렇게 해서 절정에서 얻은 경험이 현실에서 어떤
의의를 가지는가 밝히는 추가작업을 했다. 논설 서두를 몇 줄 옮긴다.

> 할라즈의 시체가 불타고 불길이 꺼질 무렵에,
> 수피 한 사람이 화장하는 장소로 다가왔다.
> 뼈를 막대기로 저으면서 말했다.
> "'나는 진리이다'라고 한 외침은 어디로 갔나요?
> 그대가 외치고, 보고, 알았던 모든 것은
> 이제 진리의 서곡일 따름입니다.
> 핵심은 살아 있으니, 두려워하지 말고 일어나세요.
> 폐허에서 일어나세요. 일어나서 사라지세요.
> 영원한 태양 같은 진리의 빛 앞에서
> 그림자는 모두 아무것도 아닙니다."
>
> 몇 백만 세기가 지난 뒤에
> 죽어야 한다는 데 동의한 새들은
> '없음' 속으로 사라진 다음에,
> 자기네 자아가 다시 살아나는 것을 보았다.
> 없음을 경험하고 나서 그네들은
> 영원한 생명, 자아의식을 다시 찾았다.

이 없음, 이 생명은 언제 어떤 말을 써도
적절하게 노래할 수 있는 방법은 없다.[276]

이 대목에 작품 창작의 비밀이 나타나 있다. 할라즈는 신과 일체를 이
루어 "내가 진리이다"라고 하다가 신성모독의 혐의를 쓰고 처형되었지
만, 그 말이 살아 있어 진리의 서곡 노릇을 한다고 했다. 그 서곡에다
본곡을 붙인 것이 아타르가 한 일이다. 아타르는 가잘리보다 수피 사상
에 더욱 경도되어 할라즈를 자기 스승으로 받들었다.

그러나 아타르는 '수피'의 깨달음을 작품에서 구현하고자 했으므로
고고한 경지에 머무를 수 없었다. 가잘리가 논리를 넘어선 영역의 체험
까지도 논리적 진술로 나타내려고 한 것과 같은 시도를 다른 방식으로
다시 해야 했다. 신과 일체를 이룬 경지는 어떤 말을 어떻게 해도 적절
하게 노래할 수 없다고 하고 물러날 수는 없어서, 가능한 방법을 찾아야
했다. 새들이 자기네 임금을 찾아서 임금과 일체를 이루면서 사라졌다
고 하는 사건을 설정하는 우회적인 표현방법을 사용하고, 그것만으로
부족해서 추가설명을 달았다.

할라즈가 죽고 나서 "나는 진리이다"라고 설파한 사상이 살아났다는
것은 역사적인 사건이다. 새들이 오랜 여행 끝에 동경하던 바와 일체를
이루자 사라져 없어지는 영광을 누렸다는 것은 작품 속의 허구적인 설
정이다. 이 둘이 함께 말해주는 바는 "자아는 그 자체를 부정하는 없음
을 겪어야 진정한 모습으로 되살아난다"는 것이다. 그 과정은 신과 일체
를 이루는 것이면서 또한 없음을 경험하는 것이다. 본래의 자아를 부정
하는 0을 경험해야 1인 신과 일체를 이루어 새로운 자아를 획득한다고
했다.

세속의 삶에 매몰되어 있는 사람들은 진리를 알지 못한다고 개탄하는
말을 작품 도처에서 하고, 결말에서 다시 강조해서 말했다. 이 작품은

---

276) 같은 책, 220면.

범속한 사람들을 독자로 하므로 고매한 진리를 그 자체로 설파하고 말 수 없다고 생각해서, 주제를 요약하는 논설에다 쉽게 이해할 수 있는 권고사항을 첨부했다. 그리고 상승점을 다시 하강시켜 작품을 끝냈다. 가잘리가 커다란 깨달음을 얻고 다시 세상에 복귀해 가르치는 일을 맡은 것과 같은 전환을 더 낮은 자리까지 내려가서 이룩해, 작품의 품격을 낮추고 설득력을 높이고자 했다.

사람이 스스로 안다고 하지 말고, 영원을 가져다주는 신을 믿고 따라야 한다고 했다. 신의 은총이 사라지기 전에 영원한 생명을 얻기 위해서 최선을 다해야 한다고 했다. 〈사랑하는 사람을 죽이라고 한 군주〉의 이야기를 거기다가 덧붙여, 사람이 할 도리를 다하지 못하면 징벌이 있다고 했다. 작품 중간에 등장하는 세속의 임금은 횡포한 무리이고 진리 인식을 방해하지만, 새들이 찾아나선 임금, 사람을 영원으로 이끄는 임금은 신의 모습이다.

라마누자와 카비르

남인도 타밀 나라의 철학자 라마누자는 힌두교의 근본이치를 다시 정립해 산카라의 중세전기사상과는 다른 중세후기사상을 이룩했다. 사상 혁신의 원천은 타밀의 전통에서 가져왔으나, 자기 언어인 타밀어가 아닌 산스크리트로 저술을 해서, 문명권 전체의 뜻 있는 사람들이 어디서나 읽을 수 있게 했다. 산스크리트문명권 중심부에서도 많은 지지자를 얻어 새로운 시대를 열었다.

모든 것의 근원이 되는 궁극적인 원리를 브라흐만에서 찾는 것은 산카라와 라마누자의 공통적인 생각이었다. 그러나 산카라의 브라흐만은 멀리 있는 추상적인 원리이기만 한데, 라마누자는 브라흐만이 추상적인 원리이면서 숭앙의 대상이라고 하고, 갖가지 사물의 모습을 하고 가까이에도 있다고 했다. 타밀에서 사제계급이 아닌 예사 사람들이 천지만물에서 신의 모습을 찾아 예찬한 전통이 라마누자 사상의 기반이다. 그런 전통을 남말바르(Nammalvar)를 위시한 여러 성자-시인들은 타밀어 시에서 받아들였는데, 라마누자는 산스크리트 논설로 옮겨 체계를 갖춘 철학이 되게 했다.

산카라는 가상을 진실이라고 잘못 판단하는 '망상'(maya) 때문에 이 세상이 존재한다고 했으나, 라마누자는 세상의 모든 것은 '프라크리티'(prakriti)라고 일컬은 물질로 이루어져 있다고 했다.[277] 망상은 없는 것이지만, 물질은 실제로 존재한다. 산카라는 망상에서 벗어나야 브라흐만의 진실을 알 수 있다고 했는데, 라마누자는 물질이 브라흐만의 속성이므로, 물질을 통해서 브라흐만에게로 다가갈 수 있다고 했다.

산카라는 초경험·총체·이상·가치를 일방적으로 존중하고 절대시한 중세전기의 사상가이다. 라마누자는 경험과 초경험, 개별과 총체, 현실과 이상, 존재와 가치가 하나이면서 둘이고, 둘이면서 하나라고 한 중세후기의 사상가이다. 산카라는 '아드바이타 베단타'(advaita Vedanta, 不二論의 베단타)의 철학을, 라마누자는 '비시스트아드바이타 베단타'(visist-advaita Vedanta, 限定不二論 또는 制限不二論 베단타)의 철학을 전개했다고 하는 것이 그 점을 두고 하는 말이다.

라마누자의 저술은 모두 아홉 가지가 전해지는데, 모두 산스크리트로 썼다.[278] 《니티야그란타스》(Nityagranthas)를 위시한 몇 가지 책에서는 종교의식을 다루어 철학적으로 주목할 만한 내용이 없다. 《베단타산그라하》(Vedantasangraha)에서는 자기 사상을 독자적으로 서술하면서 자기 주장을 충분히 펴지는 않았다. 경전을 주해하면서 필요한 논의를 자세하게 전개했다.

---

277) Cyril Veliath S. J., *The Mysticism of Ramanuja*(New Delhi : Munshiram Manoharlal, 1993), 96면.

278) Swami Tapasyananda, *Bhakti School of Vedanta*(Madras : Sri Ramkrishna Math, 연도미상), 24면 ; M. B. Narasimaha Ayyandar, tr., *Vedantasara of Bhagavad Ramanuja*(Madras : Adyar, 1979), 서두 해설의 x면.

바다라야냐(Badarayana)가 지었다고 알려져 있는 경전 《브라마수트라》(*Brahmasutra*)에 대한 주해서가 짧은 것부터 들면, 《스리바시야》(*Sribhasya*), 《베단타디파》(*Vedantadipa*), 《베단타사라》(*Vedantasara*)라고 하는 것 모두 셋이 있다. 《바가바드 기타》(*Bhagavad Gita*)에 대한 주해서인 《기타바시아》(*Gitabhasya*)도 있다. 《베단타사라》와 《기타바시아》가 라마누자 사상을 알아보는 데 특히 소중하다.

라마누자는 산문만 쓴 점이, 시를 쓰는 것이 철학을 하는 바람직한 방법이라고 생각한 산카라의 경우와 달랐다. 산카라는 자기 사상을 독자적으로 전개한 《一千敎說》을 시로 썼을 뿐만 아니라, 《우파니샤드》 주해는 산문으로 쓰면서 원문의 시를 본받으려고 했다. 그러나 라마누자는 산문을 쓰는 것으로 일관했다. 경전에 대해 주해를 하면서, 원문이 시라도 자기 자신은 이치를 치밀하게 따지는 산문을 쓰는 데 주력했다. 두 사람 다 원문을 이해하기 위해서 필요한 참고서를 만들려고 하지 않고, 자기 사상을 주해의 형태로 전개했다. 산카라는 암시적인 시를 쓰면서 말을 아껴야, 라마누자는 논리가 엄정하면서 내용이 풍부한 산문을 써야 자기 사상을 제대로 나타낼 수 있었다.

《브라마수트라》는 《우파니샤드》의 원리를 밝힌 책이라고 하지만 거듭해서 주해해야 할 만큼 중요한 경전은 아니다. 저자 바다르야냐는 서사시 《마하바라타》(*Mahabharata*)를 지었다고 하는 비야사(Viyasa)와 동일인물이라고 하지만 확실하지 않다. 라마누자가 그 책을 택한 것은 자기 사상을 전개하기 유리하기 때문이었다. 《베단타사라》는 경전 주해서의 모습을 띤 체계적인 저술이다.

서두에는 시를 내놓았다. "모든 생물과 무생물로 몸체를 이루고, 모든 존재의 자아가 되고", "순수한 축복의 바다"이기도 한 神에게 바치는 시에서 말하고자 하는 바를 요약했다.[279] 모든 생물과 무생물이 하나를 이루는 총체를 이해하는 것이 바로 자아 발견이고, 순수한 축복을 얻는 길

---

279) 같은 책, 서론 xiv면, 본문 1면.

이라고 하는 이유를 밝히고, 그럴 수 있는 방법을 제시하는 것이 본론이다. 그것은 자세한 내용을 갖추어야 하므로 갖가지 논술 방법을 함께 사용하는 산문으로 썼다.

'브라흐만'이 추구해야 할 최고의 가치이면서 또한 천지만물을 이루는 도구이고 물질적인 원인이기도 하다고 할 수 있는가 하는 데 의문을 제기하고, 다각적인 논의를 전개했다. 그 가운데 제2장 제4절에서 제14절까지에서 한 말을 들어보자. 제4절에서 제12절까지에서는 '브라흐만'은 천지만물과 하나라고 하고, 제13절에서는 그렇게만 말하는 것은 잘못이라고 하고, 제14절에서는 '브라흐만'은 천지만물과 하나가 아니라고 했다.

제4절부터 제12절까지 한 말은 다음과 같다.

[가1] 천지만물은 무생물이고, 브라흐만은 생물이다. 생물이 무생물의 물질적인 원인일 수는 없다. 그것은 세상을 둘러보면 알 수 있는 일이다. 브라흐만에서 천지만물이 유래했을 수 없다. [가2] 이렇게 말하는 것은 사실이 아니다. 세상을 둘러보면 생물이 무생물에서 생겨난다는 사실을 발견할 수 있다. 그러므로 브라흐만이 천지만물이 생기게 한 원인이라고 말하는 것이 적절하다.[280]

제14절에서 한 말은 다음과 같다.

[나1] 모든 생물과 무생물이 그 몸을 이루어, 브라흐만은 신체를 가진 자아라고 한다면, 브라흐만 또한 개별적인 자아처럼 기쁨과 고통을 느끼고, 몸을 가진 존재라는 점에서 개별적인 자아와 최고의 자아가 구별되지 않는다고 하게 된다. [나2] 이렇게 말하는 것은 잘못이다. 브라흐만은 상서롭지 않은 것은 모두 배제하고 상서롭기만 한 특

---

280) 같은 책, 서론 xvii면의 요약.

성을 지니고 있어 개별적인 자아와 분명하게 구별된다. 바람직하지 않은 경험을 하는 이유는 몸이 있다는 것과는 다른 데 있다. 그것은 마치 세상을 다스리는 사람은 몸을 가지고 살아가지만(그 점에서 신하들과 마찬가지이지만), 자기가 낸 명령을 지키지 않아도 그만이고, 신하들은 지키지 않으면 벌을 받는 것과 같다.[281]

"브라흐만과 천지만물은 하나이면서 하나가 아니다"라고 하는 명제를, 한 가지 논의를 전개하고 부정하는 방법을 거듭 사용해서 입증한다. 그런데 부정의 종류가 다르다. [가1]에서 한 말을 [가2]에서 부정했다. [나1]에서 한 말을 [나2]에서 부정했다. 그 경우에는 부정된 것은 없어진다. [가2]에서 한 말을 [나2]에서 부정했다. 그 경우에는 부정된 것이 없어지지 않고 새로운 주장과 함께 인정된다. [나2]에서 한 말을 [가2]에서 부정하는 것도 가능하다.

경험할 수 없는 범위의 논의를 살아가면서 경험할 수 있는 사실을 증거로 들어 전개했다. [가2]에서 생물이 무생물에서 생겨난다고 한 것이 그런 예이다. 때로는 비유를 사용했다. [나2]에서 세상을 다스리는 사람은 자기가 낸 명령을 어겨도 벌을 받지 않는다고 한 것은, 지은 업보에 따라 윤회를 되풀이하는 과정에서 벗어났다는 것을 알기 쉽게 설명하려고 선택한 비근한 비유이다. 경험으로 증거를 삼고, 비유를 사용해 설명하는 것은 말하고자 하는 바를 누구나 쉽사리 이해할 수 있게 하는 작전이다.

그런 작전을 써야 하는가 하는 문제에 대한 해답은 말하고자 하는 바가 무엇인가에 따라서 달라진다. 브라흐만은 천지만물과 하나가 아니므로 우러러보고 숭앙해야 한다고 말하려면, 논리를 엄정하게 세워야 한다. 그러나 브라흐만이 천지만물과 하나여서 누구나 자기의 일상적인 삶에서 궁극적인 진리를 추구할 수 있다고 깨우쳐주려면, 그런 작전을

---

281) 같은 책, 본문 248면.

적극 활용해야 한다.

《기타바시아》에서 주해한 《바가바드 기타》는 널리 숭앙되는 경전이며, 《우파니샤드》에 버금간다 할 수 있다. 그러나 주해를 한 목적이 《바가바드 기타》의 가치를 높이자는 데 있지 않았다. 이 경우에도 자기 사상을 전개하는 데 유리한 경전을 선택했다.

산카라가 《우파니샤드》에 관해서 알려준다고 하면서 궁극적인 이치를 그 자체로 추구하는 데 힘쓰는 철학을 전개한 데 대해서 반론을 제공할 수 있는 경전을 선택했다. 궁극적인 이치를 사람이 살아가는 실제적인 활동 속에서 어떻게 구현할 것인가 논란하려고 《바가바드 기타》를 가져왔다. 그렇게 하는 데 《바가바드 기타》가 《브라마수트라》보다 한층 유용해, 《기타바시아》에서 전개한 논의가 《베단타사라》의 경우보다 훨씬 자세하고 설득력이 크다.

서사시 《마하바라타》의 일부로 전하는 《바가바드 기타》는 진리를 실천에 옮기는 문제를 다루었다. 전투가 벌어지는 긴박한 상황에 어떻게 대처해야 하는가, 나가서 싸워야 하는가, 그래야 하는 이유는 무엇인가 하고 고민하는 영웅 아르주나(Arjuna)가 자기 말을 모는 마부와 문답한 말로 이루어져 있다. 神인 크리슈나(Krishna)가 몸을 낮추어 마부 노릇을 한다고 했다. 신이 인간에게 하고 싶은 말을 한껏 낮은 자리에서 전해, 의미를 구체화하고 설득력을 확대했다. 그렇기 때문에 《바가바드 기타》는 라마누자가 산카라와 다른 사상을 전개할 수 있는 소중한 원천이 되었다.

《바가바드 기타》를 《기타바시아》에서 어떻게 주해했는가 살피기로 하자. 제2부 서두에서 《바가바드 기타》의 제7장과 제8장을 주해한 대목을 보자.[282] 《바가바드 기타》는 크리슈나와 아르주나의 대화를 4행시를

---

282) J. A. B. Van Buitten tr., *Ramanuja on the Bhagavad Gita*(Delhi : Montilal Banarsidass, 1968), 100~112면. 이 책을 자료로 이용하고, 《바가바드 기타》는 Eknath Easwaran tr., *The Bhagavad Gita*(London : Penguin Books, 1985) ; 길희성 역, 《바가바드 기타》(서울 : 현음사, 1988)를 참고한다.

연속시켜 적었을 따름이다. 제7장에서는 크리슈나가 말한다 하고서 4행시 30개를, 제8장에서는 아르주나가 말한다고 하고서 4행시 28개를 내놓았다. 둘을 합쳐 4행시 58개로 말한 내용을 풀이한다면서 다음과 같이 복잡한 구성을 갖춘 여러 단계의 논의를 전개했다.

제2장 : 지고한 분의 고유한 형태와 '박티'가 그분을 숭앙하는 방식에 대하여

이 대목에서 제7장에서 제13장까지를 다룬다는 서론

I. 박티가 숭앙의 대상으로 삼는 지고한 분에 대한 진정한 지식
　1. 어떤 종류의 지식이 여기서 의미 있는가
　2. 신의 두 가지 '프라크리티'(prakriti)
　3. '프라카린'(prakarin)인 신
　4. 이 지식은 신의 '마야'(maya, 착각)에 의해 흐려지지만, '프라파티'(prapati)에 의해 회복될 수 있다.
　　　문
　　　답
　　　문
　　　답
　　a. 신에게 의지하지 않는 네 부류의 사람들
　　　1.
　　　2.
　　　3.
　　　4.
　　b. 신에게 의지하는 네 부류의 사람들
　　　1.
　　　2.
　　　3.
　　　4.

5. '즈나닌'(jnanin)은 다른 셋보다 우월하다.
6. 다만 신들에게 의지하는 것
7. 왜 신은 나타나지 않는가
   문
   답
Ⅱ. 세 부류의 열망자들
  1. 용어 설명
     문
     답
  2. 사람이 죽을 때의 마지막 확신
  3. 다른 세 부류에 같은 것 적용
     a. '아이스바르야'(aisvarya)에 대한 열망자들의 숭앙과 그 사
        람들의 마지막 확신
     b. '카이발랴'(kaivalya)에 대한 열망자들의 출현
     c. '즈나닌'의 숭앙과 그 사람이 신에 이르는 길
  4. '아이스바르야'에 대한 열망자만 '삼사라'(samsara)로 돌아가
     리라
  5. 신이 지배하는 세 가지 영역
  6. 돌아가는 길과 돌아가지 못하는 길
  7. 지식의 대가

　번호 아래에 다시 번호가 있고, 번호로 구분한 아래에 다시 문자로 구
분한 항목이 있다. 여러 사례를 하나씩 열거한 대목도 있다. 문답으로
전개한 부분도 있다. 용어 사용도 번다하다. 산스크리트를 그대로 옮기
기나 하고, 번역하지 못하는 말이 적지 않다.
　그렇게 구분되어 있는 내용을 모두 검토하는 것은 가능하지 않고 이
롭지 못하다. 전문적인 지식이 부족하면서 미세한 데까지 들어가서 구
체적인 논의를 여러 가닥으로 펴면 혼란을 일으키고, 문제가 더욱 모호

해지게 한다. 글을 길게 쓰면 쓸수록 논지가 흐려지고 설득력이 없어지
므로 경계하지 않을 수 없다. 라마누자의 글쓰기 방법의 일단을 구체적
으로 확인하면서, 라마누자가 말하고자 한 핵심을 선명하게 드러낸 대
목을 몇 개 골라 논의의 대상으로 삼는 것이 선택 가능한 최상의 방법이
다. 선택한 대목에 관한 《바가바드 기타》의 원문을 먼저 들고, 라마누자
의 해설을 옮긴다.

제7장 9번과 12번의 노래에서 다음과 같이 말했다.

> 나는 지상의 좋은 향기이며,
> 모든 빛이며,
> 모든 존재들의 생명이며,
> 고행자들의 고행이로다.[283]

> 선의 격정과 암흑의 요소를 지닌 존재들마다
> 나로부터 나옴을 알지어다.
> 그러나 나는 그것들 안에 있지 않으며
> 그것들은 내 안에 있도다.[284]

"Ⅰ. 박티가 숭앙의 대상으로 삼는 지고한 분에 대한 진정한 지식"의
"3. '프라카린'(prakarin)인 신" 대목에서 그 전후 8번부터 12번까지의 내
용을 풀이한 말 가운데 일부를 들면 다음과 같다. 영어로 번역하지 않은
산스크리트는 그대로 옮기고, 의미가 비슷한 말을 찾을 수 있으면 괄호
안에 적는다.

신은 만물의 가장 순수한 형태라고 한다. 신에게서 유래해서 제각

---

283) 길희성, 위의 책, 120면.
284) 같은 책, 121면.

기 그 나름대로의 개성과 특성을 가진 만물이 신의 '세사스'(sesas)이
며, 신의 몸을 이루고 있는 것만큼 신에 의존하고 있다. 신 자신은 만
물의 '아트만'(atman, 진정한 자아)이므로 만물에 의해 제약된다. '사트
바'(sattva, 선), '라자스'(rajas, 격정), '타마스'(tamas, 암흑)의 본질을
이루고, 신체, 감각, 물질적인 것들과 그 원인으로 이 세상에 존재하는
만물은 신의 몸을 구성하면서 신에 의존한다. 그러나 신 자신은 그것
들에 의존하지 않는다. 신이 신의 몸과 가지는 관계는 개개인의 아트
만이 그 사람의 신체와 가지는 관계와 같지 않다. 사람의 경우에는,
신체가 아트만에 의존하고 있으면서 아트만을 지탱하는 목적을 수행
한다. 신의 경우에는, 신체가 아무런 목적이 없다. 그 자체의 즐거움을
목적으로 할 따름이다. 신은 '사트바'·'라자스'·'타마스'로 이루어진 만
물 너머에 있다. 그 이유는, 신의 상서로운 특징은 신에게만 있고, 만
물은 신의 특징을 수정한 것들이기 때문이다.[285]

이렇게 말한 요지를 간추리면, "신은 만물과 하나이면서 하나가 아니
다"라고 한 것이다. 理와 氣라는 용어를 사용하면, 理와 氣는 하나이면
서 둘이라고 한 말이다. 신과 만물이 하나인 이유는 만물이 신에게서 나
왔고 신은 만물의 가장 순수한 형태이기 때문이다. 그러므로 만물에서
신으로 나아가는 길이 열려 있다. 신과 만물이 하나가 아닌 이유는, 신
은 만물이 각기 지닌 속성을 넘어서 있는 그 나름대로의 고유한 특성이
있기 때문이다. 그러므로 만물에게서 신으로 나아가려면 반드시 비약이
있어야 한다.

만물에서 신에게로 나아가는 길이 열려 있으므로, 만물의 하나이면서
만물과 더불어 사는 사람의 일상적인 삶이 그 나름대로 의의가 있다. 맡
은 일을 성실하게 수행하는 것이 마땅하다. 만물에서 신으로 나아가려
면 비약이 있어야 하고, 일상적인 삶을 넘어서야 한다. 일상적인 삶을

285) J. A. B. Van Buitten tr., 위의 책, 101~102면.

버리는 것이 초월이 아니다. 일상적인 삶을 사는 것 자체가 초월일 수
있게 해야 한다. 《바가바드 기타》에서 이미 표명한 사상을 이렇게 풀이
하면서, 라마누자는 사람이 어떻게 살아가야 하는가 하는 문제에 대해
서 더욱 깊은 관심을 가지고, 널리 설득력을 가질 수 있는 해답을 얻고
자 했다.

제8장 21번의 노래에서 다음과 같이 말했다.

> 이 未顯現은 불멸자라고 불리우며
> 사람들은 그것을 至高의 목표라고 말한다.
> 그것에 도달하면 되돌아오지 않으니,
> 그것이 나의 지고의 住處이다.[286]

"II. 세 부류의 열망자들"의 "5. 신이 지배하는 세 가지 영역"에 대해
서 풀이한 말을 옮긴다.

지금 영원하다고 한 것은 프라크르티에서 분리된 순수한 아트만의
고유한 형태이다. 사람이 한번 도달하면 되돌아오지 않을 그곳이 신
이 지배하는 최고의 영역이다. 말을 바꾸어서 하면, 세 가지 지배영역
이 있다. 1. 비정신적인 프라크르티, 2. 비정신적인 프라크리티와 함께
창조된 아트만으로 이루어져 있는 정신적 프라크리티, 3. 고유한 형태
로 분리되어 있어서, 신이 지배하는 최고의 영역인 아트만이 있다.[287]

"한번 도달하면 되돌아오지 않"는다고 한 것은 윤회에서 벗어난다는
말이다. 육신에서 '아트만'이 분리되어 신이 지배하는 최고의 영역에 도

---

286) 길희성, 위의 책, 136면.
287) J. A. B. Van Buitten tr., 위의 책, 111면.

달하면 윤회에서 벗어날 수 있다고 믿고, 그렇게 되는 것을 열망해 마땅하다고 《바가바드 기타》에서 말했다. 그런데 라마누자는 그 말이 무슨 뜻인가 설명하면서, 최고의 경지, 중간의 경지, 최하의 경지도 있음을 잊지 말아야 한다고 했다. 최고와 중간은 둘 다 아트만이라는 점에서 같고, 중간과 최하는 둘 다 프라크리티라는 점에서 같다고 했다. 그래서 아트만과 프라크리티의 양분론 대신에, 아트만·아트만-프라크리티·프라크리티의 삼분론을 택했다.

그것은 단순히 분류를 다시 한 것 이상의 중대한 의미가 있는 발언이다. '理'·'氣中理'·'氣'가 연결되어 있는 것과 같다. 천국과 지옥 사이에 연옥이 있는 것과 같다. 용어는 서로 다르게 썼어도 중간이 양극 사이에 있어, 최고는 중간과, 중간은 최하와 연결되어 있다 하고, 그렇기 때문에 아래의 위치에서 시작해서 단계적인 향상을 꾀할 수 있다고 한 것은 중세후기철학의 공통된 지론이다. 높은 것과 낮은 것을 둘로 나누기만 하던 중세전기의 철학을 고쳐서 중간단계를 인정하는 중세후기철학을 만드는 작업을 일제히 하는 데 라마누자가 특별한 기여를 했다.

라마누자는 자기가 말하는 그런 진리를 어떻게 하면 알 수 있는가 하는 의문에 대해서도 다른 중세후기 철학자들과 공통된 대답을 심도 있게 전개했다. "Ⅱ. 세 부류의 열망자들"에 관한 논의를 마치는 "7. 지식의 대가"에서는 자기가 설명한 바를 알아들으면 행실을 바르게 하는 데 크게 도움이 되지만, 스스로 깨닫는 것이 더욱 소중하다고 하고 그 점에 관해서 특별히 살피는 Ⅲ장을 마련해, 신과 합치되는 최고의 지혜를 얻는 '박티'의 길에 관해 논의했다.

박티란 '헌신'이라는 뜻이다. 자기를 버리고 신에게 다가가서 신과 하나가 되고자 하는 박티 수행자들의 철학을 정립하는 일을 라마누자가 맡았다. 가잘리가 수피의 철학을 정립한 것과 같은 일을 했다. 아퀴나스가 이성의 학문 위에 있는 계시의 학문을 해야 한다고 하고, 다음에 다룰 朱熹가 豁然貫通의 경지에 이르러야 한다고 주장한 것과도 서로 공통된다.

이슬람교의 수피와 힌두교의 박티는 기존의 교리에서 벗어나 파격적인 방법으로 독자적인 수행을 하는 집단을 이룬 점이 상통해 가까이서 비교할 만하다. 깨달은 바는 不立文字여서, 시로 표현하는 것은 가능해도 산문으로 서술하는 것은 불가능하다고 한 점도 같다. 라마누자와 가잘리는 말할 수 없는 경지에 이르렀다고 하는 수행자들의 경험을 논리화하면서 논리 자체를 혁신해서, 경험적인 지식이 아닌 궁극적인 지식, 이성을 넘어선 통찰을 찾는 데 아퀴나스나 주희보다 한걸음 더 나아갔다.[288]

[가] 박티의 수행을 하면 비밀스럽게 간직해야 할 최고의 지식을 얻는다. 신과 합치될 수 없는 갖가지 결점에서 벗어나 깨끗하게 된다. 박티의 정신을 가지고 찬양하면, 신은 찬양자에게 모습을 나타낸다. 완전하게 축복하는 형태를 갖추고 찬양자에게 가장 가까이 다가온다.[289]

[나] 유지와 활동뿐만 아니라 생성과 소멸도 신의 의지에 달려 있다. 움직이는 것이든 움직이지 않는 것이든 모든 존재는 신의 의지에 따라 신의 몸을 구성하는 물질, 이름이나 형상에서 특별히 구분되지 않는 요소들로 분해된다. 또한 신은 순간마다 새로운 것들을 창조한다.[290]

[다] 신을 찬양하는 박티를 행하는 자는 지위가 높든 높지 않든, 누구나 신의 덕성을 나누어 가지는 것 같고, 신이 더욱 고양되어 존재하

---

288) 禪불교는 '不立文字'의 깨달음을 얻어야 한다는 것을 선명하게 인식했으나, 라마누자나 가잘리에 해당하는 이론가가 나오지 않아 중세후기철학으로서 적극적인 기능을 수행하지 못하고 朱熹가 주도한 신유학에 밀려났다고 할 수 있다.
289) J. A. B. Van Buitten tr., 위의 책, 113면.
290) 같은 책, 114면.

는 것 같아서, 모두 신 안에서 평등하다.[291]

[가]에서는 박티가 신과 합치되기를 바라고 신을 찬양하는 신앙이라
고 했다. 신앙을 통해서 얻을 수 있는 순수한 마음이 최고의 지식이라고
했다. 그러나 [나]에서는 신이 천지만물의 생멸과 운동을 이룩하는 데
동참하는 행위가 박티라고 했다. 천지만물과 일체를 이루어 생성과 운
동을 함께 하는 것이 깨달음을 얻는 길이다. 그것은 지위가 높든 낮든
누구나 할 수 있는 일이므로, 박티 수행에서 누구나 평등하다고 [다]에
서 말했다. 신의 덕성을 나누어 가지고, 신이 자기에게서 고양되어 있다
고 느껴, 주어진 조건을 넘어서서 무슨 일이든지 훌륭하게 신명나게 할
수 있는 것이 박티의 도달점이라고 했다.

박티의 수행을 통해서 얻는 바를 통찰이라고 일컬으면서 [가]에서
[다]까지를 재론해보자. [가]에서는 통찰이 이성과는 구별된다고 하기
위해 신앙이라고 했다. 그렇다면 신에게 귀의하는 길인가 하고 의심할
수 있어, [나]에서는 천지만물과 함께 생멸하고 운동하는 실천이 통찰이
라고 했다. 그런 실천은 이성을 배제하지 않는다. 자기만의 이성을 세계
전체의 이성으로 확대하고, 관조적인 이성을 행동하는 이성으로 바꾸어
놓았으므로, 이성 이상의 이성이다. 그렇다면 천지만물에 동참하면서 자
아는 소멸되는가 하는 의심을 가질 수 있으므로, [다]에서 진정한 자아
의 위대한 창조가 통찰의 도달점이라고 했다.

이성으로 얻는 지식은 누구나 평등하게 갖추었다고 할 수 없다. 배운
사람과 배우지 못한 사람, 글을 아는 사람과 모르는 사람은 지식의 정도
가 아주 다르다. 통찰을 통해서 얻는 진정한 지식은 배워야 하는 것도
아니고, 글을 통해 전수받아야 하는 것도 아니다. 살기 위해서 부지런히
활동하는 사람이 천지만물과 함께 행동하는 범위가 더 넓다. 위대한 창
조를 할 수 있게 깨닫는 것은 절실한 사정이 있을 때 스스로 결단을 내

---

291) 같은 책, 119~120면.

려야 가능하다.

라마누자 자신은 브라만 계급 출신이고, 산스크리트 고전을 많이 공부하고, 산스크리트로 글을 써서 사상을 전했지만, 전한 사상의 내용에는 글공부에 매이지 않는 하층민이 커다란 깨달음을 얻을 수 있다고 하는 원리가 내포되어 있다. 그런 사람들이 실제로 많이 있어서 라마누자의 사상을 확대하고 발전시켰다. 그러나 라마누자의 책을 보고 그렇게 한 것은 아니다. 말로 전해들은 데다 스스로 깨달은 바를 크게 보태 라마누자의 사상을 받아들이면서 넘어섰다.

라마누자의 사상을 시로 옮기는 일은 라마누자 생존시에 이루어졌다. 쿠레사(Kuresa)라는 제자가 타밀어로 시 5편을 지어 그 과업을 수행했다. 쿠레사의 아들 바타르(Bhattar)가 유사한 시 5편을 더 창작해, 부자의 작품이 나란히 전해지고 있다.[292] 타밀 나라 사람들은 산스크리트 논설 대신에 타밀어 시를 통해서 라마누자의 사상을 이해하고 숭앙했다.

타밀 나라에는 성자-시인들이 민족어 시를 지어 진리를 추구하고 신앙을 지도하는 전통이 일찍부터 있었다. 위에서 그 본보기인 남말바르(Nammalvar)의 작품을 필란(Pillan)의 주해와 함께 고찰했다. 필란은 라마누자의 조카이면서 수제자였다. 필란의 주해는 라마누자의 사상을 전할 뿐만 아니라 라마누자가 강학한 내용을 받아적어서 이루어졌다고 생각된다. 라마누자는 타밀 성자-시인들의 작품을 풀이하면서, 타밀어를 사용해 자기 사상을 전개했던 것으로 추정된다. 그러나 글을 쓸 때는 산스크리트를 사용했다.

라마누자는 산스크리트문명과 타밀민족문화 양쪽에서 각기 이어온 철학의 전통을 합쳐 새로운 사상을 창조하는 작업을 이중의 언어로 진행했다.[293] 말할 때는 타밀어를, 글쓸 때는 산스크리트를 사용했다. 말은 진행과정이고, 글이 완성품이다. 그래서 라마누자의 저술이 타밀 나라

---

292) Nancy Ann Nayar, *Poetry as Theology, the Srivaisnava Stotra in the Age of Ramanuja*(Wiesbaden : Otto Harrassowitz, 1992)에서 이에 대해 고찰했다.
293) Swami Tapasyananda, 위의 책, 24면.

밖으로 나가 문명권 전체에서 널리 전해진 것은 다행이나, 안에서는 불
만이 생겼다. 산스크리트를 모르는 타밀인들도 라마누자에 관해 알고자
하는 당연한 요구가 있어, 라마누자의 글을 말로 되돌리는 반대의 작업
을 제자들이 맡아서 했다. 타밀어로 산문을 쓰는 방법은 아직 마련되지
않았으므로, 글 모르는 사람도 타밀어 시를 듣고 외는 전통을 따르는 것
이 당연했다.

　그 두 가지 표현물은 서로 같으면서 달랐다. 산스크리트 산문에서 제
시한 사상을 타밀어 시로 직접 옮기고자 했지만, 산문과 시, 산스크리트
와 타밀어가 달라서 다른 길로 가게 되었다. 추상화된 논리를 구체적인
경험으로 옮겨 절실한 느낌이 들게 했다. 이해하기 어려운 부분은 버려
두고, 일상적인 삶과 깊이 연관되어 있는 면은 더욱 구체화했다. 제자의
시가 스승의 산문보다 한걸음 더 나아갈 수 있다는 것을 보여주었다.

　　오 주님이시여,
　　조금도 더럽혀지지 않고
　　오직 거룩하기만 한,
　　당신은 영원토록
　　갖가지 종류의 수많은 사물을
　　지니고 있나이다.

　　오직 이런 이유 때문에
　　당신은 이름도 없고
　　모습도 없다고 하나이다.[294]

　쿠레사가 지은 이런 시는 누구든지 이해하고 따라 부를 수 있는 찬미
가이다. 그러나 그 속에 라마누자가 어렵고 복잡한 말로 전개한 철학의

---

294) 같은 책, 78면.

핵심이 다 들어 있다. 주님이라고 한 실체는 만물 자체이면서 만물을 넘어서 있고, 1이면서 ∞이기 때문에 이름이나 모습을 무어라고 규정할 수 없다고 한 것이다.

> 영원하고, 깨끗하고, 티없고, 불변하고,
> 거룩하고, 선량하기만 한 것들을 간직한 바다여.
> 온갖 귀머거리들이 말한다.
> 당신은 끊임없이 다시 태어난다고.
> 무생물도 되고, 벌레도 되어,
> 나비, 코끼리, 그 밖의 모습으로도.[295]

여기서는 쿠레사가 깨달음의 수준을 높였다. 모든 존재를 한꺼번에 살피면 영원히 변하지 않는 바다라고 할 수 있다고 했다. 그러면서 영원이 순간이고, 불변이 변화여서, 갖가지 개별적인 무생물이나 생물이 자꾸 생겨나고 소멸한다고 했다. 그 양면이 주님의 거룩한 모습임을 깨닫는 상향의 길과, 주님과는 단절된 귀머거리의 상태에서 뭇 사물이 스스로 알려주는 진실을 알아차리는 하향의 길이 서로 다르지 않다고 했다.

> 라마누자 성인 만세.
> 주님에 대한 헌신을 무기로 삼아,
> 세상을 떠들썩하게 하는
> 마귀를 몰아내셨도다.[296]

바타르는 쿠레사보다 더욱 과감한 자세를 보여주었다. 이렇게 칭송한 라마누자를 따르면서 그릇된 사상과 투쟁하겠다고 선언했다. 무엇이 마

---

295) 같은 책, 79면.
296) 같은 책, 99면.

귀인가? 실제로 존재하는 것들이 모두 허망하다고 하는 주장을 마귀라
고 했다. 산카라를 직접적인 비판의 대상으로 삼고, 나가르주나까지 함
께 내몰았다. 다음과 같이 노래해 싸움을 본격적으로 벌였다.

> 있는 것들이 없다고 해서는
> 제대로 안다고 할 수 없다.
> 무엇이든지 없다고 우기는,
> 그런 억지를 부릴 수 있는가?
>
> 하나를 부정하면
> 다른 것이 생겨난다.
> 항아리를 깨면
> 사금파리가 남지 않는가.
> 그런 주장을 하면서
> 모든 것을 부정하면,
> 믿을 만한 지식도 없어지니,
> 부정할 수도 없다.
> 성스러운 말씀이여, 정복자가 되소서.[297]

앞에서는 그릇된 사상을 비판하고, 마지막 한 줄에서는 올바른 진리
를 전하는 말씀을 이어 라마누자학파가 세상을 바로잡아야 한다고 했
다. 이것은 철학자의 시이면서 또한 글 모르는 사람들까지 포함한 일반
대중이 신을 섬기면서 부르는 찬미가이다. 그 둘이 하나가 되게 한 것이
놀라운 일이다.

그러나 라마누자의 사상을 시로 옮기는 일을 타밀 나라에서 하고 만
것은 아니다. 라마누자의 저술이 문명권 전체에 전해져 새로운 시대를

---

297) 같은 책, 90면.

만드는 깊은 영향을 준 결과, 철학을 시로 바꾸는 과업에서 더욱 큰 성과가 이루어졌다. 산스크리트문명권 중심부에서 태어나 힌디어로 시를 지은 카비르가 그 점에서 특히 우뚝한 업적을 남겼다.

라마누자와 카비르는 3세기나 되는 시간적 간격이 있지만, 직접 이어지는 관계라고 한다. 라마누자의 사상을 인도의 중원지방으로 가져간 후계자는 라마난다(Ramananda)이며, 라마난다의 제자가 카비르라고 한다. 그래서 카비르는 라마누자의 손제자라고 한다. 그것이 사실인가 전설인가 의문이다.

라마난다는 1410년에 111세로 세상을 떠났다고 하는 것이 예사인데, 그렇다면 카비르와 만났을 수 없다. 라마난다가 1400년경에 나고 1470년경에 죽었다고 하는 다른 견해는 카비르는 1440년경에 태어나서 1518년에 죽었으리라고 하는 추정과 맞물려, 두 사람이 만났을 가능성이 인정된다. 카비르는 라마난다를 통해 도통을 전수받았든 그러지 않았든 라마누자의 사상을 이었다. 그런 사실에 근거를 두고, 라마누자와 카비르가 직접 연결되었다는 전설을 만들어냈을 것이다.

라마난다는 브라만 출신이어서 신분이 고귀한데, 카비르는 베 짜는 일을 하는 천민 '카스트'에 속했다. 아버지가 이슬람교도로 개종한 바로 뒤에 태어나서, 두 종교에 모두 속했으며 두 종교의 대립 때문에 고민했다. 일자무식이라고 했으니 산스크리트를 몰랐다. 시를 지어 구전되게 했으며 글로 쓴 것은 아니다.[298] 그런데 어떻게 크게 깨달은 바 있어 세상을 깨우치는 가르침을 베풀었던가?

미천한 처지에서 겪는 고난이 깨달음의 근거이다. 공허한 언설이 난무해서 진리가 흐려진 시대에는 一字無識이 위대한 힘을 가졌다. 힌두교와 이슬람교의 대립을 넘어서는 길을 찾는 것이 커다란 깨달음이었

298) Krishna P. Bahadur, *A New Look at Kabir*(New Delhi : Ess Ess, 1997), 83~87면의 "Education"에서 카비르는 글을 모르고, 시를 구두로 지어서 전승했다고 하는 말이 사실임을 여러 증거를 들어 확인했다.

다. 누구나 알아듣고 욀 수 있는 일상적인 구어 힌디어를 사용했으므로
시가 널리 퍼질 수 있었다.

카비르의 작품에 관한 자료에 다음과 같은 것들이 있다.[299]

(가) 《비자크》(*Bijak*)

(나) 《아디-그란트》(*Adi-Granth*)

(다) 《카비르 그란타발리》(*Kabir Granthavali*)

(라) 타고르(Rabindranath Tagore) 역, 《카비르 시 백 편》(*A Hundred Poems of Kabir*)

(가)는 카비르를 교조로 한 신앙집단 카비르 판트(Kabir Panth)의 경
전이다. 카비르 자신의 언어인 동부힌디어를 사용했으며, 1600년경에 편
찬되었지만, 배타적인 교단의 경전이므로 원래의 모습을 간직하고 있다
고 보기 어렵다. 관념화된 내용을 설명하려고 했다. 종교정착기에는 그
런 변화가 일어난다.

(나)는 1604년에 시크교 교단에서 편찬한 시집이다. 펀자브어에 가까
운 힌디어로 이루어져 있다. 카비르의 사상에 관한 내용은 적고, 생애에
관한 내용은 많다. (가)에 비한다면 신빙성이 더 있는 자료라고 한다.

(다)는 라자스탄에서 전하고 있던 사본 둘을 합쳐서 1930년에 간행한
것인데, 해독상의 오류가 많이 보인다. (가)와 (나)에서 볼 수 있는 작품
이 많이 들어가 있어 그 나름대로 소중한 자료이다.

(라)는 구전되고 있던 자료를 1900년경에 벵골인 수집가가 모은 것을
영어로 번역했다. 원본은 벵골문자로 기록된 힌디어본과 벵골어 번역본
이 병기된 형태였다고 생각된다. 그런데 타고르는 그 둘 가운데 힌디어

---

299) Charlotte Vaudevill, *Au cabaret de l'amour, parole de Kabir*(Paris :
Gallimard, 1959), 16~19면 ; Linda Hess and Shukdev Singh tr., *The Bijak of
Kabir*(Delhi : Montil Banarsidass, 1983), 6~7면 ; Nirmal Dass tr., *Songs of
Kabir from the Adi Granth*(Delhi : Sri Satguru, 1992), 1~13면 ; F. E. Keay,
Kabir and His Followers(Delhi : Sri Satguru, 1996), 51~63면 ; Krishna P.
Bahadur, *A New Look at Kabir*, 67~73면에서 카비르 시가 전승되고 수집된
경위를 설명한 내용을 종합해서 이용한다.

본이 아닌 벵골어본을 사용했던 것으로 보인다. 341편 가운데 100편을 선정해서 옮겨놓으면서, 타고르는 상당한 정도의 의역을 했다. 아주 아름다운 시이지만, 카비르의 작품으로 인정하기 어렵다고 한다.

(라)의 시편은 카비르, 구전자들, 수집자, 벵골어로 번역한 사람, 타고르의 합작이다. 그러나 (가)에서 (다)까지가 바로 카비르의 원작을 보여주는 것은 아니다. (가)와 (나)는 특정 교단의 전승이어서 국한된 의의를 가지고, (다)는 부정확하며 영역이 보이지 않는다. 힌디어 원문으로 읽을 수 없어 영역에 의존해야 한다. 영역되어 있는 결과를 두고 보면, (가)나 (나)보다 (라)가 월등한 시이다. 심오한 사상을 충격적인 표현으로 나타냈다. 카비르가 높이 평가되고 널리 숭앙된 이유를 (가)나 (나)에서는 찾기 어려운데, (라)를 읽으면 바로 알 수 있다.

역사적인 인물인 카비르가 실제로 어쨌던가는 알 수 없고, 알기 위해서 구태여 애쓰지 않아도 된다. 민중이 널리 후대까지 숭앙하면서 자기 나름대로의 소망을 투영한 카비르를 이해하는 데 가장 긴요한 자료는 (라)이다. (라)가 최종적으로 타고르의 작품인 것이 (라)를 선택하는 데 오히려 유리한 조건이다. 카비르에서 타고르까지의 합작 시집인 (라)에서 인도인의 오랜 염원을 읽어내기로 한다.

(가)에서 몇 편 든다.

사제자들이여, 그대들이 하는 수작은 거짓이다.

주님을 부르면 세상이 구원되고,
단 것을 말하면 입이 달아지고,
불이라고 하면 발등에 불이 붙고,
물을 찾으면 갈증이 없어지고,
음식을 구하면 배고프지 않게 되고,
온 세상이 편안해진다고.

사람들과 함께 살면 앵무새도 주님을 부르지만,
주님의 영광이야 어찌 알겠느냐.
숲 속으로 날아가버리면
주님을 잊어버린다.
보지도 못하고, 만지지도 못하면서
이름은 들먹여서 무엇을 하는가?
돈 이야기만 해도 부자가 된다면
가난하게 지낼 사람이 없다.

쾌락과 망상을 사랑하는 무리가
주님을 사랑하는 이들을 비웃는다.

카비르는 말한다. 오직 한 분인 주님 '람'을 찬양하라.
그렇지 않으면 온몸이 묶여 죽음의 나라로 간다.[300]

'람'(Ram)은 힌디어로 '라마'(Rama)를 일컫는 말인데, '신'이라는 뜻으로 썼다. 기존의 사제자들이 빈말로 주님을 찾고, 아무 소원이나 말하면서 성취해달라고 하는 것은 쾌락을 탐내고 망상에 사로잡힌 짓이라고 했다. 일시적이고 피상적인 관계를 청산하고, 신과 진정으로 일체를 이루는 것을 신앙의 목표로 해야 한다고 했다.

'하리'는 나의 남편, 나는 작은 아내.
'람'은 아주 크고, 나는 무척 작다.
'하리'는 물레, 나는 그 물레를 돌리면서 실을 잣는 여인.
'하리'의 이름을 부르면서, 여인은 실을 잣는다.

---

300) Linda Hess and Shukdev Singh tr., 위의 책, 54~55면 ; Vaudevill, 위의 책, 62면.

여섯 달 동안의 긴긴 나날, 여인은 삶의 실타래를 잣는다.
그래서 사람들이 말한다. "가여운 여인이 일을 잘한다."
카비르가 말한다. "여인이 실을 잘 잣는 것은 사실이지만
물레가 없으면 실을 어떻게 뽑아내겠나?"[301]

'하리'(Hari) 또한 '신'을 나타내는 말이다. 신이 여럿이지만, 모두 하나
이다. 위의 시에서 나무란 사제자와는 달리 신앙의 올바른 자세를 가진
사람은 이와 같다고 했다. 카비르 자신이 실을 잣고 베를 짜는 일을 하
는 카스트에 속했으므로, 실 잣는 여인의 비유를 사용했다. 자세를 낮추
어야 신을 만나고, 주어진 삶을 성실하게 살아가면서 일을 해야 신을 만
날 수 있다고 한 말이다.

(나)에서 몇 편 든다.

카비르의 어머니는
몰래 흐느껴 울었다.
"주님이시여,
이 아이들이 어떻게 자랄 수 있나요."

카비르는 자라나서,
베틀과 베를 밀어놓고
주님의 이름을
자기 몸에다 썼다.

"물레에서
실을 잣는 동안에

---

301) Vaudevill, 위의 책, 147면. 이 시의 번역은 이쪽에만 있다.

나는 사랑하는 주님을
잊고 있었다.

베 짜는 일을 하는 신분이라
나는 지각이 부족하지만,
주님의 이름에서
보물을 찾았다.”

카비르는 말했다.
“어머니, 들어보세요.
주님이 우리를 부양해요.
자식들까지도.”[302]

　카비르의 생애를 노래한 자서전적인 시에 이런 것이 있다. 베를 짜는
천민의 신분으로 태어나서, 육체노동을 하면서 살아가야 했으므로 지각
이 부족했지만, 신을 섬겨서 보물을 찾고, 자기들의 부양자로 섬기겠다
고 했다. 주님의 이름은 여기저기서 ‘라구리’(Raghuri), ‘하리’(Hari),
‘람’(Ram)으로 일컬었는데, 같은 신의 다른 이름이다. 위의 번역에서는
그런 이름을 구분해서 적지 않고 모두 “주님”이라고 했다.

　카비르를 쇠사슬로 묶어
바닥을 알 수 없는 깊은 갠지스강에 던졌다.

　내 마음은 잠기지 않고, 육신은 떨리지 않았다.
내 영혼은 연꽃 같은 주님의 발에 감겨들었다.

---

302) Nirmal Dass tr., 위의 책, 152~153면 ; Vaudevill, 위의 책, 45면.

갠지스강의 물결이 내 몸의 쇠사슬을 잘라서,
카비르는 지금 사슴 가죽 위에 앉아 있다.

카비르는 말한다. "나는 친구도 동반자도 없으나,
물에서든 땅에서든 주님이 지켜주신다."[303]

이 시에서는 죽음에 이르도록 한 시련 자체가 구원을 주는 주님이라
고 했다.

'알라'가 모스크 안에 있으면,
그 밖의 땅은 누구에게 속하는가?
힌두교도는 주님의 이름이 우상에 머문다고 한다.
그 어느 쪽에도 진실은 없다.
'알라'여, '람'이여, 나는 당신의 이름을 부르며 산다.
주님이시여 자비를 베푸소서.

'하리'는 남쪽에,
'알라'는 서쪽에 있다고 하는데,
그대 마음속에서 찾아라.
마음속이 주님의 거처이다.

브라만은 한 달에 두 번, 스물네 번 단식을 하고,
이슬람교도는 한 달 동안 단식을 한다.
다른 열한 달은 버려두고
한 달 동안만 구원을 찾는다.

---

303) Nirmal Dass tr., 위의 책, 238면 ; Vaudevill, 위의 책, 47면.

왜 성스러운 강에 목욕하러 가는가?
왜 모스크에 가서 머리 숙여 절하는가?
마음속에 더러운 것을 지니고 있으면서,
카바의 신전을 순례해서 무엇 하나?

모든 남자와 여자가
주님의 모습을 하고 있다.
카비르는 '람'-'알라'의 자식이다.
모든 이들이 나의 '구루'이고 '피르'이다.

카비르는 말한다. "남녀 모두 들어보세요.
오직 한 분을 섬기세요.
오, 유한한 인간이여, 주님의 이름을 거듭 부르세요.
그래야만 바다를 건너간답니다."[304]

'알라'(Allah)는 이슬람교의 신이고, '람'(Ram)과 '하리'(Hari)는 힌두교의 신이다. '구루'(Guru)는 힌두교의 스승이고, '피르'(Pir)는 이슬람교의 스승이다. 두 종교는 서로 대등하며 서로 같다고 하기 위해서 양쪽의 말을 나란히 들었다.

사원 안에 모신 신이나 성지순례를 해야 만난다는 신은 어느 한쪽에 치우쳐 있다. 사람이 누구나 자기 속에 모신 신을 섬기는 기존 종교의 편파적인 생각에서 벗어나야 한다고 했다. 배타적인 교리 때문에 종교가 갈등을 일으키는 폐단을 시정하고 같은 주님을 다르게 부르는 줄 알아서 화합을 이룩해야 한다고 역설했다.

라마누자는 단일한 신을 섬기면서 모든 진리가 그 속에 있다고 했다. 그러나 카비르는 신이 단일하지 않고 여럿임을 인정했다. 여러 신이 사

---

304) Nirmal Dass tr., 위의 책, 251~252면 ; Vaudevill, 위의 책, 52~53면.

실은 하나이므로 서로 다툴 필요가 없다고 하면서 신이 지닌 속성을 최소한의 것으로 줄였다. 신은 존재 자체이고, 존재의 있음이면서 없음이다. 사람은 그 실체를 바로 알 수 없으므로 분별하고 시비하지 말아야 한다고 했다. 어느 한쪽에 치우치면 신에게서 멀어진다고 했다. 완전한 개방, 완전한 화합이 신과 합치되는 길이라고 했다.

(다)에서 몇 편 든다.

'람'이여, 당신이 아니면 누구에게 의지합니까?
아주 고통스러운 상처를 입고서.

이별의 칼날이 제 영혼을 도려냅니다.
밤이나 낮이나 저를 괴롭힙니다.

제가 겪는 괴로움을 누가 알아줍니까?
스승님이 하신 말씀의 충격 때문에 육신이 부서졌습니다.

당신보다 위대한 의원은 없고, 저보다 심한 환자도 없습니다.
이런 고통에 사로잡힌 제가 당신과 헤어져 어떻게 살아갑니까?

당신을 기다리면서 낮과 밤을 보내지만,
'람' 임금님은 아직도 오시지 않았습니다.

카비르는 말한다. 제 고통은 깊습니다.
주님이여, 당신의 모습이 없다면, 저는 어떻게 살아남겠습니까?[305]

---

305) Vaudevill, 위의 책, 141면.

"스승님이 하신 말씀의 충격"은 이별을 하자는 말이다. "'람' 임금님"
은 주님이다. 주님과 헤어지는 것은 커다란 고통이어서 견딜 수 없다고
했다. 한용운의 시와 상통하는 발상을 보여주었다.

　　저는 당신의 노예입니다. 주님이여, 당신은 저를 팔 수 있습니다.
　　저의 육신과 영혼, 모든 지식이 전부 다 '람'의 것입니다.

　　당신은 카비르를 저자에다 내놓고 팝니다.
　　당신 자신이 파는 사람이고 또한 사는 사람입니다.

　　'람'이여, 당신이 저를 팔면 누가 간직합니까?
　　'람'이여, 당신이 저를 간직하면 누가 팝니까?

　　카비르는 말한다. 저는 육신과 영혼이 모두 야위었습니다.
　　저는 주님 곁을 한순간도 떠나 있을 수 없습니다.[306]

　주님과 헤어지고 만나는 관계를 팔고 사는 것으로 말했다. 주님이 파
는 것은 이별이고, 사는 것은 만남이다. 그 어느 쪽이든지 자기가 선택
할 수 있는 일이 아니고 주님의 재량으로 결정된다고 했다.

　(라)에 수록된 시는 신빙성이 없다 하지만, 카비르와 타고르의 합작이
라고 보면 그 나름대로 소중한 의의가 있다. 영어가 원문이어서, 원문을
바로 읽을 수 있어 다행이다. (가)에서 (다)까지에서 볼 수 있는 것들보
다 더욱 깊은 뜻이 있다. 라마누자의 사상과 더욱 가까운 거리에 있다.

　　피조물은 '브라흐만' 속에 있고, '브라흐만'은 피조물 속에 있어, 언

---

306) 같은 책, 161면.

제나 둘이면서, 언제나 하나이다.

그분 자신이 나무이고, 씨앗이고, 씨눈이다.

그분 자신이 꽃이고, 열매이고, 그늘이다.

그분 자신이 해이고, 빛이고, 빛을 받은 것이다.

그분 자신이 '브라흐만'이고, 피조물이고, 마귀이다.

그분 자신이 여러 모습이고, 무한한 공간이다.

그분이 숨이고, 말이고, 뜻이다.

그분 자신이 유한이고, 무한이니, 유한과 무한을 넘어선 곳에 순수한 존재인 그분이 있다.

그분은 '브라흐만'과 피조물에게 내재되어 있는 마음이다.[307]

이 시에는 '브라흐만'은 만물이면서 만물이 아니라고 한 라마누자의 철학이 그대로 구현되어 있다.

오, 나는 그 비밀스러운 말을 어떻게 나타내야 하나?

오, 그분이 이렇지 않고, 저렇다고 어떻게 말할 수 있나?

그분이 내 속에 있다고 하면, 세상이 부끄럽다고 한다.

그분이 내 속에 있지 않다고 하면, 그것은 거짓말이다.

그분은 내면세계와 외면세계가 나누어지지 않게 한다.

의식과 무의식이 모두 그분의 발판이다.

그분은 드러나지도 않고, 감추어지지도 않고, 나타나지도 않고 숨지도 않는다.

그분이 누구인지 할 말이 없다.[308]

---

307) Rabindranath Tagore tr., *A Hundred Poems of Kabir*(London : Indian Society, 1914)를 재간행한 *Songs of Kabir*(Matsqui, Canada : International Biogenic Society, 1989), 13~14면.

308) 같은 책, 15면.

부정적 언표, 역설적 표현을 사용해야 하는 것은 라마누자에게도 볼수 있는 일이다. 그러나 그 이유가 무엇인지 카비르는 더욱더 명확하게했다. 주석이나 논설보다 시가 말할 수 없는 것을 말하는 더 좋은 방법이다.

진정한 스승은 형체 없는 것의 형체를 사람들의 눈에 나타내준다.
굿을 하거나 예배를 드리지 않고서, 그분에게 이르는 쉬운 길을 알려준다.
문을 닫고, 숨을 멈추고, 세상을 버리라고 하지는 않는다.
각자의 마음가짐에서 가장 거룩한 정신을 맞이할 수 있게 한다.
하고 있는 모든 일을 계속해서 하라고 한다.
축복을 누리며, 두려움이 없는 마음으로, 모든 즐거움 속에서 하나가 되는 정신을 간직한다.[309]

라마누자가 《바가바드 기타》를 주해한 이유를 다시 생각하게 한다.각자 자기 일을 하면서 살아가는 자세에서 절대자와 만날 수 있다 하고,특별한 종교의식을 거부했다. 라마누자가 이미 한 말을 더욱 절실하게나타냈다.

스승인 그분은 먹지도 않고, 마시지도 않고, 살지도 않고, 죽지도않는다.
그분은 형체도, 선도, 빛깔도, 옷도 없다.
카스트도 없고, 종족도 없으며, 다른 무엇도 없다.─그분의 영광을어떻게 하면 그리겠나?
그분은 형체가 있지도 않고 없지도 않다.
그분은 이름이 없다.

---

309) 같은 책, 53면.

그분은 빛깔이 있지도 않고 없지도 않다.

그분은 사는 곳이 없다.

카비르는 생각 끝에 말한다. "카스트도 없고 국가도 없고, 형체도 없고 특성도 없는 분이 모든 공간을 메우고 있다."

창조주인 그분이 즐거운 놀이를 내놓았다. '옴'이라는 말에서 천지가 생겨나게 했다.

땅이 그분의 즐거움이다. 하늘이 그분의 즐거움이다.

그분의 즐거움이 처음이고, 중간이고, 끝이다.

그분의 즐거움이 눈이고, 어둠이고, 빛이다.

대양과 물결이 그분의 즐거움이다. 그분의 즐거움이 사라스바티강, 자무나강, 갠지스강이다.

스승은 하나이다. 삶과 죽음, 만남과 헤어짐이 모두 그분의 즐거움이다.

그분은 땅과 물, 온 우주에서 즐긴다.

놀이를 하는 동안에 창조가 착수되고, 놀이를 하는 동안에 창조가 성취된다. 모든 세계가 그분의 놀이에 달려 있지만, 그 놀이는 알려지지 않았다고 카비르는 말한다.[310]

라마누자의 철학을 자기 시대의 삶의 문제에 적용해서, 새로운 사고를 전개했다. 창조자인 그분이 사람을 가르치는 스승이라고 했다. 사람은 그분을 따르면서 사는 것이 마땅하다. 그분이 즐거운 놀이를 하는 것처럼 사람도 즐겁게 살 일이다. 모든 경계의 구분을 넘어서면 그럴 수 있다. 그분이 계급도 국가도 넘어선 것처럼 사람도 그런 것에 구애되지 말아야 한다.

어느 카스트에 속하는가 성자에게 묻는 것은 부질없는 일이다.

---

310) 같은 책, 78~79면.

승려도, 군인도, 상인도, 그 밖의 서른여섯 카스트가 모두 신을 찾
는다.
　성자가 어느 카스트인가 묻는 것은 어리석다.
　이발사도 신을 찾으며, 빨래하는 여자, 목수도…….
　'라이다스'라도 신을 찾는다.
　'리시 스와파차'는 갖바치 카스트에 속했다.
　힌두교도든 이슬람교도든 함께 목적을 이루고자 하는 데서 아무
차이가 없다.[311]

　'라이다스'(Raidas)는 신을 찾을 수 없다는 천민이다. '리시 스와파
차'(Rishi Swapacha)는 천민인 갖바치 출신의 성자이다. 카비르 자신은
천민인 직조공 카스트에 속했다. 여기서 평등을 주장했다. 누구든지 신
을 찾을 수 있고, 신을 찾는 성자일 수 있다고 했다. 사회적 불평등을
시정하자고 주장한 것은 아니다. 신을 찾는 성자는 정신적으로 우월한
위치에 서서 사회적 불평등을 넘어선다고 했다.

朱熹와 鄭澈

　朱熹는 중국 南宋 시대 福建 지방에서 태어나서 활동한 사람이다.[312]
江西 출신인 아버지가 복건 지방의 관원으로 부임해 눌러살아, 아들은
그곳 사람이 되었다. 19세에 과거에 급제하고, 22세 이래로 이따금 외지

---

311) 같은 책, 10면.
312) 주희의 생애를 이해할 수 있는 기본자료는 청나라 때 王懋竑이 엮은 《朱子年
　　譜》(臺北 : 世界書局, 1973)이고, 현대의 저작으로는 미우라 쿠니오(三浦國雄),
　　김영식·이승연 역, 《인간 주자》(서울 : 창작과비평사, 1996) 같은 것이 있다. 그
　　러나 주희의 생애에서 도학자다운 훌륭한 점이 무엇이었던가 찾아 적는 데 치우
　　치고, 실제로 어떻게 살았던가 구체적으로 밝혀내려고 하지는 않았다.

에 나가 벼슬을 한 도합 3년 정도의 기간을 빼고는, 칠십 평생 동안 자기 고향에서 지내면서 강학을 하는 데 힘써, 수많은 제자를 두었다.[313]

생활기반이 시골에 있어 물러나 산 것은 아니다. 벼슬해서 뜻한 바를 이루지 못해, 어려운 조건을 견디면서 학문을 하는 것을 보람으로 삼아야 했다. 아버지에게서 물려받은 토지가 약간 있었으나 생계를 도모하기에 부족해 가난했다. 가르치는 대가로 수업료를 받기도 하고, 자기 저서를 포함해서 필요한 책을 널리 보급하기 위해 스스로 출판을 하면서 수입이 있기를 기대하기도 했다.[314]

주희는 상당한 분량의 저술을 남겼으나, 주저라고 할 것이 없다. 단상을 쓰고, 문답을 하는 방식으로 짧은 글을 많이 썼다. 주해를 하고, 편지글을 쓰는 방식도 사용했다. 주해는 경전의 말이 선행한다. 편지글은 특정인인 상대방을 전제로 한다. 강학을 하면서 하던 말을 제자들이 기록하는 방식으로 이루어진 저술도 있다. 일반화된 논의를 길게 펴지 않고, 주저라고 할 것이 없는 점이 비교대상이 되는 다른 세 사람과 구별되는 특징이다.

그렇기 때문에 주희의 저술을 모으기도 하고 간추리기도 하는 일을 거듭해서 해야 했다. 《朱文公文集》은 온전하지 않고, 《朱子全書》 또한 이름과는 다르게 전집이 아니다. 《朱子語類》는 강학을 하면서 하던 말을 제자들이 적어 모은 것이다. 주희의 저술을 간추리고 정리하는 일은 한국에서 많이 했는데, 미흡하다고 하지 않을 수 없다.[315] 긴요한 글을 가

---

313) 高令印·陳其芳, 《福建朱子學》(福州 : 福建人民出版社, 1986), 4면.

314) 주희가 가난하게 살았다는 사실에 관해서 미우라 쿠니오, 위의 책, 183~186면에서도 말했으나 추상적인 서술이다. Chan, *Chu Hsi, New Studies*(Honolulu : University of Hawaii Press, 1989)의 제5장 "Chu Hsi's Poverty"(61~89면)에서는 그 점을 구체적으로 다루어, 생계수단에 대해서 다각도로 고찰하면서 출판업에 종사해서 수입을 얻으려고 했다고 했으며, 朱熹는 중국 역사상 가장 가난하게 산 학자에 속한다고 했다.

315) 奇大升의 《朱子文錄》에서는 여러 종류의 글을 뽑아 모았으나 경서 주해는 포함시키지 않았다. 李滉의 《朱子書節要》, 正祖의 《朱書百選》에서는 편지글을 간

려내 적절한 순서로 배열한 좋은 선집을 마련하는 것이 아직 미해결의
과제로 남아 있다.

지금까지 아퀴나스·가잘리·라마누자는 주저의 요긴한 대목을 읽어
사상의 핵심을 파악할 수 있었는데, 주희의 경우에는 그렇게 하기 어렵
다. 논의하는 체계를 만들어 정리해야 한다. 체계화의 항목을 어떻게 정
하고, 어디 있는 어떤 말을 가져오는가 하는 것부터 시비거리이다.

기존의 연구서를 보면,[316] 논자 나름대로의 체계를 만들어 여기저기서
가져온 구절을 열거하면서 검토한다. 나도 그렇게 하기로 하고, 인식론
과 존재론에 관한 사상을 먼저 검토하고, 윤리학을 살피는 순서를 택한
다. 그 다음에는 문학론을 고찰해서, 철학에서 문학으로 넘어가는 길을
마련한다.

사상의 체계를 내가 잡아나가야 하니, 인용구가 많아진다. 원문을 바
로 다룰 수 있어 인용구를 번역하고 풀이하는 말도 길어진다. 그렇다고
해서 주희를 다른 세 사람보다 높이 평가하자는 것은 아니다.

[1] 大學不說窮理 只說箇格物 便是要人就事物上理會 如此方見得
實體 所謂實體 非就事物上見不得 且如作舟以行水 作車以行陸 今試
以衆人之力共推一舟於陸 必不能行 方見得 舟果不能以行陸也 此實體
(《朱子語類》上 권15 〈大學 2 經下〉).[317]

《大學》에서 '窮理'라고 말하지 않고 다만 '格物'이라고 했다. 이것은
사람으로 하여금 사물로 나아가서 이해하게 함이다. 그렇게 하면 바

추렸다. 韓元震의 《朱子言論同異考》에서는, 여기저기서 한 말이 같고 다른 점을
고찰했다. 또한 宋時烈의 《朱子大全箚疑》에서는 원전의 난해구를 풀이했다.

316) 錢穆, 이완재·백도근 역, 《주자학의 세계》(서울 : 이문출판사, 1994) ; 張立文,
《朱熹思想研究》(北京 : 中國社會科學出版社, 1981) ; 楊天石, 《朱熹及其哲學》(北
京 : 中華書局, 1982) ; 友枝龍太郎, 《朱子の思想形成》(東經 : 春秋社, 1979) ; 市
川安司, 《朱子哲學論考》(東京 : 汲古書店, 1985) ; 오하라 아키라(大濱晧), 이형
성 옮김, 《범주로 보는 주자학》(서울 : 예문서원, 1997) 같은 것들이 있다.

317) 서울 : 조승룡 영인본, 1977, 上, 200면.

314

야흐로 실체를 얻을 수 있다. 이른바 실체란 사물로 나아가지 않으면
얻을 수 없다. 예컨대 배를 만들어 물로 가고, 수레를 만들어 뭍으로
가는 것이다. 이제 시험삼아 많은 사람이 배 한 척을 함께 밀어 뭍으
로 가게 하려 해도, 결코 갈 수 없다. 바야흐로 배는 뭍으로 갈 수 없
다는 것을 안다. 이것이 실체이다.

[2] 靜者 誠之復而性之貞也 苟非此心寂然無欲而靜 則何以酬酢的事
物之變而一天下之動哉(《性理大全》1,〈太極圖說解〉).
　靜이란 誠의 회복이고, 性의 바름이다. 만약 이 마음이 고요하고 욕
심이 없어서 靜하지 않으면, 무엇으로 事物의 변화에 응대하며, 천하
의 움직임을 하나로 하겠는가?

[3] 內事外事 皆是自己合當理會低 但須是六七分去裏面理會 三四
分去外面理會方可 若是工夫中半時 已自不可 況在外工夫多 在內工夫
少也 此尤不可也(《朱子語類》上 권18〈大學 5 或問下〉).[318]
　안팎의 일은 모두 자기가 합당하게 이해해야 하지만, 다만 6·7분은
裏面에서 이해하고, 3·4분은 外面에서 이해하는 것이 좋다. 만약 공부
가 반반이 되면 이미 좋지 않다. 하물며 밖의 공부가 많고, 안의 공부
가 적어서야. 이것은 더욱 좋지 않다.

[4] 蓋人心之靈 莫不有知 而天下之物 莫不有理 惟於理有未窮 故其
知有不盡也.……卽凡天下之物 莫不因已知之理 而益窮之 而求乎其極
至於用力之久 而一旦豁然貫通 則衆物之表裏精粗 無不到 而吾心之全
體大用 無不明矣(《大學章句》〈補亡章〉).[319]
　대개 人心은 신령해서 알지 못하는 것이 없고, 천하의 物은 理를 지

---

318) 조승룡 영인본, 274면.
319)《經書》(서울 : 성균관대학교출판부, 1965), 24면.

니지 않은 것이 없다. 오직 理를 모두 밝히지 않아 아는 바를 다하지 못하는 것이다.……무릇 천하의 物을 이미 알고 있는 理에 근거를 두고 더욱 추구해 그 궁극까지 이르기를 오랫동안 힘써 하면 일단 豁然貫通의 경지에 이르러, 뭇 物의 표면과 이면, 정교함과 조잡함이 이르지 않음이 없고, 우리 마음 전체에 크게 쓰임이 밝혀지지 않음이 없게 된다.

[1]에서 [4]까지는 인식론에 관한 견해이다. 그 넷은 각기 다른 자리에서 따로따로 한 말이지만, 한데 모아 (가)·(나)·(다) 세 단계의 논의를 전개했다고 정리할 수 있다. 그렇게 해야 주희의 철학이 체계화되어, 성과와 문제점이 소상하게 드러난다. 다른 철학자와 비교하고, 오늘날의 의의를 검증하는 근거를 마련할 수 있다.

(가) 인식에는 [1]의 '格物'과 [2]의 '靜'(또는 '敬') 두 가지 길이 있다고 했다. '格物'은 [3]에서 말한 '在外工夫'이며, 사물과 만나서 그 실체를 밝혀내는 객관적이고 경험적인 인식의 길이다. '靜'은 [3]에서 말한 '在內工夫'이며, 욕심을 없애고 마음을 고요하게 하고서 마음에 갖추어져 있는 天理가 발현되어 사물을 바르게 파악하는 내향적이고 초경험적인 길이다.

(나) 그 둘은 서로 다른 방법이므로 각기 사용하면서 그 비중을 알맞게 해야 한다고 (3)에서 말했다. '在外工夫'는 3·4분, '在內工夫'는 6·7분 정도 하는 것이 좋다. 그 둘이 반반이면 이미 글렀다. 在外工夫에 쏠리지 않고, 在內工夫에 힘써야 한다고 했다. 안으로 향하는 길을 택하는 것이 더욱 바람직하다고 했다.

(다) 그러나 그 둘이 언제까지나 나누어져 있는 것은 아니다. 사람에게는 인식하는 능력이 있고, 사물에는 인식될 이치가 있으므로, 그 둘이 합치될 수 있다. 在外工夫와 在內工夫를 서로 연결시켜, 在內工夫의 성과를 在外工夫의 능력으로 키워 확대하고, 在內工夫의 심화를 在外工夫의 과제 해결을 통해 달성하는 일을 꾸준히 계속하면 사물을 인식하는

사람의 능력이 극도에 이르러 모든 것을 한꺼번에 꿰뚫어 아는 경지에 이를 수 있다. 그것이 (4)에서 말한 '豁然貫通'의 경지이다.

세 단계의 논의는 차츰 발전되었다. (가)에서 구분하고 (나)에서 비교한 것을 (다)에서는 합쳐야 한다고 했다. (나)에서는 내향의 길로 기울어지는 것 같더니, (다)에서 그런 편향성을 바로잡았다. (다)에서 사람의 인식능력을 그 자체로 키워야 한다고 하지 않고 사물에 관한 탐구를 힘써 해야 한다고 했다. 갑자기 깨닫는다고 하지 않고, 오랜 노력이 필요하다고 했다. 한꺼번에 꿰뚫어 아는 대상이 자기 마음만이 아니고, 자기 마음과 사물이 합치되는 경지라고 했다.

格物 또는 在外工夫의 학문은 과학으로 나아간다. 靜 또는 在內工夫의 학문은 심성을 바르게 하는 종교 수련의 길이다. 주희는 유교가 在內工夫에 힘쓰는 종교임을 선포해 불교가 종교를 독점하고 있는 지위를 무너뜨리려고 종교계의 주도권을 교체해, 사람이 살아가는 올바른 도리를 분명하게 했다고 숭앙된다. 그러면서 다른 한편으로는 사물을 객관적으로, 합리적으로 인식해야 한다는 在外工夫의 지론을 내세워, 학문은 과학이어야 한다는 근대학문의 연원을 마련했다고 평가된다. 그런 양면성이 있어 중세의 평가와 근대의 평가가 서로 엇갈린다.

在內工夫와 在外工夫를 합쳐 豁然貫通에 이를 수 있다고 한 것을 두고서도 중세의 평가와 근대의 평가에서 각기 다른 말을 할 수 있다. 중세의 평가에서는 豁然貫通이 在內工夫의 극대화인 得道의 경지라고 할 만하다. 근대의 평가에서는 豁然貫通이 在外工夫의 목표인 과학의 무한한 발전이라고 할 만하다. 그러나 그것은 둘 다 빗나간 주장이다. 在內工夫와 在外工夫를 합쳐서 넘어서야 豁然貫通에 이를 수 있으므로 어느 한쪽에 치우친 논의를 하는 것은 적합하지 않다.

豁然貫通으로 在內工夫와 在外工夫를 합치는 것이 과학을 넘어서는 통찰의 길이다. 인식의 주체와 대상이 합쳐져서 하나가 되어 그 어느 쪽에 치우쳐 있는 편향성을 극복하는 것이 통찰이다. 주희는 在內工夫와 在外工夫 가운데 어느 하나를 주장했다는 이유에서 평가하지 말고, 그

둘을 합치는 豁然貫通을 말했다는 이유에서 평가해야 한다. 그렇게 해
서 중세의 평가와 근대의 평가를 넘어서는 다음 시대의 평가를 마련해
야 한다.

주희의 在內工夫론·在外工夫론·豁然貫通론은 혼자만의 착상이 아니
었다. 아퀴나스·가잘리·라마누자가 모두 그런 생각을 했다. 종교에서
추구하는 내면적 진실, 사물에 대한 객관적이고 합리적인 인식, 그리고
그 둘을 합치는 통찰의 길을 함께 제시한 것은 중세후기철학의 공통된
노선이었다. 그렇게 하는 데 주희의 성과가 홀로 우뚝한 것은 아니다.

주희의 豁然貫通론은 통찰을 신의 선물이라고 하지 않고 사람이 이루
어야 할 과제라고 한 점에서 특별한 의의가 있다. 그러나 당위론의 수준
에 머물러 발상이 단순하고 진전된 논의가 없다. 이러한 평가는 주희를
아퀴나스·가잘리·라마누자의 경우와 구체적으로 비교해보아야 확정할
수 있는데, 그 작업은 다음 과제로 남겨둔다.

[5] 不言無極 則太極同於一物 而不足爲萬化根本 不言太極 則無極
淪於空寂 而不能爲 萬化根本(《朱子大典》上, 권36〈答陸子靜〉).[320]

無極을 말하지 않으면 太極은 한 物과 같아져서, 萬化의 근본이 되
기에는 모자란다. 太極을 말하지 않으면 無極은 空寂에 빠져 萬化의
根本이 될 수 없다.

[6] 天地之間 有理有氣 理也者 形而上之道也 生物之本也 氣也者
形而下之器也 生物之具也 是以 人物之生 必稟此理 然後有性 必稟此
氣 然後有形 其性其形 雖不外乎一身 然其道器之間 不際甚明 不可亂
也(《朱子大全》中, 권58〈答黃道夫〉).[321]

천지 사이에 理가 있고, 氣가 있다. 理라는 것은 形而上의 道이니,

---

320) 서울 : 조승용 영인본, 1977, 天, 662면.
321) 같은 책, 人, 367면.

318

物을 생성하는 本이다. 氣라는 것은 形而下의 器이니, 物을 생성하는 具이다. 그러므로 人과 物이 생겨날 때 이 理를 반드시 타고난 다음에 性이 있다. 이 氣를 반드시 타고난 然後에 形이 있다. 그 性과 形은 비록 한몸에서 벗어나지 않는다 하더라도, 道와 器 사이는 경계가 불분명해서, 어지러워질 수 없다.

[7] 天道流行 造化發育 凡有聲色貌象 而盈於天地之間者 皆物也 既有是物 則其所以爲是物者 莫不各有當然之則 而自不容已 是皆得於天之所賦 而非人之所能爲也 今且以其至 切而近者言之 心之爲物 實主於身 其體則有仁義禮智之性 其用則有惻隱羞惡恭敬是非之情 渾然在中 隨感而應 各有攸主 而不可亂也 次而及於身之所具 則有口鼻耳目四肢之用 又次而及於身之所接 有君臣夫婦長幼朋友之常 是皆必有當然之則 而自不容已 所謂理也 外而至於人 則人之理 不異於己也 遠而至於物 則物之理 不異於人也 極其大則天地之運古今之變 不能外也 盡於小則一塵之微一息之頃 不能遺也(《大學或問》).[322]

天道가 流行하고 造化하고 發育하는데, 무릇 소리·색깔·모습·형상을 갖추고, 하늘과 땅 사이에 차 있는 것은 모두 物이다. 이 物이 있으면 이 物을 만들어내는 까닭에는 각기 당연한 법칙이 있지 않을 수 없어서, 스스로 그만둘 수 없다. 이 모두가 하늘이 부여한 바에서 얻었으며, 사람이 능히 할 수 있는 바는 아니다. 이제 또한 지극히 절실하고 가까운 것을 들어 말하면, 心이라는 物은 진실로 몸의 주체가 된다. 그 體는 곧 仁義禮智의 性이고, 그 用은 곧 惻隱·羞惡·恭敬·是非의 情인데, 渾然한 가운데 있으면서 느낌에 따라 응하면서 각기 주관하는 바가 있어 어지럽게 될 수는 없다. 다음으로 몸에 구비된 바로 옮겨가보면, 입·코·귀·팔다리의 用이 있다. 또한 몸에 접한 것으로 옮겨가보면, 군신·부부·장유·붕우의 떳떳함이 있다. 이 모두 당연의 법

322) 《大學或問》, 《中國思想叢書》 40(서울 : 중앙도서, 1988), 37~38면.

칙이 반드시 있어, 스스로 그만둘 수 없으니, 이른바 理이다. 밖에서
다른 사람으로 옮겨가보면, 다른 사람의 理가 나의 것과 다르지 않다.
멀리 物의 경우로 옮겨가보면, 物의 理가 사람의 것과 다르지 않다.
그 대상을 최대한 확대하면 天地의 움직임과 古今의 변천도 예외일
수 없고, 가장 작은 데서 티끌 하나의 공간과 한번 숨쉴 동안의 시간
도 이렇게 말하는 데서 벗어나 있지 않다.

[5]에서 [7]까지는 존재론에 관한 견해이다. [5]에서는 '無極'과 '太極',
[6]에서는 '理'와 '氣', [7]에서는 '天道'·'物'·'心'을 기본개념으로 삼아, 존
재하는 것에 관한 총괄적인 이론을 전개했다. 서로 관련된 내용에 관해
서 조금씩 다른 각도에서 다시 논의했다.

[5]에서 '無極'과 '太極'의 관계를 논한 것은 1은 0이면서 1이라야 총체
적인 1이어서, 2에서 하나 뺀 1과는 상이하게, 다른 모든 것의 근본이
될 수 있는 자격을 얻는다고 하는 뜻이다. 0에 관해서도 같은 말을 해서,
0은 1이면서 0이라야 아주 없는 것은 아니어서 모든 것의 근본이 될 수
있는 작용을 한다고 했다. 그러나 그 두 가지 말 가운데 앞의 것이 강조
되어 있다. 1이 만물의 근본 노릇을 하는 데 결격사유가 없도록 하려고
했을 따름이고, 1이라고 하는 것이 사실은 0임을 깨우치려고 한 것은 아
니다. 그 점에서 불교와는 다른 사상을 전개했다.

[6]에서는 '理'니 '性'이니 '道'니 하는 것이 '氣'니 '形'이니 '器'니 하는
것과 대등한 의의를 가졌다고 했다. 그것은 중세전기에는 없다가, 중세
후기에 이르러서 비로소 나타난 획기적인 사상이다. 그러나 그 둘은 각
기 존재한다고 하는 이원론을 전개하고, 상하의 차등이 있다고 하는 가
치의 등급을 분명하게 했다. 라마누자·가잘리·아퀴나스도 공통되게 전
개한 그런 사상을, 대립의 짝을 이루는 용어를 사용해서 특히 분명하게
했다.

[7]에서는 존재론과 윤리학을 연결시켰다. '天道'·'物'·'心'을 하나로
연결시키고, 큰 것이든 작은 것이든 모두 통일적으로 파악하는 거대한

구상을 제시하고서, 윤리의 덕목이 천리의 당연한 법칙의 구현이므로 함부로 바꾸거나 그만둘 수 없다는 것을 입증했다. 天道가 物에서 실현되는 것과 마찬가지로 心에서도 실현되는 것이 당연하고, 사람이 거역할 수 없는 법칙이 거기 있다고 했다. 윤리의 덕목을 구체적으로 제시하고 그 타당성을 논하는 데 힘쓴 점에서 다른 세 사람과 차이가 있다.

[8-1] 一是忠 貫是恕(《朱子語類》27 〈論語 9 里仁篇下〉).[323]
一은 忠이고 貫은 恕이다.

[8-2] 一者忠也 以貫之者恕也 體一而用殊(같은 부분).[324]
一이라는 것은 忠이고, 그것으로 貫하는 것은 恕이니, 體는 하나이고 用은 다르다.

[8-3] 忠者天道 恕者人道 天道是體 人道是用(같은 부분).[325]
忠이라는 것은 天道이고, 恕라는 것은 人道이다. 天道는 體이고, 人道는 用이다.

[8-4] 忠貫恕 恕貫萬事(같은 부분).[326]
忠은 恕를 貫하고, 恕는 萬事를 貫한다.

[9] 人物之生 有精粗之不同 自一氣而言之 則人物皆受是氣而生 自精粗而言 則人得其氣之正且通者 物得其氣之偏且塞者 惟人得其正 故是理通而無所塞 物得其偏 故是理塞而無所知 且如人 頭圓象天 足方象地 平正端直 以其受天地之正氣 所以識道理 有知識 物受天地之偏氣

---

323) 서울 : 조승룡 영인본, 1977, 上, 437면.
324) 같은 책, 437면.
325) 같은 책, 439면.
326) 같은 책, 453면.

所以禽獸橫生 草木頭生向下 尾反在上 物之間有知者 不過只通得一路
如烏之知孝 獺之知祭 犬但能守禦 牛但能耕而已 人則無不知 無不能
(《朱子語類》上 권4 性理 1 〈人物之性氣質之性〉).[327]

　사람과 동물의 삶은 精과 粗에서 같지 않다. 一氣에서 말한다면, 사
람이든 동물이든 모두 이 氣를 받아서 생겨났다. 精과 粗에서 말한다
면, 사람은 그 氣가 바르고 통한 것을 받았고, 동물은 그 氣가 치우치
고 막힌 것을 받았다. 오직 사람만 그 바른 것을 받았으므로 理가 통
하고 막힘이 없다. 동물은 치우친 것을 받았으므로 理가 막히고 지식
이 없다. 또한 사람은 머리가 둥글어 하늘의 모습이고, 발은 모나서
땅의 모습이며, 平正하고 端直해서, 天地의 바른 氣를 받았으므로, 道
理를 알고 지식이 있다. 동물은 천지의 치우친 氣를 받았으므로 금수
가 橫生하고, 草木이 머리를 아래로 하고 살며, 꼬리는 도리어 위로
두고 산다. 동물에도 이따금 지식이 있는 자가 있으나, 통하는 것이
다만 한 길로 얻었을 따름이다. 가령 까마귀는 효도를 알고, 수달은
제사를 알고, 개는 다만 지키기나 하고, 소는 다만 밭을 갈 따름이다.
사람은 알지 못하는 것이 없고, 능하지 않은 바가 없다.

　[8]과 [9]는 윤리관을 나타낸 말이다. 그 핵심은 [8-1]에서 [8-4]까지
의 '忠恕'론이다. [9]에서는 [7]과 연결되는 논의를 펴서, 윤리관의 근거
를 존재론과 결부시켜 확고하게 다지는 작업을 했다.

　[8-1]에서 [8-4]까지는 《論語》에서 "吾道一以貫之 曾子曰 夫子之道
忠恕而已矣"(里仁)라고 한 말에 대해서 풀이한 말이다. 孔子에게서는 상
대적인 개념이었던 '忠恕'를 절대적인 것으로 만들었다. 서로 대립된 용
어를 사용해 견고한 체계를 만드는 작업을 다각도로 진행해, 이치의 근
본이 그 속에 다 들어 있게 했다. 말은 간략하지만 함축하는 바는 많다.
경전을 주해하면서 새로운 사상을 체계화하는 방법의 전형을 보여주었

---

327) 영인본, 天 62면.

322

다. 이론을 만드는 탁월한 능력을 발휘했다.

[9]에서는 사람의 도리나 지식을 동물은 갖추지 않았다는 사실을 氣의 精粗로 설명했다. 말하고자 하는 바는 所當然의 理인데 그것을 所以然의 理로 바꾸어놓고, 理가 아닌 氣에서 논의의 근거를 얻었다. 사람은 道理를 알아 동물보다 우월하다고 하는 판단이 사람의 일방적인 주장이 아니고 움직일 수 없는 타당성을 가진 객관적 진리이므로, 의심의 여지가 없다고 하기 위해서 이런 논리를 전개했다.

사람이 내세우는 가치관에 따라서 동물을 평가해서 사람이 우월하고 동물은 열등하다고 했는데, 동물의 삶을 기준으로 해서 판단하면 사람이 비정상이다. 까마귀의 효도나 수달의 제사는 사람이 자기 나름대로의 판단을 한 착각의 소산이다. 개는 지키기나 하고, 소는 밭을 갈기만 한다는 것은 사람이 이용하는 측면만 말한 단견이다. 사람은 숲 속에 내다버리면 죽지만, 동물이 살아가는 것은 사람에게는 없는 다방면의 능력이 있기 때문이다. 사람과 동물은 각기 그 나름대로의 삶을 누리고 있다고 해야 마땅하다.

그래서 洪大容은 말했다. "以人視物 人貴而物賤 以物視人 物貴而人賤 自天以視之 人與物均也."(사람의 견지에서 동물을 보면, 사람이 귀하고 동물은 천하지만, 동물의 견지에서 사람을 보면 동물이 귀하고 사람은 천하다. 하늘의 견지에서 보면, 사람과 동물이 균등하다.)[328] 같은 생각을 더욱 실감나게 나타내기 위해서 朴趾源은 〈虎叱〉을 지었다. 이에 대해서는 다시 고찰한다.

[10] 道者文之根本 文者道之枝葉 惟其根本乎道 所以發之於文 皆道也 三代聖之文章 皆從此心寫出 文便是道(《朱子語類》 권139 作文上).[329]

---

328) 〈毉山問答〉의 한 대목을 《한국의 문학사와 철학사》, 256면에서 가져온다. 그 책에서 이에 대한 논의를 자세하게 전개했다.
329) 영인본, 下, 965~966면.

道는 文의 뿌리이고, 文은 道의 가지와 잎이다. 오직 道에 뿌리를
두고, 文으로 나타난 것은 모두 道이다. 三代 聖賢의 文章은 모두 이
마음에서 이루어져, 文이 곧 道이다.

[11] 人生而靜 天之性也 感於物而動 性之欲也 夫既有欲矣 則不能
無思 既有思矣 則不能無言 既有言矣 則言之所不能盡 而發於咨嗟咏歎
之餘者 必有自然之音響節族 而不能已焉……詩者人心之感物而形於言
之餘也 心之所感有邪正 故言之所形有是非 惟聖人在上 則其所感者無
不正 而其言皆足以爲敎 其或感之之雜 而所發不能無可擇者 則上之人
必思所以自反 而因有以勸懲之 是亦所以爲敎也(〈詩傳序〉).[330]

사람이 태어나서 고요하게 있는 것은 타고난 성품이다. 物에서 느
낀 바 있어 움직이는 것은 성품의 욕구이다. 무릇 욕구가 있으면 생각
이 없을 수 없다. 생각이 있으면 말이 없을 수 없다. 말이 있으면, 말
로 다 하지 못해서 탄식하고 영탄하는 나머지 것이 있어, 自然의 음양
과 가락을 갖추게 하는 일을 그만둘 수 없다.……詩란 人心이 物에서
느낀 바를 말로 나타낸 것의 나머지이다. 마음에서 감동된 바에 옳고
그른 것이 있으므로 말에 나타나는 것에 바르고 틀린 것이 있다. 오직
聖人은 위에 있으므로 느낀 바가 옳지 않음이 없어서 그 말을 모두
충분히 가르침으로 삼을 만하다. 더러는 느낀 바가 잡되더라도 나타
낸 바에 선택할 만한 것이 없을 수 없다. 위에 있는 사람은 그것으로
자기를 반성할 바를 반드시 생각해서, 그것으로 말미암아 권징함이
있다. 이것 또한 교화를 이룩하는 바이다.

[12] 凡詩之言 善者可以感發人之善心 惡者可以懲創人之逸志 其用
歸於使人得其情性之正而已(《論語》〈爲政〉).[331]

---

330)《三經》(서울 : 성균관대학교 대동문화연구원, 1973 영인본), 上, 9면.
331) 성균관대학교 대동문화연구원 영인본, 76면.

　무릇 詩의 말이 좋은 것은 사람의 선한 마음을 感發할 수 있고, 나쁜 것은 사람의 逸志를 징계할 수 있다. 그 쓰임새가 사람으로 하여금 情性의 바름을 얻게 하는 데 있을 따름이다.

　[10]에서 [12]까지는 문학론이다. [10]에서는 '道'와 '文'을 대립시켜, 道는 근본이고, 文은 지엽이라고 했다. 문학에 대한 철학의 우위를 견지했다. 그 점에서 朱熹는 문학에 대해서 깊은 이해를 갖추지 못한 철학자라고 할 수 있다. [11]과 [12]에서는 道에 관한 논의를 앞세우지 않고, 文 가운데 詩에 대해서 특별히 논했다. 그래서 문학에 대해서 상당한 이해를 한 것처럼 보인다.

　[11]에서는 文 가운데 특별히 詩에 관해서 말하면서, 두 가지 논의를 폈다. 앞에서는 시가 성립되는 근거에 관해서 말하고, 뒤에서는 시가 교화의 기능을 수행하는 이유에 관해서 말했다. 하나는 존재론이고, 하나는 가치론이다. 사람이 物과 부딪히면 생각이 있고, 생각이 있으면 말을 하고, 말을 다 하지 못해서 남은 것을 영탄하는 노래를 부르면 시가 된다고 했다. "思"라고 한 '생각'과 "感"이라고 한 '느낌'은 같은가 다른가? "餘"라고 한 "남은 것"은 무슨 뜻인가? 이런 의문을 남겼다.

　[11]에서 시는 교화를 베푼다고 하는 가치론은 두 가지로 전개되었다. 성인은 마음이 바르기 때문에 바른 문학을 해서 가르침을 제공한다고 했다. 성인이 아닌 사람이 함부로 쓴 문학은 그렇지 않지만, 안목 있는 사람이 그 가운데 필요한 것을 가려내서 자기 반성의 자료로 삼으면 그런 문학도 교화를 하는 데 도움이 된다고 했다. 문학은 누가 창작하고 누가 어떻게 이해하는가에 따라서 가치를 가질 수 있다고 한 말이다. 마음가짐의 가치를 문학이 보태지도 빼지도 않는다고 보아, 문학에 그 자체의 가치는 없다고 했다.

　[12]에서는 [11]의 교화론을 다시 전개했다. 좋은 시는 사람의 선한 마음을 일으킨다 한 것은 당연한 말이다. 나쁜 시라도 함부로 뻗어나는 뜻을 징계하는 의의를 가질 수 있다고 하는 말을 거기다 붙여, 모든 시는

교화를 하는 데 도움이 된다고 했다. 시를 위해서 다행스러운 결론을 내린 것 같은데, 나쁜 시가 징계하는 뜻을 가진다고 하는 것은 그럴 수 있는 사람이 이해하는 경우이다. 선할 수 있는 사람이 보면 자기의 악행을 막는 데 도움이 된다는 말이다. 그 경우에도 도덕적 가치 이외에 시의 가치는 따로 없다.

그렇다면 朱熹는 시라고는 짓지 않은 사람 같은데, 그렇지 않다.《朱子大全》이라는 이름으로 편집한 문집 100권 가운데 처음 10권에 시가 실려 있으니 대단한 분량이다. 글을 하는 사람이라면 으레 시를 지어야 한다고 여겨, 보고 느끼고 생각한 바를 광범위하게 나타냈다. 문집을 편찬할 때 시를 앞에다 실은 것도 시를 존중하는 관습을 따랐기 때문이다. 그 점에서 주희는 라마누자·가잘리·아퀴나스와 상당한 차이가 있었다.

그러나 그것은 문화적 배경의 차이이지, 개성의 차이는 아니었다. 자기 사상을 산문으로 서술한 점에서는 그 네 사람이 서로 다르지 않았다. 주희는 자기 사상은 산문으로 서술하고, 시로 옮기지 않았다. 중국에서 '說理詩'라고 하는 철학시는 드물게 지었다.[332] 그 점은 邵翁이 철학시를 많이 지은 것과 대조가 된다. 邵翁은《擊壤集》의 〈觀易吟〉에서 시를 사상 표현의 기본방법으로 삼았는데,[333] 朱熹는 그렇게 하지 않았다.

주희의 철학시를 찾는다면 〈齋居感興〉[334] 같은 것이 있다. 모두 20수로 이루어진 그 작품은 서두의 몇 수를 보면, 제1수에서는 無極, 제2수에서는 陰陽, 제3수에서는 人心에 관한 견해를 나타내서 체계를 갖추고 있는 듯하다. 그러나 제4수부터는 내용 구성이 일정하지 않다. 한 수를 이루는 행수가 일정하지 않고, 표현도 산만한 편이다. 자기 사상을 철학시로 정리해 나타내려고 하지 않고, 이것저것 생각나는 대로 적었다고

---

332) 李秀雄,《朱熹與李退溪詩比較硏究》(北京 : 北京大學出版社, 1991)에서 주희의 시를 이황의 시와 비교해서 논한 것이 주희 시를 이해하는 데 많이 도움이 된다.

333) 최완식, 〈소옹시연구〉,《醇齋김시준교수송수기념논문집》(서울 : 현암사, 1995) 에서 소옹시에 관해 고찰했는데, 철학시를 특별히 문제삼지는 않았다.

334)《朱子大全》권4, 天(서울 : 조승룡 영인본, 1977), 96~98면.

할 수 있다. 그래서 널리 모범이 된다고 칭송되지는 않는다.

주희의 시 가운데 널리 알려지고 많은 영향을 끼친 것은 〈武夷櫂歌十首〉이다.[335] 그것은 철학시가 아니며 은거하면서 도학을 탐구한 武夷山의 빼어난 경치를 읊은 山水詩이다. 그러나 서두의 말 1수, 제1곡에서 제9곡까지 9수, 모두 10수의 7언절구가 가지런한 형식과 격조 높은 표현을 갖추고 있어, 탈속한 기풍을 노래한 내용과 잘 어울린다. 마음가짐을 엄정하게 하는 모범적인 자세를 보여준다고 인정되어, 주희를 숭앙하는 사람들은 이 시를 본받고자 했다.

한국의 주자학자들은 武夷山에서 도학을 탐구한 주희를 〈武夷櫂歌〉를 재현하면서 따르고자 했다. 그러면서 그 작품을 어떻게 이해해야 할 것인가 하는 문제를 두고 많은 견해가 대립되었다. 〈武夷櫂歌〉를 도학을 탐구하는 절차를 나타냈다고 보는 '入道次第'의 견해를 金麟厚, 趙翼 등이 전개한 데 반대하고, 李滉, 奇大昇, 李珥 등은 그것은 경치를 보고 흥이 일어나 지은 '因物起興'의 시라고 했다.[336]

因物起興이라고 해서 도학과 무관한 것은 아니다. 직접적인 대응이 아닌 간접적인 환기를 통해서, 작자의 의도가 아닌 독자의 감흥을 통해서, 마음을 바르게 하는 효과를 지닌다고 했다. 이황과 기대승이 한 말을 들어보자.

雖亦本爲景致之語 而其間無不托興寓意處……讀者於諷詠玩味之餘 而得其意思超遠 涵蓄無窮之義 則亦可移作造道之人深淺高下抑揚進退之意看(《退溪集》 13 〈答金成甫別紙〉).[337]

비록 본래는 경치를 위한 말이지만, 그 사이에 흥을 기탁하고 뜻을 붙인 곳이 없지 않다.……독자는 읊조리면서 즐기는 동안에 그 뜻하

---

335) 《朱子大全》 권9, 같은 책, 151～152면.
336) 이민홍, 〈사림파의 武夷櫂歌 수용〉, 《사림파문학의 연구》(서울 : 형설출판사, 1985)에서 이에 대해 자세하게 고찰했다.
337) 《退溪全書》(서울 : 성균관대학교 대동문화연구원, 1971), 347면.

는 바가 높고 멀어 무궁한 이치를 함축하고 있는 줄 알면, 또한 그것
으로 미루어 도닦는 사람이 깊고 얕고, 높고 낮고, 눌리고 들리고, 물
러나고 나아가는 뜻을 볼 수 있다.

因物起興 以寫胸中之趣 而其意之所寓 其言之所宣 固皆淸高和厚 沖
澹灑落 直與欲沂氣象同 其快活矣(《高峯退溪往復書》 권1, 〈別紙武夷
櫂歌和韻〉).[338]

물로 인해서 흥을 내면서, 마음속의 뜻을 그려내, 그 뜻의 붙임과
그 말의 펼침이 모두 맑고 높으며, 화합하고 두텁다. 沖澹灑落함이 바
로 沂水에 목욕한 기상과 같아서, 그것은 쾌활하다.

이황은 그 시가 산수시이지만, 흥을 기탁하고 뜻을 붙인 곳이 있어,
독자가 읽고 공감을 하면 도 닦는 사람의 마음에 다가갈 수 있다고 했
다. 기대승은 《論語》 〈先進篇〉에서 "浴乎沂 風乎舞雩 詠而歸"(기수에
목욕하고, 무우에서 바람을 쏘이고, 읊조리면서 돌아온다)라고 한 데서 말
한 "欲沂氣象"을 느끼게 한다고 했다. 제자가 그렇게 말한 데 공자가 동
감이라고 한 대목을 가져와서, 산수를 즐기는 시가 마음을 맑게 한다고
했다. 산수시를 통해서 나타낸 산수의 즐거움은 도학의 교훈을 직접 내
세우지 않으면서 도학에서 지향하는 심성을 깨끗하게 하는 효과를 지닌
다고 했다.

〈武夷櫂歌〉를 본떠서 지은 많은 한시와 이이의 〈高山九曲歌〉 같은
시조가 그 뒤를 따르고자 했으나, 같은 경지에 이르렀다고 할 수는 없다.
본보기로 삼는 시를 떠나서, 경치를 보고 스스로 흥을 내서 경치를 묘사
하는 말을 통해서 자기 마음속의 기상을 나타내야 "浴乎沂 風乎舞 雩
詠而歸"라고 한 때의 기상을 재현할 수 있었다. 목적의식이나 도덕적 판
단을 떠나, 산수 속에서 노닐면서 산수와 일체를 이루는 흥취가 무엇보

---

338) 《高峰全集》(서울 : 성균관대학교 대동문화연구원, 1979), 166~167면.

다도 소중함을 산수시를 통해서 보여주어야 했다.

산수시는 경치를 그리면서 흥취를 나타내고, 흥취를 나타내면서 이치를 찾아야 한다.[339] 경치를 그리지 않고, 흥취를 나타내지도 않으면서 이치를 찾을 수는 없다. 入道次第의 시를 쓴다면 이치를 설명하기나 하고 체현할 수는 없다. 경치에서 흥취로, 흥취에서 이치로 나아가려면 因物起興의 시를 써야 한다. 주희의 전례와는 관계없이 자기 스스로 자기 고장의 경치를, 자기 말로 그려야 그럴 수 있다. 고전을 인용하면서 간접체험의 지식을 늘어놓지 말고, 산수 속에서 스스로 노니는 흥취를 누려야 한다.

주희의 武夷山 대신에 전라도 潭陽의 절경에서 湖南歌壇을 이룬 풍류객 유학자들이 그렇게 할 수 있었다. 호남가단에 참여한 사람 가운데 金麟厚는 성리학을 한다고 자부하면서 〈武夷櫂歌〉를 入道次第의 견지에서 이해하면서 본받으려고 했다. 산수시는 한시여야 한다면서 눈앞의 경치를 한시로 나타내는 것은 적절한 방법이 아니었다. 한시를 버리고 국문시가를 택하고, 절구나 율시와는 전혀 다른 가사를 짓는 것이 마땅한 대안이었다. 그렇게 하는 데 宋純이 앞장서서 〈俛仰亭歌〉를 짓고, 그 뒤를 鄭澈이 이어 〈星山別曲〉을 지었다.

다른 문명권에서도 가잘리·아퀴나스·라마누자가 내놓은 사상을 새롭게 전개하는 문학을 공동문어문학이 아닌 민족어문학에서 이룩하는 것과 같은 일을 한문문명권에서도 했다. 주희가 마련한 한문문명권의 중세후기사상을 더욱 생동하게 전개하는 것은 민족어문학에서 할 수 있는 일이다. 단테·아타르·카비르가 그런 일을 한 것을 이미 살폈다.

한문문명권의 경우에는 중국에서는 민족어문학이 일어나지 않았고, 일본의 민족어문학은 사상에 대해서 깊은 관심을 가지지 않았으므로, 그 일을 한국과 월남이 해야 했다. 월남에서 16세기 민족시를 크게 발전

---

339) 〈산수시의 경치, 흥취, 이치〉, 《한국시가의 역사의식》(서울 : 문예출판사, 1993)에서 그 문제를 자세하게 논했다.

시킨 阮秉謙이 벼슬을 버리고 산수의 흥취를 즐기면서 마음을 깨끗하게 하는 시를 지은 것과 같은 일을 한국에서는 宋純과 鄭澈, 그리고 朴仁老가 했다. 어느 쪽을 들어 논해도 좋으나, 자료를 더 잘 알고 있기 때문에 한국을 택한다.

송순과 정철에 관해 다루기 전에 먼저 박인로의 경우를 살피기로 한다. 그 세 사람 가운데 박인로가 맨 나중의 인물이지만, 주희와 한층 가까운 관계에 있어 먼저 다룰 필요가 있다. 먼저 사람인 아타르보다 나중 사람인 루미가 가잘리와 더욱 가까운 관계를 가졌던 것과 상통하는 일이다.

朴仁老는 주자학을 받들고자 하는 뜻을 한시·가사·시조에서 나타냈다. 주자학을 하는 데 힘쓰는 시골 선비가 임진왜란을 맞이해 종군했다가 귀향해서, 시골에 머물러 어렵게 살아가면서 분수를 지켜 마음을 가다듬고, 이름난 선비들을 따르고 칭송하면서 자기도 남들이 인정하는 위치에 서려고 했다.

박인로의 문집 《蘆溪集》은 모두 3권에 지나지 않으며, 그 가운데 제1권에만 한시문이 수록되어 있고, 제2권은 남들이 쓴 글이며, 제3권은 국문시가이다. 분량이나 체제를 보아 시골 선비의 초라한 문집이라고 할 수 있다. 그런데 서두에 〈中庸誠圖〉, 〈大學敬圖〉, 〈小學忠孝圖〉를 두어, 도학을 탐구한 성과를 요약해서 보여주고 있다.

그러나 성리학에 대해서 논설을 쓰지는 않았다. 〈夢見周公記〉라고 한 글에서 《논어》를 읽다가 꿈에 周公을 만났다고 하면서, 유학의 연원을 찾아 숭앙하고 이어받고자 하는 간절한 뜻을 나타냈다. 周公은 "誠敬忠孝" 넉 자를 써주면서 "子欲求道 蓋於此留意焉"(그대가 도를 구하고자 하면, 이에 유의하라)이라 했다고 했다.[340]

〈吳山書院奉張旅軒〉이라고 하는 시에서는 張顯光이 "靜座收心程氏法 眞知自得悔翁論"(고요하게 앉아 程氏의 법으로 마음 거두고, 悔翁의 논

---

340)《蘆溪集》1,《韓國文集叢刊》65(서울 : 한국민족문화추진회, 1991), 228면.

의를 스스로 터득해 바로 알도다)이라고 했다. "悔翁"은 주희이다. 장현광이 程頤와 주희를 숭앙하고 연구하는 것을 칭송하면서, 자기도 그 뒤를 따르겠다고 하는 뜻을 나타냈다.

행장에서는 "日取鄒魯諸書 及紫陽附註 潛心證讀 至廢寢食 或於中夜 默想千古聖賢氣像 焚香祝天"(매일 공자와 맹자의 여러 책과 주자의 주석서를 가지고 잠심해서 깊이 새기며 읽느라고 침식을 폐하기까지 했으며, 때로는 밤중에 千古聖賢의 氣像에 대해 默想하면서 향을 피우고 하늘에 축원하기도 했다)이라고 했다.[341] "紫陽"은 주희가 悔菴을 짓고 독서하던 곳이다. 공자와 맹자의 책을 주희의 주해와 함께 깊이 탐독하며 연구한 것이나 밤중에 축원하는 것이나, 종교를 믿는 경건한 자세로 성현을 숭앙했다.

박인로는 한시에서도 주희의 시를 수용했다.[342] 주희의 시 〈觀書有感二首〉[343] 가운데 첫 수는 박인로와 정철이 모두 이용했으므로 미리 인용해둘 필요가 있다.

半畝方塘一鑑開   반 畝 넓이의 모난 못이 거울처럼 열려 있어,
天光雲影共徘徊   하늘빛과 구름 그림자가 함께 배회하네.
問渠那得淸如許   묻건대 어찌해서 그처럼 맑을 수 있는가?
爲有源頭活水來   그 근원에서 살아 있는 물이 오기 때문이다.

이 시를 박인로는 〈黃太守呼韻〉에서 다음과 같이 옮겼다.[344]

---

341) 《蘆溪集》 2, 같은 책, 234면.
342) 董達, 《조선 三大 詩歌人의 작품과 중국 시가문학과의 상관성 연구》(서울 : 탐구당, 1995)에서 주희의 시를 박인로와 정철이 수용한 양상을 조사해놓아 지금부터의 논의에서 요긴하게 이용한다.
343) 《朱子大全》 권2, 위의 영인본, 72면.
344) 《蘆溪集》 1, 같은 책, 222면.

天光雲影蘸淸潭　하늘 빛과 구름 그림자 맑은 못에 잠기고,
魚數分明一二三　고기 하나, 둘, 셋 분명하게 헤아리겠도다.

　주희의 시는 못에 비친 하늘빛과 구름 그림자가 선명한 것을 통해서
'天道流行'을 깨달아 의심이 없게 된 경지를 나타냈다고 할 수 있다. 박
인로는 주희의 시를 받아들여 자기 시를 지으며 道를 이어받아 같은 생
각을 하게 된 감격을 이렇게 노래했다고 할 수 있다.

　박인로는 한시보다 국문시가를 쓰는 데 더욱 힘썼다. 문집 제3권은
국문시가 가사와 시조로 이루어져 있다. 가사 가운데 〈陋巷詞〉, 〈蘆溪
歌〉, 〈小有亭歌〉는 자기 생활을 되돌아보면서 安貧樂道를 말한 내용이
다. 〈沙提曲〉에서는 李德馨의 은거를, 〈立巖別曲〉에서는 張顯光의 은
거를, 〈嶺南歌〉에서는 李謹元의 치적을, 〈獨樂堂〉에서는 李彦迪의 자
취를 기렸다.

　그처럼 다른 사람들과 관련을 가지거나 다른 사람들을 위해서 지은
작품이 많은 것은 박인로가 전문적인 작자의 능력을 발휘해 인정받고
보람을 찾는 사람이었기 때문이라고 할 수 있다. 주자학에서는 문학 창
작은 대단하지 않게 여기고, 국문시가는 가치를 인정하지 않는다. 그런
데도 박인로는 주자학을 받드는 명현들의 대열에 국문시가를 창작하는
능력을 발휘하면서 참여하고자 했다.

　가사 작품 가운데 주자학과의 관련이 가장 뚜렷하게 나타난 것이 〈獨
樂堂〉이다. 호를 悔庵이라고 한 주희를 사모해, 자기 호는 悔齋라고 한
주자학자 李彦迪이 거처하던 곳을 찾아가 그 자취를 찾아 칭송하면서,
朴仁老 → 李彦迪 → 朱熹 → 孔子로 소급되는 사상의 연원을 확인하려
고 했다. 주희와 공자의 말에서 가져온 인용구의 연속으로 그런 뜻을 나
타냈다.[345]

---

345) (1)·(2)·(3)·(4)는 250면, (5)·(6)·(7)은 251면, (8)은 252면.

[1] 峰巒은 秀麗ᄒ야 武夷山이 되여 잇고,
　　流水ᄂᆞᆫ 盤面ᄒ야 後伊川이 되엿ᄂᆞᆫ다.

[2] 萬卷書冊은 四壁의 사혀시니,
　　顔曾이 在左ᄒ고 游夏ᄂᆞᆫ 在右ᄒᆞᆫ듯.

[3] 百尺澄潭애 天光雲影이 얼희여 ᄌᆞᆷ겨시니,
　　光風霽月이 부ᄂᆞᆫ듯 ᄇᆡ싀ᄂᆞᆫ듯.

[4] 麗景은 古今 업서 淸興이 졀로 하니,
　　風乎詠而歸를 오늘 다시 본듯ᄒ다.

[5] 桃花洞 ᄂᆞ린 물리 不舍晝夜ᄒ야,
　　落花조차 흘러오니 天台ㄴ가 武陵인가.

[6] 仁者도 아닌 몸이 므슴 理를 알리마ᄂᆞᆫ,
　　樂山忘歸ᄒ야 奇巖을 다시 비겨.

[7] 濟濟 靑襟 絃誦聲을 이어시니,
　　濂洛群賢이 이 ᄶᆞ희 뫼와ᄂᆞᆫ닷.

[8] 誠意正心ᄒ야 修誠을 넙게 ᄒ면,
　　言忠行篤ᄒ야 사ᄅᆞᆷ마다 어질로다.

　　[1]·[3]·[7]은 주희와, [2]·[4]·[5]·[6]·[8]은 공자와 관련된 말이다. [1]
의 "武夷山"은 주희, "後伊川"은 程頤를 두고 하는 말이다. [2]의 "顔曾"
과 "游夏"는 공자의 제자 顔子·曾子·子游·子夏이다. [3]에서는 위에서
든 주희의 시 〈觀書有感〉을 다시 수용했다. [4]에서는 이미 거론한 바

있는 《論語》〈先進〉의 한 대목을 인용했다. [5]에서는 "逝者如斯夫 不
舍晝夜"라고 한 《論語》〈子罕〉의 한 대목을 가져왔다. [6]에서는 "知者
樂水 仁者樂山"이라고 한 《論語》〈雍也〉의 한 대목을 가져왔다. [7]의
"濂"은 周敦頤이고 "洛"은 程頤이다. [8]에서는 "言忠信 行篤敬"이라고
한 《論語》〈衛靈公〉의 한 대목을 가져왔다.

시조를 지을 때도 주희나 공자와 관련된 말을 많이 인용하고, 교훈의
가치를 가진 시를 이룩하려고 했다. 그 가운데 특히 우뚝한 〈五倫歌〉
25수에서는 오륜의 도리를 직접 풀이했다. 마지막의 〈總論〉에서 다음
과 같이 노래했다.

> 天地間萬物中에 사름이 最貴ᄒ니,
> 最貴ᄒᆫ 바는 五倫이 아니온가.
> 사름이 五倫을 모르면 不遠禽獸ᄒ리라.[346]

張顯光을 대신해서 지은 〈立巖〉 29수에서는 경치를 그리면서 윤리덕
목을 말했다. 그 가운데 처음 두 수를 들어본다.

> 無情히 서는 바회 有情ᄒ야 보이ᄂ다.
> 最靈ᄒᆫ 吾人도 直立不倚 어렵거늘,
> 萬古애 곳게 선 저 얼구리 고칠 적이 업ᄂ다.
>
> 江頭에 屹立ᄒ니 仰之예 더옥 놉다.
> 風霜에 不變ᄒ니 鑽之예 더옥 굿다.
> 사람도 이 바회 ᄀᆺᄒ면 大丈夫ㄴ가 ᄒ노라.[347]

---

346) 256면.
347) 257면.

첫 수에서는 바위는 無情物이므로 곧게 서 있고, 사람은 有情物이므로 그럴 수 없는 것이 당연한 일인데, 무정물의 자세를 유정물이 본받아야 한다고 하는 무리한 주장을 한다. 둘째 수에서는 같은 말을 이어서, 바위가 변하지 않은 자세를 칭송한 듯하지만, 그런 것만은 아니다.《論語》〈子罕〉에서 顔淵이 공자를 칭송한 말을 바위에다 가져다 붙였다.

"顔淵喟然歎曰 仰之彌高 鑽之彌堅 瞻之在前 忽焉在後"(안연이 깊이 탄식하면서 말하기를, 우러러보면 더욱 높고, 뚫으면 더욱 굳고, 앞에 있는가 해서 바라보면 홀연 뒤에 있다)라고 한 것이 그 대목이다. 공자는 자기가 이해할 수 있는 범위를 넘어선 분이라는 말을 그렇게 했다.[348] 그 가운데 한 대목인 "仰之彌高 鑽之彌堅"은 공자의 가르침이 헤아리기 어려울 만큼 높고, 이해하기 힘들게 단단하다고 한 것이다. 그런데 박인로는 그 말을 가져와 바위가 변하지 않고 우뚝 서 있는 모습을 그리는 데 썼다. 그래서 사람은 어느 한 곳에 안착하지 말아야 한다는 것과는 반대가 되게, 바위처럼 변하지 말아야 한다고 했다.

공자에서 주희로 이어진 가르침은 굳게 지키면서 따라야 할 교리가 되면 바위처럼 굳어져 사고와 행동을 제약하는 장애물이 된다. 박인로는 바로 그렇게 하는 것이 자기가 사는 보람이고 행세할 수 있는 명분이라고 했다. 박인로의 사고방식은 주희보다 더욱 보수화하고, 고착화되었다. 박인로의 문학은 그런 사상에 매여 생동하는 창조력을 잃었다고 하지 않을 수 없다.

그런데 송순과 정철 쪽에서는 주희를 따르지 않고 공자를 섬기지 않아, 장애물을 만들지 않고 새로운 사고를 할 수 있었다. 송순과 정철 가운데 정신에서는 송순이 위에 있다 하겠으며, 작품을 보면 정철이 앞선다. 어느 쪽을 들어 논해도 좋으나, 작품을 존중해서 정철을 택해서 고찰하기로 한다.

---

348) 이에 대해서 朱熹는 "此顔淵深知夫子之道 無窮盡 無方體 而歎之也"(이는 안연이 부자의 도를 깊이 알아서, 끝남이 없고 일정한 모습이 없다고 감탄한 말이다)라고 풀이했다(《經書》, 서울 : 성균관대학교출판부, 1965, 234면).

정철은 金集이 쓴 행장에서 "束脩金河西麟厚之門 又從奇高峰大升問
學 旣又與牛溪成先生栗谷李先生定交 其趨向之正 制行之高 盖有淵源
矣"[349](金河西 麟厚의 문하에서 공부하고, 또한 奇高峰 大升을 따르면서 학
문을 묻고, 또한 牛溪 成先生 및 栗谷 李先生과 벗을 했으니, 지향하는 바가
바르고, 나아가고 물러나는 행실이 높은 것이 대개 연원이 있다)라고 했다.
그렇다면, 성리학에 대해서 깊은 관심을 가지고 탐구하는 공동의 과제
에 참여하는 것이 당연했다고 할 수 있는데, 그렇게 하지 않았다. 성리
학에 관한 논의에 참여하지 않았으며, 도학을 문학보다 앞세우는 데 동
의하지 않았다. 김인후·기대승·이이가 모두 주희의 〈武夷櫂歌〉에 관한
논란을 벌이는 데 대해서 아무 말도 하지 않았다.

이이는 주희의 문학관을 보인 위의 인용구 [10]의 발상에 근거를 두고
서 〈文策〉을, [11]을 발전시켜 〈贈崔立之序〉를 지었다. 그런데 이이의
논리가 더욱 선명하다. 주희는 聖賢之文만 말했는데, 이이는 성현지문과
俗儒之文을 구분하면서 자기 시대의 속유지문을 나무랐다. 주희가 막연
하게 物과 부딪히면 느낌이 있다고 한 것을 명확하게 말하고, 사람이 내
는 소리 가운데서 어느 것이 문학을 이루는가 분별하는 논의를 전개했
다. 〈人物世藁序〉에서는 소리에서 말을, 말에서 시가 갈라져 나오는 기
준을 명확하게 하고 시가 말 가운데 가장 精하다는 말로 그 가치를 평가
했다. 정철은 그런 이론에는 관심을 가지지 않고, 문학창작에만 힘썼다.

정철의 문집 《松江集》은 원집 1권, 속집 2권, 별집 7권이다. 국문시가
는 문집에 수록하지 않고 《松江歌辭》를 별도로 편찬했다. 저술의 분량
에서 박인로의 《蘆溪集》보다 훨씬 많다. 박인로는 시골 선비이지만 정
철은 조정의 대신으로 진출한 당대의 명사였으니 그럴 만했다. 문집에
수록된 글은 거의 다 시이고, 산문은 얼마 되지 않아, 정철은 시인이라
고 할 수 있다.

정철은 〈策問〉에서는 주희의 말을 직접 인용하고 사고의 지침으로

---

349) 《松江集》 별집 5, 《韓國文集叢刊》 46(서울 : 민족문화추진회, 1989), 357면.

삼았다. 본문 서두에서 "臣聞宋儒朱熹之說"(신이 듣건대 송나라 선비 주
희가 말하기를)이라 하고,[350] 주희의 설을 받아들여 마음을 바르게 하는
데 군주가 먼저 모범을 보여야 나라가 바르게 다스려질 수 있다고 했다.
그러나 그 글은 과거를 볼 때 지어 장원급제를 한 답안지다. 과거에 급
제하기 위해서 주희를 공부하고 인용해야 했다.[351] 李珥의 〈文策〉 또한
과거 답안인 점이 정철의 이 글과 같다. 그런데 이이는 과거에 급제한
뒤에도 계속 주자학을 탐구하고 발전시키기 위해 노력을 기울였으나,
정철은 그렇게 하지 않고 주자와 거리를 두고 주자학을 버렸다고 할 수
있다.

그렇지만 정철이 지방관원이 되었을 때는, 통치의 원리를 주자학과
관련을 가지고 찾았다. 강원감사의 위치에서 여러 고을의 수령들에게
당부하는 말을 쓴 〈諭邑宰文〉에서,[352] 주희 제자 眞德秀의 〈泉州諭文〉
을 본받았다고 스스로 밝혔다. 그 글은 "詞備義明 眞爲吏之模範"[353](말이
갖추어지고 의리가 명확해, 관리 노릇을 하는 진실된 모범)을 제시했다 하
고, 자기도 그 전례를 따르겠다고 글 뒷부분에서 말했다. 본문을 서술하
면서 〈泉州諭文〉을 네 차례나 인용했다.

---

350) 별집 1, 같은 책, 254면.
351) 김갑기, 《송강 정철의 시문학》(서울 : 이화문화출판사, 1997), 49~54면에서 소
개한 바와 같이 정철은 주희의 저작에 대해서 줄곧 관심을 가지고 몇 차례 언급
했다. 金集이 쓴 행장에서 독서에 관해 말하면서 "性聰敏 讀書不過三五 遍卽成
誦 於近思錄朱子書 着力尤多"(별집 5, 23장)라고 한 것은 학습의 당연한 과정을
능력있게 통과했다는 말이다. 아들을 훈계한 글 〈誡子帖〉에서 《近思錄》을 읽고
"義理之學"을 해야 한다고 한 것이나(원집 2, 1장), 문하생 成輅에게 준 시 〈贈成
進士〉 제3수에서 "心經附註規模密 學者觀之藥石如"(속집 1, 18장)라고 한 것은
배우는 사람에게 주는 당연한 충고이다. 〈新年祝〉 제1수에서 "所祝新年少酒杯
讀盡心經近思錄"(속집 1, 20장)이라고 한 것은 신년에는 술을 적게 마시고 다른
사람들처럼 착실하게 살겠다고 한 말인데, 술을 적게 마시겠다고 하는 것은 실
현될 수 없는 일이다.
352) 같은 곳, 같은 책, 236~241면.
353) 같은 곳, 같은 책, 241면.

〈諭邑宰文〉은 힘써 행해야 할 네 덕행인 '四事'와 다시 열 가지 옳지
못한 처사 '十害'에 관한 설명으로 이루어져 있다.[354] 그것은 정철이 스스
로 한 말이 아니고, 모두 陳德秀의 글에서[355] 가져왔으며, 설명도 거의 그
대로 되풀이했다. 수령이 되어 백성을 다스리는 사람이 修己뿐만 아니
라 治人의 구체적인 방도도 주자학의 가르침에 따라서 해야 한다고 생
각해서 그렇게 했다.

정철은 한시에서 주희의 시구를 두 차례 수용했다.[356] 〈安琢請賦三景
走筆書之 蓮池〉에서 주희의 〈觀書有感〉에 있는, 위에서 든 구절을 다
음과 같이 옮겨놓았다.[357]

活水鏡樣澄 살아 있는 물이 거울처럼 맑은데,
方池纔丈許 모난 못은 겨우 한 발쯤 된다.

〈棲霞堂雜詠 石井〉에서는 다음과 같이 옮겨놓았다.[358]

天雲何處看 하늘의 구름을 어디서 보리오.
活水方澄井 살아 있는 물 맑은 모난 우물에서.

---

354) '四事'는 "律己以廉"(자기 자신을 염치로 다스린다), "撫民以仁"(백성을 어질게
어루만진다), "存心以公"(마음을 공정하게 가진다), "涖事以勤"(일을 부지런하게
한다)이다. '十害'는 "斷獄不公"(공정하지 않게 처벌을 한다), "聽訟不審"(재판을
할 때 말을 자세하게 듣지 않는다), "淹延囚繫"(죄수를 오래 구속해 둔다), "慘酷
用刑"(형벌을 참혹하게 한다), 重疊催稅(세금을 거듭 독촉한다), "科罰取財"(죄
를 씌워 재물을 취한다), "汎濫追呼"(세금을 지나치게 받아낸다), "招引告訐"(부
당한 고발을 부추긴다), "縱吏下鄕"(아전을 시골로 내려보낸다), "低價買物"(값
을 낮추어 물건을 산다)이다.
355) 陳德秀, 〈譚州諭同官咨目〉, 《陳西山文集》 40(臺北 : 商務印書館, 1968), 703〜
705면.
356) 董達, 위의 책에서 조사한 결과를 이용한다.
357) 《松江集》 별집 1, 《韓國文集叢刊》 46, 226면.
358) 《松江集》 속집 1, 같은 책, 174면.

338

두 번 다 주희의 시구를, 敍景을 위해서 이용하기만 하고, 주희가 나타내고자 하는 철학적 이치에는 관심을 두지 않았다. 가사나 시조에서는 주희의 시구를 한번도 이용하지 않았다. 그 점은 박인로와 좋은 대조가 된다. 정철은 주희와 거리를 두었기 때문에 주희를 따르려고 한 사람들과 다르게, 주희가 한 일을 더욱 혁신된 방식으로 다시 할 수 있었다.

주희의 〈武夷櫂歌〉와 정철의 〈星山別曲〉은 표면상 아무 관련이 없을 것 같으나, 기본적인 일치점이 있는 발상을 서로 다르게 나타냈다고 할 수 있다. 두 작품의 서두와 결말을 들어 비교해보자.

〈武夷櫂歌〉는 다음과 같이 시작하고 끝난다.

    武夷山上有仙靈   무이산 위에는 신선의 영험이 있고,
    山下寒流曲曲淸   산 아래 차가운 물은 구비구비 맑다.
    欲識個中奇絶處   그 가운데 기이한 곳을 알아보려 하니,
    櫂歌閑聽兩三聲   노 젓는 소리 두어 마디 한가롭게 들리네.

    九曲將窮眼豁然   九曲이 그치려고 하니 눈이 환하게 열리고,
    桑麻雨露見平川   뽕·삼·비·이슬이 질펀한 냇가에서 보인다.
    漁郞更覓桃源處   어부는 다시 桃源을 찾아 나서지만,
    除是人間別有天[359] 사람 사는 곳이 아니고서 별천지가 있겠나.

〈星山別曲〉은 다음과 같이 시작하고 끝난다.

    엇던 디날 손이 星山의 머물며셔,
    棲霞堂 息影亭 主人아 내 말 듯소.
    人間世上의 됴흔 일 하건마는,

_____
359) 《朱子大全》 권9, 영인본, 151, 152면.

엇대 혼 江山을 가디록 나이 녀겨
寂寞江山의 들고 아니 나시는고.

거믄고 시욹 언저 風入松 이야고야.
손인동 主人인동 다 니저 ᄇ려셰라.
長空의 쩟는 鶴이 이 골의 眞仙이라,
瑤臺月下의 힝여 아니 만나산가.
손이셔 主人드려 닐오디 그디 긘가 ᄒ노라.[360]

  산수가 절경을 이루는 곳을 찾아가면서 거기 신선이 산다고 하는 점
이 서로 같다. 그런데 〈武夷櫂歌〉에서는 찾아가는 사람이 혼자이고, 신
선을 만나지 못하고, 경치를 보는 데 그쳤다. 〈성산별곡〉에서는 나그네
가 주인을 찾아가, 경치와 사람이 하나가 되는 흥취를 함께 누리면서 주
인이 신선이 아닌가 하고 나그네가 말했다. 경치와 함께 음악이 두 작품
에서 모두 중요시된다. 〈武夷櫂歌〉에서는 노 젓는 사람들의 노래를 듣
고, 작자 자신도 노래를 지었다. 〈성산별곡〉의 작자는 나그네와 주인이
어울려서 함께 거문고를 연주하면서 흥겨워한다는 노래를 지었다.
  두 작품 다 신선의 세계가 따로 없다고 해서 도가의 사고방식과는 다
른 유가의 사고방식을 나타냈다. 〈武夷櫂歌〉에서는 사람 사는 곳이 선
경이라고 결말짓고, 〈성산별곡〉에서는 탈속한 즐거움을 누리는 사람이
신선이라고 했다. 〈武夷櫂歌〉에서는 산수의 절경을 찾아 즐긴 것이 현
실에서 제기되는 문제와 어떤 관련이 있는가 말하지 않았다. 작자가 현
실에서 뜻을 펴지 못하므로 물러나 산수를 찾는다고 짐작하게 할 수 있
을 따름이고, 그 둘 사이에 긴장이 없다. 그런데 〈성산별곡〉에서는 "寂
寞江山"을 선경으로 여기는 것은 현실에 대한 불만이 있기 때문이라고
서두에서 암시하고, 나중에 명시했다.

---

360) 《孤山·蘆溪·松江全集》(대구 : 청구대학출판부, 1961), 351면.

人心이 늣ㄱ투야 보도록 새롭거놀,
世事는 구름이라 머흐도 머흘시고.[361]

과거의 역사를 들추어보고 성현과 호걸의 자취를 찾다가 이렇게 탄식
한 대목에서는 주희철학의 핵심에 해당하는 사상을 아주 다른 말로 나
타냈다. 주희는 '道心'과 '人心'을 대립시켜 도심은 언제나 바르기만 하
지만 인심이 그릇되어 세상이 혼탁하다 했는데, 정철은 '人心'과 '世事'
를 대립시켰다. 사람의 바른 마음을 道心이라고 하지 않고 人心이라고
하고서, "人心은 낮 같아서 볼수록 새롭다"고 했다.

그 말은 人心이 밝고 깨끗하며 나날이 새롭다고 한 뜻이다. '인심'을
그렇게 긍정한 것은 주목할 만한 일이다. 주희가 말한 道心은 그런 속성
가운데 깨끗한 것만 지녀 선하기는 해도 밝지는 않아 인식 능력이 없고,
새롭지는 않아 진취적인 창조를 하지 않는다고 할 수 있다. 선하기만 한
마음을 가지고 세상이 혼탁하다고 나무라는 것은 소극적인 자세이다.
世事가 구름처럼 험하더라도, 깨끗하고, 밝고, 새로운 마음을 가지면 어
려움을 헤쳐나갈 수 있다.

정철의 시가 작품에는 〈星山別曲〉 외에 〈思美人曲〉과 〈續美人曲〉
도 있고, 〈關東別曲〉도 있다. 시조가 또한 여러 수이며, 그 가운데 〈훈
민가〉가 두드러진 비중을 가진다. 〈성산별곡〉과 두 〈미인곡〉은 '進退'
의 축에 놓여 있다. 〈성산별곡〉에서는 물러나 있는 상태인 '退'의 영역
에서 자족한다고 하면서 신선을 동경한다고 하다가, 두 〈미인곡〉에서
는 신선 대신에 임금을 사모하는 간절한 마음을 나타내면서 다시 벼슬
길에 나아가 '進'의 영역에 이르고자 했다.

정철의 한시에는 서로 모순되는 歸巢의식과 현실지향의식이 함께 나
타난다고 지적된다.[362] 그렇지만 그 둘 가운데 歸巢의식을 보여주는 '退'

---

361) 같은 책, 670면.
362) 김균태, 〈정송강한시연구〉, 신경림 외 편, 《송강문학연구논총》(서울 : 국학자
　　료원, 1993).

의 노래가 많고, 현실지향의식 쪽인 '進'의 노래는 적다. 벼슬길에 나아
가서 임금의 은혜를 갚기 위해서 진력하고, 멀리 지방에 나가서 임금을
그리워한다는 시나 있다. 退에서 進으로 나아가고자 하는 노래는 연군
가사로 나타내는 것이 최상의 방법이기 때문이다.

　진출하고자 하는 의지를 말할 때 벼슬하고 싶다고 할 수는 없다. 그것
은 마땅한 도리가 아니다. 흉중에 감추어둔 경륜을 펴서 세상을 구하겠
다고 할 수도 없다. 그것은 분에 넘치는 말이다. 임금과 헤어진 것이 고
통이라고 하고 임금을 그리워하고, 다시 만나기를 고대하는 "忠臣戀君
之詞"를 노래하는 것이 진출에 대한 소망을 나타내는 실제로 가능한 최
상의 방법이다.

　'美人'이라고 일컫은 임금을 여성 서술자의 목소리로 그리워하는 설
정은 屈原의 〈離騷〉에서 유래하고 다른 여러 사람이 이미 사용했으므
로 새삼스럽지 않다. '美人'을 그리워한 시 가운데 사연이 절실하고 표현
이 뛰어난 작품을 국문가사에서 마련한 것이 정철이 한 일이다.[363] 金萬
重, 金春澤 등 여러 논자들이 그 성과를 크게 인정해서 정철의 전후 〈미
인곡〉을 "我東之離騷"라고 하면서 높이 평가했다.

　박인로가 〈사미인곡〉과 같은 작품을 쓰지 않은 것은 임금에게 버림
받지 않았으며, 임금을 그리워해도 불러줄 리 없기 때문이다. 박인로는
'進'에 대한 기대가 없으니 '退'에 만족하면서 '退'의 자세를 올바르게 가
다듬었다고 평가되어 남들에게 인정받고자 했다. 정철은 진출하고자 하
는 소원이 이루어져 강원감사가 되었을 때 〈관동별곡〉과 〈훈민가〉 두
가지 서로 다른 작품을 지었다. 〈관동별곡〉은 자기 스스로 즐기는 유람
의 노래이고, 〈훈민가〉는 백성들을 가르치는 교화의 노래이다. 〈관동별
곡〉과 〈훈민가〉의 관계는 '興'과 '敎'라고 할 수 있다.

　박인로는 불변의 자세를 지니고자 했는데, 정철은 退와 進, 興과 敎의

---

363) 김갑기, 〈송강정철문학의 원류고〉, 신경림 외 편, 《송강문학연구논총》에서 屈
　　原 수용에 관해서 고찰했다.

다양한 작품세계를 보여주면서 모든 것은 서로 상대적인 관계를 가지고 경우에 따라서 변한다는 것을 보여주었다. 정철의 작품은 윤리적인 명분과는 거리가 먼 방향으로 나아갔다. 마음의 근본이 무엇인가 캐려고 하지 않고 외부의 작용에 민감하게 반응하고, 한 가지 생각만 골똘하게 하지 않고 서로 다른 주장을 펴기도 하고, 한 곳에 머무르려고 하지 않고 나아가서 움직였다. 그래서 개방적이고, 상극적이고, 진취적인 인간형을 보여주었다.

〈훈민가〉 연작 16수와 〈諭邑宰文〉은 둘 다 정철이 강원감사일 때 지었으면서 여러 모로 대조적인 성격을 가지면서 서로 관련되어 있다. 한문 산문으로 써서 강원도 각 고을 수령들에게 주어 백성들을 다스리는 자세를 바르게 하라고 가르친 〈諭邑宰文〉은 주자학의 가르침을 그대로 따른 내용이다. 거기서 백성을 사랑해야 하고, 형벌이나 세금에 관한 실질적인 문제를 해결하는 데 힘써야 한다고 한 것은 기존 방침의 되풀이에 지나지 않는다. 국문으로 시조를 지어 백성들에게 준 〈훈민가〉는 창작이다. 백성이 스스로 자기 노래를 불러, 살아가면서 겪는 어려움을 마땅하게 해결하도록 독자적인 발상을 구현한 작품이다.

〈훈민가〉를 지은 정철은 주자학에서 무슨 말을 했는지 관심을 가지지 않는 백성을 가르치기 위해서는 백성들이 절실하게 생각하는 바를 바로 말해야 했다. 책에 적혀 있는 가르침을 버리고, 삶의 실상으로 관심을 돌리면서, 참신한 발상을 생동하는 언어로 나타내야 했다. 단테·아타르·카비르가 겪은 것과 같은 전환을 이룩해서 〈훈민가〉를 지었다. 윤리적인 주제를 강조해서 취급한 데서는 다른 세 사람과 상이한 취향을 보여주었으나, 누구든지 자기 삶을 통해 마땅한 각성을 하는 주체가 될 수 있다고 한 점은 서로 같다.

주자학은 백성을 도의로 교화해야 한다고 일관되게 주장했다. 그러면서도 도의가 왜 소중하며 어떻게 행해야 하는가를 백성들에게 설득력 있게 가르치지는 못했다. 박인로의 〈오륜가〉에서처럼 판에 박힌 관념적인 설명을 성가시게 해서는 효과가 없다. 생활의 실상과 동떨어진 훈

계는 누구든지 듣기 싫어한다. 훈계하는 사람은 할 일을 다 했다고 자위
할 수 있으나 실제 효과는 의심스럽다.

정철은 훈계하는 사람의 고고한 자세를 버리고 백성들의 처지에 섰
다. 융통자재한 생각을 가져서 그럴 수 있었다. 도의에 대한 관념을 버
리고 생활을 택해 도의와 생활이 어긋나는 관계를 해결하고, 생활을 통
해서 스스로 발견하는 도의라야 참다운 의의를 가진다는 것을 알아차렸
다. 글과 말의 우열관계를 바꾸어, 성현의 가르침을 적은 글을 말로 옮
기려고 하지 않고, 살아가면서 누구나 하는 말을 글로 적었다.[364]

형제간의 우애를 두고 박인로와 정철이 지은 노래를 들어 견주어보
자. 앞의 것은 박인로의 노래이고, 뒤의 것은 정철의 노래이다.

> 兄弟 내실 적의 同氣로 삼겨시니,
> 骨肉之親이 兄弟깃치 重홀넌가.
> 一生애 友愛之情을 혼몸깃치 흐리라.[365]

> 형아 아익야 네 술홀 몬져보와.
> 뉘손딘 타나관딘 양직조차 가튼손다.
> 혼 졋 먹고 길러나이셔 닷 므임을 먹디 마라.[366]

박인로는 "骨肉之親"이라는 문구를 들어 형제는 서로 가까운 관계임
을 말하는 논거로 삼았다. 정철은 살을 만져보고, 모습이 서로 같은 것
부터 확인했다. 부모가 兄弟를 同氣로 냈다는 박인로의 말은 복잡한 생
각을 하게 한다. 그러나 "누구에게서 태어나서"라고 한 "뉘손딘 타나관
딘" 한 마디로 부모를 생각하게 한 정철의 발상은 명쾌하면서 설득력이

---

364) 권두환, 〈송강의 훈민가에 대하여〉, 신경림 외 편, 《송강문학연구논총》(서울 :
    국학자료원, 1993)에서 그 점에 관해 고찰했다.
365) 《蘆溪集》 3, 같은 책, 256면.
366) 《孤山·蘆溪·松江全集》, 672면.

있다.

박인로의 〈五倫歌〉는 모두 25수인데, 그 내역을 보면 父子有親, 君臣有義, 夫婦有別, 兄弟有愛가 각 5수이고, 朋友有信은 2수이며, 〈총론〉이 3수이다. 벗을 사귀는 도리인 붕우유신은 사회윤리의 영역이다. 박인로는 다른 넷에 관해서는 다섯 수씩 읊고, 붕우유신은 두 수로 읊어 차등을 두었다. 가족윤리만 대단하게 여기고, 사회윤리는 밀어두었다고 할 수 있다.

모두 16수로 이루어진 정철의 〈훈민가〉에도 오륜에 관한 것이 다 들어 있다. 부자유친을 1·4번, 군신유의를 2번, 형제유애를 3번, 부부유별을 5·6번에서 말하고, 붕우유신은 10번에서 말했다. 8번은 옳은 일을 하자고 한 총론이다. 그 밖의 노래에서는 오륜의 범위를 넘어서 있는 마땅한 도리에 대해서 말했다. 오륜의 미비점을 보충하면서, 인간관계를 바람직하게 하는 새로운 방안을 내놓았다.

11번에서는 숙질 사이의 관계를 말해서, 부자유친과 형제유애의 양면이 겹친 영역을 돌보았다. 14번에서 남의 것을 탐내지 말라 하고, 15번은 국법을 준수하라고 한 것은 백성을 다스리는 사람이 응당 해야 할 말이다. 나머지는 모두 붕우유신의 확대판이라고 할 수 있다. 붕우유신을 중요시한 점이 박인로의 경우와 아주 다르며, 붕우유신을 확대해서 사회윤리의 문제를 다각적으로 다루었다.

사회윤리는 신분에 따라 두 차원으로 나누어져 있다. 9번에서는 鄕飮酒禮를 할 때의 노소 관계를 다루고, 7번에서는 《孝經》과 《小學》을 읽히는 자식 교육을 위해 벗이 서로 돕자고 해서, 양반끼리의 도리를 말했다. 12번은 상하 누구에게든지 해당되는 관혼상제를 위한 협조를 말했다. 13번과 16번에서는 농사 지으면서 사는 백성들이 서로 돕는 관계를 말했다. 9번과 16번은 노소의 관계를 말한 공통점이 있지만, 지체가 다른 사람들에 관해서 서로 다른 말을 했다. 13번과 16번을 들어보면 다음과 같다.

오늘도 다 새거다 호믜 메오 가쟈스라.
내 논 다 미여든 네 논졈 미여주마.
올 길희 뽕 짜다가 누에 먹켜 보쟈스라.[367]

　　　　　．

이고 진 뎌 늘그니 짐 프러 나를 주오.
나는 졈엇쩌니 돌히라 무거올가.
늘거도 셜웨라커든 짐을조차 지실가.[368]

농사 짓고 일을 하면서 이웃이 서로 도와주고, 젊은이는 노인의 수고를 대신해주는 것은 사람이 살아가는 데 가장 기본이 되는 윤리이고 질서이다. 그런데도 오륜에 넣지 않은 것은 오륜이 차등의 윤리이고 가족윤리에 치우쳐 있기 때문이다. 오륜에서는 부자관계를 출발점으로 하고, 그 다음에 군신·형제·부부의 관계를 차례대로 말하고 붕우의 관계를 맨 나중에 들어, 가치의 등급을 분명하게 하고, 그 밖의 것은 대단하게 여기지 않았다.

　그런 관습에 대해서 반론을 제기하고, 정철은 이런 시조에서 이웃과 노소의 관계를, 평등을 존중하는 사회윤리의 관점에서 다루었다. 그런 소중한 윤리가 전부터 있었지만 오륜 때문에 무시되어 온 잘못을 바로 잡았다. 명분론과는 거리가 먼 실질을 숭상하는 사고방식에서 백성들이 어떻게 살아가는가 살펴서, 주자학의 범위를 넘어서는 새로운 윤리를 제시했다.

　한자로 표기할 필요가 없는 순수한 한국어로 몇 마디 되지 않는 말을 해서, 길고 복잡한 한문 논설에서는 미처 생각하지 못한 진실을 나타냈으니 놀라운 일이다. 어째서 그럴 수 있었던가? 주자학을 훌륭하게 학습하고 졸업한 덕분에 그런 응용력을 가진 것은 아니다. 주자학과는 무관

---

367) 같은 책, 673면.
368) 같은 책, 673면.

하게 자기가 하고 싶은 말을 진솔하게 해서 그렇게 된 것도 아니다. 주
자학을 대결의 상대로 삼아, 윤리의 규범에 대해서 삶의 실상으로, 차등
에 대해서 평등으로, 한문에 대해서 민족어로, 논설에 대해서 시로 대응
하는 통찰력을 발휘해서 그렇게 했다.

정철은 인생의 여러 곡절을 널리 문제삼으면서 특히 이별에 많은 관
심을 두었다. 이별의 노래는 많고, 다양하다. 두 〈미인곡〉에서는 임금에
게 버림받은 불만을 외롭게 된 여인이 하는 말로 나타내서 이별을 순수
하지 않게 이용했다고 할 수 있다. 가까이 지내던 사람과 이별하면서 지
은 한시 여러 편은 표현을 음미할 만하지만,[369] 새로운 경지를 개척했다
고 하기는 어렵다. 그러나 다음과 같은 것도 있다.

　　渚鷺雙雙白　물가의 해오라기 쌍쌍이 희고,
　　江雲片片靑　강의 구름은 조각조각 푸른데,
　　世間無別恨　세상에 이별의 한이 없다면,
　　吾亦一杯停[370]　나도 술 마시는 것을 그만두겠다.

물가의 해오라기, 강 위의 구름에는 없는 이별을 사람만 겪는다고 했
다. 그쪽은 아무 근심도 없지만 사람은 이별의 고통에서 벗어날 수 없다.
이별이 삶의 조건이니 술을 마시지 않을 수 없다는 말로 시를 지었다.
술을 마시면서 이별의 슬픔을 잊고자 하고, 시를 써서 이별의 슬픔을 나
타내는 이중의 행동을 하는 사람이 시인이다.

술을 마시지 않는 것은 정철에게는 불가능한 일이다. "所祝新年少酒
杯 讀盡心經近思錄"(바라나니 새해에는 술을 적게 마시고, 《心經》과 《近
思錄》을 다 읽었으면)이라고[371] 하는 소망은 이루어질 수 없다. 사람이 사
는 데는 이별이 있게 마련이다. 주희의 가르침을 따르면서 마음을 편안

---

369) 김갑기, 위의 책, 129~136면에서 이에 관해 고찰했다.
370) 〈席上口號〉 제3수, 속집 1, 2장.
371) 주 342)에서 든 자료이다.

하게 하겠다는 생각을 버리고, 술을 마셔도 잊을 수 없는 이별의 안타까
움을 노래하는 것이 시인의 임무이다.

　사람이 살아가는 모습이 각기 달라서 이별의 노래에는 많은 층위가
있다. 다음에 드는 시조 세 편에서는 서로 다른 이별에 관해 각기 다른
방식으로 말했다. 다양한 발언을 한 가운데 주목할 만한 공통점이 있다.

　　머귀 닙 디거야 알와다 ᄀ올힌 줄을
　　細雨淸江이 서느럽다 밤 긔운이야
　　千里의 님 니별ᄒ고 좀 못드러 ᄒ노라.[372]

　　길 우희 두 돌부텨 벗고 굼고 마조 셔셔
　　ᄇ람 비 눈 서리롤 맛도록 마줄만졍
　　人間 니별을 모ᄅ니 그룰 불워 ᄒ노라.[373]

　　남진 죽고 우는 눈물 두 져지 ᄂ리 흘너
　　졋 마시 ᄶ다 ᄒ고 ᄌ식은 보채거든
　　뎌놈아 어늬 안흐로 게집 되라 ᄒ는다.[374]

　첫째 노래에서는 이별한 님을 잊지 못해 잠 못 이루는 안타까운 심정
을 가을밤의 풍경과 함께 나타냈다. 잊지 못할 님이 두 〈미인곡〉에서처
럼 임금일 수도 있고, 사랑하는 여인일 수도 있다. 그 어느 쪽이든, 이별
은 자연의 질서를 거역하게 하는 삶의 조건이다. 비 내리는 가을밤이 차
가운 만큼 이별의 고뇌는 뜨겁다. 천 리는 먼 거리라는 사실이 무시된다.
밤이 깊어도 잠을 이룰 수 없다. 이별을 수긍하고 받아들일 수 없어, 깨
어 있으면서 항거하는 존재가 된다.

---

372) 《孤山·蘆溪·松江全集》, 676면.
373) 같은 책, 680면.
374) 같은 책, 691면.

둘째 노래에서는 헐벗고 굶주리고, 바람이나 비를 견딘다 해도 이별하는 것만큼 괴롭지는 않다고 했다. 사람이 사는 모습을 돌부처에다 견주는 엉뚱한 관찰과 기발한 착상을 통해 그런 말을 해서, 깊이 생각하도록 깨우친다. 돌부처는 모든 것을 초탈한 경지를 나타낸다고 인정하지 않고 돌로 만들어 세운 조형물에 지나지 않는다고 한다. 가난과 시련을 견디면서 살아가는 사람들은 돌부처처럼 굳세다고 한다. 관념 타파를 통해 부처는 격하하고, 인내하는 자세를 칭송하면서 하층민은 격상해, 그 둘 사이에 아무런 차이가 없다고 한다.

셋째 노래에서는 남편이 죽어 울고 있는 아내의 모습을 그렸다. 남편과는 이별했지만 아직 젖먹이라 떼어놓을 수 없는 자식이 있고, 다른 남자가 가까이 와서 자기 아내가 되어 달라고 한다. 도리를 모르는 하층민의 행실이라면서 나무라고 말 일은 아니다. 죽은 남편 대신에 새로운 남편을 만나 살아가는 것이 어쩔 수 없는 일임을 인정해야 한다. 자식이 있는 것도 마다하지 않고 아내를 삼으려고 하니, 두 사람을 먹여 살릴 각오를 하고 있을 것이다. 윤리의 덕목보다는 살아나갈 방도가 앞선다는 진실을 하층민이 입증한다고 적극적으로 이해해야 한다. 과거를 청산하는 이별이 새로운 만남으로 이어져 미래를 만들어내는 것이 사람이 사는 당연한 과정이다.

주희의 문학관으로 정철의 노래를 평가할 수는 없다. 정철은 성인이 아니다. 정철이 함부로 부른 노래를 높은 경지에 있는 사람 누군가가 골라서 세상에 남긴 것도 아니다. 그러나 정철의 노래는 감동을 주고 교화를 한다. 시인의 능력을 자기 위치를 낮추어 발현했기 때문에 그럴 수 있었다. 높이 올라가려고 하지 말고 낮게 내려오려고 해야 좋은 시를 쓸 수 있다는 것을 보여주었다.

정철은 철학을 하는 사람이 아니었다. 자기 생각을 철학의 개념과 논리로 정리하지 않았으며, 문학을 통해서 철학을 하는 작업도 일관되게 전개하지 않았다. 그러나 체계적인 사고를 하지 않아 혁신을 할 수 있었다. 혁신의 의의가 무엇인가 밝혀 정철의 생각을 철학사의 맥락에서 정리해서 이해하는 것은 오늘날 연구자가 해야 할 일이다.

철학을 통해서 철학을 넘어서는 것은 아주 어려운 일이지만, 시에서는 자유로운 발상을 그리 힘들이지 않고서도 갖출 수가 있었다. 정철은 삶의 이치를 다시 논하는 방법을 오직 시에서 마련하고 철학은 돌보지 않았으므로, 과감한 혁신의 단초를 보여줄 수 있었다. 중세에서 근대로의 이행기에 이룩할 과업을 중세후기에 예고하는 것이 그렇게 해서 가능했다.

정철은 주자학을 기본이념으로 받드는 데 순응해 진출했으면서 스스로 의식하지 않은 가운데 氣일원론 또는 氣철학의 잠재적인 형태를 갖추었다. 李珥의 단계까지 전개된 理氣이원론에서 벗어나, 徐敬德의 氣일원론과 상통하는 견해를 보이면서, 任聖周 이후의 氣일원론에서 수행할 과업을 예고했다. 그런 발상은 저술의 일부에 나타날 따름이고, 필요한 논리를 충분하게 갖추지 못했지만, 그 나름대로 소중한 의의가 있다. 기존의 통념을 넘어서서 삶의 실상을 새롭게 파악해 절실하고 미묘한 느낌을 갖춘 창작물은 단 몇 편이라도 커다란 가치를 가진다.

〈성산별곡〉에서 道心과 人心을 구분하지 않고, 人心을 그 자체로 평가했다고 한 것과 같은 일을 시조에서는 더욱 확대해서 했다. 천지만물과 합치되는 선한 마음의 근거인 本然之性을 찾는 것이 사대부 시조의 공통된 지향일 때, 정철의 노래에서는 氣質之性을 긍정했다.[375] 기녀의 시조에서나 보이던 기질지성의 시조를 확대하고 심화하면서 하층민에게로 다가갔다. 자기 자신은 사회의 최상층에 속한다는 한계를 넘어서서, 상하층이 함께 어울릴 수 있는 자리를 하층에다 마련하고자 했다.

情이 함부로 나다니지 않고 고요하게 머물러 본연지성에 이르도록 해야 한다는 주장을 물리치고, 기질지성이 情으로 발현되는 것을 긍정했다. 사람이 천지만물과 어긋나지 않을 수 없어 겪는 갈등을 심각한 문제

---

375) 〈본연지성의 시조와 기질지성의 시조〉, 《우리 문학과의 만남》(서울 : 홍성사, 1978 ; 기린원, 1988)에서 그 두 가지 시조의 상관관계에 관해 고찰했다.

로 받아들이면서, 하층민의 삶에 대해서 진지한 관심을 가졌다. 사람이 지켜야 할 도리에 대한 고정관념을 파괴하고, 가난의 고통을 견디더라도 이별하지 않고 사는 것이 행복임을 파격적인 발상을 갖춘 기발한 표현을 통해서 일깨워주었다.

그런 생각을 가지고 철학을 뒤집어엎는 것은 중세에서 근대로의 이행기에 이르러야 할 수 있었다. 氣일원론의 기본논리를 분명하게 하고, 사람이 선하다는 것은 氣質이 선하기 때문이라고 하는 주장은 18세기에 이르러 任聖周가 비로소 폈다. 삶을 누리는 것이 선이라고 한 朴趾源의 지론이 또한 그쪽으로 나아갔다. 평등한 사회윤리 또한 氣철학의 윤리이다. 洪大容의 혁신이 그런 방향에서 이루어졌다.

정철이 별난 사람이어서 별난 생각을 했다고 할 것은 아니다. 사상 전환의 대세가 그렇게 바뀌고 있는 데 16세기의 정철이 일찍 참여하고, 18세기의 사상가들이 그 뒤를 이었다. 그러나 정철 자신은 그 점을 스스로 깨닫지 못했으며, 18세기의 사상가들도 정철의 전례에 대해서 관심을 가지지 않았다. 그러나 오늘날 다시 살피면 연관관계를 파악해, 앞뒤를 이을 수 있다.

주자학으로 정립된 理氣이원론은 중세후기의 사상구조를 확립하는 구실을 한 공적이 있으면서, 다음 시대로의 발전을 저해하는 장애가 되었다. 주자학을 불편하게 생각하는 사람들은 중세후기의 사상정립을 방해해서 손실을 끼치는 한편 다음 시대로 나아가는 길을 여는 데 그 나름대로 기여했다. 정철 또한 그런 이중적인 기능을 했다. 이중적인 기능 가운데 다음 시대로 나아가는 길을 연 쪽은 철학사 이해의 거시적인 통찰력을 갖추고 다음 시대 사상창조의 방향을 적극적으로 찾아야 비로소 인식될 수 있다.

합치면 갈라져야 하는가

라마누자·가잘리·주희·아퀴나스의 철학은 다음과 같이 간추릴 수 있는 공통점이 있다.

(가) 하나와 여럿의 관계 : ∞인 여러 사물은 하나이고 총체인 1의 일부이므로 그 나름대로 소중하다.

(나) 조화와 갈등의 관계 : ∞의 상태는 대립과 갈등을 빚어내지만, 1인 상태는 대립을 넘어서고 갈등이 없는 조화를 이룩하고 있다.

(다) 선과 악의 관계 : ∞의 상태에서는 선악이 공존하고, 선이 일면적으로, 부분적으로 존재할 따름이지만, 1에서는 악이 배제되고 선만 존재한다.

(라) 이성과 통찰의 관계 : ∞의 사물에 대해서 하나하나 알려고 하면 그 이치를 객관적으로 논리적으로 연구해야 하지만, 모든 것이 하나인 1에 이르기 위해서는 한 단계 더 높은 경지의 통찰에 이르러야 한다.

(가)에서 1과 ∞가 관련을 가진다고 말한 방식은 일정하지 않다. 가잘리와 아퀴나스는 1인 신이 ∞의 사물을 창조했다고 했다. 라마누자는 1인 신의 분신이 ∞의 사물로 나타난다고 했다. 주희는 1의 원리에 의해서 ∞의 사물이 존재한다고 했다. 창조설·분신설·원리설은 그 자체로서로 다르지만, 1과 ∞가 불가분의 관계를 가진 절대적인 존재라고 하는점에서는 일치한다. 그 점에서 기독교나 이슬람교의 신은 힌두교의 '브라흐만'과 다르지 않다. 유교에서 "理一分殊"라고 하고, "人人有一太極物物有一太極"이라고 한 理나 太極과도 상통한다.

네 사람 가운데 아무도 0에 관해서는 말하지 않았다. 1이 0이고 0이 1이라고 한 불교의 지론을 라마누자는 힌두교에 입각해서 거부했으며, 주희 또한 부정하고 그 대안을 제시했다. 가잘리의 이슬람교나 아퀴나스의 기독교는 1의 근원인 신의 존재를 믿는 것을 모든 사고의 출발점으로 삼았으므로 1이 0이고 0이 1이라고 할 수 없었다.

∞인 여러 사물은 하나이고 총체인 1의 일부이므로 그 나름대로 소중하다고 하면, 사물은 허망하다는 생각을 버려야 한다. 어떤 개별적인 사물이라도 그 나름대로의 의의가 있으므로 존중해야 마땅하다. 개별적인 사물에서 총체적이고 궁극적인 원리를 찾을 수 있다고 해야 한다. 총체적인 원리를 그 자체로 추구해야 하는 것은 아니다. 총체적이고 궁극적인 원리를 찾는 일을 특별한 사람만 할 수 있는 것은 아니고, 누구든지 할 수 있다. 누구든지 나날이 영위하고 있는 일상적인 삶에서 출발해서 최고의 진리를 탐구하는 것이 탐구의 올바른 자세이고 과정이다.

(나)에서 1이 ∞이고 ∞가 1인 것은 아니라고 했다. ∞에는 갈등이 있으나 1에는 조화만 있어서 양쪽은 서로 다르다고 했다. 다른 세 사람은 1과 ∞만 말했지만, 주희는 2인 음양이 1이나 ∞ 못지 않게 긴요하다고 했다. 음양의 갈등으로 천지만물이 운동하고 변화하는 것을 긍정적으로 평가했다. 그러나 음양의 갈등을 넘어선 차원에 궁극적인 조화가 있다 하고, 조화와 갈등은 가치의 등급이 다르다고 한 점에서, 주희도 다른 세 사람과 같은 생각을 했다.

네 사람 모두 갈등을 넘어서서 조화를 찾는 것이 삶의 목표라고 했다. 갈등을 나타내고 있는 사물이 그 자체로 궁극적인 원리는 아니고, 일상적인 삶이 그 자체로 최고의 진리는 아니다. 사물과 원리, 삶과 진리 사이에는 낮고 높은 단계가 있다. 가장 높은 단계로 올라가 궁극적인 조화에 동참하기 위해서는 끊임없이 노력해야 한다.

(다)에서 선악을 구분한 세부적인 사항 또한 서로 같지 않다. 가잘리와 아퀴나스는 사람은 신의 선한 특성과 유사한 것을 지니고 있어서 선하다고 했다. 라마누자는 '브라흐만'의 모습이 개별적인 사물에 구현되어 있으므로 개별적인 사물을 허망하다고 할 수 없고, 그 나름대로 선할 수 있다고 했다. 주희는 理는 純善하고 氣에는 善惡이 있다 하고, 氣의 善은 그 자체의 특성이 아니고, 理의 善이 氣에서 구현된 것이라고 했다. 그렇지만 다른 넷은 사람이 스스로 선하다고 자부하는 것은 잘못이고, 삶의 실상을 넘어선 영역에 선의 근거가 별도로 있다고 하는 점에서는

같은 생각을 했다.

(가)에서 (다)까지로 항목을 나누어 정리한 네 사람의 공통점을 총괄하기 위해서 주희가 사용한 理氣철학의 용어를 일제히 적용하는 것이 타당하고 유익하다. 주희가 理만 소중하지 않고 氣 또한 소중하며, 理와 氣는 하나이면서 둘이어서, 불가분의 관계를 가지지만 서로 구별된다고 한 것이 다른 세 사람도 함께 지닌 생각이다. 그런 특징을 가진 理氣이원론이 중세후기사상의 공통된 특징이다.

앞 시기 중세전기의 사상은 ∞의 사물이나 그것들이 빚어내는 갈등은 모두 허상이고, 1만 진상이다. 또는 1이 0이고, 0이 1이라고 했다. 허상에 사로잡혀 빚어내는 악에서 벗어나기 위해서 1 또는 0의 진상을 파악해야 한다고 했다. 사물의 세계를 떠나고 삶의 실상에서 벗어난 특별한 사람이라야 그런 진실을 깨달아 마음을 바로잡을 수 있다고 했다. 그것은 理일원론이다.

그 네 사람의 사상이 전개한 중세후기의 사상은 理와 氣가 둘 다 소중하고, 그 둘이 불가분의 관계를 가지지만, 이가 기보다 우위에 있다고 하는 理氣이원론이다. 누구든지 자기 삶을 이룩하면서 진리 탐구를 할 수 있지만, 삶의 실상 자체가 진리는 아니고, 삶의 실상을 넘어서서 고차원한 가치를 추구하고, 외면의 얽힘과는 다른 내면의 평온을 찾아야 한다고 했다.

그 다음 시기, 중세에서 근대로의 이행기에는 이와는 다른 氣일원론이 등장했다. ∞의 사물이 2가 되어 서로 대립되고 갈등을 빚어내는 양상 자체가 1이어서, 1이 2이고 2가 1이라 하고, 갈등이 조화이고 조화가 갈등이며, 선악의 부딪힘이 마땅하게 이루어지는 것이 바로 선이라고 했다. 사람뿐만 아니라 동물 또한 삶을 누리는 것이 선이며, 삶을 유린하는 것이 악이다. 누구든지 자기 처지에서 삶을 이룩하는 경험의 차원이 그 자체로 진리라고 했다.

이 세 가지 사상을 명명하는 데 理일원론·理氣이원론·氣일원론 이상의 적절한 용어를 찾을 수 없다. 그 셋을 理철학·理氣철학·氣철학이라

고 말을 바꾸어 일컬을 수 있다. '이치'론·'이치-기운'론·'기운'론이라고
하면 좋겠으나, 이런 용어가 쉽사리 통용될 수 있을까 염려된다. '이치'
론·'이치-기운'론·'기운'론은 어느 때, 어디서든지 있을 수 있는 세 가지
기본적인 사고방식이다. 그러나 그 셋이 각기 뚜렷한 체계를 갖추고 나
타나서 널리 영향을 끼친 것은 중세전기, 중세후기, 중세에서 근대로의
이행기에 있었던 일이다.

라마누자·가잘리·주희·아퀴나스의 철학은 고심에 찬 창조물이다. 방
황도 하고 고뇌도 겪고서 마침내 깨달아 안 생생한 사상을 설득력이 가
장 높다고 생각한 방법으로 생동하게 폈다. 후대의 숭앙자들이나 연구
자들이 요약하고 해설한 글을 버려두고, 글쓰기 방식에 깊은 관심을 가
지고 원문을 읽어 그 창조적인 작업의 생동감을 현장에서 맛보아야 한
다. 주희 이외의 다른 셋이 남긴 글을 번역을 통해 접근할 수밖에 없었
지만, 그렇게 하려고 애쓰노라고 되도록 길게 인용하고 자세하게 검토
했다.

네 사람 가운데 어느 누구도 권위를 자랑하는 보수주의자도, 융통성
없는 논리를 펴는 완고파도 아니었다. 혁신자이고 창조자였다. 사고를
혁신하고 문화를 창조하는 공적을 크게 이루었다. 처음에는 받아들여지
지 않다가 차츰 동조자를 얻어, 기여한 바가 확대되었다.

그러나 그 네 사람의 철학은 네 문명권에서 각기 내놓은 중세후기철
학의 모범답안이다. 모범답안으로 인정되면서 창조적인 노력의 의의는
줄어들고, 사고를 공식화하고 사회를 규제하는 구실을 하게 되었다. 혁
신이 보수로 바뀌었다. 추종자나 맹신자들이 생겨나 긍정적인 의의는
없애고, 사상을 규격화·교리화·절대화했다. 중세에서 근대로의 이행기
를 중세로 역행시키고, 근대화를 거부하는 명분으로 사용되었다.

철학의 영역에서 규격화·교리화·절대화의 장벽을 넘어서서 원래의
생동하는 의의를 재인식하기 어려웠다. 원래의 생동하는 의의마저 비판
하고 한걸음 더 나아간 새로운 사상을 창조하는 것은 더욱 어려운 일이
었다. 중세에서 근대로의 이행기에 들어섰을 때 용감한 예외자인 반역

사상가들이 나타나 새로운 철학을 다채롭게 전개했다.

(라)에서 네 사람 모두 ∞의 사물에 대해서 하나하나 알려고 하면 그 이치를 객관적으로 논리적으로 연구해야 하지만, 모든 것이 하나인 1에 이르기 위해서는 한 단계 더 높은 경지에 이르러야 한다고 한 것은 (다)까지의 공통점보다 더욱 주목할 만하다. 理氣의 용어를 써서 다시 말하면, 氣에 대한 단계적·경험적·합리적 인식을 소중하게 여기면서 또한 氣를 넘어서 있는 理는 한꺼번에 총체적으로 이해해야 한다고 했다. 그것이 무슨 말이며, 어떤 의의를 가지는가?

∞의 氣의 이치에 대한 이해는 오늘날 널리 통용되는 용어를 사용하면 '이성'의 소관이라 하겠으나, 그것보다 한 단계 더 높은 경지에서 ∞가 1임을 한꺼번에 총체적으로 이해하는 능력은 무엇이라고 할 것인가? 이에 대한 대답으로서 '통찰'이 가장 적합하다. 네 사람 모두 '이성'에서 '통찰'로 나아가고자 하는 염원을 모두 가진 것을 어떻게 평가해야 하는가?

네 사람의 견해가 각기 달라, 그 물음에 대해서 일률적으로 대답할 수 없다고 할 수 있다. 해답을 종교에다 내맡기는 경우와 스스로 얻으려고 한 경우, 논의를 일관되고 치밀하게 전개한 경우와 단편적이고 산만하게 전개한 경우가 서로 다르다. 그런 차이점에 관해 먼저 고찰하고 공통점을 재확인하는 것이 마땅한 순서이다.

아퀴나스는 이성을 사용하는 철학적 학문 이상의 학문이 '계시'를 내용으로 한 거룩한 가르침이므로, '계시'의 권위에 의거해서 논증될 수 있다고 해서 학문을 학문이 아닌 것으로 만들었다고 할 수 있다. 거룩한 가르침 자체는 이성으로 논증할 수 없지만, 그 가르침 안에 전해지는 것들을 명백하게 하기 위해서 이성을 사용해서 이성이 신앙에 조력을 하도록 해야 한다고 한 것도 문제이다. 그렇다면 이성을 하인으로 부리는 주인은 누구이며 이성이 하인 노릇을 제대로 하는지 판별할 능력이 있는가 의심스럽다.

이성의 학문 위에 이성 이상의 학문이 있다는 것은 타당한 주장이다.

그러나 이성 이상의 학문은 계시라느니, 신앙이라느니, 거룩한 가르침이라느니 하면 학문이 아니다. 이성 이상의 학문이 학문이라고 할 근거가 없다. 이성 이상의 학문은 이성 이상의 능력을 가지고 그 자체의 타당성을 논증하고, 이성이 이성 노릇을 제대로 할 수 있는 지침을 제공하고, 그 지침대로 움직이는지 점검하고 평가할 수 있어야 한다. 이성 이상의 것이 그 자체의 타당성을 계시의 권위에 의해 입증하면, 이성을 이끌고 평가할 수 없다.

그런데 가잘리는 이성의 합리성이 이성 이상의 능력과 합치된 상태를 계시라고 하고, 거기서 이성이 배제된다고 하지는 않았다. 계시에서 얻는 지식이 진정한 지식이라고 했다. 그런 의미의 계시는 바로 통찰이다. 과학이 미치지 못하는 영역에 통찰이 있으므로, 과학이라야만 학문이라고 착각하지 말고, 과학과 통찰을 아우르는 학문을 하자고 한 나의 지론을 900년 전의 가잘리는 지성 위에 계시가 있다는 말로 나타냈다. 가잘리가 지성만의 학문인 당시의 철학을 비판한 것과 같은 일을 내가 다시 해서 과학이라야 학문이라고 하는 자기 당대의 자연학문과 그 추종자인 사회학문을 비판한다. 가잘리가 계시에 관해서 해명하고자 한 과업을 이어서 나는 통찰을 논한다.

그렇지만 문명의 전통이 다르고 시대가 바뀌어 둘 사이에는 상당한 차이도 있다. 가잘리는 이성의 한계를 지적하는 데 힘쓰고, 이성과 계시의 차이를 중요시한 것과 달리, 나는 과학과 통찰을 아우르는 학문을 하자고 한다. 과학과 분리된 통찰은 허황할 수 있고, 과학과 합쳐진 통찰이라야 납득할 수 있는 실체를 갖추고 학문하는 과업을 실제로 수행한다고 한다. 나는 '통찰'을 종교적 체험으로 돌리지 않고, 格物致知나 實事求是의 지혜로 삼아온 동아시아의 전통을 이어 과학이 극성한 시대인 근대를 넘어서기 위한 지혜의 원천으로 삼고 있는 두 가지 이유에서 가잘리와는 다른 길로 간다.

라마누자도 '진정한 지식'이라는 말을 썼다. 우주의 원리인 브라흐만이 자아의 본체인 아트만이라는 데 근거를 두고, 아트만을 자각하는 사

람은 진정한 지식을 가진다고 했다. 그것이 바른 통찰이다. 그런 통찰력
은 모든 존재를 잘못 인식한 괴로움에서 벗어날 수 있게 할 뿐만 아니
라, 행동하고 창조하는 지침이 된다고 했다. 브라흐만이 바로 천지만물
이므로, 천지만물의 생멸과 운동에 동참하는 행동을 해야 한다고 했다.
천지만물에 동참하면서 진정한 자아를 발현하는 창조를 신명나게 하는
것이 최대의 통찰이라고 했다.

그렇게 하는 데 사람은 누구나 평등하다고 라마누자는 주장했다. 예
사 사람이라도 누구나 진정한 탐구의 길에 들어설 수 있다고 한 공통된
생각을 라마누자는 특별히 강조하면서, 살기 위해 부지런히 활동하는
사람이 천지만물과 함께 행동하는 범위가 더 넓어, 절실한 사정이 있을
때 스스로 깨달아 위대한 창조를 할 수 있다고 했다. 그렇게 하는 사람
들이 나타나 라마누자의 사상을 받아들이면서 넘어섰다. 일자무식의 하
층민 카비르가 그 좋은 본보기를 보여주었다.

주희는 중세후기의 다른 사상가들과 견주어보면, 가잘리 정도의 각성
을 얻기는 했으나 학문이 무엇인가 하는 문제를 심각하게 따지지 않아
문제를 명확하게 하지 못했다. 깊은 고뇌, 철저한 결단, 치열한 논란 같
은 것도 상당히 모자란다. 그러나 사물의 본질을 理와 氣로 논한 주희의
개념과 논리는 다른 누구보다도 명확해서 일반론을 전개하는 데 준거가
된다. 라마누자나 가잘리와 마찬가지로 아퀴나스 또한 理와 氣는 하나
이면서 둘이고, 둘이면서 하나라고 했다고 하면, 그 네 사람 사상의 일
치점이 분명하게 확인된다.

통찰에 관한 주희의 견해는 豁然貫通론으로 구체화되었다. 그것은 다
른 세 사람의 지론과 견주어보면, 중요한 차이점이 있다. 그 셋은 통찰
이 가능한 근거가 종교에 있다고 하고, 신의 가호나 은총으로 통찰의 능
력을 갖추고 또한 발휘한다고 했으나, 주희에게는 그런 신이 없어 통찰
력을 얻는 것이 사람이 스스로 이룩해야 할 과제였다. 통찰은 신이 가져
다준다고 할 때는 豁然貫通론이 在內工夫론과 바로 연결되어 그 상위영
역인 것처럼 이해되었는데, 주희의 경우에는 그 둘이 분리되어 豁然貫

通論의 독자적인 의의가 분명하다.

그러나 주희는 豁然貫通이 어떻게 해서 이루어지는가 밝혀 논하지 못했다. 在內工夫와 在外工夫가 합쳐지는 가능성이나 당위성에 대해서 언급하는 정도에 그치고, 논의를 더 진전시키지 못했다. 신의 능력이 사람에게 갖추어져 있고, 신의 모습이 사물로 나타나 있다고 한 라마누자는 마음과 사물, 사람과 신의 합치에 관해서 풍부한 내용을 가진 구체적인 논의를 설득력 있게 전개했으나 주희는 그럴 수 없었다. 在外工夫에 치우쳐 있어 궁극적 진실을 외면하는 철학자라는 사람들과 맞서는 온당하면서 효과적인 방법이 在內工夫의 의의를 일방적으로 강조하는 데 있지 않고, 在內工夫와 在外工夫를 합치는 길을 제시하는 데 있음을 자기 생애를 모두 내걸고 입증한 가잘리의 분투를 주희에게서는 찾을 수 없다.

네 사람이 모두 통찰을 추구한 성과를 놓고 평가할 때, 어느 쪽이 이치를 더 잘 따졌는가, 어느 쪽에서 이룬 성과가 더욱 풍부한가 가리는 것과 함께 어느 쪽의 자세가 더욱 성실하고 감동을 주는가 하는 것도 소중한 척도이다. 아퀴나스의 글쓰기 방법, 라마누자가 이룩한 성과, 가잘리가 보인 탐구의 자세를 특히 중요시하는 데다 주희는 통찰이 신의 선물이 아니고 사람이 스스로 이루어야 하는 과제라고 한 기본전제를 보탰다.

이성과 통찰을 갈라 말하는 것은 그 네 사람이 아닌 다른 누구도 펼 수 있는 주장이다. 사람의 이성을 불신하고 신이 내려주거나 신과 만나는 통찰만 대단하게 여기는 주장을 도처에서 만날 수 있다. 그런데 라마누자·가잘리·주희·아퀴나스는 사물의 실상을 탐구하는 이성을 소중하게 여기고, 이성의 단계에서 더 나아가면 통찰에 이른다고 해서 자기네 시대 사람들을 크게 깨우치는 획기적인 기여를 하고, 오늘날 다시 평가해야 할 소중한 유산을 남겼다.

이성과 통찰은 서로 배타적인 관계가 아닌 상하관계에 있다고 하는 생각에서, 이성과 통찰은 어떻게 연결되어 있고, 이성에서 통찰로 나아간 방법은 무엇인가 하는 문제를 제기하고 해결하려고 했다. 그래서 바람직한 결과를 얻은 것은 아니다. 평가할 만한 시도를 했지만, 만족스러운 해답은 얻지 못하고, 당착이나 파탄을 내보였다. 그런 차질이 생긴 이유가 무엇인가 따져서 잘못된 길을 바로잡는 것은 오늘날 우리가 해야 할 일이다.

이성에서 통찰로 나아가고자 하는 노력이 바람직한 결과를 얻지 못하고 차질을 빚은 이유를 몇 가지로 갈라 말할 수 있다. 한편에서는 통찰을 신이 내려준다고 해서 차질이 생겼다. 그렇게 해서는 사람이 스스로 지닌 능력인 이성과 신이 내려주는 능력인 통찰 사이에 단절이 있게 마련이다. 주희의 경우에는 신을 내세우지 않았지만, 理와 氣는 하나가 아니라고 해서 氣에 대해 탐구하는 이성과 理를 알아내는 통찰이 분리되지 않을 수 없게 했다.

그런 차질은 理와 氣가 하나라고 하는 氣일원론을 이룩해야 해결할 수 있다. 통찰은 신이 내려준다고 하는 전제를 철회하고 사람이 지닌 이성의 상위단계라고 하는 것도 氣일원론이다. 중세에서 근대로의 이행기에 이르면 氣일원론에 입각해 통찰을 이룩하는 철학이 도처에서 나타나는 것을 보게 된다.

다른 한편에서는 통찰에 관한 논의를 이성의 방법으로 진행하기만 해서 차질이 생겼다. 라마누자·가잘리·주희·아퀴나스가 앞 시대 중세전기의 철학자들과 달리 이성의 방법을 크게 발전시킨 것은 커다란 공적이다. 통찰에 관한 논의도 종교교리나 신비체험에 내맡기지 않고 이성의 방법으로 전개하고자 한 것은 더욱 평가해야 한다. 그러나 통찰은 이성에서 한 단계 더 나아간 것이므로 이성의 방법으로는 파악되지 않는다. 이성의 방법이 할 수 있는 일은 통찰의 존재에 대한 예견이고, 그 외형에 대한 진단 정도여서, 그 실상을 체험하기 위해서 내부에 들어가지 못한다.

통찰에 관한 논의를 이성의 방법으로 진행해서 생긴 차질은 철학자가 아닌 시인이 맡아 해결해야 했다. 이성의 방법으로 누구에게나 타당할 수 있는 주장을 논술하는 대신에 스스로 깨달은 것을 바로 나타내는 시를 쓰면 통찰의 실체를 직접 나타낼 수 있다. 단테·아타르·카비르·정철의 시는 그런 의의가 있기 때문에 각기 상관관계를 가진 철학과 비교해서 고찰했다. 이제 그 결과를 총괄하면서 철학자와 시인, 철학과 시는 어떤 관계에 있는가 하는 문제에 대해서 새로운 해명을 시도할 때가 되었다.

철학자는 철학만 한 경우도 있고, 철학자가 철학도 하고 시도 쓴 경우도 있다. 철학자가 철학도 하고 시도 쓴 경우에는 철학에서 못 다한 기능을 시에서 수행하도록 했다고 할 수 있다. 주희가 그 본보기를 보여주었다고 할 만하다. 자료를 확보해 구체적으로 살피지 못했으나, 아퀴나스 또한 시인이었으니 그랬을 수 있다. 그런데 훌륭한 철학자가 훌륭한 시인은 아니어서, 시의 기능을 충분히 발휘하지 못할 수도 있다. 주희의 경우가 그랬다고 할 수 있다. 아퀴나스를 시인으로 평가하지 않은 것도 그 때문이라고 생각된다.

철학자와 시인이 나누어져 있는 경우에는 양자관계의 유형이 몇 가지로 구분된다. 시인이 철학자의 사상을 명시해서 수용한 경우도 있고, 암묵적으로 수용한 경우도 있다. 단테는 앞의 본보기를, 아타르와 카비르는 뒤의 본보기를 보였다. 시인이 철학자의 사상을 긍정하면서 변용한 경우도 있고, 철학자의 사상을 부정하면서 그 대안을 내놓은 경우도 있다. 다른 세 시인은 앞의 길을 갔다면, 정철은 뒤의 길을 택했다.

철학자와 시인, 철학과 시의 관계를 이렇게 열거할 수 있는 관련사항은 피상적인 것들이다. 이성으로 파악할 수 있는 수준이어서 통찰은 갖추지 못했다. 논의를 심화해서 다시 살피면, 철학자와 시인, 철학과 시는 통찰을 구현하는 과업을 두고 경쟁을 한다. 통찰의 존재나 외형에 대해서 이성에 입각한 논의를 펴서 통찰 일반론을 전개하는 데서는 철학이 앞서고, 스스로 터득한 통찰의 실상을 직접 나타내는 일은 시에서 할 수 있다.

시에서 그 일을 얼마나 잘했느냐는 철학자와 시인, 철학과 시의 외면적인 관계의 유형과 바로 연결되지 않는다. 철학자의 사상을 숭앙하면

서 따르려고 하면 통찰이라는 대안을 내놓기 어렵지만, 시인이 삶의 현
장과 자기 나름대로 절실하게 부딪혀 깨달은 바가 있으면 사정이 달라
진다. 철학자의 사상을 부정하면서 대안을 내놓는 경우에는 그 대안이
또 다른 철학일 수도 있고, 철학에서 갖추지 못한 통찰일 수도 있다.

철학이든 시든 창조하는 작업을 생명으로 한다. 그러나 철학자의 창
조는 그 가치가 인정되면 정설로 고착화되어 다른 사람의 창조를 제약
하는 구실을 한다. 라마누자·가잘리·주희·아퀴나스의 철학이 각 문명권
의 중세후기 이념으로 공인되어 규격화·교리화·절대화된 것이 바로 그
런 경우의 대표적인 예가 된다. 그래서 철학에서는 기존의 철학을 이해
하고 해설하는 이성의 작업만 있고, 통찰은 전혀 생각할 수도 없게 되는
질곡을 문학이 나서서 해결한다.

중세후기 동안에도 문학에서는 공식화된 사상에 대해서 어느 정도 자
유로운 대응을 할 수 있었다. 문학을 하고 시를 쓰는 사람들 가운데도
규격화된 사고를 따르면서 권위에 편승하려고 하는 쪽이 있었으나 주류
를 이룬 것은 아니다. 시인은 자기 나름대로 생각하고 표현할 수 있는
자유를 누리면서 규격화를 완화하고 해체하는 데 기여했다. 바로 그 점
이 문학이 통찰의 본거지가 될 수 있는 기본조건이었다.

네 문명권의 중세후기철학에서는 공통점이 뚜렷하지만, 공통된 철학
을 시를 지어 다시 나타내거나 뒤바꾸어 놓은 민족어문학의 창작에서는
차이점이 더욱 두드러진다. 이를 통해서 다음 사실을 알아낼 수 있다.

(가) 여러 문명권의 철학에서 공통점과 공존하는 차이점을 문학이 확
대해서 나타낸다. 철학에서는 문명권의 구분을 넘어선 보편성 또는 문
명권마다의 보편성이, 문학에서는 문명권마다의 특수성 또는 민족문화
영역의 특수성이 더욱 소중하기 때문이다.

(나) 철학에서는 완결된 체계 때문에 가려져 있던 다양한 주장을 문
학에서 확대해서 나타낸다. 철학은 모든 것이 하나라고 해서 설득력을
가지지만, 문학은 여럿이 서로 다투는 양상을 역동적으로 나타내서 감
동을 주기 때문이다.

(다) 철학에서 추구하는 추상적 사고의 구체적인 의미를 문학이 확대해서 나타낸다. 철학은 사변적인 일반화를 원하는 소수를 위해서 필요하지만, 문학은 구체적인 경험을 풍부하게 환기하면서 많은 사람들에게 환영받는다.

(라) 철학은 고정화되어 생기가 없어지는 결함을 문학에서 시정한다. 철학은 처음 생길 때는 혁신이었어도, 전승되는 동안에 불변의 교리로 굳어지고 재창작이 힘들지만, 문학은 교리를 뒤집어엎고 권위를 타파하는 창작을, 새로운 방식을 찾아 중단 없이 다시 하기 때문이다.

(마) 한 시대를 창조하고서는 죽어가는 철학을 문학이 살려내면서 철학에 대한 문학의 복종과 승리를 함께 구현한다. 철학은 문학에게 죽어야 살아나고, 문학은 철학에게 죽어야 살아난다.

철학은 권위 있는 교리가 되면서 생동하는 의의를 잃는다. 새롭게 개척한 사고를 계속 활성화하는 구실을 시가 맡아 나선다. 그러나 시는 철학을 수정해야 한다. 예사 사람들의 일상적인 삶을 더욱 중요시하고, 특별한 자리로 나아가지 않고 그 자체에서 깨달음을 얻을 수 있다고 한다. 그렇게 해서 굳은 사고를 깨고, 열린 현실을 받아들인다.

철학은 결정판이 이루어졌다고 인정되어 새것이 나오지 않고, 결정판에 대한 해석은 더욱 보수화되고 경직되었다. 그러나 문학에는 결정판이 없다. 문학은 여럿이 공존할 수 있다. 지난 시기의 문학에 대한 해석보다 새로운 문학을 창작하는 것이 더욱 긴요한 과제였다. 그래서 중세후기는 단일철학의 시대이고 다원문학의 시대였다. 단일철학은 중세후기가 하나이게 하고, 다원문학은 중세후기가 여럿이게 했다.

단일철학은 공동문어를 사용하기만 한 것과 달리, 다원문학은 민족어를 다채롭게 활용했다. 단일철학과 상당한 거리를 가지고 단일철학을 새롭게 해석하고 자유롭게 변형시킨 다원문학의 창작은 공동문어문학에서 이루어지지 않고 민족어문학에서 이루어졌다. 그래서 중세후기의 민족어문학이 중세에서 근대로의 이행기문학의 직접적인 선구자가 되고, 근대민족문학의 자랑스러운 원천이 되었다. 보편적인 사고인 철학은

시대의 한계를 벗어나지 못하고 특수한 경험인 문학은 시대의 한계를
넘어섰다.

중세후기의 문학 가운데 단일철학에 충실하고자 한 것도 있고, 거기
서 멀어지고자 한 것도 있다. 루미와 아타르, 박인로와 정철의 차이를
그렇게 이해할 수 있다. 아타르와 정철이 앞서고, 루미와 박인로가 뒤따
른 것은 고정된 발상을 넘어서려고 하는 움직임에 대한 반동이 뒤늦게
나타났기 때문이다. 그런데 그 둘 가운데 단일철학에 충실하고자 한 것
은 단일철학을 능가하는 의의가 없고, 거기서 벗어나고자 한 것은 후대
로 이어지는 가치를 가진 것으로 평가된다.

단테·아타르·카비르·정철의 시는 서로 아주 다르다. 발상과 표현에서
공통점이 있다고 하기 어렵다. 각기 그것대로 이루어진 독자적인 창조
물이어서 한자리에 놓고 비교하는 것도 어울리지 않는 일이라고 할 수
있다. 그러나 그 넷 다 중세후기의 단일철학에 대한 대응물이다. 단일철
학에 일면 동의하면서 일면 비판하는 발상을 각기 새롭게 표현했다. 단
일철학과의 관계를 공통의 축으로 하고, 단일철학의 단일내용을 중심점
으로 하면 그 네 시인을 함께 고찰하는 것이 가능하고 유익하다는 것을
입증했다. 철학사를 매개로 해서 문학사를 이해하는 것이 어째서 가능
하고 어떤 결과를 가져오는가 알 수 있게 되었다.

합치면 갈라져야 하는가? 그렇다. 합쳐서 죽게 된 것은 갈라져서 살
려내야 한다. 단테·아타르·카비르·정철의 시는 철학에서 갈라져 나와
문학을 살렸다. 문학을 통해서 철학을 하는 길을 다시 찾아 철학도 살렸
다. 갈라지는 것은 새롭게 합치는 길이다. 단일철학을 다원철학으로 바
꾸는 작업을 철학에서는 할 수 없어 시에서 했다.

단테·아타르·카비르·정철의 시는 구체적인 양상에서 서로 아주 다르
지만, 기본발상에서는 전체적으로 공통점이 있다고 총괄해서 말할 수
있다. 사회 저변에서 살아가는 예사 사람들의 일상적인 경험에서 진실
이 무엇이며, 정신적 향상과 각성을 어떻게 이룩해야 하는가 하는 문제
에 대한 탐구를 진지하게 전개해 누구나 쉽게 이해하고 감동을 얻을 수

있는 살아 있는 언어를 통해서 나타낸 것이 '통찰'의 방법이고 또한 내용이다. 네 사람의 시는 모두 중세후기의 산물이면서 그 범위를 넘어서 새로운 시대를 창조하는 데 가담해 중세에서 근대로의 이행기를 지향했다고 할 수 있다.

그 점에 대해서 더욱 포괄적이고 타당성이 높은 연구를 하는 것이 지속적인 과제이다. 그러나 사실을 사실대로 파악하는 데 그치려고 하면 그 길이 막힌다. 네 사람의 시에서 무엇이 소중해 그런 평가를 할 수 있는가 하는 의문에 대한 해답은 논문 쓰기의 방법으로 제시하기 어렵다. 역사적 연구를 해서 문제를 해결할 수 없다. 독자가 네 사람의 시에서 무엇을 찾아내 자기의 '통찰'과 합치되게 하는가는 각자 자기 나름대로 결정할 일이기 때문이다. 그것이 문학의 특성이다.

이해관계에 눈이 어두워 다투기를 일삼는 세속인의 타락상을 단테가 나무란 데 깊이 공감하면서, 저 높은 곳을 향해 나아가고자 하는 고매한 이상을 키울 수 있다. 눈앞의 유혹 때문에 원대한 탐구를 포기하는 안이한 자세를 아타르가 하나씩 드러내 보인 데 비추어 우리 자신을 되돌아보고, 진리 탐구를 위해서 어떤 고난이라도 이겨내겠다고 다짐할 수 있다. 신분이나 종교를 차별하는 편견 때문에 생기는 불필요한 갈등에서 벗어나야 한다고 카비르가 하층에서 얻은 자기 체험을 근거로 삼아 온몸으로 역설한 데 감명을 받고, 누구든지 새로운 사람이 될 수 있다. 관념화된 사고로 백성을 교화하겠다고 하는 헛된 명분론을 정철이 나무란 것을 보고 깨달아, 마땅한 도리를 삶의 실상에서 찾아내는 새로운 탐구자가 될 수 있다.

그런 작업은 작품 자체에서 미완성인 채로 남아 있고, 독자가 자기 것으로 다시 하려 하면 처음에는 신명이 나도 곧 막연해진다. 깊은 경험이나 절실한 깨달음은 그 자체로 정리되지 않아 이론화를 요구한다. 작품에서 던진 문제에 대한 해답을 체계화해서 갖추려면 독자가 철학을 해야 한다. 알아낸 사실이 어느 정도 일반화될 수 있으며, 어느 정도 보편적인 가치를 가지는가? 이에 대해서 말하려면 철학을 해야 한다. 철학에

서 문학으로 갔던 것을 철학으로 되돌려야 한다. 그래서 철학사와 문학
사가 얽힌 역사가 다시 전개되고, 그것에 대해서 각자가 탐구하면서 동
참하는 행위도 계속된다.

중세에서 근대로의 이행기 철학에서 문학으로

검토의 범위와 대상

중세에서 근대로의 이행기는 중세를 넘어서는 새로운 사상을 개척한 시대이다. 중세사상의 체계는 보편종교의 교단에서 타당성을 보장해주는 절대적인 권위를 누리고 있어 정면으로 비판할 수 없었으므로, 산발적이고 간접적인 공격의 유격전 전술을 고안해야 했다. 유격 근거지에 해당하는 사고의 자유를 확보하는 것이 그 선결과제였다. 철학의 논리를 앞세우지 않고 문학의 표현을 다채롭게 활용해야 그럴 수 있었으므로, 철학과 문학이 가까워지고 서로 겹치는 시대가 다시 시작되었다.

중세에서 근대로의 이행기에 철학과 문학이 근접한 정도는 중세전기까지의 철학자들이 시를 써서 철학을 한 것과 비슷하면서 상당한 차이가 있다. 앞 시기에는 아직 불분명한 사고를 명확하게 가다듬기 위해서 시를 사용했다. 그런데 이제는 고정된 체계를 파괴하고 경험의 다양성과 사고의 개방성을 부각시키기 위해서 문학창작을 다양하게 활용했다.

그 중간에 든 시기인 중세후기에는 체계적인 논설로 가다듬은 철학사상을 생동하게 하고 다양하게 하면서 새롭게 만들기 위해 시가 필요했는데, 중세에서 근대로의 이행기에 이르러서는 중세사상의 체계 자체를 흔들기 위해서 더욱 적극적인 방법을 개척해야 했다. 지배이념에 항거하는 선각자들은 시대 변화의 전반적인 추세에 맞추어 새로운 사고를 작품화해서 세상을 혁신하고자 했다. 문학을 통해서 철학을 하고, 철학을 통해 문학을 하면서 철학사와 문학사를 함께 새롭게 했다.

어떤 표현을 사용하는 문학을 해서 문학과 철학을 근접시켰는가는 문명권에 따라서 차이가 있다. 산스크리트문명권이나 아랍어문명권에서는 정통에서 벗어난 파격적인 시를 새로운 사상을 표현하는 방법으로 삼았다. 그 두 문명권은 중세에서 근대로의 이행기에 철학의 창조가 활발하게 이루어지지 않아 침체기 또는 공백기에 들어섰다고 하지만, 철학이 없어진 것은 아니다. 철학이 문학 속으로 들어갔기 때문에 철학이 없는 것처럼 보일 따름이다.

하층 출신의 시인들이 민족어시를 지어 이치의 근본을 사회문제와 함께 다루어 사상의 혁신을 꾀한 것이 산스크리트문명권과 아랍어문명권에서 공통되게 나타난 주목할 만한 변화이다. 그 점은 세계의 철학사와 문학사가 서로 관련된 양상을 포괄적으로 다루는 관점을 가져야 발견하고 평가할 수 있으므로 지금까지 간과되어 왔다. 그런 잘못을 바로잡는 것이 이 책에서 할 일이다.

그렇게 하기 위해서 두 사람의 경우를 집중적으로 고찰하고자 한다. 인도 서쪽 마라티의 시인 투카람(Tukaram)은 하층민의 처지에서 힌두교에서 말하는 궁극적인 진리가 무엇인가 물으면서 사회문제와 깊이 연관된 철학을 전개하는 시를 지었다. 이슬람교의 영역인 중앙아시아 우즈베크의 시인 마츠라브(Machrab) 또한 거의 공통된 과업을 서로 근접하는 방법으로 수행해서 함께 고찰할 필요가 있다.

한문문명권과 라틴어문명권에서도 시를 써서 새 시대의 철학을 하기도 했지만, 허구적인 수법의 산문을 더욱 적극적으로 활용했다. 철학논술의 공식화된 방법을 버리고 문학적 표현의 다양한 수법을 사용해야 예상되는 피해를 줄이고 공격의 효과를 높일 수 있다고 판단해 새로운 작전을 짰다.[376] 오랜 내력을 가진 대화나 우언을 다채롭게 변형시켜 활용했다. 서사적인 수법을 사용해서 허구적인 설정을 했다. 인물을 등장

시키고, 사건을 진행하고, 대화를 전개해 주장하는 바를 표현하고 전달
했다. 그래서 서사적 교술문 또는 교술적 서사문을 썼다.

　그런 글은 공동문어로 쓴 것도 있고, 민족어로 쓴 것도 있다. 유럽에
서 영국의 토머스 모어(Thomas More), 동아시아에서 한국의 洪大容과
朴趾源, 그리고 일본의 安藤昌益은 공동문어산문을 별난 방법을 써서
기발하게 혁신했다. 라블레(Rabelais)의 뒤를 이어서, 프랑스의 계몽철학
자인 볼테르(Voltaire)와 디드로(Diderot)는 당대에 사용하는 언어를 이
용해 이치의 근본을 다시 따지는 특이한 시도를 하는 두드러진 업적을
보여, 함께 다룰 필요가 있다.

　그런 것들을 문학이라 하기도 하고 철학이라 하기도 한다. 문학이라
고 해도 그 가운데 철학이 들어 있다. 철학이라고 해도 문학의 표현을
사용한 작품이다. 문학과 철학, 철학과 문학의 양면을 함께 살펴야 정체
가 드러난다. 그럴 수 있으면 중세에서 근대로의 이행기에 문학과 철학
이 합쳐진 양상이 어느 문명권에서든 기본적으로 일치했다는 사실을 발
견할 수 있다. 어느 곳에서는 철학이 사라졌다고 하는 견해가 피상적인
관찰의 결과임을 입증할 수 있다.

　중세에서 근대로의 이행기에는 철학과 문학의 이중창작물만 있었던
것은 아니다. 한편으로는 철학이지 않은 문학도 있고, 다른 한편에는 문
학이지 않은 철학도 있었다. 그러나 철학이지 않은 문학보다 철학이기

---

376) 유럽의 경우에는 그 양상과 특징에 대한 광범위한 연구가 이루어졌다. Michael
　　Prince, *Philosophical Dialogue in the British Enlightenment, Theory, Aes-*
　　thetics, and the Novel(Cambridge : Cambridge University Press, 1996)에서는
　　Berkeley, Hume 등의 영국 계몽철학자들의 대화 사용에 대해서 고찰했다.
　　Centre d'études et recherches marxistes, *Roman et lumières au XVIIIe siècle,*
　　colloque sous présidence de Werner Krausse, René Pmeau, Roger Garaudy,
　　Jean Fabre(Paris : Editions Sociales, 1970)에서는 프랑스 계몽주의자들의 철학
　　소설에 대해 다각적인 논의를 폈다. 그렇지만 나는 여기서 유럽에 치우치지 않
　　기 위해 유럽의 사례 가운데 몇 가지만 선택해서 동아시아의 경우와 비교해 고
　　찰한다.

도 한 문학이 더 큰 충격을 주었다. 문학이지 않은 철학보다 문학이기도
한 철학이 사고의 혁신을 한층 과감하게 이룩했다. 문학과 철학은 하나
가 될 때 큰 힘을 발휘하기 때문이다. 문학과 철학이 하나가 된 것을 문
학이라고 하기도 하고 철학이라고 하기도 하는 일방적인 관점을 택하면
진상을 알아차리지 못한다.

투카람과 마츠라브

중세에서 근대로의 이행기에 해당하는 시기에 인도철학사는 침체하
고 공백기에 들어섰다고 한다. 그렇다면 그곳의 철학사에서는 중세에서
근대로의 이행기가 없었다고 해야 한다. 중세에서 근대로의 이행기가
세계사 전개의 보편적인 시기라고 하는 견해가 부당하다고 해야 한다.

인도철학사에서 침체기 또는 공백기가 있었다는 견해를 들어보자. 라
다크리슈난은《인도철학》의 결론 대목에서, 최근 3·4세기 동안 인도철
학은 "몰락"을 겪었다고 했다.[377] 그 기간 동안에는 인도철학이 아시아인
의 지식 수준을 널리 향상시키는 선도적인 구실을 상실하고, 과거의 유
산을 이어오는 데 급급해 창조력이 고갈되었다고 했다. 그 이유는 이슬
람교가 들어와 힌두교사회의 안정을 위협하는 데 대해서 소극적으로 저
항해, 이성을 불신하고, 토론을 싫어하고, 의문을 제기하는 것을 죄악으
로 여기는 권위주의의 풍조가 유행한 데 있다고 했다.

라주는《인도의 철학적 전통》서두에서 인도철학사의 시대구분을 하
면서, 1500년부터 1800년까지는 "공백기"였다고 했다.[378] 그 기간 동안에

---

377) Radahakrishnan, *Indian Philosophy*(London : George Allen and Unwin, 1966),
vol. 2, 771~773면의 "The Decline of Philosophy in the Recent Past"에서 그런
논의를 폈다.
378) P. T. Raju, *The Philosophical Traditions of India*(London : George Allen and
Unwin, 1971), 36~38면. 시대구분의 내역을 소개하면 다음과 같다.

는 인도에서 철학의 발전이 거의 없었다고 하고, 인도를 다스리는 이슬람 지도자들이 철학을 돌보지 않았기 때문에 그렇게 되었다고 했다. 그러다가 1800년 이후에는 영국의 통치와 더불어 기독교, 자유로운 인문학, 서양의 합리적인 철학이 들어오고, 산스크리트에 대한 연구가 일어나 인도철학이 재흥하는 다음 시대에 들어서게 되었다고 했다.

라다크리슈난과 라주는 인도철학사를 실제로 서술하면서 16세기부터 18세기까지를 공백기라고 보고 아무런 자료도 들어 논하지 않았는데, 그렇게 한 것이 과연 사실 판단에서 타당한가 하는 의문을 당연히 가질 수 있다. 이상주의 또는 정신주의 경향의 철학만 일방적으로 평가해서 사실을 오판했을 수 있다는 생각이 든다. 그러나 인도철학사 또한 관념론과 유물론의 투쟁사이므로 유물론의 전통을 중요시해야 한다고 한 마르크스주의 계열의 인도철학사에서도[379] 공백기를 메울 수 있는 자료를 제시하지 못했다.

그런 견해에 대해서 두 가지 의문을 가질 수 있다. 인도에서 16세기부터 18세기까지에는 정말로 철학이라고 할 것이 없었는가? 이것은 사실판단에 관한 의문이다. 그 원인이 과연 이슬람교의 지배에 있었던가? 이것은 인과판단에 관한 의문이다. 이 둘 가운데 사실판단에 관한 의문이 앞선다. 사실판단이 달라지면, 인과판단도 바꾸어야 하기 때문이다.

사실판단의 핵심과제는 공백기라고 한 시기에 이루어진 철학 저술을 찾는 것이다. 그런 작업을 한 성과가 발표되어 관심을 가지지 않을 수

The first two parts of the Veda(from 2000 BC).
The next two parts of the Veda(from 1000 BC).
The aphoristic period(from 400 BC).
The period of commentaries(from AD 400).
The period of independent treatises(from AD 600).
The blank period(1500~1800).
The modern period of philosophical ferment and creativity(1800 onwards).

379) K. Damodaran, *Indian Thought, a Critical Survey*(London : Asia Publishing House, 1967)가 그런 책이다.

없게 한다. 거기서 밝힌 바를 따르면, 16세기에서 18세기까지의 기간 동안에 타밀을 위시한 남인도에서는, '限定不二論의 베단타철학'(visista-viata Vedanta) 계열의 저술을 하는 사람들이 계속 나타났다고 한다.[380]

그런 저술을 인도철학사 서술에서 제외해온 것은 그 내용이 과거의 유산을 잇는 데 급급하고 창조적인 사고를 하지 않았기 때문인가? 그런 것 같지는 않다. 인습을 지키기 위해서 여러 사람이 많은 저술을 했다고 생각되지 않는다. 그렇다면 인도철학사 서술에서 제외된 이유가 무엇인가? 아마도 인도철학사를 중원지방의 철학이나 중원지방에 전해져서 잘 알려진 철학 위주로 서술하는 관습이 있어 타밀지방에서 저술하고 읽기만 한 업적은 돌보지 않았을 수 있다. 그 사람들은 산스크리트와 타밀어 두 가지 언어를 사용하고, 산문과 시를 함께 썼다. 그 가운데 타밀어시는 인도철학사를 서술하는 사람들이 접근할 수 없는 영역이지만, 철학을 창조한 업적으로 소중한 의의를 가질 수 있다.

그렇다면 철학의 공백이란 인도 중원지방 산스크리트철학에 한정된 현상이었다고 보아 마땅하다. 그 쪽에서는 이슬람 통치에 적절하게 대응하지 못해 철학을 제대로 할 수 없었을지 모르나, 이슬람의 통치가 미치지 않은 곳이나 이슬람 통치에 항거하는 의지가 강하고 마땅한 방법을 찾은 곳에서는 철학을 계속해서 하고 새 시대를 맞이하는 발언을 철학을 통해서 했다고 생각된다.

인도철학사를 다시 이해하는 데 결정적인 도움을 주는 업적이 있다. 무르티라는 논자는 인도의 철학에는 산스크리트철학과 민족어철학 두 계열이 있는데, 그 가운데 한쪽만 보고 다른 쪽은 무시한 것이 잘못이라고 했다.[381] 오랜 연원이 있으나 특히 17세기 이후, 중원이 아닌 변방에서

---

380) V. K. S. N. Raghavan, *History of Visistaviata Literature*(Delhi : Ajanta, 1979)에서 그 경과를 정리했다. 큰 비중을 두고 다룬 16~18세기 철학자를 몇 들면, Mahacarya(1509~1591), Rangaramanujamuni(16세기), Srinivasacarya(17세기), Venkatacarya(17~18세기), Narayana(18세기), Viraaghava(18세기)가 있다.

381) K. Satchidanada Murty, *Philosophy in India*(New Delhi : Montil Banarsi-

크게 성장한 여러 언어의 민족어시를 문학이라고만 여겨 미루어두지 말고, 거기 내포되어 있는 철학을 찾아내 정당하게 평가해야 한다고 했다.

그런 시인 가운데 마라티 시인 투카람(Tukaram, Toukaram, 1598~1649), 텔레구 시인 베마나(Vemana, 1625년경), 칸나다 시인 사르바즈나(Sarvajna, 1700년경)를 특히 주목할 만하다. 뒤에 든 두 사람은 무굴제국의 이슬람교 통치에 들어가지 않은 남인도에서 토착의 전통을 가진 힌두교철학을 생동하는 의의가 있게 재창조하고 대중화하는 데 힘썼다. 투카람은 자기 고장에서 진행된 적극적인 항거를 집약하고 고양하는 시를 썼다.

투카람의 고장 마라티에서 일어난 변화는 주목할 만하다. 봄베이를 중심으로 한 마라티 고장은 무굴제국의 통치에서 벗어나서 독자적인 민족국가를 건설하는 길로 나아가면서, 라마누자에서 카비르까지 전개된 박티의 사상을 새 시대의 이념으로 재창조하고, 민간전승을 적극 받아들여 민족어문학을 키우는 활력소로 삼았다. 투카람의 시는 그렇게 하는 데 핵심적인 구실을 해서 높이 평가되었다.

투카람의 시를 한 편 들어보자.

나는 천민의 신분으로 태어났다.
나는 구멍가게나 열고 있다.
원래부터 집안의 신이나 섬긴다.

내 자신에 관한 말은 하지 말고,
성인들이여, 당신들이 한 말이나 따르라는 것이
당신들의 뜻이다.

그렇지만 나는 이 세상에서

---

dass, 1985).

불행한 사람들 가운데서도 가장 불행하다.
부모님은 살기를 그만두셨다.

기근이 내 재산을 먹어버렸다.
가게 주인의 신용도 잃어버리게 했다.
아내는 "빵을, 빵을" 하고 외치며 죽었다.

이 불행이 수치심으로 나를 뒤덮었다.
살아나가는 것이 견딜 수 없는 고통이다.
생업이 파탄에 이르는 것을 눈으로 보았다.

우리가 함께 섬기던 사원이
무너져 폐허가 되었으니,
내 마음에서 솟구치는 바를 따르기로 작정했다.

축제날이 돌아오자
내가 부르고 싶은 노래를 부르기 시작하면서,
가라고 정해져 있는 길에서 벗어났다.

내 마음속으로
성자들이 하신 말씀을
믿고 존경하면서 간직하기는 한다.

그분들이 성스러운 노래를 부르면
나는 후렴을 복창하면서
믿음으로 마음을 깨끗하게 한다.

그분들이 발을 대서 정화한 물로

내 몸을 씻어
마음에서 수치심이 생기지 않게 한다.

그분들을 위해 봉사하느라고
내 몸은 지쳐버렸다.

나는 벗들의 충고를 무시하련다.
세상에서 살아가는 것이 지겹다.

나는 내 정신으로
진실과 허위를 가리고,
다른 사람들의 충고는 따르지 않는다.

나는 오직 꿈속에 나타난 스승의
신성한 가르침만 따른다.
그분의 이름만 신뢰한다.

나는 시를 쓰는 재주를 타고났다.
우리 집안의 신이 그런 생각을 전해주셨다.

그러나 갑자기 나를 쓰러뜨리는 것이 있었다.
글을 쓰지 못하게 했다.
내 마음이 절망에 빠지게 했다.

나는 글쓴 것을 모두 강물에 던져버리고,
신의 문간에 가서 고집스럽게 앉아 있으니,
신이 나를 도우러 왔다.……[382]

천민의 신분을 타고나서 구멍가게나 열고 있으면서 자기 집안의 신이
나 섬기는 소견 좁은 사람이 극심한 빈곤을 겪는 것을 이유로 해서 모든
기존의 관념을 재검토하고 새로운 진실을 발견했다. 자기가 겪은 삶의
실상과 어긋나기 때문에 성인들이 가르친 진실을 거부해야 했다. 가라
고 하는 길을 가지 않고 빗나가는 마음이 자기 한계를 극복하고 우상을
파괴하는 구실을 했다. 시를 짓는 재주가 있어 위안을 얻겠다는 생각도
허망한 줄 알고서 과감하게 버렸다.

모든 것을 버리고 신의 문간에 가서 고집스럽게 앉아, 진실을 찾고 진
정한 시를 구한다고 했다. 기존의 관념을 거부하고 진실을 다시 찾는 철
저한 탐구정신을, 무엇이든지 있는 그대로 수긍할 수 없는 험난한 경험
에서 얻었다. 그렇게 해서 철학을 부정하는 철학을 하고, 시를 거부하는
시를 써야 한다고 했다.

투카람의 시는 카비르의 시와 흡사하다. 15세기에 카비르가 힌디어시
를 써서 한 일을 17세기에 마라티어시에서 다시 했다고 할 수 있다. 그
러나 몇 가지 중요한 차이점이 있다. 카비르는 라마난다를 통해서 라마
누자의 사상을 이었다고 했는데, 투카람은 누구의 사상에 의거하지 않
고 스스로 진실을 찾았다. 과거의 성자들에 대해서 강한 반발심을 나타
냈다.

투카람의 스승은 현실이었다. 천민으로 태어나 갖은 고난을 겪고, 아
내와 자식은 굶어죽었다. 그런 처참한 삶을 노래한 작품을 많이 남긴 점
이 카비르와 다르다.[383] 투카람의 경우에는 현실에서 겪은 고난이 각성

382) J. Nelson Fraser and K. B. Marathe tr., *The Poems of Tukarama*(Delhi :
    Montilal Banarsidass, 1909), 39~40면 ; G. A. Deleury tr., *Psaumes du pèlerin*
    (Paris : Gallimard, 1956), 39~40면을 대본으로 삼았다. 힌두교의 특별한 용어는
    이해할 수 있는 말로 옮겼다. 집안의 신은 "Vitthoba" 또는 "Vithoba"라고 했다.
    "축제"는 "제11일의 축제"(the eleventh day, la fête du onzième jour)라고 한 것
    이다. "나를 도우러 왔다"고 한 신은 "Narayana"라고 했다.

383) S. G. Tulple, "Tukaram : the Making of a Saint", R. S. McGregor ed.,
    Devotional Literature in South Asia(Cambridge : Cambridge University Press,

의 원천이었다. 하층민의 처지를 대변하는 시인이 되어, 잘못된 사회를
더욱 철저하게 혁신하자고 했다.

카비르는 인류를 구원하는 성자의 반열에 올랐다. 투카람은 자기 민
족의 정신적 지도자로 숭앙되었다. 하층민의 항거가 민족모순 해결의
원동력이 되는 시대에 살았기 때문이다. 무굴제국의 지배에서 벗어나
독립된 마라티 국가를 창건한 민족의 영웅 시바지(Chivaji, Sivaji)와 투
카람 사이에서 다음과 같은 일이 있었다고 하는 이야기가 그 점을 입증
해준다.

아직 소년이면서도 전쟁에서 승리하는 지도자가 된 시바지가 어느
날 파드하르푸르(Padharpour)를 지나갔다. 그곳에서는 사람들이 투카
람에 관한 이야기만 했다. 시바지는 호기심에 이끌려 이 신비스러운
천민에게 가까이 가서는, 매혹되어 발 아래 엎드렸다. 여러 날 지났어
도 시바지는 출가해서 도를 닦을 생각만 했다. 시바지가 전투를 지휘
해야 하기 때문에 부하들이 찾으러 왔으나, 자기가 찾아낸 스승을 떠
나려고 하지 않았다. 투카람은 자기 제자가 된 시바지에게 부과되어
있는 막중한 임무를 알아차리고, 전장으로 다시 내보내 해방자 노릇
을 하도록 했다.[384]

투카람이 정신적 주체성을 각성하고, 시바지가 민족의 해방투쟁을 전
개한 것이 기본적인 동질성을 가지고 깊이 연관되어 있었다고 하는 말
이다. 자기 제자가 되어 도를 닦기만 하겠다고 하는 시바지더러 다시 싸
우러 나가도록 했다. 싸워서 해방자 노릇을 하는 것이 도를 실현하는 길
이라고 여겨 그렇게 했다.

1992)에서 투카람을 카비르와 비교해 고찰하면서 그 점을 특히 중요시했다.
384) G. A. Deleury tr., 위의 책, 해설 대목, 13면.

　　시바지왕은 나흘 동안 머물렀다. 열정적인 설법을 들으니 신을 사랑하는 마음이 충만해졌다. 왕은 돌아가도 좋다는 허락을 얻으려고 투카람에게로 갔다. 그러나 자기 마음속에 간직한 소망에 대한 투카람의 지원을 얻어야만 했다. 왕은 마음속으로 말했다. "압제에서 벗어나 우리나라가 해방될 수 있다고 하면, 선생님은 내게 빵을 주실 것이다. 내가 아들을 낳을 수 있다고 하면, 선생님은 내게 코코넛을 주실 것이다." 투카람은 왕의 마음을 알고, 빵과 코코넛을 주었다. 왕은 큰 절을 하고 귀로에 올랐다.[385]

　　투카람이 시바지를 떠나보낼 때의 일에 관해서 이렇게 이야기하는 별도의 전승도 있다. 여기서는 투카람이 시바지가 마음속에 품고 있는 간절한 소망이 이루어질 것을 보증해주는 예언자이다. 투쟁이 승리를 거둘지, 지속될지 알 수 없으므로, 예언을 통해 확신을 심어주는 정신적 지도자가 필요했다. 어느 경우에든 투카람이 제시하는 정신을 가지고 나라를 세워, 시바지는 민족과 민중의 염원을 실현한 지도자로 숭앙되었다.

　　마라티의 백성들은 투카람이 시에서 말한 바가 현실과 어떻게 연관되는가 말해주는 이야기를 함께 전승했다. 그렇게 하면서 시와 서사물, 기록문학과 구비문학이 서로 보완하는 작용을 하는 공동의 영역을 마련했다. 그 전체가 커다란 작품이 되게 했다.

　　이슬람철학사를 서술할 때는 공백기가 있었다고 하는 생각이 널리 유포되어 있다. 이슬람철학사를 서술하면서 14세기의 칼둔(Ibn Khaldun)을 마지막으로 등장시키고 그 뒤에는 거론할 만한 것이 없다고 하는 것이 관례이다.[386] 그런데 그것은 무지의 탓이라고 하면서, 잘못을 시정하

---

385) Justin E. Abbot, *Tukaram, the Poet Saint of Maharastra, Translation from Mahipati's Bhaktiliamrita*(Delhi : Sri Satguru, 1996), 236면.
386) M. Saeed Sheikh, *Studies in Muslim Philosophy*(Lahore : Sh. Muhammad Asraf, 1962) ; Majid Fakhry, *A History of Islamic Philosophy*(New York :

겠다고 하는 새로운 작업이 나타나고 있다.[387]

이슬람철학의 새로운 경지를 여는 철학자들이 16세기 이후에도 이어져 나왔는데, 몇 가지 이유 때문에 알려지지 않고 평가되지 않았다고 했다. 그 이유는 비주류인 시아파에 속한 페르시아 사람들이, 아랍어뿐만 아니라 페르시아어로도 글을 쓰고, 시를 사상 표현의 방법으로 삼으면서 새로운 철학을 전개한 데 있다고 한다. 이슬람철학사의 범위를 그렇게까지 확대하려면 기존의 관습을 여러 모로 타파해야 한다.

새로운 철학자들은 이스파한(Ispahan)이라는 곳을 중심으로 해서 활동했다고 해서 이스파한학파라고 한다. 수니파가 아닌 시아파가 이슬람교의 정통이라고 주장하면서, 중간단계의 타락을 청산하고 최초의 순수한 신앙으로 되돌아가야 한다는 것을 혁신의 명분으로 삼았다. 이슬람세계의 대부분을 차지하는 수니파 지역에서는 수니파 사상의 완성자인 가잘리의 영향이 너무 커서 새로운 창조를 막는 폐단을 시아파 쪽에서는 시정할 수 있었다.

가잘리가 철학을 비판한 것은, 철학이라고 일컬어지던 개별 학문의 업적을 받아들여 넘어서고, 이성을 그 하위의 능력으로 삼는 통찰을 갖추자는 것이었는데, 이성으로 하는 학문은 온통 배격하자고 하는 뜻으로 받아들여져 사상의 빈곤을 초래했다. 그것은 한 시대의 위대한 사상이 다음 시대에는 긍정적인 기능은 상실하고 보수화되는 당연한 과정이었다. 그런데 가잘리를 숭상하지 않아도 되는 쪽에서는 그런 폐단을 시정했다.

이스파한학파의 주도자 물라 사드라(Mulla Sadra, 1571~1640)가 그 일을 정면에서 맡아나섰다. 가잘리가 비판하고 배격한 철학에 속하는 개별적인 학문의 여러 분야를 통괄이론의 체계 속에 받아들여 다시 활

Columbia University Press, 1970) 같은 것들이 그런 예이다.

387) Seyyed Hossein Nasr, *The Islamic Intellectual Tradition in Persia* (Richmond : Curzon, 1996) ; Seyyed Hossein Nasr and Oliver Leaman ed., *History of Islamic Philosophy*(London : Routelege : 1996)에서 그렇게 했다.

성화하는 작업을, 물라 사드라가 많은 저술을 통해서 거대한 규모로 이룩했다.[388] 그래서 중세에서 근대로의 이행기에 이르러 새로운 사상을 창조하는 과업을 이슬람문명권에서도 수행할 수 있었다.

그러나 이스파한학파라고 해도 아랍어로 쓰는 철학논설을 통해 새로운 사상을 전개하는 데는 많은 어려움이 있었다. 기존의 사상과 밀착된 오랜 관습을 피하면서 전에 없던 주장을 펴려고 하니 글이 너무 난삽하게 되었다. 그러므로 과감한 발언을 시원하게 하기 위해서는 시를 지어야 했다. 미르 다마드(Mir Damad, 1543~1631)가 "나는 덕행의 영주이고, 지식의 제왕이니, 지성이 나의 왕관이고, 지혜가 나의 옥좌이다"라고[389] 하면서 자기 학문에 대해서 대단한 자부심을 나타낸 것은 시에서나 가능한 일이었다.

이스파한학파의 철학자들은 누구나 시인이었지만, 그 가운데 샤이키 바하이(Shaykhi Bahai, ?~1622)는 방랑하는 수도자로 생애를 보내는 '수피'의 길을 가면서 특히 뛰어난 시를 남겼다. 다음의 시구에서 세속에 대한 애착을 버리고 영원한 나라를 향해 나아가자고 하면서, 어느 한 나라를 섬기는 애국주의의 편협한 사고를 배격하고 자유롭게 열린 삶을 이룩하자고 한 것을 주목할 만하다.

이 나라는 이집트도, 이라크도, 시리아도 아니다.
이 나라는 이름이 없다.
다른 모든 나라는 이 세상에 속해 있어서
훌륭한 사람이라면 결코 찬양하지 않는다.
이런 사상을 사랑하는 것은 모든 악의 근원이다.
악은 신앙의 상실에서 온다.
신의 가호를 얻어

---

388) Seyyed Hossein Nasr, 위의 책, 242~243면.
389) Seyyed Hossein Nasr and Oliver Leaman ed., 위의 책, 620면.

이름 없는 곳으로 향하는 사람은 복되도다.
아들이여, 너는 모든 나라에서 이방인이어야 한다.
어느 한 나라에 적응하는 것은 얼마나 가여운가![390)

중세에서 근대로의 이행기에 이르러 이슬람문명권의 새로운 사상을
창조하는 과업을 페르시아의 이스파한학파에서만 한 것은 아니다. 다른
여러 곳에서도 그렇게 할 수 있었다. 페르시아보다 더욱 변방인 곳에서
는 한층 과감한 혁신을 할 수 있었다. 그 좋은 본보기를 우즈베키스탄에
서 찾을 수 있었다. 이슬람문명권의 주변부인 우즈베키스탄에서 터키어
의 한 분파를 사용하는 사람들이 수니파에 속하지만 종교의 교리를 까
다롭게 따지는 대신에, 자기네 삶의 절실한 문제를 다루는 데 더욱 깊은
관심을 가지는 문학을 하면서 새 시대의 목소리를 더욱 분명하게 했다.
마츠라브(1657~1711)가 그런 시인으로 특히 높이 평가된다. 마츠라브
는 장님이며 글을 몰랐다. 평생 방랑인으로 살아가면서 내심의 각성을
읊은 노래가, 많은 기이한 이야기와 함께 전승되면서 커다란 반응을 얻
다가, 19세기에 이르러서 비로소 정착되었다. 기존의 관습을 부인하고
진실을 스스로 찾아내는 파격적인 작업을 투카람과 함께 했다고 할 수
있는데, 아주 다른 운명을 맞이했다. 우즈베키스탄의 통치자는 시바지
같은 항거의 영웅이 아니어서, 이슬람교를 배반했다는 죄명을 씌워 마
츠라브를 처형했다.
작품이 어떻게 기록되어 있는가 보자. 마츠라브의 행적에 관한 이야
기를 먼저 하고, 지은 노래를 소개했다.

샤하(Shah) 마츠라브는 어느 날 큰 호숫가 축제 장소에 이르렀다.
옷을 벗고 물속에 들어갔다. 모든 사람이 보는 데서 물에 빠지더니 자
취가 없어졌다. 목격자들은 어머니에게 달려가서 마츠라브가 호수 속

---

390) Seyyed Hossein Nasr, 위의 책, 247면.

으로 사라졌다고 했다. 어머니는 "가여운 녀석" 하고 외치고, 호숫가로 울면서 갔다. "내 눈의 빛인 아들아, 나는 너를 이렇게 키우지 않았다!"……

그러자 물에서, 마츠라브는 이런 시를 읊었다.

나는 미치광이 方外人, 초원에도 사막에도 머무를 곳이 없다.
내 마음은 이 세상 어디에도 자기 자리가 없어 급류로 흘러가는 빛나는 강이다.

나에게 삶의 규칙, 삶의 방도, 삶의 진리가 있다.
나는 술탄처럼 강력하지만, 천상에도 머무를 곳이 없다.

아브라함은 나의 지팡이이고, 넴로드의 불꽃은 나의 사다리이다.
나는 진실의 진주이지만, 그 흐름에도 머무를 곳이 없다.

나는 카바로 가지 않는다. 검은 돌을 둘러싸고 있는
모스크에도 머무를 곳이 없는 나는 진리를 찾는 방랑자.

때로는 수도자, 때로는 제왕, 때로는 걸인인
나는 엉뚱한 방랑자, 최후의 심판에도 머무를 곳이 없다.

황홀한 곳에 이르러, 나는 때로는 내 안에, 때로는 내 밖에 있다.
미친 짓을 하는 길에서 취해, 나는 예의도덕에도 머무를 곳이 없다.

때로는 러시아인, 때로는 체르케스인, 때로는 무슬림인
나는 왜 고집을 부리겠는가, "라"와 "일라" 사이에도 머무를 곳이 없다.

나는 가여운 사람, 노예 신세인 마츠라브
나는 이 세상에도 저 세상에도 머무를 곳이 없다.[391]

이슬람교에서 특별한 의미를 가진 말이 몇 개 등장한다.[392] "아브라함은 나의 지팡이이고, 넴로드는 나의 사다리이다"라고 하는 데서는 "Nemrod"가 "Abraham"을 불 속에 넣었다고 하는 이슬람의 신화를 가져와서 그런 시련을 겪는 길을 가겠다고 했다. "나는 카바로 가지 않는다"고 한 것은 이슬람교의 발상지 메카에 있는 "Kaaba"를 두고 한 말이다. 거기 검은 돌이 있다. "체르케스인"은 코카사스 지방의 주민인 "Tcherkesse"이다. "라"와 "일라"는 무슬림의 기도문 첫 머리에 오는 두 단어 "la"와 "illa"이다.

그런 말은 당시 사람들에게 널리 알려져 있기 때문에 사용했을 따름이고, 교리 설명을 새삼스럽게 하려고 한 것은 아니다. 그런 말을 몰라도 이 시를 이해할 수 있다. 어디에 가도 "머무를 곳이 없다"고 시에서 되풀이해서 말했는데, 우리가 어떤 교리나 지식에 머무르려고 하면 뜻하는 바를 알지 못한다. 모든 집착을 버려야 한다는 것이 시 전체에서 말하고자 한 바이다.

자기 자신은 정체불명의 방랑자라고 했다. 노예이기도 하고, 걸인이기도 하고, 수도사이기도 하고, 제왕이기도 하고, 그 어느 것도 아니라고 했다. 러시아인이기도 하고, 코카사스인이기도 하고, 무슬림이기도 한 융통성을 가지고 어디든지 가지만, 그 어느 곳에도 머무를 곳이 없다고 했다. 사회생활에 요구되는 예의도덕, 이슬람의 사원이나 교리에도 머무르지 않고, 최후의 심판에도 구애되지 않는다고 했다. 그래서 모든 편파적인 생각을 버렸다.

자기가 누구라고 하는 생각을 버리고, 어디에 소속된다는 편견을 없

---

391) Machrab, Hamid Ismaïlov tr., *Le vagabond flamboyant, anedotes et poèmes soufis*(Paris : Gallimard, 1993), 19~21면.
392) 같은 책, 같은 곳의 주해를 근거로 설명한다.

앨 뿐만 아니라, 진리라고 하는 것에도 집착하지 않아야 하는 융통자재한 정신을 가지겠다고 했다. 자기는 정체불명의 방랑자여서 그럴 수 있을 뿐만 아니라 또한 "급류로 흘러가는 빛나는 강"이라고 했다. "강"은 "미친 짓"이니 "불꽃"이니 하는 것과 같은 의미를 상이한 형상을 갖추어 나타냈다. 강은 흘러가므로, 진리를 지향점으로 해서 흘러간다고 할 수 있다.

마츠라브는 방랑자가 되고, 미친 짓을 하고, 불꽃으로 사다리를 삼듯이, 물 속에 뛰어들었다. 그 어느 쪽이든지 이해할 수 없는 일이어서 시비가 생길 수 있다. 서두에 소개한 일화에서 호수에 뛰어들었다고 하는 것이 그런 말이다. 모르는 사람들이 보기에 마츠라브는 남들은 축제를 즐기는데 혼자 엉뚱한 짓을 하고, 흐르는 강이 아닌 흐르지 않는 호수에 뛰어들었다. 그런 광경을 본 사람들이 마츠라브의 목숨이 위태롭다고 생각해서, 마츠라브를 세상으로 되돌리는 가장 확실한 방법을 찾아 어머니에게 알렸다. 그렇게 한 것이 잘못이라고 하면서 마츠라브가 항변을 한 말이 시 전문이다.

마츠라브는 가잘리에 대한 아타르의 반론보다 훨씬 더 나아갔다. 가잘리가 모든 것을 하나로 포괄하는 사상체계를 마련한 것이 이상론에 치우쳐 불만으로 여기고, 아타르는 사람은 누구든지 진리를 추구할 수 있으니 헛된 유혹에 빠지지 말고 정신을 바르게 차리라고 했다. 뚜렷한 목표를 세우고 정진하면 이루지 못할 것이 없다고 했다. 그러나 마츠라브는 뚜렷한 목표를 내세운다든가 무엇을 위해 정진한다든가 하는 것이 사고를 경직되게 하고 편견의 원인이 된다고 비판하고, 이슬람 신앙에서도 벗어나야 한다고 했다.

마츠라브의 지론은 진리에 대한 집착을 넘어서고, 종교나 국가의 소속을 떠나서, 진정으로 자유로운 인간이 되자는 것이었다. 그렇게 파격적인 사상은 가잘리처럼 철학논설을 써서 전개할 수 없고, 아타르가 지은 것과 같은 장편교술시로 나타낼 수 없었다. 그랬다가는 박해를 재촉해 일찍 처형되었을 터이니 신중한 태도를 지녀 다행이라고 하는 것만은 아니다.

문제는 죽고 사는 데 있지 않고, 말하지 못하는가 말하는가 하는 데 있었다. 자기가 무엇을 깨달았는지 스스로 설명해서 이론을 구성하는 것이 가능하지 않았다. 방랑을 하고 다니는 장님 광대가 온몸으로 얻은 바가 무엇인가 상징적인 표현을 자유롭게 하는 노래로 옮겨야 알려줄 수 있었다. 그런 노래가 구전되는 동안에 이야기 부분이 추가되어 세상을 바꾸어놓는 구실이 확대되었다. 서정과 서사의 파격적인 합작으로 새로운 천지를 더 넓게 열었다.

투카람과 마츠라브는 그 점에서 같은 방향으로 나아갔다. 투카람은 민족해방투쟁의 정신적 지도자로 숭앙되고, 마츠라브는 어느 나라에도 소속되지 않겠다고 하다가 처형되었으니, 두 사람의 사상에는 민족주의와 보편주의의 차이가 있는 것 같지만 그렇지 않다. 진정한 보편주의를 실현하기 위해서 피해자가 각성해야 한다고 하는 공통된 사상을 한쪽에서는 민족모순을, 다른 한쪽에서는 계급모순을 더욱 절감하면서 전개했을 따름이다.

투카람이나 마츠라브는 시인이어서 그렇게 할 수 있었다. 철학은 바라지 않고 자기 분수에 맞는 문학만 한 덕분에 철학 이상의 철학을 이룩할 수 있었다. 문학 가운데서 가장 저층인 구비문학에서 반역을 저질러, 문학과 철학이 함께 혁신되지 않을 수 없게 하는 큰 충격을 주었다. 그것은 온 세상이 크게 평가해야 할 쾌거인데도, 부당하게 폄하되고 망각되었다. 멀리 변방에서 일어난 일이라 중심부에서는 알아주지 않고, 무식꾼의 구비문학은 문학으로 평가할 만한 유산이 아니라고 하고, 문학 속으로 들어간 철학은 철학일 수 없다고 하는 것이 그 이유이다. 그런 잘못을 바로잡는 것이 세계사 창조의 새로운 과제이다.

모어와 라블레

토머스 모어(Thomas More, 1478~1535)의 《유토피아》(*Utopia*)는 무엇이라고 규정하기 어려운 정체불명의 책이다. 사용한 언어는 라틴어여서 중세의 관습을 이었으면서, 늘어놓은 수작은 뜻밖의 것들이어서 서로 맞지 않는다. 기행문 같지만 지어낸 내용이고, 소설이라고 하기에는 설명이 너무 많다.

오랜 권위를 누리던 중세 글쓰기의 체계에도, 오늘날 널리 통용되고 있는 근대학문의 분류에도 소속될 곳이 없는 별종이다. 중세와 근대 사이의 이행기에, 기존의 권위에 반발하면서 새로운 대안은 내놓으려고 하지 않은 일탈자가 자기 마음대로 장난스럽게 써낸 기이한 책이다. 그런 외형을 통해서 새로운 사상을 전개하고자 한 문제의 저술이다.

모어는 영국 사람이다. 영국왕 헨리 8세의 신하였다. 영국과 네덜란드의 무역분쟁을 해결하기 위한 특사로 네덜란드에 파견되었을 때 《유토피아》 제2부의 주요 부분을 쓰고, 귀국 후에 제1부까지 써서 완결했다. 그 책에서는 종교적인 관용을 주장했으나, 자기 자신은 종교개혁을 반대했다. 헨리 8세가 1532년에 교황과 대립해 영국교회의 독립을 선언하는 데 찬성할 수 없어서 대법관직을 사임했다가, 반역죄를 선고받고 사형당했다.

자기가 네덜란드에 파견되었을 때 라파엘이라는 사람을 만나, 유토피아라는 나라에 갔다온 이야기를 들었다는 것이 책 내용이다. 제1부에서는 이야기를 듣게 된 경위를, 제2부에서는 라파엘이 유토피아에 관해서 말한 바를 적고 그 내용을 요약한 다음, 끝으로 자기 소감을 첨부했다.

라파엘은 몇 가지 점에서 특이한 인물이라고 했다. (가) "철학에 깊은 관심을 가지고 있기 때문에 그리스어에 전념"했으며, 라틴어 저술에는 중요한 것이 없다고 했다.[393] (나) 고국 포르투갈에 있는 재산을 친척과 친구들에게 나누어주었다.[394] (다) 대항해가 아메리고 베스푸치 일행에

합류해 세계 여러 곳을 여행해서 "알려지지 않은 나라들과 그 국민에 대해서" 많은 견문을 가졌다.[395] (라) 어디에서 죽더라도 관심을 가지지 않고 "무덤에 묻히지 못하는 자는 하늘이 덮어준다"고 했다.[396] (마) 자기 지식을 어느 나라 국왕을 위해 제공해 관직을 얻겠다는 생각을 전혀 가지지 않았다.[397]

(가)에서는 철학이 학문의 근본이며, 그리스철학이 유럽학문의 원천이라고 하고서, (나) 이하에서는 유럽 밖을 널리 여행해서 새로운 견문을 얻어야 한다고 했다. (나) 포르투갈은 유럽의 변방이지만 밖으로 나가 경험을 확대하는 데 앞선 나라여서 선택되었다. (다) 아메리고 베스푸치의 항해기록이 출판되어 큰 충격을 주었던 것에 연결시켜 자기 이야기를 전개했다. (라) 사사로운 이해관계나 자기를 위하고자 하는 마음을 버렸으므로 세상 만사를 올바르게 판단할 수 있다. (마) 국왕을 위해 봉사하는 국가이기주의의 관점에서는 올바른 도리를 알 수 없다.

라파엘이 가보았다는 나라 유토피아의 사람들은 서로 다른 종교를 믿으며, 그것 때문에 충돌을 일으키지 않는다고 했다. 기독교를 믿든 거부하든 자유라고 했다. 유토피아에는 사유재산이 없어 불평등과 갈등이 생기지 않는다고 했다. 라파엘이 유토피아에 관해서 말한 내용을 요약한 대목에서는 사유재산이 없다는 사항을 특히 중요시해서 다음과 같이 말했다.

다른 나라 사람들은 한결같이 공공의 이익을 말하지만 실제로는 개인의 이익만을 추구하고 있습니다. 그러나 유토피아에서는 재산이 없기 때문에 사람들은 사회에 대해 열성적으로 일합니다.……유토피

---

393) S. T. 모어, 원창엽 역, 《유토피아》(서울 : 홍신문화사, 1994), 21면.
394) 같은 책, 21, 26면.
395) 같은 책, 20, 21면.
396) 같은 책, 22면.
397) 같은 책, 24~28면.

아에서는 모든 것이 공동소유이므로 공동창고가 가득 차 있는 한, 결핍의 공포가 없습니다. 누구나 공정한 분배를 받기 때문에 가난한 사람이나 거지가 있을 수 없습니다. 사유재산을 가진 사람은 아무도 없으나, 누구를 막론하고 한결같이 부자인 것입니다. 이러한 나라에서 마음의 평화, 불안으로부터의 해방보다 더 큰 재산이 있을까요?[398]

누가 감히 유토피아의 공정한 제도를 다른 나라의 정의와 견줄 수 있겠습니까?

나는 다른 나라에서 정의나 공정이라고는 조금도 본 일이 없습니다. 다음과 같은 일들을 어떻게 정의라고 부를 수 있겠습니까? 귀족이나 금세공업자나 고리대금업자는 전혀 일을 하지 않거나 일을 한다 하더라도 도움이 되지 않는 일만 하는데도 호화롭고 풍부한 생활이 보장되고 있습니다. 그러나 노동자, 마부, 목수, 농부는 황소처럼 부지런히 온갖 일을 하고, 게다가 도움이 되는 일만 하므로 만일 그들이 일을 멈추면 어떤 나라도 1년 안에 망해버릴 것입니다. 그런데도 그들은 어떻습니까? 그들은 제대로 먹지도 못하고, 황소가 오히려 그들보다 더 낫다고 해도 좋을 만큼 비참한 생활을 하고 있습니다.[399]

유토피아에서는 돈과 돈을 벌려는 열망이 동시에 사라졌기 때문에 그 외 많은 사회문제가 해결되고 많은 범죄가 사라졌습니다. 금전 사용의 종말은 매일처럼 처벌해도 발생하는 온갖 범죄 행위, 곧 사기·절도·강도·언쟁·난동·쟁의·반란·살인·배신·독살 등의 종말을 의미함이 분명하기 때문입니다. 그리고 돈이 폐지되는 즉시 공포·긴장·불안·과로 모든 것이 사라집니다.[400]

---

398) 같은 책, 181면.
399) 같은 책, 181~182면.
400) 같은 책, 183~184면.

라파엘이 이런 말을 다 한 뒤에 그 내용에 대해서 토론하고 싶어도 하지 못했다고 하면서 다음과 같은 말로 결말을 삼았다.

나는 진정으로 언젠가 그와 이 문제를 다시 토의하게 되기를 바라고 있다. 라파엘이 학식과 경험이 풍부한 사람임에는 틀림없으나, 나는 그의 말에 전적으로 동의할 수는 없다. 그러나 나는 유토피아의 국민생활에 많은 장점들이 내포되어 있으며, 이러한 장점을 다른 나라 사람들이 본받아주기를(거의 기대할 수 없는 일이지만) 바라고 있다.[401]

《유토피아》는 네덜란드에 갔을 때 어느 나라에도 소속되지 않은 국제인에게서 들었다고 하면서 라틴어로 썼다. 영국에서만 읽히는 국내용 저술이 아니기를 바라고, 국제적이고 보편적인 의미를 가진 것으로 이해되기를 바랐다. 영국왕의 신하로서 살아가는 자기는 생각한 바를 바로 말하고, 생각대로 행동할 수 없는 제약이 있어, 라파엘이라는 자유로운 사상가를 등장시켜, 라파엘이 하는 말을 적었을 따름이라고 했다.

서술한 내용에 대한 반대론 때문에 생길 수 있는 위협을 다음과 같은 방식으로 막았다.

(가) "유토피아"란 "없는 곳"이라는 뜻이다. 없는 곳에 관한 말이니 사실이 아니다.

(나) 유토피아에 관한 이야기는 전해 들어서 적었을 따름이고, 자기가 직접 가 본 곳은 아니다.

(다) 유토피아에서 사는 방식이 전적으로 정당하다고 동의하지는 않으나 장점이 있어 다른 나라에서도 본받기를 바란다고 하는 상대적이고 소극적인 태도를 보였다.

(라) 다른 나라에서 본받는 것은 기대할 수 없는 일이라고 했다.

여기서 몇 가지 일반적인 원리를 추출할 수 있다. 지배적인 통념에 어

---

401) 같은 책, 186~187면.

굿나는 반역사상은 직접 나타내지 못하므로 간접적이고 우회적인 표현 방법을 찾아야 한다. 누구에게서 들은 이야기라고 하는 액자구조를 사용하고, 들은 내용이 그 자체로 사실일 수 없다고 하면서 말하고자 하는 바를 나타내는 寓言이 그런 간접적이고 우회적인 표현방법 가운데 특히 효과적인 것이다. 우언에서 전개되는 사건이 국내를 벗어나 있다고 해서 국내의 반발을 막고, 말하고자 하는 바를 일반화시켰다.

모어와 동시대인인 프랑스의 라블레(1483~1553)[402] 또한 기발한 방법을 사용해서 새로운 사상을 전개했다. 라블레는 시민 출신 변호사의 아들로 태어나, 청년기까지 성직자가 되어 수도원에서 수사 노릇을 하면서 공부에 열중하다가, 허가 없이 승복을 벗어던지고 밖으로 나가 의학을 위시한 여러 세속적인 학문에 몰두했다. 의사 노릇을 하는 한편, 거인 부자 가르강투아(Gargantua)와 팡타그뤼엘(Pantagruel)을 주인공으로 한 괴이한 이야기를 기발한 형식으로 전개한 연작저서를 내놓았다.

그 책은 모두 5부작이어서 상당한 분량이다. 그 가운데 먼저 《팡타그뤼엘, 제2서》(*Pantagruel, deuxième livre*)를 1532년에, 《가르강투아, 제1서》(*Gargantua, premier livre*)를 1534년에 알코프리바스(Alcofribas)라는 가명으로 내놓았다. 그 속편인 《제3서》는 1546년에, 《제4서》는 1548년부터 시작해서 1552년까지 본명으로 출간했다. 마지막의 《제5서》는 사후에 나왔는데, 라블레의 저작이 아니라는 설이 있다.

전체를 총칭해서 《가르강투아와 팡타그뤼엘》이라고 할 수 있는 그 책은 있을 수 없는 인물을 내세워 생각하기 어려운 사건을 전개했다. 갈래의 성격은 무어라고 규정할 수 없다. 중세의 공상담이라고 할 수 있으나, 중세의 헛된 관념을 비판하고 현실 인식을 촉구한다. 소설이라고 하지만 사건이 납득할 수 없게 전개되고, 논설에 해당하는 대목이 너무 많다. 사상서로 읽기에는 사용한 언어가 논리에서 벗어나 있으며 지나치

---

402) 라블레의 출생연도에 관해서는 의견 차이가 있는데, Rabelais, *Gargantua Patagruel*(Paris : Magnard, 1965)의 서두 연표를 따른다.

게 비속하다. 사상서는 라틴어로 써야 하는 관례를 어기고 시정잡배 투의 프랑스어로 거창한 문제를 다룬 것 자체가 웃음을 자아낸다.

그 책은 문제작 가운데서도 문제작이다. 무엇이라고 규정할 수 없는 성격과 얼마든지 다르게 읽을 수 있는 내용 때문에 끊임없이 논란의 대상이 된다. 그래서 제기되는 수많은 의문을 작품 내부에서 해결하려고 하는 것은 무리이다. 중세의 구속에서 벗어나 근대적인 각성을 찾기 위해, 朴趾源이 말한 바와 같은 '以文爲戲'의 작전으로 글쓰기의 관습을 뒤집어엎은 것이 중세에서 근대로의 이행기 세계 도처에서 있었던 일임을 알고 비교연구의 시각을 갖추어 접근하면, 막혀 있던 길이 열린다.

라블레가 왜 그런 책을 썼는가 하는 의문은 모어의 《유토피아》의 경우와 함께 생각하면 풀릴 수 있다. 라블레도 자기 책 속에 유토피아를 설정해서, 모어와 같은 생각을 나타냈다. 《제1서》 말미에서 외적을 물리친 용사를 위해 왕이 지어준 수도원을, 젊은 남녀가 모여 공동생활을 하는 유토피아로 삼았다고 했다. 정치와 종교 양쪽의 기존 통념을 넘어선 새로운 영역이 유토피아라고 했다. 그러나 라블레는 어느 특정한 곳의 유토피아를 지켜야 한다고 하지 않고, 이 세상 전체가 유토피아일 수 있다는 더 큰 공상을 구체화했다.

모어와 라블레는 둘 다 거짓말을 통해서 참말을 하는 방법을 택해서 당대의 통념을 거스르지 않으면서 새로운 주장을 펴고자 한 점이 서로 같으면서, 세부적인 작전에는 상당한 차이가 있다. 모어는 있을 수 없는 곳을 다녀온 사람이 전하는 말을 책으로 썼는데, 라블레는 온통 있을 수 없는 내용으로 이루어진 책을 썼다. 모어의 책에서는 말을 전해들었다고 하는 대목은 신빙성이 있게 했으며, 라블레는 있을 수 없는 내용 속에서 타당한 주장을 폈다.

모어는 라틴어를 사용하면서 사실 전달 위주의 글을 썼는데, 라블레는 아직은 서사어로 쓰이지 않던 프랑스어를 가지고 말장난하고, 흉내내고, 비꼬고 하는 짓을 마음껏 했다. 어느 한 가지 갈래에 속하는 글을 쓰지 않고, 격식에 맞지 않고 서로 이질적인 방법을 무엇이든지 동원해서 사고의 장벽을 무너뜨렸다. 그래서 오랜 권위를 자랑하는 문화규범을 하층민이 굿놀이를 하면서 터뜨리는 웃음으로 무너뜨리는 것과 같은 일을 글을 써서 했다고 평가된다.[403]

라블레는 모어보다 종교와 관련된 문제를 더 많이 다루었으므로 한층 조심해야 했다. 라블레의 동지인 에티엔느 돌레(Etienne Dolet)는 인간의 영혼은 불멸이라는 주장을 부인하는 내용의 대화를, 플라톤의 저작이라고 위장해서 지었다가 화형당했다. 종교개혁을 한 개신교 쪽에서도 같은 짓을 했다. 캘빈(Calvin)이 이단의 죄를 씌워 세르베투스(Servetus)를 화형한 것은 라블레가 죽던 해의 일이다. 1534년에는 불온사상을 나타내는 책을 지었다는 죄명으로 처형당한 사람이 21인에 이르렀다. 그런데 라블레는 고소를 당해 곤욕을 치루었으나 책이 금서가 되기만 하고 화형당하는 것은 면했다.[404] 주장하는 바를 정면으로 내세우지 않는 현명한 작전을 썼기 때문에 그럴 수 있었다.

가르강투아와 팡타그뤼엘이라고 하는 아버지와 아들 양대 거인에 관한 허황된 이야기를 쓴 것은 아주 현명한 작전이었다. 그것은 구전되고 있던 이야기이고, 책으로 써낸 전례도 있었다.[405] 라블레는 개작자에 지나지 않았으므로 괴상한 짓을 한 저의가 무엇인가 의심받지 않아도 되었다. 누가 보아도 사실이 아닌 허황한 수작이라 검열을 하는 쪽에서 진지하게 검토하지 않으리라고 기대할 수 있었다. 어차피 지어낸 말이니 어떤 내용이든 제한 없이 끌어들이고 상상력을 한껏 뻗쳐, 기존의 관념을 다각도로 뒤집어놓은 백과사전 같은 것을 만들어낼 수 있었다.

사건이 벌어지는 장소는 프랑스 또는 유럽의 어느 곳이었다가 아무런

---

403) Mikhaïl Bakhtine, *L'oevre de François Rabelais et la culture populaire au moyen âge et sous la renaissance*(Paris : Gallimard, 1970)에서 그러한 견해를 폈다.

404) 이러한 사정을 Jacques Le Clercq tr., *Gargantua and Pantagruel*(New York : Modern Library, 1944)의 서두 해설 xxi~xxv면 ; 이환, 《프랑스 근대 여명기의 거인들(1) : 라블레》(서울 : 서울대학교출판부, 1997), 27~30면에서 다루었다.

405) 이환, 위의 책, 52면.

해명 없이 상상의 영역으로 바뀌어, 현실과 환상을 자유롭게 넘나들었다. 환상이란 현실을 벗어난 영역이 아니고 현실을 뒤집어보고 그 이면을 캐낼 수 있게 하는 또 하나의 시공에서 벌어지는 상상이다. 거기서 기존의 관념을 타파하는 장난을 마음껏 펼쳤다. 그런 방식으로 독자의 관심을 끌고 흥미를 자극해서 두려움을 느끼지 않고 동조자가 되도록 했다.

못생긴 거인이 우스꽝스러운 짓을 거침없이 하는 것을 보고 독자도 왜소한 생각을 하면서 움츠려 있지 말라고 한다. 거인 부자는 언제나 당당한 자세로 즐겁게 살아나가니, 독자 또한 주저하면서 사는 소극적인 자세에서 벗어나 삶을 즐기라고 한다. 거인 부자가 어디든지 돌아다니고 무슨 짓이든지 하면서 새로운 것을 경험하는 데 독자도 아무 부담없이 동참하도록 한다. 사상의 자유를 행동의 자유를 통해서 나타내는데 그만큼 효과적인 방법을 다시 찾을 수 없다.

인물과 상황을 우스꽝스럽게 설정하고, 엉뚱한 비유와 기발한 말장난을 일삼는 등의 방법으로 웃음을 자아냈다. 그렇게 하면서 모든 권위와 위선을 교묘한 방법으로 풍자했다. 기독교의 성서, 그리스의 서사시, 플라톤의 대화, 중세의 기사담 등의 여러 고전작품을 본뜨면서 뒤집어엎고 헐뜯기도 하는 패러디를 겹겹으로 설정했다. 그렇게 해서 지배적인 이념을, 그것을 나타내는 어법과 함께 뒤집어엎는 반어로 작품을 이끌어나갔다.[406]

워낙 별난 책을 써서 독자가 쉽게 접근하지 못할 수 있다. 그래서 《제1서》 서두에 〈독자에게〉라고 하는 시를 내놓고 다음과 같이 말했다.

　이 책을 읽는 독자여
　지나친 배려는 그만두세요.

---

406) Jerome Schwartz, *Irony and Ideology in Rabelais, Structures of Subversion* (Cambridge : Cambridge University Press, 1990), 201면.

창피스러운 책은 아니니까요.
독소가 들어 있지는 않답니다.
완벽한 것이야 어디 있나요.
웃음이 아니라면 어떤 말도 하지 못하는 사정
그대는 이해하게 될 거예요.
그대를 파고들어가 괴롭히고 있는 슬픔을 보고서
눈물보다는 우스운 말을 쓰는 것이 낫지 않겠어요.
웃음이란 사람의 본성이지요.[407]

   슬픔을 슬픔으로 논하면 괴로움이 더 커질 따름이므로, 웃음을 가지고 위안책을 삼겠다고 한 것만은 아니다. 슬픔을 자아내는 괴로움의 원인을 웃음을 무기로 파헤쳐 공격하는 풍자문학의 작품을 쓰겠다고 했다. "웃음이란 사람의 본성"(rire est le propre de l'homme)이라는 것이 라블레의 세계관이자 창작방법의 핵심이다.
   라블레는 이 작품에서 자기 나름대로의 '유토피아'를 그렸다. 가르강투아가 동조자들을 모아 이상적인 삶을 누리는 공동체를 창설했다고 하는 것이 그런 의미를 지닌다. 새롭게 만든 공동체는 세상에서 벗어나 있어야 하므로 수도원이라고 했지만, 기독교 신앙과는 무관했다. 거기 모인 사람들은 다음과 같이 살아간다고 했다. 수도원 생활의 규칙을 뒤집어엎으면서 그것과 정면에서 어긋나는 새로운 사상을 제시했다.

   그 사람들의 모든 생활은 법률, 율법 또는 규칙이 아닌, 스스로 바라는 바나 자유로운 의지에 의해 이루어진다. 일어나고 싶을 때 일어나서, 마시고, 먹고, 일하고, 자는 것도 자기가 좋은 대로 한다. 아무도 깨우지 않고, 마시고 먹는 것을 강요하지 않고, 일을 하라고 시키지 않는다. 가르강투아는 그렇게 하고서, "하고 싶은 것을 하라"는 것 외

---

407) Rabelais, *Gargantua Patagruel*, 59면.

에 다른 아무런 규칙도 제정하지 않았다. 왜냐하면, 훌륭하게 태어나 좋은 교육을 받고 양식 있는 사람들 사이에서 살아가는 자유로운 사람들은 선행을 하고 악행을 멀리하는 본성을 지니고 있다. 그 본성을 명예라고 한다. 이런 사람들이라도 자기 위치를 상실해 억압받고 노예 노릇을 할 수 있으나, 선행을 하는 힘을 발휘해 멍에에서 벗어나는 것이 상례이다.[408]

누구든지 자기가 하고 싶은 대로 살아가는 것이 이상적인 삶이라고 했다. 사람은 본성이 선량하고, 자유롭게 살기를 원하는 것이 정당하며, 자유를 스스로 지킬 수 있는 능력이 있기 때문이라고 한 것이 그 이유이다. 사람은 본성이 선해서 선행을 하고 악행을 멀리한다는 것은, 앞대목과 연결시켜보면, 도덕적 규범을 잘 지킬 수 있다는 말이 아니고, 자기가 바라는 대로 살아나가는 행위가 그 자체로 정당하다는 말이다. 삶을 누리는 것이 선이라고 했다.

그런 뜻을 요약해서 나타낸 말이 "하고 싶은 것을 하라"(Fais ce que voudras)이다. 그것은 기독교의 주기도문에서 라틴어로 "당신의 뜻이 이루어지소서"(Fiat voluntsa tua)라고 한 말을 뒤집은 것이다. 신을 사람으로 바꾸어놓고, 신의 뜻이 아닌 사람의 뜻을 이루어야 한다는 말을 라틴어가 아닌 프랑스어로 했다.[409] 그렇게 해서 기독교의 신 중심주의를 인간 중심주의로 바꾸어놓는 사고의 전환을 이룩했다.

"하고 싶은 것을 하라"는 말을 내세워 사람은 스스로 주체적인 능력을 발휘해 원하는 대로 살아야 한다는 사상은 책의 일관된 주제이고, 라블레의 기본사상이다. 라블레는 거인 부자 가운데 아들의 이름을 따서 그 사상을 '팡타그뤼엘주의'라고 명명했다. 《제1서》를 두 번째 순서로 간행하면서 표지에다 "팡타그뤼엘주의로 충만된 책"이라는 부제를 달

---

408) Rabelais, *Gargantua Patagruel*, 148면.
409) 이환, 위의 책, 64~65면.

았다.

가르강튀아가 팡타그뤼엘에게 준 편지에서 사람의 삶은 당대에서 끝나지 않고 자식을 낳아 다음 대로 이어지는 것이 아주 다행스러운 일이라고 했다. "창조주가 인간에게 내린 최대의 축복"이 "번식의 방법으로 부모가 상실한 것이 자식에게 전해지는 과정이 최후의 심판이 있을 때까지 지속된다"는 것이라고 했다.[410] 이렇게 생각하는 것은 유교의 인생관과 상통하고 기독교와는 거리가 멀다.

"창조주"니 "최후의 심판"이니 하는 기독교의 언사를 사용한 것은 진정한 신앙을 찾고자 했기 때문이라는 주장이 있다.[411] 그러나 무신론이란 생각할 수도 없는 시대에는 진정한 신앙을 찾는다는 것이 가장 과감한 시도이다. 진정한 신앙이란 진정한 사상이다. 사람은 이 세상에서 대를 이어 보람된 삶을 이룩한다는 것을 진정한 사상으로 삼으니, 세상이 필요하지 않게 되었다. 선조에게서 자손으로 이어지는 삶의 연속을 중단시키는 최후의 심판은 창조주가 사람에게 준 축복을 스스로 어기는 모순된 행위여서 납득할 수 없게 된다.

蔡溫과 安藤昌益

중세에서 근대로의 이행기 동안에 동아시아에서는 사상을 혁신하는 철학을 다채롭게 창조했다. 17세기에서 시작해서 19세기까지, 어느 한 곳에 치우치지 않고, 여러 나라에서 그런 일이 일제히 일어났다. 중국에서는 王夫之(1619~1692)와 戴震(1724~1777), 한국에서는 任聖周(1711~1788), 洪大容(1731~1783), 朴趾源(1737~1805), 崔漢綺(1803~1877), 월남에서는 黎貴惇(1726~1783), 일본에서는 安藤昌益(1703~1762), 유구에

---

410) 같은 책, 177면.
411) 뤼시엥 페브르, 김응종 역, 《16세기의 무신앙 문제》(서울 : 문학과지성사, 1996)
  에서 그런 지론을 폈다.

서는 蔡溫(1682~1761)이 나서서 氣일원론을 기본내용으로 한 새 시대의
사상을 이룩했다.

이들은 유럽에서 계몽사상가라는 사람들과 같은 시기에 유사한 성격
의 사상 혁신을 해서, 동아시아의 계몽사상가라고 할 수 있다. 말을 바
꾸어, 동시대의 서유럽에도 氣일원론을 이룩하는 철학자들이 있었다고
할 수 있다. 새로운 사상을 철학논설의 형태로 전개하는 일을 그 두 문
명권에서 함께 했다. 그런데도 양쪽을 비교해서 고찰할 기회가 없었을
뿐만 아니라, 중세에서 근대로의 이행기에 동아시아 사상의 혁신에 관
해서 총괄적인 이해도 하지 못했다. 그런 불균형을 시정해야 세계의 학
문이 정상화된다.

동아시아는 서유럽에 비해 교통이 불편한 곳이어서 국경을 넘어서까
지 교류하지는 못했으면서도, 동아시아 다섯 나라의 이들 사상가들은
시대정신 구현의 공동과업을 수행했다. 朱熹의 理氣이원론과는 상반된
氣일원론을 전개해, 관념에서 현실로 관심을 돌리면서, 지배질서를 옹호
하는 윤리적 규범 대신에 민중이 살 수 있게 하는 대책을 찾고자 하는
일을 함께 했다. 理와 氣를 나누어 차별하는 이원론과 함께 性과 情, 詩
와 歌의 구분에 대해서도 기존의 관념을 타파했다. 鄭澈의 민족어시에
서 사고를 개방한 성과를 받아들이면서, 민족어시에 대해서 지지를 보
내야 하는 이유가 어디에 있는가 해명하는 철학을 마련해서 문학관도
혁신했다.

그러나 철학글쓰기에서는 민족어를 사용하지 않고 시를 쓰지도 않았
다. 철학글쓰기는 공동문어인 한문을 사용하고 산문을 써야 한다는 관
습을 이어오면서, 글쓰기를 새롭게 하는 방법을 제각기 다르게 마련하
는 창의력을 발휘했다. 논의를 정면에서 전개하는 통상적인 논설을 써
서는 기존의 권위와 충돌하게 마련이므로, 갖가지 우회전술을 강구해야
했다. 경전 주해를 새롭게 해 원래의 의미를 되살린다고 하면서 주희 사
상의 논거를 부정하기도 하고, 전후의 설명을 생략한 채 단상을 열거하
기도 하고, 비유로 단상을 만들기도 했다. 그런 작전을 써서 반대자는

피하고 동조자는 받아들이고자 했다.

서사적인 설정에 의해 대화를 전개하거나 사건을 만드는 것이 한층 적극적인 대책이었다. 박지원이 스스로 해명한 바와 같이, '以文爲戲'의 방법으로 '以文爲戰'을 하기 위해 그런 작전이 필요했다.[412] 유구의 蔡溫, 일본의 安藤昌益, 洪大容과 朴趾源은 모두 그런 방법을 사용하면서, 문학을 통해서 철학을 하는 새로운 본보기를 보여주었다. 그 점에 관해 고찰하는 것이 이제부터 할 일이다.

蔡溫은 유구가 주권을 일부 상실하고 일본의 간섭을 받고 있는 상황에서 자기 나라를 일으킬 수 있는 방법을, 세상을 구하는 근본이치를 바로잡는 과업과 함께 수행하고자 분투한 정치인이고 학자였다. 많은 저술을 할 겨를이 없었고, 문장을 잘 쓴 것도 아니지만, 역경에서 커다란 각성을 얻을 수 있다는 것을 보여준다. 단상을 쓰고 서사문을 만든 가운데 동아시아 사상의 정수를 마련했다고 평가할 만한 업적이 발견된다.

〈農務帳〉과 〈林政八書〉에서 농사 짓고 나무 가꾸는 데 필요한 사항을 구체적으로 다루었다. 정치를 하는 방도를 제시한 〈圖治要傳〉에서는 "夫國者 外旣無畏 內必生憂 外旣有畏 內必無憂"(무릇 나라는 밖으로 두려워할 것이 없으면 반드시 안에서 근심이 생기고, 밖으로 두려워할 것이 있으면 반드시 안에는 근심이 없다)라고 했다.[413] 일본의 위협을 받고 있는 시련 덕분에 유구는 안으로는 근심이 없는 나라이기를 바라고, 백성을 존중해 상하가 단합하게 하는 이상적인 정치를 하는 방도를 제시했다. 철학의 근본이치를 〈醒夢要論〉 서두에서는 "大極虛空"에서 시작해 "陰陽分 天地闢 人物生"(음양이 나누어지고, 천지가 열리고, 사람과 사물이 생겨난)의 과정을 불교의 우주론과 합쳐서 이해할 수 있는 길을 찾았다.

그처럼 여러 가닥으로 나누어서 전개한 사상을 한데 합쳐서 말하고자 하는 요점을 더욱 분명하게 하는 작업을 〈簑翁片言〉에서 했다. 제목을

---

412) 이에 대해서 《한국의 문학사와 철학사》(서울 : 지식산업사, 1997)의 〈18세기 人性論의 혁신과 문학사상〉에서 자세하게 고찰했다.
413) 崎浜秀明 編, 《蔡溫全集》(東京 : 本邦書籍, 1984), 136면.

보면 "도롱이를 쓴 노인이 단편적으로 한 말"이라고 한 그 글은 늙은 농부가 유학하는 선비와 불교의 승려와 문답을 해 양쪽이 모두 말이 막히게 한다는 내용으로 이루어져 있다. 도롱이를 썼다는 것은 초야에 묻혀 있다는 뜻도 있고, 지혜를 감추고 있다는 뜻도 있다. 농민이자 隱者이고, 어리석은 듯하면서 지혜로운 사람이 유학이나 불교에서 말하는 것 이상으로 크고 높은 깨달음을 얻었음을 대화를 통해서 알려주었다. 서두에서 나란히 제시한 일화 둘을 들면 다음과 같다.

蓑翁耕田 面有樂色 路上縉人顧曰 年老耕田 逸乎勞乎 翁曰 公乘馬往 逸乎勞乎 縉人笑曰 耕田勞也 乘馬逸也 雖婦人孺子皆能知之 翁曰 知其一而忘其二可乎 縉人曰 是何謂也 曰 窮耕獲稻 樂莫大焉 任官不當 恥莫大 恥卽勞也 樂卽逸也……

林間有寺 蓑翁負鋤而過其門 僧見之曰 老人負鋤不亦重乎 翁曰 吾所負者鋤也 豈謂之重 僧所負者物也 其重無窮 何不捨物而負鋤 僧不能應。[414]

도롱이 노인이 밭을 갈면서 얼굴에 즐거운 빛을 띠었다. 길에서 나으리가 말했다. "나이 많으면서 밭을 가니, 편안한가요 괴로운가요?" 노인이 말했다. "나으리는 말을 타고 다니니, 편안한가요 괴로운가요?" 나으리가 웃으면서 말했다. "밭 갈기는 괴롭고, 말을 타면 편안하다는 것은 아녀자라도 다 아는 바입니다." 노인이 말했다. "하나는 알고 둘은 몰라도 되는가요?" 나으리가 말했다. "그것이 무슨 말인가요?" 말했다. "몸소 경작해 벼를 거두면, 즐거움이 막대합니다. 벼슬을 맡아 제대로 하지 못하면, 부끄러움이 막대합니다. 부끄러움은 괴로움이고, 즐거움은 편안함이지요."……

숲 속에 절이 있었다. 도롱이 노인이 호미를 짊어지고 그 문을 지나가니, 승려가 보고 물었다. "노인이 호미를 짊어지니 무겁지 않은가

---

414) 같은 책, 25면.

요?" 노인이 말했다. "내가 짊어진 것이 호미인데 어찌 무겁다고 하겠나요. 스님이 진 것은 物이라, 그 무게가 무한합니다. 어째서 物을 내려놓고 호미를 지지 않는가요?" 승려는 대답하지 못했다.

앞의 일화는 이해하기 쉽다. 벼슬살이보다 농사가 즐겁고 편안하다고 하면서, 자기가 해야 할 도리는 잊고 함부로 거들먹거리는 지배층을 비판했다. 뒤의 일화에서 승려는 物을 지고 다니니 그 무게가 호미에 비할 바 없이 무겁다고 한 것은 무슨 뜻인지 선뜻 알아차리기 어려워, 읽는 사람이 곰곰이 생각하지 않을 수 없다.

뒤의 일화가 무엇을 뜻하는가에 관해서 두 가지 추측을 해볼 수 있다. 승려가 物에 대한 욕심을 버리지 못하고 지고 다닌다고 한 말일 수 있다. 그래서 감당할 수 없이 무거운 업보를 짓지 말고 스스로 노동해서 살아야 한다고 했다고 볼 수 있다. 그렇게 나쁘게 생각하지 않고, 物의 이치를 그 자체로 추구하는 것이 힘든 일이라고 한 말일 수 있다. 그래서 공연한 수고를 하지 말고 호미를 가지고 농사를 짓는 것처럼 구체적인 사물과의 실제적인 관계를 사고의 근본으로 삼으라는 말이라고 볼 수도 있다.

두 가지 일화를 합쳐서 다시 생각하면, 儒佛 양쪽의 주장을 모두 배격하고 스스로 농사를 짓는 사람이라야 진정한 즐거움을 누리고 세상의 이치를 바로 안다고 했다. 지배층은 마땅히 농민을 사랑하라고 하는 愛民의 도리를 역설하지 않고, 농민을 주체로 삼는 民主의 사고를 윤리적인 정당성과 인식의 타당성을 판가름하는 기준으로 삼았다. 헛된 집착을 버려야 한다고 말로 역설하지 않아야 진정으로 깨달을 수 있다고 했다. 氣일원론의 이치를 힘써 밝혀 논하거나 농사 지으면서 사는 삶의 의의를 밝혀 논하는 말은, 아무리 많이 해도 얻을 수 없는 성과를 쉽고 절실한 방법으로 확보했다. 철학을 하는 거동을 보이지 않아 진정한 철학을 할 수 있었다.

二士一僧 俱訪簑翁 見茅廬前有梅一株 花盛如雪 二士曰 美哉美哉
翁曰眞美何在.

一士曰在花 一士曰在眼 僧曰在心 翁向三人曰 士也近拙 僧也近巧
皆非眞美 僧曰敢問 眞美何在 翁曰 僞在于已言之後 誠在于未言之
前.[415]

두 선비와 한 승려가 함께 도롱이 노인을 찾아왔다. 초가 앞에 매화
가 한 그루 있는데, 꽃이 많이 피어 눈 같았다. 두 선비가 말했다. "아
름답구나, 아름답구나." 노인이 말했다. "참다운 아름다움이 어디에
있는가요?" 한 선비는 "꽃에 있다"고 했다. 한 선비는 "눈에 있다"고
했다. 승려는 "마음에 있다"고 했다. 노인은 세 사람을 향해 말했다.
"선비님들은 졸렬한 데 가깝고, 스님은 교묘한 데 가깝습니다만, 모두
참다운 아름다움이 아닙니다." 승려가 말했다. "감히 묻겠는데, 참다
운 아름다움은 어디 있습니까?" 노인이 말했다. "거짓된 것은 말한 뒤
에 있고, 진실한 것은 말하기 전에 있습니다."

一士一僧 偶訪簑翁 士曰 孔子亦有願乎 翁曰 有 僧曰 釋迦亦有願乎
翁曰 有 僧士笑曰 凡夫必有願 故煩惱常興 苟如翁言 則孔子釋迦皆凡
夫也 何足貴焉 翁嘆曰 井蛙窺天之語 固非誣焉 盖孔子釋迦 視蒼生如
一體 必也欲使天下蒼生 各能修身以致太安之治 如大旱之望雲霓 此則
孔子釋迦之願也 是故孔子釋迦 其敎雖異 苟論其用 則皆欲治蒼生而已
矣 後世之人 唯知其敎不同 而不知其用之歸一矣.……[416]

한 선비와 한 승려가 우연히 도롱이 노인을 찾아왔다. 선비가 말했
다. "공자도 바라는 바가 있습니까?" 노인이 말했다. "있습니다." 승려
가 말했다. "석가도 바라는 바가 있습니까?" 노인이 말했다. "있습니
다." 승려와 선비가 웃으면서 말했다. "범부는 반드시 바라는 바가 있

---

415) 같은 책, 26면.
416) 같은 책, 58~59면.

어 언제나 번뇌가 일어납니다. 노인의 말대로라면, 공자나 석가는 범부일 것이니, 어찌 존귀하다고 하겠습니까?" 노인이 탄식하면서 말했다. "우물 안 개구리가 하늘 엿보는 말이니, 어찌 그릇되지 않겠습니까? 공자와 석가는 창생을 한몸으로 여기고, 반드시 천하의 창생으로 하여금 각기 능히 자기 몸을 닦아 아주 편안한 다스림에 이르기 원하기를, 마치 큰 가뭄을 만나 구름과 무지개를 바라는 것과 같게 하니, 이것이 공자와 석가가 바라는 바입니다. 이런 까닭에 공자와 석가는 그 가르침이 비록 다르지만, 그 쓰임새를 말한다면 모든 창생을 다스리기를 바랄 따름이었습니다. 후세의 사람은 다만 그 가르침이 다른 것만 알고, 그 쓰임새가 한 가지인 것은 알지 못합니다."

이 두 가지 일화를 함께 살펴보자. 둘 다 선비와 승려의 그릇된 소견을 도롱이 노인이 바로잡는다고 했다. 농민이면서 은자인 그 노인은 유교와 불교에서 알지 못하는 진실을 파악하고 있다고 했다. 유학과 불교를 대등하게 나무라고 함께 넘어서는 제3의 새로운 철학을 농민의 견지에서 제시하려고 했다. 그것은 너무나도 대담한 시도여서 논설을 쓰는 정공법을 피하고, 허구적인 설정의 우언을 사용하는 측공법을 찾아야 했다.

앞뒤의 일화에서 문제삼은 것은 서로 다르다. 앞에서는 매화의 아름다움은 어디 있는가 하고 시비했다. 뒤에서는 공자와 석가도 바라는 바가 있었는가 하는 문제를 두고 논란을 벌였다. 소재가 다른 것은 문제가 다르기 때문이다. 앞에서는 인식의 문제를 다루었고, 뒤에서는 실천의 문제를 다루었다. 그 둘은 서로 대조해서 함께 살펴야 하겠으므로 나란히 인용했다.

앞의 일화에서 매화의 아름다움은 매화에 있다고도 하고, 눈에 있다고도 한 선비들은 인식대상과 인식주체를 분리하는 잘못을 저질렀다. 그렇다고 해서 매화의 아름다움은 마음속에 있다고 하는 승려의 견해가 정답일 수는 없다. 그렇게 말하면 쉽사리 지적할 수 있는 잘못은 피했으나 매화의 아름다움을 인식한다는 행위 자체에서 벗어났다. 함부로 나서다가 졸렬한 짓을 하고, 가만히 있어서 교묘하다고 할 수 있는 차이가 있기는 해도, 그릇되기는 마찬가지라고 했다.

그렇다면 무어라고 말해야 하는가? 말을 하면 그릇되게 분별하지 않을 수 없어 틀린다. 말을 하지 않아야 진실되다고 한 것이 노인의 대답이다. 主客未分이나 物我一體에서 참된 인식이 이루어진다고 하는 말을 그렇게 했다. 나가르주나가 자기 자신에서 비롯한 自生과 대상에서 오는 他生을 함께 부정해 "不共不無因"이라고 한 것과 같은 생각을 나타냈다.

앞의 일화만 보면 유학과 불교의 다툼을 불교의 견지에서 해결한 것 같은데, 뒤의 일화에서는 유학과 불교의 공통점이 유학에서 설정한 이상을 함께 실현하자는 데 있다고 했다고 할 수 있다. 범부는 바라는 바가 있어 번뇌를 일으키지만, 성인은 그 경지를 넘어섰다고 한 데서는 불교 쪽의 말을 하는 듯하다가, 그 다음 대목에서는 방향을 바꾸었다. 공자나 석가는 더 바랄 바가 없는 경지에 이른 성인이 아니고, '天下蒼生'이 바르게 다스려지도록 하자는 것을 공통의 소망으로 한다고 했다.

'衆生'이 아니고 '蒼生'이라고 하는 용어를 사용한 것은 현실에서 이루어지고 있는 사회생활을 바르게 하는 것이 피안에 가서 얻는 구원보다 소중하다고 여겼기 때문이다. 대다수의 민중이 떳떳하게 살고 행복을 누릴 수 있게 하는 것보다 더 큰 진리는 없다고 선언했다. 그런 지론을 앞의 일화에서 말한 바와 연결시켜 보면 뜻하는 바가 더 깊어진다.

앞의 일화에서 분별을 하지 않아야 진정한 인식이 확보된다고 한 것은 인식론이 따로 불거져 엉뚱한 논의를 하느라고 실천의 과제를 밀어낼 수 있기 때문이다. 실천을 해서 얻을 수 있는 결과가 얼마나 유익한가 판정하면 될 따름이므로, 출발 단계의 명분이나 논리 자체의 타당성은 돌볼 필요가 없다고 했다. 실천의 목표와 무관한 견해차를 시비하는 사변적인 철학은 무용하다고 했다. 철학의 독자적인 영역을 최소한으로 줄여 그 효능을 극대화하는 발언을 했다.

安藤昌益은 일본 사람이다. 일본은 유구를 억압하는 우월한 위치에 있어, 일본 사람은 행복을 누린 것 같으나 전혀 그렇지 않다. "外旣無畏" 한 나라는 "內必生憂"라고 하는 蔡溫의 지론이 적중해서, 일본에는 상하 층 사이의 빈부 차이가 격심했다. 蔡溫의 사상은 민족모순의 산물이라 면, 安藤昌益은 계급모순 때문에 괴로워하면서 해결의 방안을 찾는 사 상을 전개했다. 유구는 결국 주권을 상실하고 일본에 병합되지만, 蔡溫 은 망국의 유민들 사이에서 높이 숭앙된다. 그 뒤에 더욱 강성한 나라가 된 일본에서는 빈천한 사람의 대변자인 安藤昌益을 계속 홀대하고 있 다. 蔡溫은 자기 동족들에게서 투카람처럼 숭앙되고, 安藤昌益이 마츠라 브와 함께 겪은 수난은 쉽사리 회복되지 않고 있다.

安藤昌益은 일본의 시골 사람이었다. 농사가 잘 되지 않는 척박한 땅 동북지방에서 의원 노릇을 하면서, 농민의 참상을 보고 마음 아파하고, 스스로 농사를 짓기도 했다. 농사하는 방법을 바꾸어 농민이 살 수 있게 하는 직접적인 방도는 찾지 못하고, 사람을 차별하는 제도의 근거가 되 는 사상을 온통 바꾸어놓아야 한다고 역설하는 글을 쓰는 데 힘을 기울 였다.

한문으로 글을 썼으나 정통한문은 아니고, 일본어로 풀어 읽기 쉽게 한 변체한문을 사용하고, 독법을 표기하는 返點을 달았으며, 본문에다 일본어를 삽입하기도 했다. 이치를 따지는 글은 한문으로 써야 한다는 전통을 존중하면서 한문에 능통하지 않은 사람도 읽을 수 있게 했다. 그 래도 쓴 글이 뜻하는 대로 보급되지 않아 애쓴 보람이 적었다. 그 시기 에 일본에서는 인쇄문화가 크게 발달되었으나 安藤昌益의 저작은 일부 만 인쇄되고 대부분 사본으로 전해졌으며, 유일본만 남았다가 없어진 것도 있다.

安藤昌益은 《自然眞營道》라고 총칭한 많은 저술을 했다. 그 가운데 서 〈大序卷〉을 위시한 몇 가지에서는 논설을 써서 자기가 발견한 氣일 원론의 이치를 논하고, 그 내용을 우언에다 옮겨 〈法世物語〉를 지었다. 鳥獸蟲魚 즉, 날짐승·길짐승·벌레·물고기의 네 가지 금수의 무리가 일제히 사람을 나무란다고 하는 것이 그 기본설정이다. 그래서 무엇을 말했는가 이해하기 위해서 먼저 본문을 일부 읽어보자.[417] 〈法世物語〉의 서두는 이렇게 시작한다.

[가] 諸鳥群會評議 鳩曰 吾熟思 轉定央土萬物生生 人通氣主宰 伏橫逆氣人 故活眞通回不背 轉下一般 直耕一業 無別業 故上下貴賤貧富二別無 他不食 他食ズ 遺取無 相應相應夫婦 眞通神人世也.

[나] 如吾吾四類 橫氣主宰 伏通逆氣 受橫進偏氣 鳥類生也 伏通氣橫氣進偏 故大進偏氣生 鷲鳥王 鶴鳥公卿大夫 鷹鳥諸侯 烏鳥工 鵲鳥商 雕鳥主 諸小鳥奴僕也 故鷲雁鷹類採食 鷹烏雀凡鳥採 鶴山鳥類採食 烏雀鳩類採食 皆其大小食序 以此如是.……[418]

[다] 烏答曰 汝言如然也 人轉眞通回生 故轉眞與一般 直耕穀可行之 聖釋出不耕 盜轉眞直耕及道 貪食 立私法 王公卿大夫諸侯士工商始 以來法世成 王守法 其次序 以守其宦位法 無宦無位 其其守法 法背有者則是刑殺 故上下法守 故法世.[419]

[가] 여러 새가 모여서 회의를 하는데, 비둘기가 말했다. "내가 깊이 생각해보니, 轉定의 央土에서 만물이 생겨날 때, 사람은 通氣가 主宰한다. 橫氣나 逆氣는 감추어져서 사람이다. 그러므로 活眞의 通回에 어긋나지 않는다. 轉下에서 온통 直耕 한 가지 생업에 종사하고 다른 생업은 없다. 그러므로 상하·귀천·빈부의 二別이 없었다. 다른 사람을 먹지도 않고, 다른 사람에게 먹히지도 않았다. 남겨두고 취할 것이 없었다. 相應相應하는 부부 사이였다. 진실로 神과 사람이 통하는 시대였다."

[나] "우리들과 같은 四類는 橫氣가 주재한다. 通氣와 逆氣는 감추

---

417) 〈朴趾源과 安藤昌益의 비교연구 서설〉, 《한국의 문학사와 철학사》에서 한 작업을 보완하고 재론한다.

418) 《安藤昌益全集》(東京 : 農山漁村文化協會, 1982) 2, 7면.

419) 같은 책, 8면.

어져 있다. 橫進偏氣를 받아 鳥類로 태어났다. 通氣는 감추어져 있고, 橫氣로만 나아간다. 그러므로 크게 나아가는 偏氣를 타고난 독수리는 새들의 왕이다. 두루미는 새들의 公卿大夫이다. 매는 새들의 諸侯이다. 까마귀는 새들의 工匠이고, 까치는 새들의 상인이다. 독수리는 새들의 주인이고, 여러 작은 새들은 노예이다. 그러므로 독수리는 기러기나 매를 잡아먹는다. 매는 까마귀, 참새 등 뭇 새를 잡아먹는다. 두루미는 산새 무리를 잡아먹는다. 까마귀는 참새의 무리를 잡아먹는다. 이는 모두 큰 것이 작은 것을 잡아먹는 순서이다. 크고 작은 것의 서열이 이와 같다.”

[다] 까마귀가 대답해서 말했다. “너의 말이 맞다. 사람은 轉眞의 通回를 지니고 태어났으므로 轉眞과 더불어 같다. 곡식을 直耕해서 살아가는 것이 마땅하다. 성인과 석가가 나타나서 농사 짓지 않으면서 轉眞의 直耕 및 그 道를 도둑질해 貪食하고, 私法을 세우자, 임금, 공경대부, 제후, 士·工·商이 시작되었다. 그래서 法世가 이루어졌다. 임금은 법을 지키고, 그 아래 지위에서는 그 벼슬의 법을 지킨다. 벼슬도 지위도 없는 자라도 그 법을 지킨다. 법에 어긋나는 자가 있으면 형벌로 죽인다. 그러므로 상하가 법을 지킨다. 그래서 法世이다.”

원문의 “烏”자와 “雁”자는 일반적으로 통용되지 않는 특이한 자형으로 적혀 있어 주해자의 고증을 참고해서[420] 고쳐 적었다. 원문에는 일본어 返點 표시가 있는데, 옮기지 않았다. 한문만으로 이해하기 어려운 대목은 일본어 返點 표시에 의거해 해독하고, 주해본을 참고해서 번역했다.[421]

위의 인용구에서 볼 수 있듯이, 安藤昌益은 많은 용어를 창안했다. ‘轉定’은 천지만물의 운행을 말한다. ‘央土’는 하늘과 바다 사이에 있는 땅

---

420) 같은 책 6, 37, 38면.
421) 같은 책 6, 34~39면.

이다. ‘活眞’은 천지운행의 활력이다. ‘通回’는 천지운행이 제대로 통하고 회전한다는 말이다. ‘轉下’는 ‘天下’이다. ‘直耕’은 자기가 직접 농사를 짓는다는 말이다. ‘二別’은 둘로 나누어진 차별이다. 그것은 마땅히 상보적인 상호관계인 ‘互性’이어야 한다고 생각했다. ‘通神’은 진실이 실현된다는 말이다.

그런 글을 쓰게 된 연유를 밝히지 않았는데, 반발을 의식해야 할 독자가 없었기 때문이라고 할 수 있다. 사용한 문체는 일본어의 어법을 받아들이고 일본어처럼 읽도록 한 변체한문이다. 국내외의 수준 높은 문사가 아닌 자기 주변의 평범한 독자들을 위해서 쓴 글이므로 그렇게 하는 것이 어울리는 일이었다. 자기 사상을 논술의 형태로 거듭 나타내다가 이 글을 쓴 이유는 흥미를 끄는 설명방법이 필요하다고 판단했기 때문이다.

기존의 철학에서처럼 어렵고 복잡한 논란을 거치지 않고 자기 주장을 바로 제시했다. 天地·男女·上下·貴賤은 서로 구별되면서도 우열의 차등은 없고 서로 대등한 작용을 한다고 하는 것을 ‘互性’이라고 했다. 이상적인 시대와 타락된 시대를 갈라 논하는 역사철학을 마련한 것이 또 한 가지 특별한 점이다. ‘互性眞活’의 ‘自然世’가 가고 차등과 억압을 강제하는 시대인 ‘法世’가 온 잘못을 바로잡아야 한다고 주장했다. 유학이나 불교뿐만 아니라 일본의 神道도 自然世의 종말을 재촉한 法世의 사상이라고 해서 극력 배격했다.

자기 자신은 시골 의사이면서 농민과 고락을 함께 하고, 스스로 농사를 지었다. 농민의 생각을 대변하는 철학을 마련했다. 직접 농사를 지으면서 사는 直耕만 소중하고, 直耕을 하는 사람들을 억압하고 착취하는 무리는 용서할 수 없는 도적이라고 규탄했다. 18세기의 사상가 가운데 하층민의 세계로 그만큼 내려간 사람을 다시 찾을 수 없다.

위의 인용구에서 새들의 먹이사슬에 관한 구체적인 설명은 사실과 많이 어긋난다. 사람은 농사만 짓고 살아야 한다는 것은 일방적인 주장이다. 사람도 수렵을 한다. 聖人과 석가가 차등의 법을 만들었다고 하는

408

것은 무리이다. 그러나 通氣·橫氣·逆氣의 차이가 그 자체로 윤리적 등급이라고 하지 않고, 通氣를 지닌 사람은 마땅히 다른 생명체를 침해하지 않아 금수보다 나은 삶을 살아야 한다고 한 것은 획기적인 견해이다. 무엇이 바람직한 상태인가에 대한 견해를 바꾸어놓았다.

금수는 橫氣를 타고나서 서로 잡아먹는다고 했다. 그러나 그것이 사람이 서로 잡아먹는 것과는 다른 차원임을 말했다. 금수는 살기 위해서 서로 잡아먹지만, 사람은 지배하고 억압하기 위해서 형벌을 휘두른다고 했다. 모든 잘못이 法에 있다 하고, 法世를 나무란 安藤昌益 특유의 사상은 일본의 현실에 근거를 두었다. 동아시아 다른 나라, 특히 한국에서는 禮를 표방할 때 일본에서는 法에 의한 지배를 강화했으므로, 法을 규탄의 대상으로 삼아 그런 사상을 마련했다고 할 수 있다.

洪大容과 朴趾源

理는 氣의 원리일 따름이고, 0·1·2·∞가 모두 氣에서 벌어진다고 하는 氣일원론을 한국에서 확립한 사람은 任聖周(1711~1788)이다. 임성주가 제시한 氣일원론을 홍대용과 박지원이 다각화하면서 논의의 범위를 넓혔다. 그 두 사람은 사신을 수행해 중국에 가서 얻은 견문으로 세계인식을 재검토해 시대 전환의 각성을 이룩하고, 새로운 글쓰기 방법을 적극 개발했다. 홍대용은 당시까지 개척된 학문의 전 영역을 혁신해서 理氣, 性情, 華夷, 詩歌 등의 이원론을 모두 혁파했다. 박지원은 철학으로 문학을, 문학으로 철학을 혁신하는 작업의 이론과 실천을 다각도로 시험했다.

그 두 사람이 남긴 많은 저술 가운데 홍대용의 〈毉山問答〉과 박지원의 〈虎叱〉은 문학을 통해서 철학을 이룩한 작업의 좋은 본보기이며,[422]

---

422) 〈18세기 人性論의 혁신과 문학의 사명〉, 《한국의 문학사와 철학사》(서울 : 지

모어의《유토피아》와 비슷한 방식으로 쓴 점을 주목할 만하다. 공동문
어 산문을 사용해서, 외국에서 있었던 일을 보고한다고 하고, 허구적인
내용으로 이루어진 대수롭지 않은 듯한 글에다 사상 혁신을 위한 심각
한 주장을 감추어둔 점이 서로 같다. 중세에서 근대로의 이행기에 이르
러서 철학과 문학이 새롭게 결합하는 작전이 양쪽에서 함께 나타났다.

　홍대용의〈毉山問答〉은 조선의 선비 盧子가 중국에서 귀국하는 도중
산속에서 만난 實翁과 문답한 말을 적었다고 했다. 표면상으로는 작자
가 盧子이지만, 실질적인 내용에서는 實翁이 자기 생각을 나타냈다. 盧
子는 實翁의 주장에 대해서 의심을 품고 동의하지 않았다고 했다.《유
토피아》에서 서술자 노릇을 하던 토머스 모어 자신을 盧子로 바꾸어놓
고, 라파엘에 해당하는 인물을 實翁이라 했다. 지배적인 통념을 부정하
는 반역사상에 닥쳐올 위협을 막는 데 홍대용은 더욱 세심한 배려를 했
다.《유토피아》에서는 라파엘의 말이 일방적으로 길게 이어지지만,〈毉
山問答〉에서는 두 인물 사이에 긴장된 문답이 오고갔다.

　《유토피아》의 일인칭 서술자는 모어 자신이다. 국왕이 부여한 임무를
수행하기 위해 네덜란드에 갔다는 것도 사실 그대로이다.〈毉山問答〉
의 盧子는 홍대용 자신이 아닌 가상의 인물로 설정되어 있다. 국내에서
만 공부하다가 중국에 가서 사람들을 만나고 견문을 넓힌 점에서는 작
자 홍대용과 작중인물 盧子가 일치하지만, 생각하는 바는 서로 달랐다.
盧子가 어떤 인물인가 아는 것이 작품 이해의 선결 과제이다.

　　[가] 子盧子 隱居讀書三十年 窮天地之化 究性命之微 極五行之根
達三敎之蘊 經緯人道 會通物理 鉤深測奧 洞悉源委 然後 出而語人 聞
者莫不笑之.
　　[나] 盧子曰 小知不可與語大 陋俗不可與語道也.
　　[다] 乃西入燕都 遊談于搢紳 居邸舍六十日 卒無所遇 於是盧子喟然

식산업사, 1996)에서 밝힌 성과를 이하의 논의에서 재검토한다.

歎曰 周公之衰耶 哲人之萎耶 吾道之非耶 束裝而歸.[423]

　[가] 子虛子는 숨어서 독서한 지 30년에, 천지의 조화와 性命의 은미함을 다 밝히고, 五行의 뿌리와 三敎의 진리에 통달하고, 사람의 도리를 가로 세로 알며, 物의 이치에 두루 통달하고, 깊은 것을 들추어 내고 오묘한 것을 헤아리고, 궁극적인 것을 꿰뚫어 안 다음에, 나와서 사람들에게 말을 하니, 듣고서 웃지 않은 사람이 없었다.

　[나] 虛子가 말했다. "작게 아는 이와 더불어 큰 지식을 말할 수 없고, 비루한 세속과 더불어 道를 말할 수 없다."

　[다] 이에 서쪽으로 燕都에 들어가 뛰어난 선비라는 사람들과 이것 저것 이야기하면서 여관에서 60일이나 머물렀으나, 끝내 만날 사람을 만나지 못했다. 이에 虛子는 슬프게 탄식하면서 말했다. "周公이 쇠했는가, 哲人이 없어졌는가, 우리 道가 그릇되었는가?" 행장을 꾸려 돌아왔다.

　虛子가 [가]에서 천지의 이치를 탐구한 것은 라파엘의 그리스철학 공부와 상통한다. 그러나 虛子의 철학은 특정한 성향을 갖추고 있다. 심오한 이치를 지나치게, 무리하게 추구한 탓에 모르는 사람들은 듣고 웃었다고 이해하도록 하고서, 정통유학 성리학이 웃음거리가 되었다고 암시했다. [나]에서는 자기 주변의 한국인은 수준이 낮아 심오한 이치에 이르지 못한다고 여기고, [다]에서는 뛰어난 선비가 중국에는 있으리라고 생각하고 중국에 가서 찾았으나 뜻을 이루지 못했다. 그것은 시대가 잘못된 까닭이라고 생각하고 돌아왔다고 했다.

　중국에 뛰어난 선비가 없다는 것은 심각하게 받아들여야 할 사태이다. 시대가 그릇되어 그런가? 아니다. 뛰어난 선비를 중국에 가서 찾으려고 한 것이 잘못이다. 뛰어난 선비가 변방에서 나와야 할 때가 되었다. 뛰어난 선비가 해야 할 일을 우리 자신이 맡을 수밖에 없다. 그 점을 일

---

423)《湛軒書》내집 4(서울 : 경인문화사 영인본), 320면.

깨워주기 위해서 許子의 상대역인 實翁이 등장했다.

許子가 세상을 개탄하면서 "周公之衰耶 哲人之萎耶 吾道之非耶"라고 한 말은 모두 고전에 있는 말이다.[424] 許子는 성현의 가르침을 전하는 고전 공부를 지식의 유일한 원천으로 삼았으므로, 거기 있는 문구를 인용하지 않고서는 시대를 개탄하는 말도 할 수 없다. 그러나 시대가 그릇되었다고 하는 이유는 성현의 가르침이 효력을 상실한 데 있다. 성현의 말씀에 의거하지 않고 사물을 직접 인식해 새로운 진실을 깨달아야 할 시대에 이르렀다. 그 일을 맡아 나선 인물이 實翁이다.

實翁이 누구인가는 사건이 전개되고 대화가 이어지면서 차차 밝혀진다. 그러나 서두에서 우선 알 수 있는 사실만 보아도 필요한 예비지식을 얻을 수 있다.

(1) 산중에 거처하는 사람이다.

(2) 그 산은 중국과 조선 사이에 있다.

(3) 자기가 實翁임을 밝히는 문패를 달았다.

(1)은 산중에서 도를 닦는 사람이라는 말이다. 虛子가 숨어 살면서 공부를 했다는 것과 같다. 밖으로 나다니면서 새로운 사상을 얻은 것은 아니다. 虛子가 중국을 다녀오는 것 같은 여행도 實翁은 하지 않았다. 그런 차이점은 虛子는 흔들리고 있지만, 實翁은 중심이 분명하다는 것을 말한다.

(2)는 중국과 조선 그 어느 쪽에도 속하지 않아 어느 쪽에 치우치지 않는 보편적 이치를 말한다는 점을 암시한다. 라파엘이 국제인이라는 것과 상통하는 설정이다.

(3)에서는 實의 노선을 분명하게 하고 있다. 경험과 일치하고 시대변화와 밀착된 이치를 밝히는 것이 實의 노선이다. 實의 학문을 實學이라

---

424) "周公之衰耶"와 "哲人之萎耶"는《禮記》에서, "吾道之非耶"는《史記》에서 공자가 시대를 개탄하면서 했다고 한 말이라고, 윤주필, 〈조선조 우언소설의 반문명성, '의산문답'의 허구적 장치를 중심으로〉,《도교문화연구》12(서울 : 한국도교학회, 1998)에서 밝혔다.

고 하는 것은 축소해석이다. 실학을 利用厚生의 실용적인 학문이라고 하면 더욱 옹색해진다.

라파엘은 사회적 불평등과 갈등을 해결하려고 했는데, 實翁은 그릇되게 파악된 이치의 근본을 바로잡으려고 했다. 사회개혁보다는 사상혁신을 더욱 긴요한 과제로 삼았다. 理氣이원론을 배격하는 氣일원론의 관점에서 천지만물의 이치를 다시 논했다. 모든 것을 다시 파악하는 이론적인 근거가 다음 대목에 제시되어 있다.

太虛寥廓 充塞者氣也 無內無外 無始無終 積氣汪洋 凝聚成質 周布虛空 旋轉停住 所謂地月日星是也.[425]

太虛는 비었고 큰데, 가득 차 있는 것이 氣이다. 안도 없고 밖도 없으며, 시작도 없고 끝도 없이 쌓인 氣가 일렁이고, 모여서 형체를 이루고, 허공에 두루 퍼져서 돌기도 하고 멈추기도 하니, 땅·달·해·별이라는 것들이 이것이다.

虛가 氣라고 해서 0이 1임을 밝히고, 1인 氣가 운동을 해서 땅·달·해·별을 만들어냈다고 했다. 그런 천체는 위도 없고 아래도 없는 허공에 머무르고 있다고 했다. 천체의 하나인 "地塊 旋轉 一日一周"(지구는 하루에 한 번 돈다)라고 했다.[426]

그런 방식으로 전개한 천문학 지식은 오늘날의 관점에서 보면 모자라거나 어긋난 점이 적지 않다. 지구의 자전은 말했으면서 공전은 말하지 않은 것이 그 한 예이다. 그러나 하늘에는 상하가 없다고 한 철학적 원리는 과학적인 타당성 여부를 넘어선 의의가 있다. 하늘은 위에 있고 땅은 아래에 있다고 하면서 상하의 등급을 나누는 절대적인 원리가 다른 어디에든지 일제히 인정되어야 한다고 하는 차등론을 부정하고, 서로

---

425) 같은 책, 327면.
426) 같은 책, 330면.

다른 모든 것들은 상대적으로 구분되는 관계에 있다고 하는 대등론을
마련했다.

하늘과 땅을 상하 등급으로 나누는 견해를 부정하고 天地는 상대적으
로 구분되는 대등한 관계에 있다고 한 명제는 바로 '人·物' 사이의 관계
에 적용된다. '人'이란 사람이고 '物'은 다른 생물이다. 그 둘의 구분에 관
해서 虛子와 實翁이 토론한 대목을 보자.

　　虛子曰 天地之生 惟人爲貴 夫今禽獸也草木也 無慧無覺 無禮無義
　人貴於禽獸 草木賤於禽獸.
　　實翁仰首而笑曰 爾誠人也 五倫五事 人之禮義也 群行呴哺 禽獸之禮
　義也 叢苞條暢 草木之禮義也 以人視物 人貴而物賤 以物視人 物貴而
　人賤 自天而視之 人與物均也.[427]

　　虛子가 말했다. "천지의 생물 가운데 오직 사람만 귀하다. 저 금수
　나 초목은 지혜도 지각도 예의도 없다. 사람은 금수보다 귀하고, 초목
　은 금수보다 천하다."

　　實翁이 고개를 쳐들고 웃으면서 말했다. "너는 진실로 사람이구나.
　五倫이나 五事는 사람의 예의이고, 무리를 지어 기어다니면서 서로
　불러 먹이는 것은 금수의 예의이고, 떨기로 나며 가지가 뻗어나는 것
　은 초목의 예의이다. 사람의 견지에서 物을 보면 사람이 귀하고 물은
　천하다. 物의 견지에서 사람을 보면, 物이 귀하고 사람은 천하다. 하늘
　에서 보면 사람과 物이 균등하다."

虛子는 朱熹의 견해를 들어 사람은 예의가 있어 금수보다 우월하다고
했다. 그런데 實翁은 사람·금수·초목이 각기 그 나름대로 삶을 누리는
방식이 있어, 예의가 서로 다르다고 했다. 예의란 다름이 아니라 삶을
누리는 방식이다. 예의를 차리는 것이 善이라고 하면, 삶을 누리는 것이

---

427) 같은 책, 336면.

바로 善이다. 오랜 기간을 두고 벌어진 人物性同異 논쟁을 人物性因氣同善의 관점에서 해결한 결과가 그렇게 나타났다. 그렇게 해서 朱熹의 지론을 부정하는 과업을 安藤昌益과 함께 수행하면서, 삶을 누리는 것이 선이라고 명시한 점에서 한걸음 더 나아갔다.

삶을 누리는 것이 善이라고 하는 명제는 性·情의 구분을 바꾸어놓았다. 마음의 바탕인 性은 선하기만 하지만 마음의 작용인 情은 악할 수 있다고 하는 차등론을 타파했다. 性과 情은 體와 用의 관계에서 구분된다는 것은 그대로 인정하면서, 體는 선한데 用은 악하다는 것은 부당하고 體가 선하면 用도 선하고, 用이 선하면 體도 선하다고 했다.

天地·人物·性情의 이원론을 부정하자 華夷의 차등도 인정할 수 없게 되었다. 문명권 중심부에서 마련한 규범은 華라고 하면서 높이고, 변두리 민족의 삶은 夷라고 하면서 낮추는 것은 잘못이라고 하고, 華夷는 內外의 개념이므로 누구든지 자기는 華라고 하고 다른 쪽은 夷라고 하는 것이 당연하다고 했다. 그 문제를 두고 두 사람이 토론한 대목을 보자.

> 虛子曰 孔子作春秋 內中國而外四夷 夫華夷之分如是.……
> 實翁曰 天之所生 地之所養 凡有血氣均是人也 出類拔萃 制治一方均是君王也 重門深濠 謹守封疆 均是邦國也 章甫委貌 文身雕題 均是習俗也 自天視之 豈有內外之分哉.
> 是以 各親其人 各尊其君 各守其國 各安其俗 華夷一也.[428]

虛子가 말했다. "孔子가 《春秋》를 지어, 中國을 안이라고 하고 四夷를 밖이라고 했으니, 무릇 華夷의 구분은 이와 같다."……

實翁이 말했다. "하늘이 내고 땅이 기르는 것이 무릇 血氣를 갖추었으면 모두 다 사람이다. 여럿 가운데 뛰어나서 한쪽 모퉁이를 다스리고 있으면 다 같이 임금이다. 문을 여러 겹 달고 해자를 깊이 파서 주어진 강토를 조심스레 지키면 다 같이 나라이다. 章甫(殷代의 갓),

---

428) 같은 책, 362면.

委貌(周代의 갓), 文身, 雕題(액자에 단청을 넣어 조각하는 것)가 모두 습속이다. 하늘에서 보면 어찌 안팎의 나뉨이 있겠는가?

그러므로 각기 자기네 사람과 친하고, 각기 자기네 임금을 받들고, 각기 자기네 나라를 지키고, 각기 자기네 풍속에 안주하는 것은 華라는 나라든 夷라는 나라든 마찬가지다.

다음 대목에서는 孔子는 周나라 사람이므로 周나라를 존중하는 《春秋》를 지은 것이 당연하다 하고, 孔子가 다른 나라에 가서 살면 그 나라를 위해서 다른 《春秋》를 지었을 것이라고 했다. 홍대용은 그런 관점에서 華夷를 구분해, 누구든지 자기 관점에서 內外를 나누어 자기 쪽을 華라 하고 상대방은 夷라고 하는 것이 타당하다고 했다. 그것은 누구나 자기를 높일 수 있다고 하는 상대적 민족주의이며, 자기 쪽만 우월하다고 하는 절대적 민족주의와는 구분된다.

華夷의 구분을 고정시킨 사고방식은 克은 버리고 生만 취하는 일방적인 보편주의이다. 자기 민족만 대단하다고 하는 절대적 민족주의는 특수성을 선양하고 확산하면서 克을 극대화하고 生은 배격한다. 그러나 자기를 높일 수 있는 권리를 상대방에도 인정하는 상대적 민족주의에서는 특수성을 서로 인정하는 보편주의가 마련되어, 生이 克이고 克이 生이다.

홍대용의 〈毉山問答〉과 같은 주제를 새로운 설정을 해서 다시 다룬 작품이 박지원의 〈虎叱〉이다. 《유토피아》나 〈毉山問答〉은 서사적 교술문이지만, 〈虎叱〉은 교술적 서사문이어서 소설이라고 할 수 있다. 작가가 개입하지 않고 허구적인 인물들 사이에서 벌어지는 사건으로 작품이 전개되기 때문이다.

앞뒤에 붙인 글에서 〈虎叱〉은 자기가 지은 글이 아니고 중국에 있는 글을 베껴왔다고 하고, 자기 생각과 일치하는 내용은 아니라고 해서, 간접적이고 우회적인 표현방법을 더욱 절묘하게 사용했다. 외국에 가서 들은 말이라고 하지 않고 외국에 있는 글을 베껴왔다고 했다. 그래서 박지원의 작품이 아니라는 주장이 오늘날까지 이어지게 한다.

그 글은 "근세 중국인이 비분해서 지었다"고 했으며, 자기는 그 글의 내용에 대해서 거리를 두고 검토해 다른 생각을 가지고 있다고 했다. 그러나 그 말을 자세하게 살피면 베꼈다는 글의 깊은 의미를 파악할 수 있게 하는 단서를 제공한다. 라파엘이 한 말에 대해서 서술자인 토머스 모어는 견해를 달리하는 면이 있어 토론을 할 필요가 있지만, 대체로는 받아들일 만하다고 한 것과 상통하는 결말을 더욱 교묘하게 마련했다.

北郭이라는 선비를 범이 꾸짖는 사건을 설정해서 "以人視物 人貴而物賤 以物視人 物貴而人賤 自天而視之 人與物均也"라고 하는 원리를 더욱 분명하고 실감나게 구현했다. 삶을 누리는 것이 善이라는 점에서는 금수나 사람이나, 사람 가운데 백성이나 군자나 대등하지만, 남의 삶을 해치는 악행은 백성보다는 군자가, 금수보다는 사람이 더 많이 저지른다고 했다. 선악의 등급이 그렇게 판정되어, 朱熹의 지론과는 정반대의 결론에 이르렀다.

범이 북곽에게 사람의 행실을 나무란 핵심적인 대목을 들어보자.

夫天下之理一也 虎誠惡也 人性亦惡也 人性善則虎之性亦善也 汝千語萬言 不離五常 戒之勸之 恒在四綱 然都邑之間 無鼻無趾 文面而行者 皆不遜五品之人也 然而徽墨斧鋸 日不暇給 莫能止其惡焉 而虎之家自無是刑 由是觀之 虎之性 不亦賢於人乎.[429]

무릇 천하의 이치는 하나이다. 범이 참으로 악하면 人性도 또한 악하며, 人性이 선하면 虎性도 또한 선하다. 너는 천만 가지로 하는 말이 五常을 떠나지 않고, 경계하고 권장하는 것이 언제나 四綱에 있다. 그런데 서울에든 읍내에든 코 없고, 발꿈치 없고, 얼굴에 글자가 박힌 채 다니는 자들은 모두 다섯 가지 도리를 지키지 않은 죄인이다. 그런데 포승줄과 먹실, 도끼나 톱이 하루도 쉴 사이가 없어도 악을 멈추게

---

429) 《熱河日記》, 〈關內程史 虎叱〉, 《燕巖集》(서울 : 경희출판사 영인본, 1966), 192면.

하지는 못한다. 범의 집안에는 본래 이런 형벌이 없으니, 이로 미루어 살피건대 범의 性이 사람보다 어질지 않는가.

汝談理論性 動輒稱天 自天所命而視之 則虎與人 乃物之一也 自天地 生物之仁而論之 則虎與蝗蠶蜂蟻與人並蓄 而不可相悖也 自其善惡而 辨之 則公行剽刦於蜂蟻之室者 獨不爲天地之巨盜耶 肆然攘竊於蝗蠶 之資者 獨不爲仁義之大賊乎 虎未嘗食豹者 誠爲不忍於其類也 然而 計 虎之食麕鹿 不若人之食麕鹿之多也 計虎之食馬牛 不若人之食馬牛之 多也 虎之食人 不若人之相食之多也.[430]

너희는 理를 말하고 性을 논하면서 걸핏하면 하늘을 들먹이지만, 하늘이 명한 바에서 본다면, 범이나 사람이나 다 같이 物의 하나이다. 하늘과 땅이 物을 낳은 仁에서 논한다면, 범이나 메뚜기, 누에, 벌, 개 미가 사람과 함께 양육되어 서로 어그러질 수 없다. 그 선악에서 분별 한다면, 벌이나 개미집을 함부로 노략질하는 놈만이 천하의 큰 盜가 되는 것이 아니겠는가? 메뚜기와 누에의 밑천을 약탈하는 놈만이 仁 義의 큰 賊이 되는 것이 아니겠는가? 범이 표범을 잡아먹지 않는 것 은 동류에게는 차마 그럴 수 없기 때문이다. 그런데 범이 고라니나 사 슴을 잡아먹은 수를 합쳐도 사람이 고라니나 사슴을 잡아먹은 것만큼 많지 않다. 범이 사람을 잡아먹은 수를 합쳐도 사람이 서로 잡아먹은 것만큼 많지 않다.

사람과 범은 삶을 누리는 점에서 서로 대등하고, 어느 쪽이 선하고 악 하다고 분별할 수 없다. 그러나 사람은 악행을 저질러 형벌로 다스려야 하고, 서로 죽이기를 일삼으며, 금수의 삶을 함부로 침해하지만, 범은 그 렇지 않아 자기가 살기 위해서 반드시 필요한 경우에만 다른 금수를 죽 여 먹이를 얻을 따름이라고 했다. 사람은 도의를 실행하고 있어서 금수

---

430) 같은 책, 192~193면.

보다 우월하다는 주장은 타당하지 않다고 했다.

삶을 누리는 것이 선이라고 하면, 악에 대한 규정도 다시 해서 삶을 해치는 것이 악이라고 해야 한다. 다른 사람들을 살지 못하게 하는 것뿐만 아니라, 사람이 아닌 다른 여러 생명체를 해치는 것도 악이다. 물리적인 힘으로 빼앗고 죽이지는 않는다 해도, 거짓된 글을 써서 천지만물의 삶을 유린하는 것도 악행이다. 거짓된 선비를 그런 자의 표본으로 들어 규탄했다.

볼테르와 디드로

《유토피아》의 뒤를 이은 작품이 유럽에서 계속 나타났다. 페네롱(Fé-nelon)이 《텔레마크》(*Télémaque,* 1699)에서 자기가 생각하는 이상적인 사회를 그렸다. 그런 작품을 더 많이 쓴 레스티프(Restif, 1734~1806)도 있었으나, 나타내고자 한 사상에 특별한 의의가 있다고 인정되지 않아 널리 주목되지 않는다. 18세기 후반의 계몽사상가들이 사람이 어떻게 살아가야 하는가 하는 문제를 근본적으로 재검토하면서 기발하게 설정한 가상의 사건을 이용한 양상이 여기서 고찰할 대상이 된다.

"삶을 누리는 것이 善"이라고 하는 것이 동아시아 氣철학자들과 유럽 계몽사상가들의 공통된 생각이었다. 氣철학과 계몽사상이 아주 다른 듯한 인상을 주는 이유는 언어상의 차이에 있다. 동아시아 氣철학자들도 계몽사상가이고, 유럽의 계몽사상가들도 氣철학자였다. 善이란 삶을 넘어서거나 희생시키면서 달성해야 할 별도의 목표가 아니고 삶 자체이므로 "삶을 누리는 것이 善"이라고 한 생각이 氣철학의 핵심이고 계몽사상의 기본이다.

"삶을 누리는 것이 善"이라고 동아시아의 각국의 선각자들이 일제히 주장한 사실은 망각되어 있다. 자기 나라 학문의 제한된 안목에서 그 어느 부분을 찾아내 지엽적인 문제를 다루는 연구는 중단하지 않으면서

도, 그 전모는 누구도 짐작하지 못하고 있다. 내가 나서서 그런 형편을
타개하는 총괄론을 시도했으나, 알아보고 동조하는 사람이 거의 없는
형편이다.

"삶을 누리는 것이 善"이라는 사상이 유럽에서는 행복 추구로 나타났
다. 18세기의 계몽사상은 "하늘에서 땅으로 사상을 끌어내려, 인간의 행
복을 증진시키는 것을 최대의 목표로 삼았다"고[431] 한다. "인간의 행복을
확인하는 것이 노력하는 목표였다"고 하고, "직감적인 축복, 위안과 안
락에 바로 적용될 수 있는 사상을 마련하고자 하는 실제적인 철학"을
했다고 한다.[432] 행복을 추구하는 것이 당연한 권리이고, 다른 무엇보다
도 선행하는 가치라고 하면서, "나는 올바른가?" 하는 의문을 "나는 행
복한가?" 하는 의문으로 바꾸어놓았다.[433]

"삶을 누리는 것이 善"이라는 사상이 유럽에서 어떻게 전개되었는가
이 자리에서 새삼스럽게 밝혀 논할 필요는 없다. 그러나 사상의 혁신이
글쓰기와 무슨 관련을 가지고, 철학과 문학이 어떻게 얽혔는가 고찰하
는 과업은 기존의 성과가 미흡해 다시 추진할 필요가 있다. 그 문제뿐만
아니라 사상 내용 또한 동아시아의 경우와 비교해서 고찰해야 보편적인
의의가 드러나고, 논의를 일반화할 수 있다. 유럽에서 이룬 바는 널리
알려져 있어 홀로 훌륭하다고 착각하는 폐단을 시정해야 한다.

양쪽이 같다고 하려는 것만은 아니다. 같기도 하고 다르기도 한 양면
을 모두 밝히는 비교연구를 해야 한다. 동시대 한국이나 일본의 계몽사
상가들은 공동문어를 사용했는데, 프랑스의 氣일원론자들은 민족어를
사용한 것이 두드러지게 다른 점이다. 그 때문에 동질성이 부인되어야

431) Roger Daval, *Histoire des idées en France*(Paris : Presses Universitaires de
   France, 1977), 48면.
432) V.-L. Saulnier, *La littérature française du siècle philosophique*(Paris :
   Presses Universitaires de France, 1970), 9면.
433) Paul Hazard, *La pensée européenne au XVIIIe siécle de Montesquieu à
   Lessing*(Paris : Arthème Fayard, 1963), 33면.

하는 것은 아니다. 사상의 내용에서뿐만 아니라 문학적 표현의 방법에서도 주목할 만한 공통점이 있다. 같고 다른 점은 양자의 상호조명을 통해 해명해야 한다.

　동시대 동서의 투사들은 기존의 관념을 타파하기 위해서 다각적인 싸움을 전개했다. 당시 사회가 용납하지 않는 새로운 사상을 허구적인 설정을 한 사건을 통해서 나타내는 방식을 광범위하게 사용했다. 서사적 교술문도 있고, 교술적 서사문도 있다. 그런데 그 양상이 프랑스 쪽에서 더욱 다채롭게 나타났다.

　몽테스키외(Montesquieux, 1689~1755)는 〈페르시아인의 편지〉(*Lettres persanes*)에서, 파리에 머무르고 있는 페르시아인 두 사람이 본국에 보내는 편지에서 프랑스를 자기 나라와 비교하면서 통렬하게 비판했다. 그것은 서사적 교술문의 단순한 형태이다. 루소(Rousseau, 1712~1778)는 《新엘로이즈》(*Nouvelle Héloïse*)와 《에밀》(*Emile*)에서 어떻게 살아가야 하는가 하는 문제에 대한 절박한 체험과 성찰을 논설과 소설을 결합시키는 방식으로 나타냈다. 그래서 대단한 사상을 전개했으나, 글쓰기 방식의 혁신이 놀랍다 할 것은 아니다.

　새로운 사상을 새롭게 나타내려고 더욱 적극적으로 노력한 사람은 볼테르(Voltaire, 1694~1778)였다. "나는 내가 사랑하는 진리를 찾고, 또한 널리 알리느라고 일생을 보냈다"고 한 것이[434] 글쓰기의 작전을 새롭게 하는 과정의 연속이었다. "문학을 하는 특별한 재능을 동원해 반어라는 무서운 무기를 만들어", 부정하고 비판하는 자세로 "모든 독단적인 것들, 모든 절대적인 것들과 싸우"면서[435] 훨씬 복잡하고 다양한 방법을 개발했다.

　자기가 찾은 진리를 누구나 알 수 있게 알리는 데 가장 적합한 문학적 표현을 사용해야 했다. 불필요한 반대를 줄이고 동조자를 늘리는 이중

---

434) J. Van den Heuvel, "Introduction", Voltaire, *Romans, Contes et Mélanges tome 1*(Paris : Librairie Générale Française, 1972), 14면.
435) Roger Daval, 위의 책, 52~53면.

의 목표를 달성하기 위해서 허구적인 사건을 설정해 이야기하는 수법을
썼다. 자기 작품이 아니라고 하면서 출처를 별도로 밝힌 글에다 외국인
을 등장시켜, 기이한 사건을 전개하는 것이 볼테르가 즐겨 택한 방법이
다. 그래서 공상과학소설 같은 느낌을 준 것은 아니다. 대단치 않은 인
물들의 살아가는 방식을 면밀하게 살펴, 고통스럽고, 잔혹하고, 어리석
은 일을 그렸다. 그래서 기존의 통념을 부정한 새로운 사상을 전개했다.

먼저 〈자디그〉(Zadig)라고 하는 것을 한 본보기로 들어보자. 예상을
뒤집어엎고 통념을 부정하면서, 새로운 주장을 펴서, 무어라고 규정하기
어렵게 하는 작품이다. 서두에서 다음과 같은 말한 것이 우선 예사롭지
않다.

> Zadig, ou la destinée
> Histoire orientale
> épitre dédicatoire de Zadig
> à la sultane Sheraa
> Par Sadi
> Le 18 du mois de schewal, l'an 837 de l'hégire.[436]
> 자디그, 또는 운명
> 동양의 이야기
> 사디가
> 술탄 셰라에게
> 자디그를 헌정하는 편지
> 이슬람역 837년, 세왈 달 18일.

사디(Sadi)가 그 책을 술탄에게 헌정했다고 하고, 헌정사를 앞에다 내
놓았다. 헌정사에서 말하기를, 자디그라는 인물의 행적을 다룬 그 책은

---

436) Voltaire, 위의 책, 103면.

원래 칼데아어라고 하는 언어로 씌어진 책을《천일야화》가 이루어지기 시작하던 시기에 자기네 군주를 위해 아랍어로 번역했다 하고, 세상 사람들은《천일야화》나 읽어 흥미를 찾기만 하고, 자디그의 지혜는 돌보지 않으니 유감스럽다고 했다. 책을 헌정받는 군주는 그런 풍조를 멀리하고 성현의 가르침에 관심을 가지면 지혜롭게 될 수 있으리라고 했다.

결말에서는 책이 완전하지 않다고 했다. 발견된 원고는 12장까지인데, 아마도 두 장이 더 있었을 것이라고 했다. 유래에 관한 말을 서두에서 밝힌 것만으로 부족하다고 생각해 뒤에도 그런 말을 적어, 그 책이 볼테르 자신의 저작이 아니고, 멀리서 온 고서라고 했다.

원래 바빌로니아 지역 언어의 하나인 칼데아어로 쓴 책의 아랍어 번역본을 자기네 군주에게 헌정했다고 하는 사디는 13세기의 페르시아 시인이며,《장미의 화원》의 저자로 잘 알려져 있다. 그런 이름난 인물을 내세우고, 아랍어 번역본이 나온 시기가《천일야화》가 이루어지기 시작한 때라고 해서 신빙성을 높였다. 그러나 사디는 페르시아어로 시를 쓴 시인이다. 자기 군주에게 페르시아어로 쓰인 책을 증정했다고 하는 것이 어울린다. 그런 미비점이 허구의 내막을 드러내준다.

볼테르가 이 작품이 자기 창작이 아니라고 하기 위해서 그런 설정을 한 것은 박지원이 〈虎叱〉을 중국에서 베껴왔다고 한 말과 같다. 두 사람 다 당대 자기 나라에서 용납될 수 없는 주장을 편 글을 썼으므로 자기는 작자가 아니라고 했다. 특수한 사건을 통해서 보편적인 원리를 추구한 내용이어서, 특수한 사건을 더욱 흥미롭게 하고, 제시하는 원리가 보편적인 것으로 받아들여지도록 하기 위해서도 외국에서 일어난 일을 다룬 외국글이라고 할 필요가 있었다.

〈자디그〉와 같은 작품을 일컬어 '소설'(roman)이라고 하지만, 그 말은 '소설'이라는 용어를 넓은 뜻으로 쓸 때 타당하다. 그 점에서 〈자디그〉와 〈虎叱〉이 서로 같다. 일단 설정된 사건이 그 자체로 전개되어 다음 장면으로 넘어가는 수법을 쓰지 않고, 논술의 필요에 따라 장면을 바꾸고 새로운 사건을 꾸며대는 것이 양쪽의 공통점이다. 초경험적이거나 초자연적인 설정을 즐겨 사용해 실제로는 있을 수 없는 사건을 벌인다.

그런 특징을 가진 글은 서사적 교술문일 수도 있고, 교술적 서사문일 수도 있다. 교술적 서사문은 소설이지만, 근대소설과는 구별되는 중세에서 근대로의 이행기소설이다. 소설의 발달 과정을 두고 평가하면, 현실을 있는 그대로 그리는 사실적인 소설에 이르지 못한 결격사유가 있어 그렇게 규정할 수 있다. 그러나 그런 결격사유가 동시대의 모든 소설에서 일제히 발견되는 것은 아니므로 논의를 다시 해야 한다.

철학의 문제를 다루지 않은 예사 소설은 대부분, 아시아에서든 유럽에서든 18세기에 이미 실제로 있을 수 있는 일을 충실하게 다루어 독자가 흥미를 느끼고 그 속에 빠져들게 했다는 점에서 근대소설과 큰 차이가 없었다. 그런데 여기서 다루는 몇몇 특별한 작품은 구태여 현실과 동떨어진 사건을 전개하면서, 과장, 생략, 역설, 반어 등의 수법을 남용해, 이치에 닿지 않는 엉뚱한 수작을 폈다. 그것은 수법이 미숙한 증거가 아니고, 고도의 작전이다.

실제로 있었던 일을 이야기한다 해서 독자를 끌어들이고서, 도저히 있을 수 없는 사태에 부딪혀 당황하게 한다. 사건의 전개 속에 빠져들어가는 길을 차단해 정신을 차리고 토론에 참여하게 한다. 미숙한 소설이 아니고 소설이기를 거부하는 소설이라야 그럴 수 있다. 소설이면서 소설이 아니어야 뜻하는 바를 달성할 수 있다. 박지원과 볼테르는 그 원리를 깊이 깨달아 적절하게 활용했다.

볼테르가 〈자디그〉에서 전개한 이야기는 서두가 이렇게 시작된다.

모아브다르(Moabdar) 임금 시절 바빌로니아에 자디그라는 사람이 있었는데, 훌륭한 기질을 타고나고, 또한 학식으로 단련되었다. 젊고 부유했지만, 정열을 조절할 줄 알고, 다른 사람에게 해를 끼치지 않았다. 항상 자기가 옳다고 하지 않았으며, 인간의 약점을 존중할 줄 알았다.[437]

또한 "여성을 멸시하는 것도, 여성들을 매혹시키는 것도 자랑으로 삼지 않고, 너그러운 마음씨를 가졌다"고 했으며, 국가에서 채택한 교리에 구애되지 않고 "태양이 우주의 중심"임을 알았다고 했다.[438] 그처럼 지혜로운 사람이 젊음, 건강, 재산을 모두 갖추고 있어 행복하리라고 예견되었으나 그렇지 않았다.

행운이 불운으로 역전되는 고난을 여러 번 겪었다. 행운 때문에 불운이 생기고, 불운이 원인이 되어 행운을 얻게 되는 것을 거듭 체험했다. 사형수가 되었다가, 국왕의 특사로 석방되고, 재상으로 등용되었다. 왕비와 사랑하는 사이가 되어, 도망쳐 이집트로 갔다. 노예의 신세로 떨어지는 불운을 겪었으나, 상인인 자기 주인을 따라 많은 곳을 여행하면서 세상을 널리 이해할 수 있게 되었다.

그래서 너그러운 마음씨를 가지고 편견을 넘어서려면 천하가 넓은 줄 알아야 한다. 자디그는 여행지의 숙소에서 여러 나라 사람을 만났다. 이집트인, 인도인, 중국인, 그리스인, 켈트인, 그리고 아라비아만을 자주 왕래하는 각국인이 우연히 한자리에서 저녁식사를 하다가, 각기 자기가 믿는 종교만 옳다고 우기고 다른 것들은 그르다고 배격해서 거대한 논전이 벌어졌다. 그때 중재자로 나선 자디그는 대단한 지혜를 얻은 철학자의 거동을 보여주었다.

자디그는 한동안 침묵을 지키고 있다가 일어서서, 좌중에 있는 사람들이 각기 하는 말이 모두 옳다고 했다. 흥분한 정도가 가장 심한 켈트인에게 먼저 일리가 있는 말을 했다 하고, 그리스인더러는 언변이 대단하다고 칭송하고, 다른 여러 사람들에게도 과열을 진정시키는 말을 했다. 그러나 "이치에 가장 합당한 주장을 편 중국인에게는 말을 거의 하지 않았다." 그 다음에 여러 사람을 향해 "친구 여러분, 당신네는 의견이 같기 때문에, 다툴 필요가 없는 일을 두고 다툽니다"라고 했다.[439]

---

437) 같은 책, 103~104면.
438) 같은 책, 104면.
439) 같은 책, 143면.

각자 다른 신을 섬긴다고 생각하지만, 신은 하나라고 한 것이다. 신의 명칭은 같지 않고, 의례를 거행하는 절차 또한 다르지만, 천지만물의 근본원리인 신은 하나라고 했다. 기독교만 진리라고 하는 유럽인의 독선을 넘어서서, 인류의 보편적인 사상으로 여러 문명권의 많은 민족이 인류의 화합을 이루어야 한다는 생각을 그렇게 나타냈다.

인류의 화합을 역설한 인물은 유럽인이 아니고 바빌로니아인이다. 바빌로니아인이라도 자기 나라에서 살지 못하고 외국을 유랑하는 신세가 되어서 자기중심주의의 편견을 불식할 수 있었다고 했다. 그 자리에 모인 사람들 가운데 멀리서 온 중국인도 있었다고 해서 세계 인식의 범위를 크게 확대했다. 서부 유럽인의 선조인 켈트인이 남들보다 더 흥분하고, 중국인이 이치에 가장 합당한 말을 했다고 했다. 중국인은 "Li"(理)와 "Tien"(天)의 원리에 입각해서, 여러 종교의 상반된 주장을 함께 인정할 수 있는 논리를 제시한 것을[440] 그렇게 평가했다.

그런 경지에 이르렀다고 해서 자디그가 깨달을 것을 다 깨달은 것은 아니다. 여행을 계속하면서 새로운 경험을 거듭해 생각의 넓이와 깊이를 더 보태야 했다. 결말 가까운 대목에서는 다음과 같은 거동을 한 道士를 만나 놀라운 가르침을 받았다.

길을 가다가 희고 거룩한 수염이 배까지 내려오는 도사를 만났다. 도사는 손에 들고 있는 책을 조심스럽게 읽고 있었다. 자디그는 걸음을 멈추고, 그 도사에 대해서 깊은 관심을 가졌다. 도사가 우아하고 부드러운 태도로 인사를 해서, 말을 걸어보고 싶은 호기심이 생겼다. 무슨 책을 읽느냐고 물었다. 도사가 말했다. "이것은 운명에 관한 책인데, 읽어보겠느냐?" 책을 자디그의 손에 넘겨주면서, 여러 나라 말로 씌어 있다고 했다. 자디그는 그 가운데 한 가지 글자도 읽을 수 없었다.[441]

---

440) 같은 책, 142면.

虛子가 實翁을 만난 것과 같은 광경이 벌어졌다. 그 대목은 〈毉山問答〉처럼 전개되었다. 虛子가 자기 공부에 대해서 자부심을 가졌듯이 자디그 또한 여러 나라를 여행하면서 많은 것을 경험하고 깨달았다고 했는데, 虛子가 만난 實翁과 상통하는 도사가 읽고 있는 책에 쓰여 있는 글자 가운데 어느 한 가지도 읽지 못했다.

도사를 만나자 자디그는 아직 소견이 많이 모자란다는 사실이 드러났다. 여러 나라에서 많은 것을 견문했어도 아직 아는 것이 적다는 말이다. 그래서 도사의 가르침을 받아야 했다. 實翁이 虛子에게 많은 이야기를 해주었듯이, 도사는 자디그에게 "운명, 정의, 도덕, 인간의 존엄성과 약점, 선과 악"에 대해서 많은 것을 알려주어 깊이 매혹되게 했다.[442]

도사와 자디그는 함께 길을 가다가 "세속에서 벗어나서 은둔을 하면서 지혜와 덕성을 조용하게 가꾸면서 지루해하지 않는 철학자"의 집에서 하룻밤 유숙하게 되었다.[443] 그날 밤 여러 가지 이야기를 주고받을 때 정열이 화제에 오르자, 자디그는 바람은 배를 가게도 하고, 뒤집기도 하듯이, 정열은 필요하지만 위험하기도 해서 불길하다고 했다. 도사는 고통과 기쁨이 둘 다 인간 존재 자체에서 유래한다고 했다.

이튿날 두 사람은 다시 길을 가면서 그 철학자를 칭송하는 말을 나누었다. 그러자 도사는 존경과 애정의 증거를 남겨야 하겠다고 하면서, 불을 일으켜 철학자의 집을 태웠다. 자디그가 놀라서 말리려고 해도, 뜻대로 되지 않았다. 도사는 "하느님 감사합니다. 이제야 우리를 재워준 분의 집이 밑바닥에서 지붕까지 다 탔습니다. 행복한 사람이여"라고 하는 이해할 수 없는 말을 했다.[444]

다시 길을 가다가 어느 인정 많은 과부 집에서 대접을 잘 받으면서 유숙했다. 그 과부는 자기 조카인 젊은이더러 두 분을 전송하라고 해서,

---

441) 같은 책, 167~168면.
442) 같은 책, 166면.
443) 같은 책, 170면.
444) 같은 책, 171~172면.

한동안 셋이 같이 길을 갔다. 그러자 도사는 이번에도 감사의 표시를 해야 한다고 하더니, 그 젊은이를 강물에 빠뜨려 죽였다. 자디그는 무슨 끔찍한 짓이냐고 하면서 고함을 쳤다.

그때 도사는 수염이 없어지고 젊은이의 모습을 하더니, 날개가 돋아 하늘로 올라갔다. 자디그는 "하늘에서 온 분이시여, 연약한 인간에게 영원한 질서를 가르쳐주려고 오셨나이까?"라고 말했다.[445] 천사의 본색을 드러낸 도사는 "판단을 내릴 지식이 없는 인간 가운데 그대가 가장 슬기롭다"고 하고, 하늘로 올라가면서 천지만물의 영원한 질서에 관해 일러주었다.[446]

눈앞에서 "연쇄적으로 일어나는 사건"이 "최고 존재의 영원한 모습" (la demeure éternelle de l'Être suprême)이라고 했다. 그러면서 그 과정에서 생겨난 모든 개별적인 존재는 각기 그 나름대로의 독자성이 있어, "나무에 달린 잎이나, 하늘에 있는 구면체 가운데 같은 것이 둘 없으며", 아무리 작은 것이라도 움직일 수 없는 질서 속에서 그 나름대로의 시간과 공간을 차지하고 태어난다고 했다. 철학자의 집이 불타고, 젊은이가 물에 빠져 죽은 것은 자기가 한 짓도 아니고, 우연도 아니며 이미 예정되어 있었다고 했다. "모든 것이 시험이고, 징벌이고, 보상이고, 예견이다"라고 하는 총체적인 현상의 일부가 그렇게 나타났다고 했다.[447]

그것은 어느 특정 종교에서 하는 말이 아니다. 종교끼리의 대립을 넘어서 모든 종교에 두루 통용될 수 있는 보편적인 원리를 제시하려고 했다. 천사가 하늘에서 내려왔다가 다시 올라갔다고 한 것은 기독교의 발상인데 이슬람교와도 공유할 수 있다. 그러나 천사가 도사 노릇을 하면서 지상에 머물렀다고 하는 것은 힌두교에서나 흔히 볼 수 있는 설정이다. 도사 노릇을 하던 천사가 행동으로 가르쳐준 천지만물이 운행하는 질서인 보편적인 원리는 불교에서 말하는 緣起와 흡사한 내용으로 구성

---

445) 같은 책, 172~173면.
446) 같은 책, 173면.
447) 같은 책, 173면.

되어 있다. 그래서 표현방식과 서술내용 양면에서 여러 종교를 합쳤다고 할 수 있다.

행운이 불운으로 되고, 불운이 행운으로 바뀌는 어처구니없는 일이 왜 일어나는가 하는 가장 큰 의문을 경험할 수 있는 현상의 범위 안에서 모든 것이 상대적이라고 하는 사실을 들어 해결하려고 하는 데 그치지 않고, 업보나 연기와 상통하는 근본적인 원리가 있다고 하는 데 이르렀다. 이성의 영역을 넘어선 통찰을 갖추어야 거기 이를 수 있다고 하는 결론을 내리기 위해서 도사의 모습을 한 천사를 등장시켰다.

작품 속의 자디그는 볼테르 자신이다. 자디그는 볼테르의 사상을 말해주는 구실을 하면서, 또한 고난과 좌절의 연속인 삶을 이어온 점에서도 볼테르와 일치한다. 자디그와 볼테르는 둘 다 지혜가 뛰어나 모든 것을 잘 알아도 그 지혜를 세상을 위해 유익하게 사용하는 기회를 얻지 못할 뿐만 아니라 자기에게 닥치는 불운은 예견하지도 못하는 이중의 패배를 겪었다. 그것은 사회가 잘못된 탓이므로 사회를 비판하고 개조해야 한다. 그러나 예기치 않은 불운이 거듭 닥치는 데는 그 이상의 이유가 있으므로, 천지만물이 운행하는 질서로 관심을 돌려 무엇이 문제인가 찾아내야 한다고 했다.

그런데 천지만물이 운행하는 질서가 잘못되어 불운이 닥친다고 할 수는 없다. 천지만물이 운행하는 질서는 비판하고 개조해야 할 대상이 아니다. 필연이 우연이고 우연이 필연이어서 행운이 불운이고 불운이 행운이게 하는 질서는 납득하고 순응해야 한다. 그렇다고 해서 잘못된 사회에 대해서도 납득하고 순응하는 자세를 가져야 하는 것은 아니다. 사회는 인간이 스스로 만들었으므로 비판하고 개조해야 한다.

잘못된 사회와 맞서 비판하고 투쟁하면서 겪는 뜻하지 않은 불운이나 패배는 천지만물이 운행하는 질서에 비추어보면 당연히 예상되므로 두려워하지 말고 피하려고 하지도 말아야 한다는 것이 최종 결론이다. 볼테르는 뛰어난 지혜와 거듭되는 수난을 둘 다 갖추었으므로 그럴 수 있었다. 그 결과에 대해서 두 가지 평가를 할 수 있다. 천지만물이 운행하는 질서에 대한 견해는 많이 모자라지만, 사회개조를 위한 투지를 고취하는 데서는 커다란 설득력을 확보했다.

이제 〈캉디드〉(Candide)라고 하는 작품을 보자. 그 서두에는 이런 말이 있다.

> *Candide ou l'optimisme*
> traduit de l'allemand
> de Mr. docteur Ralphe
> avec les additions qu'on a trouvées
> dans la poche du docteur,
> jusqu'il mourut à Minden,
> l'an de grâce 1759.
> 캉디드 또는 낙관주의자
> 랄프 박사가
> 1759년에 민덴에서 죽을 때까지
> 본문과 부록을 함께 주머니에 보관하던 것을
> 독일어에서 번역한다.

랄프 박사라는 사람이 독일어로 쓴 책을 번역한다고 했다. 자기 글이라고 하면 닥칠 수 있는 위해를 막고, 또한 독자의 흥미를 가중시키기 위해서 서두에다 그런 말을 적었다. 작품을 써서 명성과 함께 수입을 얻는 작가가 되겠다는 생각은 하지 않고, 진실을 전달하는 효과적인 방법이 무엇인가 하는 데만 관심을 가졌다.

〈캉디드〉의 주인공은 유럽 각국뿐만 아니라 남아메리카까지 여행을 하면서 낙관적이고 낙천적인 삶의 자세를 보여주었다. 이것 또한 교술적 서사문이어서 소설이라고 할 수 있다. 자유롭게 살아라, 낙천적으로 살아라, 삶을 누리는 것이 선이다. 세상형편이 불합리해도 그것대로 긍정하고 이용하라. 고난이 행복이고, 좌절이 보람이다. 도덕적인 당위에

입각해서 바로잡으려고 하는 것은 잘못이다. 이런 철학 또한 氣일원론
이다.

〈캉디드〉를 박지원의 〈許生〉과 비교하면, 비슷한 점이 많다. 액자구
조 안에 들어 있는 사건 전개는 소설로 이루어져 있다. 주인공이 거침없
는 행동을 하면서, 전환이 쉽게 이루어져, 새로운 경험세계가 펼쳐져, 구
성이 치밀하지 못하다고 할 수 있다. 그 때문에 근대소설에다 견준다면
상당한 결격사유가 있다. 중세에서 근대로의 이행기소설이니까 그럴 것
이다.

캉디드는 형편대로 살아가기만 하지만, 허생은 세상을 이해하고 평가
하는 주체여서 작자의 작중 대리인이다. 캉디드의 거침없는 행동을 통
해서 불행의 연속이라도 이 세상에서 사는 것은 즐겁다는 낙관론을 폈
다. 멀리 가서 넓은 세계를 경험하면서 처음 지녔던 편견을 바로잡고,
생각이 활달해지는 것이 무엇보다도 보람 있는 일임을 보여주었다. 허
생은 세상을 바로잡으려는 노력을 하다가 세상에서 물러나서 마땅한 해
결책이 없다는 작자의 생각을 나타냈으나, 볼테르는 새로운 가능성이
항상 열려 있다고 했다.

허생은 도적떼를 데리고 무인도에 들어가서 아무 근심 없이 농사 짓
고 살 수 있는 이상향을 만들었다. 캉디드는 그런 경륜을 가진 인물이
아니므로, 우연히 이상향을 찾아가는 기이한 경험을 했다. 원주민 출신
의 하인 카캉보(Cacambo)와 함께, 남미에 살고 있는 원주민의 고장에
들어가서 지금까지와는 아주 다른 세계를 경험했다고 했다. 그 대목에
서 또 하나의 유토피아를 보여주었다.

처음에는 원주민에게 잡혀 죽을 뻔했는데, 예수회 교파에 속하는 기
독교도로 오해되었기 때문이다. 카캉바가 하는 말이 가까스로 통해, 캉
디드는 그 교파와는 무관하다는 것이 밝혀지자, 크게 환대하고 환호성
을 울리면서 국경까지 전송해주었다. 그 이웃에 있는 엘도라도(Eldora-
do)라고 하는 이상향에 이르렀을 때는 더욱 놀라운 경험을 했다. 여행객
이 여관에 투숙하고 음식을 먹으면 대금은 정부에서 지불한다고 했다.

유일신을 믿고 있지만, 성직자는 따로 없다고 했다. 그 점에 관해서 그 곳 노인과 나눈 대화를 옮긴다.

　　캉디드는 성직자들을 만나보고 싶은 호기심이 생겨, 성직자들이 어디 있는가 물었다.

　　노인은 미소를 지으면서 말했다.

　　"친구들, 우리가 모두 성직자랍니다. 국왕과 각 가정의 주인은 아침마다 경건하게 감사를 나타내는 찬송가를 부른다오. 오륙백 명의 악단이 반주를 하고."

　　"뭐라구요? 그렇다면 설교하고, 논쟁하고, 권력을 휘두르고, 음모를 꾸미며, 자기네 의견과 조금이라도 어긋나는 사람은 불로 태워 죽이는 신부들이 없다는 말입니까?"

　　"미치지 않고서야 그럴 수 있겠습니까. 우리는 모두 같은 생각을 하고 있습니다. 당신네 나라의 신부에 관한 여러 이야기는 들어본 적이 없소."[448]

캉디드가 그 나라를 둘러보면서 다음과 같은 사실에서 가장 큰 감명을 받았다고 했다.

　　캉디드는 재판소나 의회를 보고 싶어했다. 그런 것은 전혀 없고, 불평을 하는 사람도 없다고 했다. 감옥도 없느냐고 물으니, 그렇다고 대답했다. 캉디드를 무엇보다도 놀라게 하고 기쁘게 한 것은 다름 아닌 과학의 전당이었다. 이 과학의 전당에는 2천 폭이 넘는 긴 건물을 수학과 물리학을 위한 기구로 가득 채워 놓았다.[449]

---

448) 같은 책, 315면.
449) 같은 책, 316면.

캉디드는 어렸을 때 귀족의 저택에서 살고 있었는데, 그 시절에 팡글로스(Pangloss)라는 선생한테 "형이상학적-신학적-우주론"을 배워, 모든 것이 신의 뜻대로 아름다운 조화를 이루고 있다고 믿었다. 그런데 귀족의 저택에서 쫓겨나 수많은 나라에서 기구한 모험을 하고, 전혀 예기치 않은 견문을 얻은 결과 팡글로스 선생의 가르침은 헛되다는 것을 깨달았다. 남미에서 유럽으로 가는 배에서 마니교도라고 하는 노학자를 만나 새로운 가르침을 받으면서, 경험해서 얻은 바를 정리해서 이해할 수 있었다. 노학자는 이렇게 말했다.

이 지구에, 이 작은 물방울과 같은 지구에 시선을 던지고 있으면, 나는 신이 지구를 어떤 악한 존재에게 내던졌다는 생각을 하게 됩니다. 엘도라도 같은 이상향은 아직 예외이지만……. 약자는 강자를 증오하면서 강자에게 아부하고, 강자는 약자를 잡아서 털과 고기를 파는 양떼와 같이 여기는 사태가 도처에 있습니다. 유럽의 끝에서 다른 끝까지 백만이나 되는 살인자 부대가 편성되어, 정직한 직업을 갖고 있지 못한 탓에 남에게서 먹을 것을 빼앗으려고, 훈련받은 대로 살인과 약탈을 자행합니다.[450]

유럽인의 침략이 세계 도처에 미쳐 크나큰 재앙을 자아내는 양상에 관해 이렇게 말했다. 전에는 엘도라도 같은 이상향이 지구 도처에 있었으나 다 파괴되고 그곳 하나만 남아, 세계사의 비극 때문에 무엇을 잃었는가 증언한다고 했다. 볼테르는 유럽인의 세계침략이 이제 막 시작된 시기에 살았으면서, 그 폐해를 이렇게까지 지적했으니 놀라운 일이다. 작품 속의 마니교도처럼 유럽인이 아닌 다른 문명권의 사람이라야 제대로 알고 심각하게 생각할 수 있는 사태를 분명하게 지적하는 통찰력과 용기를 가졌다. 유럽인의 범죄행위가 더욱 확대된 시기의 유럽 지식인

---

450) 같은 책, 325면.

들은 볼테르보다 후퇴했다.

볼테르의 종교관은 '理神論'(déisme)이라고 한다.[451] 이신론은 '유신론' (théisme)도 아니고 '무신론'(athéisme)도 아니며, 그 중간이라고 할 수 있다. 유신론에서는 어느 특정의 신을 섬기고 다른 신은 배격한다. 무신론에서는 어떤 신이라도 부정하고 모든 종교를 거부한다. 볼테르는 그둘 다 마땅하지 않다고 하고, 인류 전체가 하나의 보편적인 신을 함께 섬겨 평화와 화합을 이룩하고, 도덕의 근거를 공통되게 마련하자고 하는 취지의 이신론을 주장했다.

기독교의 독선과 광신에 대한 불만이 그런 생각을 하게 된 출발점이다. 기독교 축제일에 지진이 일어나 수많은 사람이 죽은 사건이 1755년에 포르투갈의 리스본에서 일어난 것을 보고 충격을 받아 〈리스본의 참사에 관한 시〉(Poème sur le désastre de Lisbonne)를 써서, 기독교에 대한 근본적인 회의를 나타냈다. 1756년에는 〈각국의 관습과 정신에 관한 시론〉(Essais sur les moeures et l'esprit des nations)을 써서, 세계 도처에 각기 그 나름대로 훌륭한 종교가 있으며, 기독교는 그 가운데 오히려 열등한 쪽이라고 하고, 기독교의 독선을 넘어서는 관용의 정신을 가져야 역사의 발전을 이룩할 수 있다고 했다. 그런 주장을 펴다가 박해를 받아도 굽히지 않고, "파렴치를 타도하라"(ecrasez l'infâme)고 외쳤다.

그런데도 볼테르가 무신론을 택하지 않고 이신론을 내세운 것은 생각을 깊게 했기 때문이다. 기독교의 독선을 물리치는 데 相克만인 무신론보다 生克의 양면을 갖춘 이신론이 더 큰 힘을 발휘한다. 독선에 대한 최대의 위협인 관용을 대안으로 제시해 투쟁을 승리로 이끌 수 있기 때문이다. 또한 여러 문명의 서로 다른 종교가 배타적인 자세를 버리고 서로 화합해 인류 공동의 이상을 추구하자는 것은 무신론에서는 가능하지

---

451) René Pomeau, *La religion de Voltaire*(Paris : A. -G. Nizet, 1955) ; Alphonse Dupront, "Lumières et religion : la religion de Voltaire", *Qu'est-ce que les lumières*(Paris : Gallimard, 1996)에서 이에 대해 자세하게 고찰했다.

않고 이신론에서만 펼 수 있는 주장이다. 相生은 相克이고, 相克은 相生이어야 하는 이치가 그렇게 구현된다.

동아시아의 氣철학이 결격사유가 있는 소박한 유물론이라고 하는 것과 마찬가지로, 볼테르가 내세운 이신론은 유신론에 대한 마땅한 대안이 무신론이어야 한다는 견지에서 보면 불만스럽게 생각될 수 있다. 그러나 氣철학이 유물론을 포함시켜 넘어서듯이, 이신론은 무신론보다 더 큰 의의를 가질 수 있다. 그 둘 다 시대적인 위치에서는 미완성의 근대사상으로 보이지만, 이치의 근본에서는 근대사상을 넘어서는 대안의 원천일 수 있다.

오늘날의 상황에서 다시 생각해보면 무신론은 커다란 폐해를 자아냈다. 무신론을 무기로 삼아 모든 종교를 박멸해 이상사회를 이룩하겠다고 해서 갖가지 유신론의 격렬한 저항을 불러일으키는 일이 러시아에서 시작된 공산주의 혁명이 확산되면서 세계 도처에서 일어났다. 중국이 티베트를, 러시아가 체첸을 침공해 살육을 일삼는 것이 유신론을 깨고 무신론을 심어주는 정당한 행위일 수 없다. 무신론이 침략의 구실일 때는 거기 맞서는 유신론이 정당하다. 그러나 유신론끼리의 싸움은 더욱 심각해 해결책이 없다. 무신론과 유신론, 또는 유신론과 유신론 사이의 격렬한 투쟁으로 인류가 불행해지는 것을 막는 방안을 그 양극단을 함께 넘어서는 이신론에서 찾아야 한다.

볼테르의 '이신론'은 발상단계에 머문 착상이다. '이신론'이라는 번역어가 이성을 해결책으로 삼아 종교문제에 접근했다고 하는 오해를 자아낼 수 있다. 더욱 진전된 작업을 하면서 불필요한 오해를 풀고 바른 길을 찾아야 한다. 종교를 이성에 입각해서 이해해 각기 그 나름대로의 역사적이고 상대적인 의의를 인정하면서, 이성 이상의 통찰을 향해 나아가기 위한 종교적인 노력의 공통된 의의와 한계를 파악하는 통찰까지 갖추어야 한다. 그것이 지금 우리가 해야 할 일이다.

볼테르의 사상이 얼마나 큰 의의를 가졌는가 그 당시 사람들이 정확하게 이해하기는 어려웠다. 그러나 기독교에 의해 합리화되어 있는 사회모순을 비판하는 논리는 커다란 반응을 쉽사리 불러일으켰다. 스탕달이 1830년에 쓴 소설 《적과 흑》을 보면 사회에 대한 불만을 정상에서 벗어난 방법으로 충족시키려고 하다가 처형되기에 이른 주인공이 "잔인하고 복수에 목말라하는 작은 폭군, 성경의 신"은 거부하고, "정당하고, 선량하고, 영원한 신, 볼테르의 신"을 찾고 싶다고 했다.[452]

프랑스혁명을 일으킨 사람들은 볼테르의 사상을 따르고자 했으나, 받아들인 것도 있고 버린 것도 있다. 모든 사람은 서로 대등한 인권을 가진다고 선언했지만, 자본주의의 발달과 더불어 계급간의 빈부격차가 한층 심각하게 되었으며, 유럽의 세계 침략이 확대되면서 유럽중심주의의 편견이 더 커지고, 다른 종교에 대한 기독교의 공격이 제한 없이 자행되었다. 볼테르가 내놓은 미래를 위한 설계도 가운데 근대유럽에서는 폐기한 것을 찾아내 근대를 극복하고 다음 시대를 창조하는 데 활용할 수 있다. 모든 문명은 공동의 이상을 추구하고 있어 서로 화합할 수 있다는 사실을 이성을 넘어선 통찰력으로 인식해야 한다고 한 것이 그 핵심 내용이다.

디드로(Diderot, 1713~1784) 또한 온갖 박해를 견디면서 프랑스혁명을 가져오는 데 볼테르나 루소 못지 않은 기여를 했다.[453] 디드로가 남긴 수많은 저작 가운데 《운명론자 자크》(*Jacques le fataliste*), 《수녀》(*La religieuse*) 같은 것들은 철학소설로 인정되고 있어서 여기에서 고찰할 만하다. 그러나 소설이라고는 할 수 없는 《라모의 조카》(*Le neveu de Rameau ou satire seconde*)에서 더욱 파격적인 글쓰기 방식을 통해 사상혁신을 나타낸 것을 더욱 주목할 필요가 있다.

《라모의 조카》는 대화형식으로 진행되는 글이다. 제목에 들어 있는

---

452) "Mais quel Dieu? Non celui de Bible, petit despote cruel et plein de la soif de venger……mais le Dieu de Voltaire, juste, bon, infini……"(Stendhal, *Le Rouge et le noire*, Paris : Gallimard, 1958, 504면).

453) Léon Gony, *Diderot, un grand européen*(Paris : Bernard Grasset, 1971)에서는 디드로를 "위대한 유럽인"이라고 했다.

'satire'는 라틴어에서 유래한 어원 그대로, 일정한 격식을 따르지 않고, 생각을 마음대로 펼치는 잡문을 지칭하는 말이다. 漫錄이나 漫筆과 상통하는 것이다. 상대방의 인물을 설정하고 만난 시간과 장소를 명시했으나 사건은 없고 대화로 진행되므로 소설일 수는 없고, 서사적 교술문이다.

냉철한 논설 형태로 발표하면 검열 당국에서 관심을 가질 만한 내용이 포함되어 있어서, 장난삼아 쓴 것같이 보이도록 할 필요가 있었을 것이다. 작자가 누구이며 왜 그런 글을 썼는가 하는 것은 드러내지 않고 감추고서, 표현 효과는 최대한 확대하는 방법을 사용했다.[454] 그러나 가상의 시공에서 전개된 사건이 아니고, 자기 자신이 나서서 대화를 이끌어내는 구실을 했으므로, 비록 상대방의 잘못된 생각을 나무랐다 해도 사회질서를 교란하는 글을 썼다는 비난을 면할 수 없었다.

이 작품을 발표하지 않은 것이 그 때문이라고 생각된다. 그런데 원고본이 전해져 괴테(Goethe)가 독일어 번역본을 1805년에 라이프치히에서 출판해 세상에 알려졌다. 그 뒤 독일어본의 불역본과 불완전한 원고본의 출판이 계속되다가, 1891년에 이르러서 온전한 원고본이 발견되었다.

음악에 대한 관심 때문에 라모의 조카라는 인물을 등장시켰다. 디드로는 이탈리아에서 들어온 고전적인 음악이 과장과 인위적인 표현이 심한 데 대해서 불만을 가지고 비판했는데, 라모라는 인물이 그런 음악을 연주하는 주동자였다. 라모의 조카 또한 실제인물이었으며, 세상의 모든 가치를 비웃음거리로 삼는 경박자이며 건달이었던 점이 작품에서 제시한 성격과 부합되었다.

유명한 음악가 라모의 조카를 카페에서 만나 몇 시간 동안 나눈 이야기를 적었다고 했다. 집에서 쫓겨나 건달 노릇을 하며 권력과 금력을 이용해서 비열한 술책을 부리며 백과사전파 내지 철학자들에게 반론을 제

454) Xavier Darcos et Bernard Tartayre, *Le XVIIIe siècle en littérature*(Paris : Hachette, 1986), 158면.

기하는 논적 노릇을 하는 생활의 내막에 대해서 그 인물이 스스로 술회했다. 형이상학적 전제를 부정하는 철학적 유물론자와 아무런 가치도 인정하지 않는 속류 유물론자인 물질주의자의 만남이라고 할 수 있다. 한쪽에서는 사회적 책임을 묻는 엄격한 도덕을 요구하고, 다른 쪽에서는 수지가 맞는 것을 택하면 그만이라고 하는 실용주의를 내세웠다. 그런데 그 둘 사이의 논쟁이 만만치 않게 전개되었으며, 바람직한 결론에 이르지 못했다.

보수적이고 전통적인 가치의 근거가 되는 관념론을 부정하고 나서 철학이 무엇을 할 수 있는가 하는 것이 심각한 문제로 제기되었다. 철학의 파괴작업 덕분에 지금까지 존중되던 모든 것이 무너졌다고 하는 허무주의가 일반화되는 데 맞서서 새로운 가치관을 이룩하는 것이 쉬운 일이 아니었다. 교회의 지지와 귀족의 보호에서 벗어난 반역의 철학을, 널리 호응을 얻을 수 있게 대중화해서 일상생활의 지침이 될 수 있게 하는 것 또한 무척 힘든 과제이다. 그 두 가지 과업을 수행하기 위해서 진력한 디드로가 경험한 차질과 좌절을 이 글에서 심각하게 토로했다. 서술자와 라모의 조카가 나눈 대화 한 대목을 들어보자. "그"는 라모의 조카이고, "나"는 서술자이다.

그 : 슬기롭고 철학적인 세계를 상상해보세요. 그것이야말로 지독하게 시시하지 않을까요? 철학이든 솔로몬의 지혜든 잘 해보라지. 좋은 술을 마시고, 묘한 요리를 목으로 넘기고, 아름다운 여인 위에서 몸을 굴리고, 부드러운 침대에서 쉬는 것 밖의 나머지는 모두 허영입니다.

나 : 뭐라고? 조국을 지키는 것은?

그 : 허영이지요. 조국이란 존재하지 않습니다. 폭군과 노예의 양극단밖에는 내게 보이지 않습니다.

나 : 벗들을 위해 봉사하는 것은?

그 : 허영입니다. 벗들이 있다고요? 벗들이 있다면 배은망덕한 짓

을 하겠어요? 잘 생각해보세요. 사람들은 은혜를 받아들이기만 합니다. 감사하는 것은 짐입니다. 무엇이든지 짐은 벗어버려야 하는 것이지요.

　나 : 사회에서 어떤 위치를 차지하는 것은 수많은 의무를 진다는 말이 아닌가요?

　그 : 허영입니다. 사회에서 어떤 위치를 차지하느냐는 상관없는 일입니다. 부자이기만 하면 그만입니다. 잘 되어 나가니까요. 의무를 다 하다가는 어느 지경에 이르겠어요? 질투심을 자극하고, 충돌을 일으켜 처형되고 맙니다. 그래야 되겠어요? 잘 보이려면 빌어먹을 것, 잘 보이려면 높은 사람들을 우러러보고, 그 취향을 연구하고, 변덕을 부리는 대로 따라가고, 부정을 위해 봉사하고, 불의에 동의해야 합니다. 이게 비결이지요.[455]

가치를 추구하는 모든 행위는 허영이라고 하는 상대방의 말은 틀렸으므로 바로잡기 위해서 애쓴 것이 당연한 일이다. 그러나 상대방이 비뚤어진 생각을 하는 데는 그만한 이유가 있다. 사회질서를 유지하는 도덕이란 모두 강자의 논리이다. 그것을 용납하지 않으려고 하다가는 처형되는 결과에 이를 따름이다. 그렇게 말하는 상대방이 디드로가 심각하게 우려하고 고민하는 내심의 비밀을 드러냈다. 그래도 긍정적인 가치를 찾아내, 사회를 개조하기 위해서 싸워야 할 것인가 하는 자문자답을 대화로 나타냈다.

부정적 인물로 설정된 상대방의 주장을 바로잡을 수 있는 논리를 어떻게 마련해야 설득력을 실제로 행사할 수 있는가? 긍정적 인물로 설정된 서술자는 이 과제를 두고 고민하기만 하고 해결책은 찾지 못했다. 그것은 오늘날까지도 해결하지 못하고 있는 과제이다.

---

455) Diderot, *Le neveu de Rameau et autres textes*(Paris : Librairie Générale Française, 1972), 51~52면.

〈유토피아〉나 〈蟄山問答〉에서는 좋은 방향으로 지혜가 뛰어난 스승을 만나 들은 말을 전한다고 한 것과 반대로 여기서는 나쁜 방향으로 행실이 특이한 문제아를 만나 나눈 이야기를 기록한다고 했다. 스승의 가르침을 들으면 충격과 흥미를 느끼면서 모르고 있던 진실을 깨달을 수 있다. 그러나 문제아와의 만남에서 얻는 바는 그것보다 크다고 할 수 있다. 악의 실상을 바로 아는 것이 선의 교훈을 얻는 것보다 더욱 긴요하기 때문이다.

氣철학과 계몽주의

중세에서 근대로의 이행기 서유럽과 동아시아의 혁신사상가들은 같은 길로 나갔다. 어느 한쪽만 대단하게 여기고 다른 쪽은 무시하지 말고, 양쪽을 함께 살펴 공동노선을 확인해야 한다. 서유럽에서는 계몽사상을, 동아시아에서는 氣철학을 일으킨 점이 서로 달랐다고 하는 것은 피상적인 이해이다. 서유럽의 계몽사상도 氣철학을 體로 삼고, 동아시아의 氣철학도 계몽사상을 用으로 삼았는데, 한쪽은 用을 다른 쪽은 體를 일컬어 서로 다른 것처럼 보일 따름이다.

계몽사상의 근거는 氣철학에 있고, 氣철학의 효용은 계몽사상이라는 사실을 바르게 이해하는 데 氣철학에 대한 무지가 커다란 장애가 된다. 氣철학을 유물론이라고 하는 것은 적절하지 못하다. 서유럽의 계몽사상가들은 유물론으로 나아가는 과정에 있었다고 하는 마르크스주의의 견해를 동아시아 氣철학자들에게까지 적용해, 氣철학을 미숙한 유물론이라고 규정해 혼란을 일으키고 있다.

氣철학의 '氣'와 유물론의 '물질'은 "氣>물질"의 관계에 있다. 氣는, 물질은 물론 생명이나 정신까지 포괄하고 있어서, "삶을 누리는 것이 善이다"고 하는 것이 당연한데, 유물론에서는 그렇게 말할 수 없다. 氣철학은 이성을 넘어선 통찰에까지 나아가는데, 유물론은 이성을 넘어선

영역은 비과학이라고 배격한다. 유물론은 근대사상의 한 갈래이지만, 氣
철학은 근대를 넘어서서 다음 시대를 만들어낼 수 있다.

0·1·2·∞가 서로 다른 것이 아님을 알아서 함께 파악하는 것이 氣철
학의 출발점이다. 0을 인정하고, 0이 1 이하의 것들이라고 해서 1 이하
의 것들을 만들어낸 창조자가 따로 있다고 하지 않게 되었다. 0과 1, 1과
2 사이에 간격이 있어 한쪽은 理이고 다른 쪽은 氣라고 하는 이원론을
부정하고, 양쪽 모두 氣이면서 그 양상에 차이가 있을 따름이라고 했다.

0·1·2·∞를 함께 파악하면서 0보다는 1을, 1보다는 2를, 2보다는 ∞를
더욱 중요시했다. 0이나 1에 이르러서 모든 것을 한꺼번에 이해하는 것
을 인식의 목표로 삼지 않고, ∞로 펼쳐져 있는 다양한 사물의 구체적인
양상을 있는 그대로 파악해 실제적인 의의를 발견하고 발현하려고 했
다. 그래서 다양한 문제에 대한 구체적인 해결책을 갖춘 계몽사상을 마
련했다.

그러면서 다른 한편으로는 ∞의 개별적인 양상을 하나하나 파악하는
것을 능사로 삼지 않고, 개별적이고 구체적인 것들의 성격을 총괄해 파
악하기 위해서 0·1·2·∞로 나아간 과정을 역행했다. ∞를 ∞로 이해하
고 마는 수렁에서 벗어나 ∞를 2로 파악하는 것이 차원 높은 인식이다.
∞가 2인 양상은 어느 하나로 정해져 있지 않으므로, 天地, 人物, 貴賤,
男女, 華夷, 詩歌 등을 두루 문제삼았다. ∞로 존재하는 2 가운데 특히
긴요한 것을 선택해서 논하는 것이 ∞에 대한 인식을 2로 집약하는 방
법이다.

天地, 人物, 貴賤, 男女, 華夷, 詩歌 등은 '上下'의 구분을 공통적으로
지니고 있다. 위에 있어 존귀하다는 쪽과 아래에 있어 비속하다는 쪽이
서로 구분되어 2를 이룬다. 2를 이루는 관계가 上下인 것은 바람직하지
않으므로 시정해야 한다. 下쪽에서 분발해 上을 공격하는 투쟁을 감행
해야 한다. 그 결과 양쪽이 서로 구분되면서 대등하고, 차이가 있기 때
문에 서로 필요로 한다는 관계를 확보해야 한다. 上下가 內外임을 알아
야 한다. 누구나 자기 쪽은 內라 하고, 다른 쪽은 外라고 할 수 있다. 다

른 쪽에서는 內外의 구분을 자기와는 반대가 되게 한다는 것을 인정해
야 한다. 그렇게 되면 上下가 '互性'이 된다. 차이가 있기 때문에 서로
필요로 하는 관계가 互性이다.

양쪽이 上下여서 벌어지는 싸움과 互性이어서 이룩되는 평화는 양자
택일의 관계에 있지 않다. 싸워야 평화를 이룩할 수 있고, 평화는 싸움
의 다른 측면이다. 이런 관계를 '生克'이라고 하는 것이 적절한 명명이
다. 평화로운 관계에서 이루어진 생성인 生과 투쟁해서 승패를 나누는
克이 불가분의 관계를 가지고, 서로 원인과 결과가 되는 生克을 경험하
면서 인식하고, 이론으로 정립하면서 실천하는 것이 가장 긴요한 과제
이다.

0·1·2·∞ 가운데 ∞의 개별적 양상을 있는 그대로 파악하는 것은 이
성의 소관이고 과학의 과제이지만, ∞에서 2로, 2에서 1이나 0으로 나아
가 모든 것을 총괄하고 일반화하려면 상승의 방법이 필요하다. 그 방법
이 무엇이며 어떻게 얻을 수 있는가 하는 문제에 대해서 동서의 사상가
들은 서로 다른 접근을 보여주었다. 동아시아의 사상가들은 통찰이 구
현되는 양상을 陰陽, 內外, 互性 등으로 일컬었다. 유럽에서는 볼테르가
통찰로 나아가기 위해서는 경험적 인식을 축적하는 것 이상의 질적 향
상이 있어야 한다는 점을 강조해서 말했다. 하늘에서 내려온 도사가 다
시 하늘로 올라가는 것과 같은 놀라운 비약이 있어야 한다고 했다.

비약적인 통찰이 있어야 하는 이유는 자기 중심의 협소한 관점에서
현실을 인식하는 잘못을 시정하자는 데 있다. 다른 사람의 처지를 이해
하고, 각기 주장하는 바가 상이할 수 있다는 사실을 알아, 현실을 폭넓
게 역동적으로 인식하는 관점을 확보해야 하므로 생각을 바꾸자고 했
다. 당면한 이해관계에 사로잡혀 판단을 그르치지 말고, 남들과 더불어
살아가는 마땅한 자세를 갖추자고 했다. 무지몽매한 상태에서 벗어나
밝은 빛을 맞이해 먼저 자기 자신을 개조하고서, 허위에 찬 세상을 바로
잡기 위해서 분투해야 한다고 했다. 그것이 계몽사상이다.

유럽의 계몽사상은 이성을 최대한 존중하고, 이성에 입각해서 사리를

판단한 성과라고 하는 것은 일면적 타당성만 가진 말이다. 이성 이상의 통찰을 가져야 이성이 자기 기능을 제대로 수행할 수 있다. 이성 이상의 통찰은 신앙의 영역으로 내맡겨두지 않고, 이성 이상의 통찰을 부정하는 일차원적인 경험주의나 속류의 유물론에 빠지지 않고, 이성을 그 하위 개념으로 하는 통찰을 찾는 것을 긴요한 과제로 삼았던 사실을 볼테르의 경우를 들어 명확하게 확인할 수 있다.

동아시아에서는 이성에 대한 인식이 없어 계몽사상을 이룩하지 못했다고 하는 것은 부당한 견해이다. 理氣의 理가 이성이라고 하자는 것은 아니다. 理를 따로 구하지 않고 氣 자체에서 찾아내는 '格物致知'의 능력이 유럽철학에서 말하는 이성이다. 초월이냐 이성이냐, 감성이냐 이성이냐 하는 두 가지 대립항에서 이성이 문제된다. 초월이냐 이성이냐는 理氣가 둘인가 하나인가 하는 시비이다. 理氣가 둘이면 理는 氣에서 벗어나 있으므로 초월의 영역이다. 理氣가 하나이면 理는 氣 자체의 원리이므로 이성으로 파악된다. 理氣가 하나라고 한 氣일원론은 이성을 신뢰하고 과학을 지향했다. 합리적인 인식과 실천적 활동으로 사회를 바로잡고자 노력했다.

이성이냐 감성이냐는 유럽과 동아시아 양쪽의 중세에서 근대로의 이행기 계몽사상의 단계에서는 아직 문제가 되지 않았다. 그 둘이 결합된 상태에서 이성을 추구하면서, 이성에서 통찰로 나아가려고 했다. 칸트가 이성과 감성을 갈라놓고, 철학과 문학이 별개의 것이게 한 것은 근대철학의 새로운 노선이다. 그 때문에 앞 시대에 이룩한 진취적인 성과가 무너지고 사상이 멍들게 되었다. 순수이성을 그 자체로 추구하다가 이성의 진취적인 기능을 망각하고, 이성에서 통찰로 나아가는 길을 막았기 때문에 그렇게 말할 수 있다.

그러나 동서의 계몽철학에서는 이성을 그 자체로 문제삼지 않고, 현실문제를 인식하고 해결하는 구체적인 사명을 이성의 힘으로 수행했다. 그렇게 해서 이성이 공허한 개념에 머무르지 않고 실질적인 기능을 수행하게 했다. 이성의 능력을 더욱 고양시켜 그 이상의 영역으로 나아가고자 했다. 이성은 인식의 능력이고 대상이 아니므로, 이성이 무엇인가 하는 문제를 특별히 제기하지 않았다. 이성 자체를 검증의 대상으로 삼은 것은 인식의 발전인 것 같지만 후퇴이다.

이성의 능력을 고양시켜 통찰에 이르는 절차와 방법을 해명하는 것이 가능하고 필요하다. 任聖周가 '氣一分殊'를 말하고, 崔漢綺가 '一元'과 '萬物'의 관계를 '運化學'의 관점에서 파악하는 길을 제시하고자 한 것이 그런 노력이다. 헤겔이나 마르크스의 변증법도 그 과제를 자기네 나름대로 해결하고자 한 작업이었다. 그렇게 해서 추구한 내역을 순수하게 개념적이고 논리적인 차원에서 정리해서 칸트의 순수이성비판에 상응하는 또 하나의 구조물을 만들고자 하면 "생명 없는 도식"으로 되돌아가는 잘못을 저지른다.

통찰로 나아가는 길은 대상이 아닌 주체인 통찰이 무엇을 얻었는가 실제로 보여주어야 제시할 수 있다. 동서의 계몽주의자들은 그렇게 해서, 방법론이 존재론이고, 인식론이 실천론이게 했다. 그 때문에 철학을 제대로 하지 않았다고 비난하는 것은 잘못이다. 철학을 한다고 특별히 내세우지 않아 철학이 죽지 않고 살아 있게 했다. 內外니 互性이니 하는 총괄개념은 실질적인 내용을 되도록 넓게 집약하기 위한 방편에 지나지 않으므로, 실상을 파악하기 위한 안내자로 사용해야 한다.

홍대용과 박지원은 人과 物의 구분을 문제삼아 사람과 동물 사이의 차등이 도덕 유무에서 유래한다는 주장을 부정하고, 사람이든 동물이든 "삶을 누리는 것이 善"이라는 점에서 서로 다를 바 없으며, 삶을 누리는 방식은 상대적인 의의를 가진다고 했다. 문명권의 중심부는 위대하고 주변부는 저열하다고 하는 華夷의 구분을 상대화해서, 누구나 자기는 華이고 다른 쪽은 夷라고 하는 것이 당연하다고 했다. 그 둘이 內外론의 가장 중요한 내용을 이룬다.

安藤昌益은 貴賤과 男女 가운데 어느 한쪽은 존귀하고 다른 쪽은 저열하다고 하는 차등론을 비판하고, 지위나 성별이 다른 쌍방은 서로를 필요로 하고, 서로 돕는 관계여야 한다고 했다. 양자가 그런 관계를 가지는 것이 互性이다. 內外와 互性은 같은 현상을 다른 측면에서 거론한 말임을 내용을 보고 판단할 수 있다. 쌍방이 각기 자기를 주체로 하고 상대방을 대상으로 할 수 있으니 內外이고, 쌍방이 서로 필요로 하고 있으니 互性이다.

"삶을 누리는 것이 善"이라는 주장은 서유럽에서도 라블레가 먼저 펴고, 볼테르와 디드로가 뒤를 이었다. 그것은 서유럽의 氣철학이어서 동아시아의 경우와 기본발상이 다르지 않았다. 삶을 긍정해야 하는 이유를 밝히는 데서는 동아시아가 한걸음 더 나아갔으나, 그렇게 해서 기존 종교의 편견을 시정하는 충격은 서유럽쪽이 더 컸다.

서유럽의 氣철학은 기독교가 유럽인의 우월성을 보장해준다는 생각을 배격하는 근거가 되었다. 볼테르는 자기 종교를 일방적으로 존중하고 다른 종교는 배격하는 편협성, 유럽인의 우월의식을 가지고 다른 문명권 사람들을 멸시하는 태도를 버려야 한다고 했다. 디드로는 그릇된 사회를 개조하기 위해서 싸워야 한다고 했다. 이것이 또한 內外론이고, 互性론이다. 유럽의 계몽주의자들은 주장하는 바를 총괄하는 작업은 스스로 하지 않고 오늘날의 연구자에게 넘겨주었으므로, 이런 논의를 첨부할 수 있다.

'內外'나 '互性'이라는 지시어 너머에 펼쳐져 있는 사물은, 구체적인 양상에 대한 경험을 절실하게 하면서 또한 이치를 담아내는 이론을 포괄적으로 정립하는 양면의 작전을 써야 비로소 제대로 파악될 수 있어서, 문학과 철학을 함께 해야 하고, 그 어느 쪽만으로는 역부족이다. 경험이 이론이고 이론이 경험이어야 하므로, 문학이 철학이고 철학이 문학이어야 한다. 이성과 감성을 갈라놓지 않아야 이성에서 통찰로 나아가는 길이 열린다. 동서의 계몽주의자들은 그렇게 하는 적절한 방책을 마련했다.

문학과 철학을 함께 했기 때문에 말이 모호하고 모든 것이 미완성이었다. 엄밀한 개념이나 정연한 논리가 없었다. 그 점에 불만을 가진 근대철학은 명확한 개념을 가지고 논리를 전개할 수 있는 측면만 적출해서 자기 소관으로 삼아 정교하게 다듬었다. 그래서 이룬 것보다 잃은 것이 더 많다. 이제 다시 모호하므로 풍부하고, 미완성이므로 열려 있는 사고를 손상시키지 않고 되살려 엄밀하고 체계적인 철학의 편파성을 시정해야 한다.

氣철학의 원리에 입각해, 선이란 지향해야 할 목표가 아니고 삶을 누리는 행위 자체라고 하면, 삶을 유린하는 것이 악이라고 명백하게 규정하고 악의 실상에 대해서 자세한 검토를 해야 하는데, 그렇게까지 하지는 못했다. 신분적 특권과 관념적 사고를 무기로 중세의 권력자가 백성의 삶을 유린하는 것을 고발해야 하는데, 거기까지 나아갈 수 없었다.

이익을 얻기 위해서 수단과 방법을 가리지 않는 비열한 행위가 벌어지고 있는 자본주의의 악이 새로운 사회문제를 일으키고 있는 것을 어느 정도 감지하고서 거기서 더 나아가지 못했다. 그 잘못을 고발하고 규탄하면서 시정하는 방안을 제시하는 더욱 긴요한 과제를 버려두었다. 實翁이나 범은 그 점에 관해서 말하지 않았으며, 許生은 물자를 독점하면 나라를 망하게 하리라고 경고하는 데 그쳤다. '法世'를 나무라는 사회비판에 자본주의 사회의 모순에 대한 인식은 포함되어 있지 않았다.

전통적인 가치를 존중하는 관념론자는 새로운 시대의 사회악을 재래의 윤리관에 입각해서 나무라기만 하므로 무력하다. 사람이 금수 같은 짓을 한다고 꾸짖기만 해서는 소용이 없다. 사회악의 진상을 직시하면서 철저하게 비판하려면 관념론과 맞서는 유물론을 정립해야 했다. 디드로가 시작한 그 일을 마르크스가 이어받아, 투쟁을 더욱 격화시키고 조화는 거부했다.

그런데 볼테르는 디드로와는 다른 길을 찾았다. 종교의 차이 때문에 벌어진 대립을 넘어서서 인류는 하나임을 확인하기 위해서 종교를 부정하는 것이 능사가 아니고, 모든 종교의 차이를 넘어선 공통된 종교의 보편적인 영역에서 천지만물의 근본원리를 납득할 수 있게 이해할 수 있어야 한다고 했다. 우연과 필연, 행운과 불운이 어떤 관계를 가지는가 하는 의문을 해결하기 위해서도 그런 원리가 있어야 한다고 했다.

볼테르는 유물론보다 더욱 포괄적인 氣철학을 이룩하고자 하고, 이성에 머무르지 않는 통찰을 얻으려 했다고 할 수 있다. 유물론으로서 미흡하다고 하기보다는, 生克論에 근접했으나 깨달은 바가 투철하지 못했다고 하는 것이 더욱 정확한 평가이다. 생각이 모호한 탓에 이룬 바가 뚜렷하지 않아 노력 자체가 의심스러울 수 있으나, 오늘날의 관점에서는 재평가해야 마땅하다.

종교의 차이를 넘어선 보편적이면서 근본적인 원리를 찾아야 문명권의 충돌이나 민족모순을 해결할 수 있다. 행운과 불운의 상관관계는 귀천이나 빈부에 의해 일률적으로 규정될 수 없는 평등을 문제삼는 출발점이 될 수 있다. 역사의 전개에서 선진과 후진, 성공과 실패가 역전된 이유를 그런 원리로 해명할 수 있다. 그런 과제를 두고 氣철학을 계승할 때 볼테르의 노력도 함께 재평가해야 한다.

과거가 미래일 수 있는가

중세후기의 네 사상가, 라마누자·가잘리·주희·아퀴나스가 모든 것을 하나로 포괄하는 거대한 사상체계를 마련한 것은 세계사의 획기적 업적이다. 천지만물은 모두 하나이고 사람은 누구나 같은 사람이라고 하는 보편주의를 확립한 공적이 있고, 철학이 정치나 경제, 과학이나 기술 위에서 그 모든 것을 통괄하는 위치에 있어야 한다고 한 것이 쾌거였다. 그 점을 재확인하는 데서 다음 시대에 대한 총괄논의가 시작된다.

그러나 공적의 이면에는 폐해가 있는 것이 어쩔 수 없는 일이다. 그런 사상체계가 사고를 통제하는 기능을 수행해서, 기존의 질서를 옹호하는 데 쓰이고, 창조와 혁신을 억압하는 것을 막을 수 없었다. 그뿐만 아니라 내부의 구조에서도 아주 훌륭한 것은 결정적인 결함을 지니게 마련이다. 네 가지 사상체계는 모두 生克의 양면 가운데 相生에 치우치고 相克을 배제한 것이 돌이킬 수 없는 과오였다.

앞에서 다룬 중세후기의 여러 시인들은 네 사상체계의 기능을 완화하고, 相生과는 어긋나는 相克의 측면을 문제삼은 것은 주목할 만한 일이었다. 그러나 그것은 1에 포함되어 있는 ∞ 가운데 어떤 것들을 가져와서 그 나름대로 관심을 가지자고 하는 정도의 소극적인 대응책이었다. 예외의 가치를 인정하는 데 그치고 체계 자체를 수정할 수는 없었다. 相生 못지 않게 相克이 소중하다는 것을 밝혀 생극론을 정상화하고, 1이 2라고 하는 반론을 전면적으로 제기할 수는 없었다. 그것은 중세에서 근대로의 이행기에 성취해야 할 과업이었다.

그런데 중세에서 근대로의 이행기에는 어디든지 사상의 자유가 없었다. 중세의 지배자가 아직 세력을 떨치고 있는데 근대로 나아가고자 하는 투쟁이 어렵게 일어나는 시대였으니, 새로운 주장을 터놓고 전개할 수는 없었다. 기존의 권위에 대한 반론을 제기하려면 가능한 방법을 힘들여 찾아야 했다.

지금까지 믿어오던 것들이 모두 의심스럽다는 회의론을 펴는 것이 한 방법이었다. 유럽에서는 몽테뉴(Montaigne), 동아시아에서 金萬重이 그렇게 해서 새로운 사상을 전개할 수 있는 길을 열었다. 회의론은 위험부담이 적어 좋기는 하지만, 서론에 머무르고 본론을 제기할 수는 없으므로 그 다음 대책을 강구해야 했다. 모든 것을 의심해서 무한한 가능성을 열어 놓은 것 가운데 어느 것을 선택해서 논의를 구체화해야 진전을 얻을 수 있었다.

이치를 따지는 방법이나 능력에 대해서 점검하는 것이 그렇게 하는 적극적인 대책이었다. 유럽에서 데카르트와 칸트가 그 길로 나아가 근대철학의 기초를 마련했다고 평가된다. 그 두 사람은 기존의 권위와 충돌하지 않으면서, 철학을 철학답게 해서 이성의 가치를 발현했다고 한다. 장차 큰 싸움을 하기 위해서 우선 무기를 가다듬었으니 대단한 일이라고 할 수 있다. 그러나 무기를 가다듬기나 하고 싸움은 피해 무기가 무용하게 했다. 인식론을 존재론에서, 이성을 통찰에서 분리해서 이성에 의한 인식이 고립되게 한 것이 큰 폐단이다. 철학이 그 자체의 영역과 방법을 엄밀하게 갖춘 독립된 학문이 되게 하려다가 철학의 기능을 대폭 축소시키고, 결국 철학 무용론이 제기되지 않을 수 없게 했다.

이성의 능력을 축소하지 않고 확대해, 이성에서 통찰로 나아가 기존의 권위를 무너뜨리고 그릇된 관념을 뒤집어놓는 것이 더욱 적극적인 대책이었는데, 그 일은 정면에서 하다가는 탄압을 받아 남아날 수 없었다. 朴趾源이 제시한 작전을 들어 설명하면, 글을 진지하게 쓰지 않고 장난을 한다고 하는 以文爲戲를 표방하면서, 正攻은 버리고 側攻이나 逆攻을 하는 유격전 전술을 쓰면서 以文爲戰에서 승리를 거둘 수 있는 길을 찾았다. 그 작전이 구체적으로 무엇인가는 문화적인 환경에 따라서 다르고, 주장하고자 하는 바에 따라서 달랐다. 한쪽에서는 시를, 다른 쪽에서는 산문을 사용한 것이 그 때문이다.

힌두교문명권이나 이슬람문명권에서는 산문논설이 발달되지 않아 그 과업을 시를 통해 수행했다. 박티 또는 수피의 시인들이 카비르나 아타르보다 한걸음 더 나아간 반역의 노래를 지었다. 경직되어 가는 이념을 사회 저변에서 무너뜨리는 노래에다 천대받고 가난하게 사는 하층민의 체험을 실어, 어떤 권위나 편견에서도 벗어나는 융통자재한 마음을 가지자고 했다.

그런 노래는 인쇄매체를 거치지 않고서도 널리 전해지고, 글 모르는 사람들에게도 전파되어 커다란 지지를 얻을 수 있었다. 그렇지만 막힌 생각을 열어 통찰의 경지로 나아가게 하는 안내자 노릇을 하는 데 그치고, 가치관을 어떻게 바꾸어 새로운 사회를 만들어야 하는가 하는 문제에 대해서는 적극적인 발언을 하지 못하는 결함이 있었다. 상층 지식인이 장악하고 있는 철학 논설에 충격을 주어 사고를 온통 바꾸어놓을 수 있는 영향력을 행사하지 못했다.

서유럽이나 동아시아에서는 시보다 산문을 한층 유리한 무기로 삼았다. 산문의 전통이 뚜렷하고, 기존 이념의 횡포를 다각도로 비판하고, 대안을 제시하는 데 산문이 유리하다고 판단했기 때문이다. 무엇이 진실인가 스스로 판단하는 재량권을 가지자고 하면서, 선이란 지향해야 할 목표가 아니고 삶을 누리는 행위 자체라고 한 것이 적극적인 대안이다. 비판의 강도와 대안 제시의 적극성 여부에 따라서 사용하는 방법을 바꾸어, 대화, 우언을 수반한 대화, 우언을 이용해서 만든 소설이 각기 그 나름대로의 구실을 하게 했다.

시를 택한 쪽은 물론 산문을 택한 쪽도 라마누자·가잘리·주희·아퀴나스가 이룩한 성벽을 대신하는 새로운 사상체계의 거대한 건조물을 만들어낸 것은 아니다. 기존의 사상이 相生에 치우쳐 있는 결함을 비판하는 相克의 반론을 산발적으로 전개했을 따름이고, 生克의 양면을 온전하게 한 총체적인 사고를 마련하지 못했다. 그것은 중세에서 근대로의 이행기를 끝낸 근대철학에서 할 일이다. 사상의 탄압에서 벗어나고, 역사의 전개를 크게 파악할 수 있는 조건이 갖추어졌으며, 철학이 대중의 관심사가 되어, 그럴 수 있는 여건을 갖추었다.

그러나 근대철학은 철학의 기능을 축소해서 그런 기대를 배신했다. 데카르트와 칸트가 이성의 능력을 점검한다면서 축소조정해 통찰로 나아가는 길을 차단한 잘못을 더욱 확대했다. 스피노자의 뒤를 이어 헤겔은 더욱 확대된 논의를 펴고자 했으나, 이성을 우상화하기나 하고 통찰로 나아가지 못했으며, 중세에서 근대로의 이행기 동안에 전개된 相克의 반론에서 이룩한 다양하고 생동하는 경험을 이어받지 못했다. 칸트 쪽이든 헤겔 쪽이든 철학을 문학에서 분리시켜 난삽한 개념과 논리로 이치를 밝히려고 하니 논의의 진행과 더불어 혼란이 가중되고, 난해성 때문에 대중이 접근하지 못하게 했다.

그렇게 해서 생겨난 철학의 위기가 오늘날에 와서는 더욱 확대되었다. 언어분석철학, 해체주의철학, 포스트모더니즘을 표방하는 철학 같은 것들이 대두해 철학이 어떤 혼란에 빠져 얼마나 무력하게 되었는가 잘 보여주고 있다. 그래서 다시 출발해야 하는 이유를 명백하게 보여주고 있다. 포스트모더니즘이란 근대철학의 말폐현상이지, 근대를 극복하는 철학은 결코 아니다.

이제 우리는 근대를 극복하고 다음 시대로 나아가는 철학을 해야 한다. 중세철학의 체계에서 제시한 生의 원리와 중세에서 근대로의 이행기철학에서 내놓은 克의 반론을 합쳐서, 生克의 양면을 온전하게 하는 것이 그 기본과업이다. 그렇게 하기 위해서 이성의 권능을 되찾아야 하는 것은 아니다. 이성에서 통찰로 나아가고, 철학과 문학을 함께 해서, 철학이라는 것이 따로 없어 사람이 살고 활동하는 모든 행위가 철학일 수 있게 해야 한다.

새로운 창조의 원천을 여러 문명권에서 고루 가져와서 인류의 지혜를 한데 합쳐야 한다. 투카람과 박지원, 마츠라브와 볼테르를 아우르는 작업을 라마누자·가잘리·주희·아퀴나스가 남긴 방대한 저작 이상의 범위에서 이룩하면서, 말을 공연히 복잡하게 하지 말고 정수를 가려내서 누구나 공감할 수 있게 내놓아야 한다. 그렇게 하기 위한 서론을 철학사와 문학사가 서로 얽혀온 내력을 살펴서 마련하려고, 지금까지 긴 여행을 했다.

근대를 극복하고 다음 시대로 나아가고자 하는 지금의 노력으로 다음 시대를 바로 이룩할 수 없다. 그렇게 하기에는 시기상조이고 역부족이다. 실재로 가능한 작업은 근대에서 다음 시대로의 이행기를 시작하게 하는 것일 따름이다. 근대에서 다음 시대로의 이행기에 들어서기 위해서는, 근대를 부정하고 그 전 시대인 중세에서 근대로의 이행기를 긍정하고 계승해야 한다.

중세를 극복하고 근대를 이룩할 고대를 계승한 것처럼, 근세를 넘어서는 다음 시대에는 중세를 계승하는 것이 당연한 일이다. 그러나 그런 비약을 한꺼번에 이룩할 수 없다. 중세를 계승하기 전에 중세에서 근대로의 이행기부터 계승해서 근대로 들어온 길을 되돌아나가 근대에서 벗어나야 한다. 중세에서 근대로의 이행기에 제시한 미래상 가운데 근대에 와서 실현되지 않고 버린 것을 근대를 넘어서서 다음 시대로 나아가는 지침으로 삼을 수 있다.

과거가 미래일 수 있는가? 그렇다. 과거는 현재의 잘못을 시정하고 바람직한 미래를 창조하는 지침일 수 있다. 그것은 순환사관이 아닌가?

순환사관이면서 발전사관이다. 순환이 발전이면서 발전이 순환인 진실을 명확하게 하는 정당한 사관이다. 고대, 중세, 중세에서 근대로의 이행기, 근대, 근대에서 다음 시대로의 이행기, 다음 시대로 역사가 진행된다는 것은 발전사관이다. 그러면서 근대는 고대를, 근대에서 다음 시대로의 이행기는 중세에서 근대로의 이행기를, 다음 시대는 중세를 재현한다고 하는 것은 순환사관이다. 재현한다는 것은 발전을 이룩하기 위한 재창조이다. 그래서 순환이 발전이고 발전이 순환이라고 하는 것이 生克論에 포함된 기본명제의 하나이다.

과거는 미래일 수 있는가? 과거는 과거가 아니므로 미래일 수 있다. 중세에서 근대로의 이행기는, 근대를 넘어서서 다음 시대로 나아가는 출발점을 설정을 위해 긴요한 구실을 한다는 것이 그 뜻이다. 중세에서 근대로의 이행기를 이룩한 선각자들의 노력을 오늘에 되살려 근대를 넘어서는 다음 시대를 만들어야 한다.

근대를 넘어서는 철학과 문학의 새로운 관계

철학의 개념 재검토

철학의 개념은 철학에 관한 논의를 시작할 때 고찰하는 것이 관례이다. 이미 잘 정립되어 있는 공인된 개념을 초심자에게 소개해서, 혼란을 일으키지 않도록 하고, 앞으로 진행하는 논의를 잘 이해하도록 하기 위해서 그렇게 한다. 그러나 여기서는 철학의 개념에 관한 논의를 마지막 장에서 전개하는데, 그 이유는 철학의 개념을 재검토하고 다시 정립할 필요가 있다고 보기 때문이다. 지금까지 전개한 본론에 힘입어 철학에 관한 통념을 바꾸고자 하므로, 개념 재정립의 과제를 뒤로 돌려야 했다.

고대그리스에서 "진리에 대한 사랑"을 '필로소피아'(φιλοσοφία)라고 한 말을 이어받아 유럽 각국에서는 모두 철학을 '필로소피'(philosophie, philosophie, philosophy)라고 하는 것은 널리 알려진 바와 같다. 진리를 이미 파악하고 있다고 자부하는 소피스트들과 맞서서 소크라테스가 자기는 다만 진리를 사랑하는 사람일 따름이라고 하면서 필로소피아란 말을 사용한 데서 철학이 시작되었다고 한다. 처음에는 철학자가 소크라테스뿐이었다. 소크라테스의 뒤를 플라톤이 잇고, 다시 아리스토텔레스가 나타나 철학의 맥락이 이어졌다고 한다.

오늘날의 철학사가들은 철학이 그 세 사람의 전유물이었다고 하지는 않는다. 소크라테스 이전의 철학자들도 철학을 했다고 인정한다. 그러나 철학은 그리스가 아닌 다른 곳에서도 시작되었다고 하지는 않고, 철학은 그리스인의 창안물이라고 한다. 그리스의 철학을 이어받아 유럽철학사가 전개된 내력이 철학사라고 하고, 그 밖의 다른 흐름은 인정하지 않는다. 유럽철학사를 《철학사》라고 하는 것은 그런 통념에 근거를 두고 있다.[456]

"철학을 뜻하는 필로소피라는 말이 고대그리스에서 유래했다." "철학사는 유럽철학사이다." 이 두 가지 명제는 철학이 무엇인가 하는 문제에 관한 보편적인 해답을 제공할 수 없다. 다른 문명권에서는 철학을 필로소피와는 다른 말로 지칭할 수 있다. 비유럽문명권의 철학사도 철학사이다. 여러 문명권에서 각기 다른 말로 지칭하는 철학의 역사를 모두 포괄하는 세계사라야 세계철학사이다.

그러나 여러 문명권에서 철학을 각기 지칭하는 용어는 온전하게 남아 있지 않다. 세계를 제패하고 있는 필로소피에 밀려서 자취를 감추었다. 유럽철학이라야 철학이라고 하는 주장이 논리적으로 타당하다고 주장하지는 않지만, 다른 여러 문명권에서 독자적인 용어를 버리고 '필로소피'를 받아들여 철학을 지칭하고 있는 형편 탓에, 유럽철학의 주도권이 기정사실로 인정된다. 이치를 바르게 따지는 것을 생명으로 여기는 철학에서 이치를 무시한 관습이 판을 치고 있다.

빈델반트는 유럽철학사에서 고대철학·중세철학·근대철학은 추구하는 바가 달랐다고 했다. 고대그리스의 철학은 "세계관 및 인생관에 관한 일반적 문제에 대한 학문적 논의"(die wissenschaftliche Behandlung der allgemeinen Fragen von Welterkenntnis und Lebensansicht)라고 했다.[457] 중세에는 철학이 종교의 "교리를 뒷받침하고, 발전시키고, 옹호하는 학문적 활동"(wissenschaftliche Begründung, Ausbildung und Vertheidi-

---

456) 이제부터 인용하면서 거론하고자 하는 W. Windelwand, *Geschichte der Phi-losophie*(Tübingen : J. C. B. Mohr, 1900)가 그 좋은 예이다.
457) 같은 책, 1면.

gung des Dogmas)으로 바뀌었다고 했다.[458] 근대에 이르러서 과거에는 철학에 속하던 탐구의 영역이 여러 학문으로 분화되자, "개별학문인 철학"(philosophie als besonderer Wissenschaft)은 "이성에 대한 비판적인 자각"(kritische Selbstbesinnung der Vernunft)을 담당한다고 하게 되었다고 했다.[459]

그러한 사실에 근거를 두고, "유럽에서는 고대철학, 중세철학, 근대철학으로 이어진 철학의 오랜 전통이 있다"고 하는 명제와 "철학은 근대에 이르러서 개별적인 학문으로 정립되어 자기 영역을 찾았다"고 하는 명제가 도출된다. 앞의 명제로 유럽인의 자부심을 키우고, 뒤의 명제는 다른 문명권의 철학은 제대로 된 철학이 아니라고 재단하는 도구로 삼았다.

중세기 아랍세계에서 철학을 의미하는 말은 재래의 용어인 '히크마흐'(hikmah)와 유럽문명권의 '필로소피아'를 차용한 '팔사파흐'(falsafah)가 있었다. 팔사파흐는 이치를 따지는 학문활동만 의미하지만, 히크마흐는 이치를 따지는 학문활동 이상의 깨달음을 얻어 영혼의 정화를 달성하는 실천활동까지 의미했다.[460] 팔사파흐는 '이성철학'이라면, 히크마흐는 '통찰철학'이었다. 그 둘 사이에 어느 쪽을 택할 것인가는 심각한 논란거리였다.

가잘리는 팔사파흐를 신랄하게 비판했다.《철학의 부조리》(*Tahafut al-falasifa*) 서론에서, 팔사파흐에 종사하는 철학자라는 사람들은 "소크라테스·히포크라테스·플라톤·아리스토텔레스 같은 대단한 이름을 듣는 것"으로 깊은 진리에 대해서 스스로 탐구하는 작업을 대신하고, 좁은 소견에 사로잡혀 커다란 이치를 깨닫지 못한다고 나무랐다.[461] 팔사파흐를

---

458) 같은 책, 2면.

459) 같은 곳.

460) Seyyed Hossein Nasr, "The Meaning and Concept of Philosophy in Islam", *History of Islamic Philosophy Part 1*(London : Routledge, 1996)에서 그 점을 밝혀 논했다.

456

넘어서서 히크마흐로 나아가, 직접 경험하고 검증할 수 없는 영역까지 통괄해서 파악하는 궁극적인 원리를 체득하는 것을 평생의 사명으로 삼았다.

팔사파흐의 자랑인 이성에 입각한 합리적 논증을 종교적 초월로 대치하면서 그렇게 하자고 한 것은 아니다. 팔사파흐를 받아들여 히크마흐의 하위작업으로 삼고, 이성보다 상위의 이성인 통찰에 이르려고 했다. 종교적 초월에서 제시하는 통찰철학의 목표를 합리적 논증을 장기로 하는 이성철학의 방법으로 달성하려고 했다.[462] 그 작업이 바람직한 결과에 이르러 완결된 것은 아니지만, 오늘날 비유럽문명권 도처에서 유럽철학의 수입으로 자기 철학을 대신하는 차질을 극복하는 모범적인 자세를 이미 13세기에 보여준 의의는 거듭 평가해야 마땅하다.

그런데 최근에 나온 유럽문명권의 세계철학사 개관서에는,[463] 이슬람철학을 다루면서 이성철학인 팔사파흐를 한 이븐 신나나 이븐 루시드만 논의의 대상으로 삼고, 통찰철학인 히카마흐를 한 가잘리는 등장시키지 않았다. 그 이유는 "이성에 대한 비판적인 자각"이라야 철학이라고 하는 근대유럽의 관점을 중세에까지 소급해서 적용했기 때문이었다고 할 수 있다. 그러나 중세유럽의 철학을 논할 때는 그런 관점을 적용하지 않았으므로, 다른 이유를 찾아야 한다. 중세의 이슬람철학은 독자적인 창조물이 아니고, 유럽철학의 이식이라고 여긴 것이 더욱 중요한 이유일 것이다.

유럽에서도 중세 때는 팔사파흐가 아닌 히크마흐에 해당하는 철학을

---

461) Al-Ghazali, Michael E. Marmura, *The Incoherence of the Philosophers*(Provo, Utah : Brigham Young University Press, 1977), 2면.

462) 그 점에 관해서, 같은 책 역자의 서론에서는 "Although its motivation is religious and theological, it makes its case through closely argued criticisms that are ultimately philosophical"(xvi면)이라고 말했다.

463) 세계철학사의 저술을 검토할 때 [철학사6]이라고 한 Robert C. Solomon and Kathleen M. Higgins, *A Short History of Philosophy*(Oxford : Oxford University Press, 1996).

했다. 철학은 "교리를 뒷받침하고, 발전시키고, 옹호하는 학문적으로 하는 활동"이었다. 그래서 'théologie'라고 일컬어지는 신학과 철학이 구별되지 않았다. 아퀴나스와 가잘리 비교론에서는[464] 'théologie'라는 말을 공통되게 사용했다. 그런데 '신학'과 '철학'은 구별해야 한다는 근대철학의 관점을 유럽중세철학에는 적용하지 않고 아랍중세철학사에만 일방적으로 적용한 것은 용납할 수 없는 횡포이다.

인도에서는 종교가 철학이고, 철학이 종교이다. 종교는 독단적이지 않으며, 합리적인 사고를 가지고 이치를 따지는 철학인 것이 특징이다. 철학은 그 자체로 완결되지 않으며, 인간 정신을 고양시키는 구실을 하는 종교였다. 유럽인의 관점에서 보면 철학은 없고 신학만 있다고 할 수 있는 기형적인 사태라고 하겠지만, 신학이 그 자체로 철학이다.

인도에서 철학을 의미하는 재래의 용어에는 '브라흐마요다'(brahma-yoda), '아트마비디야'(atmavidya), '다르사나'(darsana)가 있다. 브라흐마요다는 브라흐만에 대한 명상과 논의를 뜻한다. 아트마비디야는 자기 자신에 대한 성찰이다. 다르사나는 올바르게 보는 행위를 말한다. 그 가운데 늦은 시기인 1세기부터 쓰이기 시작한 다르사나가 널리 통용되어, 철학을 뜻하는 인도 재래의 용어를 대표할 수 있다.[465]

그 세 가지 용어는 모두 진리를 파악하는 체계적인 논의와 사고, 진리를 파악한 결과 이루어지는 정신적인 통찰력에 의한 영혼의 정화, 그 두 가지를 모두 의미하고, 서로 구별하지 않는다.[466] 유럽인이 종교라고 하는 것이든 철학이라고 하는 것이든, 인도에서는 '아난다'(ananda, 행복)에 이르는 길이라는 점에서 서로 다를 바 없다.[467]

---

464) Louis Gardet et M. M. Anawati, *Introduction à la théologie muslmane, essai de théologie comparée*(Paris : Librairie philosophique J. Vrin, 1948).

465) K. Satchidananda Murty, *Philosophy in India, Tradition, Teaching and Research*(Delhi : Montil Banarsidass, 1985), 3~6면.

466) S. Radhakrishnan, *Indian Philospphy*(London : George Allen and Unwin, 1923) vol. 1, 25~27면, 43~44면에서 그 점을 구체적으로 확인할 수 있다.

467) C. Kunhan Raja, *Some Fundamental Problems in Indian Philosophy*(Delhi :

458

그런데 오늘날 인도에서는 산스크리트 대신 영어를 학문 활동의 공용
어로 삼으면서 '다르사나' 등의 용어를 버리고 '필로소피'를 널리 사용한
다. 고대철학이나 중세철학에서 말하던 '필로소피'가 아닌 "이성에 대한
비판적인 자각"을 임무로 한 근대철학의 개념에다 근거를 둔 '필로소피'
라는 용어를 사용하면서 인도의 고대철학과 중세철학을 논한다. '필로소
피'라는 명칭과 인도철학의 내용 사이에 상당한 불일치가 있다. 인도철
학사를 처음 서술한 라다크리슈난과 다스굽타는 유럽인의 편견에 맞서
서 인도철학도 철학이라고 하기 위해서 적지 않은 고심을 해야 했다.

인도철학은 철학이 아니고, 종교적 독단에 지나지 않으며, 잘못 파악
한 사실에 근거를 둔 신비적이고 비생산적인 논의라고 하는 유럽인들의
편견을 논박하는, 반세기 이상 계속된 작업을 오늘날 다시 하고 있다.
그래서 유럽철학도 종교와 불가분의 관계에 있다고 한다. 과학으로 다
룰 수 있는 범위를 넘어선 신비적인 영역을 유럽에서도 철학의 소관으
로 한다고 한다. 철학이 그 자체의 엄밀한 학문으로 독립될 수 있다는
염원이 유럽에서도 실현되지 않았다. 철학에서 신념이나 각성을 얻고자
하는 움직임이 유럽에서도 일어나고 있다고 한다.[468]

그런 주장을 펴서 인도철학이 유럽의 필로소피와 그리 다르지 않고
많은 공통점을 가졌다고 했을 따름이고, 유럽의 필로소피가 세계철학의
일반개념일 수 없는 많은 결격사유가 있다고 하지는 않았다. 세계철학
과 비교철학에 관해서 말할 때도,[469] 인도의 다르사나와 유럽의 필로소
피 가운데 어느 한쪽에 치우치지 않고 그 둘을 함께 포괄하는 공통적이
고 보편적인 개념이 있어야 한다고 말하지 않았다. 필로소피의 횡포를
제거하는 적극적인 대책은 내놓지 못하고 있다.

필로소피를 받아들이면서 일본에서는 그 말을 그대로 쓰지 않고 한자

Motil Banarsidss, 1960), "the General Outlook"(1~13면)에서 그 점에 관한 논
의를 폈다.
468) K. Satchidananda Murty, 위의 책, 서론 viii~ix면.
469) 같은 책, 203~205면.

어로 번역했다. 프랑스에 유학하고 귀국한 일본의 中江兆民이 19세기 말에 그 일에 착수해서, 처음에는 필로소피를 '理學'이라 일컬었다. 《理學沿革史》(1885)라고 하는 책이 유럽철학사의 번역서이다. 그러다가 그 뒤에는 '哲學'이라는 번역어를 사용했다. 그 말이 일본에서 공식용어로 정착되고, 중국이나 한국에서도 수용되어 재론의 여지가 없는 권위를 자랑하고 있다.

필로소피를 理學이라고 하는 용어로 계속 사용했다면, 수입한 학문과 기본성격이 다르지 않은 학문이 동아시아에서 옛날부터 있었던 사실을 이해하는 데 아무런 차질이 없었을 것이다. 또한 재래의 학문과 수입한 학문이 쉽사리 연결되어, 재래의 학문을 계승하면서 수입한 학문을 활용할 수 있었을 것이다. 그런데 '哲學'이라는 말을 새삼스럽게 마련해서, 일본이나 동아시아에는 전에 없었으므로 수입해야 한다고 하게 되었다. 일본에는 전에 사상사만 있었고, 철학사는 철학을 수입한 이후에 생겼다고 하게 되었다.

中江兆民은 "我 日本은 古로부터 今에 이르기까지 哲學은 없다"고 공언했다. "天地性命의 理"를 탐구한 사람들은 "經學者"에 지나지 않고, "純然한 哲學"을 한 사람은 아니라고 했다. "哲學이 없는 人民은 何事를 爲해 深遠의 意가 無하며, 淺薄을 免하지 못한다"고 했다.[470] 그처럼 부끄러운 수준에 머물러 있던 과거의 일본과 결별하고 유럽문명권으로 정신적 이민을 하려면 '철학'을 받아들여야 한다고 했다.

오늘날 일본에서 '철학'은 '필로소피'를 대신하는 말이고, 독자적인 의미는 없다. 그래서 '철학'이라고 하면 '서양철학'을 뜻한다. '중국철학'과 '인도철학'에는 '중국'이나 '인도'라는 말을 붙이지만, '서양철학'은 '철학'이라고 한다. 철학과는 서양철학과여서 서양철학에 관한 강의만 하는 것이 당연하다고 한다. 중국철학과 인도철학이라고 특별히 일컫는 것들

---

470) 《一年有半》(1901)에서 한 말이 《中江兆民全集》10(東京 : 岩波書店, 1983), 155, 156면에 있다.

은 특수한 영역이고, 철학이라고만 일컫는 서양철학은 보편적인 영역이
므로, 중국철학·인도철학·서양철학을 통괄하는 일반론이 새삼스럽게
필요하지 않다고 여긴다.

중국에서 철학사 서술을 시작할 때, 馮友蘭은 魏晉시대에 '玄學', 宋明
시대에 '道學', 淸代에 '義理之學'이라고 하던 것이 철학이며, 철학의 개
념을 새삼스럽게 문제삼을 필요가 없다고 했다.[471] 그런데 철학사를 다
시 쓰면서 고대그리스 시대 이후 헤겔·마르크스·레닌에 이르기까지 거
듭해서 말한 것과 같은 개념의 철학이《周易》,《論衡》,《太極圖說》등
에 이미 구현되어 있다고 했다.[472] 중국에도 '철학'이 있었다 하고, 중국
의 재래 철학이 유럽문명권의 철학과 다를 바 없다고 했다.

오늘날 중국에서 필로소피는 철학의 하나라고 여길 따름이고, 필로소
피라야 철학이라고 하지는 않는다. 철학과 대등한 위치에 서는 다른 용
어는 없다.[473] 철학이라는 말을 아무 불편 없이 사용하고, 중국철학의 전
폭을 포괄하는 데 어떤 차질이나 문제가 있다고 하지 않는다. 중국철학
이 과연 철학인가 하는 시비가 인도에서처럼 일어나지는 않는다. 중국
철학과 서양철학을 대등한 비중을 두고 강의하고 연구하려고 하는 것이
일반적인 경향이다.

한국의 철학계는 일본과 더욱 밀접한 관련을 가졌다. 철학개론 서두
에서 철학이 무엇인가 규정할 때면 반드시 필로소피가 철학이라는 말을
앞세운다. 그러면서 용어 사용에서는 중국과 공통된 태도를 보이고 있
다. 서양철학, 중국철학, 인도철학, 한국철학 등이 모두 철학이고, 철학
의 하위영역을 이룬다고 한다. 철학과의 교수진이나 강의가 서양철학에

---

471) 馮友蘭,《中國哲學史》(北京 : 商務印書館, 1947)의 〈哲學與中國之義理之學〉에
　　서 그렇게 말했다(7~8면).
472) 馮友蘭,《中國哲學史》(北京 : 人民出版社, 修正本, 1980)의 〈什麽是哲學?〉에서
　　그렇게 말했다(9~16면).
473) 蒙培元,《理學的演變, 從朱熹到王夫之戴震》(福州 : 福建人民出版社, 1984, 제2
　　판 1998)에서는 '理學'이라는 말을 사용했으나, 그것은 철학의 한 사조인 '新儒學'
　　을 일컫는 말이다.

치우처 있으나, 그 이유가 개념 설정이 잘못된 데 있는 것은 아니다.

철학의 개념을 필로소피에 의거해서 일방적으로 규정하는 관습을 청산하고, 철학의 보편적인 개념과 특성을 밝히는 데 기여하기 위해서 동아시아 철학의 전통을 개념론의 측면에서도 적극적으로 인식·평가·활용해야 한다. 철학이 무엇이며 어떻게 해야 하는가 하는 문제를 다시 제기하고 새롭게 해결하는 일을 거기서 시작할 필요가 있다. 그런 일을 비유럽문명권에서 일제히 하자고 촉구하면서, 동아시아의 과업에 착수하고자 한다.

철학에 해당하는 동아시아의 재래 용어를 찾아 철학 대신에 쓰자고 하는 것은 아니다. '道學', '玄學', '理學', '性理學', '義理之學', '氣學' 등의 용어를 다시 쓰자고 할 수 있으나, 그것들이 모두 어느 시대 철학의 어느 경향을 지칭하는 말이고 철학 전체를 총괄하는 말은 아니다. 철학 전체를 총괄하는 말은 없었다. 철학보다 상위개념인 '文'이 널리 쓰이고 있었기 때문에 그 하위개념이 별도로 필요하지 않았기 때문이라고 할 수 있다.

《論語》에서 "夫子之文章 可得而聞也 夫子之言性與天道 不可得聞也" (公冶長)(선생님의 문장에 관한 말씀은 들을 수 있지만, 선생님이 性과 天道에 관해 하는 말씀은 들을 수 없다)라고 한 대목을 주목할 필요가 있다. 性과 天道는 철학을 이루는 내용이다. 사람 마음의 근본인 性과 천지만물의 운행법칙인 天道에 관해 고찰하는 것이 철학의 사명이다. 그런데 그것은 文章을 통해서 표현되고 전달된다. 겉으로 드러나 있는 문장을 통해서 속뜻을 이해해야 한다고 했다.

또한 "子曰 質勝文則野 文勝質則史 文質彬彬 然後君子"[474](雍也)(선생님이 말했다. 실질이 문장보다 앞서면 거칠고, 문장이 실질보다 앞서면 헛되므로, 문장과 실질이 다 훌륭한 다음에야 군자이다)라고 한 말을 보자. '文'은 문학이라면, '質'은 철학, 또는 철학과 사학을 포함한 문화를 이루는

---

474) 주희의 《集註》에서 "史 掌文書 多聞習事 而誠或不足也"라고 했다.

내용 전체라고 할 수 있다. 그러나 文은 고정된 용어이지만, 質은 편의
상 한 말이어서 서로 대등하지 않다. 質이 文을 버리고 홀로 훌륭할 수
는 없다고 했다. 文과 質이 다 훌륭한 "文質彬彬"에서 文의 표현과 質의
내용이 일체를 이루는 것이 이상적인 상태라고 했다. 그것은 최상의 문
학과 철학이 일체를 이룬 경지이다.

朱熹는 "道者文之根本 文者道之枝葉"(道는 文의 뿌리이고, 文은 道의
가지와 잎이다)이라고 해서 '道'와 '文'이 철학과 문학으로 분리하는 것
같다.[475] 그러나 李珥가 말을 바꾸어 文에는 "聖人之文"과 "俗儒之文"이
있다고 하자, 文이 포괄적인 의미를 분명하게 가졌다. "聖人之文"은 진
실된 철학을 갖추고 있는 문학이다. 崔漢綺가 "文章出於神氣敷達"(문장
은 신기에서 나와 펼쳐지고 전달된다)이라고 하고, "見得活動運化之氣"
(운화활동의 기를 보고 파악)라고 한 다음, "養得胸中活動運化之文氣"(흉
중의 운화활동의 문기를 기른다)라고 한 '文章'은 '運化之氣'를 내용으로
하고 있고 또한 표현으로 하고 있어서 철학이면서 문학이다.[476]

동아시아에서는 그처럼 공자에서 최한기까지, 철학은 문학과 일체를
이루고 있다고 보아 文이나 文章이라는 말로 양쪽을 함께 지칭했다. 철
학에 해당하는 말이 따로 없었던 이유가 바로 거기에 있다. 문학과 철학이
분화되면서, 공동의 용어는 문학 쪽에서 가져가고, 철학은 별도의 지칭
이 필요해서, 필로소피를 번역해서 받아들였다.

이제 '철학'이라는 말을 버릴 수는 없다. 다른 것으로 대치할 수도 없
다. 그러므로 '철학'의 의미를 최대한 포괄적으로 잡아 유럽문명권중심
주의에서 벗어나야 한다. '철학'은 '필로소피'의 번역어이므로 '철학'이
무엇인가 알고 싶거든 '필로소피'에게 물어보라고 하는 관습은 청산해야
한다. 이치의 근본을 포괄적으로 따져 커다란 통찰력을 얻는 행위인 철
학은 정신적 각성을 종교와 함께, 글쓰기를 문학과 더불어 이룩하는 구

475) 주희에 관해 고찰할 때 자료 [10]으로 든 글에 있는 말이다.
476) 이이와 최한기의 말은 《한국문학사상사시론》에서 인용하고 거론했다.

체적인 과업을 시대에 따라서, 문명권에 따라서 다르게 수행해왔다. 그 과정을 밝히는 철학사연구는 한편으로 종교사연구, 다른 한편으로 문학 사연구와 함께 진행해야 한다.

학문의 분화와 더불어 철학에 속하던 여러 학문이 독립된 뒤에 개별 학문의 하나인 철학이 "이성 그 자체에 대한 비판적 논의"를 담당하게 되었다고 한 것은 잘못이다. 철학은 모든 학문을 총괄해서 다루는 학문 일반론의 자리를 견지하면서 개별학문이 과학에 몰두하고 있어서 상실 한 통찰을 회복하는 임무를 담당해야 마땅하다. 개별학문의 하나인 철 학을 다른 학문과 구별해서 옹호하는 불필요한 일은 그만두고, 통찰에 관한 새로운 깨달음을 구체화하는 창조적인 작업을 하는 것이 철학하는 사람의 임무이다.

유럽문명권에서는 철학의 개념이 줄곧 잘못 파악되었다고 하는 것은 아니다. 앞에서 살핀 바와 같이 볼테르와 디드로는 온갖 잡스러운 철학 을 별별 이상한 방법으로 전개하는 유격전을 감행하면서 불안에 찬 일 생을 보내고, 아무런 영광도 누리지 못했다. 대중의 이해와 지지를 받아 애쓴 보람이 있었으나, 그것은 당사자는 죽고 없는 다음 시대에나 가능 한 일이었다. 개인적으로 보면 실패에 찬 인생을 보낸 덕분에 프랑스혁 명의 사상을 형성하고, 프랑스뿐만 아니라 유럽 전체의 문화가 근대화 를 선도할 수 있게 하는 위대한 과업을 수행했다.

칸트 이후의 근대철학자는 대학을 아성으로 삼고, 사변철학을 논술의 형태로 전개했다. 대중을 외면한 고고한 자리에서 대중이 이해하지 못 하는 언설을 늘어놓아 대중의 존경을 모았다. 문학과의 동행을 거부하 고 철학 고유의 글쓰기와 논술방법을 확립해, 난해할수록 존경의 정도 가 커지는 기이한 사태가 벌어졌다. 그 때문에 철학이 철학답게 되었다 고 하지만, 창의력과 설득력을 상실했다. 다른 모든 것과 마찬가지로 철 학 또한 살면 죽고, 죽으면 산다. 지금에 와서는 고고한 위치에 머무르 는 사변철학은 죽어가고 있으므로, 철학을 소생시키기 위해서 다른 방 향을 찾지 않을 수 없다.

어느 학문에서든지 근본이치를 일반화해서 따지는 논리적인 작업은 철학이다. 학문뿐만 아니라 예술창작이나 사회활동에서도 근본이치를 일반화해서 구현하는 행위 또한 철학일 수 있는데, 논리가 잠재화되어 있을 수 있기 때문이다. 겉으로 드러나 있는 논리든 잠재되어 있는 논리든 논리는 논리이다. 철학의 논리는 개별적인 여러 영역에 걸친 구체적인 연구나 활동을 통해서 추출되고 정립되는 것이 마땅하고, 그 자체로 일거에 제시하려고 하면 내용이 공허해지면서 지나치게 난해해져서 그 의의를 스스로 부인하고 만다.

그러나 개별적인 영역에서 얻은 이치가 그 자체로 철학은 아니다. 개별적인 것이 일반화되고, 이치의 이치를 따지는 작업을 갖추어야 철학이다. 이치는 이성의 소관이다. 이치의 이치를 따지는 작업은 이성의 소관이 아니고 통찰의 소관이다. 철학은 통찰의 학문이다. 철학이 이성의 학문인가 통찰의 학문인가 하는 데는 심각한 논란이 있으므로 별도의 고찰이 필요하다.

철학의 위기 극복을 위한 토론

근래에 유럽문명권에서 철학의 위기를 진단하고 해결방안을 제시한 책이 몇 가지 나와 관심을 가지게 한다. 라뤼엘의 《철학과 비철학》, 맥카시의 《철학의 위기》, 산트포스의 《세계화시대의 철학》이 그런 책이다.[477] 이 세 책은 비슷한 시기에 출현해, 상통하는 주장을 폈다. 서로 언

---

477) 책 세 권의 원명과 출간상황을 들면 다음과 같다.

François Laruelle, *Philosophie et non-philosophie*(Liège : Pierre Mardaga, 1989).

Michael H. McCarthy, *The Crisis of Philosophy*(Albany : State University of New York Press, 1990).

Ernst R. Sandvoss, *Philosophie im globalen Zeitalter*(Darmstadt : Wissenschaftliche Buchegsellschaft, 1994).

급하지 않고 각기 따로 쓴 책이고, 함께 소개하거나 논의한 글을 보지 못했으나, 한자리에서 검토할 필요가 있다. 철학의 개념을 재정립하고 철학하는 방향을 새롭게 설정하고자 하는 나의 작업과 상당한 공통점을 가진 논의를 폈으므로 긴요한 관심사로 삼아 마땅하다.[478]

세 책은 지금까지 해온 철학이 잘못되었으니 새로운 철학을 다시 마련해야 한다고 주장하는 거시적인 구도를 펼쳤다. 그 점이 내가 하고 있는 작업과 일치해서 반갑다. 내가 모든 것을 한데 포괄해서 다룰 수 있는 生克論이라는 이름의 새로운 철학을 마련하겠다고 하자, 오늘날 철학의 동향에 대해서 자세히 알지 못하면서 불신을 앞세워 섣불리 대안을 구상하는 것은 잘못되었다고 나무라는 말이 들렸다. 이제는 타당성이 부인되고 효력이 없어진 거대이론을 만들겠다는 것은 시대착오의 발상이라는 반응이 있었다. 내가 하고 있는 작업을, 그런 비난을 넘어서서 더욱 진전시키는 데 세 책이 적지 않게 도움이 된다.

철학의 위기에 관한 세 책의 진단은 소중하게 쓰일 수 있다. 유럽문명권철학 내부의 사정을, 여러 논저를 자세하게 읽고 소상하게 파악해 철학의 위기가 무엇이며 어떻게 나타났는가 진단한 성과가 알차기 때문이다. 그 일을 내가 직접 하는 수고를 생략해도 철학의 위기가 도래했다고 말할 수 있는 명확한 근거를 제공해준다. 그 덕분에 나는 철학의 위기를 극복하는 방안을 찾는 작업으로 바로 들어갈 수 있다. 철학의 위기 진단에서는 내가 그 세 책을 따를 수 없지만, 극복 방안을 찾는 데서는 한걸음 더 나아가고 있다고 생각해서 적극적인 토론을 벌이기로 한다.

세 사람 저술의 전문을 자세하게 검토하는 것은 나의 소관사가 아니다. 지금 여기서 할 수 있고, 하고자 하는 일은 세 사람 생각의 핵심을 가려내 재론하는 것이다. 뜻하는 바가 무엇인가 명확하게 하고, 그 타당

---

478) 비교논의의 대상이 되는 나의 작업은 《한국의 문학사와 철학사》(서울 : 지식산업사, 1996) ; 《인문학문의 사명》(서울 : 서울대학교출판부, 1997)을 통해 진행했다.

성을 시비하고, 잘못이 있으면 바로잡고자 한다. 세 논자가 이룩한 최상의 성과를 넘어서는 나의 대안을 제시하고자 한다. 핵심이 되는 말의 원문을 가져와 번역하고 뜻하는 바가 더욱 명확하게 되도록 풀이하고, 미비점을 보완하는 내 이론을 전개해 대안으로 삼는 것이 그렇게 하는 구체적인 방법이다.

철학의 위기를 분석하고 검토하는 데 그치지 않고, 철학의 위기를 극복하려면 지금까지의 철학과는 다른 새로운 철학을 대안으로 내놓아야 한다고 한 것을 주목하고 평가해야 할 일이다. 새로운 철학이 무엇이어야 하는가를 모호한 말을 써서 막연하게 논의하지 않고, 세 논자가 각기 자기 용어로 명확하게 규정했다. 라뤼엘은 'non-philosophie', 맥카시는 'insight', 산트포스는 'Philosophie in globalen Zeitalter'를 해야 한다고 했다. 'non-philosophie'는 '비철학'이라고 번역할 수 있다. 'insight'는 바로 '통찰'에 해당하는 말이다. 'Philosophie in globalen Zeitalter'는 '세계화시대의 철학'이다.

그런 대안은 내가 거듭 내세운 세 가지 주장과 대체로 보아 합치된다. 라뤼엘은 철학이 따로 없어야 철학일 수 있다고 한 것은 나의 지론과 일치한다. 맥카시는 철학이 통찰의 학문이어야 한다는 주장을 나와 함께 폈다. 산트포스는 유럽문명권중심주의를 벗어나서 인류 전체의 학문을 해야 한다고 해서 나의 지론에 가까이 다가왔다. 그러면서 또한 그 세 사람과 나 사이에는 상당한 견해차가 있다. 그 점을 밝혀 논하면서 내 견해를 더욱 명확하게 하는 것이 여기서 할 일이다.

그 세 논자의 견해 가운데 먼저 맥카시의 것을 검토하고자 한다. 맥카시는 철학의 위기가 생긴 경위를 자세하게 살피고 대안의 가능성을 남들의 논저에서 광범위하게 찾아, 서론 노릇을 훌륭하게 했기 때문이다. 다른 두 사람은 자기 견해를 제시하는 데 치중해서 논의를 더 진전시켰으므로 나중에 다루기로 한다. 라뤼엘의 견해를 먼저, 산트포스의 견해를 그 다음 차례로 문제삼는다.

맥카시는 '독자적인 학문'(autonomous science)이기를 바라고, '순수한 논리의 독자성'(the autonomy of pure logic)을 추구하는 것을 가장 긴요한 작업이라고 여긴 잘못 때문에 철학은 자기 구실을 제대로 하지 못하다가 마침내 파산지경에 이르렀다고 했다. 그 과정에 철학의 두 가지 기본영역인 형이상학과 인식론이 하나씩 무너지는 두 단계의 변화가 겹쳐서 일어났다고 했다. 데카르트의 뒤를 이어 칸트가 형이상학은 멀리하고 인식론만 소중하게 여긴 풍조가 근래 더욱 극단화되고, 포스트모더니즘의 해체론자들 특히 로티(Rorty)는 철학의 정당성을 부인하는 것이 철학자의 임무라고 해서 인식론마저 무력하게 하자 이제 철학이 남아날 수 없게 되었다고 했다.

그 두 단계의 변화를 비교해서 살핀 말이 적절하고 흥미롭다. 데카르트는 교회의 간섭에서 벗어나 과학적인 진실을 탐구하는 방법을 마련하기 위해서 무엇이든지 의심하고 비판하는 정신을 가지고 논리적 타당성을 엄밀하게 추구하고자 했다고 했다. 그런데 로티에 이르면 의심하고 비판하는 정신이 철학에서 내세우는 논리적 타당성 자체를 대상으로 삼아 그 허위를 논파하는 데 힘써 철학을 파괴하게 되었다고 했다.[479)]

그 두 사람 가운데 데카르트는 철학의 기여를 정당하게 신장시킨 것 같으나, 철학을 망치는 단초를 마련했다. 존재와 인식, 대상과 방법을 분리시켜 인식방법을 그 자체로 엄밀하게 정립하려고 한 것이 스스로 함정을 파는 처사였다. 데카르트가 시작한 작업을 극단으로까지 밀고나가 독자적인 학문으로 확고하게 자리잡고자 한 철학은 순수성에 대한 환상과 엄밀성에 대한 과신 때문에 파멸되는 길에 들어섰다. 로티는 허무주의적인 파괴를 일삼는다고 비난해 마땅하지만, 철학의 허위를 스스로 파헤친 공적이 있다.

그러면 철학은 어떻게 해야 할 것인가에 관해서 먼저 로티의 견해를 들었다. 로티는 단일한 이론으로 다양한 현상을 포괄하려고 하는 무리한 의도를 버리고 문화적 상대주의 또는 역사적 상대주의를 받아들여야

---

479) 330~331면.

한다고 했다. 맥카시는 이에 대해서 동의하지 않고, 그것과는 다른 로너 간(Lonergan)의 견해가 타당하다고 했다. 각기 그것대로 소중한 다양한 지식에 관한 인식론적 통합(cognitive integration)을 이룩하고자 하는 로 너간의 노력을 지지하면서, 그 내용에 관해 자세한 논의를 폈다.

로너간은 인식론적 통합이 '통찰'에 의해 이루어진다고 했다. 통찰을 새로운 철학의 기본개념으로 사용하는 것은 내 생각과 같으면서, 통찰 을 이해하는 방식이나 내용에서는 상당한 거리가 있다. 로너간은 통찰 의 종류나 단계를 나누는 데 관심을 모으고, 통찰의 문제를 인식론의 범 위 안에서 다루어 통찰론을 통해 인식론을 재건하고자 했다. 그러나 나 는 통찰이 인식과 실천이 합쳐지는 영역이라, 실천에서 인식으로, 인식 에서 실천으로 나아가도록 하는 구실을 한다고 생각한다.

맥카시가 통찰에 관한 고찰을 정리한 명제 가운데 둘을 특히 주목할 필요가 있다. 하나는 통찰은 "개념화하고 판단하는 의도적인 행위의 근 거가 되는 원인이고 의도적인 기원이다"[480]라고 한 것이다. 다른 하나는 "사람이 행하는 인식론적 분석의 중심은 개념이나 명제 같은 지성의 산 물에 있지 않고, 그런 것들이 유래하는 근거가 되는 통찰의 행위에 있다 고 이해해야 한다"[481]고 한 것이다.

통찰을 그렇게 규정하면, 통찰과 이성은 先後·本末·體用으로 규정할 수 있는 차이가 있을 따름이다. 性·情의 관계와 같다. 통찰에 관한 논의 가 가시적인 영역인 이성을 두고 진행되는 것이 당연하다. 그런데 나는 '통찰'이 '이성'과 '감성'의 대립을 넘어선 더 넓은 영역이라고 본다. 통찰 과 이성의 기본차이는 通局이나 正偏에 있다고 한다. 이성을 믿고 거기

---

480) 272면. 원문을 들면 "They are the causal ground and intentional origin of the intentional acts of conceptualization and judgement"라고 했다.

481) 273면. 원문을 들면 "The center of human cognitional analysis should be held not by the logical products of intelligence, such as concepts or propositions, but by the underlying acts of insight from which they causally derive"라고 했다.

머무를 것이냐 통찰로 나아가는 각성을 이룩할 것인가 하는 것을, 나는 중대한 결단을 요구하는 과제로 삼는다.

로너간이 해체주의의 도도한 물결에 맞서서 인식론적 통합이 필요하고 가능하다고 한 것은 가톨릭신학의 관점에 섰기 때문이다. 일찍이 아퀴나스가 모든 사물은 신의 창조물이므로 궁극적인 특성이 동일하며, 사람은 신이 준 이성의 능력으로 그것들을 실상대로 인식할 수 있다고 한 견해를 재현했다고 할 수 있다. 불가지론을 넘어선 인식 능력을 가지고, 해체로 끝나지 않는 통합을 이룩하는 것은 신의 은총 덕분이라고 한 견해를, 사람은 통찰을 할 수 있다는 것으로 말을 바꾸어 재론했다고 볼 수 있다.

그렇다면 신의 은총은 자기가 노력해서 새삼스럽게 획득해야 하는 것이 아니므로, 통찰이 항상 일정하게 진행되고 있는 양상을 점검하는 것을 철학의 임무로 삼아 마땅하다. 그러나 나는 출발점이 달라서, 통찰을 이룩하는 깨달음을 문제삼고, 스스로 획득하고자 한다. 통찰은 자아각성과 역사창조를 위한 결단이 하나가 되어 내면과 외면이 합치될 때 얻을 수 있고, 학문을 하는 방향을 온통 바꾸어놓는 실천을 통해서 구현된다고 생각한다. 生克의 이치를 실천을 통해 구현하는 과업의 하나로 통찰을 이룩해야 한다고 본다.

라뤼엘은 아무런 종교적 전제 없이 이치를 그것대로 따져 새로운 철학을 하겠다고 했다. 고대그리스 이래의 유럽문명권 철학의 관습에서 철학을 해방시켜야 한다고 했다. 그러나 다른 문명권의 철학과 만나려고 한 것은 아니다. 기존의 논리에서 벗어나서 새로운 사고를 하고자 하는 노력을 자기 스스로 하기만 해서, 뜻한 것만큼 해방을 이룩한 것은 아니다. 라뤼엘이 전개한 주장을 유럽문명권에서는 마련하지 못한 차원 높은 논리에 따라 재론하면 한계를 밝혀서 넘어설 수 있다.

철학이 절대적인 진리를 독자적으로 추구하는 학문이라고 하거나, 사고의 규칙을 따지는 고유한 사명에 충실해야 한다고 주장해온 잘못을 시정하기 위해서, 철학의 기능을 재규정하는 획기적인 발언을 했다. 철

학은 무엇이든지 포괄할 수 있는 사고의 '도구'(matériau)임을 분명하게
해야 한다고 했다. 그것은 전적으로 타당한 견해이지만, 그 이유를 밝혀
논한 말은 복잡하게 얽혀 있기나 하고 선명하지 못하므로, 재론하지 않
을 수 없다.

인식의 주체는 대상 위로 뜨거나 대상 아래로 잠기면 대상과 분리되
게 마련이고, 뜨지도 않고 잠기지도 않은 상태에 있어야 대상과 합치된
다고 일찍이 元曉가 논한 이치를 되살리면 갈피를 쉽사리 잡을 수 있다.
뜨지 않고 잠기지도 않은 상태에서는 도구가 내용이고 내용이 도구이
다. 철학이 도구라고 하는 것은 철학은 0이어야, 1이나 2 또는 ∞를 담아
낼 수 있다는 말이다. 그래서 0과 1이 분리되는 것은 잘못이므로, 0이
1이고 1이 0이라고 해야 한다. 철학이 도구라고 하면 내용이 공허해진
다. 그런 결함을 시정하려면 철학은 도구이면서 내용이고, 내용이면서
도구라고 해야 한다.

철학의 방향을 돌려놓기 위해서는 다양한 형태의 '개방철학'(philoso-
phies ouvertes)을 내놓는 것만으로는 부족하므로 '비철학'을 하는 적극
적인 대책을 세워야 한다고 했다. 그것은 놀랄 만한 견해인데, 납득할
수 있게 제시했다. 비트겐슈타인(Wittgenstein)에서 데리다(Derrida)에
이르기까지 진행된 해체작업의 결과로 나타난 개방철학은 철학의 규범
을 파괴하는 데 그치므로, 긍정적인 대안이 필요해 비철학을 제창한다
고 한 주장이 타당성을 갖추었다.

비철학이 무엇인가 규정한 말 가운데 "비철학은 우리가 철학의 단일
성을 가지고 본다는 것일 따름이지만, 이런 관점이 신비적인 직관 노릇
을 하지 않고, 정확하고 질서 있는 규칙 노릇을 한다"[482]고 한 말이 있다.
이 말을 쉽게 풀이하면, 비철학은 모든 것을 하나로 포괄하는 철학의 구

---

482) 22면. 원문을 들면 "La non-philosophie est seulment ce que nous voyons
　　en-Un de la philosophie, mais cette 《vision》, loin d'être une intention myst-
　　ique, se formule en des règles et de pratiques aussi précises qu'ordonnés"라고
　　했다.

실을 하는 점에서 철학이면서, 사물의 실상을 있는 그대로 파악하는 데 방해가 되는 관념은 아니므로 철학이 아니라고 할 수 있는 양면이 있다는 뜻이다. 그러나 뜻하는 바를 안다고 해서 왜 그런가 하는 의문이 풀리지는 않으므로, 논의를 더 진전시켜야 한다.

이번에도 원효의 논법을 가져와 "철학은 철학이면서 철학이 아니어야 한다"고 말을 바꾸면 이치가 명확해진다. 이 명제는 둘로 나누어진다. 앞부분에서는 "철학은 철학이어야 한다"고 했는데, 그 명제는 모든 것을 포괄적으로 파악하는 철학의 작업이 계속 필요하다고 인정한다. 뒷부분에서는 "철학은 철학이 아니어야 한다"라고 했는데, 그 명제는 철학을 제대로 하기 위해서는 철학이라고 행세해온 기존의 관념이나 체계를 버려야 한다고 요구한다.

라뤼엘이 1은 "Un"이라고 하고, 2는 "Dyade" 또는 "contraires"라고 하는 용어를 사용해서 1과 2의 관계를 심도 있게 논한 것은 '비철학'이 철학임을 입증하는 의의가 있다 하겠는데, 그 내용을 수긍할 수 없다. "Unité-des-contraires"(모순통일)에서는 1과 2가 공존하고 있으므로, 2를 1에다 엄격하게 종속시킨 "Vision-en-Un"(단일관점)으로 나아가야 한다고 해서, 그 둘을 함께 인정할 수 없고 양자택일해야 한다고 한 것은 잘못이다. 그런 잘못을 시정하기 위해서 "1은 1이면서 2이고, 2는 2이면서 1이다"고 하는 것이 마땅하다.

라뤼엘이 철학의 실제적인 작업에 관해서 한 말도 경청할 만하다. 도구에 지나지 않게 된 철학은 그 자체에 관한 논의에 몰두하지 않고 세상만사를 실제로 총괄해야 한다고 했다. 진정으로 보편적인 철학을 해서 온 세계 사람들의 사고방식을 바꾸어놓아야 한다고 했다. 글쓰기 방법을 바꾸어 철학과 문학을 근접시켜야 한다고 했다. 그러나 새로운 글쓰기에 관한 논의가 미흡하고, 자기 자신의 실천이 수반되지 않았다. '비철학'에 관한 검토를 유럽문명권철학의 범위 안에 머무르고 있으면서, 철학 글쓰기의 통상적인 방법으로 전개했을 따름이다.

새로운 글쓰기에 관해서 "보편적인 비철학의 외형이라고 부르는 것은 철학이 예술, 문학, 소설과 시에 근접된 총체, 제한된 판정과 경제적인 배분의 총체로 이루어져야 한다"[483]고 한 것은 주목할 만한 발언이다. 그렇지만 말이 뒤틀려 있어 갈피를 잡아야 하는 수고를 하지 않을 수 없다. 철학이 문학의 표현법을 써야 한다는 것은 기존의 관념에서 벗어나서 진실을 생생하게 파악하고자 하기 때문이다. 그렇다고 해서 표현된 것이 관심을 끌어 손가락으로 달을 대신하지 말아야 하므로 어떤 언술이라도 "제한된 판정과 경제적인 배분"을 하는 것으로 그 구실을 한정해서 최소한의 관여를 해야 한다고 말하려고 했다.

그래도 그것이 무슨 까닭인가 분명하지 않으므로, 논의를 더 진척시키지 않을 수 없다. 말을 떠나야 진실에 이를 수 있지만, 말을 떠나도록 하려면 말을 하지 않을 수 없어, 離言眞如가 依言眞如라고 하는 원효의 지론을 재론의 출발점으로 삼을 만하다. 기존의 관념을 깨고 새로운 시야를 활짝 열 수 있는 충격을 주기 위해 말을 부인하는 말을 해야 하는 것이 글쓰기를 혁신하는 언제나 새로운 방법이다. 충격이 모자라 있던 병을 남기지 말아야 하고, 충격이 지나쳐 없던 병을 만들지 말아야 한다.

산트포스는 기존의 철학이 언어분석에 몰두하거나, 사고에 대한 논리적 해명에 머무른 것이 잘못이라고 했다. 그 때문에 인류역사의 핵심문제에서 벗어난 과오를 시정해야 한다고 했다. "철학이란 정당하게 인식하면 인류가 외적 및 내적 강제의 사슬에서 스스로 해방되는 역사적인 과정의 기본방향 이외의 다른 무엇이 아니다"[484]라고 하는 원칙을 재확인해야 한다고 했다. 그것은 전적으로 타당한 발언이지만, 어느 정도 설득력 있게 실현했는지 의문이다.

---

483) 35~36면. 원문을 들면 "C'est l'ensemble des rapports de la philosophie à l'art, à la littérature, au roman et à la poésie, l'ensemble de ces décisions restrictives et ces partages 《économiques》 qui devrait fair place à ce que nous appelons *l'Apparence non-philosophique universelle*"라고 했다.
484) 2면. 원문을 들면 "Die Philosophie ist, richtig verstanden, nichts als die Grundorientierung bei dem geschichtlichen Prozeß der Selbsbefreidung der Menschheit aus den Fesseln äußerer und innerer Zwänge"라고 했다.

지금 인류역사에 부과된 사명을 수행하는 철학을 해야 한다고 했다. 인류는 서로 협력하고 의사소통을 하는 것을 소중하게 여기면서, 남북의 격차, 생태계 파괴, 에너지 문제 등을 함께 해결해 세계사의 위기를 극복하는 지혜를 발휘해야 하므로, 철학의 구실이 과거 어느 때보다도 커졌다고 했다. 그래서 '세계화 시대의 철학'을 해야 한다고 주장했다. 그러나 시대 진단이 어느 정도 깊이 있게 이루어져 있는가 검토해보아야 한다.

그런 문제는 다른 여러 학문에서 일제히 다루고 있는데 철학에서 새삼스럽게 할 일이 무엇인가 하는 의문을 가질 수 있는 데 대해서, 철학의 연구과제 열 가지를 들어 응답했다. 철학의 작업은 총괄이론을 만드는 것임을 확인했다. 열 가지 과제에 "공간적으로 시간적으로 차등화되어 있으면서도 지구 전체의 범위 안에서 진행된 문화적 발전의 면모"[485]에 대한 탐구도 있다. "자연, 인간, 그리고 문화를 하나의 우주적 단일의미체 속에서 연결시키는 작업"[486]도 있다. 그런데 문제는 "무엇"이 아니라 "어떻게"에 있다. 철학은 그런 작업의 포괄내용보다 기본원리에 힘을 기울여야 마땅한데, 저자의 관심은 밖으로 나돌기만 했다.

유럽문명권 밖의 문화도 소중하게 평가해야 한다면서, 인도철학과 중국철학의 여러 유파에 관해 언급했다. 그런 철학을 이어받아 오늘날 인류가 당면한 문제를 해결하는 철학을 창조하는 데 활용한 것은 아니다. 그런 의도도 능력도 없다. 유럽문명권 철학의 안목으로 유럽문명권 사람들이 이해하고 있는 범위 안에서 다양한 측면의 역사를 개관한 것이 실제로 서술한 내용이다. 포괄하는 범위를 상당히 넓힌 인류문화사를 썼을 따름이고, 역사철학의 기본원리를 새롭게 정립한 것은 아니다.

역사 전개의 동질성과 이질성을 사실의 측면에서 알려주기나 하고,

---

485) 6면. 원문을 들면 "Eine räumlich und zeitlich differenzierte, aber globale orientierte Perspektive kutureller Sinneinheit"라고 했다.

486) 같은 곳. 원문을 들면 "Die Verknüpfung von Natur, Menschen und Kultur zu einer kosmischen Sinneinheit"라고 했다.

양자가 어떤 조건에서 어떤 관련을 가지는가 탐구하지는 않았다. 투쟁
과 화합은 어떤 관계를 가지는가 하는 문제에 대한 원론적인 검토는 하
지 않고, 투쟁은 바람직하지 않으므로 이제는 화합을 해야 한다고 했다.
오늘날 인류가 당면하고 있는 위기에 대한 진단과 해결에 관한 발언을
안이하게 했다.

철학의 위기에 대한 세계사적 진단을 하는 것이 철학의 소생을 위한
선결과제이다. 이에 대해서 내가 생각하는 바를 말해야 논의가 앞으로
나아간다. 유럽문명권의 근대철학은 대상에 대한 주체의 투쟁, 형이상학
을 밀어낸 변증법, 순환론을 거부한 발전론을 이룩해 근대화의 역군 노
릇을 하면서, 근대화의 자랑스러운 성과를 나누어 가지는 데서 소외되
어 고독한 학문이 되어 자기 성찰에 힘을 기울여야 하는 양면성을 지녔
다. 그러다가 사회 전반에서 근대화의 긍정적인 과업이 끝나자, 뒤의 성
향이 더욱 확대되어 시야가 좁아지고 논리구조가 해체되기에 이른 것이
철학의 위기이다. 유럽 밖의 여러 문명권도 유럽의 근대화를 따르다가
같은 지경에 이르러, 철학의 위기가 세계 전체로 확대되었다.

대상에 대한 주체의 투쟁, 형이상학을 밀어낸 변증법, 순환론을 거부
한 발전론을 반대방향으로 되돌리면 문제가 해결되는 것은 아니다. 그
래서 중세로 되돌아가자는 주장은 타당하지도 않고 실현 가능성이 없
다. 양극화되어 있는 것들의 구분 자체를 넘어서는 방안을 마련해 시야
를 넓히고 논리구조를 바람직하게 재건해 근대를 넘어서서 다음 시대로
나아가야 철학의 위기가 극복된다.

그렇게 하는 데 필요한 전환의 논거를 유럽문명권의 철학에서는 제시
하지 못하고 있으므로, 다른 쪽에서 나서야 한다. 근대화에서는 후진이
었던 곳이 근대 극복에서는 선진인 것이 당연한 이치이다. 나는 원효에
서 비롯한 生克論의 이치를 가져와 새롭게 가다듬으면서 사리가 그렇다
는 것을 입증하고, 다음 시대로 나아가면서 세계사를 새롭게 창조하는
지침을 마련한다. 그러면서 이치를 이치 자체로 따지기만 하면 공허해
지므로, 철학을 역사철학으로, 역사철학을 세계문학사의 역사철학으로

구체화해서, 0·1·2·∞를 연결시키는 작업의 실례를 보이고 있다.

위에서 라뤼엘의 견해를 검토하면서 "철학은 철학이면서 철학이 아니어야 한다", "1은 1이면서 2이고, 2는 2이면서 1이다"고 한 것이 모두 생극론의 명제이다. 생극론은 相克이 相生이고 相生이 相克인 원리이다. 상극 관계에 있는 쌍방이 둘로 갈라져 자기 주장을 관철하는 것이 상생이고, 상생을 이루는 쌍방이 하나가 되는 것이 천지만물의 기본원리이고, 역사전개의 법칙이며, 모든 종류의 창조를 이룩하는 방법임을 명시한다. 형이상학과 변증법, 주체와 대상, 중심과 변방 사이의 문제를 그런 방식으로 해결한다.

통찰이란 다름이 아니라 生克을 인식하고 실천하는 능력이다. 통찰보다 아래 단계의 이성에 머무르면 生克을 대상화해서 정태적으로 파악하는 탓에 生과 克을 갈라놓아, 생은 克이 아니고, 克은 生이 아니라고 하는 것을 피할 수 없다. 순수이성을 찾고자 하면 生과 克을 사고의 범주로 생각하는 데 머문다. 철학의 사명이 언어분석에 있다고 하면, 生 또는 克의 어느 양상을 미세하게 갈라놓고 더욱 정태적이고 평면적인 방식으로 살펴, 生이니 克이니 하는 것이 아무런 실질적 의미가 없는 언어유희에 지나지 않는다는 것을 밝히는 데 이른다. 그것이 철학의 위기이다. 학문의 자살행위이다.

철학의 위기를 극복하기 위해서 기존 철학의 한계를 넘어선 새로운 철학인 비철학을 하고, 모든 것을 통관해서 이해하는 통찰의 능력을 가지고, 인류역사의 방향을 다시 설정하는 지혜를 마련해야 한다는 것은 타당한 견해이다. 그러나 방향 전환의 당위론을 역설하고 있으면 문제가 해결되는 것은 아니다. 유럽문명권에서 조성해 전 세계로 퍼뜨린 철학의 위기를 극복하는 방안을 유럽문명권 안에서 찾으려다가 동어반복을 하고 마는 폐단을, 다른 문명권에서 획기적인 대안을 내놓아 청산해야 한다. 나는 그 과업 수행에 생극론을 가지고 참여하고 있다.

동아시아철학의 어느 한 전통을 오늘날의 문제를 해결하는 데 적용해서 만들어내는 이론인 생극론은 위에서 든 세 사람의 노력보다 한걸음 더 나아간 대안이다. 그러나 그것은 아직 미완성이고, 유일한 대안일 수는 없다. 동아시아에서도 다른 사람은 별개의 작업을 할 수 있다. 다른 여러 문명권에서도 각기 독자적인 대안을 제시할 수 있다. 그런 대안들은 또한 생극의 관계를 가져 다투면서 화합하는 것이 마땅하다.

그렇게 하기 위해서는 다양한 창조가 활발하게 이루어져야 하고, 서로 만나서 토론을 하는 광장이 마련되어야 한다. 지금의 형편은 그렇지 못해, 위에서 든 세 사람의 논의도 서로 알려지지 않고 있으며, 그 셋에 대해서 내가 전개하는 토론이 그쪽에 전달되기는 더욱 어렵다. 세계가 하나가 되었다는 정보화시대에 효용성이 아주 단명한 정보는 흘러 넘치는 대신에 인류의 미래를 창조하는 데 장기적으로 소용되는 정보는 구석으로 밀려나 고립되어 있다. 두 가지 정보의 운명에 대한 비교론을 역사철학의 관점에서 전개하는 것이 또한 긴요한 과제이다.

이성을 넘어서서 통찰로

이제 지금까지 모색한 바를 정리하면서 앞으로 나아갈 길을 제시하자. 《우리 학문의 길》에서 학문을 다시 시작해야 한다고 역설하고, 《한국의 문학사와 철학사》의 〈生克論의 역사철학 정립을 위한 기본구상〉과 《인문학문의 사명》의 〈과학과 통찰을 아우르는 학문〉에서 새로운 학문을 위한 구상의 일단을 각기 제시한 성과가 이 글에서 하나로 모아지고 발전된다. 《카타르시스·라사·신명풀이》와 《동아시아 구비서사시의 양상과 변천》에서 추가로 작업한 성과를 가져오고, 이 책에서 편 논의를 보태서 다시 종합해서 그럴 수 있다. 여러 국면에서 많은 단계를 거쳐 시도해온 철학창조를 여기서 한 차례 결산한다.

논의를 시작하는 화두는 이성이다. 철학은 이성의 학문이라고 하기 때문이다. 이성이라는 말은 철학논설의 범위를 넘어서 세상에서 널리 통용되고 있다. 이성이란 언제나 좋은 뜻으로 쓰는 말이다. 최상의 처방으로 통한다. 세상이 혼란할수록 이성을 가지자고 한다. 이성은 감성과 반대되는 개념임을 명확하게 인식하고 그런 말을 한다. 감성에 사로잡혀 들뜨지 말고 이성을 되찾아 차분하게 생각하라고 한다.

그러나 사태를 판단하는 데는 이성이 필요하지만 행동하는 것은 이성의 소관인가 의문이다. 이성을 가진다는 말은 행동을 보류하고 물러나서 관찰한다는 말이다. 함부로 움직이지 말고 행동을 보류하라는 충고가 이성을 가지라는 것이다. 행동을 하기 위해서는 감성을 배격하지 말고 이성과 감성을 합쳐야 하는데 그 일도 이성이 담당하는가? 이성과 감성의 관계가 문제의 핵심이다.

동아시아에서는 사람의 마음을 體用의 관점에서 논해 性情을 구분했는데, 유럽에서는 사람의 마음을 작용의 방향으로 갈라 智·情·意 또는 이성·감성·덕성을 나누었다. 用에 대해서 더욱 큰 관심을 가지고 用의 실상을 세분한 것은 공적이다. 그렇게 해서 덕성을 관장하는 종교의 간섭을 배제하고 이성의 탐구가 진행될 수 있게 하는 논거를 마련한 것은 적절한 선택이었다. 그 점에서 칸트는 커다란 기여를 했다. 그러나 갈라놓은 것을 각기 숭상하기만 하고, 합칠 수는 없어 심각한 사태가 벌어졌다. 그것은 한때의 발전이 다음 시기에는 질곡이 되는 좋은 사례이다.

위에서 이미 살핀 볼테르나 디드로, 그리고 루소 같은 18세기 계몽철학자들은 이성을 존중하면서도 이성에 매이지 않았다. 이성 이상의 것, 이성 밖의 것을 이성과 함께 활용하는 총체적인 작용을 통해서 잘못된 세상, 그릇된 사고를 비판하고 마땅한 대안을 찾았다. 그때는 이성이 역사발전을 위한 활력 노릇을 했다.[487]

그런데 칸트는 이성을 따로 분리시켜야 철학을 할 수 있다고 해서, 마음의 총체적인 작용을 무시하는 잘못을 저지르고, 이성을 무력하게 했다. 감성이나 상상력을 배제한 이성을 도식적으로 분류하는 체계를 만

---

487) Ernst Cassirer, *The Philosophy of the Enlightenment*(Boston : Beacon, 1955), 13면에서 그렇게 말했다.

드는 데 치중해 모든 사고가 평면화되고, 경직되고, 폐쇄되게 했다. 세상
과 맞설 용기나 능력이 없어 그런 비겁한 짓을 했다는 비판을 들어 마땅
하다.[488]

칸트는 그렇게 해서 철학을 망치고 학문을 그릇되게 했다. 학문을 한
다는 사람이 의심하면서 깐죽거리는 것을 능사로 삼아, 다른 사람들이
하는 일에 대해서 시비를 걸거나 하고, 자기 자신은 아무런 창조적이고
생산적인 작업은 하지 않는 것을, 학문을 하는 가장 고결한 자세라고 하
는 것을 흔히 본다. 학문은 오직 이성으로 하는 것이라고 믿고, 이성을
다른 정신활동에서 분리시키고자 한 탓에 그렇게 되었다.

칸트처럼 이성·감성·덕성을 나누어놓기만 하고 합칠 수는 없으면 이
성에서 통찰로 나아가는 통로가 막힌다. 그래서는 학문뿐만 아니라 다
른 어떤 일도 제대로 이루어지지 않는다. 통찰로 나아간다는 것이 예사
사람으로는 생각할 수 없는 득도라고 여기지 말자. 일상생활에서도 통
찰이 필요하다. 모든 행동은 통찰을 요구한다. 이성과 감성, 이성과 덕성
을 합치는 일은 이성이 담당할 수 없고, 그 상위에 있는 통찰의 소관사
이다.

이성과 감성, 이성과 덕성을 합치는 일은 그 상위의 통찰의 소관사라
고 한 말은 이성과 감성, 이성과 덕성을 합치면 통찰이 된다고 하는 것
으로 바꾸어 이해하지 말아야 한다. 통찰이 무엇인가 알고자 하면 그 성
분을 분석하면 된다는 것은 이성의 영역인 과학에 매몰되어 있는 근시
안적 사고이다. 삼차원에서 쓰는 자로 재서 사차원의 생김새를 판별하
자는 것만큼이나 어리석은 짓이다. 그렇게 하지 말고 사차원에서 삼차

---

488) Hartmund Böhme and Gernot Böhme, *Das Andere der Vernunft : Zur
Entwicklung von Rationalitätsstrukturen am Beispiel Kants*(Frankfurt am
Main, 1985)에서 그런 논의를 자세하게 폈다. James Schmidt ed., *What is
Enlightenment? Eighteen-Century Answers and Twentieth-Centry Questions*
(Berkeley : University of California Press, 1996)에, 그 책 일부의 영역 "The
Battle of Reason with the Immagination"이 역자 Jane Kneller의 논문 "The
Failure of Kant's Imagination"과 함께 수록되어 있다.

원을 내려다볼 수 있게 되기를 바라고, 삼차원에서 사차원을 올려다보기 위해서 노력해야 한다.

이성의 언어를 사용해서 통찰에 대해서 직접 서술할 수는 없다. 불교에서는 깨달은 경지를 不立文字라 하고, 힌두교에서는 一字無識이라야 성자가 될 수 있다고 한 것이 그 점을 이른 말이다. 그렇다고 해서 침묵을 하고 있는 것이 능사가 아니다. 以心傳心 이외의 다른 길은 없다고 하는 것도 무책임한 처방이다. 그렇게 해서는 이성을 배격해 "통찰은 이성을 포함하고 더 넓게 열려 있는 무엇이다"라고 하는 명제를 무너뜨린다. 사차원에 대해 이해하려면 삼차원에다 한 차원을 더 보태야 하는 줄 모르고, 사차원은 삼차원과 다르다는 이유에서 삼차원을 부정하는 것을 능사로 삼을 수 없다.

중세후기의 사상가 가잘리, 라마누자, 아퀴나스는 통찰은 "이성＋신앙"이라고 했다. 이성을 포함한 더 넓게 열려 있는 무엇을 이성과 신앙의 결합에서 찾으려고 한 것이 그 시대로서는 가장 적절한 방법이었다. 이성은 개별적인 사안이나 다루면서 움츠려 있기만 하고, 신앙은 함부로 비약하기나 하는 양쪽의 잘못을 한꺼번에 해결해야 통찰로 나아가는 길이 열리기 때문에 그렇게 말했다. 그 과업은 뜻한 바대로 성취되지 못하고, 시대가 달라졌다. 그런 줄 알면, 지금 우리가 같은 말을 되풀이할 수 없다.

우리는 우리 시대에 해야 할 일을 하면서 앞 시대에 이루지 못한 소망까지 실현해야 했다. 지금은 이성과 신앙의 분리보다 이성과 감성의 상반이 더 큰 문제거리이다. 신앙의 시대가 감성의 시대로 바뀌어서 새로운 착오가 일반화되었다. 이성은 감성을 배격하고 감성은 이성을 배격해서 둘 다 그릇되는 잘못을 시정해서 통찰을 향해 나아가는 길을 여는 것이 이 시대의 절박한 과제이다. 그래서 "이성＋감성"에서 통찰을 찾아야 한다.

"이성＋신앙"이던 통찰이 "이성＋감성"으로 바뀌었다니, 이 무슨 이상한 말인가? 통찰의 구성성분이 왜 경우에 따라 변하는가? 아니다. 우리는 통찰에 바로 다가갈 수 없다. 이성과 다른 무엇을 하나로 하면서 통찰을 향해 나아가는 길을 시대의 여건에 따라 다르게 마련하는 것이 잘못이 아니다. 통찰은 불변한데 거기 이르는 길은 각기 다르다고 할 것도 아니다. 통찰은 고정된 실체가 없다. 그릇된 생각을 떨치는 것이 바로 통찰이다.

그릇된 생각, 막힌 식견, 잘못된 고집이 모두 통찰과는 반대가 된다. 그런 것을 한마디로 일컬어 '우둔'이라고 할 수 있다.[489] 이성과 신앙이 별개의 것이라고 한 것이 중세의 우둔이라면, 이성과 감성을 갈라놓는 것이 근대의 우둔이다. 그 시대의 우둔을 척결해야 그 시대의 통찰을 얻는다. 우둔은 시대적 한계를 지니지만, 통찰에서는 그 시대의 통찰이 바로 그 시대의 한계를 넘어선 통찰이다. 그런 줄 모르고 통찰 또한 시대적인 한계가 있다는 것도 우둔이고, 통찰에는 시대를 초월한 고정된 실체가 있다고 여기는 것도 우둔이다.

이성과 감성은 가로로 나누어져 있다면, 통찰과 우둔은 세로로 나누어져 있다. 여기서 이성과 덕성에 관해서는 말하지 않고, 이성과 감성만 문제삼는 이유는 이성과는 구별되는 마음의 작용 가운데 감성을 대표적인 본보기로 들고자 하기 때문이다. 대표를 내세워야 논의가 필요 이상 복잡해지지 않도록 막을 수 있다. 덕성뿐만 아니라, 상상력·직관·영감·꿈 같은 것들이 모두 문제가 될 수 있다. 그런 것들이 감성의 영역에 속하는가 아니면 별개의 것들인가 밝혀 논하려고 길을 멈출 수는 없다.

수많은 개념을 구분하고 분류하는, 힘들면서 성과 적은 수고를 생략하고, 지금 당면하고 있는 가장 긴요한 과제인 철학과 문학을 합치는 작업에 바로 들어갈 수 있어야 한다. 그렇게 하자면 이성은 철학의 소관이

---

489) 김헌선 교수는 이 책의 원고를 평가한 글에서 元曉가 《金剛三昧經論》 제6 〈眞性空品〉에서 "利·鈍"으로 사람의 능력을 나눈 것을 "우둔" 개념을 설정하는 원천으로 삼으라고 했다. 그러나 그 일은 내가 하지 않고, 후속연구의 과제로 남겨 둔다.

고, 감성은 문학의 소관이라고 구분하는 관습을 깨야 하므로, 이성과 감성의 구분을 문제삼아야 한다. 불분명한 것들이 많다는 이유에서 분명한 것에 관해서도 말하기를 자제하는 태도는 어리석다. 통찰과 우둔, 이성과 감성의 두 축은 직각을 이루면서 교체되어 있다고 명확하게 말할 수 있다. 그래서 다음과 같은 도표를 얻는다.

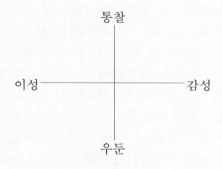

이 표를 제대로 이해하려면, '통찰'과 '우둔'은 '性'과 '情'과 어떤 관계를 가지고 있는가, 이 문제를 먼저 다루어야 한다. 性은 이성이고, 情은 감성이라고 착각하지 말아야 한다. 性과 情은 세로로 구분되고, 이성과 감성은 가로로 구분된다. 性이 각성되어 情으로 발현되는 것이 통찰이다. 性이 각성되지 못하고 情이 발현되는 것이 우둔이다.

양쪽 모두 나타나는 것은 情이지만, 통찰에서는 性과 情이 하나가 되어 있고, 우둔에서는 情이 따로 논다. 그렇기 때문에 통찰에서는 자기와 세계의 관계를 통괄해서 이해하고, 우둔에서는 그렇지 못해 차질을 빚어낸다. 그런 근거에서 "性情을 통괄하는 통찰"과 "情에 머무르는 우둔"을 구분한다.

性과 情의 구분을 통찰과 우둔의 구분으로 바꾸어놓는 것은 반드시 필요한 혁신이다. 전에는 情이 함부로 움직이지 못하도록 제어하기 위해서 마음의 고요한 바탕인 性을 자각하자고 해서 性情論을 전개했다.

도덕적 자각이 무엇보다도 소중하다고 여겨 그렇게 말했다. 情이 情만인 줄 아는 우둔에서 벗어나 性이 발현되어 情으로 나타난 줄 아는 것이 통찰이라고 하는 지금의 논의에서는 도덕적 자각보다 인식상의 각성을 더욱 중요시한다.

사람의 마음을 가로로 나누는 유럽 근대철학의 폐단을 시정하기 위해서 사람의 마음을 세로로 나누는 철학으로 되돌아가야 하는 것은 아니다. 그 둘을 합쳐서 하나의 체계를 만드는 것이 이치에 합당하고 또한 오늘날 당면한 문제를 해결하는 데 유익하다. 학문일반론을 바람직하게 정립하는 일과 문명의 충돌을 일으키는 불필요한 충돌을 해결하는 일을 함께 할 수 있는 길이 거기 있다. 性과 情의 구분론을 통찰과 우둔에 관한 논의로 바꾸어놓아 세로축을 다시 설정했으므로 그럴 수 있다.

세로축의 통찰과 우둔, 가로축의 이성과 감성은 따로 놀지 않고 서로 긴밀한 관계를 가진다. 이성을 돌보지 않고 감성만 가지고 사리를 판단하거나 행동하는 것이 우둔이다. 그 반대로 감성은 배제하고 이성만 내세우는 것은 우둔이 아닌가? 그것 또한 우둔이다. 그 자체의 제한된 범위 안에서는 우둔이 아닐 수 있어도, 전체적으로 보면 우둔이다. 우둔한 줄 모르는 것이 우둔의 가장 큰 특징이다. 감성을 배제한 이성만 가지고 학문을 하겠다고 하는 것은 우둔이 우둔인 줄 모르는 우둔의 좋은 본보기이다. 이성을 배제하고 감성만 가지고 예술을 하겠다는 것은 그 반대쪽의 우둔이다.

이성은 우둔의 차원에 머물러 있으면 통찰과 상반되는 것 같다. 이성의 산물인 과학은 통찰과는 다른 작업을 한다고 할 수 있다. 통찰은 종합과 연역을 측정 가능하지 않은 영역에서 수행하지만, 과학은 분석과 귀납을 측정 가능한 영역에서 수행한다는 등의 비교론을 전개할 수 있다.[490] 통찰은 종교에서 말하는 득도로 얻는다고 하는 경우에는 이성이나 과학과 더욱 거리가 멀어진다. 이성으로 하는 과학을 넘어선다고 하

---

490) 《인문학문의 사명》, 300~310면에서 그렇게 했다.

면서 거부하는 것이 종교적인 통찰의 특징이므로, 양자를 비교해서 논하는 수고를 할 필요가 없다.

이성  통찰

　위와 같이 그린 도표에서 이성과 통찰의 거리를 가깝게 이해할 수도 있고, 멀리 이해할 수도 있다. 그것 때문에 시비를 벌일 수 있다. 그러나 그것은 헛된 시비이다. 진실을 이성과 함께 찾으면서 학문을 하는 통찰과, 이성을 버리고 득도의 길을 찾는 종교적인 통찰 가운데 어느 쪽이 잘나고 못났는가 가리는 것은 어리석은 짓이다. 통찰이 이성이 하는 일에 관여하는 정도만으로는 학문이 제대로 되지 않는다. 득도를 하려면 이성을 멀리해야 한다는 망상에 대해서는 특히 가잘리나 아퀴나스가 앞장서서 이미 충분히 비판했다.
　과학이 통찰과 경쟁해서 이기려고 하지 말고, 통찰이 과학을 공연히 내려다보려고 하지도 말고, 과학과 통찰을 아우르는 학문을 해야 한다. 그 경우에는 통찰을 배제한 저차원의 이성이 통찰을 갖춘 고차원의 이성으로 바뀐다. 이성을 멀리하는 공허한 통찰이 이성을 받아들여 실질적인 의의를 가진 통찰로 바뀐다. 그 결과가 이성의 승리인지 통찰의 승리인지 판가름할 필요는 없다. 둘 다 이겼으므로 졌고, 졌으므로 이겼다.
　양자의 통합을 이성이라고 하지 않고 통찰이라고 하는 것은 통찰의 승리를 공인하는 처사가 아니다. 통찰은 우둔과는 다른 쪽에 자리를 잡고 있기 때문에, 이성이 그쪽으로 올라갔다고 하는 것이 통찰이 이성 쪽으로 내려왔다고 하는 것보다 낫다. 이성만 올라가지 않고 이성과는 반대쪽에 있는 감성도 올라가서 이성과 감성이 통찰에서 만난다. 그렇게 해야만 공허한 통찰이 실질적인 의의를 가진 통찰이 될 뿐만 아니라 추상적인 개념에 머무르던 통찰이 생동하는 능력을 발휘하는 통찰로 된다. 그 점을 분명하게 하기 위해서 도표를 다시 그려야 한다. 처음 그린

도표의 가로축은 세로축 위에서는 합쳐지고, 아래에서는 갈라진다. 도표를 다음과 같이 고쳐 그리는 것이 합당하다.

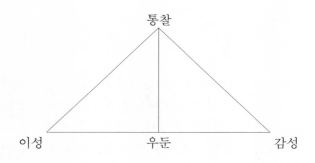

이 표에 의해서 학문과 예술을 살피면, 다음과 같은 구분이 가능하다.
통찰＋이성＝창조하는 학문
통찰＋감성＝창조하는 예술
우둔＋이성＝창조 없는 학문
우둔＋감성＝창조 없는 예술

이성과 우둔을 합치는 학문을 그만두고, 이성과 통찰을 합치는 학문을 해야 학문의 필수적인 요건인 창조력이 발현된다. 예술 또한 그렇다. 우둔한 예술을 그만두고, 통찰을 지닌 예술을 해야 한다. 우둔한 학문은 우둔한 예술과 거리가 멀지만, 통찰을 지닌 학문은 통찰을 지닌 예술과 가깝다. 둘의 거리가 멀수록 우둔이 심해지고, 가까울수록 통찰이 커진다. 둘의 관계가 아주 가까워져 마침내 하나가 되는 경지에 이르러 학문과 예술을 나누는 징표인 이성과 감성이 하나가 되는 것이 공동의 목표이다.

이성과 감성, 학문과 예술, 철학과 문학을 통합해 통찰을 이룩하고자 하는 목표를 설정하면, 유럽문명권 근대학문을 넘어서야 하는 이유가 분명해진다. 유럽문명권의 근대사는 이성을 개발해서 과학을 발전시킨 역사이다. 예술이나 학문을 하는 활동 자체는 반드시 그랬다고 할 수 없지만, 그 이론적인 지침은 계속 빗나갔다. 이성을 감성과 분리시키려고 하는 어리석은 짓을 해서 통찰과 멀어지게 했다. 그래서 인류의 타락을 촉진했다. 이제 그 잘못을 바로잡아야 한다.

그 경과를 좀더 자세하게 살펴보자. 칸트보다 먼저 데카르트가 그렇게 하는 길로 들어서서 유럽근대철학사를 그릇되게 이끌었다. 헤겔이 나타나 이성적인 것은 현실적이고 현실적인 것은 이성적인 것이라고 하고, 마르쿠제는 혁명적 이성을 내세웠다. 그러나 다른 한편에서 이성의 파괴가 계속 일어나다가, 마침내 포스트모더니즘이라는 것이 대두해서 이성의 몰락을 더욱 촉진하고 있다.

철학을 통찰의 학문이라고 하지 않고, 이성의 학문이라고 하면서, 철학은 다른 학문과는 구별되는 독자적인 영역과 방법이 있어야 한다고 한 것이 망상이다. 칸트가 이성 그 자체가 무엇이며 무엇을 할 수 있고 또한 무엇을 할 수 없는가 점검하는 자기 비판을 하고자 한 것이 그 때문에 빚어진 불행한 사태였다. 이성과 통찰의 관계를 파악하기 위해서 이성이란 무엇인가 하는 한 단계의 고찰에서 그런 일을 하는 것은 필요하다고 하겠으나, 거기서 더 나아가 본론을 전개하지 않아 철학을 무력하게 하고 무용하게 했다.

칸트가 철학에는 (가) 순수이성 비판, (나) 형이상학, (다) 경험적 철학의 세 영역이 있다 하고, (가)에서 (다)까지 한 단계씩 나아가겠다고 한 것은 적절한 방향처럼 보인다. 그러나 (가)에 머무르다가 말았다. (가)를 따로 독립시킨 것, (가)를 우선적인 과제로 삼은 것이 잘못이다. 그래서 철학이 망했다.

철학의 역사를 다시 되돌아보면, 중세까지의 철학에서는 칸트가 말한 (나)가 철학의 기본관심사였으며, 중세에서 근대로의 이행기에는 칸트가 말한 (다)에 관해서 풍부한 고찰이 이루어졌다. 朴趾源이나 安藤昌益, 볼테르나 디드로가 그런 일을 했다. (나)의 철학은 시와, (다)의 철학은 서사적인 산문과 각기 밀접한 관련을 가진 것을 살펴보았다.

그런데 이제 그 둘을 버려두고 (가)부터 철저하게 해야 한다면서 문학창작과는 거리가 먼 논리적 진술의 산문을 써서 철학이 자기 본영역을 찾아 잡스럽지 않고 순수한 철학을 마련했다고 자부하다가 철학이 자멸의 길에 들어섰다. (나)의 체계를 계속 신용할 것인가, (다)에서 제기한 문제를 어떻게 해결해야 할 것인가 하는 절박한 과제를 외면하고 철학의 순수한 영역을 찾은 것은 시인들이 순수시를 지어 언어 그 자체를 연마하기나 하고 인생론의 수많은 문제는 외면하는 것만큼이나 어리석다.

칸트가 (나)에 대해서 말하지 않은 것은 기존의 형이상학에 대한 불신을 의미한다. 정면에서 비판할 수 없으니 묵비권을 행사한 셈이다. 그러나 중세에 이루어진 (나)의 형이상학은 불신되고 말 것이 아니다. 이성을 넘어선 통찰을 찾아내서 해명하고 체득하고 사용하고자 한 노력은 계속 값지다.

헤겔이 칸트의 철학이 "공허한 도식"이라고 하고, 자기는 (나)와 (다)의 문제까지 한꺼번에 해결하는 변증법을 대안으로 제시한 것은 획기적인 처사이다. 변증법은 실제의 세계와 정신 양쪽에 다 있어, 그 둘을 하나로 하는 '세계정신'을 생각해낸 것은 더욱 주목할 만한 발전이다. 그러나 세계정신을 이성이라고 하기만 하고, 이성 이상의 무엇은 인정하지 않았다. 필연만 있고 우연은 없고, 논리만 있고 비약은 없는 저급한 차원에 머물렀다.

그 점은 변증법이 투쟁의 철학이기만 하고 화합의 철학은 아니며, 극복의 철학이고 생성의 철학은 아니며, 2의 철학이기만 하고 1의 철학은 아닌 일면성과 표리관계에 있다. 그래서 변증법에 대한 대안을 生克論에서 마련해야 한다. 이성의 철학인 변증법을 넘어서서 이성에서 통찰로 나아가는 철학을 생극론에서 개척해야 한다.

통찰을 찾으려고 한 중세철학의 노력은 칸트의 순수이성비판에서 묵비권을 사용한 간접적인 비판으로 타격을 받지 않았을 뿐만 아니라, 헤겔의 변증법 때문에 효력을 상실한 것도 아니다. 이성의 차원에서 통찰의 차원으로 나아가고자 한 라마누자·가잘리·주희·아퀴나스의 공통된

소망은 계속 소중한 의의가 있다. 그렇다고 해서 중세철학으로 되돌아
가자는 것은 아니다. 그 네 사람의 소망은 뜻대로 실현되지 못했다. 실
패에서 교훈을 찾기 위해서 연구대상으로 삼아야 한다.

실패한 이유가 무엇인가? 이성에 관해서 논리적으로 시비하는 것을
일삼기나 하면서 통찰을 염원하고, 이성과 감성을 합쳐서 통찰로 나아
가는 더 넓은 길은 택하지 않은 데 있다. 그래서 단테·아타르·카비르·정
철 같은 시인들은 이성에 치우친 폐단을 감성으로 시정하려고 했지만,
그렇다고 해서 이성과 감성을 합칠 수 있었던 것은 아니고, 통찰로 나아
가기에는 역부족이었다.

이성을 존중하면서도 이성의 효능을 실제로 보여주는 과학의 발달이
아직 저급한 단계에 있어, 이성에서 통찰로 나아갈 수 있다고 확신하지
못했다. 종교적인 초월이 통찰의 근거가 된다고 한 것이 더 큰 장애였다.
그 때문에 근대과학주의자들의 불신을 받은 것은 명예회복을 해야 마땅
하다고 하더라도, 이성과 통찰을 합치는 학문의 길을 찾는 데 바로 도움
이 되는 유산을 남기지 못한 한계는 인정해야 한다.

통찰은 이성과 감성을 넘어선 차원이어서 거기 도달하려면 비약을 거
쳐야 한다는 것은 타당하다. 그러나 그 비약이 신앙에 의해 보장된다고
한 견해에는 이제 동의하기 어렵다. 라마누자·가잘리·아퀴나스는 신이
인간에게 부여한 능력을 신을 믿는 종교행위에 의해 통찰이 발현될 수
있다고 하는 생각을 가지고서 문제를 해결하려고 했다. 그래서 이성의
차원과 통찰의 차원에는 단절이 있고, 단절을 넘어서려면 비약을 거쳐
야 한다고 했다.

힌두교철학자인 라마누자는 브라흐만과 아트만의 일치를 기본전제로
삼았으므로 그런 단절을 인정하지 않은 것 같으나, 아트만을 발현하기
위해서는 종교적인 비약을 거치지 않을 수 없다고 했다. 사람 밖에 있는
신이든 사람 안에 있는 신이든 신을 인정하지 않은 주희는 통찰로 나아
가기 위해서는 종교적인 비약을 거쳐야 한다고 하지는 않았으나, 그 대
신에 豁然貫通이라고 일컬은 통찰에 이르는 길을 분명하게 제시하지 못

했다. 그런 한계를 극복해야 새로운 길이 열린다.

볼테르가 모든 종교의 차이를 넘어선 보편적인 종교를 함께 받들어야 한다는 관용주의를 내세운 것은 위로 향하는 종교를 아래로 돌린 혁신이다. 홍대용과 박지원이 동물이든 사람이든 자기와 남을 '內外'로 구분하는 것이 당연하므로 서로 인정해야 한다 하고, 安藤昌益은 상하와 남녀의 차등이 '互性'으로 이해되어야 한다고 한 것 또한 통찰 추구의 역사에서 획기적인 의의를 가진다. 논리와 경험, 이성과 감성을 아울러서 현실에서 원리를 찾아내는 비약을 이룩했다.

그러나 그 성과는 아직 산발적이고 모호해서 대폭 보완이 필요하다. 사리를 더욱 분명하게 하는 작업을, 폭을 넓혀 다시 하기 위해서 나는 生克論을 전개하고 있다. 生克을 이룩하는 陰陽은 內外와 互性의 관계를 가질 뿐만 아니라, 生이 克이고, 克이 生임을 말해준다. 조화가 갈등이고, 갈등이 조화이다. 화합이 투쟁이고 투쟁이 화합이다.

천지만물이 生克의 이치를 가진다는 것은 이성으로 사고해서 얻은 결론일 뿐만 아니라 감성으로 느껴 체득할 수 있는 바이다. 철학논술뿐만 아니라 예술행위를 통해서 아주 잘 나타나 있다. 동시대의 두 가지 산물인 崔漢綺의 철학과 탈춤이 서로 다른 언어를 사용해서 함께 보여주었던 것을 《카타르시스·라사·신명풀이》에서 밝혀 논했다. 최한기는 예술을 논하면서 철학을 전개하고, 탈춤은 예술행위를 진행하면서 철학을 구현했다.

최한기의 철학과 탈춤의 예술을 견주어보면, 生克의 원리를 탈춤쪽에서 더 잘 구현하고 있다. 사변보다는 행동이, 철학논술보다는 예술표현이 사상창조를 위한 한층 바람직한 방법임을 말해준다. 그러나 예술표현에 나타나 있는 사상을 찾아내서 밝히기 위해서 철학의 개념과 논리를 사용하지 않을 수 없다.

탈춤의 원리인 신명풀이를 다른 시대, 다른 문명권 연극의 원리와 비교해보면, 그 차이점이 선명하게 나타난다. 카타르시스는 2를, 라사는 1을 말하는 예술원리인데, 신명풀이는 1이 2이고 2가 1이라고 하는 예술

원리이다. 카타르시스에서는 갈등을 나타내고, 라사에서는 조화를 말하는데, 신명풀이에서는 갈등이 조화이고 조화가 갈등이라고 한다. 철학사상의 유산을 비교하기만 해서는 이처럼 선명한 결과를 얻을 수 없다.

철학논술은 살아가는 데 물질적이거나 정신적인 여유가 있는 상층지식인이라야 마련할 수 있다. 살아가기 위해서 고난을 겪는 하층민이나, 글을 쓰고 읽는 문자생활에 들어서지 못한 민족은 이룩하지 못한다. 그러나 예술행위는 어떤 어려움을 겪는 사람에게도, 글을 모르더라도 반드시 필요하다. 철학논술은 소유주가 한정되어 있지만, 예술행위는 누구에게나 개방되어 있는 철학이다.

구비철학을 인정하고 평가하는 것은 당연한 일이다. 그러나 구비문학에서 철학을 뽑아다 쓸 생각을 하지 말고, 구비문학 자체가 구비철학이라고 해야 한다. 철학은 말로 이루어진 것만은 아니다. 구비문학이 아닌 예술행위도 그 자체가 철학이라고 해야 한다. 그래서 문학론을 철학론으로 전개하고, 철학론을 문학론으로 전개한다.

《동아시아 구비서사시의 양상과 변천》에서 다룬 자료는 철학의 저층을 확인하는 데 소중한 의의가 있다. 억압된 민족이 서사시를 더욱 풍부하게 이어오고 적극 재창조했다. 그 서사시를 통해서 자연과 생명체, 사람과 다른 생명체, 사람과 사람 사이의 문제를 다각도로 풍부하게 논의해서 각자 자기 철학을 이룩했다. 그러면서 정치적인 승패와 서사시의 흥풍이 표리관계를 가지는 사실을 근거로 생극론의 역사철학을 정립할 수 있게 했다. 승리는 패배이고 패배는 승리이며, 선진은 후진이고 후진은 선진이다. 천지만물의 이치가 그렇다는 사실을 구비서사시의 역사에서 발견해서 역사 일반으로 확대해서 이해할 수 있다.

철학을 독립된 분과학문으로 만든 것이 유럽근대학문의 실책이다. 모든 학문이 독립되더라도 철학은 독립학문이 되지 말고, 그 총체를 관장하는 학문학의 임무를 수행했어야 했다. 동아시아 또는 다른 비유럽문명권의 전통학문은 독립된 분과학문이 발달하지 않은 폐단이 있고, 유럽의 근대학문은 총괄학문이 없는 폐단이 있다.

개별학문이 발달하지 못한 것에서는 지식이 전문화되지 않아 실제적인 문제를 구체적으로 다루는 데는 지장이 있다. 그렇지만 총괄학문을 잃어버린 쪽에서는 개별학문이 어떻게 분화되고 어떻게 뻗어나는지 알지 못해 이성과 우둔을 결합시킨다. 분과학문의 하나가 된 철학은 철학이 무엇이며 왜 필요한가 하는 공연한 논의만 길게 벌여 도리어 철학의 무용함을 증명하는 결과에 이르고, 순수이성이니 논리니 방법론이니 하는 것을 그 자체로 추궁하면서 내용이 없는 형식만 따진다.

현상학이니 논리적 실증주의니 하는 것이 유행하면서 철학의 창조활동은 중단되고 고갈되었다. 논리를 지나치게 따지고 개념을 너무 번다하게 구분하는 탓에 난삽한 글을 써서 독자를 멀리한다. 사변철학이 그런 길로 들어서서 자살을 하는 동안에 철학이 없어도 그만이라는 생각이 널리 퍼져 다른 학문에서는 이치의 근본을 따지지 않는 학문을 하려고 하는 것이 또한 깊이 우려해야 할 폐단이다. 어떤 학문이든 그 자체로 철학이며, 예술창작이나 사회활동도 그 자체로 철학인 줄 모르게 된 것이 커다란 불행이다.

이제 그런 잘못을 시정하기 위해 우리가 분발해야 한다. 분과학문이 발달되지 않은 폐단을 유럽문명권의 근대학문이 밀어닥쳐 해결했다. 이제 유럽근대학문에 총괄학문이 없는 폐단을 다른 문명권에서 해결하기 위해 분발해야 마땅한 보답을 한다. 그 일을 하는 것이 生克論을 이룩하는 통찰학문의 임무이다. 통찰학문이 곧 통찰예술이고 또한 통찰실천이게 하는 더 큰 목표를 향해 나아가면서, 우선 학문에 관한 작업에서 시급하게 필요한 일을 하는 데 힘쓰기로 한다.

사람의 마음을 세로로 나누어 性·情을 구분하는 데서는 총괄학문만 있고, 사람의 마음을 가로로 나누어 知·情·意를 나누는 데서는 개별학문만 있는 것이 어쩔 수 없는 일이다. 사고의 구조와 학문의 편제가 정확하게 일치한다. 이제 사람의 마음을 세로로도 나누고 가로로도 나누어 통찰과 우둔, 이성과 감성의 관계를 분명하게 하는 것이 총괄학문과 개별학문뿐만 아니라, 학문과 예술을 또한 서로 연결시켜 함께 할 수 있게 하는 기본설계이다.

이런 논의를 정밀하게 전개해서 큰 책을 쓰면 통찰철학을 철학사에 등록했다고 인정될 수 있으나, 그런 수고는 하지 않기로 한다. 시간이나 능력이 부족한 탓이 아니다. 통찰은 논의의 대상이 아니고 주체의 능력이어야 하는 것이 더 중요한 이유이다. 철학을 철학으로 하겠다는 것은 어리석은 짓이다.

통찰에 관한 논의를 이성의 방법을 가지고 철저하게 진행하려고 한 라마누자·가잘리·朱熹·아퀴나스의 노력은 미흡하고 당착되어 있다. 필요한 논의를 다 갖추지 못해서 미흡하다. 신앙으로 넘어가서 당착되었다. 내가 다시 하면 그런 결함을 시정할 수 있는 것은 아니다.

문학창작의 방법을 대담하게 사용한 덕분에 朴趾源이나 볼테르는 통찰의 실상을 충분하게 구현했다고 하기도 어렵다. 그 이유가 사상의 반역에 대한 탄압을 피하기 위해서 유격전의 작전으로 글을 쓴 탓이라고 변호하지는 말아야 한다. 무엇을 말해야 할 것인가 스스로 투철하게 인식하지 못한 것이 더 큰 문제이다. 내가 다시 쓰면 더 훌륭한 작품을 이룩할 수 있다고 장담할 일은 아니다.

내가 지금 할 수 있는 일은 이 책을 쓰는 것이다. 이 책에서 통찰이 무엇인가 다시 규정하고 유래를 들추어내면서, 나의 통찰력을 제시하려고 한다. 이성의 작업으로는 할 수 없는 일을 해서, 세부적인 사항의 타당성 여부를 객관적으로 검증하려고 들면 남아날 것이 없는 책을 쓴다. 작품으로 평가되기는 더욱 어려운 보잘것없는 책을 쓴다.

이런 책을 쓰는 것은 학술서적의 품격을 모독한 장난이라고 할 것인가? 모르면서 아는 체하는 병이 심하게 들었다고 할 것인가? 공연히 큰소리를 치는 것은 나쁜 버릇이라고 할 것인가? 어느 한 대목이라도 다시 써서 착실하게 다지라고 할 것인가? 연구를 하려거든 연구를 하고 작품을 쓰려거든 작품을 써서 어느 한쪽이라도 살리라고 충고할 것인가?

이 책 자체에 대한 가치 평가는 사람에 따라서 아주 달라질 것이다.

다룬 내용의 어느 한쪽을 지키는 전문가들이 자기 영역을 함부로 침입했다고 분노하는 모습이 눈앞에 보이는 것 같다. 그렇지만 이 책이 이성에 머무르지 않고 통찰로 나아가야 하는가 하는 문제에 대한 논란을 찬성론자이든 반대론자이든 공동의 관심사로 삼도록 촉구한다면 수고한 보람이 있다.

이 책을 쓴 태도를 나무라는 데 그치지 않고 이 책에서 한 말을 시비하려면 통찰에 관한 논란에 말려들지 않을 수 없을 것이다. 바로 그 점이 바라는 바이다. 나는 내 통찰력으로 세계의 철학사와 문학사가 얽혀온 내력을 한눈에 내려다보면서, 그 문학과 철학이 다시 합쳐야 한다는 결론을 얻었다.

새로운 학문이 시작되는가

이 책을 쓰고 있는 동안에 아주 반가운 소식이 들려왔다. 파리에 본부를 둔 유네스코에서, 인류의 미래를 바람직하게 창조하는 학문을 하는 대학 설립을 위한 기본구상을 공모한다고 발표했다. 그런 구실을 하는 국제적인 대학을 유네스코가 맡아서 세계 전체의 사업으로 설립하고자 하니, 대학의 명칭, 설립 장소, 조직과 구성, 연구와 교육의 목표, 연구와 강의의 내용과 방법 등에 관한 여러 가지 사항을 구상해서 제출하면 심사해서 당선작을 결정하고, 그 안을 받아들여 실제 작업을 구체화하겠다고 했다. 역사에 남을 만한 대단한 건물을 지을 때 설계안을 세계 전체를 향해서 널리 공모하는 것과 같은 일을 대학 설립을 위해서도 하게된 것은 마땅한 일이다.

건축설계를 공모할 때도 첫 단계에는 기본설계를 내라고 하고, 기본설계가 당선된 사람에게 본설계를 맡기듯이, 대학 설립을 위해서 우선기본설계를 공모한다고 했다. 건물이든 대학이든 본설계를 완성하려면 많은 인력과 비용이 필요하지만, 첫 단계의 기본설계는 혼자서 할 수 있

다. 혼자 해야 창의력을 최대한 발휘할 수 있다. 그 점이 건축에서는 이
미 인정되고 있다. 건축주가 여러 방면의 전문가를 필요한 만큼 고용해
자기 지시를 받아 설계하라고 하지 않고, 설계하는 사람이 독립된 주체
로 활동해 창의력을 발휘할 수 있게 된 것은 다른 분야에서는 보기 어려
운 쾌사이다. 건축예술가들이 분투해서 얻은 그런 훌륭한 제도가 대학
설계에도 채택되었으니 감사할 일이다.

그런 발표를 보고 나는 뛸 듯이 기뻤다. 평생 바라던 기회가 왔으므
로, 즉시 일에 착수했다. 한국의 대학제도에서 벗어나서 자유롭게 연구
하고자 해서 공개구직을 하던 소극적인 방책을 버리고 세계의 대학을
새로 설계해서 만드는 데 적극적으로 나설 수 있게 되었으니 얼마나 신
명나는 일인가.

이미 생각해둔 바가 적지 않아, 계획서를 단숨에 써내려갈 수 있었다.
예상했던 것보다도 더 짧은 기간 동안에 "Plan for the international
university of UNESCO : Universitopia"(유네스코 국제대학을 위한 설계 :
유니버시토피아)를 영문으로 작성해서 파리의 유네스코 본부로 보냈다.
그 뒤에도 줄곧 흥분에 들떠 있다.

제출한 계획서가 당선되어 채택되기를 간절하게 바라지만, 결과는 미
지수이다. 아직 공모기간이 끝나지 않았으므로, 글 전문은 공개하지 않
는 것이 좋다. 그러나 그 개요를 국문으로 간추려 소개하는 것은 무방하
므로 여기 내놓는다.

(1) 대학의 명칭 :

대학의 명칭은 'Universitopia'라고 한다. "university"와 "utopia"라고
하는 두 단어를 합쳐서 "대학의 이상향" 또는 "이상적인 대학"을 뜻하는
신조어를 만들었다. 어떤 경우라도 번역하지 않고 'Universitopia'를 만
국 공통의 단어로 한다. 다만 문자 표기는 바꿀 수 있어, 한국에서는 '유
니버시토피아'라고 한다.

（2） 설립 취지 :

지금의 외국유학 제도는 한 나라의 문화를 다른 나라로 이식하는 구실을 한다. 제3세계에서 제1세계로 가는 유학생이 단연 많아서 본의 아니게 문화제국주의를 확장하는 첨병 노릇을 하며, 유럽문명권중심주의를 고착시키는 데 기여한다. 그렇다고 해서 자국에서만 공부하고 외국학문을 배격하면 자기중심의 좁은 시야에 사로잡혀 학문의 보편적 가치와 기능을 모르게 된다. 통신, 교통, 교역, 산업 등에서는 나날이 단일화되고 있는 세계가, 가치관에 관한 학문에서는 폐쇄주의와 독선주의의 폐해에서 벗어나지 못하고 있는 현상을 타개하기 위해서 외국유학과 자국학습의 두 가지 기존의 방법을 다 벗어나는 제3의 대안을 마련해야 한다.

학문을 넓게 하려고 선진국 대학으로 유학을 떠나는 학생이나 자리를 옮기는 교수는 그쪽의 관습에 적응하고 이미 조성되어 있는 편견을 받아들여야 하기 때문에 자기 포부를 펴기 어렵다. 학생은 주어진 공부를 요령껏 하면서 박사학위를 쉽게 딸 수 있는 길을 찾지 않을 수 없다. 교수는 경쟁의 풍토에서 성공하는 비결을 빨리 터득해 자기의 상품가치를 계속 높여야 한다. 그러다 보면 자기 나라에서 공부하던 시절의 순수한 마음이나 알뜰한 착상은 버리지 않을 수 없다. 진실성 대신에 유용성으로 학문의 가치를 삼아야 한다.

이제 학문을 제대로 하기 위해서 새로운 대학이 있어야 한다. 그것은 한 나라의 과제가 아니고 세계 전체의 과제이다. 국제경쟁력을 갖춘 선진대학을 만들겠다고 모든 후진국이 일제히 노력하는 어리석은 짓을 그만두고, 선진대학이 자랑하는 경쟁력이 진정한 학문을 얼마나 훼손하는가 바로 알아차려, 양쪽의 문제를 한꺼번에 해결하는 획기적인 대안을 마련해야 한다.

학문이 문명의 충돌을 부추기고, 국가 이익에 봉사하기나 하는 폐단을 시정하고, 인류의 평화와 단합에 기여하는, 진정으로 세계적이고 보편적인 학문을 해야 한다. 환경의 파괴, 자원의 고갈, 신념과 가치관의

차이 때문에 빚어지는 투쟁의 격화 등을 해결하는 방안을 인류의 지혜
를 모아 찾아내는 중추기관을 만들어야 한다. 새로운 대학을 만들어야
그렇게 할 수 있다.

새로운 대학은 국가에 소속된 기관이 아니어야 한다. 다른 나라보다
대학을 더 잘 만들기 위한 국가간 경쟁을 그만두고, 인류의 대학, 세계
의 대학을 함께 운영하는 국제간의 협력사업에 힘을 기울여야 할 때가
되었다. 유엔이 유네스코를 통해 할 수 있는 최상의 사업은 세계의 대학
을 만드는 것이다. 한쪽의 이익이 다른 쪽의 손해가 되지 않고, 누구에
게든지 이로운 사업을 하나라도 해야 인류의 장래를 낙관할 수 있다.

이 대학은 각국의 기존 대학과 경쟁하지 않고, 서로 보완하는 관계를
가진다. 학문의 모든 분야를 다 담당하는 것은 아니다. 상이한 전통을
가진 각국의 학문, 각기 별개의 것으로 나누어져 있는 분과학문을 서로
근접시키고 연결시켜 통합 가능성을 찾는 것이 이 세계대학의 임무이
다. 많은 연구시설과 연구비가 소요되는 학문은 하지 않는다. 이론적인
연구에 힘쓰고, 학문학의 기본이론을 마련하는 것을 긴요한 과제로 삼
는다.

어느 한 나라나 지역이 아닌 세계 전체에 관한 연구를 특정 학문의
고정된 시각에서 벗어나 총괄적으로 하는 작업을 스스로 계획해야 한
다. 인류의 미래사를 바람직하게 창조하는 데 필요한 설계도를 제시해
야 한다. 오늘날 경제적이거나 정치적인 패권주의가 세계를 하나로 만
들고자 하는 인류의 이상을 그릇되게 하는 잘못을 시정하고, 여러 문명
권의 많은 민족이 이룩한 문화유산을 세계 전체의 공유자산으로 삼는
것이 이 대학의 임무이다.

지구의 위기, 역사의 종말 등으로 인식되는 부정적인 전망을 떨쳐버
리고, 인류에게 희망이 있다는 것을 밝히고, 근대 다음 시대를 바람직하
게 창조하는 지혜를 찾아야 한다. 그 작업은 국가의식을 넘어서서 세계
인이 된 개개인이 자유롭고 창의적으로 진행할 수 있어야 기대하는 성
과를 거둘 수 있다. 제1세계·제2세계·제3세계의 기존의 대학이 불가피

하게 지닌 한계를 벗어난 새로운 대학을 세계 전체의 공동과업으로 만들어내야 뜻하는 바를 이룰 수 있다.

대학의 역사를 되돌아보면서 지금 해야 할 일의 세계사적 의의를 확인하자. 《우파니샤드》를 지은 분들, 공자나 플라톤 같은 스승이 가르침을 베풀던 것이 대학의 기원을 이룬다. 그때부터 오늘날까지 많은 시간이 경과하면서 대학의 역사가 몇 번 변하다가, 이제 새로운 대학이 필요한 시기에 이르렀다.

대학이 제도화된 것은 중세 때의 일이어서, 그때를 대학의 역사 제1기로 잡을 수 있다. 인도의 나란다대학, 가잘리가 교수 노릇을 하던 바그다드의 대학, 아퀴나스가 활동무대로 삼았던 파리대학 등의 중세대학이 문명의 중심지마다 설립되어 신앙에 근거를 둔 보편적인 가치체계를 각기 그 나름대로 정립한 것이 대학의 역사 제1기의 획기적인 사건이었다. 그래서 중세보편주의의 시대가 이룩되었다.

근대에 이르면, 대학 설립을 국가끼리의 경쟁사업으로 삼았다. 베를린대학, 모스크바대학, 카자흐대학 같은 국가대학이 생겨나고, 그 모형이 東京대학, 北京대학, 네루대학 등에 이식되었다. 식민지 통치자를 위해 세운 델리대학, 자카르타대학, 서울대학도 독립 후에 그 대열에 들어섰다.[491] 그런 제2기의 대학에서 과학적인 이성을 존중하는 근대문명을 널리 전파하고 또한 수용했다.

이제 그 다음 시기의 대학을 만들어야 한다. 대학의 역사에서 제3기가 시작되도록 해야 할 시점에 이르렀으므로, 새로운 대학을 창설해야 한다. 새로운 대학은 근대를 넘어서는 학문 연구를 인류 전체의 과제로 하면서, 차등의 세계를 대등의 세계로 만드는 데 적극 기여하는 대학이어야 한다. 중세시기 문명권의 중심부이든 주변부이든, 근대문명의 산출

---

491) 자세하게 구분해서 말하면 근대대학의 유형은 세 가지이고, 그 좋은 본보기를 인도에서 갖추었다. 식민지 통치자들이 세운 델리대학, 민족해방운동 진영에서 독자적으로 세운 바라나시힌두대학, 독립 후에 국립으로 세운 네루대학이 각기 그 나름대로의 한 가지씩의 전형을 이룬다.

지이든 수용지이든, 인류의 미래를 바람직하게 설계하는 지혜를 일제히 지니고 있다고 판단하고 모두 한데 모아 함께 활용하는 통로가 되는 대학을 만들어야 한다.

(3) 지향하는 목표 :

자연과 인간, 다른 생명체와 인간, 인간과 인간의 바람직한 관계를 찾는 것을 커다란 목표로 하고, 그 세 번째 것을 위해서 특히 힘쓴다. 인류의 다양한 문화유산을 광범위하게 계승하면서, 상이한 전통에서 존재하는 공통점을 확인해, 진정으로 보편적인 가치를 찾아낸다. 오늘날의 충돌을 넘어서 미래의 화합을 이룩하는 슬기로운 길을 찾는 세계학문을 한다.

수많은 영역으로 갈라진 분과학문에 공통점이 있다는 것을 발견하고, 개별학문들의 배타적인 독립성을 넘어선 통합학문을 다시 이룩하면서, 학문의 목적과 진로, 방법과 내용에 대한 근본적인 반성을 광범위하게 진행하는 학문철학을 한다.

지금에 와서 널리 이용되고 있는 디지털 매체를 통한 정보교환, 그보다 오래된 독서와 강의를 결합시키는 강학, 가장 오래된 현장에서의 직접체험의 세 가지 방법을 균등하게 사용하면서, 그 성과를 비교하는 데 힘쓰고, 그 장점을 아우른다.

몇 년의 역사를 가진 디지털언어, 몇백 년의 역사를 가진 활자언어, 몇만 년 이상의 역사를 가진 구두언어의 세 가지 언어를 함께 탐구하고 사용해, 세 가지 문명을 모두 살려 서로 보완이 되게 하는 것을 분명한 목표로 한다. 디지털언어가 전 세계의 범위 안에서 표준화되는 것이 당연하다고 인정하면서, 활자언어가 국가별로 통일된 양상을 평가하고, 구두언어가 각기 서로 다른 양상을 최대한 존중한다.

(4) 조직 :

이 대학은 어느 한 곳에 본부를 두고, 지구상의 모든 대학을 지부가 될 수 있게 한다. 지부 가입을 널리 권장하고, 필요한 원조를 해서, 지부가 계속 늘어나게 한다. 교육은 본부대학과 지부대학 양쪽에서 서로 유기적인 관계를 가지고 함께 실시한다. 본부대학은 기획과 실제 교육에서 중추가 되고, 지부대학의 교육을 통괄하고 조정하고 연결시키는 구실을 한다.

본부대학에는 단과대학, 학부, 학과, 전공 등의 조직이 없다. 모든 교수와 학생은 자기 연구계획에 따라서 독자적으로 활동하기만 한다. 공동작업은 자발적으로 이루어질 때만 가능하도록 하고, 결코 제도화하지 않는다.

본부대학에 거대한 규모의 세계도서관을 설치해, 세계 전체에 전해지는 인류의 문화유산을 어떤 언어로 된 것이든, 인쇄물이나 필사본은 물론 녹음자료나 영상자료까지 최대한 수집한다. 그 내역과 자료 자체를 디지털 매체를 통해서 전 세계에 알린다. 이 대학에서 수학하지 않는 사람이라도 자료를 자유롭고 편리하게 이용할 수 있게 한다.

본부대학에 세계언어문화연구소를 설치해, 언어 상호간의 사전편찬과 번역에 관한 일과 언어 교육을 담당하게 한다. 세계의 모든 언어가 서로 소통되고, 서로 번역될 수 있게 한다. 사라질 위기에 있는 언어를 지키고, 그 자료를 보존하는 업무도 수행한다.

(5) 재정 :

이 대학 운영에 필요한 재원은 세계 각국에서 분담한다. 두 가지 기준에 의해서 분담액을 산출한다. 하나는 국민총생산고의 일정한 비율을 내도록 하는 것이다. 또 하나는 본부대학에 참여하고 있는 교수와 학생의 숫자에 따라 분담금을 배정하는 것이다. 그 둘의 합산으로 각국의 분담금을 결정한다. 분담금 납부는 국가의 의무사항이며, 국가 안에서 조세의 의무가 있는 것과 같게 한다.

전 세계에서 기부금을 받는 것도 중요한 재원으로 한다. 이 대학에 기부금을 내는 것은 커다란 명예이게 하고, 각국 세제에서 면세의 혜택을 얻게 한다.

본부대학에서 관장하는 예산의 일부는 지부대학이 본부대학과 협력하는 사업을 수행하는 데 사용한다.

(6) 공용어 :

본부대학에서는 영어를 공용어로 사용한다. 지부대학에서는 각기 그곳의 언어를 사용한다. 지부대학의 언어는 다양할수록 좋다. 수많은 언어로 이루어지는 연구와 교육을 중개하고, 정리하고, 통합하기 위해서는 누구든지 이해할 수 있는 공용어가 필요하다. 에스페란토와 같은 인위적인 국제어가 널리 보급되지 않고 있어, 사용영역과 사용자 수를 고려해서 영어를 공용어로 하지 않을 수 없다. 그러나 여러 언어로 이루어지는 학문활동을 연결시켜주는 것이 공용어의 기능임을 분명하게 해야 한다. 영어로 전개되는 학문활동을 세계에 널리 보급시키는 것을 목표로 하지 말아야 한다.

(7) 본부대학의 위치 :

본부대학의 설치장소로는 다음 다섯 곳을 생각할 수 있다.
(가) 파리
(나) 알렉산드리아
(다) 이스탄불
(라) 시드니
(마) 싱가포르

(가) 파리는 현재 유네스코 본부가 있는 곳이고 유럽문명의 중심지여서, 대학 창설을 위한 여러 가지 업무를 수행하는 데 유리하고, 대학의 수준을 높이는 데 기여할 수 있는 곳이다. 그러나 세계의 대학이 중심점을 잃고 유럽문명권에 쏠리는 것은 바람직하지 않다. 세계가 하나가 되게 하기 위해서는 다원적인 문명과 문화의 유산을 골고루 받아들여야 한다.

(나) 알렉산드리아는 고대이집트문명·고대그리스문명·기독교문명·이슬람문명이 차례대로 들어와 축적된 곳이다. 거대한 규모의 도서관이 있다가 불탄 것이 안타까워, 유네스코에서 재건사업을 벌이겠다고 발표했다. 그러나 그런 과거는 역사의 기록이나 고고학적 유물에만 남아 있고 모두 사라졌다. 지금은 알렉산드리아가 이슬람문명권에만 속하는 이집트의 한 도시일 따름이어서, 한쪽에 너무 치우쳐 있다. 도서관을 재건하겠다고 하는 것은 과거 지향의 낭만적인 발상이다. 미래를 내다보는 인류의 도서관을 유니버시토피아가 설치되는 곳에다 만들어야 한다.

(다) 이스탄불은 동서문명이 만난 곳이다. 고대의 그리스·로마문명과 이슬람·터키문명이 공존하며, 유럽과 아시아의 중간에 위치한 곳이다. 그러나 서로 다른 문명이 평화롭게 만난 곳이 아니다. 비잔틴제국을 오스만터키가 멸망시킨 전쟁의 후유증이 깊이 남아 있다. 인류역사를 전쟁사로 이해하도록 하는 유혹에 빠지기 쉬운 곳이다.

(라) 시드니는 새로운 대륙의 새로운 도시여서, 과거의 부담에서 벗어나 미래를 설계할 수 있는 곳이다. 본부대학에서 영어를 공용어로 사용할 수밖에 없는 실정이므로, 영어 사용지역이라는 점도 유리하다. 그러나 새로운 도시를 사람이 살지 않은 곳에다 건설한 것은 아니다. 원주민을 살해하고 박해한 죄악이 있고, 그 후유증이 지금도 심각하다. 세계인의 대학이 원주민에 대한 이주민의 지배를 합리화하는 데 가담할 염려가 있다.

(마) 싱가포르는 문명권의 경계를 넘어선 다양한 민족의 서로 다른 문화가 인류 역사상 최초로 평화롭게 만나 서로 대등한 권리를 가지고 공존하는 곳이다. 세계인의 대학에서 추구해야 할 이상의 일단을 이미 실현하고 있다. 아시아의 한 지역에서 영국의 통치가 오래 계속되어 동서문명이 만나는 자리를 만들었다. 말레이어·타밀어·중국어를 사용하는 사람들이 함께 살고, 그 세 언어가 다 살아 있으면서 영어를 공용어로 하는 것이 아주 유리한 조건이다. 영어를 공용어로 하면서 서로 다른 언어문화의 전통을 계승하고 통합하는 작업을 하는 데 싱가포르가 가장

적합한 곳이다.

(8) 교육방법 :

본부대학은 디지털 매체를 통한 정보교환의 구심체 노릇을 하며, 사용언어는 영어로 한다. 본부대학과 지부대학은 독서와 강의를 결합시키는 강학에 함께 힘쓰면서, 본부대학에서는 영어를, 지부대학에서는 자국어를 사용한다.

지부대학은 현장의 직접체험을 통한 연구의 다양한 기회를 제공하며, 이 경우에는 공용어가 아닌 지역어, 표준어가 아닌 방언도 사용하도록 훈련한다.

본부대학은 여러 언어로 이루어진 문화유산과 연구성과를 영어로 옮겨 서로 이해할 수 있게 하는 것을 긴요한 사업으로 하고, 그 일을 위해 각처의 지부대학과 협력한다.

본부대학은 또한 본부대학에서 수학하는 학생들에게 지부대학에서는 제공할 수 없는 다양한 외국어 훈련을 담당해서 연구영역을 넓힐 수 있게 한다.

(9) 교수 :

지향하는 목표를 창의적이고 구체적으로 실현하는 연구를 하는 사람이라야 이 대학의 교수가 될 수 있다. 그런 사람을 지부대학의 교수 가운데 선발해 초빙할 수도 있고, 본부대학에서 직접 채용할 수도 있다.

교수는 어느 학부나 학과에 소속되지 않고, 직급에 따른 위계질서도 없으며, 자기 스스로 마련한 계획에 따라 연구하고 강의한다.

교수는 본부대학의 교수이면서 또한 지부대학의 교수인 것이 바람직하다. 4년 내외의 기간 동안 본부대학에서 근무하다가 지부대학으로, 지부대학에서 근무하다가 본부대학으로 옮기는 것을 원칙으로 한다. 여러 나라에 있는 지부대학을 거치도록 하는 것이 더욱 이상적인 방안이다. 교수는 자기가 하는 연구에 관해 강의하고, 학생의 연구를 지도하며, 자국어의 학문과 공용어의 학문을 연결시켜주고, 세계도서관과 세계언어 문화연구소에서 필요한 업무의 일부를 담당한다.

　교수의 연구는 아래에 규정하는 학생의 연구에 대해서 지도역량을 가지고 모범적인 사례를 제공할 수 있게 진행되는 것이 요망된다.

　(10) 학생 :

　학생은 지부대학에서 학사과정을 마치고 본부대학에서 대학원과정을 이수한다. 연구계획서에 대한 서류심사와 구술고사를 거쳐 본부대학 대학원 과정 입학 여부를 결정한다.

　학생 각자가 하고자 하는 학문연구의 내용으로 계획서를 작성하고, 지향하는 목표를 실현하기 위한 창의적이고 구체적인 방안을 갖추어야 한다. 본부대학의 학생으로 입학이 허가되면, 지도교수의 검토를 받아 그 계획서를 확정하고, 계획한 바를 실현하는 데 필요한 공부를 한다.

　학생은 지부대학에 가서 공부할 의무가 있다. 인류의 광범위한 문화유산을 계승하고, 다양한 학문분야에 대해서 구체적으로 알고, 현장에서의 체험학습을 하기 위해서, 자기가 소속되지 않은 다른 문명권의 지부대학 두 곳에 각기 1년 이상 공부하면서 자기 연구를 진행해야 한다. (가) 한문문명권, (나) 산스크리트-팔리어문명권, (다) 아랍어문명권, (라) 라틴어-그리스어문명권, (마) 그런 중세문명이 이룩되지 않은 곳, 모두 이렇게 다섯 권역으로 문명권을 나눈다. 그 가운데 자기가 소속되지 않은 다른 두 곳에 가서 공부해야 한다. 유학에 필요한 언어 학습을 학사과정을 이수한 자기 나라 지부대학에서 하지 못했으면 본부대학에서 한다.

　개별학문 가운데 어느 하나를 전공하지 않고, 셋 이상의 학문에 걸친 연구주제를 택해 개별분야의 장벽을 넘어선 통합학문을 해야 한다. 인문학문·사회학문·자연학문에 널리 관심을 가지면서, 기초학문을 응용학문보다, 이론 위주의 학문을 실험 위주의 학문보다 존중해야 한다. 현지조사, 사회활동, 예술공연 등으로 현장에서 체험학습을 하는 것을 공부 과정에 포함하고, 연구에 적극 활용해야 한다.

연구계획을 실현해서 훌륭한 박사학위논문을 쓰는 것이 학생이 공부하는 목표이다. 통과된 박사논문은 컴퓨터에 수록하고 출판하기도 하는 방식을 통해서 전 세계에 널리 배포한다. 인류의 소중한 자산으로 평가될 수 있는 논문을 낸 사람은 본부대학에서 교수로 발탁한다.

(11) 권장할 만한 연구주제 :

교수를 초빙하고, 학생을 모집하기 위해서 권장할 만한 연구주제를 예시한다. 이에 대해 연구해서 체계적인 저술을 한 사람은 교수 초빙에 응모하게 한다. 이에 관해서 연구하고자 하는 사람은 연구계획서를 써서 학생 모집에 지원하게 한다.

지금 내놓을 수 있는 권장할 만한 연구주제는 다음과 같다. 이들 주제는 각기 독립되어 있지 않고 서로 겹친다. 여러 주제를 함께 다루는 통합연구를 하는 것이 바람직한 일이다.

언어의 차이와 사고의 보편성은 어떤 관계에 있는가?
구두언어, 활자언어, 디지털언어는 어떤 관계를 가져야 하는가?
이성과 통찰 또는 과학과 통찰의 상관관계는 무엇인가?
갈등과 조화, 생성과 극복의 상관관계는 무엇인가?
우연과 필연, 혼돈과 질서의 상관관계는 무엇인가?
서로 다른 종교가 화합할 수 있는가?
사람은 다른 생물보다 도덕적으로 우월한가?
세계사의 공통된 시대구분을 어떻게 할 수 있는가?
선진과 후진의 교체는 어떻게 이루어지는가?
발전과 순환은 어떤 관계에 있는가?
계급모순과 민족모순은 어떤 상관관계를 가지며, 어떻게 해결해야 하는가?
역사의 단계를 뛰어넘는 발전이 가능한가?

근대 다음의 시대는 어떤 시대인가?
다음 시대를 창조하는 철학은 무엇인가?

나는 이 책을 연구업적으로 제출해 '유니버시토피아'의 교수가 되고
자 한다. 위의 주제 가운데 여럿을 함께 다룬 성과가 있다고 믿기 때문
이다. 이 책을 제출하려면 영어로 옮기는 수고를 하는 것을 피할 수 없
다. 영어로 옮기는 동안에 내용을 더 다지고 보편적인 의의를 확대할 수
있을 것으로 기대한다.

새로운 학문이 시작되는가? 마땅히 그래야 한다. 그러나 길게 보면
필연적인 일이 당장은 일어나지 않을 수 있다. 나의 계획안이 채택될지
의문이다. 그렇게 된다 해도, 65세에 정년을 할 때까지 4년 반 남은 기간
동안에 유니버시토피아가 실제로 설립되어 교수를 모을지 또한 알기 어
렵다. 내가 그 영광에 동참하겠다는 것은 과분한 희망이라고 생각한다.
진정한 학문을 마음대로 하는 혜택을 다음 세대라도 누리면 다행이다.

아름다운 꿈은 실현되지 않는다 해도 그 자체로 소중하다. 불운에 굴
복하지 않으면서 꿈을 키운 선인들의 용기와 지혜를 이제는 이해할 것
같다. 이룬 것은 얼마 되지 않으나 꿈이 컸던 사람들 가운데 조동일도
있었다고 기억될 수 있으면 지금까지 분투한 보람이 있겠다.